新日本古典文学大系
66

菅茶山 頼山陽 詩集

水田紀久
頼惟勤
直井文子 校注

岩波書店刊行

編集委員
佐竹昭広
大曾根章介
久保田淳
中野三敏

題字　今井凌雪

目次

解説

詩題目次

菅茶山詩集

黄葉夕陽村舎詩（前編）（抄）

黄葉夕陽村舎詩　後編（抄）

黄葉夕陽村舎詩 遺稿 (抄)

頼山陽詩集

山陽詩鈔（抄）

山陽遺稿詩(抄)

日本楽府（抄）

凡例

一　本巻に用いた底本は以下の通りである。
『黄葉夕陽村舎詩』（前編）　文化九年板本
『黄葉夕陽村舎詩』後編　文政六年板本
『黄葉夕陽村舎詩』遺稿　天保三年板本
『山陽詩鈔』　天保四年板本
『山陽遺稿詩』　天保十二年板本
『日本楽府』　文政十三年板本

二　本巻は、菅茶山の漢詩作品を網羅した詩集『黄葉夕陽村舎詩』前編・後編および遺稿から計二百首、また、頼山陽の主要な漢詩が編集されている『山陽詩鈔』『山陽遺稿詩』および『日本楽府』から計三百首を、それぞれ、校注者の判断に基づいて抄出精選し、注釈を施したものである。

三　収録作品の排列は、茶山・山陽それぞれの底本がすべて編年体であるために、作品の成立順になっている。なお、脚注における作者の年齢は、全巻を通して数え年で示した。

四　本文では、上段に訓読文を掲げ、その下に原文を示した。

五　訓読文は歴史的仮名遣いによった。また振り仮名を新仮名遣いによって適宜付した。また、古詩の訓読文中の換韻の箇所に「印を付した。

六　漢字は原則として現在通行の字体を用いたが、余—餘、芸—藝など字体により意味を異にする漢字は、校注者の判断で適宜板本の字体に従った。

七　板本に散見される傍注の類は、校注者の判断により適宜脚注欄で触れた。

八　板本の欄上にある批語については、適宜、脚注の▽印の欄で言及した。

九　茶山・山陽それぞれ、収録の全作品に、参照などの便のために通し番号を付した。

一〇　脚注欄で出典を表示する際、書名には適宜略称を用いた。

『春秋左氏伝』→左伝　『資治通鑑』→通鑑
『日本外史』→外史　『日本政記』→政記
『山陽詩鈔』→詩鈔　『山陽遺稿詩』→遺稿詩
『日本楽府』→楽府

なお、頼山陽詩集の脚注中の「全伝」というのは、昭和六—七年に頼山陽先生遺蹟顕彰会より刊行された八冊本の『頼山陽全書』中の分冊である「全伝」(木崎好尚著、上下二冊)のこと、また、「全集」「文集」「詩集」というのも、同じく『頼山陽全書』中のそれぞれの分冊のことを指す。

一一　巻末に解説を掲げた。

一二　なお、頼山陽の詩の校注は、頼惟勤と直井文子との共同作業によるものである。

菅《かん》茶《ちゃ》山《ざん》詩《し》集《しゅう》

水田紀久 校注

衆人はひとしく旭日を拝み、詩人はしばしば夕陽をいとおしむ。その営む家塾に黄葉夕陽村舎《こうようせきようそんじゃ》と顔した菅茶山も、その居を山紫水明処と称した頼山陽も、詩家たるの性《さが》において、ともに「山気《さんき》日夕《にっせき》に佳《よ》し」と嘆じた陶家の族と見なされよう。茶山の故郷備後神辺《かんなべ》では、ちょうどその居を中央に、西北やや距って茶臼山が、東南には黄葉山がほとんど指呼の間に仰がれるが、雅号は西望により、塾名は東望して夕陽に照り映える黄葉山の佳景に因り、それをそのまま情景兼ね備わる画期的詩集の題とし採り用いて、もって名は体を現すの実を証した。

『黄葉夕陽村舎詩』は前編八巻付録二巻五冊、後編八巻四冊、遺稿は詩集七巻付録一巻・文集四巻四冊の三編十三冊より成る。各編はそれぞれ文化九年(一八一二)三月、文政六年(一八二三)十一月、天保三年(一八三二)四月に刊行され、取り合わせて完冊となる。その後、弘化四年(一八四七)秋に全編十三冊が同時に合刊され、その後刷は明治期に及んだ。刊行は各編三都ないし二都相合《あいあい》版で、書肆には若干の出入りがあり、後刷になると十数軒の書林を列ねたものも出たが、当初は京都の河南儀兵衛が中心のようで、公儀への届けも三編とも京都で行なわれている(京都書林仲間上組記録『板行御赦免書目』)。これは出版書肆との折衝にもっとも関係のあった頼山陽が、京住まいであったからであろう。前後関わった主な書肆名を挙げると、京師の河南儀兵衛・吉野屋仁兵衛、浪華の河内屋儀助・同喜兵衛・同和助・同茂兵衛・同徳兵衛・秋田屋太右衛門、江戸の須原屋茂兵衛。

明治以後も江戸期と同じ体裁と冊数で、青木嵩山堂版が刷られた。景印本では、昭和五十六年に葦陽文化研究会が原寸大合冊洋装で福山の児島書店より刊行した。富士川英郎・蔵内数太両氏の序文があり、年譜・索引を別冊として添える。昭和六十年、汲古書院発行の『詩集日本漢詩』本は縮写景印で、編者の一人富士川英郎氏の詳審な解題があり、書誌の通覧にも便である。

これより先、重政黄山講述の『茶山詩三百首』が昭和三十三年に島谷真三氏編で茶山会より謄写印刷され、その増補改訂版島谷真三・北川勇両氏共著『茶山詩五百首』が昭和五十年に児島書店より刊行され、福原麟太郎氏が序を贈っている。『黄葉夕陽村舎詩』は『山陽詩鈔』『山陽遺稿詩』とともに、近世漢詩集のベストセラーズであった。

黄葉夕陽村舎詩《こうようせきようそんじゃし》（前編）（抄）

事《こと》に感《かん》ず。拙斎先生《せつさいせんせい》に贈《おく》る

先生事《せんせいこと》に縁《よ》りて将《まさ》に居《きよ》を洛東《らくとう》に移《うつ》さんとす。門人《もんじん》為《ため》に行窩《こうわ》を上成村《うわなりむら》に築《きづ》く。

一 聯翩《れんぺん》たる雲中《うんちゅう》の鶴《つる》、[1]
二 載《すなわ》ち飛《と》び 載《すなわ》ち和鳴《わめい》す。
三 君《きみ》と生《うま》れ 世《よ》に並《なら》び、
四 又同社《またどうしゃ》の盟《めい》を辱《かたじけの》うす。
五 琢切《たくせつ》 頑魯《がんろ》を励《はげ》まし、
六 麗沢《れいたく》 晦盲《かいもう》を啓《ひら》く。
七 曲蓬《きよくほう》 叢麻《そうま》に依《よ》らば、
矯《た》めずして其の茎《くき》を直《なお》くす。
採葵《さいき》 古《いにしえ》より箴《しん》あり、

感事。贈拙斎先生

先生縁事将移居洛東。
門人為築行窩於上成村

聯翩雲中鶴
載飛載和鳴
与君生並世
又辱同社盟
琢切励頑魯
麗沢啓晦盲
曲蓬依叢麻
不矯直其茎
採葵古有箴

1 前編、巻一所収。巻頭目録の注記によると天明二年（壬寅、一七八二）以前、三十五歳以前の作。作者と同門、すなわち那波魯堂門下の兄弟子で十三歳年長の西山拙斎（一七三五―九八）が、備前池田藩臣と合わず京師に移ろうとした時、門人中原子幹（蕉斎）・大田子齢等が師のために上成（うわなり）村（備中国浅口郡玉島。拙斎の故郷鴨方より東へ三里。高梁川下流右岸の景勝地。現岡山県倉敷市玉島上成）に別荘を築いた。行窩とは宋の邵雍（康節）の好みに応じ、その訪遊に備えて好事者の手で作られた別宅（宋史・邵雍伝）で、行寓のための仮住居の雅名。茶山撰・拙斎先生行状（黄葉夕陽村舎文二）、柴野栗山撰・西山処士之碑（拙斎西山先生詩鈔上）、同・故備中徴士西山拙斎翁碑（事実文編四十五）などには拙斎の仕官と致仕転居云々の事実は見えないが、拙斎は「備前侯に仕えたが他の藩臣と合わず、転居せんとしたのを、門人が上成村に行窩を作って移ってもらった」（島谷真三・北川勇『茶山詩五百首』）という。一方、花田一重編『西山拙斎年譜』には天明五年（一七八五）の条に、「冬、上成に行窩の工を起す」、また翌六年「二月、姫井桃源・野田西派行窩来り訪ふ。十日、相伴ひて上成に赴く。時に行窩新に成る」とあり、所収書巻頭目録の注記と数年のずれがある。凡例によると、「癸卯」（天明三年）以前の原稿は火災により、僅かに一本を余すのみであったのを、詩体別に分類編集し第一巻とした由である。すなわち本書第一巻のみは一括詩体別で、第二巻以後は作成年代順に編まれている。したがって本作も成立年代は確定が困難で、上述の誤差も慎重な考証が望まれるが、これら五言排律五首の連作では、尾聯の一語を必ず次の作の起聯に再用し、いわゆる尻取り体詠出を試みて、相互連関

[一]附驥《ふき》　豈《あ》に情《じょう》なからんや。
恐《おそ》るる所《ところ》は[二]疎慵《そよう》の性《せい》、
君《きみ》の[三]訓告《くんこく》の誠《まこと》に[四]孤《そむ》かんことを。

其の二

2
訓告《くんこく》　[五]篤好《とくこう》を申《の》べ、
[六]趨舎《すうしゃ》　[七]道風《どうふう》を存《そん》す。
君《きみ》は[八]古人《こじん》の節《せつ》を抱《いだ》く、
能《よ》く今世《きんせい》に容《い》れ為《ら》れんや。
[九]飢烏《きう》　腐鼠《ふそ》に嚇《かく》し、
怒鵬《どほう》　層穹《そうきゅう》に搏《はばた》く。
[一〇]群情《ぐんじょう》　各《おのおの》執《と》る有り、
[一一]賢士《けんし》　固《もと》より自《みずか》ら窮《きゅう》す。
仰《あお》いで[一二]浮雲《ふうん》の聚《あつ》まるを瞻《み》るも、
[一三]否塞《ひそく》　[一四]曷《いつ》か云《ここ》に通《つう》ぜん。
願《ねが》はくば[一五]松柏《しょうはく》の操《みさお》を充《やしな》ひて、

附驥豈無情
所恐疎慵性
孤君訓告誠

其　二

訓告申篤好
趨舎存道風
君抱古人節
能為今世容
飢烏嚇腐鼠
怒鵬搏層穹
群情各有執
賢士固自窮
仰瞻浮雲聚
否塞曷云通
願充松柏操

性を一層緊密にしている。畏敬する先輩への真情を吐露した作で、作者壮年時の一面目が覗える。一鳥の飛ぶさま。陸機・文賦の李周翰の注に「鳥飛貌」とある。畳韻の語。二先輩の拙斎と作者自らとを、連ね飛ぶ二羽の鶴になぞらえた。載は韻文で口調を整える助字。三ともに京師で那波魯堂に就き朱子学を学んだ。四切磋琢磨(詩経・衛風・淇奥)し合う中で、かたくなで愚かなわたくしをふるい立たせ。五互いに励まし合いながら、道理にくらい私を導いて下さる。六麗沢は連なる沢で、相互にうるおすところから、友人同士が励まし合うこと(易経・兌)。七まがりくねったよもぎも、真直ぐにしげる麻の中に生育すると自然に矯正されるように、拙斎のお蔭でひとりでに感化された。潘岳・河陽に「曲蓬何以直、托レ身依二叢麻一」とある。七あおいを採る時は葉や茎だけにとどめ、根まで痛めてはいけない(根本は大事にせよ)という戒め。古詩に「採レ葵不レ傷レ根、傷レ根葵不レ生」とある。

一驥尾に付す(すぐれたあなたの後に従う)わたくしは、どうして感慨がなかろうか。ひとしおである。二性質が粗野でなまけもの。三拙斎からおしえ告げられた内容。「其の二」はこの語を承け、第一句冒頭に再用する。四そむく。集韻に「孤、一曰、負也」とある。

2
五あつい心寄せ。盧諶・答二魏子悌一に「妙詩申二篤好一」とある。六進退。史記・伯夷伝に「趨舎有レ時」、司馬遷・報二任少卿一書に「趨舎異レ路」とある。七人としての正しい在り方。八いにしえの学徳すぐれた人。九うえた烏は腐った鼠でも奪われるかと、大空を飛ぶ鵬をおどした。鴟(びと)が腐鼠を得て鵷鶵

君《きみ》と一六厳冬《げんとう》を守《まも》らんことを。

其の三

3 厳冬《げんとう》 霜雪《そうせつ》繁《しげ》く、
我《わ》が心《こころ》 一七憂端《ゆうたん》多《おお》し。
豈《あ》に一八蘭《らん》と蕙《けい》と無からんや、
久《ひさ》しく已《すで》に一九芳芬《ほうふん》を斂《おさ》む。
二〇疵賤《しせん》 物《もの》の棄《す》つる所《ところ》、
二一耿介《こうかい》 聊《いささ》か自《みずか》ら珍《ちん》とす。
二二碩果《せきか》 終《つい》に食《くら》はれず、
二三霊管《れいかん》 輙《すなわ》ち春《はる》を回《めぐ》らす。
二四物理《ぶつり》 此《かく》の如《ごと》き有り、
何《なん》ぞ必《かなら》ずしも我《わ》が神《しん》を傷《いた》ましめんや。
二五嗟《ああ》 彼《か》の二六枳棘《ききよく》の林《はやし》の、
二七偏《ひとへ》に雨露《うろ》の恩《おん》を蒙《こうむ》るを。

与君守厳冬

其　三

厳冬繁霜雪
我心多憂端
豈無蘭与蕙
久已斂芳芬
疵賤物所棄
耿介聊自珍
碩果終不食
霊管輙回春
物理有如此
何必傷我神
嗟彼枳棘林
偏蒙雨露恩

(えんすう)を仰ぎ大声で嚇した故事(荘子・秋水)。拙斎を威嚇した俗人と、超俗の拙斎になぞらえる。
一〇 世の俗人たちはめいめい我執を持ち続け。
一一 脱俗の士、拙斎は身の置き所に困る。
一二 俗悪な人物。古詩に「浮雲蔽㆓白日㆒」とある。
一三 閉じふさがる。
一四 いつになったら開けるのだろうか。云は語調を整える助字。詩経などに用例が多い。
一五 常緑樹の松やひのきのように変らない節操を養い満たして。論語・子罕に「歳寒、然後知㆓松柏之後㆒㆑彫也」とある。充は満・実・足などと連文の文字で、方言に「養也」、説文に「長也、高也」とある。 一六 真冬でも松柏は色を変えないように、厳しい俗世でも節義を守ろう。「厳冬」の語は「其の三」の冒頭に再用。
3 一七 心配のきざし。謝霊運・長歌行に「覧㆑物起㆓悲緒㆒、顧㆑己識㆓憂端㆒」、明の魏観の詩に「坐㆓彼容㆑膝軒㆒、徐徐散㆓憂端㆒」とある。
一八 ともに蘭科の香草。すぐれた人物に喩える。楚辞・離騒に見える。
一九 かぐわしい香りを立てずに秘めたままである。斂は収。 二〇 きずものや、やすもの。
二一 堅く志操を守る。
二二 大きな木の実は必ず亡びず残り続け。易経・剝に「上九。碩果不㆑食、君子得㆑輿、小人剝㆑廬」とある。
二三 はかり知れぬ力をそなえた笛の音色は、たちまち若がえらせる。周礼・春官宗伯に見える管などをさすか。 二四 万物の道理。 二五 ああ。歎きの声。 二六 からたちといばら。ともにとげがあり、邪佞な人物に喩える。次の詩四の冒頭に再用。
二七 雨露が万物をうるおすように、よこしまな人物までも聖代の恵みをうけている。

其の四

4 枳棘《ききよく》 [一]荘逵《そうき》を塞《ふさ》ぎ、
[二]条幹《じようかん》 日《ひ》ゝ《び》[三]橚矗《しゆくちく》す。
門《もん》を出《いで》て[四]軽策《けいさく》を理《たの》むも、
[五]何《いず》くの地《ち》にか吾《わ》が足《あし》を託《たく》せんや。
世《よ》に処《しよ》するは[六]朝露《ちようろ》の若《ごと》く、
尚《ねが》ふ所《ところ》は[七]逸楽《いつらく》に在《あ》り。
[八]焉《いず》くんぞ千金《せんきん》の身《み》を駆《か》つて、
[九]営々《えいえい》として寵辱《ちようじよく》に狥《したが》はんや。
[一〇]帰来《きらい》 架書《かしよ》を抽《ぬ》き、
独《ひと》り[一一]櫺軒《れいけん》に向《むか》ひて読《よ》む。
読《よ》み罷《や》んで[一二]再三歎《さいさんたん》ず。
斯《こ》の意《い》 将《まさ》に誰《たれ》にか告《つ》げんとす。

其の五

其　四

枳棘塞荘逵
条幹日橚矗
出門理軽策
何地託吾足
処世若朝露
所尚在逸楽
焉駆千金身
営々狥寵辱
帰来抽架書
独向櫺軒読
読罷再三歎
斯意将誰告

其　五

4 一 大通り。荘は六方に通じる道、逵は四方八方に分れる道。
二 枝や、幹。
三 長く伸びしげるさま。木が立ち並び茂るさま。左思・呉都賦の李善注に「長直貌」「茂盛貌」、李周翰注に「深長貌」、また集韻には「行木皃」とある。
四 軽いつえをたよる。策は杖。
五 どこにわが歩みを運ぼうか。
六 すぐ陽に乾く朝の露のことで、はかないものに喩える。漢書・蘇武伝に「人生如₂朝露₁」とある。
七 気楽にたのしむこと。
八 どうして千金にも替えがたい大切な身を無理してまで。
九 あくせくと権勢にこびへつらう必要があろうか。寵辱は、寵愛と恥辱。
一〇 帰宅して本棚の書物を一冊ひき抜き。来は助字。
一一 れんじの手すり。
一二 くりかえし歎息する。「三歎」は五の冒頭に再用。
5 一三 目がさえてねむれないさま。耿は、あきらか、あかるい意。重言の形で詩経・柏舟に「耿耿不ㇾ寐」、楚辞・遠游に「夜耿耿而不ㇾ寐兮」などと用いる。
一四 なやんで安眠できず寝返りをうつ。詩経・周南・関雎に「悠哉悠哉、輾転反側」とある。
一五 明るく輝くさま。詩経・陳風・月出に「月出皎兮」とある。
一六 思いしたうさま。潘岳・寡婦賦の李善注に「思恋之貌」とある。
一七 寝どこの垂れぎぬ。
一八 往時。むかし。疇は、発語の字で意味はな

5
三嘆《たん》 耿《こう》[一三]として寐《い》ねず、
[一四]展転《てんてん》す 夜《よ》 何其《いかん》。
[一五]皎々《きようきよう》たる寒月《かんげつ》の光《ひかり》、
[一六]依々《いい》として[一七]牀帷《しようい》に入《い》る。
[一八]疇昔《ちゆうせき》 容顔《ようがん》を夢《ゆめ》む、
言笑《げんしよう》 宛《あたか》も茲《ここ》に在《あ》り。
[一九]郷県《きようけん》 [二〇]孔邈《こうばく》に非《あら》ざるも、
[二一]招尋《しようじん》 動《やや》もすれば相《あ》ひ違《たが》ふ。
何《なん》ぞ我《われ》に[二二]嘉類《かるい》を[二三]錫《たま》ひ、
而《しか》も恒《つね》に[二四]乖離《かいり》せしむ。
但《た》だ願《ねが》はくば[二五]吝労《りんろう》を釈《と》いて、
[二六]良訊《りようじん》 絶期《ぜつき》なからんことを。

6
肥後《ひご》の藪先生《やぶせんせい》に寄《よ》す

[二七]昇平《しようへい》 百餘年《ひやくよねん》、
[二八]人文《じんぶん》 日《ひ》に随《したが》ひて盛《さかん》なり。

三嘆耿不寐
展転夜何其
皎々寒月光
依々入牀帷
疇昔夢容顔
言笑宛在玆
郷県非孔邈
招尋動相違
何錫我嘉類
而使恒乖離
但願釈吝労
良訊無絶期

寄肥後藪先生

昇平百餘年
人文随日盛

い。
一九 拙斎の故郷、備中国鴨方。
二〇 はなはだはるか。作者の故郷、備後国神辺から鴨方まではせいぜい七里ほどで、十里も隔ってはいない。
二一 招きもし訪れもする。相互の往来。李白・贈二臨洺県令皓弟一に「与レ爾相招尋」とある。
二二 すばらしい仲間。阮瑀・鸚鵡賦に「誕二嘉類于京都一」とある。先輩拙斎をさす。
二三 賜に同じ。
二四 はなればなれ。乖は、そむく。
二五 うらみなやむ気持。吝は、恨む、労は憂えて心を苦しめること。
二六 よい便り。訊は書問、書信。陸機・贈二馮文羆一に「愧無二雑珮贈一、良訊代二兼金一」、謝恵連・予章行に「願子保二俶真一、良訊代二徽容一」とある。
6 三十歳頃、孤山四十三歳までの作。肥後の藪先生とは熊本、細川侯の藩儒藪孤山(一七三五―一八〇三)のことで、名は慤、字は子厚(士厚)、通称茂次郎と言い、茶山より十三歳年長であるから、西山拙斎と同甲である。藪慎庵の二男で江戸・京坂に遊び、宝暦十三年(一七六三)藩校時習館の助教となった。明和三年(一七六六)三十二歳で故秋山玉山(一七〇二―六三)のあとを承け、二代目教授に進み、玉山以来の徂徠学を主流とした学風を斥けて朱子学を鼓吹、その後三代目教授高本紫溟にいたって漸く方向を決した。作者が贈った二作も、この儒学の相異なる両儒風に関わる。前編、巻一所収。安永六年(丁酉、一七七七)頃、
二七 太平の世が百年以上も続いて。昇平は世の中がおだやかに治まること。元和偃武(一六一五)後に起きた島原の乱(一六三七)や由井正雪の乱(一六五一)等も鎮圧されて一世紀以上が経過し。
二八 文化は日を追うて隆盛に赴いた。

賦《ふ》を作《つく》りては一楊馬《ようば》を軽《かろ》んじ、
二経《けい》を談《だん》じては盧鄭《ろてい》を蔑《べっ》す。
三周末《しゅうまつ》 奇論《きろん》を競《きそ》ひ、
四晋初《しんしょ》 怪行《かいこう》を尚《とうと》ぶ。
五時名《じめい》 或《あるい》は之《これ》を得《う》るも、
迺《すなわ》ち先聖《せんせい》に叛《そむ》く無からんや。
六大道《たいどう》 竟《つい》に岐《き》多《おお》し、
誰《たれ》に憑《よ》つてか邪正《じゃせい》を弁《べん》ぜん。
七西方《せいほう》に美人《びじん》あり、
容姿《ようし》も也比罕《またたぐいまれ》なり。
腰《こし》に八蕙茝《けいし》の佩《はい》あり、
身《み》に九芰荷《きか》の衣《ころも》を著《つ》く。
一〇服《ふく》する所《ところ》は麁朴《そぼく》と雖《いえど》も、
居《お》る所《ところ》は光輝《こうき》を生《しょう》ず。
吾之《われこれ》に従《したが》ひて遊《あそ》ばんと欲《ほっ》するも、
翼《つばさ》の一一奮飛《ふんぴ》す可《べ》き無し。

作賦軽楊馬
談経蔑盧鄭
周末競奇論
晋初尚怪行
時名或得之
無迺叛先聖
大道竟多岐
憑誰弁邪正
西方有美人
容姿也罕比
腰有蕙茝佩
身著芰荷衣
所服雖麁朴
所居生光輝
吾欲従之遊
無翼可奮飛

一 詩文の制作では前漢の楊雄(前五三―一八)や司馬相如(前一七九―前一一七)に勝り。楊雄・司馬相如ともに賦にすぐれ、雄に河東賦・甘泉賦、相如に子虚賦・上林賦などがある。賦は漢代に盛行した韻文の一体で、対句で叙述描写し句末に韻を踏む。
二 経学の探究では後漢の盧植(　―一九二)や鄭玄(一二七―二〇〇)を凌ぐ。盧・鄭ともに馬融の弟子で経義にすぐれていた。
三 周末、戦国時代(前四〇三―前二二一)に輩出した諸子百家は争って弁舌をたくましうし。
四 魏晋(二二〇―四二〇)の清談家たちは、竹林の七賢に見られるような、常識を超えた奇嬌な行ないをねがった。
五 たまたま一時の名声をかち得ても。
六 人の常にふみ行なうべき大切な筋道もいろいろと見解が分かれている。列子・説符に「大道以二多岐一亡レ羊、学者以二多方一喪レ生」とあり、多岐亡羊という。
七 西の方向に学徳兼備の賢人がおられる。肥後の藪孤山を指す。詩経・邶風・簡兮に「彼美人兮、西方之人兮」とあり、その鄭箋に「彼美人、謂二碩人一也」とある。
八 かおりぐさと、よろいぐさ。ともに香草。楚辞・離騒の注に「蕙・茝、皆香草」とある。
九 ひしと、はちす。ともに清浄な香草。楚辞・離騒に「製二芰荷一以為レ衣兮」とある。この対句はともに徳高く節義を保つ意。
一〇 身には質素な衣服を召されているが、先生がいらっしゃるところからは輝きが発している。
一一 高くふるいとび上ることができない。肥後の先生のもとに参れないこと。詩経・邶風・柏舟に「静言思レ之、不レ能二奮飛一」とあり、その伝に「不レ能レ如二鳥奮レ翼而飛去一」とある。

其の二

7
一二我《われ》は本農家《もとのうか》の子《こ》、
生長《せいちよう》して一三躬耕《きゆうこう》を事《こと》とす。
一四一朝《ちよう》　旧業《きゆうぎよう》を改《あらた》め、
師《し》を追《お》ひて聖経《せいけい》を学《まな》ぶ。
一五聖経《せいけい》　豈《あ》に学《まな》び易《やす》からんや、
駑駘《どたい》　脩程《しゆうてい》に苦《くる》しむ。
一六中間《ちゆうかん》にして疾病《しつぺい》に罹《かか》り、
形迹《けいせき》　素誠《そせい》に乖《もと》る。
一七青年《せいねん》　流水《りゆうすい》の如《ごと》し、
蹉跎《さた》　何《なん》の成《な》す所《ところ》ぞ。
一八隴畝《ろうほ》　漸《ようや》く荒《こう》に就《つ》くも、
詩書《ししよ》　未《いま》だ明《あき》らかなること能《あた》はず。
之《これ》を思《おも》ひて心《こころ》に自《みずか》ら愧《は》ぢ、
一九輾転《てんてん》して雞鳴《けいめい》に徹《てつ》す。

其　二

我本農家子
生長事躬耕
一朝改旧業
追師学聖経
聖経豈易学
駑駘苦脩程
中間罹疾病
形迹乖素誠
青年如流水
蹉跎何所成
隴畝漸就荒
詩書未能明
思之心自愧
輾転徹雞鳴

▽第五、六句に六如(りくにょ)慈周(一七三四—一八〇一)評「数百歳之事、周晋二句、未レ足二以尽一レ之」があり、この六如評に対し、頼山陽(一七八〇—一八三二)の「周公似レ不レ解二所レ引之意一」という駁評が掲げてある。また、周公とは六如の法名慈周の敬称である。六如の「粗朴」の語および末二句に対し、六如の「麁朴」二字、太不レ穏、結二句、大浅露」との難評が加えられた。浅露とは表現が浅薄かつ露骨で、詩情に乏しい意である。

7
一二 茶山の父菅波久助(名は扶好、号は樗平、屋号本荘屋)は備後の川北村(神辺)で農業を営み、酒造を兼業としていた。父の実家高橋家も農家であった。石崇・王明君詞の「我本漢家子」を踏まえる。
一三 みずから耕作に従事する。諸葛亮・出師表の「臣本布衣、躬二耕於南陽一」を踏まえる。
一四 ある日、思い切って農業を罷め、父母や伯父に従学、十九歳で上洛し、市川某に古文辞を学び、のち那波魯堂につき朱子学を修めた(頼山陽・茶山先生行状)。
一五 のろい馬のような才の劣った自分は、長い道程を行きなやんだ。
一六 中途で病いをわずらって、一挙一動が初志にてらし思いのままにならない。行状にも「先生少小善病」と見える。
一七 若い頃は流れるようにすぎて、万事意のごとくならず、一体何を成しとげたのであろうか。
一八 はたけは次第に荒れてきたが、詩書の理解も思うにまかせない。陶潜・帰去来辞に「三径就レ荒、松菊猶存」とある。詩書は詩経と書経。
一九 ねつかれないので寝返りばかりうって夜を明かした。→七頁注一四。

一洲上《しゅうじょう》の杜蘅草《とこうそう》、
岸《きし》を隔《へだ》てて芳馨《ほうけい》を揚《あ》ぐ。
採《と》らんと欲《ほっ》して渡口《とこう》に臨《のぞ》めば、
秋水《しゅうすい》 二淼《びょう》として盈盈《えいえい》たり。

8

閑《しず》 谷《たに》

三連岡《れんこう》 対《なら》びて森立《しんりつ》し、
一路《ろ》 曲《まが》れること弓《ゆみ》の如《ごと》し。
四幽澗《ゆうかん》 其の傍《かたわら》に流《なが》れ、
縈迂《えいう》す 翠積《すいせき》の中《うち》。
行《ゆ》き行《ゆ》きて数〻回転《たびたびかいてん》し、
五黌宇《こうう》 忽《たちま》ち穹崇《きゅうしゅう》たり。
六図《はか》らざりき、巌林《がんりん》の窟《くつ》に、
此の絃誦《げんしょう》の 叢《くさむら》あらんとは。
村民皆朴直《そんみんみなぼくちょく》にして、
猶見《なおみ》る 七旧流風《きゅうりゅうふう》。

洲上杜蘅草
隔岸揚芳馨
欲採臨渡口
秋水淼盈盈

閑 谷

連岡対森立
一路曲如弓
幽澗流其傍
縈迂翠積中
行々数回転
黌宇忽穹崇
不図巌林窟
有此絃誦叢
村民皆朴直
猶見旧流風

一 なぎさの寒あおいは対岸でよい香りを放っている。楚辞・離騒に「雑㆔杜衡与㆓芳芷㆒」とあり、その注に「杜衡・芳芷、皆香草也」とある。杜蘅(衡)は寒あおいで、秋冬の交、根のきわに暗紫色の小花をつけ芳香を放つ。

二 水量が多いこと(荘子・秋水)。また淼も盈盈も水がひろびろとみなぎっているさま(古詩)。

8 前編、巻一所収。天明二年(一七八二)以前、三十五歳以前の作。備前国和気郡木谷村閑谷(のち伊里村大字閑谷、現岡山県備前市)には藩営の庶民教育機関が設けられ、はじめ一般に閑谷学問所と称し、現在は閑谷学校と呼ばれている。好学の藩祖池田光政(通称新太郎、諡は芳烈公〈一六〇九—八二〉)は陽明学者中江藤樹の弟子熊沢蕃山(一六一九—九一)を聘し、寛文八年(一六六八)より岡山城下に藩校を、また閑谷に民間教育機関の郷学建設にかかった。有能な学校奉行津田永忠(一六四〇—一七〇七)は鋭意事に当たり、寛文十年より着手し延宝二年(一六七四)ごろ竣工、さらに改築整備され、元禄十四年(一七〇一)に完成した。全国的にも最も早い郷学であり、かつ現存最古の学校建築として遺構が現存している点でも貴重で、円やかな石塀、備前焼の瓦、白壁などはいずれも教育の場にふさわしい簡素な美観をたたえ、講堂は国宝、その他は重要文化財に指定されている。学風は藩校同様朱子学で、学生は三十ないし五十名であった。

茶山は備前岡山の姫井桃源宅を訪れた際や上洛の途次にも立ち寄る機会は多くあったし、また儒士としてほかならぬこの郷学の参観に来訪したことも、あったであろう。あるいは安永五年(一七七六)四月二十九日、頼春水・西山拙斎と閑谷を訪れた時の作か(富士川英郎『菅茶山』上)。

三 岡また岡と丘陵がつづき、一本の道が弓なり

八草昧《そうまい》たる戦争《せんそう》の時《とき》、
割拠《かっきょ》せるは幾姦雄《いくかんゆう》ぞ。
一変《べん》して九儒雅《じゅが》を尚《たっと》ぶは、
実《じつ》に一〇烈公《れっこう》より始《はじ》まる。
一一文治《ぶんち》 当時《とうじ》を想《おも》ふに、
巍然《ぎぜん》たるは両学宮《りょうがっきゅう》。
一二隄防《ていぼう》 墾闢《こんべき》の役《えき》、
一三遺構《いこう》 四封《ほう》に壮《そう》たり。
我曾《われかつ》て一四泮林《はんりん》を観《み》しに、
今又此《いままたここ》に来《きた》り登《のぼ》る。
一五屋榭《おくしゃ》 何《なん》ぞ広大《こうだい》なる。
一六瓦甍《がぼう》 何《なん》ぞ玲瓏《れいろう》たる。
一七垣牆《えんしょう》と諸房舎《しょぼうしゃ》と、
幾年《いくとし》か乃《すなわ》ち功《こう》を竣《お》へん。
顧思《こし》 一八公《こう》の身《み》に及《およ》んで、
財用《ざいよう》 備《そな》はりて且豊《かつゆた》かなり。

草昧戦争時
割拠幾姦雄
一変尚儒雅
実始自烈公
文治想当時
巍然両学宮
隄防墾闢役
遺構壮四封
我曾観泮林
今又此来登
屋榭何広大
瓦甍何玲瓏
垣牆諸房舎
幾年乃竣功
顧思及公身
財用備且豊

にカーブする(石門から北に一キロメートル)。四 奥深い谷川が道に沿って流れ、緑の山あいをうねりめぐる(伊里川に注ぐ閑谷川)。五 閑谷学問所の堂舎が目の前に高くそそり建っている。穹も崇も高いさま。六 岩や林に囲まれて、このような学堂があろうとは思いもしなかった(東に椿山、西に火除山)。絃は詩を楽器で演奏し、誦は詩を歌い読むことで、絃誦とは学習の意。七 昔ながらの美風。孟子・公孫丑上に「其故家遺俗、流風善政、猶有㆓存者㆒」とある。八 元和偃武以前各地に立て籠った野心家は数えきれないほどだ。九 純正な儒学を尊ぶ。雅は正。一〇 芳烈公。藩祖池田光政のおくり名。一一 文政による治世という当初の大理想は、仰ぐばかりの見事な講堂と聖廟(大成殿)によりうかがえる。一二 つつみをきずき、畑を切り開く営み。一三 のこされた立派な建物は郷学として備前一国以外でも目を見張るばかりである。四封は四境、四辺の意。一四 学舎の南にめぐらした池のほとりの林。中国周代の諸侯の学校は東西門以南に池、以北は牆(かき)をめぐらして泮宮と称した。この池が泮水で、詩経・駉・魯頌に泮水の詩がある。閑谷学校にもこの泮水があり、そのかたわらの林の意。一五 講堂や聖廟、芳烈祠堂などの建物。榭は、みたまや。一六 瓦やいらかがなんとうるわしく輝いていることか。閑谷学校は備前焼瓦を用い、講堂は黒瓦葺、聖廟と祠堂は伊部(いんべ)の陶工に焼かせた赤褐色の瓦を用いた。一七 垣やそれに囲まれた建物の群は、いく年月を経て竣功したのだろうか。講堂は延宝元年(一六七三)、聖廟は貞享元年(一六八四)、石塀は元禄十四年(一七〇一)にそれぞれ完成。一八 文治政策では光政公の代になって、資金面

然《しか》らずんば一大役《たいえき》の餘《よ》に、
二比閭《ひりょ》能《よ》く窮《きわ》まらざらんや。
方今《ほうこん》三時雍《じよう》と称《しょう》し、
郡国《ぐんこく》に荒凶《こうきょう》少《すく》なきに。
四如何《いかん》ぞ民《たみ》逾〻《いよいよ》窶《まず》しく、
府庫《ふこ》動《やや》もすれば輒《すなわ》ち空《くう》なり。
五用《よう》を節《せつ》すると財《ざい》を聚《あつ》むると、
其の法《ほう》或《ある》いは未《いま》だ工《たく》みならざらん。
六財《ざい》を生《しょう》ずるには大道《たいどう》あり、
万世《ばんせい》行《おこ》なへば斯《ここ》に通《つう》ず。
七宇宙《うちゅう》は軌《き》異《こと》なるに非《あら》ず、
八君民《くんみん》は体《たい》固《もと》より同《おな》じ。
九誰《たれ》か能《よ》く其の本《もと》に反《そむ》かん、
一〇恩《おん》を推《お》さば三農《のう》を蘇《よみがえ》らせん。
一一踟蹰《ちちゅう》して往昔《おうせき》を悲《かな》しめば、
書声《しょせい》雲松《うんしょう》に静《しず》かなり。

不然大役餘
比閭能不窮
方今称時雍
郡国少荒凶
如何民逾窶
府庫動輒空
節用与聚財
其法或未工
生財有大道
万世行斯通
宇宙軌非異
君民体固同
誰能反其本
推恩蘇三農
踟蹰悲往昔
書声静雲松

でも運用面でも十分になった。

一 光政の祖父輝政も父利隆も、関ヶ原の合戦や大坂冬夏の両陣で功があった。
二 行政組織がよくととのわないだろうか、整然と定まった。比は五家、閭は二十五家を単位とする中国周代の組織。
三 庶民がやわらぎたのしむこと。時は是で発語の辞。書経・尭典の伝に「時、是。雍、和也。言㆓天下衆民皆変化従㆑上、是以風俗大和㆒」とある。
四 なぜか領民の生活はいよいよ貧しく、藩庫の中もともすれば空っぽである。
五 費用の節約と財源の調達と。
六 財力の蓄積には正当な方法があり。
七 天と地の運行の秩序は別々のものではなく。
八 主君と人民との関係もいうまでもなく一体である。礼記・緇衣に「民以㆑君為㆑心、君以㆑民為㆑体」とある。
九 いったい誰がその根本に背くことができようか。
一〇 主君が恩愛を推し及ぼせば、農事は成功しよう。孟子・梁恵王上に「故推㆑恩、足㆔以保㆓四海㆒、不㆑推㆑恩、無㆔以保㆓妻子㆒」とある。三農とは、春耕・夏耘(かうん)・夏に雑草を刈ること)・秋収をさす。
一一 たちもとおって創建の昔に懐いをはせ、現時勢をなげいていると、書生たちの素読(そどく)の声が雲間の松林から静かに流れてくる。踟蹰とは、立ちどまり同じところをぶらぶらすること。
▽第六句に六如評「頓挫有㆑力」とある。立派な学舎が眼前に現出する効果を指す。なお、前編巻一に「閑谷」と題する五言絶句「遺沢今幾世、夏楚尚厳荘、時聞撊夫語、亦及㆓文宣王㆒」が収

有鳥《ゆうちょう》 三首《しゅ》。感《かん》ありて作《つく》る

9 一二 鳥《とり》あり 丹穴《たんけつ》より来《きた》り、
雛《ひな》を将《ひき》ゐて城門《じょうもん》に息《いこ》ふ。
音声《おんせい》 人《ひと》をして悦《よろこ》ばしめ、
毛彩《もうさい》 人《ひと》をして眩《くら》ましむ。
自《みずか》ら鳳凰《ほうおう》の使《つかい》と称《しょう》し、
頗《すこぶ》る能《よ》く威権《いけん》を張《は》る。一三
一四 身《み》を攙《そばだ》てて鶩輩《ぼくはい》を嚇《おど》し、
毛《け》を刷《は》きて鵷班《えんぱん》に狎《な》る。
一五 雑禽《ざつきん》 武《あと》を接《せっ》して至《いた》り、
一六 嬌媚《きょうび》 各〻《おのおのさき》先を争《あらそ》ふ。
爪牙《そうが》と羽翼《うよく》と、
儔侶《ちゅうりょ》 日〻《ひび》に滋繁《じはん》す。
且謂《かつおも》へらく 此の時《とき》を失《しっ》さば、
何《いず》れの日《ひ》か美鮮《びせん》に飽《あ》かんと。一七

有鳥三首。有感而作

有鳥丹穴来
将雛息城門
音声令人悦
毛彩使人眩
自称鳳凰使
頗能張威権
攙身嚇鶩輩
刷毛狎鵷班
雑禽接武至
嬌媚各争先
爪牙与羽翼
儔侶日滋繁
且謂失此時
何日飽美鮮

められている。

9 前編、巻一所収。三十五歳以前の作。霊鳥鳳凰は天下昇平の時に現れ、飛翔の際は群鳥これに従うといわれる。雄を鳳、雌を凰といい、梧桐に棲み、竹の実を食み、醴泉を飲み、高さ六尺、色は五彩、声は五音に当たるという。この太平の瑞鳥の使にことよせて、姦鳥と対比させ、俗物の跳梁跋扈する時勢を慨歎した五言古詩三首。

一二 丹穴とは山の名で、山上には金玉が多いという。山海経・南山経に「丹穴之山、其上多二金玉一」とある。爾雅・釈鳥に「鸓、鳳、其雌皇」とあり、その疏に「山海経曰、丹穴之山、有レ鳥焉、其状如レ鶴、五彩而文、名曰レ鳳、首文曰レ徳、翼文曰レ順、背文曰レ義、膺文曰レ仁、腹文曰レ信、是鳥也。飲食、自歌、自舞、見則天下大安寧」とある。

一三 威光と権力と。

一四 身をそびやかしてあひるのたぐいを威嚇し、毛をととのえて鵷の列に近付き親しむ。杜甫・画鷹詩に「攙レ身思二狡兎一」とあり、和刻本杜律集解(元禄九年〔一六九六〕刊)にはソビヤカシテと付訓する。鵷は鳳凰の類。荘子・秋水に「南方有レ鳥、其名鵷鶵…夫鵷鶵発二於南海一、而飛二於北海一、…於レ是鴟得二腐鼠一、鵷鶵過レ之、仰而視レ之曰、嚇」とある。

一五 いろいろの鳥がひっきりなしにやってきてあだっぽくこびをきそう。武は足あと。爾雅・釈訓に「武、跡也」とある。

一六 外敵を防ぎ、あるいは守り助け合って、同類の仲間は日ごとに増える。

一七 おいしい生肉。鮮は鳥獣の新鮮な肉。書経・益稷の伝に「鳥獣新殺曰レ鮮」、また淮南子・泰族訓の注に「生肉為レ鮮」などとある。

[一]群噪《ぐんそう》 欲《ほつ》する所《ところ》を逞《たくま》しうし、
[二]四境《きよう》 自《おのず》から騒然《そうぜん》たり。
此の鳥本《とりもと》微賤《びせん》にして、
[三]貪狡《たんこう》なること烏鳶《うえん》に比《たぐい》す。
既《すで》に[四]厨廩《ちゆうりん》に巣《す》くうを許《ゆる》さる、
誰《たれ》か[五]噬呑《ぜいどん》を 恣《ほしいまま》にするを禁《きん》ぜんや。
既《すで》に[六]枢要《すうよう》に居《い》るを許《ゆる》さる、
誰《たれ》か[七]凶残《きようざん》を播《ま》くを禁《きん》ぜんや。
[八]君自《きみおのず》から百禽《ひやくきん》の長《ちよう》、
[九]姦鳥《かんちよう》の言《げん》に惑《まど》ふこと勿《なか》れ。

其の二

[一〇]朝《あした》には鷺社《ろしや》の側《かたわら》に翔《と》び、
夕《ゆうべ》には鶏桀《けいけつ》の辺《へん》に止《とど》まる。
[一一]翮《はね》を竦《そび》やかし且《か》つ觜《くちばし》を張《は》り、
[一二]瞿瞿《くく》として釁端《きんたん》を徼《うかが》ふ。

群噪逞所欲
四境自騒然
此鳥本微賤
貪狡比烏鳶
既許巣厨廩
誰禁恣噬呑
既許居枢要
誰禁播凶残
君自百禽長
勿惑姦鳥言

其　二

朝翔鷺社側
夕止鶏桀辺
竦翮且張觜
瞿瞿徼釁端

一 むらがり騒いで勝手気ままに餌をあさり。
二 国の内外は自然さわがしくなった。四境とは四方の国ざかい。孟子・梁恵王下に「四境之内不レ治、則如レ之何、王顧ニ左右一而言レ他」とあり、治政に関わる文脈によく用いられる。
三 よくばりずるがしこいことは、からすやとびに等しい。
四 料理場や米ぐら。
五 かみくだき、のむ。
六 中枢に当たる大切な地位。枢も要も、かなめ。荀子・正名の注に「枢要、大要総名也」とある。
七 人の道にはずれたむごい行ない。凶悪残虐な行為。
八 「君自」の右傍に「鳳是」と並記。「鳳は是(これ)」となる。
九 邪悪な鳥。私利私欲にとらわれた、心のねじけた人物に喩えた。
▽那波魯堂評「多粘ニ皮骨一」がある。

一〇 朝がたには鷺の宮の近くを飛び、日暮にはにわとりの止まり木のほとりにとまる。
一一 翮は、羽の茎。説文に「翮、羽茎也」とあり、その段玉裁注に「謂ニ一羽之柱一」と見える。
一二 いそがしく見回してとびかかる機会をうかがう。瞿瞿は礼記・檀弓上の疏に「眼目速瞻之貌」とある。釁端は争いのいとぐち。

一三 本《もと》は其の軀《からだ》を肥《こ》やさんと欲《ほっ》し、
君恩《くんおん》に酬《むく》ゆる為《ため》に非《あら》ず。
一四 本《もと》は其の室《しつ》を美《うつく》しくせんと欲《ほっ》し、
下民《かみん》を救《すく》ふ為《ため》に非《あら》ず。
一五 弱羽《じゃくう》 亦何《またなん》の罪《つみ》かある。
一六 嘵嘵《きょうきょう》として心胆《しんたん》寒《さむ》し。
己《おのれ》の口中《こうちゅう》の食《しょく》を吐《は》き、
一七 渠《かれ》を盤上《ばんじょう》の餐《さん》に供《きょう》す。
然《しか》らずんば其の怒《いか》りに触《ふ》れ、
一八 覆巣《ふくそう》 再《ふたた》び全《まった》かり難《がた》し。
各自《かくじ》 禍《わざわい》を免《まぬが》るるを謀《はか》る。
一九 喙息《かいそく》 誰《たれ》か安《やす》きを得《え》ん。
二〇 君《きみ》は碧梧《へきご》の枝《えだ》に栖《す》む。
寧《なん》ぞ巧智《こうち》の根《ね》を知《し》らんや。
二一 計成《けいな》りては一《いつ》に飽颺《ほうよう》せん。
二二 羅捕《らほ》 竟《つい》に応《まさ》に難《かた》かるべし。

本欲肥其軀
非為酬君恩
本欲美其室
非為救下民
弱羽亦何罪
嘵嘵心胆寒
吐己口中食
供渠盤上餐
不然触其怒
覆巣難再全
各自謀免禍
喙息誰得安
君栖碧梧枝
寧知巧智根
計成一飽颺
羅捕竟応難

一三 もともと自己一身の肥満をねがうだけで、主君への恩返しではない。崔顥・孟門行に「本擬レ報二君恩一」とある。
一四 本来自分の住まいを飾ろうとするだけで、世の人を助けるためではない。詩経・豳風・鴟鴞に「今女下民、或敢侮レ予」とある。
一五 弱小の鳥。
一六 おそれおののいて震えあがる。嘵嘵は詩経・豳風・鴟鴞の伝に「懼」とある。
一七 折角自分が食べた物を吐き出し、大皿に料理として盛る。
一八 ひっくり返った巣は、二度と再び完全にはならない。覆巣破卵などという。
一九 鳥獣は一羽一匹たりとも安心しておられようか。喙息は口で息をするもの。
二〇 あなたは青桐に棲んでいるから、どうしてわるがしこい性質を持っていようか。
二一 もくろみが出来上ると、ただもう盗めるだけ取って逃げるだろう。
二二 からめ捕えることは、結局むつかしかろう。

一願《ねが》はくば鸚鵡《おうむ》の舌《した》を借《か》り、
一言《げん》もて其の姦《かん》を発《はつ》せん。
二願《ねが》はくば鵰鷲《ちようしゆう》の爪《つめ》を借《か》り、
一撃《げき》もて其の肝《きも》を肉《にく》にせん。

其の三

11
姦鳥《かんちよう》　種類《しゆるい》多《おお》く、
相《あ》ひ呼《よ》びて互《たが》ひに三攀援《はんえん》す。
悪水《あくすい》其の傍《かたわら》に溢《あふ》れ、
四腐《ふ》鼠《そ》　其の前《まえ》に満《み》つ。
五烏《う》鳶《えん》　方《まさ》に意《い》を得《え》て、
唼喋《そうちよう》　日《ひ》ゝ《び》囂喧《ごうけん》たり。
六鬼雀《きじやく》　仙鶴《せんかく》に謂《い》はく、
何《なん》ぞ独《ひと》り辛酸《しんさん》に甘《あま》んぜんや。
七群情《ぐんじよう》　趨《おもむ》く所《ところ》異《こと》なるも、
念慮《ねんりよ》は顕尊《けんそん》に在《あ》り。

願借鸚鵡舌
一言発其姦
願借鵰鷲爪
一撃肉其肝

其　三

姦鳥多種類
相呼互攀援
悪水溢其傍
腐鼠満其前
烏鳶方得意
唼喋日囂喧
鬼雀謂仙鶴
何独甘辛酸
群情異所趨
念慮在顕尊

一 できれば、よくしゃべるおうむの口を借りて、その邪悪さを簡潔に述べよう。
二 どうかわしの爪を借りて、一撃のもとにその肝を食肉としてしまおう。
▽第六・八句に六如評「君恩・下民、恐不レ于レ鳥」がある。また作者の弟菅恥庵評「君恩出二崔顥孟門行一、下民出二豳風一」がある。
11 三 引きもどす。攀も援も、引く意。曹丕・与二呉質一書に「年一過往、何可二攀援一」とある。 四 →四頁注九。
五 烏やとんびは待ってましたと、ついばみ食う声は日ごとかしましい。唼喋は鳥が餌をついばむ音、または様子。囂喧は、やかましいこと。
六 鬼雀は、からすの一種。くちばしは大きく、頸は白く、親鳥に餌の口移しの恩返しをせず、南方の人はこの鳥が鳴けば凶という(事物異名録・禽鳥・烏鴉)。仙鶴は、つるのこと。下種で貪欲なからすと高貴なつるとを対比さす。
七 それぞれ思いはちがっても、願いは尊い地位をめざしている。 八 さびしくかなしい思いで低い分際にとどまるのであれば、なんで才能も賢明さも必要だろうか。
九 生きとし生ける物、おのがじし生きざまはちがっても飢えと凍えが一番の心配だ。
一〇 意気高く世俗を無視し、愚直頑固な生き方はやめよ。
一一 志操を低俗化させ、わたくしのように思う存分とびまわるに越したことはない。翩翻は畳韻の語で、ひるがえりとぶさま。張衡・西京賦に「衆鳥翩翻、群獣駓騃(ひし)」、王昌齢・灞上閒居に「庭前有二孤鶴一、欲レ啄常翩翻」とある。
一二 うまい餌がたらふく食べられることはもとより、立派な車に止まることだってできよう。華軒は高貴な人の乗る車、または宮殿の美しい

八 凄凄《せいせい》として賤辱《せんじょく》を守《まも》るに、
何《なん》ぞ才《さい》と賢《けん》とを須《もち》ゐん。
九 百物《ひゃくぶつ》営《いとな》む所《ところ》殊《こと》なるも、
憂虞《ゆうぐ》は饑寒《きかん》に在《あ》り。
一〇 昂昂《こうこう》として流俗《りゅうぞく》に背《そむ》き、
迺《すなわ》ち愚《ぐ》にして且頑《かつかたくな》なること無かれ。
一一 如《し》かず其の志《こころざし》を降《くだ》し、
我《われ》に従《したが》ひて且翩翻《かつへんぱん》たらんには。
一二 小《しょう》にしては以《もっ》て芳餌《ほうじ》に飽《あ》き、
大《だい》にしては以《もっ》て華軒《かけん》に乗《の》らんと。
仙鶴《せんかく》 畣《こた》ふること能《あた》はず、
翅《つばさ》を垂《た》れて再三《さいさん》嘆《たん》ず。
一三 誰《たれ》か識《し》らん凌霄《りょうしょう》の姿《すがた》、
一四 元《もと》自《みずか》ら腥膻《せいせん》に厭《あ》かんとは。

凄凄守賤辱
何須才与賢
百物殊所営
憂虞在饑寒
昂昂背流俗
無迺愚且頑
不如降其志
従我且翩翻
小以飽芳餌
大以乗華軒
仙鶴不能畣
垂翅再三嘆
誰識凌霄姿
元自厭腥膻

てすり。
一三 誰がいったい高遠壮大な志をもったわが姿を知ろうか。凌霄とは空をしのぐ志気をいい、鷹のことを凌霄君と呼ぶ。
一四 もともと生ぐさい肉など食べたくもないことを。腥膻の腥は礼記・礼器の疏に「生肉也」、また膻は集韻に説文を引き、「羊臭也」とある。

12 前編、巻一所収。安永八年(己亥、一七七九)、三十二歳の作。御領山は広島県深安郡神辺町上御領にあり、神辺平野の北東端に当たる。標高二三四・二メートル。八丈岩と呼ばれる大岩があり、山肌に岩が露出している。作者壮年期の感懐であろう。歌とは韻文の一体で、楽府(がふ)に起こり古詩に用いられた。
一 けわしさを競っている。嵯峨は高くけわしい形容。楚辞の注に「高貌」とある。二 無数の牛を平らかな堤で放牧しているようである。
三 自分は世間一般に多いそねみきらう心がいやで、お前(石)が全くそれらとかかわりないことをうれしく思い、たびたびやって来た。「上」の傍に「情」と並記。四 今日もちょっと一杯やっただけで、もう石どもに対する限りない愛着が湧いて来て。五 自分はしばらく心のままに歌いまくろう。石よ、いい加減に聞き流したまえ。
六 この頃は官も民も古いしきたりにばかりこだわって。七 ちょっと何かしようとすると、すぐにかれらの気にさわる。八 まして、お前の硬骨ぶりを誰が認め記してくれるだろうか。気の毒だ。九 ただ耳と口とをおおい、黙って身の保全をはかるにこしたことはあるまい。
一〇 お前は林野中に在ってこそふさわしい。
一一 世俗から身を隠し通して、さわがしい塵境に近付かぬがよい。韜晦は、おのれの才学を包

御領山《ごりようさん》の大石《たいせき》の歌《うた》

12
御領山頭《ごりようさんとう》　大石多《たいせきおお》し、
或《あるい》は群《む》れ或《あるい》は畳《かさ》なりて　嵯峨《さーが》たるを闘《たたか》はす。
大《だい》なるは山《やま》の如《ごと》く　小《しよう》なるも屋宇《おくう》、
二迴《はる》かに万牛《ばんぎゆう》の平坡《へいは》に牧《ぼく》するが如《ごと》し。
三吾世上《われせじよう》に猜忌《さいき》多《おお》きを嫌《きら》ひ、
子《し》の知《し》る無きを楽《たの》しみて　屢〻来《しばしばきた》り過《よ》ぐ。」
四此《こ》の日《ひ》一杯《ばい》もて幽興《ゆうきよう》を発《はつ》し、
五吾且《われしばら》く放歌《ほうか》せん　子《し》妄聴《もうちよう》せよ。」
六如今《じよこん》　朝野《ちようや》　因循《いんじゆん》を尚《たつと》び、
七苟《いや》しくも為《な》す所《ところ》あらば　渠《かれ》の嗔《いか》りに触《ふ》る。
八憐《あは》れむ　子《し》の剛腸《ごうちよう》　誰《たれ》か采録《さいろく》せん、
九如《し》かず　聾黙《ろうもく》して其の身《み》を全《まつと》うせんには。
石《いし》よ石《いし》よ、
一〇林栖野処《りんせいやしよ》に其の所《ところ》を得《え》よ。

御領山大石歌

御領山頭大石多
或群或畳闘嵯峨
大者如山小屋宇
迴如万牛牧平坡
吾嫌世上多猜忌
楽子無知屢来過
此日一杯発幽興
吾且放歌子妄聴
如今朝野尚因循
苟有所為触渠嗔
憐子剛腸誰采録
不如聾黙全其身
石兮石兮
林栖野処得其所

みくらますこと。囂塵は、うるさい俗世間。左伝・昭公三年の注に「囂、声。塵、土也」とある。一二 石が仙人に逢って羊に化したのは、そもそもわずらわしいことで。漢の黄初平は十五歳で羊を牧し、道士とともに金華山の石室で四十余年すごした。その兄、初起が羊の在りかを尋ね、山東との答に往って見ると白い石ばかりだった。そこで弟初平とともに行き、白石に向い、「羊よ、起きろ」と叱ると、石は変じて数万頭の羊と化した故事(神仙伝二)。一三 高僧のもとで説経を聴聞するのも、お前の本来の姿ではない。頓悟成仏説を唱えた東晋の竺道生(じくどうしょう)が虎丘山で経を講じた時、参集する者がいないので庭石を集めて聞かせたら、大事なところで石がみなうなずいた故事(呉郡諸山録)。生公説法頑石点頭という。一四 まして、建平郡と宜都郡との境界に呉の孫権が建てたような石像になることは、お前らしくない。一五 また、ましてや下邳(かひ)の圯橋(いきょう)上で、張良に兵法書三略を授けてのち黄石と化したといわれる、秦の隠士黄石公になるのがお前の真面目ではなかろう。

▽第九句に六如評「此句一篇主意」、また那波魯堂評「結末数句、可レ誡二凝氷焦火之人一」がある。

13
前編、巻一所収。歳杪は歳末、歳暮の意。杪はこずえで、物の端、終末を意味する。第一句により、安永八年(一七七九)の暮と判明する。作者三十二歳。そして二十歳年少の弟圭二(名は晋葆・晋宝、字は信卿・三聞、号は耻庵)が十二歳になった年である。翌九年初春、作者は京師に遊学する。一六 忩は匆とも書き、悤の俗字。重言であわただしい形容。歳月の早さを烏兎匆匆などという。三十二歳の安永八年まで物ごころがついてからでも四半世紀が経過した、その

一一韜晦《とうかい》し慎《つつ》しみて　囂塵《ごうじん》に近《ちか》づくこと勿《なか》れ。
一二仙《せん》に逢《あ》ひ羊《ひつじ》と化《か》するは　已《すで》に多事《たじ》、
一三僧《そう》に参《さん》じ経《きよう》を聴《き》くは　子《し》が真《しん》に非《あら》ず。
一四況《いわ》んや建平《けんぺい》に界《かい》を争《あらそ》ふの吏《り》と作《な》るをや。
一五況《いわ》んや下邳《かひ》に書《しよ》を授《さず》くるの人《ひと》と為《な》るをや。

13

歳杪放歌《さいびようほうか》

一六三十二年《ねん》　胡《なん》ぞ忩忩《そうそう》たる、
一七単身千里《たんしんせんり》　六たび東《ひがし》に向《むか》ふ。
一八満腔《まんこう》の慷慨《こうがい》　底事《なにごと》をか成《な》す、
一九負郭《ふかく》の田園《でんえん》も半《なか》ば空《くう》と為《な》る。
二〇唯風月《ただふうげつ》の多《た》病《へい》に供《きよう》する有るのみ、
今年《こんねん》も又尽《またつ》く　伏枕《ふくちん》の中《うち》。
二一屠龍《とりよう》の無用《むよう》なるは　已《すで》に之《これ》を知《し》り、
二二一寒此《かんかく》の如《ごと》きも　我《われ》に於《おい》ては宜《うべ》なり。
二三喜《よろこ》ぶに堪《た》へたり　阿連《あれん》の麤《あら》くも字《じ》を識《し》るを、

韜晦慎勿近囂塵
逢仙化羊已多事
参僧聴経非子真
況作建平争界吏
況為下邳授書人

歳杪放歌

三十二年胡忩忩
単身千里六向東
満腔慷慨成底事
負郭田園半為空
唯有風月供多病
今年又尽伏枕中
屠龍無用已知之
一寒如此於我宜
堪喜阿連麤識字

実感。　一七 明和三年（一七六六）十九歳で最初の京師遊学よりこの年まで、郷里との間を五度も往還し、明春六度目の上洛を期している。一八 全身全霊で世を慨歎したが、どれだけのことを成し得たか。青年客気にかられ、からだ中で悲憤慷慨する。腔は身体。一九 土地の肥えた良田も大半は売却した。負郭田とは城郭に近い良田。史記・蘇秦伝の索隠に「負、背也、枕也。近ㇾ城之地、沃潤流沢最為㆓膏腴㆒、故云㆓負郭㆒」と注する。二〇 自然の美しさが、病身のわが風雅心のなぐさめとなっただけだ。行状に「先生少小善病、而喜読ㇾ書作ㇾ詩」とある。二一 家産を傾け年期をかけて習得した龍をほうる技術も、龍がこの世に実在しないから役立たない。それは茶山が選んだ学習の道に当たる。無用の用を説くこの寓話は荘子・列御寇に「朱泙漫、学㆓屠ㇾ龍於支離益㆒、単㆓千金之家㆒、三年技成、而無ㇾ所ㇾ用㆓其巧㆒」と見える。二二 このような極貧も自分には苦にならない。二三 十二歳の弟を、南朝宋の謝霊運の族弟で十歳で文を作ったという謝恵連（三九七―四三三）に擬えた。なお、この作の四首後に収める「送㆘家弟信卿従㆓西山先生㆒読む書㆖」は十五歳で西山拙斎に入門する弟に贈った作。阿は、名の上につける愛称。陶潜・責ㇾ子にも「阿舒已二八、懶惰固無ㇾ匹、阿宣行志学、而不ㇾ愛㆓文術㆒」などとある。麤は粗で、あらまし、おおよそのところ。何とか文字を覚えてきて、の意をこの画数の多い字で表現する。

一 尊は樽。酒杯を前にして往く歳を送る詩を唱い交わすことだ。
▽前半に六如評「亦瀟洒可ㇾ喜」、後半に那波魯堂評「感慨可ㇾ懐」がある。

一尊前《そんぜん》に唱和《しょうわ》す　餞歳《せんさい》の詩《し》。

14

送《そう》　別《べつ》

二手《て》を携《たずさ》へて行《ゆくゆく》ゝ相《あ》ひ語《かた》れば、
三斜陽《しゃよう》　古城《こじょう》に満《み》つ。
四青燈《せいとう》　他日《たじつ》の涙《なんだ》。
五白髪《はくはつ》　此の時《とき》の情《じょう》。
六曠野《こうや》　人烟断《じんえんた》え、
七層巒《そうらん》　客路《かくろ》横《よこ》たはる。
八世途《せいと》　処《ところ》に随《したが》ひて険《けん》なれば、
九必《かなら》ずしも前程《ぜんてい》を問《と》はず。

15

松《しょう》　間《かん》

松間《しょうかん》　一〇樵父《しょうふ》に値《あ》ひ、
閑話《かんわ》　坐《そぞ》ろに一一荊《けい》を班《し》く。
一二縹緲《ひょうびょう》たり　中条《なかじょう》の色《いろ》、

尊前唱和餞歳詩

送　別

携手行相語
斜陽満古城
青燈他日涙
白髪此時情
曠野人烟断
層巒客路横
世途随処険
不必問前程

松　間

松間値樵父
閑話坐班荊
縹緲中条色

14　前編、巻一所収。天明二年(一七六二)以前、三十五歳以前の作。送別の相手は不明だが、あるいは人物を特定せぬ寄題作とも解される。二去り行く人を送って、別れる所まで手をとり合い、歩みながら話をすると。三おりから夕陽が古びた城郭いっぱいにあたっている。四その昔、若かりし日は青いともし火のもとで多感の涙を流し。五別れるに際し、相手の白髪頭に今更匆匆の感慨をもよおすことだ。蘇軾・立春日小集、戯㆓李端叔㆒に「白髪已十載、青春無㆓一堪㆒」のような対句がある。六ひろびろとした野原には人家のけむりも見えず。七重なり合った山なみは道のゆくてに横たわっている。八人生を旅路とすれば到るところ難所があるので。九遼遠な前途ばかりを気にするより、一歩一歩が大切だよ。前程は、これから先の道のり。将来。

15　前編、巻一所収。天明二年(一七六二)以前、三十五歳以前の作。
一〇きこりのおやじ。父は「ほ」ともよみ、身分の低い男の意。樵父に対し漁父の例もある。一一いばらの枝を敷く。荊は、とげのある小木。班は敷く。左伝・襄公二十六年に「班㆑荊相与食」とあり、杜預の注に「班、布也、布㆑荊坐㆑地也。共議㆓帰㆑楚事㆒」と見える。「坐」の傍らに「且」(しばらく)と並記。一二えもいえずほんのりと中条(なかじょう)の山景が眺めわたされる。中条は神辺の北方五、六キロメートルにある山村で、いま東中条・西中条(ともに神辺町中条(ちゅうじょう))に分かれる。中国山西省の名山雷首山を一名中条山と呼ぶゆえ、それに通わした。一三かぎりなくはてしない眺めは、さながら大昔にかえったようだ。縹緲・蒼茫はともに畳韻の語。一四午(うま)の刻をつげる鐘の音は、遠く

一三 蒼茫《そうぼう》たり　太古《たいこ》の情《じょう》。
一四 午鐘《ごしょう》　遠寺《えんじ》を知《し》り、
一五 霽樹《せいじゅ》　遥城《ようじょう》を弁《わか》つ。
一六 愧《は》づ　昔《むかし》　亭吏《ていり》と為《な》りて、
三年《ねん》　世営《せいえい》に困《くる》しみしを。

16

耕《こう》　牛《ぎゅう》

一七 一たび刀剣《とうけん》を耕牛《こうぎゅう》に換《か》へし従《よ》り、
一八 四国謳歌《こくおうか》すること二百秋《ひゃくしゅう》。
一九 魯衛《ろえい》の粢盛《しせい》は賈竪《こじゅ》に依《よ》り、
二〇 金張《きんちょう》の儀貌《ぎぼう》は伶優《れいゆう》に学《まね》ぶ。
二一 青山地《せいざんち》ありて人争《ひとあらそ》ひて墾《ひら》き、
碧海無辺《へきかいむへん》にして水自《みずおのず》から流《なが》る。
古《いにしえ》より清時《二二 せいじ》　総《すべ》て此《かく》の如《ごと》し。
二三 迂儒何《うじゅなん》ぞ問《と》はん　杞人《きじん》の憂《ゆう》。

蒼茫太古情
午鐘知遠寺
霽樹弁遥城
愧昔為亭吏
三年困世営

耕　牛

一従刀剣換耕牛
四国謳歌二百秋
魯衛粢盛依賈竪
金張儀貌学伶優
青山有地人争墾
碧海無辺水自流
自古清時総如此
迂儒何問杞人憂

の寺からと気付き。一五 晴れた樹間から、はるかに福山のお城がはっきり見える。一六 内心はずかしいのは、以前、宿場の役人として三年間俗務に追いまわされたことである。世営は世の営みの漢語訳。

16 前編、巻一所収。天明二年(一七八二)以前、三十五歳以前の作。耕牛は、すきを引かせる耕作用の牛。一七 一旦、戦国の世から徳川の治世に入って。耕牛は生産本位の平和な時代を意味する。一八 日本全国、二百年間太平を謳歌した。四国とは蝦夷島(北海道)・本州・四国・九州を指し、日本全体の意。

一九 徳川御三家の祭祀用の供物は御用達の商人に任せ。魯も衛も周の武王の弟が封ぜられた国、わが徳川御三家や親藩の類を指す。粢盛は器に盛り神に供える穀類。賈竪は商人の蔑称。竪はこどもの意。

二〇 権力者たちの威張りようは、まるで芝居の役者気取りだ。金張とは前漢の金日磾(きんじつてい)と張安世。漢書・蓋寛饒伝の応劭注に「金、金日磾也、張、張安世也」、顔師固注に「金氏張氏、自託在㆓於近狎㆒也」とあり、詩文にもよく並称引用される。伶優は俳優。伶は楽人、優は俳優。熟して役者をいう。

二一 ゆたかな青々とした国土をきそって開墾し、紺碧の四海ははてしなくうしおは悠々と流れる。

二二 よく治まった時代。清世、明時ともいう。李陵・答㆓蘇武㆒書に「策㆓名清時㆒」とあり、張銑注に「清時、謂㆓清平之時㆒」と見える。

二三 世にうとい愚かな儒者のわたくしにとって、どうして先ざきのことが気になろうか。誰も取り越し苦労はしない。杞人憂は杞憂ともいい、無用の心配。昔、杞国の人が天地が崩れたらどうしようかと本気で心配した故事(列子・天瑞)。

17
龍盤《りようばん》

一龍盤虎踞《りようばんこきよ》　帝王《ていおう》の都《みやこ》、
誰《たれ》か見《み》る　当時《とうじ》二職貢《しよくこう》の図《ず》を。
三祭祀《さいし》千年《せんねん》　周《しゆう》の雅楽《ががく》、
四朝廷一半《ちようていいつぱん》　漢《かん》の名儒《めいじゆ》。
五世情《せじよう》頻《しき》りに浮雲《ふうん》を逐《お》ひて変《かわ》り、
六吾《わ》が道《みち》長《とこ》しへに懸《か》く　片月《へんげつ》の孤《こ》なるを。
古《いにしえ》を懐《なつか》しみ　終宵《しゆうしよう》　愁《うれ》へて寐《い》ねず、
七城鐘数杵《じようしようすうしよ》　栖烏《せいう》を起《お》こす。

18
春郊《しゆんこう》

八春郊糸管《しゆんこうしかん》　日《ひ》ゝ《び》に喧喧《けんけん》たり、
亦《ま》た喜《よろこ》ぶ　九吾《わ》が徒《ともがら》　幽事《ゆうじ》の繁《しげ》きを。
字《じ》を問《と》ひて頻《しき》りに過《す》ぐ　一〇楊子《ようし》の宅《たく》、
茶《ちや》を袖《そで》にして時《とき》に叩《たた》く　一一玉川《ぎよくせん》の門《もん》。

龍盤

龍盤虎踞帝王都
誰見当時職貢図
祭祀千年周雅楽
朝廷一半漢名儒
世情頻逐浮雲変
吾道長懸片月孤
懐古終宵愁不寐
城鐘数杵起栖烏

春郊

春郊糸管日喧喧
亦喜吾徒幽事繁
問字頻過楊子宅
袖茶時叩玉川門

17　前編、巻一所収。安永九年(庚子、一七八〇)春、三十三歳の作。龍がわだかまり、虎がうずくまる意で、要害堅固なこと。盤は蟠。
一 平安京の地勢を指す。
二 職も貢もみつぎもの。朝廷に献納する地方、諸国の産物。三 王城の地では、中国文化の粋、周の正楽の伝統を伝え。四 朝政に携わる人の多くは、前漢の董仲舒や五経博士のようなすぐれた儒学者であった。五 はげしい時代の動きは、不安定な浮雲を追いかけるように武断な戦国の世に変わり。六 自ら信じる仁義の道はそれ以来、片割れ月のように孤高な存在となった。七 夜明けを告げる平安城の鐘の音が、ねぐらの鳥の目をさまさせた。
▽「耕牛」「龍盤」二首に六如評「二首少㆔人知㆓深衷㆒」がある。

18　前編、巻一所収。天明二年(一七八二)以前、三十五歳以前の作。
八 世間一般は春の野遊びを楽しみ、三味線や笛まじりで日ごとさざめいている。糸管は弦楽器と管楽器。九 心ある仲間たちは、世俗とかけ離れた文雅な営みに多忙である。
一〇 前漢の楊雄のような名文章家の邸宅。
一一 茶歌で有名な中唐の詩人盧仝(玉川子と号した)の住まい。一二 多くの寺院の高層建築。杜牧・江南春の転結二句「南朝四百八十寺、多少楼台煙雨中」を集約。二六対(いつ)で十(しん)と平声によむ。一三 花竹の語は蘇軾や黄山谷など宋詩に多く、四方を一句に詠み込んだ例は白居易・正月三日閑行に「緑浪東西南北水、紅欄三百九十橋」などが有名。一四 遠距離の遊歴をたのしむのも、ひじを枕のかり寝の夢で。一肱夢は論語・述而の「曲ㇾ肱而枕ㇾ之、楽亦在㆓其中㆒矣」に拠るが、里は仄声、肱は平声で二六対の押韻に

一二 楼台《ろうだい》四百八十寺《しひやくはちしんじ》、
一三 花竹《かちく》東西南北《とうざいなんぼく》の村《むら》。
一四 千里《せんり》の遊蹤《ゆうしよう》も一肱《こう》の夢《ゆめ》、
一五 病懐《びようかい》徙倚《しい》 誰《たれ》に向《む》かひて論《ろん》ぜん。

山《さん》 居《きよ》

19
一六 聖朝《せいちよう》の恩沢《おんたく》 山居《さんきよ》に及《およ》び、
釣《つり》を渓流《けいりゆう》に垂《た》れて食《くら》ふに魚《うお》あり。
一七 白眼《はくがん》誰《たれ》か憐《あわ》れまん 狂阮籍《きようげんせき》、
一八 清貧《せいひん》旧《きゆう》に依《よ》る 病相如《びようしようじよ》。
一九 林風《りんぷう》颯颯《さつさつ》として年華《ねんか》老《お》い、
二〇 世事《せじ》営営《えいえい》として我《わ》が願《ねが》ひ疎《そ》なり。
猶《なお》見《み》る両都《りようと》の二一 諸学士《しよがくし》、
偏《ひと》へに二二 佔僤《てんひつ》を将《も》つて名誉《めいよ》を養《やしな》ふを。

楼台四百八十寺
花竹東西南北村
千里遊蹤一肱夢
病懐徙倚向誰論

山 居

聖朝恩沢及山居
垂釣渓流食有魚
白眼誰憐狂阮籍
清貧依旧病相如
林風颯颯年華老
世事営営我願疎
猶見両都諸学士
偏将佔僤養名誉

は外れる。 一五 病身でままならぬ思いを誰と論じつくそうか。徙倚は、ぐずぐずと立ちもとおること。楚辞・遠游に「歩徙倚而遥思兮」とあり、注に「徙倚、猶㆓低徊㆒」と見える。

19 前編、巻一所収。天明二年(一七八二)以前、三十五歳以前の作。 一六 今上陛下のおめぐみが山住まいの民くさにまで及んで、谷川で釣り上げた魚を食べることもできる。 一七 世俗を冷たく見つめる、まるで狂人の阮籍のようなわたくしを誰が理解してくれようか。阮籍は三国、魏の人。いわゆる竹林の七賢の一人で、俗人には白眼で雅人には青眼で対した。 一八 節操を持しながら病いの身を貧困に甘んじているのは、昔ながらの司馬相如と同じだ。相如は前漢の人。武帝に愛され賦を得意としたが常に貧しく、また病いを理由に進退を決めた(史記・司馬相如伝)。 一九 林の風は音をたてて吹き続け、歳月はたちまちすぎ去って。年華は月日のことであるが、時の流れを感じさせる年齢のひびきがあり、擬人的な措辞をいざなう。 二〇 世間日常の所用にかまけて、わが志すところは一向に成就しない。疎は、うとい意で、ほど遠いこと。 二一 天子のいらっしゃる京洛と将軍のお膝元江戸の儒学者たち。 二二 経義の真意を解せず、ただ文字の上っ面だけを読むこと。佔は、うかがい見る。僤は簡、すなわち書物のこと。
▽六如評「結末頗露㆓筋骨㆒」がある。

20 前編、巻一所収。天明二年(一七八二)以前、三十五歳以前の作。 一 没常識で変人として世間に背を向け、つき合いもないに等しく。 二 心意の軌跡はあちこちさまよって十五年を経た。伶俜は独りおちぶれさまよう意の畳韻語。

20

狂《きょう》　痴《ち》

[一]狂痴《きょうち》世《よ》に背《そむ》きて交遊《こうゆう》少《すく》なく、
[二]心跡伶俜《しんせきれいへい》たり　十五秋《じゅうごしゅう》。
[三]坐上《ざじょう》の桑亀《そうき》　曾《かつ》て屢〻《しばしば》験《けん》し、
[四]夢中《むちゅう》の蕉鹿《しょうろく》　何《いず》くにか求《もと》めんと欲《ほっ》す。
[五]空林《くうりん》月《つき》黒《くろ》くして鵋鵐《しきょう》嘯《うそぶ》き、
[六]古《こ》戍《じゅ》烟《けぶり》荒《むな》しくして枳棘《ききょく》稠《しげ》る。
[七]枕《まくら》を推《お》して残更《ざんこう》　濁酒《だくしゅ》を温《あたた》むれば、
[八]沈燈《ちんとう》一穂《すい》　人《ひと》の愁《うれ》ひを照《てら》す。

狂　痴

狂痴背世少交遊
心跡伶俜十五秋
坐上桑亀曾屢験
夢中蕉鹿欲何求
空林月黒鵋鵐嘯
古戍烟荒枳棘稠
推枕残更温濁酒
沈燈一穂照人愁

21

孤《こ》　雁《がん》

一たび[九]弦声《げんせい》に駭《おどろ》きて旧行《きゅうこう》を失《しっ》し、
[一〇]連宵《れんしょう》影《かげ》を抱《いだ》いて寒塘《かんとう》に傍《そ》ふ。
哀鳴《あいめい》但《た》だ兄弟《けいてい》を尋《たず》ねんと欲《ほっ》し、
[一一]孤宿《こしゅく》何《なん》ぞ謀《はか》らん　稲粱《とうりょう》に飽《あ》くを。

孤　雁

一駭弦声失旧行
連宵抱影傍寒塘
哀鳴但欲尋兄弟
孤宿何謀飽稲粱

三 常日頃の放言がわざわいすることは、これまでに数えきれぬほどで。桑亀とは「禍二桑樹一以烹二老亀一」という中国の伝説。呉の孫権に永康の人が大亀を献じようと、途中で舟を大桑樹につないで宿した夜、亀と桑とが問答したが果して呉王はこの大桑樹を伐り、大亀を煮た(述異記上、異苑三)。四 夢で見た人世の至福を、実人生のいずれに当てはめ願えばよいのか。蕉鹿は、鄭国のきこり、鹿を得たことも夢かと思い込んだ話(列子・周穆王)。五 ものさびしい林では、月も雲にかくれてふくろうが不気味な鳴声をたて。鵋鵐は、ふくろう。奸悪な人物に喩える。六 古びたとりでからは炊煙も上らず、からたちやいばらが生い茂る。古戍は古い塞。庾信・至二老子廟一応レ詔に「野戍孤煙起」、陳子昂・晩次二楽郷県一に「野戍荒煙断」などとある。枳棘は、ともにとげがあり、人をそしる者に喩える。七 枕をおしのけて、夜明けまでまだ間があるのににごり酒を温めて。推枕は陸游・暁嘆に「推レ枕欲レ起先歎息」とある。八 ほの暗い一本の燈火が愁いにとざされたわたくしを照らし出す。

▽六如評「工穏」がある。

21 前編、巻一所収。天明二年(一七八二)以前、三十五歳以前の作。京師遊学中の感懐を、群を離れた一羽の雁に見立てた作。九 狩人の弓づるの音に驚きおそれて、仲間の列から外れ迷い。一〇 夜な夜なひとりぼっちでもの淋しい堤に身を寄せている。左思・咏史八首に「抱レ影守二空廬一」とある。

一一 ひとりでやどるのは、なんでたらふく餌にありつこうとの魂胆からだろうか。

三 南の畑にも西の入江にも、ただ片割れ月がかかっているばかりだ。田畑は南向きをよしとする。南畝の用例は詩経をはじめ古典に多い。

一二 南畝《なんぽ》西湾《せいわん》 空《むな》しく片月《へんげつ》、
一三 荻花《てきか》楓葉《ふうよう》 微霜《びそう》あり。
一四 枕衾《ちんきん》秋冷《あきひや》やかなり 江亭《こうてい》の暁《あかつき》、
我《われ》も亦《ま》た単身《たんしん》 異郷《いきょう》に久《ひさ》し。

22

吉備《きび》公《こう》の廟《びょう》 廟《びょう》は播州《ばんしゅう》に在《あ》り。

一五 公曾《こうかつ》て璧《たま》を懐《いだ》きて京師《けいし》に泣《な》くも、
一六 主聖《しゅせい》にして連城《れんじょう》 早《つと》に知《し》らる。
一七 北学《ほくがく》親《みずか》ら伝《つた》ふ 周《しゅう》の礼楽《れいがく》、
一八 東帰《とうき》更《さら》に製《せい》す 漢《かん》の朝儀《ちょうぎ》。
一九 能《よ》く血食千歳《けつしょくせんざい》を経《ふ》るが為《ため》に、
二〇 転《うた》た信《しん》ず 和羹《わこう》 一時《いちじ》に美《び》なるを。
二一 近日《きんじつ》の書生《しょせい》 樗散《ちょさん》に委《まか》せ、
二二 将《も》つて蘋藻《ひんそう》を薦《すす》め涙《なんだま》先づ垂《た》る。

南畝西湾空片月
荻花楓葉有微霜
枕衾秋冷江亭暁
我亦単身久異郷

吉備公廟 廟在播州

公曾懐璧泣京師
主聖連城早見知
北学親伝周礼楽
東帰更製漢朝儀
為能血食経千歳
転信和羹美一時
近日書生委樗散
薦将蘋藻涙先垂

一三 おぎの花にもかえでの葉にも、うすく霜が降りている。 一四 秋が深まるとともに水辺のあずまやの夜明け方は、夜具が冷たく身にしみる。▽六如評「咏物不レ失二風趣一、難二多得一」がある。

22 前編、巻一所収。天明二年(一七八二)以前、三十五歳以前の作。吉備公廟は岡山県吉備郡真備町箭田の天神山にある。旧山陽道の北に位置し、山中の横穴式古墳は古くより吉備真備(六九五—七七五)の墓と言い伝えていたが、元禄年中、岡田藩主伊東長貞が墳墓を開き、棺内より出土した人骨の脛骨の長さから、長身伝承のある真備の廟とした(古河古松軒・吉備の志多道)。本文自注に「廟在二播州一」とあるのは誤り。

真備は吉備国の豪族下道臣(しもつみちのおみ)氏の出で、父は下級官人であったが若年より才分豊かで、元正天皇の霊亀二年(七一六)遣唐留学生に選ばれ、在唐十七年、儒学のほか法律・礼儀・軍学等をひろく学び、天平六年(七三四)帰国、多数の典籍器物類を献じた。恵美押勝の乱に功あり、正二位・勲二等・右大臣に昇った(続日本紀三十三・宝亀六年十月壬戌条)。

一五 地方の土豪の家系である真備公は、かつて美玉のような才幹を持ちながら、その才能を十分に評価されず、屈辱に泣いたが。楚の卞和(べんか)が献じた玉璞をただの石と疑われ、両足を斬られ悲しんだ故事(韓非子・和氏)をふまえる。 一六 天皇は聖天子にましまして、真備の才が抜群であることを見抜かれ、留学生に挙げられた。連城とは連城の璧のことで、趙の恵文王所蔵の卞和の璧を秦の昭王が十五城と交換したいと申し出た故事(史記・廉頗伝)により、きわめて価値の高い名玉。 一七 入唐して儒学を学び、醇正な周代の礼楽を伝えた。北学はここでは日本より北の唐土に留学する意。 一八 日本に帰朝して、

23

時《じ》　情《じょう》

時情《じじょう》終《つい》に此の心《こころ》と違《たが》ひ、
嗟爾《ああ》　緇塵《しじん》の素衣《そい》を涴《けが》すを。
一 六世《せい》三公《こう》　君羨《きみうらや》む莫《なか》れ、
二 一生幾屐《しょういくげき》　我将《われまさ》に帰《かえ》らんとす。
三 威権百歳《いけんひゃくさい》　猶《な》ほ軍府《ぐんぷ》、
四 川岳千重《せんがくせんちょう》　自《おのず》から帝畿《ていき》。
独《ひと》り坐《ざ》して孤亭《こてい》に夜雨《やう》を聴《き》けば、
五 春風応《しゅんぷうまさ》に長《ちょう》ずべし　故山《こざん》の薇《び》。

24

江《ごう》　州《しゅう》（二首、内一首）

楊柳風《ようりゅうかぜ》は軽《かろ》し　旅客《りょかく》の衣《ころも》、
六 江州《ごうしゅう》二月《がつ》　晴暉《せいき》澹《あわ》し。
七 東西《とうざい》の邑里《ゆうり》　侯服《こうふく》を分《わか》ち、
八 表裡《ひょうり》の河山《かざん》　帝畿《ていき》を護《まも》る。

時　情

時情終与此心違
嗟爾緇塵涴素衣
六世三公君莫羨
一生幾屐我将帰
威権百歳猶軍府
川岳千重自帝畿
独坐孤亭聴夜雨
春風応長故山薇

江　州

楊柳風軽旅客衣
江州二月澹晴暉
東西邑里分侯服
表裡河山護帝畿

さらに漢代の儀礼を範とする公けの儀式を制定した。一九 その後わが国が栄え、長く先祖を祀る美風が受けつがれたから。血食とは、けものの生贄を宗廟に供えて祀ることで、子孫が続き祭祀が絶えぬ意。史記・封禅書・顔師古注に「祭有二牲牢一、故言二血食一」と見える。二〇 わが国の文物制度がみごとに充実したことは疑いない。和羹は、おいしくまぜ合わせたあつ物。和を日本の意に通わせた。二一 近頃の学者は役立たずになるばかりで。樗散は樗櫟散木(ちょれきさんぼく)の略。無用の材、無能な人の喩え。荘子の逍遥遊に樗の話が、同じく人間世に櫟社の樹の話が見える。二二 そこでこの一篇の詩を供えると、はや涙が頬を伝い流れる。
▽六如評「短章能尽二終始一、政事文学具二于六句中一、措辞亦雄勁、末路寓感亦不レ可レ無レ之」。

23 前編、巻一所収。天明二年(一七八二)以前、三十五歳以前の作。題目は、その時のありさま、現下の情勢というほどの意。一 六世代の間に三人も最高の位に昇るほどの繁栄ぶり。二 一生涯下駄をつっかけて、故郷で気ままに暮らそう。三 武家が政権をにぎり百年経っても、いまだに幕政下にあるが。四 幾重にもへめぐる山川の内は、おのずと天子のおわす京師である。五 春風をうけて故郷の山のわらびはきっと伸びているだろう。帰去来(かえりなんいざ)の心境。
▽第三・四句に批点があり、六如評「妙」がある。

24 前編、巻一所収。安永元年(壬辰、一七七二)、二十五歳の作か。中春、京より近江に旅し、琵琶湖畔を粟津の義仲寺あたりに遊んでの詩。あるいは西山拙斎と、佐々木良斎東上を送った時か。

九 水駅《すいえき》烟《けぶり》消えて舟《ふね》正《まさ》に聚《あつま》り、
一〇 渚田《しよでん》春《はる》暖《あたた》かにして雁《かり》将《まさ》に帰《かえ》らんとす。
一一 佳《か》伴《はん》を求《もと》めて吟賞《ぎんしよう》を同《とも》にせんと欲《ほつ》すれば、
一二 冢《つか》は要離《ようり》に傍《そ》つて人《ひと》已《すで》に非《ひ》なり。

25

病中早秋《びようちゆうそうしゆう》

一三 層巒畳巘《そうらんじようけん》 勢《せい》東《ひがし》に朝《むか》ひ、
一四 茅屋《ぼうおく》人《ひと》は依《よ》る 桂樹《けいじゆ》の叢《そう》。
一五 秖《た》だ文《ぶん》を売《う》りて菽水《しゆくすい》に供《きよう》せんと欲《ほつ》するも、
一六 猶《な》ほ枕《まくら》を奠《さだ》めて王公《おうこう》に傲《おご》るに堪《た》へたり。
一七 山城《さんじよう》雨《あめ》は過《す》ぐ 飛禽《ひきん》の外《そと》、
海国《かいこく》秋《あき》は生《しよう》ず 臥病《がびよう》の中《うち》。
閑《しず》かに児曹《じそう》をして一八 陶集《とうしゆう》を誦《しよう》せしむれば、
一九 簾帷《れんい》綷縩《すいさい》たり 暮林《ぼりん》の風《かぜ》。

水駅烟消舟正聚
渚田春暖雁将帰
欲求佳伴同吟賞
冢傍要離人已非

病中早秋

層巒畳巘勢朝東
茅屋人依桂樹叢
秖欲売文供菽水
猶堪奠枕傲王公
山城雨過飛禽外
海国秋生臥病中
閑使児曹誦陶集
簾帷綷縩暮林風

六 江州の二月はまだ陽光も淡い。
七 あたりの村里は侯服の制に拠り。中国古代に王畿の周囲を五百里ごとに五分し、甸服(でんぷく)・侯服・綏服(すいふく)・要服・荒服とした(書経・益稷)ことに見立てた。
八 前後の山河は帝都を守っている。
九 水辺の宿駅(港)の眺めは、もやも晴れて舟のもやうのが見え。
一〇 湖畔の田畑は気温もおだやかで、いましも雁が北に帰ろうとしている。
一一 誰か詩友と連れ立って、景色をめで詩作しようと思うと。
一二 俳聖芭蕉翁の墓は源義仲の墓に隣し、翁はすでに故人となっている。要離は中国春秋時代の呉の刺客で、暗殺に失敗し自刃した。わが源平時代の武士で後白河法皇と反目し、同族に近江の粟津で討たれた源義仲をなぞらえた。
　25 前編、巻一所収。天明二年(一七八二)以前、三十五歳以前の作。故郷に在っての感懐。
一三 重なり合った山の峰みねを越えて、人はみな東のかた都に向かう時勢で。一四 草深い桂林の粗末なわが家に、病める自分は身を寄せている。一五 詩文を貧しい生活の糧にしようという願いだけでも。菽水は豆と水。きわめて粗末な飲食物。一六 天子や大名のような安泰な暮らしさえ問題にならぬほど充実している。奠枕は枕を定める、落着くこと。法言・寡見に「奠二枕於京一」とある。一七 山あいの城郭を背景に、飛ぶ鳥のかなたを通り雨がすぎ。飛禽は宋玉・高唐賦や王延寿・魯霊光殿賦などに走獣と対した用例が多い。飛鳥では鳥が仄声なので、二六対の押韻から城とおなじ平声の禽を用いた。
一八 陶潜(淵明)の詩文集。陶靖節集は明暦三年(一六五七)に明(みん)天啓二年版の覆印本が和刻され、

26

偶《ぐう》　作《さく》

一 蒿萊《こうらい》病《やまい》を養《やしな》ひて十餘年《よねん》、
藤竹《とうちく》看《み》ゝ荒《すあ》る　二 二頃《けい》の田《た》。
三 楚国《そこく》猶《な》ほ知《し》る　周《しゅう》に鼎《かなえ》あるを、
四 魯人《ろひと》偏《ひと》へに説《と》く　晋《しん》に賢《けん》多《おお》しと。
五 乾坤《けんこん》納納《どうどう》として雲容《うんよう》鬧《みだ》れ、
六 川岳《せんがく》蒼蒼《そうそう》として世事《せじ》遷《うつ》る。
七 独《ひと》り中宵《ちゅうしょう》に坐《ざ》して興廃《こうはい》を閲《けみ》すれば、
八 一燈《とう》の寒影《かんえい》　陳編《ちんぺん》に落《お》つ。

27

上成川《うわなりせん》上即事《じょうそくじ》　二首《しゅ》

九 島嶼《とうしょ》　名《な》を知《し》らず、
点点《てんてん》として遠近《えんきん》に迷《まよ》ふ。
問《と》はんと欲《ほっ》して傍人《ぼうじん》を呼《よ》ぶも、
一〇 已《すで》に帰雲《きうん》に隠《かく》さる。

偶　作

蒿萊養病十餘年
藤竹看荒二頃田
楚国猶知周有鼎
魯人偏説晋多賢
乾坤納納雲容鬧
川岳蒼蒼世事遷
独坐中宵閲興廃
一燈寒影落陳編

上成川上即事二首

島嶼不知名
点点迷遠近
欲問呼傍人
已被帰雲隠

寛文四年(一六六四)・宝暦十一年(一七六一)にも同版本が印行されている。
一九 すだれのとばりは林から吹く夕風に快い音を立てている。綷䌨は衣のすれる音。
▽山陽評「前聯似レ元、後聯似レ明」がある。

26 前編、巻一所収。天明二年(一七八二)以前、三十五歳以前の作。
一 蒿萊は、よもぎとあかざ。あれ草が茂った田舎家をいう。 二 二頃は狭い田。頃は田の広さ。玉篇に「田百畝也」とあり、春秋公羊伝・宣公十五年の注には「一頃十二畝半」とある。
三 南方の国楚でも、中原の周に夏・殷より伝世の鼎が伝わり、その正統であることを知っており。 四 東方の国魯の人も中原の晋国に賢人が多いと説いた。地方的認識の正確さをいう対句。
五 天地は一切を包み込んで、雲のかたちもかきみだされ。納納は、つつみ入れること。杜甫・野望に「納納乾坤大」とある。
六 川も山もつねにあおあおとして、俗世のみ移り変わる。 七 ただひとり真夜中に端坐して、史書を読み世の興替を調べていると。
八 燈火でさむざむとした影法師が古びた書物の上に映っている。陳編は古書。

27 前編、巻一所収。天明二年(一七八二)以前、三十五歳以前の作。備中国浅口郡上成村(現岡山県倉敷市)より、眺望絶佳な高梁川畔の景を詠じた二首。 九 上成村の丘上からは南方はるかに上水島・下水島、塩飽諸島からさらに四国の山容をも遠望できる。
一〇 帰雲は山に帰って行く雲。雲は山洞より生ずるといわれる。陶潜・帰去来辞に「雲無心以出レ岫」とある岫雲に対し、帰雲がある。杜甫・返照に「帰雲擁レ樹失二山村一」とある。

○

28
傍人《ぼうじん》 我《わ》が意《い》を知《し》り、
一一指点《してん》す 白雲《はくうん》の間《かん》。
一二夕陽《せきよう》 半髻《はんけい》を開《ひら》くは、
是れ一三讃州《さんしゅう》の山《やま》なる可《べ》し。

歳杪《さいびょう》 中山子幹《なかやましかん》に寄《よ》す

29
一四病居蕭索《びょうきょしょうさく》として離居《りきょ》を感《かん》ず。
一五夙志蹉跎《しゅくしさた》たるに復《ま》た歳除《さいじょ》。
月《つき》は梅梢《ばいしょう》に在《あ》り 雲四散《くもしさん》して、
一六故人今夜《こじんこんや》 何《なん》の書《しょ》をか読《よ》む。

河辺駅《かわなべえき》を発《はっ》す

30
一七沙嘴《さし》寒軽《かんかろ》し 近午《きんご》の風《かぜ》、
一八招招《しょうしょう》たる舟子《しゅうし》 柳烟《りゅうえん》の中《うち》。
一九一篙《こう》の新水《しんすい》 春猶《はるな》ほ浅《あさ》く、

○

傍人知我意
指点白雲間
夕陽開半髻
可是讃州山

歳杪寄中山子幹

病居蕭索感離居
夙志蹉跎復歳除
月在梅梢雲四散
故人今夜読何書

発河辺駅

沙嘴寒軽近午風
招招舟子柳烟中
一篙新水春猶浅

▽六如評「尖巧」がある。

28
一一 指さし示す。
一二 折しも夕日の光がさして、雲がもとどりの形に分れているのは。髻は髪を頭上に束ねたところで、雲に見立てた髻雲の語もある。
一三 きっと四国讃岐の山かげにちがいない。

29
前編、巻一所収。安永九年(一七八〇)、三十三歳の作。中山子幹(一七四五-九〇)は那波魯堂門で作者より三歳年長の同門の親友。佐渡国瓦田(河原田、現新潟県佐和田町)の人。はじめ徂徠学を学んだが朱子学を志し、上洛魯堂門の執事を務め、聖護院宮盈仁親王の侍読にも召されたという。名は惟楨、字は子幹、漸盧と号した。通称五兵衛のち貞蔵。日本詩選にも一首入集。作者とは文字通り十年の知己であった。寛政二年十二月二十日京師で歿した。四十六歳。泉涌寺戒光寺に葬られた。子の子徳(言倫)は茶山に父執し、茶山は題二中山子幹遺照一三十二韻の長編を作り、故友をしのんだ。なお、茶山の随筆、「筆のすさび」四には中山貞蔵伝の一条が載る。
一四 病床に在るとことに心さびしくて、君が遠くに感じられ懐しい。
一五 年来の志も遂げられぬまま、今年もまた暮れようとしている。 一六 親しい君は今宵いまごろ、何を読書されているだろうか。
▽翌天明元年(一七八一)正月二十五日付け西山拙斎に宛てた茶山の書翰に、この作が引かれている(承・転句「夙志蹉跎又歳除、月在二梅梢一雲四捲」とある〔『備後史談』二巻十一号〕)。

30
前編、巻一所収。天明二年(一七八二)以前、三十五歳以前の作。河辺駅は備中国吉備郡(現岡山県真備町川辺)で、高梁川下流右岸。
一七 鳥のくちばしのような川中の砂洲は、ひる近い春風に寒さもゆるんで。

知《し》る是れ松山《まつやま》の雪未《ゆきいま》だ融《と》けざるを。
松山《まつやま》は上流《じようりゆう》に在《あ》り。

31

山《さん》　行《こう》(三首、内二首)

二 絶嶺《ぜつれい》　疆場《きようえき》を分《わか》ち、
三 群嶂《ぐんしよう》　東南《とうなん》を限《かぎ》る。
四 細路《さいろ》　修蟒《しゆうぼう》を蟠《わだかま》らせ、
五 乱石《らんせき》　驚驂《きようさん》を簇《むら》がらす。
雲霞《うんか》　迎《むか》へては還《ま》た送《おく》り、
六 岡巘《こうけん》　吐《は》きては互《たが》ひに含《ふく》む。
七 熊館《ゆうかん》　白日《はくじつ》を昏《くら》まし、
八 鹿柴《ろくさい》　翠嵐《すいらん》を罩《こ》む。
村落《そんらく》　柿栗多《しりつおお》く、
九 崖峌《がいけい》　松柟聳《しようぜんそび》ゆ。
一〇 民風《みんぷう》は羲軒《ぎけん》を思《おも》ひ、
一一 地形《ちけい》は魚蠶《ぎよさん》を想《おも》ふ。

知是松山雪未融
松山在上流

山行

絶嶺分疆場
群嶂限東南
細路蟠修蟒
乱石簇驚驂
雲霞迎還送
岡巘吐互含
熊館昏白日
鹿柴罩翠嵐
村落多柿栗
崖峌聳松柟
民風思羲軒
地形想魚蠶

一八 春霞に煙る柳のあたりでは、しきりに船頭が客を呼んでいる。一九 船ざおを立てたところは水かさも低く、春はまだ浅く。

一 高梁川の上流、備中松山(現岡山県高梁市)あたりは、まだ雪解にほど遠いと見える。

▽六如評「清婉似二文衡山一」がある。

31 前編、巻二所収。天明三年(癸卯、一七八三)、三十六歳の作。二 けわしい峰が国ざかいを区切り。疆場は国境。文選・沈約・斉故安陸昭王碑文の張銑注に「疆場、界也」とある。疆易とも書く。竹添井井『左氏会箋』桓公十七年に「蓋至レ此易レ主、故名曰レ場也」とある。

三 屏風のような峰は東から南へ連なっている。

四 細い山路はうわばみがとぐろを巻いているようで。修蟒は、うわばみ。体が長いので修の字をつける。蘇軾・中隠堂詩二に「径転如二修蟒一」とある。五 ちらばる石ころはまるでおびえた馬が群がっているかのようだ。説文に「驚、馬駭也」とある。驂は四頭だての馬車の外側の馬。

六 巘は、こしき形のけわしい山。山また山をつぎつぎと出ては入るさま。

七 熊の棲みかは昼も暗く。熊館は熊の棲む岩穴や枯木に対する山の住民の呼称(倦游雑録)。

八 鹿の育ち所はみどりの山気がいっぱいだ。罩は魚をとらえる竹かごで、こめる意。説文に「捕レ魚器也」とあり、左思・呉都賦の李善注に「編レ竹籠レ魚者」とある。

九 深い谷間には松や柟が高々と生えている。崖は切り立ったがけ。説文に「高辺也」とある。峌は深い谷。集韻に「深谷」とある。柟は梅または楠。説文に「梅也」、説文通訓定声には「字亦作レ楠」とある。一〇 住民の気風は伏羲氏や軒轅氏をうやまい。伏羲は漁猟・牧畜・八卦などを教え、

幽境《ゆうきよう》　常《つね》に自《みずか》ら慕《した》ひ、
一二遐覧《からん》　耽《ふけ》る所《ところ》に副《そ》ふ。
乃《すなわ》ち一三謝公《しやこう》の屐《げき》を著《つ》け、
而《しか》して一四陶令《とうれい》の籃《かご》を却《しりぞ》く。
一五暦日《れきじつ》　百五《ひやくご》を過《す》ぎ、
一六風景《ふうけい》　重三《ちようさん》を餘《あま》す。
一七仙桃《せんとう》　紅《くれない》的的《てきてき》たり、
一八薬草《やくそう》　緑《みどり》毵毵《さんさん》たり。
春禽《しゆんきん》　虚谷《きよこく》に響《ひび》き、
一九晴照《せいしよう》　澄潭《ちようたん》に澹《あわ》し。
岐《みち》に迷《まよ》ひて二〇餉婦《しようふ》に問《と》ひ、
杖《つえ》を植《た》てて二一樵担《しようたん》を避《さ》く。
世態《せたい》　艱険《かんけん》を悲《かな》しみ、
二二勝事《しようじ》　縦探《しようたん》を喜《よろこ》ぶ。
益々《ますます》知《し》る　二三巣由《そうゆう》の輩《はい》の、
絶《た》えて二四簪纓《しんえい》の貪《たん》なからんことを。

幽境常自慕
遐覧副所耽
乃著謝公屐
而却陶令籃
暦日過百五
風景餘重三
仙桃紅的的
薬草緑毵毵
春禽響虚谷
晴照澹澄潭
迷岐問餉婦
植杖避樵担
世態悲艱険
勝事喜縦探
益知巣由輩
絶無簪纓貪

軒轅は黄帝のことで暦算・音楽・文字・医薬などを創始したという。ともに伝説上、民衆の文化的祖神と仰がれる至高の帝。
一一　土地のありさまは漁業や養蚕に向いている。
一二　遠くの眺めはますますわれを忘れさせるほどの趣きだ。遐覧は、はるかな眺望。宋之問・上巳泛ニ舟昆明池ニ序に「縦レ目遐覧、識ニ皇代之承平ニ」とある。
一三　謝霊運が山遊びを好み、上りは木屐(きぐつ)の前歯をはずし、下りには後歯をのけてはいた故事(世説新語・任誕)。謝公の屐といわれる。
一四　陶潜が故郷に帰り、世俗との交わりを絶ったこと。帰去来辞の「請、息レ交以絶レ游、世与レ我而相遺、復駕言兮焉求」に拠る。かつて彭沢(ほうたく)の令であったから陶令という。
一五　こよみは立春からすでに百五日経ち。
一六　景色は三月三日の春たけなわの眺めである。
一七　桃の木は真紅の花をつけ。桃は西王母の伝説などで仙人と関わりが深い。三千年に一度結実し、漢の武帝は仙桃三顆を送られたという。的的は明らかなこと。劉廷芝・公子行に「的的朱簾白日映」とある。
一八　薬草は緑色の枝を長く垂れている。毵毵は細長く垂れるさま。孟浩然・高陽池に「緑岸毵毵楊柳垂」とある。
一九　晴れた光が澄んだ淵に淡く照っている。
二〇　昼食を運ぶ農婦。餉は田畑で働く人に運ぶ弁当。古今韻会に「自レ家之レ野曰レ餉」とある。
二一　樵担は、きこりの荷物。たき木をになった樵夫とのすれ違いの描写。
二二　すぐれたことをどこまでも探るのは楽しい。縦探は十分に探勝する。蘇軾・入レ峡に「自レ昔懐ニ幽賞一、今茲得ニ縦探ニ」とある。
二三　巣父(そうほ)と許由。ともに尭(ぎょう)の時代の隠者。巣父は山居し樹上に巣を営んだ。いずれも

一栄寵《えいちょう》 人々相《ひとびとあ》ひ逐《お》ふも、
二菽水《しゅくすい》 我《われよ》能く甘《あま》んず。
三顕要《けんよう》 即《すなわ》ち求《もと》む可《べ》きも、
四跼蹐《きょくせき》 竟《つい》に堪《た》へず。
興《きょう》を発《はっ》して忽《たちま》ち絶叫《ぜっきょう》す、
此の意《い》誰《たれ》と共《とも》にか談《かた》らん。
願《ねが》はくば言《ここ》に五蘭友《らんゆう》を招《まね》き、
長《とこし》へに此《ここ》に茅菴《ぼうあん》を結《むす》ばん。
六潤流《かんりゅう》 茶井《ちゃせい》と為《な》し、
岩洞《がんどう》 七書龕《しょがん》と作《な》さん。
八喧吹《けんすい》 薇蕨《びけつ》を長《ちょう》ぜしむ、
九何《なん》ぞ必《かなら》ずしも石《いし》と甔《かめ》とのみならんや。

二

32

一〇米老《べいろう》 盆玩《ぼんがん》に耽《ふけ》り、
石《いし》に逢《あ》ひては輒《すなわ》ち一一顚狂《てんきょう》す。

栄寵人相逐
菽水我能甘
顕要即可求
跼蹐竟不堪
発興忽絶叫
此意共誰談
願言招蘭友
長此結茅菴
潤流為茶井
岩洞作書龕
喧吹長薇蕨
何必石与甔

二

米老耽盆玩
逢石輒顚狂

世利に淡白で、天子の位を固辞した高節の士。
四 高位高官に就きたい欲望。簪は冠をとめるかんざし、纓は冠のひもで、高官の服装。

一 主君の寵愛をうけて高位に就くこと。
二 豆を食べ水を飲む貧しい生活。→二七頁注一五。
三 高貴で重要な地位。顕達枢要。
四 窮屈な思いをすること。跼天蹐地。高天の下で身をかがめ、大地の上を抜き足で歩く。
五 心を許し合った親友。易経・繫辞上に「同心之言、其臭如レ蘭」とある。
六 谷川の流れに茶を煮る水を汲み。
七 書物を納める厨子(ずし)としよう。
八 春風を受けわらびは伸びる。喧吹は暖い風。
三の結句「春風応レ長故山薇」と同趣。
九 殺風景な石や大小のかめばかりだろうか。甔は一石(こく)を入れる大がめ、または小さいかめともいう。
▽六如評「有レ景有レ情、句句奇麗、筆力縦横、不レ覚二韻険一」がある。

32

一〇 宋の米芾(べいふつ)は盆石に熱中し。奇行をもって知られたかれは法書・文房具・古硯などのほか、奇石を愛した。
一一 米顚と呼ばれるまでに狂わんばかりの喜びようであった。
一二 漢の京兆尹(けいいちょういん)張敞はいとしい妻のために眉を画いた。漢書・張敞伝に「為レ婦画レ眉」と

一二張敞《ちょうしょう》 其の妻《つま》を愛《あい》し、
為《ため》に画《えが》く 一三双蛾《そうが》の長《なが》きを。
我《わ》が好《この》みは一四真山《しんざん》に在《あ》りて、
時《とき》に一五三日《か》の糧《りよう》を裹《つつ》む。
未《いま》だ一六禽向《きんしょう》の願《ねが》ひを遂《と》げざるも、
聊《いささ》か以《もつ》て一七塵腸《じんちょう》を洗《あら》ふ。
此の行《こう》 一八遠渉《えんしょう》に非《あら》ざるも、
経《ふ》る所《ところ》は一九皆澗岡《みなかんこう》。
故《ことさら》に二〇生疎《せいそ》の路《みち》を取《と》り、
二一蔗境《しゃきょう》 疲《ひ》劤忘《けきわす》る。
二二燧嶺《すいれい》 西北《せいほく》の地《ち》、
山容《さんよう》 尽《ことごと》く二三岇藏《ごうぞう》。
二四粛《しゆく》たるは温庾《おんゆ》の如《ごと》く、
二五端委《たんい》 廟堂《びょうどう》に立《た》つ。
怒《いか》れるは二六褒鄂《ほうがく》の如《ごと》く、
勇《ゆう》を買《か》ひて敵場《てきじょう》に赴《おもむ》く。

張敞愛其妻
為画双蛾長
我好在真山
時裹三日糧
未遂禽向願
聊以洗塵腸
此行非遠渉
所経皆澗岡
故取生疎路
蔗境疲劤忘
燧嶺西北地
山容尽岇藏
粛者如温庾
端委立廟堂
怒者如褒鄂
買勇赴敵場

ある。蒙求の標題にも張敞画眉がある。
一三 婦人の眉のたとえ。李白・春日行に「三千双蛾献二歌笑一」とある。蛾眉ともいう。
一四 盆景の山でなく、真景としての本物の山。
一五 三日間の食糧を整え携える。
一六 漢の禽慶(子夏)や向長(子平)。禽は王莽に出仕せず、向も隠居して仕えなかった。ともに皇甫謐撰・高士伝中の人。「向長…隠居不レ仕…与二同好北海禽慶一俱遊二五岳名山一、竟不レ知レ所レ終」とある。高士伝は安永四年(一七七五)に和刻。
一七 俗塵にまみれた心腸。けがれた心。
一八 遠あるき。
一九 山あいの谷川や岡。
二〇 通い慣れないはじめての道筋。熟路の対。
二一 次第におもしろくなってきて、疲れも感じない。蔗境は、さとうきびを先からかじると根元にゆくほど甘くなる、といった顧愷之の故事。晋書・顧愷之伝に「毎レ食二甘蔗一、恒自レ尾至レ本、人或怪レ之、云、漸入二佳境一」とある。疲劤はうみつかれる。
二二 西北の方向には昔、燧(ちひう)ケ城のあった山(現広島県福山市芦田町柞磨〔またる〕)がのぞまれる。
二三 山の高いさま。集韻に「山高皃」とある。以下、すべて山のかたちの見立て。
二四 うやうやしいさまは晋の庾亮のようで。庾亮は東晋の忠臣で、明帝・成帝を補佐し晋室の復興に努めた。
二五 礼服をまとって朝廷に侍立するようだ。端委は周代の朝廷の礼服。端衣。廟堂はみたまや。宗廟。天子が政治を祖霊に報告し群臣に相談したので、政府をもさす。
二六 岳飛。南宋の高宗に仕え精忠岳飛の親筆の旗を受けた。しばしば金軍を破り江淮を平げ、獄死後、鄂(がく)国王に追封された。

怪《かい》なるは一鬼厲《きれい》を現《あらわ》し、
二冶《や》なるは姫姜《ききよう》を列《れつ》す。
三獰《どう》なるは外蛇《がいだ》闘《たたか》ひ、
四逸《いつ》なるは義鶻《ぎこつ》颺《あ》がる。
或《あるい》は驚《おどろ》きて以《もっ》て五鹿《しか》挺《はし》り、
或《あるい》は随《したが》ひて鴈行《がんこう》す。
或《あるい》は後《おく》れ追《お》ひて将《まさ》に及《およ》ばんとし、
或《あるい》は進《すす》み躓《つまず》きて僵《たお》れんとす。
六臞《く》なると膚《ふ》多《おお》きと、
七向背《こうはい》 互《たが》ひに頡頏《けっこう》す。
八童《どう》なると樹《き》多《おお》きと、
九青紅《せいこう》 爛《あざや》かに光《ひかり》を生《しょう》ず。
一〇人事《じんじ》 適意《てきい》を貴《とうと》ぶも、
一一得喪《とくそう》 誰《たれ》か預《あらかじ》め量《はか》らん。
苟《いや》しくも能《よ》く一二嗜欲《しよく》を投《とう》ぜんとならば、
一三醜石《しゅうせき》も施嬙《ししょう》に勝《まさ》らん。

怪者現鬼厲
冶者列姫姜
獰者外蛇闘
逸者義鶻颺
或驚以鹿挺
或随而鴈行
或後追将及
或進躓欲僵
臞者多膚者
向背互頡頏
童者多樹者
青紅爛生光
人事貴適意
得喪誰預量
苟能投嗜欲
醜石勝施嬙

一 悪鬼。
二 なまめかしい山容は並び立つ貴婦人のようである。姫姜は宮中の美女。姫は周の、姜は斉の姓でともに大国。また姫は黄帝の、姜は炎帝の姓で子孫に美女が多かったので美人をもいう。張華・感㆑婚に「窈窕出㆓閨女㆒、嬿婉姫与㆑姜」とある。
三 凶悪な山容は山野にいる蛇が争っているようで。
四 秀逸な山容は忠義なはやぶさのようで。
五 鹿が奔走するような恰好で。挺は奔る。李華・弔㆓古戦場㆒に「獣挺亡㆑群」とある。次の雁行とともに獣の姿態に見立てた。
六 やせた山と、こえた山と。
七 あるいは向き合い、また背中合わせで張り合っている。
八 はげ山と樹の茂った山とは。童は山に草木がないこと。釈名・釈長幼に「山無㆓草木㆒、亦曰㆑童」とある。
九 樹木の有無が青また紅という異なった山色として、はっきりてりかがやく。
一〇 暮らしのことは思い通りになるにこしたことはないが。
一一 利害得失は前もって誰が推し量れようか。
一二 もしかりにむさぼる気持を捨てるならば。
一三 形のみにくい石も、美人の西施や毛嬙にまさるだろう。西施は春秋時代の呉王夫差の愛妃。毛嬙も西施と並称される古代の美人。
一四 いずれも人間離れした装いをこらすから、なおのことだ。

況《いわ》んや此の千百態《せんひやくたい》、
一四 一一仙粧《せんしよう》を逞《たく》ましうするをや。
一五 応接《おうせつ》 唯《た》だ失《しつ》を恐《おそ》るるのみ、
一六 留連《りうれん》 豈《あ》に荒《こう》と為《な》さんや。
却《かえ》つて恨《うら》む 奇絶《きぜつ》の景《けい》、
多《おお》く鄙僻《ひへき》の郷《きよう》に在《あ》り。
佳士《かし》の賞《しよう》するに遭《あ》はず、
一七 徒《いたず》らに尤物《ゆうぶつ》をして蔵《ぞう》せしむるを。
詩《し》を吟《ぎん》じて 一八 木客《ぼくかく》を呼《よ》べば、
一九 暮颷《ぼひよう》 杉篁《さんこう》に颯《さつ》たり。

33

麗《れい》 譙《しよう》

麗譙《れいしよう》遥《はる》かに対《たい》す 二〇 緑簑洲《りよくさしゆう》、
二一 両派《りようは》の清川《せいせん》 郭《かく》を抱《いだ》きて流《なが》る。
芳草柳陰《ほうそうりゆういん》 牧馬《ぼくば》群《むら》がり、
夕陽花外《せきようかがい》 漁舟《ぎよしゆう》を 二二 杙《よく》す。

況此千百態
一一逞仙粧
応接唯恐失
留連豈為荒
却恨奇絶景
多在鄙僻郷
不遭佳士賞
徒使尤物蔵
吟詩呼木客
暮颷颯杉篁

麗　譙

麗譙遥対緑簑洲
両派清川抱郭流
芳草柳陰群牧馬
夕陽花外杙漁舟

一五 絶景を十分に賞し得ず、あるいは見過ごしはせぬかと気がかりで。世説新語・言語に王子敬の言として「山川自相映発、使二人応接不一レ暇」とある。
一六 たちもとおることは、なんで路に迷ったことになるだろうか。留連は去るに忍びずぐずぐずする意の双声語。荒は迷い乱れること。書経・夏書・五子之歌の伝に「迷乱曰レ荒」とある。
一七 折角の美人も人目に触れず、埋もれたままになっているのと同じだ。尤物は美女。
一八 きこり。
一九 夕暮の旋風が杉林や竹やぶをはやてのように吹きすぎる。颷は、つむじ風。飆の俗字。説文に「扶揺風也」とある。
▽起句に「前首整練、此篇軼宕、不レ守二一律一」、第十三句に「以下語語皆妙、退之南山」、第三十二句に「以上真山、結二束米老盆山一」、第三十三句に「四句結収、張京兆画レ眉、炤顧放収、皆有レ法」、第三十七句に「柳々州永州諸記」と、それぞれ六如評がある。

33 前編、巻二所収。天明三年(一七八三)、三十六歳の晩春の作。麗譙とは高楼、物見櫓のこと。ここは福山城の伏見櫓と思われる。元和年間京都の伏見城より移建された。現在、国の重要文化財。
二〇 箕島。芦田川河口左岸の村(現広島県福山市箕島町)。茶山・横尾送二道光上人一にも「随レ君直到緑簑洲」(四四)とある。
二一 二本に分流した芦田川。旧河道は二股(現福山市本庄町、山手橋東袂辺り)で二派に分れ、常興寺山の福山城が芦田川と吉津川・薬師川との間にはさまれていた。
二二 くいに繋ぐ。杙舟の用例もある。

粗《ほ》ぼ通《つう》ず 鵬鴳《ほうあん》一 逍遥《しようよう》の理《ことわり》、
未《いま》だ遂《と》げず 江湖《こうこ》二 汗漫《かんまん》の遊《あそ》び。
三 蘋雨《ひんう》魚風《ぎよふう》 春又晩《はるまたく》れ、
四 青尊《せいそん》 誰《たれ》か共《とも》に閑愁《かんしゆう》を写《うつ》さん。

34

幽《ゆう》　討《とう》

幽討帰《ゆうとうかえ》るを忘《わす》れて且《か》つ嘯吟《しようぎん》五すれば、
山邨《さんそん》の夜色《やしよく》 靄沈沈《もやちんちん》六たり。
流蛍数点《りゆうけいすうてん》 渓声小《けいせいちい》さく、
七 細路《さいろ》三叉《さ》 松影深《しようえいふか》し。
断続《だんぞく》せる人家《じんか》 曲岸《きよくがん》に随《したが》ひ、
八 伊鴉《いあ》 籃篿《らんよ》 疎林《そりん》を出《い》づ。
九 端《はし》なくも引《ひ》き起《お》こす 江湖《こうこ》の興《きよう》、
一〇 片月孤雲《へんげつこうん》 万里《ばんり》の心《こころ》。

赤《あか》　阪《さか》

粗通鵬鴳逍遥理
未遂江湖汗漫遊
蘋雨魚風春又晩
青尊誰共写閑愁

幽　討

幽討忘帰且嘯吟
山邨夜色靄沈沈
流蛍数点渓声小
細路三叉松影深
断続人家随曲岸
伊鴉籃篿出疎林
無端引起江湖興
片月孤雲万里心

赤　阪

一 巨鳥も矮小な鳥も、それぞれ本性にかなった暮らしをしていることは、おおよそ判っているが。大鵬が九万里飛ぼうとしたのを斥鷃(せきあん)が笑ったという、荘子・逍遥遊の寓言に拠る。鴳は鷃、ふなしうずら。斥鷃は、みそさざいの類。 二 ひろく各地を気ままに周遊すること。 三 浮草に雨が降り、魚影には風が渡って。 四 澄んだ酒をたたえた樽を前に、そぞろ忍び寄る愁いを誰と語り合おうか。青尊は清樽。閑愁はしずかに湧きおこる愁い。杜荀鶴・山居に「有二底閑愁一得レ到レ心」とある。

34 前編、巻二所収。天明三年(一七八三)、三十六歳の初夏の作。幽討とは心静かに名勝をたずねること。討は求め尋ねる。討尋と熟し、幽尋・幽探などの語が幽討と同義に用いられる。杜甫・贈二李白一に「脱レ身事二幽討一」、蘇軾・送二鄧宗古還一レ郷に「澗渓有二幽討一」とある。 五 うそぶきうたえば。 六 静かに更けゆくさま。 七 細道が三つ股に分れるあたりは松が影濃く茂っている。 八 かごかきの掛け声。「えい、ほう」。籃篿はあじろかご。篿は誤字で、籅・籅・轝などとあるべきである。 九 思いがけず大自然に遊ぶ楽しみがわいてきて。 一〇 仰ぐ三日月も浮雲も限りない遥けさを感じる。

35 前編、巻二所収。天明三年(一七八三)、三十六歳の初夏の作。赤阪は沼隈郡赤坂村(現広島県福山市赤坂町)で、福山城の西に当たる。芦田川の支流河手川の流域。山陽道に沿った田園地帯。戦国時代、天正十五年(一五八七)三月、豊臣秀吉は九州下向の際この地で前将軍足利義昭と対面した。作者の妹チヨは赤坂村早戸(はやと)の庄屋井上源右衛門正信に嫁いでいたので、あるいはそこを訪れた時の作か。 一一 局地的に降る雨。 一二 蛇円山(じゃえんざん)のほとりにかかるきれぎ

35

赤阪村辺《あかさかそんぺん》　一一片雨《へんう》晴《は》れ、
一二白蛇《はくだ》峰畔《ほうはん》　断霓《だんげい》明《あき》らかなり。
樹間《じゆかん》の人語《じんご》　一三田稲《たいね》を秧《おう》し、
一四鴉《あ》背《はい》の帆檣《はんしよう》　水城《みずしろ》を繞《めぐ》る。
一五草木《そうもく》自《おのず》から知《し》る　興廃《こうはい》の恨《うらみ》、
一六風雲《ふううん》長《とこし》へに載《の》す　古今《ここん》の情《じよう》。
一七阿房《あぼう》銅雀《どうじやく》　皆塵土《みなじんど》、
一八杖《つえ》に倚《よ》れば青山《せいざん》　一笑《いつしよう》して横《よこ》たはる。

赤阪村辺片雨晴
白蛇峰畔断霓明
樹間人語田秧稲
鴉背帆檣水繞城
草木自知興廃恨
風雲長載古今情
阿房銅雀皆塵土
倚杖青山一笑横

36

璇《せん》　璣《き》

一九璇璣《せんき》万古《ばんこ》　旧《きゆう》春冬《しゆんとう》、
復《ま》た二〇辺疆《へんきよう》の警烽《けいほう》　息《や》むに値《あ》ふ。
二一荒服《こうふく》全《すべ》て周《しゆう》の故地《こち》為《た》り、
二二島夷《とうい》半《なか》ば楚《そ》の新封《しんぽう》に入《い》る。
二三貢《こう》は通《つう》ず　閩海《びんかい》　三千里《さんぜんり》、
二四険《けん》は域《くぎ》る　函関《かんかん》　百二重《ひやくにちよう》。

璇　璣

璇璣万古旧春冬
復値辺疆息警烽
荒服全為周故地
島夷半入楚新封
貢通閩海三千里
険域函関百二重

れの虹。蛇円山(現福山市駅家町服部)は旧名おろち山。備後南部の最高峰で標高五四五・八メートル。山頂に白蛇を祭る小祠がある。赤坂より北に三里、手前の山容にさえぎられて直接には望めないが、神辺よりは眺められる。赤阪に対し白蛇と対句的に潤色表現した。一三 田に稲の苗を植え。一四 からすの姿の向うには川口にもやった舟の帆柱が福山城を囲みめぐっている。一五 草や木がじつは歴史にこめられた人々の悔恨を本当に知っていて。一六 自然界には昔から今にいたる時の流れの感懐が限りなくこもっている。一七 秦の始皇帝の築いた豪華無比な阿房宮も、魏の武帝が築いた空飛ぶ鳳凰のような銅雀台も、国が亡びればあとかたもなく。一八 杖に身を託してふり仰ぐと、青々とした山並がいかにも目に親しく映る。

36 前編、巻二所収。天明三年(一七八三)、三十六歳の作。璇璣とは天体の運行を観察する機具。渾天儀(アストロラーベ)のこと。地球を中心に、赤道や白道などの運行系統を表わす金属製の環を同心に組み合わせ、中心軸の周囲を回転させて天体の位置や経緯度などの測定に用いる。中国では漢代から用いられ、わが国近世でも天文家はもとより開明知識人たちが、座右の具として備えた。本作はこの天体観測器にことよせての歴史地理的回想を主題とする。一九 天体の運行は大昔から永久に四季がこもごもめぐる。二〇 国境に設けられたのろし。外敵の来襲を知らせる合図を打揚げる。二一 都から最も遠い地域もみな周の旧領地にあたり。荒服→二六頁注七。二二 周辺の島も大半は楚のあらたな封域に属す。周も楚も秦の統一まで春秋戦国時代に北と南に対峙した国で、対句とした。二三 みつぎ物は閩

一誰《たれ》か道《い》ふ　覇《は》功《こう》　詭《き》譎《けつ》多《おお》しと、
二当時《とうじ》の将帥《しょうすい》　安農《あんのう》を事《こと》とす。

37

村《そん》　亭《てい》

村亭《そんてい》酒《さけ》を呼《よ》び　三微《び》醺《くん》を取《と》れば、
四竹塢《ちくを》　松墩《しょうとん》　日《ひ》未《いま》だ曛《く》れず。
漁具《ぎょぐ》五参差《しんし》として岸《きし》に臨《のぞ》んで曝《さら》され、
六紡車嘔軋《ぼうしゃおうあつ》として林《はやし》を出《い》で聞《きこ》ゆ。
七廟堂自《びょうどうおのず》から夔《き》龍《りよう》の会《かい》する有り、
八烟水長《えんすいとこし》へに鷗鷺《おうろ》の群《むれ》を随《したが》へん。
九預《あらかじ》め賀《が》す　残齢《ざんれい》　撃壌《げきじょう》に供《きよう》するを、
一〇大家《たいか》十載《さい》　已《すで》に文《ぶん》を能《よ》くす。

38

農《のう》　功《こう》

農功《のうこう》五月《がつ》　一一弦《げん》よりも急《きゅう》なり。
一二牟麦纔《ぼうばくわず》かに収《おさ》め已《すで》に田《た》に挿《さ》す。

誰道覇功多詭譎
当時将帥事安農

村　亭

村亭呼酒取微醺
竹塢松墩日未曛
漁具参差臨岸曝
紡車嘔軋出林聞
廟堂自有夔龍会
烟水長随鷗鷺群
預賀残齢供撃壌
大家十載已能文

農　功

農功五月急如弦
牟麦纔収已挿田

地方からもはるかに奉られ。閩は春秋戦国時代いまの福建地方をさし、国を閩越といった。
一四 要害の地域としては函谷関の守りが百重の倍ほども堅固である。

一 誰が一体、覇者の功業は偽りが多いというのか。詭譎はいつわりあざむく、の意。
二 その頃の指導者は農業安定策が目標だった。

▽山陽評「杜詩炎風朔雪之意」がある。

37 前編、巻二所収。天明三年(一七八三)、三十六歳の作。村亭とは田舎のはたご屋。

三 ほろ酔い気分になれば。四 竹藪や松林の岡。
五 長短高低入り混って不揃いなさま。
六 糸をつむぐ車のきしる音がやかましく。「出」の傍に「隔」と並記。
七 朝廷にはひとりでに賢臣が集ってきて。廟堂→三三頁注二五。夔・龍は舜帝に仕えた二人の名臣。
八 入江や湖はいついつまでも水鳥の群を住まわせている。九 前もって余生を太平礼賛に捧げることを祝う。一〇 天子さまは宝寿十歳ではや詩文に長じていらっしゃる。大家は側近が天子をいう語。時の今上陛下光格天皇(一七七一―一八四〇)は安永九年(一七八〇)御齢十歳で即位、博学能文をもって称せられた。

▽山陽評「仁義之人、其言藹如也」がある。

38 前編、巻二所収。天明三年(一七八三)、三十六歳の作。農功は農事、農作、農耕と同義。

一一 弓づる。説文・段玉裁注に「弦、有二急意一」とある。一二 麦がやっと刈りおわったら、はや田植えがはじまった。牟は大麦。
一三 ある晩、庭の樹木を梅雨の大雨が洗い去ると。濯枝の雨とは陰暦六月頃の大雨。
一四 神辺西方の田園中にある猫形の小丘、王子

一三 一夜《や》園林《えんりん》 濯枝《たくし》の雨《あめ》、
一四 猫児山下《びょうじさんか》 水天《みずてん》を涵《ひた》す。

39
鍾馗《しょうき》の図《ず》に題《だい》す

一五 皂帽藍衫《そうぼうらんさん》 形相異《ぎょうそうこと》なり、
鬼《き》を捕《と》ること鼠《ねずみ》の如《ごと》き 何《なん》ぞ快意《かいい》ならん。」
我《われ》は恨《うら》む 汝《なんじ》の一六 高宗中宗《こうそうちゅうそう》の朝《ちょう》に出《い》でて、
彼《か》の一七 長髪還俗鬼婆《ちょうはつげんぞくきば》の妖《よう》を滅《めっ》せざりしを。」
又恨《またうら》む 汝《なんじ》の一八 大暦建中《たいれきけんちゅう》の間《かん》に現《あらわ》れて、
彼《か》の一九 藍面鬼貌佞臣《らんめんきぼうねいしん》の肝《きも》を肉《にく》とせざりしを。」
最《もっと》も恨《うら》む 当時《とうじ》二〇 林甫《りんぽ》と太真《たいしん》とを屠戮《とりく》する
こと能《あた》はざりしを、
徒《いたず》らに二一 微疾《びしつ》を駆《か》る 三郎《さんろう》の身《み》。」
二二 小《しょう》を規《ただ》し大《だい》を捨《す》つるは人《ひと》の嗤《わら》ふ所《ところ》、
鬼神聡明《きじんそうめい》にして固《もと》より之《これ》を知《し》る。」
如《も》し二三 大宝《たいほう》をして能《よ》く耗《こう》せざらしむれば、

一夜園林濯枝雨
猫児山下水涵天

題鍾馗図

皂帽藍衫形相異
捕鬼如鼠何快意
我恨汝不出高宗中宗朝
滅彼長髪還俗鬼婆妖
又恨汝不現大暦建中間
肉彼藍面鬼貌佞臣肝
最恨当時不能屠戮林甫
与太真
徒駆微疾三郎身
規小捨大人所嗤
鬼神聡明固知之
如使大宝能不耗

山(島谷真三・北川勇『茶山詩五百首』)。一説、碇(いかり)山。錨・猫同音よりの表現(富士川英郎『菅茶山』引、浜本鶴賓「菅茶山と西山拙斎との交情」中[『備後史談』十五巻二号])。

39 前編、巻二所収。天明四年(甲辰、一七八四)、三十七歳の作。鍾馗図は、中国では歳暮年始に貧乏神を逐うために貼り用いられたというが、わが国では近世後期以来もっぱら端午の節句に掲げ、あるいは幟に立てて魔除けとする風習である。鍾馗は伝説では唐代終南山に住む進士で、病気の玄宗の夢に現われ、小鬼を食い病いが癒えたという。実像には異説があるが、その画像はいずれも破帽緑袍、抜剣し悪魔を払う威嚇的形相の霊能者として描かれている。この作も右の伝説をふまえての題詠である。

一五 黒色の頭巾をかぶり藍色の上衣を着て。

一六 玄宗の夢に現われるより、もっと早く高宗や中宗の時代に出現し。

一七 あの則天武后(六二四頃―七〇五)という破戒の化物ばばあをやっつけなかったことを。太宗の妃武后は帝の歿後一旦髪を下ろしたが、高宗即位後還俗して再び後宮に入り寵を独占、高宗の死後は実子中宗・睿宗を退位させ、六九〇年自ら帝位につき、国名を周と改めた。在位十六年、中国史上唯一の女帝となった。

一八 代宗の大暦(七六六―七七九)・徳宗の建中(七八〇―七八三)年間。 一九 唐朝に背き帝位を僭称し、国号元号を改称した李希烈(楚)、田悦(魏)、朱泚(しゅせい・秦)、朱滔(冀)・王武俊(趙)等の反逆者。

二〇 奸相李林甫と玄宗の寵妃楊貴妃と。林甫は専断を恣にし安史の乱の因をなした。

二一 玄宗の瘧(ぎゃく・おこり、マラリヤ)病を癒したにすぎない。三郎は玄宗の幼名。

二二 帝の病いの正体小鬼を食い殺しても、もっ

一 香嚢玉笛《こうのうぎよくてき》も渠《かれ》の盗《ぬす》むに任《まか》せしを。」
二 漁陽《ぎよよう》の鼙鼓《へいこ》 地《ち》を動《とよ》もして来《きた》り、
三 六龍《りくりよう》西幸《せいこう》す 彼《か》の崔嵬《さいかい》たるに。
是の時《とき》に方《あた》りては四天《てん》瘖《や》み地《ち》も痛《や》み、
五 九廟《びよう》万姓《ばんせい》 皆《みな》虺隤《かいたい》たり。
六 吁《ああ》 汝《なんじ》安《いず》くにか在《あ》る。」
君《きみ》見《み》ずや 七城隍《じようこう》里社《りしや》 酒肉《しゆにく》に飽《あ》き、
八 漫《みだ》りに女児《じよじ》に向《むか》つて威福《いふく》を弄《ろう》するを。

40

雑《ざつ》 詩《し》 三首《しゆ》(内二首)

九 吾《わ》が家《いえ》 世《よ》ゝ《よ》農《のう》を業《ぎよう》とし、
一〇 樸素《ぼくそ》 祖風《そふう》を守《まも》る。
隣並《りんぺい》 皆親戚《みなしんせき》。
一一 有無《うむ》 互《たが》ひに相《あ》ひ通《つう》ず。
衣食《いしよく》 足《た》らずと雖《いえど》も、
安《やす》んずる所《ところ》は一二其の中《うち》に存《そん》す。

香嚢玉笛任渠盗
漁陽鼙鼓動地来
六龍西幸彼崔嵬
方是之時天瘖地痛
九廟万姓皆虺隤
吁汝安在哉
君不見城隍里社飽酒肉
漫向女児弄威福

雑詩三首
吾家世業農
樸素守祖風
隣並皆親戚
有無互相通
衣食雖不足
所安存其中

と大きな悪鬼を見すごしたことは。
三 天子の位さえ安泰であれば。大宝は帝位。

一 におい袋や玉製の美笛も鐘馗の盗み放題だったにちがいない。いずれも玄宗に由縁の語。
二 安禄山が挙兵し、天地を震わせて都に迫り。この一句、長恨歌から引用。
三 玄宗は西のかた道の険しい蜀地方に蒙塵した。六龍は天子の車を引く六頭の馬。天子の車駕。李白・上皇西二巡南京一歌に「六龍西幸万人歓」とある。
四 天も地も病み疲れて進めず。
五 万民は一人残らず疲れきって気力を失っている。九廟は九つの先祖のみたま屋。祖宗の霊廟。虺隤は疲労の極限を現わす畳韻語。
六 鐘馗さまよ、いまあなたはどこにおられるのか。
七 都市の守護神も村の氏神様も贅沢なお供えをたらふく召し上って。
八 むやみやたらと罪もない小娘をおどしたり恩恵を施したりしてあやつっている事実を。
▽六如評「文士筆鋒鋭二于剣一」、第三句以下には山陽評「可レ当二一部唐書一」、また長恨歌の句の右傍に線を引き、「集中係二唐人成句一者抹二句傍一」とある。

40 前編、巻二所収。天明四年(一七八四)、三十七歳の作。
九 →九頁注一二。
一〇 質素。
一一 日用品は互いに融通し合う。
一二 衣食はともに乏しいながら、安住の場所となっている。第五句「不足」の傍に「或乏」と並記。
一三 かやを刈り縄をなう。農事にいそしむこと。

時《とき》に[一三]茅索《ぼうさく》の暇《ひま》を得《え》て、
[一四]詩書《ししよ》 児童《じどう》に授《さず》く。
[一五]嗟《ああ》 余《よ》は鹵莽《ろもう》の資《し》、
肯《あ》へて[一六]琢磨《たくま》の功《こう》を望《のぞ》まんや。
[一七]茅堂《ぼうどう》 春睡《しゆんすい》足《た》り、
[一八]朝暾《ちようとん》 竹叢《ちくそう》に上《のぼ》る。
[一九]吾伊《ごい》 時《とき》に断続《だんぞく》し、
[二〇]嬉戯《きぎ》 簾櫳《れんろう》に喧《かまび》すし。
[二一]暄《けん》を負《お》ひて手《て》づから茗《めい》を煎《せん》すれば、
[二二]楽意《らくい》 自《おのず》から融融《ゆうゆう》たり。

○

41
隣家《りんか》 [二三]痘神《とうじん》を送《おく》り、
我《われ》に[二四]膰《はん》す 酒《さけ》と炙《あぶりにく》と。
痘神《とうじん》は知《し》る[二五] 何《なん》の意《い》かを、
[二六]此《こ》の行《こう》 特《こと》に悪劇《あくげき》なり。
[二七]山陽《さんよう》 戸《こ》ゝ《こ》に伝染《でんせん》し、

時得茅索暇
詩書授児童
嗟余鹵莽資
肯望琢磨功
茅堂春睡足
朝暾上竹叢
吾伊時断続
嬉戯喧簾櫳
負暄手煎茗
楽意自融融

○

隣家送痘神
膰我酒与炙
痘神知何意
此行特悪劇
山陽戸伝染

一四 詩文のよみかき。詩書は詩経と書経を意味するが、ここは読書作詩文の指南の意。
一五 なさけないかな、自分は愚かで散漫な性分だから。鹵莽は粗雑の意。
一六 みがきおさめる成果を望んだりしていない。
一七 かやぶきのあばら家で春のねむりも十分である。李頻・春日鄜州贈二裴居言一に「燈前春睡足」とある。春睡は春眠に同じであるが、平声で二四不同の詩法に触れるので避けた。「眠」も「堂」も平声で二四不同の詩法に触れるので避けた。
一八 起きる時分にはもう朝日は竹藪の上に昇っている。
一九 書物を読む声が聞こえつとだえつし。吾伊は伊吾・咿唔とも書く。読書の声をいう。
二〇 書生たちのたわむれ遊ぶ屈託のない声が窓辺にかしましい。簾櫳はすだれのかかった格子窓。
二一 陽光を背に受けつつ自分で茶を入れていると。暄は暖かい日差し。茗は新茶に対し遅摘みの茶をいうが、ここはただ茶の芽を煮出す意。
二二 悠々自適の気分。
▽終四句に六如評「田家楽事、令二人意銷一」がある。

41 前編、巻二所収。天明四年(一七八四)、三十七歳の作。前年七月の信州浅間山大噴火の情報は、悪疫の流行に一喜一憂の西国筋にも大きなショックだったようである。
二三 天然痘の疫病神。
二四 宗廟(土地の神)と社稷(しやしよく)・五穀の神)の祭に供える焼き肉を膰といい、祭後頒ち与える。疱瘡神に供えたお下りを分けてくれた意。炙はここでは入声十一陌韻、セキ。
二五 どういうつもりなのか。なんでまた。
二六 ほうそうの流行ぶりはとりわけ悪性で烈しい。二七 山陽道筋では家ごとに感染し。

一札瘥《さつさ》せるもの　幾千百《いくせんひやく》。
幸《さいわ》ひに我《わ》が郷里《きようり》の間《かん》、
児《こ》の二窀穸《ちゆんせき》に就《つ》く無し。
父老《ふろう》　欣《よろこ》びて相《あ》ひ慶《けい》し、
幾《ほと》んど三蝗飢《こうき》の阨《やく》を忘《わす》る。
四去年《きよねん》七月《がつ》七、
五怪事《かいじ》伝《つた》はりて藉藉《せきせき》たり。
六信州《しんしゆう》　山《やま》破《は》裂《れつ》し、
火《ひ》を噴《ふ》きて沙《さ》石《せき》を飛《と》ばす。
隣境《りんきよう》　数百里《すうひやくり》、
死傷《ししよう》　七巷陌《こうはく》を塡《うず》む。
書籍《しよせき》にも見《み》るに罕《まれ》なる所《ところ》、
聞《き》く者《もの》八心魄《しんぱく》を寒《さむ》くす。
九頻歳《ひんさい》　陰気《いんき》王《さかん》なり、
一〇夏衣《かい》　綌《げき》を用《もち》ひず。
一一年凶《ねんきよう》と地妖《ちよう》と、

札瘥幾千百
幸我郷里間
無児就窀穸
父老欣相慶
幾忘蝗飢阨
去年七月七
怪事伝藉藉
信州山破裂
噴火飛沙石
隣境数百里
死傷塡巷陌
書籍所罕見
聞者寒心魄
頻歳陰気王
夏衣不用綌
年凶与地妖

一 流行病で死ぬこと。
二 墓穴。窀は厚、穸は夜で、長夜。すなわち墓に棺を埋葬すること。またその墓穴をいう(左伝・襄公十三年、注疏)。
三 いなごの害による飢饉。
四 天明三年七月七日。
五 浅間山大焼け(大噴火)の怪情報が入り乱れ、大騒ぎである。藉藉は口々に言いはやすさまで、籍籍に同じ。漢書・江都易王伝に「国中口語籍籍」とあり、顔師古注に「諠聒之意」と見える。
六 信州浅間山が大爆発して火砕流・土石流・溶岩流を噴出させ、主に上野方面は埋没し、流失家屋一千八百戸、死者二千人、砂石は二十里、降灰は七十里といわれ、江戸から利根川筋、常陸、下総、銚子辺りにも及んだ。「鬼押出し」はこの時流出した溶岩である。また、この大噴火による不作で三万五千余人が死んだと伝える(武江年表六)。茶山も「浅間岳やけぬけて、隣郷に火石灰など降、昼夜を弁ぜざること五六日、刀根川へ泥水押出して人畜多く死す」(「筆のすさび」一)と記している。
七 街路。ちまた。
八 こころ。精神。心魂でもよいが入声十一陌韻を踏むため、魄を用いた。李白・赤壁歌送別に「我欲ㇾ因ㇾ之壮ニ心魄一」とある。
九 毎年。
一〇 冷夏で、夏着にもあらい布は不要だ。
一一 天変も地異も。荒年も地上の変異も。
一二 和らげ治め調えること。書経・周官に「論ㇾ道経ㇾ邦、燮ニ理陰陽一」とある。
一三 五穀に不足なく、若死や、はやり病いをなくすことはできないか。
▽浅間山大噴火を伝える第十三—十六句に対し、六如評「仁人憂ニ世語一」がある。

固《もと》より気候《きこう》の逆《ぎゃく》なるに由《よ》る。
誰《たれ》か能《よ》く[一二]燮理《しょうり》を務《つと》めて、
[一三]穀《こく》足《た》り夭疫《ようえき》なからしめん。

42

笠岡《かさおか》の途中《とちゅう》

[一四]巌崎《がんき》杌梲《ごつげつ》として竹輿《ちくよ》跳《は》ね、
路《みち》は[一五]崖根《がいこん》を抱《いだ》きて一線遥《せんはる》かなり。
[一六]水急《みずきゅう》にして　漁村初《ぎょそんはじ》めて閘《こう》を発《ひら》き、
[一七]港《みなとかまびす》喧しくして　賈《こ》舶《はく》方《はじ》めて猫《びょう》を開《ひら》く。
[一八]鷗雛《おうすう》回渚《かいしょ》　晴照《せいしょう》懸《か》かり、
[一九]燕子《えんし》軽烟《けいえん》　午潮落《ごちょうお》つ。
独《ひと》り東風《とうふう》に面《めん》して[二〇]友社《ゆうしゃ》を思《おも》へば、
滄波《そうは》応《まさ》に[二一]玉江《たまえ》橋《ばし》に接《せつ》すべし。

43

幽《ゆう》　斎《さい》

[二二]幽斎枯坐《ゆうさいこざ》して昼年《ひるとし》の如《ごと》く、

固由気候逆
誰能務燮理
穀足無夭疫

笠岡途中

巌崎杌梲竹輿跳
路抱崖根一線遥
水急漁村初発閘
港喧賈舶方開猫
鷗雛回渚懸晴照
燕子軽烟落午潮
独面東風思友社
滄波応接玉江橋

幽　斎

幽斎枯坐昼如年

42　前編、巻二所収。天明四年(一七八四)、三十七歳の作。笠岡(現岡山県笠岡市)には同年齢の親友、稲荷社の祠官小寺清先(一七四八―一八二七)が居たほか、作者の下の妹マツ(ミツ、好〔よし〕)がこの地の河田浅右衛門政策に嫁いでおり、たびたび訪れている。従ってほかにも「笠岡途中」の作がある。
一四　でこぼこ岩はごつごつと危っかしく、竹かごは激しくとびはね。杌梲は安からぬさま。
一五　がけの根もとを抱くように迂回して。
一六　水の流が激しいのは漁村がせきを開いたからで。閘は樋の口。流れを調節する水門。干潮時の金浦(かなうら・現笠岡市金浦)付近の吉田川の景か。
一七　港が活気づくのは商い船がいましがたいかりを上げたからだ。猫は錨。
一八　かもめがとびまわるなぎさには明るく陽が当たり。鷗雛はかものひなだが、かもめ一般を意味する。燕子がつばめを指すのと同様、
一九　つばめがかすみの中を素早く飛び交い、引潮が激しく流れる。
二〇　ただ一人、東風に向って盟友の多い浪華の混沌詩社に想いをはせると。
二一　この青海原はきっと親友葛子琴の営む浪華玉江橋畔の御風楼に通じているはずだ。子琴はこの年五月七日、四十六歳で歿。故友への親昵の情は四五参照。
▽六如評「新奇未レ経二人言一、後聯亦佳」がある。
43　前編、巻二所収。天明四年(一七八四)、三十七歳の作。ぽつねんと奥深く閑静な書斎に坐り、春の日永をすごしての感懐。
二二　もの静かな書斎で枯れたように坐っていると、春の永日はまるで一年経ったようで。

一 暗恨端《あんこんはし》なくも滅《めつ》しては復《ま》た然《も》ゆ。
誰《たれ》か人生齢百《じんせいよわいひやく》に満《み》つを得《え》ん、二
又聞《またき》く 三 斗米《とべい》の価千《あたいせん》に過《す》ぐと。
四 午簾《ごれん》動《うご》かず 花香王《かこうさかん》に、
五 春暈《しゆんうん》徐《おもむ》ろに消《き》えて燕語《えんご》円《まど》かなり。
六 貧閭《ひんりよ》を振《すく》はんと欲《ほつ》して還《ま》た自《みずか》ら笑《わら》ふ、
七 儂《わ》が家本熟《いえもとじゆく》す 五窮《きゆう》の縁《えん》。

44

横尾《よこお》。道光上人《どうこうしようにん》を送《おく》る

八 猫児山畔《びようじさんばん》 鳥声愁《ちようせいうれ》へ、
九 鶴子《かくし》橋辺《きようへん》 柳色稠《りゆうしよくおお》し。
送《おく》る者《もの》は如《し》かず 橋下《きようか》の水《みず》に、
君《きみ》に随《したが》ひて直《ただ》ちに到《いた》らん 一〇 緑簑洲《りよくさしゆう》。

45

葛子《かつし》琴《きん》に寄《よ》せ弔《とむら》ふ

一一 潔白原俗《けつぱくもとぞく》と移《うつ》り難《がた》く、

暗恨無端滅復然
誰得人生齢満百
又聞斗米価過千
午簾不動花香王
春暈徐消燕語円
欲振貧閭還自笑
儂家本熟五窮縁

横尾。送道光上人

猫児山畔鳥声愁
鶴子橋辺柳色稠
送者不如橋下水
随君直到緑簑洲

寄弔葛子琴

潔白原難与俗移

一 人知れぬ悔いがふと消えてはまた湧いてくる。
二 百歳まで生きつづけられようか。
三 わずかなお米も銭一千文以上するということだ。物価高で苦しい。 四 風はとだえて真昼のすだれはゆれず、花の香が立ち籠め。
五 花曇りはいつしか晴れて、つばめのさえずりが快い。春暈は春特有のおぼろな天候。暈は日や月の周囲のくま。かさ。
六 貧しい村里。閭は村の入口の門、すなわち村内、村里の意。振は賑、すなわち救。
七 もともとわが家は貧乏神と浅からぬ縁があったのだから。五窮は五種の窮鬼(智窮・学窮・文窮・命窮・交窮)。韓愈・送窮文に見える。
▽六如評「新奇」の頭評がある。

44 前編、巻二所収。天明四年(一七八四)、三十七歳の作。横尾は現広島県福山市横尾町。道光上人(一七四六―一八二九)は日蓮宗の詩僧で諱を日謙といい、京都本圀寺日領の門弟である。出雲平田の法恩寺に住し、その傍らに聴松庵(ていしようあん)を結んだ。深草の元政上人に私淑し、浪華で細合半斎に詩を学び、聴松庵詩鈔を上梓した。京の六如、村瀬栲亭や藝備の西山拙斎や作者茶山らと雅交を結び、足しげく往来した。
八 王子山(または錨山。→三九頁注一四)のほとりで鳥も別れを悲しみ。 九 高屋川に架した鶴ヶ橋のそばには柳がひとしお枝垂れている。離別に際し柳枝を綰(わが)ねて贈る風習は、唐詩にしばしば詠まれている。柳は送別を意味する。
一〇 簑島。→三五頁注二〇。
▽山陽評「好竹枝」がある。

45 前編、巻二所収。天明四年(一七八四)、三十七歳の作。葛子琴(一七三九―八四)、名は張(はじめ湛、眈)、字は子琴、本姓葛城を修し葛子琴と称した。螙庵(とあん)・小園などと号し、浪華堂島

生前《せいぜん》の懐抱《かいほう》 幾人《いくにん》か知《し》る。
一二自《みずか》ら聖主《せいしゅ》の遺札《いさつ》を求《もと》むる無く、
頼《さいわ》ひに親朋《しんぼう》一三の幼児《ようじ》を稟《おさ》むる有り。
其《そ》の友田子明《ともでんしめい》 篠安道《しょうあんどう》遺孤《いこ》を撫養《ぶよう》す。
才藻長《さいそうとこし》へに丁卯《ていぼう》一四の集《しゅう》に留《とど》まり、
一五世栄《せいえい》終《つい》に守《まも》る 甲辰《こうしん》の雌《し》。
子琴《しきん》 今春《こんしゅん》の書《しょ》に甲辰《こうしん》の雌《し》の事《こと》に言及《げんきゅう》す。書《しょ》の達《たっ》すること訃音《ふいん》に先《さき》だつこと纔《わず》かに一月《つき》。因《よ》りて其の語《ご》を用《もち》ふ。
一六沈痾《ちんあ》行ゝ《ゆくゆく》鏡《かがみ》を磨《と》ぐことを得《え》ず、
一七高徳誰《こうとくたれ》か能《よ》く議《ぎ》して碑《ひ》を建《た》てん。
一八憶《おも》ふ昨《むかし》 余《よ》を尋《たづ》ねて綺陌《きはく》に迷《まよ》ひしを、
一九春《はる》を惜《お》しみ汝《なんじ》と同《とも》に花枝《かし》を拗《お》る。
子琴《しきん》 曾《かつ》て余《よ》を洛東《らくとう》の聖護村《しょうごむら》に訪《と》ふ。遂《つい》に同《とも》に白河《しらかわ》に遊《あそ》び、酔中躑躅《すいちゅうつつじ》花を折《お》る。蓋《けだ》し予《よ》と子琴《しきん》と知聞《ちぶん》すること日久《ひひさ》しきも杯酒款言《はいしゅかんげん》するは則《すなわ》ち此《ここ》に始《はじ》まる。実《じつ》に庚子《こうし》の春《はる》なり。

生前懐抱幾人知
自無聖主求遺札
頼有親朋稟幼児
其友田子明篠安道撫養遺孤
才藻長留丁卯集
世栄終守甲辰雌
子琴今春書言及甲辰雌事。書達先訃音纔一月。因用其語
沈痾不得行磨鏡
高徳誰能議建碑
憶昨尋余迷綺陌
惜春同汝拗花枝
子琴曾訪余于洛東聖護村。遂同遊白河、酔中折躑躅花。蓋予与子琴知聞日久而杯酒款言則始於此。実庚子之春

川にかかる玉江橋北畔に御風楼を営んだ。通称橋本貞元。家業は瘍科(ようか・外科)であったが、片山北海を盟主とする詩社混沌詩社の主要メンバーで、その清新婉約な詩風は頼山陽も、茶山に先立つ子琴の近世詩史における意義を高く評価した(論詩絶句、茶山先生行状)。また篆刻の名手で、秦漢古銅印を宗とする高芙蓉門下の古体派に属し、流麗婉美な印風をもって一世に鳴った。この年五月七日、四十六歳で歿。茶山より九歳の年長であった。本作はすなわちこの親故寄弔の七言古詩である。

一一 生れ付きいさぎよく汚れない心の君は、もともと世俗にとけ込みにくく。

一二 君は進んでかの明皇(玄宗)が臨邛の道士を遣し魂魄を求めたようなことはしなかったが。自らの健康管理を超越していた意。白居易・長恨歌中の「聖主朝朝暮暮情」「臨邛道士鴻都客、能以㆓精誠㆒致㆓魂魄㆒」に拠る。鴻都は後漢の霊帝が設けた門で、中に学校を置き書を蔵した。

一三 親友田中鳴門(一七二二—八八)・篠崎三島(一七三七—一八一三)が遺児たちの世話をした。子琴は夫人大城氏との間に二男三女をもうけた。この年、長男万寿(二世橋本貞元)は九歳、二男万福は幼く、また長女はのち塩川家に嫁し、二女は篠崎三島の養女として奥村氏に嫁いだ。子明・安道はそれぞれ両名の字である。

一四 延享四年(一七四七)丁卯、子琴九歳の詩文集か。

一五 世間的には今年歿するまで雌伏しつづけた。甲辰は本年天明四年。唐の裴度(はいど)が槐(えんじゅ)のこぶをもらった時、これはめすの樹だと冗談を言った庾威が自分と同じ甲辰生まれと知ると、君はめすの甲辰だろうとやり返した逸話(説郛所引雞跖集)をふまえる。

一六 重い病い。鏡は医療用具の一。

一七 高潔な君の墓碑銘は誰が一

一 山河《さんが》遥《はる》かに隔《へだ》つ 黄公《こうこう》の舎《いえ》、
二 此《こ》の日《ひ》風《かぜ》に臨《のぞ》みて一卮《いっし》を酹《そそ》ぐ。

46
偶成《ぐうせい》

三 匣裡《こうり》の芙蓉《ふよう》 客《かく》を留《とど》めて看《み》しに、
四 病来斯《びょうらいこ》の志《こころざし》 漸《ようや》く摧残《さいざん》す。
五 一時《じ》広武《こうぶ》 英雄《えいゆう》の歎《たん》、
六 十歳高陽《さいこうよう》 飲博《いんばく》の歓《かん》。
七 人生須臾《じんせいしゅゆ》にして興廃《こうはい》あり、
八 海潮昏旦《かいちょうこんたん》 自《おのず》から波瀾《はらん》す。
九 那《なん》ぞ蹇劣《けんれつ》の天幸《てんこう》に非《あらざ》るを知《し》らんや、
一〇 占断《せんだん》す 鷯枝《りょうし》 栖息《せいそく》の安《やす》きを。

47
柏谷《かしわだに》の途中《とちゅう》

一一 乱石崩沙《らんせきほうさ》 路分《みちわか》たず、
松杉風外《しょうさんふうがい》 午雞聞《ごけいきこ》ゆ。

山河遥隔黄公舎
此日臨風酹一卮

偶　成

匣裡芙蓉留客看
病来斯志漸摧残
一時広武英雄歎
十歳高陽飲博歓
人生須臾有興廃
海潮昏旦自波瀾
那知蹇劣非天幸
占断鷯枝栖息安

柏谷途中

乱石崩沙路不分
松杉風外午雞聞

体周到な撰文で建碑できようか。ちなみに子琴墓碑銘は岡公翼撰・篠崎三島書(天満栗東寺)。「徳」の傍に「節」と並記。一八 君は以前わたしを京聖護院村にたずね、ともに華やかな巷に浮かれ出たことを憶い出すよ。陌は街。一九 徂(ゆ)く春を惜しみ、君と一緒に白川でつつじを折ったことは忘れられないよ。自注によると四年前、安永九年(一七八〇)庚子の春のことである。

一 想い出の酒店は幾山河のかなただが。竹林七賢の一人晋の王戎が昔嵇康や阮籍らと大いに杯を汲み交した黄公の酒家を過ぎ、すでに飲み友達がこの世にいないことを「視レ此雖レ近、邈若ニ山河一」と嘆いた故事(世説新語・傷逝)。二 地下に眠る君のために、風に向い万斛(ばんこく)の涙とともに好物の酒を大杯になみなみと地に注ぐことだ。君よ、受けてくれ。臨風は風に対して嘆く。范仲淹・岳陽楼記に「把レ酒臨レ風」とある。卮は四升入りの大杯。酹は酒を地に注ぐ。

46 前編、巻二所収。天明四年(一七八四)、三十七歳の作。

三 廓中の美妓を、連れと立ち止まって品評したこともあったが。匣は、はこ。四 病んでこのかた、青春の思いもいつしか散り失せた。五 ある時は広武城で英雄劉邦(漢の高祖)と項羽とが相語り、対峙したように世情を慨嘆し。広武城は河南省河陰県の広武山上にある(史記・項羽本紀)。六 ここ十年来、もっぱら酒をくらいばくちにうき身をやつしてきた。高陽は高陽酒徒、つまり酈食其(れきいき)が漢の高祖に高陽でまみえた時の自称の語(史記・酈生陸賈伝)。高陽は河南省杞県の西。七 人の一生は束の間に浮沈がおとずれ。八 うしおも夕な朝なに自然と大波小波が立つ。起伏ただならぬこと。

一二 昇平《しょうへい》四海《かい》 閑地《かんち》なく、
一三 墾破《こんぱ》す 窮山《きゅうざん》 幾畳《いくじょう》の雲《くも》。

48

田《でん》 家《か》

一四 葛覃《かつたん》藤蔓《とうまん》 夏木《かぼく》暝《くら》く、
一五 牧犢《ぼくとく》林《はやし》を隔《へだ》てて 声《こえ》相《あ》ひ応《おう》ず。
一六 陂塘《はとう》閘《こう》開《ひら》きて 風《かぜ》始《はじ》めて薫《かお》り、
一七 野《や》川《せん》堰《せき》成《な》りて 路《みち》正《まさ》に濘《ぬか》る。」
一八 楊柳《ようりゅう》魚《うお》を貫《つらぬ》く 三両童《りょうどう》、
老牛《ろうぎゅう》に一九 累騎《るいき》して 竹叢《ちくそう》に入《い》る。
竹叢《ちくそう》数里《すうり》 二〇 閭巷《りょこう》を擁《よう》し、
二一 屋影《おくえい》参差《しんし》たり 嫩翠《どんすい》の中《うち》。」
二二 僻郷《へききょう》人樸《ひとぼく》にして 乖争《かいそう》少《すくな》く、
二三 乞仮《きつか》相《あ》ひ通《つう》じて 隣保《りんぽ》親《した》し。
東家《とうか》井《い》を二四 鑿《うが》てば 常《つね》に共《とも》に汲《く》み、
北舎《ほくしゃ》児《こ》を生《う》めば 時《とき》に更ゝ《こもごも》抱《いだ》く。

昇平四海無閑地
墾破窮山幾畳雲

田 家

葛覃藤蔓夏木暝
牧犢隔林声相応
陂塘閘開風始薫
野川堰成路正濘
楊柳貫魚三両童
累騎老牛入竹叢
竹叢数里擁閭巷
屋影参差嫩翠中
僻郷人樸乖争少
相通乞仮親隣保
東家鑿井常共汲
北舎生児時更抱

九 どうして無能拙才が天の恵みでないといいきれようか。蹇劣は才能の乏しいこと。
一〇 よしきりは安心しきって枝に宿っている。占断はすっかり占有する。宋の周必大・芍薬に「占㆓断春光㆒及㆓夏初㆒」とある。

47 前編、巻二所収。天明五年(乙巳、一七八五)、三十八歳の作。柏谷は現広島県福山市駅家町新山(にいやま)の真言宗福盛寺(ふくじようじ)・大坊)より芦品郡新市町下安井へ越える所。

一一 ごろごろ転がった小石や割れくだけた砂利のため、すべってろくに歩けないで。花崗岩の風化現象。
一二 天下太平で土地はあまさず開墾され。
一三 山の頂きの雲生(む)すあたりまですっかり墾らき尽くされている。墾破の破は完全になされている意をあらわす。
▽山陽評「胸蔵経済、随処流露」がある。

48 前編、巻二所収。天明五年(一七八五)、三十八歳の作。田舎暮らしの風物詩的詠出と慨世的詠嘆。

一四 くずかずらが延び、ふじかずらははびこるという風に。なお、詩経・国風・周南の篇名に葛覃がある。 一五 牧場の小牛。
一六 用水池の水門を開いて田に水を引く頃には、初夏の風がさわやかで。閘→四三頁注一六。
一七 田圃への水路をせきとめると、あぜ道は水びたしになる。 一八 子供が二、三人、柳の枝で魚をさし通し。 一九 二人乗りする。
二〇 村里を抱きかかえるように続き。
二一 人家の屋根が新緑の中に見えかくれし。参差はふぞろいに入りまじるさま。嫩翠はわかみどり色。 二二 辺鄙な田舎は人情純樸、争いはまれで。 二三 お互いに貸したり借りたり。
二四 「鑿」の傍に「有」と並記。

嗟我《ああわれ》 平生《へいぜい》 一憂虞《ゆうぐ》を懐《いだ》くも、
二目耕《もくこう》 躬耕《きゅうこう》の好《よ》きに何似《いずれ》ぞ。

影戯行《えいぎこう》

49
三紙障燭《ししょうしょく》を籠《こ》めて光輝《こうき》邃《とお》く、
四物《もの》あり森立《しんりつ》して百媚《ひゃくび》を含《ふく》む。
鬼《き》か人《ひと》か 人《ひと》の識《し》る莫《な》く、
疑《うたが》ひ看《み》る 五艶粧《えんしょう》 珠翠《しゅすい》を凝《こ》らすかと。
誰《た》が家《いえ》の妖童《ようどう》ぞ 美《うつく》しき風姿《ふうし》、
六定《さだ》めて烏衣《うい》 巷辺《こうへん》より至《いた》るならん。
双《なら》び去《さ》り双《なら》び来《きた》りて 七皆節《みなふし》に応《おう》じ、
八舞袖《ぶしゅう》翩躚《へんせん》して蝶翅《ちょうけつ》軽《かろ》し。
九漢帝魂《かんていこん》を招《まね》いて言《げん》なきを恨《うら》み、
一〇任郎影《じんろうかげ》を顧《かえり》みるに意《い》あるが如《ごと》し。
一一妙技暗《みょうぎあん》に写《うつ》す 世上《せじょう》の情《じょう》、
一二造物《ぞうぶつ》知らず 指端《したん》の秘《ひ》。

嗟我平生懐憂虞
目耕何似躬耕好

影戯行

紙障籠燭光輝邃
有物森立含百媚
鬼邪人邪莫人識
疑看艶粧凝珠翠
誰家妖童美風姿
定従烏衣巷辺至
双去双来皆応節
舞袖翩躚軽蝶翅
漢帝招魂恨無言
任郎顧影如有意
妙技暗写世上情
造物不知指端秘

一 世をうれえ、先ざきのことをおそれるが。
二 儒者も農夫のすばらしさには及ばない。目耕は読書、学問。躬耕は農業。
▽六如評「一幅田家楽画図、令三人有二遺世之情一」がある。

49 前編、巻二所収。天明五年(一七八五)、三十八歳の作。影戯は影絵。行は楽府題で韻文の一体。快く流れ滞らぬ詠風の意。
三 舞台になる明り障子には燈火が薄暗く当たって。邃は奥深いこと。
四 何物かが立ち並んでまことに無気味である。百媚はさまざまのなまめかしさ。白居易・長恨歌に「回レ眸一笑百媚生」とある。
五 ひょっとしたら真珠や翡翠で美しく化粧しているのかも知れない。
六 きっと黒い衣裳で村はずれからやって来たのだろう。
七 形影あい伴い音楽に合わせて踊り。
八 立ち舞う袖はひらひらと、まるで蝶がむれ飛ぶようだ。翩躚は蹁躚で、ひらひら舞うさま。張衡・南都賦の張銑注に「舞之容状」、左思・蜀都賦の呂向注にも「舞貌」とある。蘇軾・後赤壁賦には「羽衣蹁躚」とある。
九 長恨歌をふまえた表現。→四五頁注一二。
一〇 高官の子弟が物ほしげに親の影を振り返るようだ。任郎は任子令によって高位に就く貴顕の子弟。
一一 巧みな投影術で何だか世態人情を写しているようで。
一二 万物創造の神も指先の秘技はご存じない。

須臾《しゆゆ》[一三]にして弄罷《ろうや》みて四筵《えんせき》寂たり、
乾闥婆城《けんだつばじよう》[一四]は更《さら》に何《いず》れの地《ち》ぞ。
観《み》る者悵然《ものちようぜん》として更《こう》[一五]の闌《ふ》くるを惜《お》しみ、
一笑詩《しようし》を製《つく》り伝《つた》へて相《あ》ひ示《しめ》す。
君見《きみみ》ずや　漢事唐業《かんじとうぎよう》[一六]　蹤跡《しようせき》なきを、
人間今古《じんかんきんこ》[一七]　幾影戯《いくえいぎ》なるや。

須臾弄罷寂四筵
乾闥婆城更何地
観者悵然惜更闌
一笑製詩伝相示
君不見漢事唐業無蹤跡
人間今古幾影戯

十咏物《えいぶつ》并《なら》びに序《じよ》(十首、内一首)

近日里中《きんじつりちゆう》に詩《し》を学《まな》ぶ者顓《ものもつぱ》ら咏物《えいぶつ》を事《こと》とす。人《ひと》にしては眉毛爪甲《びもうそうこう》[一八]の徴《び》なる、物《もの》にしては蟻垤蜂房《ぎてつほうぼう》[一九]の細《さい》なる、題目《だいもく》に入《い》らざるは莫《な》し。而して字《じ》[二〇]泥《なず》み句《く》拘《なず》み格蹋《かくせぐくま》り調蹐《ちようせき》し、誦《しよう》す可《べ》き有ること罕《ま》れなり。之《これ》を要《よう》するに、其の意新奇《いしんき》にして俗《ぞく》を驚《おどろ》かし、巧黠《こうかつ》[二一]にして誉《ほまれ》を釣《つ》るに在《あ》り。是《ここ》を以《もつ》て意《い》[二二]緒続《しよつづ》かざれば則《すなわ》ち附《ふ》するに諧謔《かいぎやく》を以《もつ》てし、

十咏物并序
近日里中学詩者顓事咏物。人而眉毛爪甲之微、物而蟻垤蜂房之細、莫不入題目。而字泥句拘格蹋調蹐、罕有可誦。要之、其意在新奇驚俗、巧黠釣誉。是以意緒不続則附以諧謔、詞気已尽則間以褻慢宜矣。

一三 たちまち演技は終り、一座の客は静まり返って。四筵は座席の四方。満座。杜甫・飲中八仙歌に「高談雄弁驚二四筵一」とある。
一四 楽神ガンダルヴァのいる天上の都城。
一五 影絵が終ったのでがっかりして、夜が更けたことを残念がり。
一六 漢王朝や唐王朝の偉大な歴史さえ跡かたもないという事実を。
一七 思えば昔から今まで、人の世もまた幾幕何場かの影絵にすぎないではないか。

50 前編、巻二所収。天明五年(一七八五)、三十八歳の作。咏物とは咏物詩のこと。日月星辰、禽獣虫魚、山川草木等々、天地自然からひろく人間生活万般にわたるあらゆる物の名を詩題とした作品。後漢の蔡邕(一三二―一九二)に始まるとされるが、六朝頃には詩体として独立し、歴代盛んに行なわれた。清の康熙帝勅撰・佩文斎詠物詩選には四八六類、一万四六九〇首を載せる。わが国では近世後期に流行した。作者の「十咏物」は盆山・燈火・池魚・剣・筆・薬・折竹杖・糸・帚・酒瓢と、むしろ生活具中心の題詠で、本作はその第七首目。
一八 まゆ毛やつめ。人体の末端。
一九 あり塚やはちの巣。蟻垤はありの穴の周囲の盛り上がった土。ともに小動物の営む微細な生活形態。
二〇 字句、格調、いずれも瑣末にこだわりすぎて詩の本質を失い。
二一 ずるい。黠はわるがしこい。巧猾、狡猾、狡黠。
二二 詩想がつきるとユーモアをつけ足し。

詞気[一]已《すで》に尽《つ》くれば則《すなわ》ち間褻慢《まませつまん》を以《もっ》てするも宜《うべ》なり。忠厚興象[二]《ちゅうこうきょうしょう》の域《いき》に遠《とお》き也《なり》。余《よ》古人《こじん》の咏物《えいぶつ》を覧《み》るに、大概物《たいがいもの》に托《たく》して志《こころざし》を言《い》ひ、意《い》に随《したが》ひて章《しょう》を成《な》して、所謂《いわゆる》[三]言ふ者罪《ものつみ》なくして聞《き》く者戒《ものいまし》むるに足《た》る者《もの》、自《おのず》から其の間《かん》に存《そん》す。射《しゃ》[四]を学《まな》んで彀《こう》を志《こころざ》すは、夫《そ》れ人《ひと》の知《し》る所《ところ》。苟《いやし》くも学《まな》ぶ所《ところ》あれば、豈《あ》[五]に諸《もろもろ》の曲径邪路《きよくけいじゃろ》を求《もと》むるを容《い》れんや。偶〻《たまたま》十咏物《えいぶつ》を作《つく》り、廼《すなわ》ち眼前《がんぜん》に見《み》る所《ところ》に托《たく》して口吻悱《こうふんいひもだ》[六]ゆる所《ところ》を発《はっ》す。吁才駑下《ああさいどか》[七]なるを分《わか》ちて敢《あえ》て古《こ》人《じん》の嚬《ひそ》みに効《なら》ふ。意《い》は雷同《らいどう》[八]を嫌《いと》ひ、聊《いささ》か三子者《ししゃ》の撰《せん》に異《こと》なる。知《し》らず、尤《とが》[九]むるに効《なら》ふの誚《そしり》あること無からんや。

50

竹杖《ちくじょう》底《なに》[一〇]に縁《よ》りてか折《お》る、

竈前《そうぜん》[一一]に烏銀《うぎん》と雑《ま》じる。

遠於忠厚興象之域也。余覧古人咏物、大概托物言志、随意成章而、所謂言者無罪聞者足戒者、自存其間焉。学射志彀、夫人所知。苟有所学、豈容求諸曲径邪路乎。偶作十咏物、廼托于眼前所見而発於口吻所悱。吁才分駑下敢効古人之嚬。意嫌雷同、聊異三子者之撰。不知、無有効尤之誚

竹杖縁底折

竈前雑烏銀

一 詠出の息切れがすると、調子くずれにげびるのももっともだ。褻慢は、なれなれしく不作法なこと。

二 真情が事物や草木にまでこめられた境地。咏物の理想境。詩経・大雅・行葦の序に「周家忠厚、仁及二草木一」とある。興は詩経の六義の一で、まず他物を詠じ、これに托し心情を述べる詠法。咏物はこれに当たる。

三 詩は直接の表現を避け、それとなく詠うから角立たず、聞く側が自然に察する。詩経・大序に「上以風二化下一、下以風二刺上一、主レ文而譎諫、言レ之者無レ罪、聞レ之者足二以戒一、故曰レ風」とある。

四 弓術を修めて弦をひきしぼり、的に狙いを定めるのは。彀は的の黒ぼし。

五 どうして多くのわき道にそれることが許されようか。

六 言えそうで言えず、口をもぐもぐさせてやっと表現が達せられる。論語・述而に「不レ憤不レ啓、不レ悱不レ発」とあり、朱注に「悱者、口欲レ言而未レ能之貌」と見える。

七 凡愚の才を働かせて無理に先人の真似をする。駑下は才能が鈍庸愚劣なこと。駑はのろい馬。効嚬は越の美女西施が胸の病いで苦しげに眉をひそめた顔が美しいとして、醜女が真似をした故事(荘子・天運)。

八 みだりに他作を模倣せず、同時代の咏物詩のただの追随ではない。論語・先進の「異二乎三子者之撰一」をふまえる。

九 他の咏物詩を難じながら自作にもまた同じ欠点をかかえるという非難。左伝・僖公二十四年などに「尤而効レ之、罪又甚焉」とある。

一〇 なぜ折れてしまったのか。

一一 かまどの前で炭にくべた。烏銀は炭の異名。

一二 虚心《きよしん》 寧《むし》ろ禍《わざわい》を買《か》はん、
一三 勁節《けいせつ》 乃《すなわ》ち身《み》を累《わずら》はす。
一四 時情《じじよう》 我《わ》が直《ちよく》なるを忌《い》み、
独《ひと》り汝《なんじ》のみ我《われ》と親《した》しむ。
一五 月渓《げつけい》に同《とも》に涼《りよう》を逐《お》ひ、
一六 花塢《かお》に共《とも》に春《はる》を探《たず》ぬ。
酒瓢《しゆひよう》 荷《にな》うて以《もつ》て出《い》で、
一七 薬圃《やくほ》 植《た》てて耘《くさぎ》る。
一八 昔人《せきじん》は敝履《へいり》を重《おも》んず、
能《よ》く焼《や》きて薪《まき》と作《な》すに忍《しの》びんや。
右《みぎ》 折竹杖《せつちくじよう》

51

笨《ほん》 車《しや》

笨車《ほんしや》 暖日《だんじつ》に乗《の》り、
一九 路《みち》は松間《しようかん》より出《い》づ。
午梵《ごぼん》 烟中《えんちゆう》の寺《てら》、

虚心寧買禍
勁節乃累身
時情忌我直
独汝与我親
月渓同逐涼
花塢共探春
酒瓢荷以出
薬圃植而耘
昔人重敝履
能忍焼作薪
右折竹杖

笨 車

笨車乗暖日
路出自松間
午梵烟中寺

一二 節の中が空洞なので、むしろ折れやすかろう。わだかまりのない心はかえってもろいだろう。
一三 強い節がその身の邪魔になる。節操など余計なものだ。
一四 いまの時勢は頑固一徹な自分の性分と合わず。
一五 月の夜はお前について納涼に谷に下り。
一六 花咲く岡にもお前をたずさえて春をめでた。
一七 薬草園では杖を立てかけて除草をした。
一八 古人はすりきれた草履をいとおしんだ。無用な物をも愛惜した。
▽序には「高諭、先得二我心一矣」、また第一首目には「十咏物」全篇に対する「十首皆出二人意外一、決無二和者一、才思並至、謝瞿見レ之、当二瞠若一」との六如評がある。

51 前編、巻三所収。天明六年(丙午、一七八六)、三十九歳の作。笨車は粗末な車。笨は、あらい意。宋書・顔延之伝に「常乗二羸牛笨車一」とある。
一九 寺院で午時につとめる勤行。王安石・遊二鍾山一に「午梵隔レ雲知レ有レ寺」とある。

晴雲《せいうん》 雪外《せつがい》の山《やま》。
一汙邪《おや》 群鶩《ぐんぼく》喚《さけ》び、
二略彴《りやくしやく》 独樵《どくしよう》還《かえ》る。
農戸《のうこ》 春暇《はるひま》多《おお》く、
柴門《さいもん》 昼《ひる》も也《また》関《とざ》す。

52

偶成《ぐうせい》。古川翁《ふるかわおう》に寄《よ》す

三木榻蒲筵《ぼくとうほえん》 一架《か》の書《しよ》、
四脩筠寿櫟《しゆういんじゆれき》 数椽《すうてん》の廬《ろ》。
五病《やまい》は将《まさ》に廿載《にじつさい》ならんとするに狂猶在《きようなおあ》り、
六業《ぎよう》は千秋《せんしゆう》を必《ひつ》とするに鬢已《びんすで》に疎《まばら》なり。
野曠《のひろ》くして春雲《しゆんうん》 七堠樹《こうじゆ》に低《た》れ、
渓回《たにめぐ》りて八午靄《ごあい》 九村墟《そんきよ》を擁《おほ》ふ。
一〇多《た》とす 君《きみ》が軍営《ぐんえい》を指画《しかく》せし処《ところ》、
手自《てずか》ら籬《まがき》を編《あ》みて菜蔬《さいそ》を種《う》うるを。

晴雲雪外山
汙邪群鶩喚
略彴独樵還
農戸春多暇
柴門昼也関

偶成。寄古川翁

木榻蒲筵一架書
脩筠寿櫟数椽廬
病将廿載狂猶在
業必千秋鬢已疎
野曠春雲低堠樹
渓回午靄擁村墟
多君指画軍営処
手自編籬種菜蔬

一 低い土地ではあひるの群が鳴き。汙邪はくぼ地。史記・滑稽伝の注に、集解に引く司馬彪の言として、「汙邪、下地田也」と見える。
二 丸木橋を渡ってきこりが一人帰る。略彴は一本橋。蘇軾・遊二蔣山一に「略彴横二秋水一」とある。彴は広韻に「横レ木渡レ水也」とある。

52 前編、巻三所収。天明六年(一七八六)、三十九歳の作。古川翁は地理家古河古松軒(一七二六-一八〇七)。備中国下道(しもつみち)郡新本(しんぼん)村(現岡山県総社市)の人。名は正辰(まさとき)、字は子曜、通称平次兵衛。家は歴代薬種業兼医家であったが、かれは歴史や地理を独学、天明三年には九州旅行を行ない、同八年には奥羽巡見使に随って奥州や蝦夷地を巡回した。幕府に召され、松平定信に謁見、著述を献上し、岡田藩伊東侯より士分に取立てられた。茶山、西山拙斎はじめ頼春水、山陽、尾藤二洲、長久保赤水、近藤正斎、谷文晁、曲亭馬琴らとも親交を結んだ。当年六十一歳。
三 木製の腰かけに、がまで編んだむしろを敷き、書架には典籍が積まれて。
四 長々と伸びた竹やけやきの老木中のいおりは、屋根がたるき数本に支えられているだけだ。
五 自分は二十年近くも病を養っているのに、まだ常軌を逸したところがあり。
六 学業は一朝にして成らないのに、はや鬢の毛は薄い。
七 一里塚に植えた樹木。堠は里程を標す塚。
八 ひる日中に立ちこめるもや。
九 村落。村ざと。墟は上平声六魚韻。
一〇 あなたが古戦場の陣屋として区画を示したところに、手ずから柴を編んで垣をめぐらし、菜園を営んでおられるのは敬服の至りだ。
▽第三・四、五・六句(頷聯、頸聯)に「放翁」と六

53
偶《ぐう》成《せい》

一一楸梧庭院《しゅうごていいん》 晩《くれ》に涼《りょう》を生《しょう》じ、
一二磁《じ》鴨《おう》煙《けむり》斜《なな》めなり 鶏骨香《けいこつこう》。
誰《たれ》か道《い》ふ 山家《さんか》 一事《じ》なしと、
書《しょ》を晒《さら》し薬《くすり》を曝《さら》して 一三浹旬《しょうじゅん》忙《いそが》し。

54
途《と》上《じょう》

一四笨車嘔軋《ほんしゃおうあつ》 林《はやし》を繞《めぐ》りて行《ゆ》き、
一五草径沙堤《そうけいさてい》 十里《り》の程《てい》。
一六半澗風漪《はんかんふうい》 人馬《じんば》の影《かげ》、
一七一村烟竹《そんえんちく》 鳥鳥《ちょうう》の声《こえ》。
一八秋来栗社《しゅうらいりつしゃ》 毬《きゅう》初《はじ》めて結《むす》び、
一九水後《すいご》橦田《とうでん》 穀《かく》未《いま》だ成《な》さず。
二〇童謡《どうよう》を聴取《ちょうしゅ》して真率《しんそつ》なるを愛《あい》し、
二一愧《は》づ 吾《わ》が詩語《しご》の 経営《けいえい》を事《こと》とするを。

偶成

楸梧庭院晩生涼
磁鴨煙斜鶏骨香
誰道山家無一事
晒書曝薬浹旬忙

途上

笨車嘔軋繞林行
草径沙堤十里程
半澗風漪人馬影
一村烟竹鳥鳥声
秋来栗社毬初結
水後橦田穀未成
聴取童謡愛真率
愧吾詩語事経営

如評がある。陸游の風韻あり、との意。

53 前編、巻三所収。天明六年(一七八六)、三十九歳の作。
一一 ひさぎや、桐の木のある庭。庭院は邸内で建物のない所。元好問・外家南寺に「鬱鬱楸梧動㆓晩煙㆒、一庭風露覚㆓秋偏㆒」とある。
一二 磁器製の鴨形香炉からは鶏骨香の煙が流れている。舶来の降真香を番降香または紫藤香、鶏骨香などと言い、沈香と並び称せられる。形状が鶏の骨に似ているゆえという。
一三 十日間。十干の一巡りの間。浹はめぐる。
▽六如評「放翁」、「工穏」がある。

54 前編、巻三所収。天明六年(一七八六)、三十九歳の作。
一四 粗末ながたがた車がきしりながら。嘔軋は櫓や車などがきしること。
一五 草が茂る小道や砂利の堤。ここの沙堤は歴史的な意味(唐代、新宰相の私邸から城の東街まで砂を敷いた)はない。
一六 風の通う谷川のさざ波。
一七 もやにかすむ村落の竹やぶ。
一八 茂った栗林に秋がおとずれると。
一九 出水後の稲田。橦は稲に通じさせたか。
二〇 純真そのもののわらべ歌に聴きほれ。
二一 それにくらべ、わたしの詠む詩は世俗の営みにかまけていて、恥しい。「事」の傍に「費」と並記。
▽第五・六句に「信然」、八句に「経営亦自知㆓其非㆒」との六如評がある。

55

漁《ぎょ》父《ふ》

一 一簑《さ》江雨《こうう》 昏黄《こんこう》に湿《うるお》ひ、
二 荻花《てきか》蓼穂《りょうすい》 湾湾《わんわん》香《かんば》し。
三 舴艋《さくもう》流《なが》れに信《まか》せて棹《さお》を須《もち》ひず、
直《ただ》ちに下《くだ》る 四 前灘《ぜんたん》十里《り》の彊《きょう》。
五 湘山楚竹《しょうざんそちく》 知《し》んぬ何《いず》れの処《ところ》ぞ、
六 鷺社鷗隣《ろしゃおうりん》 皆我《みなわ》が郷《きょう》。
遥《はる》かに浦雲《ほうん》を隔《へだ》てて 七 贅叟《ごうそう》を呼《よ》べば、
八 蚌燈《ぼうとう》焔《ほのお》なく夜茫茫《よるぼうぼう》たり。

56

開元琴《かいげんきん》の歌《うた》。西山先生《にしやませんせい》の宅《たく》に諸子《しょし》と同《とも》に
席上《せきじょう》の器玩《きがん》を分《ぶん》じ賦《ふ》す。余《よ》 此《これ》を得《う》

九 雷珏《らいかく》の琴《きん》は希代《きだい》の宝《たから》、
見今珍蔵《げんこんちんぞう》して何辺《いずく》にか在《あ》る。
一〇 大和《やまと》の古刹《こさつ》 古器《こき》に富《と》むも、

漁　父

一簑江雨湿昏黄
荻花蓼穂湾湾香
舴艋信流不須棹
直下前灘十里彊
湘山楚竹知何処
鷺社鷗隣皆我郷
遥隔浦雲呼贅叟
蚌燈無焔夜茫茫

開元琴歌。西山先生宅同諸
子分賦席上器玩。余得此

雷珏之琴希代宝
見今珍蔵在何辺
大和古刹富古器

55 前編、巻三所収。天明六年(一七八六)、三十九歳の作。漁父は漁師のおやじ。
一 川辺の雨に蓑はぬれ、たそがれ時もしめりがち。
二 おぎや、たでが入江ごとに果しなく穂花を咲かせている。「香」の傍に「涼」と並記。
三 小さい漁船は流れに乗って棹もささず。舴艋はふなあしの軽い小舟。「信」の傍に「順」と並記。
四 前方の早瀬を、はるかかなたまで。灘は流れが急な瀬。彊は境。
五 洞庭湖畔の名勝、瀟湘八景の一。柳宗元・漁翁の「漁翁夜傍₂西巌₁宿、暁汲₂清湘₁燃₂楚竹₁」をふまえる。
六 さぎの群や、かもめの近く。社は仲間、組。
七 人のことばに耳をかさない老人。贅は聱。人語を聞き入れないこと。
八 暗い漁火。蚌はからす貝。
▽弟耻庵評「絶作、比₂六如漁父₁、詞更高」がある。

56 前編、巻三所収。天明六年(一七八六)、三十九歳の作。開元琴とはわが国大和法隆寺に伝来の、唐開元十二年(七二四)銘のある古渡り黒漆七弦琴で、現在東京国立博物館に法隆寺献納宝物として蔵されている。琴材に適する桐は古来蜀地方の産を最良とし、唐代には雷威・雷霄・雷盛・雷珏・雷文等、雷氏一族代々に名琴匠が輩出した。ただ、いわゆる雷氏琴の遺品は中国よりもかえってわが国に伝存する。この開元琴の銘は琴底の広孔、龍池の内に墨書されており、まさしく蜀製の琴である。
西山先生は西山拙斎。備中鴨方の拙斎宅で身辺諸器玩具を題とする詩会に参じた茶山には、

許《ゆる》さず 世人《せじん》の容易《ようい》に看《み》るを。
[一一]千請万懇《せんせいばんこん》 誰《たれ》か庫《こ》を開《ひら》かん、
[一二]源生奇士《げんせいきし》 奇縁《きえん》を得《え》たり。
[一三]黝髹《ゆうきゅう》半《なか》ば剝《は》げ 梅花《ばいか》断《た》え、
[一四]冰色《ひょうしょく》偏《ひと》へに昏《くら》し 流水《りゅうすい》の絃《げん》。
書《しょ》して曰《い》ふ「九[一五]龍県《りゅうけん》に於《おい》て造《つく》る、
[一六]開元《かいげん》十二 乙丑《いっちゅう》の年《とし》なり」と。
[一七]広狭《こうきょう》脩短《しゅうたん》 手自《てずか》ら量《はか》り、
[一八]清濁《せいだく》吟猱《ぎんじゅう》 手自《てずか》ら弾《だん》ず。
[一九]模貌《もぼう》 家《いえ》に帰《かえ》りて亟《すみ》やかに経始《けいし》し、
[二〇]腹背《ふくはい》一一 典刑全《てんけいまった》し。
[二一]勝流《しょうりゅう》相《あ》ひ伝《つた》へて雅挙《がきょ》と称《しょう》し、
[二二]一時《じ》衆口《しゅうこう》 藉藉然《せきせきぜん》たり。
此れより四方《ほう》 争《あらそ》ひて傚造《こうぞう》し、
匠《しょう》を選《えら》び材《ざい》を択《えら》びて銭《せん》を惜《お》しまず。」
此の琴《きん》 当代《とうだい》 得難《えがた》しと称《しょう》す。

不許世人容易看
千請万懇誰開庫
源生奇士得奇縁
黝髹半剝梅花断
冰色偏昏流水絃
書曰於九龍県造
開元十二乙丑年
広狭脩短手自量
清濁吟猱手自弾
模貌帰家亟経始
腹背一一典刑全
勝流相伝称雅挙
一時衆口藉藉然
従此四方争傚造
選匠択材不惜銭
此琴当代称難得

開元琴の題が当たった。拙斎は模造開元琴を坐前に掛けていた(菅茶山・拙斎先生行状)。以下、日中文化交流と彼此の歴史を主筋に、自在な詠法が展開される。
九 唐代、蜀の名琴匠。
一〇 法隆寺。
一一 七重の膝を八重に折って、いくら頼んでも。
一二 源某は世にまれなすぐれた人物で、不思議な幸運に恵まれた。
一三 黒塗りのうるしも半ば剝がれ、黴(勘所)は梅の花弁の断文が消えたようで。黝は青黒いこと。髹は赤黒いうるし。
一四 氷のようにすき通った弦はうす暗く光って、まるで水の流れのようだ。
一五 墨書銘には「於九隴県造」。九隴県は唐代には剣南道彭州、現在の四川省彭県。
一六 墨書銘に「開元十二年歳在甲子五月五日」。乙丑はその翌年の干支で、甲子の誤り。
一七 琴の幅と長さをじかに手で測り。幅六寸、長さ三尺六寸、前広上円下方の形状である。
一八 音の高低や大小の顫音。吟は小さくふるう音、猱は大きくふるう音。いずれも琴の弾法の一つ。五百十一音あり、奏法は複雑であった。
一九 帰宅すると、早速原寸大の模造品の製作にとりかかり。経始は計測を始めること。
二〇 琴面(桐材)も琴底(梓材)もすべて手本通りの精巧さである。
二一 模造の琴は名門の家に代々伝えられ、風雅な行ないと称賛され。勝流は上流階級。挙は行為。
二二 その当時、人々の間で大評判をとった。

何《なん》ぞ論《ろん》ぜん 一五季《き》 二宋《そう》の間《かん》。
意《おも》はず 二殊域《しゅいき》 万里《ばんり》の外《ほか》、
三永《なが》く鳳象《ほうしょう》を鎖《とざ》して荒山《こうざん》に在《あ》らんとは。
後千餘歳《のちせんよさい》 知己《ちき》に遇《あ》ひ、
四始《はじ》めて峩洋《がよう》を将《も》つて人寰《じんかん》に布《し》く。
五維《こ》れ吾《わ》が皇統《こうとう》 無極《むきよく》に垂《なんなん》とし、
六国《くに》に異姓《いせい》なく 仕《つか》ふれば官《かん》を世ゝ《よよ》にす。
七中古《ちゅうこ》の教化《きょうか》 隆盛《りゅうせい》と号《ごう》し、
八楽律和協《がくりつわきょう》し礼儀《れいぎ》端《ただ》し。
九乃《すなわ》ち霊物《れいぶつ》の霊地《れいち》を尋《たず》ね、
桴《いかだ》に乗《の》り遥《はる》かに日東《にっとう》の天《てん》に向《むか》ふも、
一〇騒擾《そうじょう》に至《いた》るに及《およ》びて深《ふか》く迹《あと》を晦《くら》まし、
一一時《じ》運《うん》の漸《ようや》く循環《じゅんかん》するを待《ま》つこと有らんや。
一二先生《せんせい》の蓄《たくわ》ふる所《ところ》も亦雷様《またらいよう》、
一三音《おと》は其れ古淡《こたん》にして貌《ぼう》は其れ妍《けん》なり。
余《よ》今此《いまこ》れに対《たい》して心《こころ》に感《かん》ずること多《おお》し。

何論五季二宋間
不意殊域万里外
永鎖鳳象在荒山
後千餘歳遇知己
始将峩洋布人寰
維吾皇統垂無極
国無異姓仕世官
中古教化号隆盛
楽律和協礼儀端
無乃霊物尋霊地
乗桴遥向日東天
及至騒擾深晦迹
有待時運漸循環
先生所蓄亦雷様
音其古淡貌其妍
余今対此心多感

一 唐末五代(梁・唐・晋・漢・周)や北宋・南宋くらいの古さではない。 二 中国から遠く離れた外国のわが国で。 三 久しく開元琴の存在が忘れられ弾かれずに、荒れ果てた法隆寺内に秘蔵されたままであるとは。鳳象は琴の部分名称に鳳池・鳳沼・鳳足、また龍池・龍齦などと、生命力の象徴である霊獣の名を冠していることに依る。 四 すばらしい音色を人間界に伝えひろめた。峩洋とは春秋時代の琴の名手伯牙が弾ずる音色を、知己の友、鍾子期がよく理解した故事に基づく。列子・湯問に「伯牙鼓レ琴、志在レ登二高山一、鍾子期曰、善哉、峩峩兮若二泰山一、志在二流水一、鍾子期曰、善哉、洋洋兮若二江河一」とある。人寰は人境。寰は天下、世界。
五 わが国の天皇の血統は連綿として。
六 万世一系で、国民も出仕すれば代々仕える。
七 延喜・天暦の治世は徳化が行き渡り。
八 音楽の声律はよく調和して雅正の音を発し、人々の風儀も正しい。 九 そこで雷氏製の名琴が協和するごとくこの理想の楽土日本に渡来し。
一〇 世の中がさわがしくなると、厳重に所在を隠し。騒擾とは源平争乱に始まり戦国乱世に終る中世の間をさす。 一一 再び雅正の音楽が奏でられる太平の世の訪れを待たないことがあろうか。 一二 西山拙斎先生ご所蔵の愛琴も雷氏琴の様式で。 一三 音色は蒼古素朴だが、形状はまるであでやかだ。 一四 冗長な物言いとて、つい呂律が回らぬ駄句を連ねてしまう次第だ。
一五 唐王朝。李は唐帝の姓。
一六 玄宗時代は遣唐使を三回派遣。うち開元年間には五年(養老元年〔七一七〕、五五七名)と二十一年(天平五年〔七三三〕、五九四名)の両度であった。 一七 青海原は広々として、まるでしとねのようで。 一八 吉備真備は元正天皇養老元年、唐

一四 長句覚《ちょうくおぼ》えず　酔語《すいご》の顚《てん》するを。」
一五 維《こ》れ昔李唐全盛《むかしりとうぜんせい》の日《ひ》、
一六 歳《とし》どし隣好《りんこう》を修《しゅう》して使船《しせん》を通《つう》ず。
一七 滄波浩蕩《そうはこうとう》として袵席《じんせき》の如《ごと》く、
生徒《せいと》留学《りゅうがく》　動《やや》もすれば百千《ひやくせん》。
一八 吉備《きび》は研究《けんきゅう》す　盧鄭《ろてい》の学《がく》、
一九 朝衡《ちょうこう》は唱酬《しょうしゅう》す　李杜《りと》の篇《へん》。
此の時典籍多《ときてんせきおお》く海《うみ》を越《わた》れるは、
豈《あ》に止《た》だ服玩《ふくがん》二〇と豆籩《とうへん》とのみならんや。
二一 一朝胡塵《ちょうこじん》　道路《どうろ》を塞《ふさ》ぎ、
二二 彼此《ひし》消息《しょうそく》　雲濤懸《うんとうはる》かなり。
二三 鴉児北《あじきた》に帰《かえ》つて郡国裂《ぐんこくさ》け、
二四 白雁南《はくがんみなみ》に渡《わた》つて衣冠《いかん》殫《つ》く。
二五 我《われ》も亦王綱一《またおうこうひと》たび紐《ひも》を解《と》き、
二六 五雲迷乱《うんめいらん》す　兵燹《へいせん》の煙《けむり》。
二七 壇浦《だんぽ》の魚腹《ぎょふく》　剣璽《けんじ》を葬《ほうむ》り、

長句不覚酔語顚
維昔李唐全盛日
歳修隣好通使船
滄波浩蕩如袵席
生徒留学動百千
吉備研究盧鄭学
朝衡唱酬李杜篇
此時典籍多越海
豈止服玩与豆籩
一朝胡塵塞道路
彼此消息雲濤懸
鴉児北帰郡国裂
白雁南渡衣冠殫
我亦王綱一解紐
五雲迷乱兵燹煙
壇浦魚腹葬剣璽

開元五年(七一七)入唐留学生として阿倍仲麻呂(七〇一?—七〇)らと渡唐し、儒学・律令・礼儀・軍事等を学んだ(→三)。盧鄭の学とは後漢の代表的経学者盧植(?—一九二)と鄭玄(一二七—二〇〇)。ともに馬融の門下。
一九 阿倍仲麻呂は渡唐後、朝衡・晁衡と称した。玄宗に仕え、李白や王維ら唐の詩人と交った。王維の送別作「送₃秘書晁監還₂日本国₁」五言排律は有名。李杜は李白と杜甫の並称であるが、「杜」に傍記された「王」字は王維を指し、それが事実に近い。二〇 日常愛用の器具と儀礼祭祀用の器物。豆は木製の高つき、籩は竹製の高つきで、ともに食物を盛る祭器。二一 ひとたび安禄山の乱(七五五)が勃発し。胡塵は胡人の反乱。安禄山(七〇五—五七)は営州柳城出身の胡人。
二二 中国とわが国とのお互いの情報流通も一層困難で、雲か海か分らぬほどの距り方であった。
二三 西域突厥族李克用(八五六—九〇八)の率いる軍は黄巣を破って長安を陥れ、朱全忠(八五二—九一二)は帝位を奪い梁と称する(九〇七)など、群雄割拠して国内は分裂し。鴉児とは李克用の幼名で、その軍を鴉児軍と呼んだ。
二四 白雁は元の武将伯顔(ばやん)。元の世祖が南下して宋を討ち、祥興二年(一二七九)、崖山で宋軍を全滅させたことを指す。二五 古代律令制が乱れ、平安時代が終って。王綱は王政の大綱。揚雄・劇秦美新に「王綱弛而未₂張」、後漢書・李固伝に「王綱一整」などとある。
二六 五色の雲も兵火のために乱された。五雲は青・白・赤・黒・黄の五種の雲気。その変化を観て吉凶を占う。兵燹は戦火。
二七 長門国壇ノ浦(現山口県下関市)で元暦二年(一一八五)三月、源平最後の決戦に天叢雲剣(あまのむらくものつるぎ)と八尺瓊曲玉(やさかにのまがたま)は海底に消え。

一 芳河《ほうが》の花草《かそう》　錫鑾《ようらん》を埋《うず》む。
二 禍水《かすい》源《みなもと》あり　之《これ》を言《い》へば醜《みにく》く、
三 涓滴《けんてき》も積《つも》りて百尋《ひやくじん》の淵《ふち》と成《な》る。」
爾来《じらい》四 豪右《ごうゆう》　争闘《そうとう》に耽《ふけ》り、
人々《ひとびと》五 銀冑《ぎんちゅう》を枕《まくら》にし金鞍《きんあん》を席《むしろ》にす。
六 文物灰滅《ぶんぶつかいめつ》して餘燼《よじん》なく、
七 鐘簴羊存《しようきよようぞん》　等閑《とうかん》に属《ぞく》す。
八 娼妓淫歌《しようぎいんか》す　将校《しようこう》の帳《とばり》、
九 俳優戯舞《はいゆうぎぶ》す　王侯《おうこう》の筵《むしろ》。
一〇 最《もつと》も恨《うら》むらくは軍府《ぐんぷ》新式《しんしき》を創《はじ》め、
一一 衣《ころも》は双袖《そうしゆう》を断《た》ち頭《こうべ》は冠《かんむり》を免《めん》ずるを。
一二 雅《が》変《へん》じ風変《ふうへん》ずるは同一《どういつ》の轍《てつ》、
時往《ときゆ》き事往《ことゆ》くも誰《たれ》か追還《ついかん》せん。
幸《さいわ》ひに一三 今昇平《いましようへい》にして人古《ひといにしえ》を好《この》み、
一四 朝野往往才賢《ちようやおうおうさいけん》を出《いだ》す。
一五 若《も》し清廟《せいびよう》をして瑚璉《これん》を陳《ちん》ぜしむれば、

芳河花草埋錫鑾
禍水有源言之醜
涓滴積成百尋淵
爾来豪右耽争闘
人枕銀冑席金鞍
文物灰滅無餘燼
鐘簴羊存属等閑
娼妓淫歌将校帳
俳優戯舞王侯筵
最恨軍府創新式
衣断双袖頭免冠
雅変風変同一轍
時往事往誰追還
幸今昇平人好古
朝野往往出才賢
若教清廟陳瑚璉

一 吉野川の草花は延元元年(一三三六)遷幸された後醍醐天皇の車駕を埋みかくした。李白・登二金陵鳳凰台一に「呉宮花草埋二幽径一」とある。錫鑾は帝の車馬の額の飾り(おもがい)とくつわの鈴。天子の車駕を指す。左伝・桓公二年に「錫鸞和鈴、昭二其声一也」とある。鸞は鑾。 二 皇統を滅ぼすには、必ずよからぬ原因があり。禍水とは、火の徳で王となった漢王室を滅ぼすゆえ、水を禍と見る。 三 些細なことが積りつもって致命的な結果になる。涓滴はわずかなしたたり。 四 豪族。後漢書・明帝紀十三年の李賢注に「豪右、大家也」とある。 五 戦乱が日常化したことをいう。 六 文化的な一切の所産は焼滅しつくし。 七 音楽は形ばかりは伝わっているが、大切に守ることはなおざりにされている。鐘簴は鐘かけのたて柱。羊存は形式を崩さず伝統を守ること。論語・八佾に「子貢欲レ去二告朔之餼羊一、子曰、賜也、女愛二其羊一、我愛二其礼一」とある。 八 遊びめは将軍の陣幕内でみだらな歌をうたい。 九 役者は天子や諸侯の本営で舞いたわむれている。 一〇 幕府が諸法度を制定公布し。 一一 服飾などは専ら倹約を旨としたことは痛恨事である。 一二 文物、風俗の変遷をいう。轍はわだち、軌道。 一三 天下は太平で、人心も尚古の気風に富み、復古の風潮がよみがえり。 一四 官民ともにすぐれた人材が輩出した。 一五 かりに先祖のみたま屋に黍稷(もちきび・うるちきび)を盛る器をつらねれば。朝廷に有為の人材が集れば、の意。論語・公冶長の包咸注に「瑚璉、黍稷之器、夏曰レ瑚、殷曰レ璉、周曰二簠簋一、宗廟之器之貴者」とある。すぐれた人材にたとえる。 一六 再び古えの聖代のように、かぐわしい風が国土に吹き渡るであろう。琴曲に舜の作と伝える南薫操があり、雅音に通わせている。

一六重《かさ》ねて見《み》ん　薫風《くんぷう》の山川《さんせん》を被《おお》ふを。
一七撫《ぶ》し罷《や》んで悵乎《ちょうこ》として緑服《りょくふく》を襲《おそ》へば、
一八松声断続《しょうせいだんぞく》して冬夜《とうや》闌《たけなわ》なり。」

57
画《が》　猿《えん》

一九急灘日夜《きゅうたんにちや》　咽《むせ》びては且《か》つ流《なが》れ、
両岸《りょうがん》の青山《せいざん》　相《あ》ひ対《たい》して愁《うれ》ふ。
二〇三峡《きょうた》多雨《う》にして天暮《てんく》れ易《やす》く、
二一旗頭柁尾《きとうたび》　烟霧《えんむ》暗《くら》し。
何人《なんぴと》か此の断腸《だんちょう》の声《こえ》を写《うつ》さん、
我《われ》をして西《にし》のかた二二白帝城《はくていじょう》を想《おも》はしむ。
二三一声啼破《せいていは》す　巫山《ふざん》の雲《くも》、
二四下《した》には南遷《なんせん》　万里《ばんり》の人《ひと》あり。

58
丁屋《よおろや》の路上《ろじょう》

二五柳塢梅墩《りゅうおばいとん》　午晴《ごせい》に入《い》り、

重見薫風被山川
撫罷悵乎襲緑服
松声断続冬夜闌

画　猿

急灘日夜咽且流
両岸青山相対愁
三峡多雨天易暮
旗頭柁尾暗烟霧
何人写此断腸声
使我西想白帝城
一声啼破巫山雲
下有南遷万里人

丁屋路上

柳塢梅墩入午晴

一七 先生の愛琴をめでおえて、感慨もあらたに緑色の覆いをかけると。 一八 松風の音もとだえがちに、冬の夜は更けゆくばかりである。
▽六如評「大篇大議論、包㆓括千年㆒、歴歴叙出、不㆑費㆑力、非㆓才豪学博㆒、則何臻㆓于此㆒」。山陽評「一韻成㆑局、石鼓流亜」。六如評「集中結尾、以㆓一句㆒断案者多矣、古人亦多用㆓此格㆒、眼中之人吾老矣、出㆑門一笑大江横、江上数峯青之類、非㆔力扛㆓千斤㆒、不㆑能㆓挽回㆒、奔驥不㆑然、不㆑若㆘従容収束、用㆗平穏句㆖、子之為㆑勝、縦語不㆑驚㆑人、尚不㆑失㆑為㆓白香山㆒」がある。なお、清の俞樾(曲園)は「東瀛詩選」十一の菅晋帥略伝で「其開元琴一首、借㆑題抒㆑憤、可㆔想㆓見其懐抱㆒」と評している。

57 前編、巻三所収。天明七年(丁未、一七八七)、四十歳の作。李白の七絶、早発㆓白帝城㆒の「朝辞白帝彩雲間、千里江陵一日還、両岸猿声啼不㆑住、軽舟已過万重山」を画題にしたような作品に題したものであろう。 一九 早瀬。呉均・与㆓朱元思㆒書に「急湍甚㆑箭、猛浪若㆑奔」とある。 二〇 揚子江の上流、四川省と湖北省の境にある瞿塘峡・巫峡・西陵峡の三険。詩文に多く詠まれている。 二一 船首の旗と船尾のかじも煙のような霧に暗くおおわれている。「暗」の傍に「槍」と並記。「烟霧槍(たい)る」と訓む。槍は抵、届く意。 二二 四川省奉節県にある。蜀の劉備(昭烈帝)が永安城と改名したが、帝がここで崩じてのち再び白帝城と呼ばれた。 二三 巫山には幾重にも雲が重なり、猿が悲しげに一声啼き叫ぶ図柄で。巫山は四川・湖北両省の間にある名山で、揚子江が貫流し、巫峡を成す。 二四 画の下方には、異境をはるか南へ行く旅人が描かれている。
▽弟恥庵評「集中第一詩、検㆓蘇陸集中㆒、不㆑易㆓多得㆒」がある。

一江郷臘月《こうきょうろうげつ》　已《すで》に春生《はるしょう》ず。
風収《かぜおさ》まり　木末《ぼくまつ》　二鳥語《とりかた》らんとし、
三暖《だん》は陂《は》心《しん》に到《いた》りて氷《こおり》に声《こえ》あり。
仍《な》ほ見《み》る　四諸曹《しょそう》の旧弊《きゅうへい》を除《じょ》するを、
近《ちか》ごろ伝《つた》ふ　五三府《ぶ》　時英《じえい》を擢《ぬ》くと。
六去年《きょねん》の今日《こんにち》　山陽道《さんようどう》、
群盗毛《ぐんとうけもの》の如《ごと》く白昼《はくちゅう》に行《ゆ》きしを。

江郷臘月已春生
風収木末鳥将語
暖到陂心氷有声
仍見諸曹除旧弊
近伝三府擢時英
去年今日山陽道
群盗如毛白昼行

59
宮島《みやじま》より草津《くさつ》に還《かえ》る舟中《しゅうちゅう》（二首、内一首）
七雨篷窓《あめほうそう》に散《さん》じて島嶼《とうこ》遥《はる》かなり。
八柁棱《たりょう》響《ひび》き有りて午《ひる》に潮《しお》を生《しょう》ず。
倘《も》し風水《ふうすい》をして儂《わ》が意《い》の如《ごと》からしめば、
直《ただ》ちに到《いた》らん　九防州錦帯橋《ぼうしゅうきんたいきょう》。

自宮島還草津舟中
雨散篷窓島嶼遥
柁棱有響午生潮
倘教風水如儂意
直到防州錦帯橋

60
歳杪感懐《さいびょうかんかい》。信卿弟《しんけいてい》に示《しめ》す
一〇鴻雁《こうがん》　行《ゆく》ゝ《ゆく》食《しょく》を求《もと》め、

歳杪感懐。示信卿弟
鴻雁行求食

58　前編、巻三所収。天明七年(一七八七)、四十歳の作。丁屋は現在の丁谷(よおろだに)・広島県深安郡神辺町川南)で、当時よおろやとも言い、屋字を充て記したものか。この年三月七日には作者の主君に当たる福山藩主阿部正倫が、また同じく六月十九日には白河藩主松平定信が老中となった。賄賂が横行した田沼時代は前年天明六年八月二十七日、田沼意次の罷免、同九月八日、十代将軍徳川家治の歿とともに終りを告げた。三 柳のどても梅のおかも。塢は堤。後漢書・馬援伝の李賢注に、字林を引いて「塢、小障也」とある。墩は小高い岡。集韻に「墩、平地有レ堆者」とある。

一 水辺の村里では十二月にはや春のきざしがうかがえる。二「鳥」の傍に「鶯」と並記。
三 暖気が堤防の中まで届くと、氷はゆるんで溶ける音がする。
四 それぞれの役所。曹はつかさ。役所の部局。
五 老中達に当時英俊のほまれ高い人物を抜擢したと。
六 一年前には田沼意次が老中に在り、街道筋も盗賊が白昼群をなして横行していたのに。
▽六如評「似二杜詩一」がある。板本、時英の英字は最終画を欠く。第一一八代後桃園天皇の御諱英仁(ひでひと)を憚っての欠画で、当時ひろく行なわれていた。

59　前編、巻三所収。天明八年(戊申、一七八八)、四十一歳の作。宮島は厳島、草津は広島の西南一里余にあり(現広島市西区)、海岸に船入があった。厳島よりは北東、海上三里余に当たる。作者はこの年六月、藤井暮庵と広島に遊び、頼春水・杏坪・山陽(久太郎、当時九歳)に会ったのち、十七日宮島に渡り、十九日には広島広瀬

一一武《あと》を接《せつ》す 河《かわ》の洲《しゅう》。
一二珍羞《ちんしゅう》 奉《ほう》ずる所《ところ》あるも、
一三口腹《こうふく》の為《ため》に謀《はか》るに非《あら》ず。
群鳥《ぐんちょう》 来《きた》りて相《あ》ひ争《あらそ》ひ、
一四喋喋《ちょうちょう》として没《ぼっ》しては且《か》つ浮《う》く。
一五歳杪《さいびょう》 陰風《いんぷう》多《おお》く、
霜雪《そうせつ》 満頭《まんとう》を蒙《おお》ふ。
心《こころ》は既《すで》に一六辛苦《しんく》を分《ぶん》とするも、
身《み》は敢《あえ》て一七優游《ゆうゆう》を計《はか》る。
独《ひと》り恐《おそ》る、一八能鳴《のうめい》の侶《りょ》の、
我《われ》を一九鳧鷖《ふぼく》の儔《ともがら》に比《ひ》せんことを。

其の二

61
二〇弋《よく》する者《もの》は後堤《こうてい》に在《あ》り、
飢《う》うる鷹《たか》は二一前渡《ぜんと》に在《あ》り。
二二弱羽《じゃくう》 寒蘆《かんろ》を抱《かか》へ、

接武河之洲
珍羞有所奉
非為口腹謀
群鳥来相争
喋喋没且浮
歳杪多陰風
霜雪蒙満頭
心既分辛苦
身敢計優游
独恐能鳴侶
比我鳧鷖儔

其　二

弋者在後堤
飢鷹在前渡
弱羽抱寒蘆

町多賀庵で春水兄弟の紹宴に臨んだ(遊芸日記〔『広島県史近世資料編』六〕)。はじめ作者は宮島から岩国に回り、錦帯橋見物を予定していたようであるが、折悪しく悪天候で果たせなかった。遊芸日記・六月十九日の条には「雨、欲レ往二岩国一不レ果、便舟還二草津一、中流掲レ篷、雲烟無レ際、渺若レ泛二海洋一、近レ岸、雨小歇、雲且断、洲渚漸見、四眺甚佳、晩還二広島一、適二頼氏一告レ至」と見える。
七 とまを懸けた船窓。
八 船かじのかどの部分。
九 周防国岩国(現山口県岩国市)の錦帯橋。錦川に架した五連のアーチ形の名橋。延宝元年(一六七三)岩国藩主吉川広嘉(きっかわひろよし)の創建。
▽六如評「爽快」がある。
60 前編、巻三所収。天明八年(一七八八)、四十一歳の歳晩の作。弟恥庵(→一三)に示した詩。自らを雁になぞらえて感懐を吐露している。
一〇 かり。詩経・小雅・鴻雁の毛伝に「大曰レ鴻、小曰レ雁」とある。
一一 足跡が続く。礼記・曲礼上に「堂上接レ武、堂下布レ武」とあり、注に「武、迹也」と見える。
一二 おいしい餌をついばむことができるが。珍羞は美味の料理。李白・行路難に「金樽清酒斗十千、玉盤珍羞直万銭」とある。
一三 生活のことばかりに専念してはいない。
一四 口数の多いさま。やかましく鳴き騒ぐさま。
一五 歳の暮。杪は年月の終り。礼記・王制の注に「杪、末也」とある。
一六 苦しむことを分際と心得ているが。
一七 のびのびとした暮らしをと心掛けている。
一八 鳴き声がすばらしい仲間、つまり有能な人たちが。一九 自分を、かもやあひるのようなつまらぬ者と決めてしまいはしないかと。

[一]日夜《にちや》 危懼《きく》を懐《いだ》く。
[二]浮雲《ふうん》 千万里《せんばんり》、
[三]媒媒《ばうばう》として歳聿《としここ》に莫《く》る。
[四]江湖《こうこ》 本《もと》より我《わ》が家《いえ》、
[五]渓澗《けいかん》 慕《した》ふ所《ところ》に非《あら》ず。
[六]飛飛《ひひ》 頼《さいわ》ひに翼《つばさ》あり、
[七]冥冥《めいめい》たるも豈《あ》に路《みち》なからんや。
[八]一挙《きよ》 直《ただ》ちに高翔《こうしよう》せば、
君《きみ》能《よ》く兄《あに》に随《したが》ひて去《ゆ》かんや。

早春雑詩《そうしゅんざつし》(二首、内一首)

其の二

62
[九]紛紛《ふんぷん》たる名利《めいり》の客《かく》、
[一〇]営営《えいえい》として終歳忙《しゅうさいせわ》し。
我《われ》能《よ》く此《こ》の輩《やから》に随《したが》ひて、
久《ひさ》しく争奪《そうだつ》の場《ば》に在《あ》らんや。

日夜懐危懼
浮雲千万里
媒媒歳聿莫
江湖本我家
渓澗非所慕
飛飛頼有翼
冥冥豈無路
一挙直高翔
君能随兄去

早春雑詩

其二

紛紛名利客
営営終歳忙
我能随此輩
久在争奪場

61 二〇 鳥を射る狩人。鳥の狩りを弋、獣の狩りを猟と言う。 二一 前方の渡し場。 二二 狩人からも飢えた猛禽からも狙われる弱い鳥は、蘆のかげでふるえながら。

一 昼も夜も身の危険におびえつづける。作者の心境をさす。
二 大空に浮ぶ雲は遠くどこまでも蔽い。
三 暗愚なまま今年も暮れようとしている。媒媒は暗いさま。荘子・知北遊に「媒媒晦晦、無心而不レ可二与謀一」とある。莫は暮。
四 大きな川や湖。広い世間。陶潜・与二殷晋安一別に「江湖多二賤貧一」とある。
五 狭い谷や川。渓は行きづまりの谷川。澗は山間の谷川。左伝・隠公三年の注に「谿、亦澗也」とある。
六 とびまわること。杜甫・秋興に「清秋燕子故飛飛」とある。
七 暗くて見えなくても、どうして進むべき道がないことがあろうか。
八 ひとたび飛んで。挙は行なう意。兄のわたしが行動を起こしたら、の意。
▽六〇・六一の両首について、「二首古奥」と六如評がある。

62 前編、巻三所収。天明九年(己酉、一七八九、一月二十五日改元、寛政元年)、四十二歳の早春の作。
九 わずらわしく入り乱れるさま。
一〇 あくせくと利欲や名声をむさぼるさま。

一一柏酒《はくしゅ》 餘酔《よすい》あり、
一二策《さく》を理《おさ》めて平岡《へいこう》を渉《わた》る。
一三園林《えんりん》 午景《ごえい》を分《わ》け、
一四山河《さんが》 艶陽《えんよう》に入《い》る。
一五澗雪《かんせつ》 村《むら》を擁《おお》ひて白《しろ》く、
野梅《やばい》 水《みず》を隔《へだ》てて香《かんば》し。
一六旧朋《きゅうほう》 幽約《ゆうやく》あり、
其の言《げん》 永《とこし》へに忘《わす》れず。

即《そく》 景《けい》 二首《しゅ》

63
一七碧梧《へきご》枝上《しじょう》に断虹《だんこう》迷《まよ》ひ、
一八蒼耳《そうじ》林頭《りんとう》 反照《はんしょう》低《た》る。
忽《たちま》ち秋山《しゅうざん》を見《み》て遠歩《えんぽ》を思《おも》へば、
一九塹禽《ざんきん》 呼《よ》び過《す》ぐ 小楼《しょうろう》の西《にし》。

○

64
二〇南軒《なんけん》に待《ま》つ有り 燈《ともしび》を燃《も》やさず。

柏酒有餘酔
理策渉平岡
園林分午景
山河入艶陽
澗雪擁村白
野梅隔水香
旧朋有幽約
其言永不忘

即景二首

碧梧枝上断虹迷
蒼耳林頭反照低
忽見秋山思遠歩
塹禽呼過小楼西

○

南軒有待不燃燈

一一 栢の葉をひたした酒。元旦に飲んで邪気を払う(荆楚歳時記)。「有」の傍に「帯」と並記。
一二 杖をつきながら。理は、さばく、頼る。
一三 田園内の林は昼の陽ざしをくぎり。
一四 山も河も春の眺めである。艶陽は晩春の時節。鮑照・学二劉公幹体一に「豔陽桃李節」とある。艶は豔と同じ。
一五 谷間の雪。
一六 旧友と雅交上の約束ごとがあり。幽約とは世俗と無関係な閑雅な約束。陳高・送二陸有章一に「我性亦愛レ山、方期結二幽約一」とある。
▽同題の第一首目と共に「二首有二韋柳之趣一」と六如評がある。

63 前編、巻三所収。寛政元年(己酉、一七八九)、四十二歳の秋の作。
一七 青桐の梢には虹がとぎれとぎれにかかったまま定まらず。
一八 林のほとりのおなもみは、夕陽に映えて長い影を落している。蒼耳は葈耳また巻耳とも書き、高さ一・五メートルほどの菊科の一年草で、夏から初秋に花をつけ、成熟した実は漢方で発汗剤や鎮痛剤に用いる。
一九 ほりに潜んでいた鳥が鳴きながら小振りな高どのの西側を逃げ去った。
▽山陽評「前詩渭南伯得意処」がある。渭南伯とは南宋の陸游のこと。

64 二〇 南側の軒ばで燈をともさずに月の出を待っていると。

四壁《へき》の虫声《ちゆうせい》　夜気《やき》澄《す》めり。
一 前峰《ぜんぽう》を指点《してん》し　客《かく》を留《とど》めて坐《ざ》せば、
愛《あい》し看《み》る　大月《たいげつ》の　松《まつ》を抱《いだ》きて升《のぼ》るを。

65
冬日雑詩《とうじつざつし》　十首《しゆ》(内二首)

二 晩稲場《ばんとうば》に登《のぼ》せて四野《やきよ》清く、
三 徒杠《ととうあら》新たに架《か》け吟行《ぎんこう》に好《よ》し。
四 雨《あめ》は午塢《ごお》を過《す》ぎて狂花《きようかう》湿《るお》ひ、
五 竹《たけ》は寒漪《かんい》に蘸《ひた》されて立鷺《りつろ》明《あき》らかなり。

○

66
夜《や》山幽寂《ざんゆうじやく》たり　読書《どくしよ》の堂《どう》。
六 寒衾裯《かんきんちゆう》を襲《かさ》ねて霜《しも》あるを覚《おぼ》ゆ。
七 枕《まくら》を欹《そばだ》てて耿然《こうぜん》と落木《らくぼく》を聴《き》けば、
八 半櫳《はんろう》の斜月《しやげつ》　暁《あかつき》に蒼蒼《そうそう》たり。

粒《つぶ》　江《え》

四壁虫声夜気澄
指点前峰留客坐
愛看大月抱松升

冬日雑詩十首

晩稲登場四野清
徒杠新架好吟行
雨過午塢狂花湿
竹蘸寒漪立鷺明

○

夜山幽寂読書堂
寒襲衾裯覚有霜
欹枕耿然聴落木
半櫳斜月暁蒼蒼

粒　江

一 前方の山をゆびさしながら、客をひきとめて坐ると。

65 前編、巻三所収。寛政元年(一七八九)、四十二歳の冬の作。

二 おくての稲穂も取入れ場に積んで。場は穀物を脱穀する広場。説文に「場、一曰、治レ穀田也」とあり、詩経・豳風・七月の孔穎達疏に「踩二禾稼一、則謂二之場一」とある。

三 徒歩で渡る小橋。孟子・離婁下の朱注に「杠、方橋也、徒杠可レ通二徒行一者」とある。

四 通り雨が昼の岡辺の狂い咲きの花を湿すと。

五 竹はさむざむとしたさざ波にひたされ、鷺の立ち姿があざやかだ。

▽六如評「好箇詩料」がある。

66 六 寒さに夜具を重ねて、今夜あたり霜が降りそうだ。

七 枕から頭をあげて耳を澄ませ、しかと落葉の音に聞き入ると。欹枕は枕の一方を高くして頭を傾け、聴覚神経を集中させること。耿然は明らかなこと。

八 半ば開いたれんじの小窓には残月がかかって。

▽六如評「幽雅」がある。

67 前編、巻三所収。寛政二年(庚戌、一七九〇)、四十三歳の作。粒江は備前国児島郡粒江村(現岡山県倉敷市粒江)で、児島半島の中部に当たり、藤戸の合戦で有名な史跡藤戸の渡はその東方に、また南には種松山がある。田園地帯で鞭木新田や粒浦新田などが開かれていた。

九 雨気を含んだ乱層雲。

一〇 はんの木の林。成長が早く、三年ほどで大木になるという。杜甫・覓二榿木一栽に「飽聞榿樹三年大、為致二渓辺十畝陰一」とある。

一一 どろ田にそりで田植えをするが。史記・夏本紀に「陸行乗レ車、水行乗レ船、泥行乗レ橇」とあ

67
天暮《てんく》れ　九乱雲《らんうん》　四野《や》に垂《た》れ、
水田明滅《すいでんめいめつ》す　一〇桤林《かいりん》の下《もと》。
一一汚瀦稲《おちょいね》を挿《さ》して人檥《ひとそり》に乗《の》るも、
一二未《いま》だ識《し》らず　農書《のうしょ》に秧馬《おうば》あるを。

68
環碧楼《かんぺきろう》

一三嫩涼何《どんりょういず》れの処《ところ》か人《ひと》をして留《とど》まらしむ。
一四閣《かく》は俯《ふ》す　長川《ちょうせん》　一帯《たい》の流《なが》れ。
楊柳陰中《ようりゅういんちゅう》　童《わらべ》水《みず》を浴《あ》び、
一五蒹葭《けんか》風外《ふうがい》　馬舟《うまふね》に乗《の》る。

69
夏日即事《かじつそくじ》　六首《しゅ》(内三首)

忽《たちま》ち一六毛筍《もうじゅん》の翠《みどり》　竿《かん》を成《な》すに逢《あ》ひ、
還《ま》た一七桜桃《おうとう》の紅《くれない》　盤《さら》に満《み》つるを見《み》る。
袖上猶《しゅうじょうな》ほ沾《うるお》ふ　一八苴杖《しょじょう》の涙《なんだ》、
膝前未《しつぜんいま》だ尽《つ》きず　一九綵衣《さいい》の歓《かん》。

天暮乱雲垂四野
水田明滅桤林下
汚瀦挿稲人乗檥
未識農書有秧馬

環碧楼

嫩涼何処使人留
閣俯長川一帯流
楊柳陰中童浴水
蒹葭風外馬乗舟

夏日即事六首

忽逢毛筍翠成竿
還見桜桃紅満盤
袖上猶沾苴杖涙
膝前未尽綵衣歓

る。
一二 農業の書籍に「秧馬」という田植え具が載っていることに気付かなかった。農政全書(明の徐光啓撰)には挿図が見える。蘇軾に秧馬歌序があり、陸游・春日小園雑賦に「日駆㆓秧馬㆒聴㆓繅車㆒」とある。
▽弟恥庵評「前人未㆓言及㆒、備中行所㆑得絶句、此為㆓第一㆒」がある。

68 前編、巻三所収、寛政二年(一七九〇)、四十三歳の作。環碧楼は小野世篤(一七六四—一八二三)が営んだ書楼。世篤、号は孤州、通称小十郎。西山拙斎の門人で茶山とも交遊が深かった。備中国浅口郡玉島上成村(→一)の人。
一三 心地よい涼しさ。
一四 楼閣は長々と帯のように流れる高梁川を見下ろしている。
一五 蘆。

69 前編、巻四所収。寛政五年(癸丑、一七九三)、四十六歳の作。これよりさき、寛政三年(一七九一)二月十八日、茶山の父樗平が六十五歳で歿した。茶山は三年の喪に服して、以後満二年、つまり寛政三・四年と詩作を絶ち、足かけ三年目の寛政五年夏の本作をもって再開している。樗平、名は扶好、蘆丈と号し俳諧をたのしみ、その句集、三月庵(やよいあん)集には編者茶山が寛政六年(一七九四)七月、跋文を添えている。
一六 孟宗竹の筍。皮にも毛がある。真一・筍譜に「毛筍、為㆓諸筍之王㆒、其籜有㆑毛」とある。
一七 ゆすらうめ。または、さくらんぼう。
一八 喪中に用いる黒い竹杖。
一九 色どりのある子供の衣服。周の老莱子は七十歳で子供用の五色の衣を着て、親を喜ばせた(高士伝)。未尽とは不十分だった孝養への悔いが残る意。

[一]一牀《しよう》の残簡《ざんかん》　餘沢《よたく》を悲《かな》しみ、
[二]二頃《けい》の荒田《こうでん》　遺安《いあん》を念《おも》ふ。
適ゝ《たまたま》山禽《さんきん》の巣《す》を出《い》でて去《ゆ》く有り、
哀鳴恋恋《あいめいれんれん》として林端《りんたん》を繞《めぐ》る。

○

70
[三]偶爾《ぐうじ》詩《し》を思《おも》ひて　亦自《またみずか》ら驚《おどろ》く。
[四]三年餘《ねんよ》　已《すで》に吟情《ぎんじよう》を絶《た》つ。
[五]霜毛種種《そうもうしゆじゆ》として　頭《こうべ》を搔《か》けば短《みじか》く、
[六]星暦匆匆《せいれきそうそう》として　眼《め》を転《てん》ずれば更《かわ》る。
[七]暑雨《しよう》　墓田《ぼでん》の新艸樹《しんそうじゆ》、
[八]夕陽《せきよう》　書幌《しよこう》の旧容声《きゆうようせい》。
[九]手《て》づから餘稿《よこう》を収《おさ》むるに　粗帙《ほぼちつ》に盈《み》つ。
[一〇]意《ああ》　遺金《いきん》の積《つ》みて籯《かご》に満《み》つるに比《ひ》せん。

○

71
自《みずか》ら合《まさ》に狂痴《きようち》にして世縁《せえん》を遠《とお》ざくべし。
誰《たれ》か言《い》ふ　[一一]偃蹇《えんけん》にして栄遷《えいせん》を薄《かろ》んずると。

一牀残簡悲餘沢
二頃荒田念遺安
適有山禽出巣去
哀鳴恋恋繞林端

○

偶爾思詩亦自驚
三年餘已絶吟情
霜毛種種搔頭短
星暦匆匆転眼更
暑雨墓田新艸樹
夕陽書幌旧容声
手収餘稿粗盈帙
意比遺金積満籯

○

自合狂痴遠世縁
誰言偃蹇薄栄遷

一 書架一杯に残された遺墨に、しみじみ亡き父の恵みを感じ。盧照鄰・長安古意に「年年歳歳一牀書」とある。二 二百畝の荒れた田に、親の残してくれたお蔭を謝する。頃は百畝。中国で戦国時代、合従策を唱えた蘇秦が、都近くの田二頃さえあれば六国の相印をおびることがあろうかと言った故事(史記・蘇秦伝)と、後漢の龐徳公が身を滅ぼす危険を伴う官禄を子孫に遺さなかった故事(後漢書・逸民伝)とを重ねた。

▽六如評「一結出二于意表一、古雅含蓄」がある。

70　三 たまたま。四 父の喪に服した三年余り。→六九。五 白髪頭はまばらで。種種は髪の毛が少なく、苗が生えはじめたようなさま。六 時の移ろいはあっという間で。七 蒸し暑い雨は父の眠る墓地に芽生えた草や木を濡らし。八 夕陽の当たる書斎の垂れぎぬの奥には、在りし日の父の姿や声がよみがえる。九 残された草稿を子供のわたしが整理すると、あらかた書帙一杯になる。一〇 ああ、そのことは、子供に黄金を竹かごにあふれるほど残すよりも、一冊の経書を残す方が有意義だと評された韋賢の故事になぞらえられよう。漢の大儒で丞相韋賢は、その子玄成も経学に明かるく丞相に進んだので、郷里の諺に「遺二子黄金満籯一、不レ如二一経一」といわれた(漢書・韋賢伝)。

71　二 地位の栄転など意にかけない。偃蹇は左伝・哀公六年や後漢書・趙壱伝の注に「驕敖」とある。三 詩句を案じるのに、杖を立てかけてじっと石を見つめ。三 ほろ酔い気分で鋤をかたげ、おもむろに泉水を引き入れる。四 主君のお蔭で。五 かたじけなくも俸禄を

一二苦吟《くぎん》　杖《つえ》を植《た》てて閑《しず》かに石《いし》を看《み》、
一三微酔《びすい》　鋤《すき》を荷《にな》ひて静《しず》かに泉《いずみ》を導《ひ》く。
一四恩《おん》は許《ゆる》す　痾《あ》を養《やしな》ひて隠趣《いんしゅ》に耽《ふけ》るを。
一五身《み》は叨《みだ》りにす　俸《ほう》を賜《たま》はりて残年《ざんねん》を保《たも》つを。
一六孤懐緒《こかいしょ》に触《ふ》れて　風木《ふうぼく》を傷《いた》み、
月影林容《げつえいりんよう》　共《とも》に悄然《しょうぜん》たり。

苦吟植杖閑看石
微酔荷鋤静導泉
恩許養痾耽隠趣
身叨賜俸保残年
孤懐触緒傷風木
月影林容共悄然

72

生田《いくた》に宿《しゅく》す

千歳《せんざい》の恩讎《おんしゅう》一七　両《ふた》つながら存《そん》せず。
風雲長《ふううんとこし》へに為《ため》に忠魂《ちゅうこん》を弔《とむら》ふ。
客窓《かくそう》一夜《や》　松籟《しょうらい》を聴《き》く。
月《つき》は黒《くろ》し　一八楠公《なんこう》　墓畔《ぼはん》の村《むら》。

宿生田

千歳恩讎両不存
風雲長為弔忠魂
客窓一夜聴松籟
月黒楠公墓畔村

73

芳野《よしの》の歌《うた》

一九童時《どうじ》已《すで》に聞《き》く　芳野《よしの》の勝《しょう》、
老来始《ろうらいはじ》めて看《み》る　芳野《よしの》の花《はな》。

芳野歌

童時已聞芳野勝
老来始看芳野花

頂いて余生を送っている。一六 ひとりぽっちの淋しさは、心なしか風にゆれる木をあわれみ。▽六如評「神仙福勝二於揚州窪一」がある。揚州窪とは多くの欲望を合わせ持つこと。

72 前編、巻四所収。寛政六年(甲寅、一七九四)、四十七歳の作。作者はこの年春、妻宣(のぶ)と近畿地方に遊び、夏秋には在洛、九月浪華を経て帰郷した。神辺菅家に蔵する漢文日記の北上歴はこの時のものである。さて、本作に先立つ「備前路上」七絶には「以下五十九首係二北遊客中所一レ得」と注され、播州路上・舞子津についで本作が見える。北上歴によると三月十五日出立、二十二日生田祠に至り、二軒茶屋に宿している。

生田(現兵庫県神戸市中央区)は建武三年(延元元年、一三三六)五月、楠正成らが九州より東上の足利尊氏を迎え撃ち、弟正季ら一族郎党と七生報国を誓って自害した、いわゆる湊川の合戦の古戦場に近く、近世初期には摂州尼崎藩主青山幸利が建碑、ついで元禄五年(一六九二)徳川光圀が「嗚呼忠臣楠子之墓」を建立、明治五年(一八七二)湊川神社が鎮座した。茶山の遊歴時にはすでに光圀建立の墓碑は存在した。

一七 味方の楠・新田連合軍も、対戦した朝敵足利軍も。一八 ここ楠公の墓碑のほとりの村では、月も雲にかくれ、わが思いが通じるかのようだ。▽六如評「有二不レ尽之感一」がある。

73 前編、巻四所収。寛政六年(一七九四)、四十七歳の作。前編では七二のあと、「浪華」二首・「河内道上望二金剛山一有レ懐二楠中将一」に続いて「芳野感事」三首と本作が収められている。北上歴によると、作者らは三月二十七日吉野に登ったが、花は九分がた散っていた。

一九 作者は幼時、母半(はん)より吉野の花の見事さを聞かされていた。

山腹山背《さんぷくさんぱい》　花膚《はなはだ》を為《な》すも、
一 裡《うち》に就《つ》きては何《いず》れの処《ところ》か最《もっと》も花多《はなおお》き。
路《みち》を夾《はさ》んで森列《しんれつ》す　卅里《り》の雪《ゆき》、
二 千樹叢生《せんじゅそうせい》す　一団《だん》の霞《かすみ》。
三 此《こ》の山花《やまはな》ありて来《き》たるべきは幾時《いくとき》ぞ、
四 長《とこし》へに窮谷《きゅうこく》をして韶華《しょうか》を擅《ほしいまま》にせしめん。
士女《しじょ》指《ゆび》を屈《くっ》して花候《かこう》を計《かぞ》へ、
遊賞《ゆうしょう》辞《じ》せず　道路《どうろ》の賖《はる》かなるを。
二月《がつ》三月《がつ》の好風日《こうふうじつ》、
五 馭《ご》径《けい》日《ひ》ゝ《び》糸竹《しちく》の譁《かまびす》しきを作《な》す。
余《よ》自《みずか》ら芳《ほう》を尋《たず》ねて去《ゆ》くこと較《やや》遅《おそ》きも、
猶《な》ほ見《み》る香霰《こうせん》の谽谺《かんか》に迸《ほとばし》るを。六
遊人《ゆうじん》未《いま》だ散《さん》ぜざるに花方《はなまさ》に謝《しゃ》せんとし、七
花謝《はなしゃ》し人《ひと》散《さん》ずるも春《はる》は如何《いかん》。
八 春花《しゅんか》改《あらた》まらず　人世《じんせい》を閲《けみ》し、
人世《じんせい》の代謝《たいしゃ》　情《じょう》嗟《なげ》く可《べ》し。」

山腹山背花為膚
就裡何処最花多
夾路森列卅里雪
千樹叢生一団霞
此山有花来幾時
長使窮谷擅韶華
士女屈指計花候
遊賞不辞道路賖
二月三月好風日
馭径日作糸竹譁
余自尋芳去較遅
猶見香霰迸谽谺
遊人未散花方謝
花謝人散春如何
春花不改閲人世
人世代謝情可嗟

一 その中で。 二 ひとかたまりの霞が群がり生じているようだ。 三 吉野山の桜が散らずに賞されている期間はいつ頃だろうか。 四 いついつまでもこの奥深い谷間をのどかな春景色であらせたい。窮谷は幽谷。韶華はうららかな春景。鄭審・奉㆑使巡㆓検両京路㆒種㆓果樹㆒事畢入㆑秦因詠に「韶華満㆓帝畿㆒…千里樹㆓芳菲㆒」とある。 五 むささびが通うばかりの小道も連日どんちゃん騒ぎだ。 六 まっ白なあられが谷の奥に勢いよく飛び散るのを。 七 散ろうとし。 八 春になれば必ず花は咲くが、世の中は移り変わり。 九 建武三年(延元元年、一三三六)暮、後醍醐天皇が本物の神器を奉じ京都を後にひそかに吉野に逃れてより、この山奥の地で南朝が始まり。諸葛亮・後出師表に「王業不㆓偏安㆒」とある。
一〇 天皇の御寝所。
一一 九代以前のあだ。斉の襄公が紀侯を滅ぼして九世のあだを復した故事(春秋公羊伝・荘公四年)をふまえ、後醍醐天皇が正中の変(一三二四)・元弘の乱(一三三一、笠置落ち・隠岐遷幸)を経て、ついに鎌倉幕府(将軍は九代、執権北条高時も得宗九代)を倒し、建武の新政を興したことをさす。 一二 後醍醐帝の寵妃や寵臣たちの分不相応なおごりは、新政の維持を至難にした。
一三 足利尊氏を第一の功労者とするなど、新政の恩賞の不公平さは不平不満をつのらせるばかりで。
一四 建武元年(一三三四)、年貢の二十分の一を納めさせ、大内裏造営、貨幣鋳造など経済を無視した性急な政策が強行された。
一五 後醍醐天皇の北条氏鎌倉幕府打倒は成功したが、足利尊氏・直義兄弟の謀反で建武の新政は瓦解した。
一六 後魏の爾朱兆は孝荘帝を害し、高歓は兆を

憶昔《おくせき》 南渡《なんと》[九] 偏安《へんあん》を称《しよう》し、
[一〇]御床《ぎよしよう》寂寞《せきばく》として巌巒《がんらん》に寄《よ》る。
[一一]九世《せい》讎《あだ》を復《ふく》するは真《まこと》に英武《えいぶ》、
[一二]驕盈《きようえい》如《し》く無し 守成《しゆせい》の難《かた》きに。
[一三]濫賞《らんしよう》祇《ただ》に憤怨《ふんえん》の積《つ》もるを致《いた》すのみ、
[一四]営宮《えいきゆう》誰《たれ》か問《と》はん 財力《ざいりよく》の殫《つ》くるを。
[一五]前門《ぜんもん》に虎《とら》を拒《こば》み後門《こうもん》は狼《おおかみ》、
[一六]爾《じ》朱《しゆ》纔《わず》かに除《のぞ》かれ又高歓《またこうかん》。
再《ふたた》び見《み》る熒惑《けいわく》[一七]の南斗《なんと》に入《い》るを、
[一八]笠水北流《りゆうすいほくりゆう》して長《とこし》へに淼漫《びようまん》たり。
[一九]泉鳩《せんきゆう》の巫蠱《ふこ》 事《こと》已《すで》に去《さ》り、
況《いわ》んや乃《すなわ》ち忠良《ちゆうりよう》[二〇]の頻《しき》りに摧残《さいざん》するをや。
独《ひと》り元老《げんろう》の源准后《げんじゆんこう》[二一]あるのみ、
[二二]正統《せいとう》撐《さ》さへ得《え》たり 半壁《はんぺき》の天《てん》。
[二三]当初《とうしよ》の旧物《きゆうぶつ》 新《あら》たに手《て》に入《い》れ、
[二四]群雄《ぐんゆう》を駕御《がぎよ》す 豈《あ》に権《けん》なからんや。」

憶昔南渡称偏安
御床寂寞寄巌巒
九世復讎真英武
驕盈無如守成難
濫賞秖致憤怨積
営宮誰問財力殫
前門拒虎後門狼
爾朱纔除又高歓
再見熒惑入南斗
笠水北流長淼漫
泉鳩巫蠱事已去
況乃忠良頻摧残
独有元老源准后
正統撐得半壁天
当初旧物新入手
駕御群雄豈無権

討ち、魏は東西に分かれた。爾朱兆は北条氏、高歓は足利方をさす。やっと倒幕は成功したが、また持明院統を担ぐ足利氏が大覚寺統の後醍醐方を圧倒し、幕府再建を策した。
一七 史記・天官書に「熒惑出則有レ兵」、星経に「南斗六星、主二天子寿命一」とある。後醍醐帝の吉野遷幸と南朝の成立をさす。
一八 元弘の古戦場笠置山下を流れる木津川は北に流れていつまでもはてしない。足利尊氏の擁立した持明院統の北朝が京都に成立し持続したことをさす。
一九 幽閉された護良親王も足利直義に鎌倉東光寺で殺害せられ。泉鳩は、父の漢の武帝をのろい殺そうとしたと疑われた戻太子が逃れ自殺させられた(巫蠱の獄)河南省閿郷(ぶんきょう)県の西南の地。
二〇 忠義で善良な楠正成・正行親子をはじめ、忠臣の多くは敗れ去り。
二一 北畠親房。村上源氏、中院流。南朝の柱石として活躍し、従一位大納言、准大臣、准三宮に進み、北畠准后と呼ばれた。
二二 神器を伝えた大覚寺統の南朝吉野朝廷が正統として、神皇正統記を著しその維持に努めた。
二三 親房は文和元年(正平七年、一三五二)、足利幕府の内紛に乗じて一時京都を奪回し、北朝の上皇、天皇、皇太子らを捕え遷した。
二四 英雄たちを使いこなすには、どうして権力なしに出来ようか。

一 自注には「田希鑒・李楚琳」とあるが、唐の徳宗の建中年間(七八〇―八三)反して魏王を僭称した田悦や、おなじく楚帝を僭称した李希烈らを指すか。幕府再開という足利尊氏一族の、帝意に反した行為をなぞらえた。

顧望《こぼう》すれば掩《おお》ひ難《がた》し　一田李《でんり》の罪《つみ》、
二寵異翻《ちょういかえ》つて辱《かたじけな》し　渾馬《こんば》の班《はん》。
三豕牙《しが》猜《のぞ》かずして反噬《はんぜい》を縦《ほしいまま》にし、
猶幸《なおさいわ》ひとす　四墻《かき》に閲《せめ》いで徒《いたず》らに年《とし》を経《ふ》るを。
昔人《せきじん》　花《はな》を看《み》て何《いか》なる情態《じょうたい》ぞや、
今人《きんじん》　花《はな》を看《み》て且《か》つ五盤桓《ばんかん》たり。
歓《よろこ》ぶ者《もの》は知《し》らず　憂《うれ》ふる者《もの》の心《こころ》を、
六清時《せいじ》誰《たれ》か乱時《らんじ》の艱《なげ》きを問《と》はん。
余《よ》今花《いまはな》に対《たい》して独《ひと》り古《いにしえ》を懐《おも》へば、
夕陽又下《せきようまたくだ》る　花林《かりん》の端《たん》。」
七迭嗣《てつし》の盟《めい》　寒《や》みて仍《な》ほ兵革《へいかく》、
八南人《なんじん》枉《ま》げて唱《うた》ふ　烏頭《うとう》の白《しろ》きを。

泉鳩《せんきゆう》　戻太子《れいたいし》の潜匿《せんとく》の地《ち》　田李《でんり》　田希鑒《でんきかん》と
李楚琳《りそりん》　渾馬《こんば》　渾瑊《こんかん》と馬燧《ばすい》　迭嗣《てつし》　南北和《なんぼくわ》を
講《こう》じて両統《りようとう》の迭嗣《てつし》を約《やく》するも、将軍義持《しようぐんよしもち》の前約《ぜんやく》
に負《そむ》きて称光帝《しようこうてい》を立《た》つるに及《およ》びて、官軍復《かんぐんま》た

顧望難掩田李罪
寵異翻辱渾馬班
豕牙不猜縦反噬
猶幸閲墻徒経年
昔人看花何情態
今人看花且盤桓
歓者不知憂者心
清時誰問乱時艱
余今対花独懐古
夕陽又下花林端
迭嗣盟寒仍兵革
南人枉唱烏頭白

泉鳩 戻太子潜匿地　田李 田希鑒李楚琳
渾馬 渾瑊馬燧　迭嗣 南北講和約両統迭嗣、
及将軍義持負前約立称光帝、官軍復起、自後二百年率無寧日
烏頭白 芳野烏頭白歌見芳野拾遺

二 唐の代宗・徳宗（大暦・建中）の頃、しばしば軍功を樹てた渾瑊や馬燧が、侍中となり咸寧郡王や北平郡王に封ぜられるなど、論功行賞が手厚かった。足利尊氏兄弟への恩賞がかえって他の功臣より厚かったことをさす。寵異は特別な寵愛。班は天子が諸侯にそのしるしの玉を分け与えること。三 猪はおとなしくさせられないで、かえって恩を受けたものにかみついてばかりいて。足利氏の後醍醐天皇に対する敵対行為をさす。四 同族同士が互いに争う。詩経・小雅・常棣に「兄弟閲二于牆一、外禦二其務一」とある。五 立ち去りがたいさま。陶潜・帰去来辞に「撫二孤松一而盤桓」とある。六 よく治まった平和な時。七 南北朝合体条件の一つに、皇位の継承は大覚寺（南朝）・持明院（北朝）両統が交互に行なうことが約されていたが、四代将軍足利義持は北朝後小松天皇に足利氏と関係の深い第一皇子称光天皇への譲位をすすめ、以後皇統はもっぱら北朝系が継いだ。八 南朝の臣四条隆資は後醍醐帝前での酒宴で、ことさら「くわん幸と鳴くや吉野の山烏かしらもしろし面白のよや」と詠じた（吉野拾遺上）。枉はわざと事実を曲げての意。
▽第三―六句に六如評「真是芳埜詩、欲レ言之処、筆随レ之」、第十二―十七句に頼山陽評「溧翁故有二長篇一、此蓋避二雷仝一、多少拮据」（溧翁は中井竹山）、第十八―二十九句に六如評「借二異邦事一、近似者、貼二本邦之事一、湊合雖レ巧、不レ熟二于史一者、乍読難レ了、須略注示レ意、何如、編内前後、此類仍多」、そして結句に山陽評「絶好結語」がある。

74　前編、巻四所収。寛政六年（一七九四）、四十七歳の作。北上歴によると、四月二日法隆寺、法輪寺、法起寺、そして西の京の薬師寺、唐招

起《た》ち、自《よ》りて後《のち》二百年《ひやくねん》率《おおむ》ね寧日《ねいじつ》なし。烏頭《うとう》白《はく》
芳野《よしの》の烏《からす》の頭《かしら》白《しろ》きの歌《うた》は芳野《よしの》拾遺《しゆうい》に見《み》ゆ。

74

玉水《たまみず》の路上《ろじよう》

南都《なんと》の山翠《さんすい》 北都《ほくと》に連《つら》なり、
淀水《でんすい》斜《なな》めに通《つう》ず 笠置川《かさぎがわ》。
九 壊道《かいどう》久《ひさ》しく鑾輅《らんろ》の過《す》ぐる無く、
一〇 当帰《とうき》 芍薬《しやくやく》 春田《しゆんでん》に満《み》つ。

75

野間《のま》 内海《うつみ》を望《のぞ》みて源典廏《げんてんきゆう》を感《おも》ふの作《さく》

妻《つま》を娶《めと》らば 当《まさ》に 一一 陰麗華《いんれいか》を得《う》べく、
子《こ》を生《う》まば 須《すべか》らく 一二 李亜子《りあし》の如《ごと》くなるべし。
此の事《こと》 古今《ここん》 人《ひと》の艶《うらや》む所《ところ》、
一三 能《よ》く二者《しや》を兼《か》ぬるは将軍是《しようぐんこれ》なり。」
一四 如何《いかん》ぞ一朝《ちよう》 狂謀《きようぼう》に与《くみ》し、
一五 戦塵《せんじん》を煽動《せんどう》して鳳楼《ほうろう》を汚《けが》す。

玉水路上

南都山翠北都連
淀水斜通笠置川
壊道久無鑾輅過
当帰芍薬満春田

望野間内海感源典廏作

娶妻当得陰麗華
生子須如李亜子
此事古今人所艶
能兼二者将軍是
如何一朝与狂謀
煽動戦塵汚鳳楼

提寺などを巡拝して夜奈良に入った作者は、東大寺転害門前に宿をとり、翌三日は奈良見物に費し、午後、一坂(市坂)・木津を経て玉水村で一泊した。玉水は奈良より北へ三里、山城国綴喜(つづき)郡(現京都府綴喜郡井手町)に在り、笠置山より流れ出す木津川に沿うた宿場。井出の玉川は六玉川の一つで、歌枕。

九 後醍醐帝笠置落ちの乗物が通って以来、道路はずっと荒れたままで。杜甫・玉華宮に「壊道哀湍瀉」とある。鑾輅は天子の車。一〇 当帰は、うまぜり。漢方薬として根は鎮静剤・強壮剤などに用いる。芍薬も根は鎮静剤・鎮痛剤。

▽山陽評「此行第一絶唱」がある。

75 前編、巻四所収。寛政六年(一七九四)、四十七歳の作。野間(現愛知県知多郡美浜町)・内海(知多郡南知多町)は尾張国知多郡に在り、知多半島の南西部に当たる。前者は平治の乱後敗走東下中の左馬頭源義朝が、家臣長田庄司忠致(おさだのしようじただむね)に討たれた所。典廏は天子の馬舎を司る役所で、義朝の官名左馬頭の唐名。

四月二十九日、洞津(あなつ)・津)から四日市に向った茶山は、神戸(かんべ)を過ぎ鈴鹿川を渡って、眺望の佳い丘より伊勢湾をへだて対岸の知多半島を遠望し、史実を回顧してこの一編を作った。

一一 後漢光武帝の后。美女で、見初めた帝は「娶レ妻、当レ得二陰麗華一」と願って遂に天下を取り、望みを達した(後漢書・光烈陰皇后紀)。義朝の妾常盤御前をなぞらえた。

一二 後唐の始祖李存勖の幼名。父克用が死ぬ時三本の矢を授け、必ず梁・燕・契丹に仇を報いよと遺言し、のちそれを果たした。亜子は父に次ぐべき子の意。義朝の男は源氏を再興し鎌倉に開府した頼朝はじめ多くいた。一三 義朝は九条院の雑仕女で京第一の美女常盤を得、また屈強

身《み》は既《すで》に一誅伏《ちゅうふ》して二子《し》は戮《ころ》され、
二妻《つま》は藐孤《びょうこ》を抱《いだ》きて夫《おっと》の讐《あだ》に事《つか》ふ。」
浮雲《ふうん》三惨淡《さんたん》として山日移《さんじつうつ》り、
内海《うつみ》の風潮《ふうちょう》 晩《ばん》に四凄其《せいき》たり。
五奕葉《えきよう》の威名《いめい》は片時《へんじ》の夢《ゆめ》、
六奇辱千載《きじょくせんざい》 人《ひと》に嗤《わら》はる。」
七太原《たいげん》の遺蘖《いげつ》は幸《さいわ》ひに雄武《ゆうぶ》、
八末路《まつろ》如《いかん》ともする無し 跋扈《ばっこ》を 恣《ほしいまま》にするを。
九鶺鴒原《せきれいげん》に荒《あ》れて又《また》雌鶏《しけい》、
秖《た》だ怒濤《どとう》の来《きた》りて古《いにしえ》を弔《とむら》ふ有るのみ。

身既伏誅二子戮
妻抱藐孤事夫讐
浮雲惨淡山日移
内海風潮晩凄其
奕葉威名片時夢
奇辱千載被人嗤
太原遺蘖幸雄武
末路無如恣跋扈
鶺鴒原荒又雌鶏
秖有怒濤来弔古

76

三月尽日《がつじんじつ》 諸子《しょし》と同《とも》に賦《ふ》す。
斜《しゃ》の字《じ》を分得《ぶんとく》す

三月尽日同諸子賦。
分得斜字

一〇風絮煙藤《ふうじょえんとう》 釣家《ちょうか》に寂《せき》たり、
一一一尊客《そんかく》を邀《むか》へて韶華《しょうか》に餞《せん》す。
一二魚苗 喩喁《ぎょびょうげんぎょう》として渠流濁《きょりゅうにご》り、

風絮煙藤寂釣家
一尊邀客餞韶華
魚苗喩喁渠流濁

の嫡子悪源太義平以下九郎判官義経まで多くの男子に恵まれた。一四 なぜかにわかに。一五 保元の乱で後白河天皇方にくみして崇徳上皇方の白河殿を奇襲し、平治の乱では後白河上皇の三条殿を急襲、幽閉した。鳳楼は宮中の楼閣。

一 平治の乱後、義朝は長田忠致に殺され、長男悪源太義平は六条河原で平清盛に斬られ、二男朝長も美濃国青墓で殺された。
二 常盤は今若(八歳)・乙若(六歳)・牛若(二歳)の三児と母の助命のため、夫の敵平清盛の意に従った。藐孤は幼いみなし児。
三 とてもうす暗いこと。白居易・過ニ昭君村一に「惨淡晩雲水」とある。四 寒くてさびしいこと。
五 奕世・累代。六 滅多にない恥辱は長く世間のもの笑いの種となる。義朝が入浴中に殺されたという伝承をさす。
七 広野原のひこ生えのような源頼朝のみは雄雄しく強かった。平清盛の継母池禅尼の命乞いにより、伊豆に流されて命拾いした頼朝はやがて源氏を再興した。
八 頼朝は猜疑心が強く、実弟たちや叔父を殺害し、わが国最初の幕府を開いた。九 兄弟親族が助け合うどころか、反目し合ったうえ、頼朝の正室北条政子は尼将軍と呼ばれるほどの女丈夫で。詩経・小雅・常棣に「脊令在レ原、兄弟急難」とあり、雌雄の鶺鴒が急を告げて互いに飛び鳴くことより、兄弟の互助を意味する。これをふまえて「鶺鴒原荒」はその否定表現。
▽山陽評「似レ勝ニ芳埜関原二篇一」がある。また、義朝と頼朝、常盤と北条政子との対比につき、おなじく「好炤応」がある。

76 前編、巻四所収。寛政七年(乙卯、一七九五)、四十八歳の作。三月末日(大、三十日)諸友

一三 燕子《えんし》呢喃《じなん》として野日《やじつ》斜《なな》めなり。
一四 塵世誰《じんせいたれ》か閑裡《かんり》に従《したが》ひ過《す》ごさん、
霜毛徒《そうもういたず》らに覚《おぼ》ゆ　病中《びょうちゅう》に加《くわ》はるを。
一五 去年《きょねん》の今日《こんにち》　和州《わしゅう》の路《みち》、
飛鳥川頭《ひちょうせんとう》　正《まさ》に落花《らっか》。

77

光師《こうし》の韻《いん》に次《じ》す

一六 午倦《ごけん》　茶《ちゃ》を煎《せん》じて澗氷《かんぴょう》を敲《たた》けば、
一七 清幽《せいゆう》　恰《あた》かも詩《し》を解《かい》する僧《そう》を得《え》たり。
知《し》らず　林際《りんさい》に帰《き》鴉《あ》の尽《つ》くるを、
坐《ざ》して待《ま》つ　梅梢《ばいしょう》に片月《へんげつ》の昇《のぼ》るを。
一八 威焔《いえんみ》看る　他《か》の狐虎《きつねとら》を仮《か》るを、
一九 消揺喜《しょうようよろこ》ぶ　我《わ》が鷃《あん》の鵬《ほう》を嘲《あざけ》るを。
君《きみ》と願《ねが》はくば人間世《じんかんせい》を避《さ》け、
二〇 蠹簡《とかん》閑《しず》かに分《わ》かたん　雨夜《うや》の燈《ともしび》。

燕子呢喃野日斜
塵世誰従閑裡過
霜毛徒覚病中加
去年今日和州路
飛鳥川頭正落花

次光師韻

午倦煎茶敲澗氷
清幽恰得解詩僧
不知林際帰鴉尽
坐待梅梢片月昇
威焔看他狐仮虎
消揺喜我鷃嘲鵬
与君願避人間世
蠹簡閑分雨夜燈

を招いての詩会で分韻し、斜字(下平声一麻韻)が当たった。前年からの旅疲れか健康が勝れず、ちょうど一年前、大和路に在った頃のことを回想している。その三月二十九日には飛鳥地方を回り、橘寺、鬼厠(鬼の雪隠)、鬼俎(鬼のまな板)、亀石などを見物、翌三十日は古瓦などを拾い、天香具山を遠望、安陪文殊院を経て泊瀬で昼食をしたため、三輪神社に参拝し柳本で泊った。

一〇 風になびく柳もけむるような藤の花房も釣人にわびしく垂れかかって。　一一 酒樽をすえ客を招いて、のどかな春に送別の宴を張る。

一二 稚魚は濁った堀川の水面で口をぱくぱくさせ。喁喁は水面に出て呼吸すること。

一三 雛燕は原っぱの夕日の中でさえずっている。燕子はつばめであるが、魚苗との対で子燕。呢喃は燕の鳴声の形容。　一四 白髪。

一五 思えば一年前の今日は大和路に在って。

▽六如評「中四句皆佳、亦其常調」、「結末、宛然華人」の評がある。

77 前編、巻四所収。寛政七年(一七九五)、四十八歳の歳晩の作。光師は道光上人(→四四)。

一六 昼下りのつれづれに谷間の氷を割って茶を煮ると。

一七 すがすがしい静寂さにかなうように、文雅な道光上人が訪れた。

一八 世間では虎の威を借る狐のやからがいばりちらしているが。戦国策・楚策の故事をふまえる。

一九 自分は身の程を知り、大それたことは見下してゆったりとわが歩みを進める。荘子・逍遥遊の、九万里も飛ぼうとした鵬を小さな斥鷃(みそさざい)が嘲笑した故事をふまえる。消揺は逍遥と同じ。　二〇 虫ばんだ書物。

所見《しょけん》を書《しょ》す。限韻《げんいん》　三首《さんしゅ》(内一首)
斎藤文貫《さいとうぶんかん》　武元君立《たけもとくんりつ》と同《とも》に賦《ふ》す。

78
野《や》塘《とう》風《かぜ》定《さだ》まって碧鸞環《みどりわんかん》たり。
路《みち》は遶《めぐ》る　懸崖《けんがい》　乱石《らんせき》の間《かん》。
一 一幅《ぷく》の氷綃《ひょうしょう》　平《ひら》たきこと熨《の》すに似《に》たり。
二 丹青《たんせい》倒《さか》しまに浸《ひた》す　郭熙《かくき》の山《やま》。

柴博士《しばはくし》の需《もと》めに応《おう》じて京城《けいじょう》四時楽《じらく》の
図《ず》に題《だい》す(八首、内一首)

79
三 彩舟《さいしゅう》相《あ》ひ逐《お》ひて香風《こうふう》を泝《さかのぼ》る。
笑語《しょうご》春《はる》喧《あたた》かなり　波影《はえい》の中《うち》。
両岸《りょうがん》の飛花《ひか》　流《なが》れて尽《つ》きず。
四 蘭篙刺《らんこうさ》し破《やぶ》る　幾湾《いくわん》の紅《くれない》。

城傍曲《じょうぼうきょく》　五首《しゅ》(内一首)

書所見。限韻三首
同斎藤文貫武元君立賦
野塘風定碧鸞環
路遶懸崖乱石間
一幅氷綃平似熨
丹青倒浸郭熙山

応柴博士需題京城
四時楽図
彩舟相逐泝香風
笑語春喧波影中
両岸飛花流不尽
蘭篙刺破幾湾紅

城傍曲五首

78　前編、巻五所収。寛政十年(戊午、一七九八)、五十一歳の作。茶山は寛政八年(一七九六)二月一日、母半(はん)を失った。享年六十五歳であった。さきに寛政三年(一七九一)父を亡くした時と同様、三年の服喪中は詩作を慎んだようで、巻四の巻尾寛政七年「除夕」五言排律につづく巻五の巻頭「題ㇾ画」七律は戊午、つまり寛政十年の作となっている。これは限韻、つまり韻を定めて詠じた三首の一。この年五月二十日頃、備前の斎藤文貫と武元君立が、茶山に入門する君立の従弟赤石宋相を伴って訪れた時の作であろう(富士川英郎『菅茶山』上)。斎藤文貫(一七五八―一八三三)は岡山藩士で名は一興、九畹(きゅうえん)と号した。通称岩之助・清次右衛門。熊沢蕃山六世の孫。寺社奉行より大目付に進んだ。若年上洛、江村北海に師事し、詩を六如に学び、当時備前詩壇の中心であった。武元君立(一七七〇―一八二〇)は備前国和気郡北方村(現岡山県和気郡吉永町北方)の大庄屋に生まれた。名は正恒、北林また高林と号した。通称立平。兄の登々庵と連れ立って閑谷学校に学んだが、寛政三年二十二歳で東遊し、七代祭酒林信敬(錦峰)に就き塾頭となった。翌年兄の病気により帰郷し、文化十年(一八一三)閑谷校の教授となり、課業規則を制定した。また斎藤九畹の推薦で世子の傅に抜擢された。一 平たい水面はまるで一幅のぬめ絹に火のしを当てたようだ。二 色あざやかな周囲の山水が逆さに投影して、まるで郭熙の筆に成る山水の名画を見るようだ。郭熙は北宋神宗朝の画家。

79　前編、巻五所収。寛政十年(一七九八)、五十一歳の作。柴博士は昌平黌儒官の柴野栗山(一七三六―一八〇七)。名は邦彦、字は彦輔、通称彦助。別に古愚軒とも号した。讃岐の出身で天明八年(一七八八)幕府に召された。いわゆる寛政の三博士

80
[五]胡鷹《こよう》 碧絛《へきとう》を掣《せい》し、
直《ただ》ちに飛鴻《ひこう》を逐《お》ひて去《さ》る。
[六]遥嶺《ようれい》 烟嵐《えんらん》に没《ぼっ》し、
茫茫《ぼうぼう》として処《ところ》を知《し》らず。

胡鷹掣碧絛
直逐飛鴻去
遥嶺没烟嵐
茫茫不知処

中条《なかじょう》の帰路《きろ》。文輔《ぶんぽ》の韻《いん》に次《じ》す

中条帰路。次文輔韻

81
[七]郊雲雨《こううんあめ》を醸《かも》して夜山低《やざんひく》し。
[八]家《いえ》は指《さ》す 長松《ちょうしょう》 乱竹《らんちく》の西《にし》。
十里《り》の野程《やてい》 人見《ひとみ》えず、
[九]秧雞角角《おうけいこくこく》 林《はやし》を隔《へだ》てて啼《な》く。

郊雲醸雨夜山低
家指長松乱竹西
十里野程人不見
秧雞角角隔林啼

即《そく》 事《じ》

即 事

82
[一〇]晏起《あんき》するも 家童《かどう》 未《いま》だ門《もん》を掃《は》かず。
簷《のき》を繞《めぐ》る 梨雪《りせつ》 午風暄《ごふうあたた》かなり。
一双《そう》の狂蝶《きょうちょう》 相《あ》ひ追《お》ひて去《ゆ》き、
直《ただ》ちに南軒《なんけん》より北軒《ほくけん》に出《い》づ。

晏起家童未掃門
繞簷梨雪午風暄
一双狂蝶相追去
直自南軒出北軒

の一人。この一年前安藝の頼杏坪(一七五六—一八三四)は甥の山陽(一七八〇—一八三二)十八歳と江戸に赴き、山陽は尾藤二洲(一七四五—一八一三)や栗山らに従学、この年五月帰郷したが、往復とも茶山の廉塾に立ち寄っている。江戸の栗山より京城四時楽図の題詩依嘱を託されたのも、あるいはこの両名であったかも知れない。京都の四季を描いた図に各季二首ずつ、計八首の七絶を題したが、本作はその第二首目、すなわち春景二首中の一である。 三 美しく色どった船。 四 舟竿は紅の花びら一杯の入江から入江へとつき進むことだ。蘭篙はもくれんで造った舟竿。
▽山陽評「秀色可ㇾ飱」がある。

80 前編、巻五所収。寛政十年(一七九八)、五十一歳の作。城傍曲は楽府題の一で、城壁の外側つまり町の郊外にひろがる原野で催される狩猟を詠う。五絶五首中の第三首目で鷹狩の詩。 五 大鷹は碧色のさなだ紐をさっと抜きはなって。 六 はるかな山なみのかすみのかなたに消え。
▽山陽評「去・処二韻、押ㇾ之五絶、自ㇾ古多二佳詩一」がある。

81 前編、巻五所収。寛政十一年(己未、一七九九)、五十二歳の作。中条(→二〇頁注一二)は、茶山宅より北一里程のみちのりであった。中条村には茶山の遠縁に当たる河相子蘭をはじめ知友も多く、また西中条の真言宗黄龍山遍照寺には、月見の詩会などで以前からよく訪れている。文輔の氏号は不明。 七 郊野にたれこめた雲。 八 わが家はちょうど高い松の木とむらがる竹やぶの西の方角に当たる。 九 くいな。
▽山陽評「夜山低三字、自二先生一闢ㇾ之」がある。

82 前編、巻五所収。寛政十一年(一七九九)、五十二歳の作。眼に触れたままを詠んだ。 一〇 朝寝坊して。

李渓居士《りけいこじ》の擬古《ぎこ》詩巻《しかん》の後《のち》に題《だい》す。
頼千秋《らいせんしゅう》の需《もと》めに応《おう》ず。

83
一
黄金白雪《おうごんはくせつ》　已《すで》に陳《ちん》と成《な》り、
二牛鬼蛇神《ぎゅうきだしん》　各〻新《おのおのしん》を競《きそ》ふ。
李渓卓然《りけいたくぜん》として古調《こちょう》を守《まも》り、
三沖澹《ちゅうたん》　韋柳《いりゅう》と親《ちか》からんと欲《ほっ》す。
人《ひと》は道《い》ふ　四凡馬《ぼんば》は康衢《こうく》に宜《よろ》しきも、
若《も》し険路《けんろ》に逢《あ》はば便《すなわ》ち逡巡《しゅんじゅん》せんと。
五興到《きょういた》りて偶〻《たまたま》擬《ぎ》す　衆賢《しゅうけん》の体《たい》、
六郊寒島痩《こうかんとうそう》　多《おお》く真《しん》に逼《せま》る。
七霊物《れいぶつ》の由来《ゆらい》　測《はか》る可《べ》からず、
随処《ずいしょ》八能《よ》く屈《くつ》し復《ま》た能《よ》く伸《の》ぶ。
因《よ》りて知《し》る　九巣許《そうきょ》は撃壌《げきじょう》に安《やす》んずるも、
一〇用時《ようじ》　亦臣隣《またしんりん》を歌《うた》ふ可《べ》し。
一一江南《こうなん》の名家《めいか》　鯽魚《ろうぎょ》の如《ごと》きも、

題李渓居士擬古詩巻後。
応頼千秋需

黄金白雪已成陳
牛鬼蛇神各競新
李渓卓然守古調
沖澹欲与韋柳親
人道凡馬宜康衢
若逢険路便逡巡
興到偶擬衆賢体
郊寒島痩多逼真
霊物由来不可測
随処能屈復能伸
因知巣許安撃壌
用時亦可歌臣隣
江南名家如鯽魚

83　前編、巻五所収。寛政十一年(一七九九)、五十二歳の作。李渓居士は摂津国池田(現大阪府池田市)の詩人荒木李谿(一七三六―一八〇七)。名は廷喬、字は伯遷また陳衍、商山・李谿などと号し、別に梅里・北山の号も用いた。通称鍵屋善右衛門。懐徳堂で中井甃庵や五井蘭洲に学び、混沌社の盟友で詩と画を善くした。

茶山は安永九年(一七八〇)二月下旬、頼春水の仲介で池田に李谿を訪れてより、二十年来交遊を持っていた。頼千秋は頼春水(一七四六―一八二六)のこと。

本作は春水より愛蔵の李谿作「擬古詩巻」(安永四年〔一七七五〕成)に題詩を嘱されての七言古詩である。一 はや古くなり。

二 奇をてらい人を威す怪詩風を争い詠じ。

三 わだかまりなくあっさりしている点で、中唐の韋応物や柳宗元の詩境を狙い。

四 なみの馬は道が整備された市中なら平気で歩めるが。康衢は道が四方八方に通じている巷。

五 興が湧いてふと唐宋の名家たちの詩体に似せた作を詠じると。六 寒酸で殺風景な孟郊や痩衰して力に乏しい賈島の詩風にそっくりだ。郊寒島痩は蘇軾・祭二柳子玉一文に元軽白俗(元稹の軽薄、白居易の浅俗)と並称され、ともに詩風の欠点をさす。七 霊妙な詩才は一体どこから生まれるのか。八 屈伸自在である。

九 尭代の隠者巣父(そうほ)と許由は太平謳歌に甘んじたが。巣父は山居し老後は樹上に住み、許由は尭が天下を譲ろうとするのを拒んで箕山に隠れた。撃壌は地面をたたいて平和をたたえ詠うこと。一〇 仕官すれば臣下として主君を助ける気持を歌うだろう。臣隣は家来、輔弼の近臣。

一一 淀川の南、浪華には勝れた詩人が数限りなくいるが。鯽は鯨で、雄がに、またあじの意で

独《ひと》り李渓《りけい》ありて一二声塵寂《せいじんせき》たり。
譬《たと》へば一三李艶桃嬌《りえんとうきよう》の日《ひ》、
一四幽蘭《ゆうらん》の谷底《こくてい》に 別《べつ》に春《はる》を占《し》むるが如《ごと》し。
又《また》一五逐鹿斬蛇《ちくろくざんだ》の際《さい》、
一六武陵《ぶりよう》の洞口《どうこう》に 独《ひと》り秦《しん》を避《さ》くるが如《ごと》し。
一七少年才《しようねんさい》を恃《たの》み且《か》つ富《とみ》を夸《ほこ》り、
一八捜覓飣餖《そうべきとうてい》 奇珍《きちん》を衒《てら》ふ。
一九誰《たれ》か信《しん》ぜん 逸足《いつそくよ》能く短《たん》を用《もち》ふと、
二〇慨慷《がいこう》 潜《ひそ》かに拯《すく》ふ 正声《せいせい》の淪《しず》むを。
二一千秋《せんしゆう》の詩腸《しちよう》も亦鉄石《またてつせき》、
時世《じせい》に随《したが》ひて二二緇磷《しりん》を共《とも》にせず。
二三翡翠《ひすい》と鯨魚《げいぎよ》と趣《おもむき》を異《こと》にすと雖《いえど》も、
二四鏡花《きようか》と水月《すいげつ》と竟《つい》に倫《ともがら》を同《おな》じうす。
重《かさ》ねて此の巻《まき》を贈《おく》る 君怪《きみあや》しむ休《な》かれ、
二五知音《ちいんよ》世を同《おな》じうするは幾人《いくにん》か有らん。
千秋云《せんしゆうい》はく、李渓再《りけいふたた》び此の巻《かん》を寄《よ》するは何《なん》の

独有李渓寂声塵
譬如李艶桃嬌日
幽蘭谷底別占春
又如逐鹿斬蛇際
武陵洞口独避秦
少年恃才且夸富
捜覓飣餖衒奇珍
誰信逸足能用短
慨慷潜拯正声淪
千秋詩腸亦鉄石
不随時世共緇磷
翡翠鯨魚雖異趣
鏡花水月竟同倫
重贈此巻君休怪
知音同世有幾人
千秋云、李渓再寄此巻不

あるが、或いは、鯽の誤刻か。鯽魚(せきぎよ)はふな。一二 かれらの名声もさっぱりである。李昉・寄二孟賓子一に「昔日声塵喧二洛下一、近来詩価満二江南一」とある。一三 すももや桃の花があでやかに妍を競っている時に。一四 気高い蘭の花が深い谷の奥で、春をほしいままにしているようなものだ。一五 鹿を逐い蛇を斬るような抗争場裡に。一六 秦時の乱を避けるため、ただひとり武陵の桃源郷に入るようなものだ(陶潜・桃花源記)。一七 年若い詩人はわが才能や表現の豊かさにまかせて。富は盛んなこと。論語・顔淵に「富哉言乎」とある。一八 詩句の表現修辞をことさらにもの珍しくする。一九 一体誰が、抜群の才有る者は簡潔な表現をとるという事実を信じるだろうか。二〇 李谿君のなげきは低下した詩本来の正調をとりもどした。二一 頼春水君の詩情もまた世俗に影響されない。二二 低俗浮薄な詩風におちいることはない。二三 つややかですばやいかわせみと、真黒で図体の大きい鯨とでは特色に相違はあるが、春水と李谿の詩風を比較した比喩。二四 鏡に映る花と水中の月かげとは、美しいがともに手が届かないことで相通じる。両詩人の非凡さを称した。二五 本当に理解してくれる親友。知音は伯牙の奏でる琴の音色を鍾子期が奏者の気持までよく聞き分け、子期が亡くなると伯牙は愛琴をこわして、再び弾かなかった故事(列子・湯問)。

▽第十一―十四句に山陽評「露二本相一」がある。なお、末の添書の事実、すなわち李谿が再度この作を春水に贈ってよこしたのは、春水より訂正稿があれば知らせるようにとの誘いがあったからであると、文化三年(一八〇六)三月二十一日付李谿宛て春水書簡より想像される旨、稲束猛・吉田鋭雄共編『池田人物誌』下に見える。

意《い》なるかを知《し》らず。豈《あ》に老耄《ろうもう》にして善《よ》く忘《わす》るるならんと。

84

赤馬関懐古《あかまがせきかいこ》

一蜑雨茫茫《たんうぼうぼう》たり　海上《かいしよう》の村《むら》、
二水浜何《すいひんいず》れの処《ところ》にか英魂《えいこん》を問《と》はん。
三祇《た》だ聞《き》く波底《はてい》に皇居《こうきよ》の在《あ》るを、
四誰《たれ》か信《しん》ぜん人間《じんかん》に老仏《ろうぶつ》の存《そん》するを。
五鷁首還《げきしゆかえ》らず　楚沢《そたく》に悲《かな》しみ、
六鵬程際《ほうていきわ》なく匡門《がいもん》に接《せつ》す。
七腥風吹断《せいふうすいだん》す　蓬窓《ほうそう》の夢《ゆめ》、
八島樹汀雲《とうじゆていうん》　鬼気昏《ききくら》し。

85

其の二

九鎌倉城雉《かまくらじようち》も亦敷畄《またふし》され、
一〇豈《あ》に独《ひと》り南征《なんせい》の事《こと》のみ悲《かな》しむべけんや。

知何意。豈老耄善忘也

赤馬関懐古

蜑雨茫茫海上村
水浜何処問英魂
祇聞波底皇居在
誰信人間老仏存
鷁首不還悲楚沢
鵬程無際接匡門
腥風吹断蓬窓夢
島樹汀雲鬼気昏

其　二

鎌倉城雉亦敷畄
豈独南征事可悲

84　前編、巻五所収。寛政十一年(一七九九)、五十二歳の作。長門国赤馬関(現山口県下関市)での史的懐古の作。元暦二年(一一八五)三月二十四日、平宗盛は源義経の軍勢に破れ、八歳の幼帝安徳天皇は祖母二位尼とともに入水、平氏は滅亡した。

一 漁夫の住まいは雨にぼんやりかすむ海辺の村である。蜑雨は漁村の雨。蘇軾・十一月二十六日、松風亭下梅花盛開に「蛮風蜑雨愁㆓黄昏㆒」とある。蜑は中国南方で水上生活を営む異民族。わが国で漁夫をあま(海人)と言い、蜑の字をも当てる。二 どこの浜辺でもののふたちの霊をとむらおうか。三 二位尼は安徳帝を、海底にも都があると慰めたと聞いている。平家物語十一・先帝身投に「二位殿やがていだき奉り、「浪のしたにも都のさぶらふぞ」となぐさめたてまッて、ちいろの底へぞいり給ふ」とある。四 人間世界に不老長寿が在り得るなどと誰が信じていようか。老仏は老子と釈迦で、ともに限りある人間の寿命を越えた永遠の存在。五 御座船は帰ることなく、あたかも屈原が投身した汨羅(べきら)の淵での悲しみに似て。鷁首は龍頭鷁首で、天子の乗る船。楚沢は楚の三閭大夫屈原が入水した沢。六 海原の広さは果てしなく、南宋末の悲劇の地匡門山に達する。鵬程は海上のきわめて広いこと。匡門は匡門山。広東省の海中にあり、南宋滅亡の際、元軍の攻勢で陸秀夫が昺(へい)帝を背負い入水した。七 生ぐさい風はとまをかけた船窓の辺で結んだ夢を吹きちぎり。八 島の樹木もみぎわの雲も、全滅した平家の怨みがこもっているようで気味悪くまっ暗だ。

85　源平合戦後の源氏の内紛に視点を移し、歴史的真実の詠嘆をもって結ぶ。

一一 却《かえ》って闔門《こうもん》斉《ひと》しく節《せつ》に殉《じゅん》ずる有るは、
一二 如《し》かず二弟《てい》の急《にわか》に其《き》と燃《も》やさるるに。
一三 今《いま》においては彼此《ひし》千古《せんこ》と成《な》るも、
昔《むかし》より豪奢《ごうしゃ》能《よ》く幾時《いくとき》ぞ。
一四 一関妓《けつぎ》王《おう》の秋艸《しゅうそう》の唱《うた》、
一五 奈何《いかん》せん 芳臭《ほうしゅう》 並《なら》びに枯《か》れ萎《な》ゆるを。

却有闔門斉殉節
不如二弟急燃萁
于今彼此成千古
自昔豪奢能幾時
一関妓王秋艸唱
奈何芳臭並枯萎

86

備後《びんご》三郎《さぶろう》 詩《し》を桜樹《おうじゅ》に題《だい》するの図《ず》

馬《うま》に騎《の》りては賊《ぞく》を撃《う》ち 馬《うま》より下《お》りては檄《ふみ》。
三郎《さぶろう》の奇才《きさい》 世《せ》に敵《てき》なし。
一六 夜虎豹《よるこひょう》を穿《うが》ちて行在《あんざい》に達《たつ》し、
衛騎《えいき》眠《ねむ》り熟《じゅく》して柝声《たくせい》寂《せき》たり。」
一七 慨然樹《がいぜんき》を白《しろ》くして幽憤《ゆうふん》を写《うつ》し、
行雲《こううん》動《うご》かず 天《てん》も亦忿《またいか》る。」
一八 中興誰《ちゅうこうたれ》か首事《しゅじ》の功《こう》を旌《あら》はす、
一九 一門猶貫日《もんなおかんじつ》の忠《ちゅう》を懐《いだ》く。」

備後三郎題詩桜樹図

騎馬撃賊下馬檄
三郎奇才世無敵
夜穿虎豹達行在
衛騎眠熟柝声寂
慨然白樹写幽憤
行雲不動天亦忿
中興誰旌首事功
一門猶懐貫日忠

九 鎌倉幕府方でも不都合な存在が除かれ。城雉は城壁の意。菑は荒地。敷菑は開墾すること。敷は分け拡げる。菑は荒地。悪を除くのに喩える。
一〇 平家追討のことだけを悲しむべきであろうか。 一一 むしろ平家のように、一門が残らず安徳帝に殉死した方が。 一二 兄頼朝のために、弟たちが兄弟互にせめぎ合う悲運に陥るよりましだ。義経は奥州平泉の衣川の館で自刃し、範頼は伊豆で殺された。燃萁は、曹植(そうち)が兄魏の文帝曹丕(そうひ)より七歩あゆむ間に作詩を命じられ、「煮レ豆燃二豆其一、豆在二釜中一泣、本是同根生、相煎何太急」(七歩詩)と詠じて兄の無情を怨んだ故事(世説新語・文学)。
一三 現在では平家の盛衰も源氏の興亡も遠い昔となったが。 一四 妓王のうたう一首の歌の通りで。平清盛の寵愛を受けた白拍子妓王(祇王)は仏御前をとりなし、かえって寵が移って嵯峨往生院に隠れた(平家物語一・祇王)。秋艸唱は「もえ出るもかるゝもおなじ野辺の草いづれか秋にあはではつべき」。 一五 芳草も臭草もともに枯れ萎れるのはどうしようもない。諸行無常という宿命には抗しがたい。
▽山陽評「鬼武之鬼、当二愧哭一」がある。鬼武は鬼武者で、源頼朝をさす(日本外史・源氏上)。
86 前編、巻五所収。寛政十一年(一七九九)、五十二歳の作。備後三郎とは南朝忠臣の一人、児島高徳(こじまたかのり)。後醍醐帝の北条氏討伐に呼応、元弘二年(一三三二)三月、美作(みまさか)国院庄(いんのしょう)・現岡山県津山市)の行在所に潜入、桜の幹に「天、勾践(こうせん)を空しうすること莫れ、時に范蠡(はんれい)無きにしも非ず」との詩を題した(太平記四)。
一六 夜陰にまぎれ、警固の網をくぐり。
一七 慨嘆のきわみ、桜の幹を削って深い憤りを詩に題し。 一八 帝の建武の新政の企図に、誰が

一 金輿《きんよ》再《ふたた》び南《みなみ》して乾坤変《けんこんへん》じ、
二 五字《じ》の桜花《おうか》 千古《せんこ》の恨《うら》み。

87 六如上人《りくにょしょうにん》の十春詞《じっしゅんし》に和《わ》す(十首、内一首)
春《しゅん》 陰《いん》
女伴《にょはん》を相《あ》ひ携《たずさ》へ花《はな》を探《たず》ねて行《ゆ》く。
尽日春郊《じんじつしゅんこう》 晴《せい》を放《はな》たず。
帰袖匆匆《きしゅうそうそう》として偏《ひとえ》に雨《あめ》に怯《おび》ゆ。
三 暗愁《あんしゅうよ》寄りて画眉《がび》の声《こえ》に在《あ》り。

88 長門《ながと》の楊井謙蔵《やないけんぞう》 詩《し》を袖《そで》にして訪《と》はる。
次韻《じいん》して以《もっ》て謝《しゃ》す
半世沈痾《はんせいちんあ》 未《いま》だ成《な》す有らず、
自《みずか》ら憐《あわ》れむ霜髪《そうはつ》の満頭《まんとう》に生《しょう》ずるを。
四 衡門《こうもん》の牛跡《ぎゅうせき》 春《はる》に耕《たがや》す路《みち》、
隣壁《りんぺき》の燈光《とうこう》 夜《よる》に読《よ》むの声《こえ》。

金輿再南乾坤変
五字桜花千古恨

和六如上人十春詞
春 陰
相携女伴探花行
尽日春郊不放晴
帰袖匆匆偏怯雨
暗愁寄在画眉声

長門楊井謙蔵袖詩見訪。
次韻以謝
半世沈痾未有成
自憐霜髪満頭生
衡門牛跡春耕路
隣壁燈光夜読声

最初にその赤誠のほどを示したか。
一九 高徳一族は終始天も感応するほどの精誠を尽くした。貫日は白虹が太陽を貫き通すことで、天が至誠に感じる象(史記・鄒陽伝)。

一 帝の乗輿は隠岐より脱出、都へ還幸し、中興は一旦成功したが、やがて足利氏の離反で崩壊して吉野へ遷幸し。
二 おのれを范蠡に擬し忠誠を誓った高徳の節操も、ついに実らぬ結果になった。

87 前編、巻五所収。寛政十二年(庚申、一八〇〇)、五十三歳の作。六如慈周は茶山より十四歳年長で、詩風もまた相近く、一般にわが近世の詩を荻生徂徠一派の蘐園擬唐の風より平明な宋詩風に変移させた大先達と見なされている。
三 化粧を崩すつれない天候を、連れの女はしきりにうらんでいる。画眉は化粧した婦人。漢書・張敞伝に「為レ婦画レ眉」とある。

88 前編、巻五所収。寛政十二年(一八〇〇)五月四日の作であることが、同年の茶山の日記(神辺、菅家蔵。広島県立歴史博物館寄託)で判明する。楊井謙蔵(一七六二―一八二三)は名は盛之、字は子匡、蘭洲と号し、萩の毛利藩大組士であった。山根華陽の息南溟に師事し、詩を得意とした。藩主毛利斉房・斉熙二公に歴仕し、記録所役、直目付より奥番頭格に進んだ。その間、茶山はじめ頼山陽、菊池五山らと交わり、儒雅をもって称せられた。文政六年(一八二三)八月六日(一説五日)歿。六十二歳。子に蕙洲・芝斎兄弟があり、五山は楊井父子を三蘇(洵・軾・轍)になぞらえた。四 隠宅の前は春の田畑を耕す牛の足跡が道にのこり。衡門は二本の柱に横木を渡した粗末な門。隠者の住居。五 思いがけなくも藩庁の立派なお侍が。藩朝は諸侯の政庁。珠

五 底事《なにごと》ぞ 藩朝《はんちよう》 珠履《しゆり》の客《かく》、
六 来《きた》り尋《たず》ぬ 沙渚《さしよ》 白鷗《はくおう》の盟《めい》。
七 樗材宜《ちよざいよろ》しく荒村《こうそう》に向て老《おい》ゆべきに、
錯《あやま》つて人《ひと》に高尚《こうしよう》の名《な》を伝《つた》へらる。

89

神辺駅《かんなべえき》

八 黄葉山前《こうようさんぜん》 古郡城《こぐんじよう》。
九 空濠荒駅《くうごうこうえき》 半《なか》ば榛荆《しんけい》。
一区《く》の蔬圃《そほ》 羽柴《はしば》の館《やかた》、
数戸《すうこ》の村烟《そんえん》 毛利《もうり》の営《えい》。

90

家弟《かてい》の没後《ぼつご》六如上人《りくによしようにん》の書《しよ》を得《う》

一〇 平日《へいじつ》 林公《りんこう》の字《じ》、
一一 多《おお》く阿連《あれん》より伝《つた》へらる。
如何《いかん》ぞ 今度《こんど》の信《しん》、
一二 阿《あ》連《れん》の箋《せん》を帯《お》びず。

底事藩朝珠履客
来尋沙渚白鷗盟
樗材宜向荒村老
錯被人伝高尚名

神辺駅

黄葉山前古郡城
空濠荒駅半榛荆
一区蔬圃羽柴館
数戸村烟毛利営

家弟没後得六如上人書

平日林公字
多伝自阿連
如何今度信
不帯阿連箋

履客は玉で飾ったくつをはいた客。上客。李白・寄㆓韋南陵氷㆒に「堂上三千珠履客」とある。六 なぎさのかもめのような浮世を離れたわたくしのところへ、わざわざ尋ねてこられた。黄庭堅・登㆓快閣㆒に「此心吾与㆓白鷗㆒盟」とある。七 無能無才のわたくしは寒村で年寄るのが当り前なのに。樗材とは役立たぬもの。自分の謙称。▽山陽評「周南之化、淪㆓其肌骨㆒、必目㆓此等詩㆒、為㆓変風㆒」がある。周南とは山県周南。荻生徂徠の門人で長州明倫館二代目祭酒。

89 前編、巻五所収。寛政十二年(一八〇〇)、五十三歳の夏秋の頃の作。茶山の故郷、近世山陽道宿駅の町備後国神辺も中世は城下町であった。中国の雄毛利氏は譜代の家臣を城代に置いていた。羽柴秀吉の毛利攻めの際、両陣営はこの地でも対峙したと言われる。八 黄葉山のふもとは昔の城下町で。九 から濠も宿場も荒れ放題で雑木やいばらが生い茂り。▽この一首前の作「古神島」七絶とともに山陽評「両首古調」がある。

90 前編、巻五所収。寛政十二年(一八〇〇)、五十三歳の作。家弟とはこの年八月二十七日、三十三歳で京に客死した弟恥庵(→一三)。したがってこの詩はその直後の作。六如上人と恥庵とは年齢で三十四歳のひらきがあったが、忘年かつ方外の交わりを結んだ。恥庵は京に塾を開いたが癌性の病いで「間町僑居」(現下京区柳馬場通四条下ル相之町か)で亡くなった。頼山陽がその墓碑文を撰んでいる。容貌魁偉、奔放不羈の性だったという。
なお、本作で茶山は六如を晋代の高僧支遁に、弟恥庵を三十七歳で逝った南朝宋の謝恵連に擬えている。おそらく六如よりの追悼書簡到来の折の五絶であろう。一〇 平常、六如上人の筆跡

91
富士《ふじ》の図《ず》

一 縹緲《ひょうびょう》たり 列僊《れっせん》の都《みやこ》。
二 玲瓏《れいろう》たり 群玉《ぐんぎょく》の圃《ほ》。
三 峰腰《ほうよう》 一片《ぺん》の雲《くも》、
四 散《さん》じて千山《せんざん》の雨《あめ》と作《な》る。

富士図

縹緲列僊都
玲瓏群玉圃
峰腰一片雲
散作千山雨

92
尋《じん》 涼《りょう》 二首《しゅ》

何《いず》れの処《ところ》にか涼《りょう》を尋《たず》ねて去《ゆ》く、
五 行《ゆ》きて窮《きわ》む 野水《やすい》の源《みなもと》。
六 泉《いずみ》 庭際《ていさい》より涌《わ》き、
七 雲《くも》屋端《おくたん》に傍《そ》ひて屯《たむろ》する。
大石《たいせき》 晴《は》れて猶《な》ほ湿《しめ》り、
八 長林《ちょうりん》 午《ひる》も昏《くら》からんとす。
涼《りょう》を尋《たず》ぬるは何《いず》れの処《ところ》か好《よ》き、
九 涼《りょう》は水源《すいげん》の村《むら》に在《あ》り。

尋涼二首

何処尋涼去
行窮野水源
泉従庭際涌
雲傍屋端屯
大石晴猶湿
長林午欲昏
尋涼何処好
涼在水源村

は。二一 お前さんの手で送られてくることが多かった。二二 お前からの手紙が同封されていないではないか。
▽山陽評「二十字、々々涙痕、可レ当下一篇祭二十二郎一文上」がある。韓愈が甥の十二郎韓老成を追慕した名文(唐宋八家文六)に比している。

91 前編、巻六所収。享和元年(辛酉、一八〇一)、五十四歳の夏の作。富士山の図に題するに当たり、作者は都良香・富士山記の「行旅之人、経二歴数日一、乃過二其下一。去レ之顧望、猶レ在二山下一。蓋神仙之所二遊萃一也。承和年中、従二山峰一落来珠玉、玉有二小孔一。蓋是仙簾之貫珠也」(本朝文粋十二)や、石川丈山の七絶、「富士山」の起承二句「仙客来遊雲外巓、神竜栖老洞中淵」(覆醤集上、新編覆醤集一、ともに巻頭所収)などを念頭に置いての作であろう。
一 仙人たちの集う都は大空のはるかかなたにあり。縹緲は遠くかすかなこと。畳韻の語。木華・海賦に「群仙縹眇」、白居易・長恨歌にも「忽聞海上有二仙山一、山在二虚無縹緲間一」などとある。列僊都は多くの仙人が集まる所。班固・西都賦に「実列仙之攸レ館」、左思・呉都賦にも「列仙集二其土地一」とある。二 仙女の住む群玉山のお花畑は輝いている。玲瓏は玉などが曇りなく輝くこと。双声の語。群玉圃は仙女西王母が住むという崑崙山の一峰、群玉山の懸圃(けん ぽ・花園)。三 峰のまだほとんど麓辺りに一面にかかる雲が。四 散りひろがり連なる山なみ一帯に雨を降らす。▽山陽評「不レ言レ高而高、与二秋玉山一作二連璧一」がある。秋玉山とは秋山玉山の五絶、望二芙蓉峰一(玉山先生詩集五)をさす。

92 前編、巻六所収。享和元年(一八〇一)、五十四歳の夏の作。二首、同題同韻。首聯と尾聯

93
○
何《いず》れの処《ところ》にか涼《りょう》を尋《たず》ねて去《ゆ》く、
行《ゆ》きて窮《きわ》む　野水《やすい》の源《みなもと》。
一〇漁童《ぎょどう》　沙際《ささい》に聚《あつ》まり、
一一浣女《かんじょ》　竹辺《ちくへん》に喧《かまびす》し。
一二田洫《でんきょく》　漣影《れんえい》を分《わか》ち、
一三徒杠《とこう》　漲痕《ちょうこん》を落《お》とす。
涼《りょう》を尋《たず》ぬるは何《いず》れの処《ところ》か好《よ》き、
涼《りょう》は水源《すいげん》の村《むら》に在《あ》り。

94
諸葛武侯《しょかつぶこう》の像《ぞう》
一四漢季英雄《かんきえいゆう》　鬱《うつ》として林《はやし》の若《ごと》く、
一五最《もっと》も思《おも》ふ　忠憤《ちゅうふん》　一門《もん》に深《ふか》きを。
一六三分割拠《ぶんかっきょ》して才略《さいりゃく》を争《あらそ》ひ、
一七二表《ひょう》の精神《せいしん》　古今《ここん》を照《て》らす。
一八馬《ば》譎曹姦《けつそうかん》　倶《とも》に白骨《はっこつ》、

○
何処尋涼去
行窮野水源
漁童沙際聚
浣女竹辺喧
田洫分漣影
徒杠落漲痕
尋涼何処好
涼在水源村

諸葛武侯像
漢季英雄鬱若林
最思忠憤一門深
三分割拠争才略
二表精神照古今
馬譎曹姦倶白骨

とは作品九二と同一。五 野中の流れのみなもとまで、ずっと尋ねて行くと。六 そこには泉が庭先から湧き出て。七 雲が屋根のはずれ辺りの空にかかっている。
八 高い木立ちの林は真昼でもうす暗い。
九 涼しさは水の湧き出る村にある。
93　一〇 魚を獲りに子供たちは水ぎわの砂地に集まり。一一 水遊びする娘たちは竹藪のほとりでにぎやかだ。
一二 田に水をひく用水路ではさざ波がひろがり。田洫は、田のあぜの溝。左伝・襄公十年の杜預注に「洫、田畔溝也」とある。
一三 歩いて渡る小橋には溢れた水の痕が残っている。徒杠は徒歩で渡る小橋。車馬用の橋、輿梁に対する語。孟子・離婁下に「歳十一月、徒杠成、十二月、輿梁成、民未㆑病㆑渉也」とある。漲痕は、蘇軾・書㆓李世南所㆑画秋景㆒に「野水参差落㆓漲痕㆒」とある。
▽九二・九三両首に山陽評「闢㆓天地㆒、未㆑有㆑之体」がある。
94　前編、巻六所収。享和元年(一八〇一)、五十四歳の作。諸葛武侯は三国の蜀の忠臣諸葛亮(一八一–二三四)のおくり名。字は孔明。後漢の末、劉備(玄徳、一六一–二二三)の三顧の招聘で出仕し、天下三分の計を説いて、魏の曹操(孟徳、一五五–二二〇)、呉の孫権(仲謀、一八二–二五二)と鼎立、蜀漢の建国を成功させ、魏将司馬懿(しばい)・仲達)と対峙中、五丈原(ごじょうげん)で病歿した。出陣に際し二世皇帝劉禅に献じた出師表(すいしのひょう)は忠誠を吐露した名文と謳われる。本作はこの忠臣の図像に題したもの。一四 後漢末。
一五 中でも諸葛亮の一党がもっとも忠誠心をふるい起こした(三国志・蜀志五)。一六 魏の曹操、蜀の劉備、呉の孫権がそれぞれ帝を称し、天下

一 呉驢《ごろ》魏狗《ぎこう》も各《おのおの》ゝ丹心《たんしん》。
二 空《むな》しく絵事《かいじ》に因《よ》りて当代《とうだい》を悲《かな》しみ、
西《にし》のかた雲天《うんてん》を顧《かえりみ》れば晩日《ばんじつ》沈《しず》む。

95

九日《ここのか》 道光上人《どうこうしょうにん》と旧《きゅう》を話《はな》す。上人《しょうにん》 詩《し》あり。
韻《いん》に次《じ》し賦《ふ》して呈《てい》す（二首、内一首）

三 満城《まんじょう》の風雨《ふうう》 林湾《りんわん》暗《くら》く、
四 此《こ》の日《ひ》君《きみ》が竹関《ちくかん》に宿《しゅく》するに逢《あ》ふ。
五 天外《てんがい》の情懐《じょうかい》は惟《た》だ錦字《きんじ》、
六 尊前《そんぜん》の悲喜《ひき》 並《なら》びに蒼顔《そうがん》。
七 故人《こじん》凋落《ちょうらく》す 十年《ねん》の内《うち》、
八 往事《おうじ》荒涼《こうりょう》 一瞬《しゅん》の間《かん》。
九 浮世《ふせい》斯《か》くの如《ごと》し 酔《よ》ふを辞《じ》する莫《なか》れ、
一〇 登高来歳《とうこうらいさい》は更《さら》に何《いず》れの山《やま》ぞ。

閑《かん》 行《こう》

呉驢魏狗各丹心
空因絵事悲当代
西顧雲天晩日沈

九日与道光上人話旧。
上人有詩。次韻賦呈

満城風雨暗林湾
此日逢君宿竹関
天外情懐惟錦字
尊前悲喜並蒼顔
故人凋落十年内
往事荒涼一瞬間
浮世如斯莫辞酔
登高来歳更何山

閑 行

三分の形で互いに相争い。
一七 諸葛亮が劉禅に進献した前後出師表の至誠心は不滅である。前出師表には「今天下三分、益州疲弊、此誠危急存亡之秋也」とある。
一八 詐謀家の魏将司馬懿（のちの晋高祖宣帝）も、奸雄魏の武帝曹操もともに亡くなって骨と化し。

一 呉や魏の兵卒たちもみな忠誠心の持主であった。驢はろば、狗は番犬。南方の呉と北方の魏との士卒を喩えた。丹心はまごころ、赤心。
二 諸葛亮の戦陣図像によって、ただ三国興亡の悲劇に心を痛めるのみで。
▽山陽評「詠二武侯併兄弟従一、未レ有レ此」がある。
95 前編、巻六所収。享和二年（壬戌、一八〇二）、五十五歳九月九日すぎの作。道光上人は日謙道光（→六四）。なおこの作の一首前の五言古詩、道光上人見レ訪に「所レ住又天涯、廿年七相会、因縁亦何奇」の句が見える。ただし聴松庵詩鈔にこの作と対をなした上人の作は未収である。
三 城下町に風雨が吹きつのり、林も入江もまっ暗で。満城風雨とは宋の潘大臨の一句「満城風雨近二重陽一」（詩話総亀）をふまえ、重陽すなわち九月九日のおとずれを意味する。
四 今日わが隠宅にお泊りのあなたとお目にかかった。竹関は竹のかんぬきで、隠者の住居。つまり作者の宅。
五 あなたはよく遠方から心の籠もったお便りを下さったが。天外は、はるかなこと。情懐は、心中の感懐。杜甫・北征に「老夫情懐悪」とある。
六 さしつさされつ悲喜こもごもの話題を交わす二人はともに老顔だ。尊前は酒樽の前。蒼顔はあおぐろい老衰の顔。欧陽脩・酔翁亭記に「蒼顔白髪」とある。
七 父母をはじめ、西山拙斎、そして弟をここ十数年のうちに失った。

96

一一 書《しよ》を廃《はい》して午熱《ごねつ》を逃《のが》れ、
巷《こう》を出《いで》て晴風《せいふう》を愛《あい》す。
一二 牧路《ぼくろ》 旄邱《ぼうきゆうちか》近く、
一三 耘歌《うんか》 糾《きゆうりゆうむらが》 笠叢る。
一四 遥雷《ようらい》 群嶺《ぐんれい》の外《ほか》、
一五 帰鶴《きかく》 断虹《だんこう》の中《うち》。
偶〻山僧《たまたまさんそう》と値《あ》ふも、
一六 無言《むごん》にして碧桐《へきどう》に蔭《かく》る。

廃書逃午熱
出巷愛晴風
牧路旄邱近
耘歌糾笠叢
遥雷群嶺外
帰鶴断虹中
偶与山僧値
無言蔭碧桐

97

元日《がんじつ》の雨《あめ》

一七 京官朝賀《けいかんちようが》し暁《あかつき》に喧闐《けんてん》たるも、
一八 田舎幽欣《でんしやゆうきん》 午《ひる》も懶眠《らんみん》す。
一九 漫水《まんすい》の羅紋《らもん》 陂《つつみ》は凍《こおり》を解《と》かし、
二〇 長空《ちようくう》の卵色《らんしよく》 野《の》に煙《けむり》を生《しよう》ず。
雨中《うちゆう》の元日《がんじつ》 常日《じようじつ》の如《ごと》く、
二一 酔裏《すいり》の高年《こうねん》は少年《しようねん》に似《に》たり。

元日雨

京官朝賀暁喧闐
田舎幽欣午懶眠
漫水羅紋陂解凍
長空卵色野生煙
雨中元日如常日
酔裏高年似少年

八 昔の事は何一つ跡をとどめず、あっという間に過ぎ去ったようだ。
九 はかないこの世はすべてこうだ。大いに飲み給え。 一〇 厄除けの登山を、来年はどの山でするだろうか。登高は陰暦九月九日、邪気を払うために丘に登り、茱萸(しゆゆ)を髪にさし、菊酒を飲む年中行事で、詩題にも用いる。

96 前編、巻六所収。享和三年(癸亥、一八〇三)、五十六歳夏の作。

一一 読みかけの書をそのままに、日中の暑さからのがれる。廃書は読書を中止すること。
一二 まき場の道は前が小高い岡に間近である。旄邱は前方が高く後方が低い岡。爾雅・釈丘に「前高旄丘、後高陵丘」とあり、詩経・旄丘・毛伝に「前高後下曰二旄丘一」とある。
一三 草刈り歌をうたいつつ、軽やかに笠をかぶった農夫が集まっている。糾笠とは詩経・良耜に「其笠伊糾」とあり、集伝に「糾然、笠之軽挙也」と見えるのに拠る。
一四 遠くからいく山越えて雷鳴が聞こえる。
一五 消えかかった虹の中を、鶴が飛んでゆく。
一六 だまったまま青桐の奥に立ち去った。

97 前編、巻七所収。享和四年(甲子、一八〇四、二月十一日改元、文化元年)、五十七歳元日の作。

一七 都の役人たちはみな参賀のために早朝からにぎわしいが。喧闐はやかましくさわぐこと。白居易・酔送三李二十常侍赴二鎮浙東一に「喧闐夙駕君脂レ轄」とある。
一八 いなかではひっそりと新春を賀し、昼までもなまけ寝のままでいる。幽欣は静かによろこぶこと。蘇軾・和下陶癸卯歳始春懐二古田舎一二首上に「果熟多二幽欣一」とある。
一九 堤の氷がとけて、たたえた池水にうすぎぬ

一 閭塾《りよじゆくざんじ》暫時 人学《ひとがく》より放《はな》たれ、
二 一尊《そん》の歓意《かんい》 転《うた》た悠然《ゆうぜん》たり。

98

兵庫《ひようご》の道中《どうちゆう》

三 暁霧《ぎようむ》 帆檣《はんしようあら》露はれ、
四 残星《ざんせい》 島樹《とうじゆ》に垂《た》る。
五 潮声《ちようせい》 雨意《うい》を含《ふく》み、
六 人語《じんご》 春熙《しゆんき》を帯《お》ぶ。
七 疎磬《そけい》 松王《まつおう》の寺《てら》、
八 荒田《こうでん》 楠子《なんし》の碑《ひ》。
九 旧都《きゆうと》 逸事《いつじ》多《おお》きも、
一〇 或《あるい》は老漁《ろうぎよ》の知《し》る有らん。

99

美《み》 濃《の》(二首、内一首)

一一 山河《さんが》 形勝《けいしよう》の地《ち》、
一二 林《はやし》は薄《せま》る 戦争《せんそう》の場《じよう》。

閭塾暫時人放学
一尊歓意転悠然

兵庫道中

暁霧帆檣露
残星島樹垂
潮声含雨意
人語帯春熙
疎磬松王寺
荒田楠子碑
旧都多逸事
或有老漁知

美濃

山河形勝地
林薄戦争場

のあやのような波紋がひろがり。 二〇 野原に煙が立ち昇って、大空は卵色にかすみがたなびく。長空は、李白・春日独酌に「長空去鳥没」とある。 二一 酔った年寄りはまるで子供だ。

一 村の寺子屋である簾塾もしばし勉学を休み。 二 一杯の樽酒に酔ったよろこびで、何ともゆったりした気持になる。

98 前編、巻七所収。享和四年(一八〇四)正月、五十七歳の作。この年、茶山は藩主阿部正精公に召され、従僕庄兵衛を伴って一月二十一日江戸に下った。以下、旅中の吟である。本集にはこの詩題の下に、「以下八十四首係二東遊客中所一レ得」という双行注が施されている。

三 朝霧の間から帆柱が現れ。 四 夜明けの星が島の梢にかすかにまたたいている。 五 うしおのひびきには雨気がこもり。 六 話し声には春ののどかな気分が漂う。春熙は、春の日の光。李嶠・人日侍宴に「鶯喜二春熙一弄欲レ嬌」とある。 七 松王ゆかりの来迎寺からは磬を打つ音がまばらに聞こえ。松王寺とは平清盛が築島の人柱になった従者松王小児(こでい・十七歳)の菩提を弔って建てたという浄土宗西山禅林寺派経島山来迎寺不断院(摂津名所図会八)。築島寺ともいい、現神戸市兵庫区島上町にある。磬は仏前に礼盤右側の磬架にかけ、勤行に用いる打楽器。 八 生田のわびしい田圃のほとりには、徳川光圀の建てた「嗚呼忠臣楠子之墓」が在る(→七三)。 九 福原の古都はかくれた話題も少なくないが。 一〇 ひょっとしたら、記録に載らぬ逸話や伝承を、かえって老漁夫が伝え聞いているかも知れない。

▽山陽評「穏秀之至」がある。

村落《そんらく》　堤《つつみ》　郭《かく》を為《な》し、
民居《みんきよ》　土《つち》　牀《しよう》を作《な》す。
一三両岐《りようき》　周道坦《しゆうどうたい》らかに、
一四千頃《せんけい》　偃豬荒《えんちよあ》る。
一五雄長《ゆうちよう》　今誰《いまたれ》か在《あ》る、
一六青燐《せいりん》　夜渺茫《よるびようぼう》たり。

100

岡崎《おかざき》

一七松間《しようかん》　鴟尾《しび》を指《さ》し、
城《しろ》は入《い》る　晩虹《ばんこう》の中《うち》。
一八駅馬《えきば》　橋声閙《きようせいかまびす》しく、
一九津楼《しんろう》　筏影叢《ばつえいむら》がる。
遥峰《ようほう》　大野《たいや》に低《ひく》く、
二〇平楚《へいそ》　長空《ちようくう》に迴《はる》かなり。
二一昭代《しようだい》　開基《かいき》の地《ち》、
二二山河《さんが》　鎮《とこし》へに鬱葱《うつそう》たり。

村落堤為郭
民居土作牀
両岐周道坦
千頃偃豬荒
雄長今誰在
青燐夜渺茫

岡崎

松間指鴟尾
城入晩虹中
駅馬橋声閙
津楼筏影叢
遥峰低大野
平楚迴長空
昭代開基地
山河鎮鬱葱

99　前編、巻七所収。享和四年(一八〇四)、五十七歳の作。一連の東遊吟である。一月二十五日、兵庫着。大坂より淀川を溯って入京。十年ぶりに中山言倫と再会し、五言詩を贈った。大津より「湖上」、そして「磨針嶺」の七絶がつづき、「美濃」は五律二首、本作はその二首目で、地名までは明記されてないが、不破郡青野ヶ原(現岐阜県大垣市)、なかんずく関ヶ原を重層的に詠んだものであろう。

一二 美濃の国は自然の地形が堅固で。形勝は地勢が要害なこと。史記・高祖本紀の索隠に「地形険固、故能勝ㇾ人也」とある。一三 分れ道は大路が平らに延び。周道は大道路。詩経・四牡の集伝に「周道、大路也」とある。中山道と北国街道の分岐をさす。一四 ひろびろとした田圃では、用水池もほったらかしで。千頃は田地の広いこと。頃は百畝。偃豬は、いぜき。周礼・地官の鄭玄注に「偃豬者、畜㆓流水㆒之陂也」とある。一五 当時の覇者も誰が今まで生存していようか。雄長は群雄の旗がしら。一六 鬼火は夜ごとかすかに燃えている。

100　前編、巻七所収。享和四年(一八〇四)、五十七歳の作。東遊吟の一。三河国岡崎(現愛知県岡崎市)は矢作川東岸に沿う東海道の宿駅で、この頃は本多氏五万石の城下であった。岡崎城は徳川氏の故郭であり、茶山は一入の感懐を催している。一七 松林を通して岡崎城のしゃちほこが望まれ。一八 宿場馬が矢作橋を渡るいななきもにぎやかで。一九 川畔の茶店にはいかだが多くもやっている。二〇 平らに見える林は大空のかなたに続いている。平楚は見下ろして平地のように続く木の茂り。高士奇・天禄識余上に「楚、叢木也、登ㇾ高望ㇾ遠、見㆓木杪㆒如㆓平地㆒、故云㆓平楚㆒」とある。

大《たい》 道《どう》 四首《しゅ》(内一首)

101 大道《たいどう》 二千里《せんり》、
行《ゆ》く行《ゆ》く 松樹《しょうじゅ》の間《かん》。
松樹《しょうじゅ》 長《とこし》へに青葱《せいそう》たり、
蹄輪《ていりん》 暫《しば》しも閑《しず》かならず。
一江都《こうと》は名利《めいり》の藪《そう》、
二幾人《いくにん》か意《い》を得《え》て還《かえ》らん。

常遊雑詩《じょうゆうざつし》 十九首《しゅ》(内二首)

102 前船《ぜんせん》は米《こめ》を運《はこ》び後船《こうせん》は薪《まき》、
三相《あ》ひ喚《よ》び相《あ》ひ鷹《おう》じて暁溆《ぎょうじょ》喧《かまびす》し。
別《べつ》に四筠籠《いんろう》の積《つ》むこと屋《おく》の如《ごと》き有り、
五白鱔《はくぜん》を載《の》せ将《も》つて都門《ともん》に向《むか》ふ。刀禰《とね》

○

103 孤篷《こほう》一夜《や》 清湾《せいわん》に杙《くい》す。

大道四首

大道二千里
行行松樹間
松樹長青葱
蹄輪不暫閑
江都名利藪
幾人得意還

常遊雑詩十九首

前船運米後船薪
相喚相鷹暁溆喧
別有筠籠積如屋
載将白鱔向都門 刀禰

○

孤篷一夜杙清湾

長空→八五頁注二〇。 二 岡崎こそ、現在の太平の基を開いた家康公発祥の地だ。 三 自然はいつまでも限りない精気をたたえつづけている。

101 前編、巻七所収。享和四年(一八〇四)、五十七歳の作。なお、茶山の江戸入りと前後して文化と改元されている。大道とは五街道のような主要交通路の意で、ここではもとより東海道をさしている。
一 江戸は社会的名声や実利追求を目的に集まる本場である。名利は名誉と利益。藪は淵藪。集中する所の意。
二 どれだけの人が栄誉や利得に満足して、この道を戻るだろうか。
▽山陽評「冷眼」がある。

102 前編、巻七所収。文化元年(甲子、一八〇四)五月、五十七歳の作。江戸小川町の福山藩上屋敷に逗留中の茶山は、常陸太田瑞龍山(現茨城県常陸太田市瑞竜町、水戸の北二二四キロメートル)の徳川光圀や朱舜水の墓碑参詣を志し、九日より二十一日まで、鎌谷(かまがや)・白井(しろい)・刀禰(とね)・利根川)・荒川(以上千葉県)、潮来(いたこ)・青塚・水戸・太田・西山・真鍋・牛来湖(牛久沼、以上茨城県)などを巡覧、「ひたちのミちの記」一巻(黄葉夕陽文庫蔵)と常遊雑詩、十九首をのこした。本作はそのうち刀禰と荒川(現千葉県佐原市佐原ニ)の各一首である。刀禰は底本ではこの詩の前の詩に付しているが、便宜ここへ記した。
三 船頭同士が声をかけ合って、水辺は朝からにぎやかだ。溆は水浦。 四 竹で編んだかご。
五 この地方より江戸へ出されるうなぎ。
▽はじめに「十余篇、亦常総風土記」との山陽の総評が付され、この作には「現前指点、便成二風調一、是劉賓客一派」との評がある。劉賓客は中

夢《ゆめ》は浄《きよ》し　風荷《ふうか》　露荻《ろてき》の間《かん》。
晨霧《しんむ》微茫《びぼう》として向背《こうはい》に迷《まよ》ふも、
六 双尖《そうせん》認《みと》め得《え》たり　筑波山《つくばさん》。　荒川《あらかわ》

栗山堂《りつざんどう》に会《かい》し、諸君《しよくん》と同《とも》に賦《ふ》す。
塩《えん》の字《じ》を分得《ぶんとく》す

104
客《きやく》を待《ま》ちて愁《うれ》ひ看《み》る　雨勢《うせい》の厳《きび》しきを、
坐《ざ》し来《きた》れば　午影《ごえい》　高簷《こうえん》に敞《たか》し。
七 野情《やじよう》幸《さいわ》ひに清流《せいりゆう》に顧《かえり》みられ、
八 狂態《きようたい》慚《は》づらくは爛酔《らんすい》に因《よ》りて添《そ》ふを。
九 鳥背《ちようはい》の海雲《かいうん》　遥《はる》かに絮《わた》を擘《さ》き、
一〇 松梢《しようしよう》の岳雪《がくせつ》　迥《はる》かに塩《しお》を堆《うずたか》くす。
一一 離居《りきよ》多日《たじつ》　天《てん》の西角《せいかく》、
一二 斯《こ》の境《きよう》祇《た》だ応《まさ》に夢《ゆめ》の甜《てん》なるに托《たく》すべし。

夢浄風荷露荻間
晨霧微茫迷向背
双尖認得筑波山　荒川

栗山堂会、同諸君賦。
分得塩字

待客愁看雨勢厳
坐来午影敞高簷
野情幸被清流顧
狂態慚因爛酔添
鳥背海雲遥擘絮
松梢岳雪迥堆塩
離居他日天西角
斯境秖応托夢甜

唐の劉禹錫のこと。竹枝詞の創始者とされる。

103　六 やっと男体・女体の峰が並ぶ筑波山の姿を見つけた。

104　前編、巻七所収。文化元年(一八〇四)七月十八日、五十七歳の作。幕府の儒員筆頭で、尾藤二洲・古賀精里とともに世に寛政の三博士と称せられる柴野栗山(一七三六―一八〇七)はこの年六十九歳。名は邦彦、字は彦輔、讃岐の人。故郷の八栗山(五剣山)に因み栗山と号した。阿波蜂須賀侯に仕えたが、天明八年(一七八八)松平定信に召され、出府して学政にたずさわり、天下の儒風を程朱の学に向かわしめた。

駿河台甲賀町橋爪(現東京都千代田区神田駿河台二丁目)の私邸栗山堂からは富士が遠望され、対岳楼とも呼ばれた。茶山はこの栗山堂の詩会で、韻を分って下平声十四塩を得た。この日の詩筵の盛んなる、三博士はじめ頼杏坪・倉成龍渚・岡田寒泉らが一堂に会したこと、黄葉夕陽文庫蔵、栗山堂餞筵詩画巻に詳らかである。

七 とりたてて風情もない眺めだが、きれいな流れには目が留まり。野情は田舎のひなびた味わい。野趣。白居易・早春西湖閑游に「野情遺ニ世累一、酔態任ニ天真一」とある。

八 ぶざまな振舞いはへべれけに酔ったからで、はずかしい。

九 飛ぶ鳥の背景には、遠く海辺の雲がまるで綿をちぎりさいたようにかかり。

一〇 松の梢越しに仰ぐ遠山の雪は、塩を積んだように真白だ。

一一 やがて江戸を離れ、西国に帰って暮らすからには。　一二 この思い出はまるで夢の甘さにもなぞらえられよう。甜は味わいのよいこと。

▽頷聯に「前聯其家常、毎レ拈如レ新」との山陽評がある。

105
箱根《はこね》

[一]山氛《さんぷん》雨《あめ》に和《わ》して暁《あかつき》冥冥《めいめい》たり。
乱石危橋《らんせききけよう》 歩《あゆ》みては且《ま》た停《とど》まる。
前隊《ぜんたい》已《すで》に高峻《こうしゆん》の処《ところ》に臨《のぞ》み、
仰《あお》ぎ看《み》る 炬火《きよか》 簇《むら》がりて星《ほし》の如《ごと》きを。

箱根

山氛和雨暁冥冥
乱石危橋歩且停
前隊已臨高峻処
仰看炬火簇如星

105 前編、巻七所収。文化元年(一八〇四)冬、五十七歳の作。江戸で親知と雅交を重ねた茶山は、冬十月十三日、福山藩主阿部正精公に従い江戸を出立、帰郷の途についた。
一 箱根山は雨まじりの雲気で、夜明けというのに真っ暗である。

白菅《しらすが》の道中《どうちゆう》。柴博士《しばはくし》を懐《おも》ふ有り 二首《しゆ》
(内一首)

106
[二]輿窓《よそう》に富山《ふざん》を顧《かえり》みれば、
富山《ふざん》 日々《ひび》漸《ようや》く遠《とお》し。
[三]然《しか》く日々《ひび》漸《ようや》く遠《とお》しと雖《いえど》も、
[四]時《とき》ありて半面《はんめん》を開《ひら》く。
[五]嗟《ああ》 我《わ》が念《おも》ふ所《ところ》の人《ひと》、
一別《べつ》より見《み》る可《べ》からざるを。

白菅道中。有懐柴博士二首

輿窓顧富山
富山日漸遠
雖然日漸遠
有時開半面
嗟我所念人
一別不可見

106 前編、巻七所収。文化元年(一八〇四)冬、五十七歳の作。東海道白須賀の宿(現静岡県湖西市)を通過中、江戸の柴野栗山に想いを馳せた作。
二 かごの窓越しに富士山を振り仰ぐと。
三 このように日増しに遠ざかって行くが、それでも。
四 富士山は時として姿の一部を現すこともあるが。
五 ああ、懐かしいあなた様は。
▽山陽評「雅錬之至」がある。

107

荘野《しようの》の道中《どうちゆう》

六徐行後《じよこうのち》に落《お》ちて独《ひと》り蹣跚《まんさん》。
七林杪《りんびよう》の斜陽《しやよう》　暮鳥還《ぼちようかえ》る。
八儀衛駸駸《ぎえいしんしん》として看《み》す看《みす》漸《よう》や遠《とお》く、
馬声遥《ばせいはる》かに万松《ばんしよう》の間《かん》に在《あ》り。

108

阿弥陀《あみだ》の道中《どうちゆう》

九牛谷林頭《ぎゆうこくりんとう》　片雨晴《へんうは》れ、
一〇麑川堤上《げいせんていじよう》　断虹横《だんこうよこ》たはる。
僕夫相《ぼくふあ》ひ賀《が》す　郷関《きようかん》の近《ちか》きを。
一一遥《はる》かに指《さ》す　天辺《てんぺん》　白鷺城《はくろじよう》。

109

新晴《しんせい》

一二梅霖我《ばいりんわれ》を悩《なや》ますこと二旬強《じゆんきよう》。
忽《たちま》ち喜《よろこ》ぶ　西窓《せいそう》に夕陽《せきよう》を納《おさ》むるを。
林密《はやしみつ》にして枝間《しかん》に雛羽《ひなは》ばたくを習《なら》ひ、

荘野道中

徐行落後独蹣跚
林杪斜陽暮鳥還
儀衛駸駸看漸遠
馬声遥在万松間

阿弥陀道中

牛谷林頭片雨晴
麑川堤上断虹横
僕夫相賀郷関近
遥指天辺白鷺城

新晴

梅霖悩我二旬強
忽喜西窓納夕陽
林密枝間雛習羽

107　前編、巻七所収。文化元年(一八〇四)冬、五十七歳の作。東海道庄野の宿(現三重県鈴鹿市)での作。庄野は四十五次目の宿場。歌川広重の東海道五拾三次「庄野」は、竹藪を背景に、風雨のつのる坂道を合羽や傘で凌ぎつつ行きなやむ旅人をとらえている。
六 のろのろ歩きからも落伍して、ふらふらよろける始末である。蹣跚はよろめき行きなやむさま。
七 林梢に落ちる夕陽のなかを、ねぐらに帰る鳥が飛んで行く。
八 警護の隊士はどんどん足早に進んで、見る見る遠ざかって行って。儀衛は護衛の侍。駸駸は馬が速く走るさまで、事がらが速かに進むこと。
▽山陽評「此与ニ箱根絶句一倍レ駕往来、人所レ未ニ道破一」がある。

108　前編、巻七所収。文化元年(一八〇四)冬、五十七歳の作。阿弥陀は播磨国印南郡にある山陽道の宿駅(現兵庫県高砂市阿弥陀町)で、もと北原(きたのはら)の宿と呼ばれていたが、阿弥陀如来を本尊とする遍照山時光寺が文永十年(一二七三)曾根よりこの地に移された際、旅客の結縁のため、阿弥陀の宿と改められた(播磨名所巡覧図会三)。本作、漸く郷貫も近くなった欣びがかくせない。
九 牛谷は印南郡北浜村牛谷(現高砂市北浜町牛谷で、市の西北部)。
一〇 加古川堤。麑はかのこ(鹿子)。
一一 はるか天空のかなたに望める姫路の白鷺城を指さしている。
▽山陽評「牛・麑・鷺、無心中映帯」がある。

109　前編、巻八所収。文化二年(乙丑、一八〇五)夏、五十八歳の作。
一二 さみだれ。梅雨。
▽山陽評「老杜絶句」がある。

苔乾《こけかわ》きて　石上《せきじょう》　蟻行《ありぎょう》を成《な》す。

松永《まつなが》。所見《しょけん》を書《しょ》す　二首《しゅ》

110
一遥雷遠電《ようらいえんでん》　黄昏《こうこん》ならんとす。
二九月江天《がっこうてん》　乍《たちま》ち過喧《かけん》。
底事《なにごと》ぞ　帰漁《きぎょ》　路《みち》を争《あらそ》ひて去《ゆ》くは、
雨声《うせい》已《すで》に隔渓《かくけい》の邨《むら》に到《いた》る。

○

111
三白虹《はくこう》　海《うみ》より出《い》でて塩田《えんでん》に跨《また》がる。
月《つき》は中天《ちゅうてん》に在《あ》りて夜皎然《よるこうぜん》たり。
四人《ひと》は道《い》ふ　明朝《みょうちょう》　当《まさ》に渡《と》を断《や》むべしと。
五須臾《しゅゆ》にして変《へん》じて黒蜿蜒《こくえんえん》と作《な》る。

妹《いもうと》の病《やまい》を問《と》ふ途中《とちゅう》の作《さく》

112
晩桜新《ばんおうあら》たに拆《ひら》き早桜《そうおう》は残《ざん》す。
終日林風《しゅうじつりんぷう》　吹《ふ》けども寒《さむ》からず。

苔乾石上蟻成行

松永。書所見二首

遥雷遠電欲黄昏
九月江天乍過喧
底事帰漁争路去
雨声已到隔渓邨

○

白虹出海跨塩田
月在中天夜皎然
人道明朝当断渡
須臾変作黒蜿蜒

問妹病途中作

晩桜新拆早桜残
終日林風吹不寒

110　前編、巻八所収。文化二年(一八〇五)秋、九月十七日の作。この月十五日に西山拙斎の次男復軒(孝恂、一七六〇—一八四〇)、当時四十六歳が茶山を訪れた。復軒、名は謹、儒医として浅野侯に仕え、故郷鴨方で開塾していた。十七日、茶山は復軒を伴って神辺を発ち、松永(現広島県福山市松永町)の高橋氏に宿した。夕頃とともに、荒れ気味だった晩秋の空は、一転下弦の月が昼のように明るく仰がれたが、再び険悪になった。翌日は茶山・復軒の竹原訪問となり、頼春水・春風・山陽ら頼家の人々と、その菩提寺照蓮寺に会した。

一遠くから稲光りとともに雷の音が聞こえて、たそがれ時に近付くと。

二九月の岸辺も空も、急に気温が高くなる。

111　三雨もあがり、白い虹が海から塩田へとかかっている。

四所の人が言うには、翌朝は渡し船が欠航するだろうと。

五やはり天候が急変して、黒雲が不気味に動き出した。蜿蜒は龍蛇などがうねうねと曲りくねって動くさま。曹植・九愁賦に「御二飛龍之蜿蜒一」とある。

112　前編、巻八所収。文化三年(丙寅、一八〇六)晩春、五十九歳の作。茶山には三妹あり、すぐの妹滝は明和三年(一七六六)十六歳で歿したが、下の二妹はチヨが備後国早戸村(現広島県福山市赤坂町早戸で、市の南西部)の井上源右衛門正信に、マツは備中国笠岡(現岡山県笠岡市)の河田浅右衛門政策に嫁し、マツは夫の歿後、備後国千田村(現福山市千田町で、市の北東部、神辺のすぐ南)の荒木市郎兵衛義矩に再嫁して、名もミツ、のち好(よ)と改めた。この作はいずれの見舞か定かでないが、以後重縁を結ぶにい

六一歳《さい》の佳時《かじ》 三二月《さんにがつ》、
人間《じんかん》幾《いく》たびか笑中《しょうちゅう》に看《み》るを得《え》ん。

丙寅《へいいん》四月中浣《がつちゅうかん》、備前《びぜん》の武景文《ぶけいぶん》 讃《さぬ》岐《き》の条鼎作《じょうていさく》と同《とも》に桃島《ももしま》の詩会《しかい》に赴《おもむ》く。途中《とちゅう》 事《こと》を記《しる》す 十首《しゅ》（内二首）

113
七沙《さ》鶻《こつ》横飛《おうひ》して遠汀《えんてい》に没《ぼっ》す。
八山容《さんよう》惨淡《さんたん》として水《みず》は清澄《せいちょう》。
九遥波《ようは》一道《どう》 金鱗《きんりん》閃《ひらめ》けども、
一〇島背《とうはい》知《し》らんや 月《つき》已《すで》に升《のぼ》るを。

○

114
一一宴闌《えんたけなわ》にして昏黒《こんこく》 藤蘿《とうら》より出《い》づ。
喜《よろこ》び見《み》る 潮頭《ちょうとう》 月色《げつしょく》の多《おお》きを。
一二我《わ》が艇《てい》未《いま》だ山影《さんえい》の裡《うち》を離《はな》れざるに、
一三前人《ぜんじん》已《すで》に自《おのず》から金波《きんぱ》に入《い》る。

一歳佳時三二月
人間幾得笑中看

丙寅四月中浣、同備前武景文讃岐条鼎作赴桃島詩会。途中記事十首

沙鶻横飛没遠汀
山容惨淡水清澄
遥波一道金鱗閃
島背知他月已升

○

宴闌昏黒出藤蘿
喜見潮頭月色多
我艇未離山影裡
前人已自入金波

たる親密度から推して、あるいは神辺からは距離のある井上チヨ方ではなかったか。
六 年間もっともいい時節は毎年二、三月だが。

113 前編、巻八所収。文化三年(一八〇六)四月十一日、五十九歳の作。この日、茶山は備前国和気郡北方村(現岡山県和気郡吉永町北方)の武元登登庵(一七六七―一八一八)と讃岐国出身の中条鼎作とを伴い、百島(ももしま)・同訓の桃字を当てて雅名とした)の詩会に赴いた。百島は備後国沼隈郡阿伏兎岬の西、田島・横島と鼎足状をなし、横島の北に当たり、周囲は二里三十二町。その西には加島が在る。現在は尾道市百島町で尾道よりフェリーが通うが、当時は松永より渡った。この二首は十首中の七、八両首で、海上詩筵の情景である。
七 砂浜にいるはやぶさが斜めに飛び去り、遠くのみぎわに見えなくなった。
八 山かげはうす暗く、海水はどこまでも澄みきっている。
九 海原はるかに一筋、金色のうろこがきらめいたが。
一〇 島かげではもはや月が昇ったことなどわかるものか。知他は知るだろうか。他は助字で俗語的表現。

114 一一 うたげも佳境に入った頃、日暮となり、船を島の藤かずらの茂みから漕ぎ出すと。
一二 わたしの船はまだ山かげの内を抜けきらないのに。
一三 先の船はもはや月に映えた波の中へと漕ぎ進む。

115

西林寺《さいりんじ》の詩会《しかい》。韻東《いんとう》を分得《ぶんとく》す

一備西《びせい》の蜑戸《たんこ》 舟《ふね》を使《つか》ふこと工《たく》みなり。
二維《こ》れ昔《むかし》 辺防《へんぼう》 数〻《しばしば》戎《じゆう》に即《つ》く。
三北《きた》は払《はら》ふ 三韓《かん》 荒塞《こうさい》の雪《ゆき》、
四南《みなみ》は衝《つ》く 百越《ひやくえつ》 瘴江《しようこう》の風《かぜ》。
五清朝《せいちよう》の習俗《しゆうぞく》 年〻《ねんねん》相《あ》ひ変《へん》じ、
僻地《へきち》の人文《じんぶん》 日〻《ひび》隆《りゆう》に向《むか》ふ。
誰《たれ》か料《はか》らん 僧房《そうぼう》 孤島《ことう》の裡《うち》、
時《とき》に吟酌《ぎんしやく》を将《も》つて詞雄《しゆう》を会《かい》せんとは。

備後《びんご》の島民《とうみん》善《よ》く舟《ふね》を操《あやつ》る。嘗《かつ》て屢〻《しばしば》六呉越《ごえつ》を侵《おか》し、七壬辰《じんしん》の役《えき》に募《ぼ》に応《おう》ずる者《もの》多《おお》し。今《いま》八西海《せいかい》の捕鰌《ほしゆう》備人《びじん》の多《おお》きに居《お》る。

西林寺詩会。分得韻東
備西蜑戸使舟工
維昔辺防数即戎
北払三韓荒塞雪
南衝百越瘴江風
清朝習俗年相変
僻地人文日向隆
誰料僧房孤島裡
時将吟酌会詞雄

備後島民善操舟。嘗屢侵呉越、壬辰之役多応募者。今西海捕鰌備人居多

伊沢《いざわ》澹父《たんぽ》の文筆峰《ぶんぴつぽう》に登《のぼ》るに次韻《じいん》す(二首、内一首)

次韻伊沢澹父登文筆峰

115 前編、巻八所収。文化三年(一八〇六)四月十二日、百島西林寺の詩会での作。西林寺は万松山と号し、曹洞宗の寺院。百島福田港より南行、島の中央部に在る。
一 備後地方の漁夫は操船がお手のものだ。
二 昔から瀬戸内水軍はたびたび西辺の防備に出陣の歴史がある。
三 北のかた朝鮮に出兵して、荒れたとりでの雪を振り払い。三韓は百済・高句麗・新羅。
四 中世には海賊(倭寇)として南シナ海の潮風をものともしなかった。百越は中国古代に浙江省南部から福建・広東・広西省方面の諸民族をいい、またその居住している地方をさす。瘴江は中国南方の毒気を含んだ流れ。
五 徳川幕府の文治政策は年々進め改められ。清朝は当代政権の美称。
六 中国の南方海上を暴れまわり。
七 文禄元年(一五九二)壬辰歳の朝鮮出兵軍にも多く志願した。
八 西の海で捕鯨にたずさわる者は、備後の漁師が大部分を占めている。鰌は海鰌で、せみくじら。
▽山陽評「律詩中之古詩」がある。

116 前編、巻八所収。文化四年(丁卯、一八〇七)春、六十歳の作。この年二月十八日、茶山宅は類焼に遭った。その前後に、茶山は伊沢蘭軒(一七七一—一八二九)より、かれが前年冬長崎奉行の曲淵景露に従って崎陽に遊び、愛宕山文筆峰に登った際の七絶を寄せられ、次韻詩二首を詠じた。
蘭軒、名は力信・信恬、字は君悌・澹甫、通称辞安、ほかに藙(かん)斎・蔨斎・都梁・笑仙・藐姑射(はこや)山人等の別号をもつ。父は備後福山侯の侍

九酔《よ》ひて空洋《くうよう》に対《たい》し絶巓《ぜってん》に踞《きょ》すれば、
一〇風帆《ふうはん》直《ただ》ちに尊前《そんぜん》に到《いた》らんとす。
傍人《ぼうじん》相《あ》ひ指《さ》して還《ま》た相《あ》ひ問《と》ふは、
一一底《なに》か是《これ》呉《ご》船《せん》　是《これ》越船《えつせん》なる。

117

元《がん》　日《じつ》

一二同胞《どうほう》　二人《ふたり》在《あ》り、
一三百歳《ひゃくさい》　六分《ぶ》過《す》ぐ。
一四楽事《らくじ》　相《あ》ひ及《およ》ぶを要《もと》むれども、
一五浮生《ふせい》　奈何《いか》なるに附《ふ》す。
一六満渠《まんきょ》　春水《しゅんすい》濁《にご》り、
一七四野《や》　午烟《ごえん》多《おお》し。
一八復《ま》た韶光《しょうこう》の至《いた》るに値《あ》ひ、
一九禽声《きんせい》　酔歌《すいか》に入《い》る。

酔対空洋踞絶巓
風帆直欲到尊前
傍人相指還相問
底是呉船是越船

元　日

同胞二人在
百歳六分過
楽事要相及
浮生附奈何
満渠春水濁
四野午烟多
復値韶光至
禽声入酔歌

医。蘭軒も福山侯に召されて侍医となり、儒官を兼ねた。

文筆峰は長崎の東南部、愛宕山合斗峰(どうとほう)で長崎十二景の一。標高二二〇メートル。眺望絶佳。長崎名勝図会二の上には「また文筆峰と名く。鎮治十二景の一なり。題して斗峰螺髻(とほうのらきつ)と云ふ。さらに奇巌あり、直立嶮峻なり、俗に竿石(さおいし)と呼ぶ。文筆の名の由て起る所なり」とある。

九 一杯機嫌で広い海を眺めながら、頂上にしゃがみ込むと。

一〇 帆船は風を受けて、すぐ酒樽の前まで近寄るように見える。

一一 どれが呉の船でどれが越の船だろうかと。呉は江蘇省、越は浙江省の古称。従っていずれが南京船か寧波船か、さらには福州船・廈門船・広州船かというほどの意。

117　前編、巻八所収。文化五年(戊辰、一八〇八)、六十一歳の元日の作。

一二 はらからは二人とも存命で。実妹チヨ、マツ(ミツ・好)をさす。

一三 わたしも今年は、百年という生涯の六割に当たる。

一四 楽しいことは実現したいと思うが。

一五 はかない人生はどうすることも出来ない。李白・春夜宴二桃李園一序に「浮生若レ夢、為レ歓幾何」とある。

一六 掘わり一杯に春の水は濁り。

一七 野原のあちこちでは真昼の霞が立ちこめる。

一八 再び新春の光景となったのを目の当りにし。韶光は春ののどかな景色。春光。

一九 鳥のさえずりが屠蘇のほろ酔い歌にまじり合う。

七夕《たなばた》 是《こ》の歳《とし》の春《はるに》二姪孫《てっそん》を喪《うしな》ふ。

118

一 細莎《さいさ》に晴露《せいろ》湿《うる》ほひ、
遠電《えんでん》 夜《や》郊《こう》涼《すず》し。
二 酔歩《すいほ》 聊《いささ》か適《かな》ふを為《な》すも、
憂心《ゆうしん》 竟《つい》に忘《わす》れず。
三 単孤《たんこ》 白傅《はくふ》を悲《かな》しみ、
四 付托《ふたく》 韓湘《かんしょう》に泣《な》く。
戸戸《ここ》 牛女《ぎゅうじょ》を迎《むか》へ、
村橋《そんきょう》 画燭《がしょく》の光《ひかり》。

七夕 是歳春喪二姪孫

細莎晴露湿
遠電夜郊涼
酔歩聊為適
憂心竟不忘
単孤悲白傅
付托泣韓湘
戸戸迎牛女
村橋画燭光

118 前編、巻八所収。文化六年(己巳、一八〇九)七月七日、六十二歳の作。茶山はこの春、弟松岡猶右衛門汝梗の遺児で茶山の養子になっていた万年(公寿・長作・養助)の子喜太郎(六歳)、菅二郎(二歳)兄弟を相次いで失った。かれらの母親は茶山の妹チヨの娘敬(きょう)で、茶山にとってはいずれにせよ「姪孫」であった。

なお、万年も文化八年(一八一一)七月二十九日、三十九歳で亡くなり、その前年文化七年に誕生した菅三、つまり本作で詠まれた亡姪孫たちの末弟が、のちにまた茶山の跡を継ぐことになる。

一 こまかなしば草は星空のもと、しっとりと露を帯び。莎は、はますげ。かやつりぐさ科の多年生草本。

二 ちどり足の散歩にすこしは心が満たせても。

三 ただひとりの生き残った自分は、白居易と同じく心を痛め。白傅とは白居易が開成初年六十五歳で太子小傅を拝命したことによる。その作、長恨歌の句「七月七日長生殿」云々よりの連想。

四 教導を託されたまたおい達を失い、韓湘のように仙術を使うすべもなく悲泣するばかりだ。韓湘は韓愈の従孫。道術に通じ仙人になったという。韓愈も三歳で孤児になっている。

▽山陽評「結末感傷欲レ絶」がある。

黄葉夕陽村舎詩《こうようせきようそんじゃし》 後編（抄）

119

鳴門《めいもん》 公翼《こうよく》 安道《あんどう》 重憲諸子《じゅうけんしょし》に寄《よ》す

五 渓禽磔磔《けいきんたくたく》として吟愁《ぎんしゅう》を喚《まね》き、
昨夜《さくや》閑潭《かんたん》 旧遊《きゅうゆう》を夢《ゆめ》む。
六 沙際《さい》の咲声《しょうせい》 人《ひと》 酒《さけ》を闘《たたか》はしめ、
波間《はかん》の舞影《ぶえい》 妓《ぎ》 舟《ふね》を方《なら》ぶ。
七 桃花《とうか》の岸上《がんじょう》 紅魚《こうぎょ》の市《いち》、
八 杜若《とじゃく》の橋辺《きょうへん》 翡翠《ひすい》の楼《ろう》。
九 楽事《らくじ》の都門《ともん》 春《はる》二月《がつ》、
一〇 誰《たれ》か能《よ》く首《こうべ》を回《めぐ》らして羊裘《ようきゅう》を問《と》はん。

寄鳴門公翼安道重憲諸子

渓禽磔磔喚吟愁
昨夜閑潭夢旧遊
沙際咲声人闘酒
波間舞影妓方舟
桃花岸上紅魚市
杜若橋辺翡翠楼
楽事都門春二月
誰能回首問羊裘

120

午《ご》 日《じつ》

一一 村園蕭瑟《そんえんしょうしつ》たり 麦寒《ばくかん》の天《てん》、

午　日

村園蕭瑟麦寒天

119 黄葉夕陽村舎詩後編、巻一所収。この作品は題詞にあるように、浪華混沌社の連中に寄せられているから、安永九年(一七八〇)三十三歳の四、五月の交、親しくかれらと雅交を重ねて以後の作であろう、とだけは類推できる。首聯の「夢二旧遊一」の語もうなずけようか。かつ最晩期限は岡魯庵(一七三七―八六)の歿年、天明六年(一七八六)十二月十八日という線が引かれる。

鳴門は混沌社の長老で、近江の出身。浪華鳴門橋畔に金物屋を営んでいた。公翼は岡魯庵で儒医。蒹葭堂日記・天明六年十二月十八日頭欄に「五ッ時岡氏物故」と注記されている。安道は梅花社長篠崎三島(一七三七―一八一三)。重憲は今井重憲で、字は子原、通称佐兵衛、斎藤町に住した詩人である(浪華郷友録・寛政二年版)。いずれも混沌社の盟友であった。

五 谷間の鳥の鳴き声が詩心をかきたてて。磔磔は鳥の声。蘇軾・往二富陽新城一李節推先行。三日留二風水洞一見レ待に「春山磔磔鳴二春禽一」とある。吟愁は詩を作りたい心。喩鳧・和二段学士南亭春日対一レ雨に「蘭閣客吟愁」とある。六 川原の笑い声は酒杯の重ねくらべで。七 桃が咲く岸辺では魚市で桜鯛が売られ。紅魚は鯛の異名で、青・緑などとの色彩の対語に頻用される。八 かきつばたの咲く橋のほとりには、かわせみ色の美しい楼閣が建っている。曾遊の夢の内容である。九 たのしさ一杯のここ京都は、いま春半ばで。一〇 京人の誰がわざわざ田舎にすっ込んだ自分をふり返ってくれるだろうか。懐しいのはあなたがた浪華の雅友だけだ。羊裘は羊の皮ごろもで、粗末な衣服のこと。隠者をさす。

120 後編、巻三所収。文化七年(庚午、一八一〇)、六十三歳の端午の作。午日は陰暦五月五日のこと。

一 首《こうべ》を回《めぐら》せば春韶《しゅんしょう》 已《すで》に渺然《びょうぜん》。
二 綵縷《さいる》端《はし》なくも午日《ごじつ》に逢《あ》ふも、
三 蒼顔《そうがん》誰《たれ》か得《え》ん 再《ふたた》び丁年《ていねん》なるを。
郭公《かっこう》鳴《な》く処《ところ》 斜陽《しゃよう》在《あ》り、
燕子《えんし》飛《と》ぶ辺《ほとり》 片雨《へんう》懸《かか》る。
四 児女《じじょ》何《いず》れの津《しん》にか競渡《きょうと》を看《み》る、
五 柳陰《りゅういん》の人語《じんご》 帰船《きせん》あり。

回首春韶已渺然
綵縷無端逢午日
蒼顔誰得再丁年
郭公鳴処斜陽在
燕子飛辺片雨懸
児女何津看競渡
柳陰人語有帰船

121
東都《とうと》石原君亮《いしはらくんりよう》 西湖《せいこ》の柳《やなぎ》を得《え》て
詩《し》を索《もと》む

六 曾《かつ》て西湖《せいこ》に在《あ》りて画船《がせん》を繫《つな》ぐ。
七 偶〻《たまたま》東武《とうぶ》に来《きた》りて金鞭《きんべん》を払《はら》ふ。
八 誰《たれ》か図《はか》らん 蘓小《そしょう》 墳前《ふんぜん》の影《かげ》、
九 近《ちか》く梅児《ばいじ》墓《ぼ》畔《はん》の烟《けぶり》に接《せつ》せんとは。

東都石原君亮得西湖柳
索詩
曾在西湖繫画船
偶来東武払金鞭
誰図蘓小墳前影
近接梅児墓畔烟

君亮《くんりよう》 子成《しせい》と同《とも》に賦《ふ》す。蘭字《らんじ》を分得《ぶんとく》す

同君亮子成賦。分得蘭字

二 田舎家の庭先はひっそりとして、熟した麦畑も肌寒い。麦寒は麦が実った頃の、季節外れの寒さ。

一 ふり返ると、美しかった春の景色はいまいずこで、もはや眺めるすべもない。 二 色鮮やかな薬玉(くすだま)はたまたま端午の節供を迎えるが。綵縷は美しく色どった糸筋。五月五日、邪気を払うため柱などにかけ、贈答にも用いる薬玉をさす。 三 年寄れば二度と壮年に戻れない。 四 女の子たちはどこの入江で競艇見物をしているだろうか。競渡は船のレースで端午の行事。荊楚歳時記に「五月五日競渡、俗為㆘屈原投㆓汨羅㆒日、傷㆓其死㆒、故並命㆓舟楫㆒、以拯㆖之」とある。 五 柳かげの人声は戻り船の人たちだ。
▽山陽評「頸聯工妙、然得㆓前後襯貼㆒、益見㆓其妙㆒」があり、春水評「趣」をも掲げる。

121 後編、巻三所収。文化七年(一八一〇)、六十三歳の九月十五日作。石原君亮は江戸の町医者で、長崎よりの帰途、中国浙江省西湖の柳をたずさえて立ち寄った。菅家往問録(黄葉夕陽文庫蔵)の庚午年の条に、「九月望　江戸草医石原柳菴　名公寅　字君亮」と見える人物である。来訪者自筆の署名録ゆえ、「草医」と謙称を用いている。 六 西湖畔では美しい遊覧船が係留された。画船は彩色を施した遊覧船。范成大・横塘に「細雨垂楊繫㆓画船㆒」とある。 七 はからずもわが江戸にもたらされて、しなやかな枝を垂れることになった。 八 まさか、西湖畔の蘇小小墓前に落していた柳影が。蘓小は南宋あるいは南斉の銭塘の名妓蘇小小で、西湖西泠橋畔にその墓がある。 九 このたびは江戸隅田川畔で梅若丸の塚の香煙にふれようとは。
▽北林評「全対、何其的切」、山陽評「新艶」、霞

122
六年遊興《ねんゆうきよう》して未《いま》だ全《まつた》く闌《らん》ならず。
一〇百里途迂《ひやくりみちとお》し　鶡冠《かつかん》を問《と》ふ。
囊裡《のうり》収《おさ》め来《きた》る　一一千海岳《せんかいがく》、
一二簿中添《ぼちゆうそ》へ得《え》たり　幾金蘭《いくきんらん》。
秋深《あきふか》くして南澗《なんかん》　禽声浄《きんせいきよ》く、
雨過《あめす》ぎて西山《せいざん》　木葉残《ぼくようそこな》はる。
一三陋壌何《ろうじよういず》れの郷《きよう》か勝覧《しようらん》に供《きよう》せん、
一四愚邱伴《ぐきゆうとも》あり　且《か》つ留歓《りゆうかん》せよ。

123
塙検校《はなわけんぎよう》に贈《おく》る
一五愧《は》づ　我《わ》が愚矇《ぐもう》　此の身《み》老《お》ゆるを、
聞《き》く　君《きみ》が明敏《めいびん》　群倫《ぐんりん》を絶《ぜつ》すと。
一六如今何《じよこんなん》ぞ限《かぎ》らん　心《こころ》に盲《もう》する者《もの》、
終古逢《しゆうこあ》ひ難《がた》し　具眼《ぐがん》の人《ひと》。
一七三長已《さんちようすで》に能《よ》く史局《しきよく》に参《さん》ず、
一八六同必《りくどうかなら》ずしも成均《せいきん》を問《と》はず。

六年遊興未全闌
百里迂途問鶡冠
囊裡収来千海岳
簿中添得幾金蘭
秋深南澗禽声浄
雨過西山木葉残
陋壌何郷供勝覧
愚邱有伴且留歓

贈塙検校
愧我愚矇老此身
聞君明敏絶群倫
如今何限盲心者
終古難逢具眼人
三長已能参史局
六同不必問成均

亭評「婉」があり、春水評「容易言、尽茶山手段」をも掲げる。

122　後編、巻三所収。文化七年(一八一〇)、六十三歳の作。長崎遊学より江戸へ帰る途次、茶山を訪れた町医者石原君亮(→三二)と、廉塾の都講を勤める頼山陽と三人で分韻し、茶山は蘭字(上平声十四寒韻)を得た。一〇 遠い道のりを、わざわざこんな貧乏儒者に足を運んで下さった。鶡冠はやまどりの羽で飾った冠で、隠者が用いた衣服。文選の劉峻・弁命論の呂向注に「鶡冠、貧賤之服也」とある。一一 海山の思い出。一二 交友録には数えきれないほど友人名を書き込んだ。金蘭は親しい交わり。易経・繫辞上に「二人同レ心、其利断レ金、同心之言、其臭如レ蘭」とある。一三 辺鄙な片田舎とて、どこにご案内してお目にかけようか。一四 いぶせき拙宅にはお相手が叶う者もいるゆえ、どうかごゆっくりくつろがれよ。愚邱は柳宗元が名づけた丘で、黄葉山下の廉塾をさす。

123　後編、巻三所収。文化七年(一八一〇)、六十三歳の作。塙検校は盲目の和学者塙保己一(一七四六—一八二一)。宝暦二年(一七五二)七歳で失明したが、非凡な資質をもって刻苦精進し、三十八歳の天明三年(一七八三)検校に進んでより、もっぱらその尊称で呼ばれた。茶山より二歳年長で、この年六十五歳。すでにその開設した和学講談所は幕府の公認機関として積極的な支援を受け、畢生の大事業群書類従の開版も着々進捗中で、文化五年(一八〇八)には六国史以後の史料の編纂を命じられた。一五 先生と異なり、わたくしは愚かで道理に暗いまま年寄ることが恥ずかしい。一六 現今、心の眼が見えぬ者はわたくし一人に限らない。一七 歴史家に必要な三条件を兼ね、官撰史料の編纂事業に携った。三長とは才智・

一 簡牘《かんとく》を購《か》ひ収《おさ》めて将《まさ》に棟《むね》に充《み》ちんとし、
二 竢《ま》ち看《み》る　伝経《でんけい》　素臣《そしん》に比《ひ》せんを。

124

子成《しせい》　将《まさ》に東行《とうこう》せんとす

三 僻処偏《へきしよひとえ》に悲《かな》しむ　歳月《さいげつ》の移《うつ》るを。
四 担簦千里《たんとうせんり》　親知《しんち》を訪《と》ふ。
由来上国《ゆらいじようこく》　才子《さいし》饒《おほ》し。
五 誰《たれ》か樊川《はんせん》に伴《ともな》うて水嬉《すいき》を作《な》さん。

125

早春雑詩《そうしゆんざつし》

六 鳥語《ちようご》　星暦《せいれき》を知《し》り、
風光《ふうこう》　野村《やそん》に入《い》る。
老《ろう》は偏《ひとえ》に歳《とし》の減《げん》ずるを嗟《なげ》き、
七 病《やまい》は且《しばら》く春《はる》の暄《けん》を喜《よろこ》ぶ。
八 残雪《ざんせつ》　遥岫《ようしゆう》に横《よこ》たはり、
浮陽《ふよう》　曠原《こうげん》に靄《あい》たり。

購収簡牘将充棟
竢看伝経比素臣

子成将東行

僻処偏悲歳月移
担簦千里訪親知
由来上国饒才子
誰伴樊川作水嬉

早春雑詩

鳥語知星暦
風光入野村
老偏嗟歳減
病且喜春暄
残雪横遥岫
浮陽靄曠原

学問・識見。唐書・劉知幾伝に真の歴史家が少い理由を問われ、「史有㆓三長㆒、才・学・識、世罕㆑兼㆑之、故史者少」と答えたとある。
一八 検校ではあるが、平曲の統轄など必ずしも問題としない。六同は十二の音律のうち陰の音。六呂(りくりよ)とも。成均は音楽の調子を整え教えること。周礼・春官・大司楽に「掌㆓成均之法㆒、以治㆓建国之学政㆒、而合㆓国之子弟㆒焉」とある。

一 書籍史料類を買い集めて天井まで届きそうで。和学講談所の蒐書をさす。
二 古典の講釈や調査研究の成果は大いに期待でき、それは左伝の著者左丘明に擬えられる。素臣は無位の臣の意で、孔子を素王、左丘明を素臣とする(杜預・左伝序)。

124 後編、巻三所収。文化八年(辛未、一八一一)閏二月、門生頼山陽の上洛を送る作。茶山六十四歳、山陽三十二歳。山陽は文化六年(一八〇九)大晦日に神辺に来り、廉塾の都講として留まること一年二ケ月、本年閏二月六日、塾生、三省なる者を伴い廉塾を後にした。この作は出立に先立って贈られたもの。三 片田舎。
四 遊学し仕官を求めること。簦は柄のある傘。
五 一体誰が晩唐の風流才子杜牧のような君と一緒に、舟遊びの楽しみができるだろうか。あなたの詩才に期待するところが大きいよ。樊川は杜牧の号。不羈の才人山陽を擬えた。

125 後編、巻三所収。文化八年(一八一一)、六十四歳の春浅い頃の作。
六 鳥のさえずりにも季節の推移を感じ。
七 病身にとって、いささか春暖がうれしい。
八 むら消えの雪は遠くの山頂に長々と残り。
九 冬中ずっと寝たままですごし。擁被は布団をまとうこと。范成大・十一月十二日枕上暁作に

九 冬《ふゆ》を経《ふ》るも常《つね》に被《ひ》を擁《よう》し、
一〇 此《こ》の日《ひ》始《はじ》めて園《えん》を窺《うかが》ふ。

126

画《え》に題《だい》す

漁人《ぎよじん》 相《あ》ひ喚《よ》び応《こた》へ、
四散《さん》して処《ところ》を知《し》らず。
愛《あい》し看《み》る 落後《らくご》の舟《ふね》、
一帆《ばん》 山《やま》に映《えい》じて去《さ》るを。

127

古賀博士《こがはくし》の対州《たいしゆう》に之《ゆ》きて韓使《かんし》を接伴《せつばん》するに、此《これ》を賦《ふ》して奉呈《ほうてい》す

一二 神山《しんざん》日《ひ》出《い》でて淑光《しゆくこう》紅《くれない》なり。
一三 波《なみ》は静《しず》かなり 星槎《せいさ》 一棹《とう》の風《かぜ》。
一四 自《おのず》から応酬《おうしゆう》秦宓《しんふく》が捷《はや》きこと有り、
一五 驚《おどろ》かず 辞令《じれい》 鄭僑《ていきよう》が工《たくみ》なるに。
両邦《りようほう》の盟好《めいこう》 千年《せんねん》旧《ふ》り、

経冬常擁被
此日始窺園

題画

漁人相喚応
四散不知処
愛看落後舟
一帆映山去

古賀博士之対州接伴韓使、賦此奉呈

神山日出淑光紅
波静星槎一棹風
自有応酬秦宓捷
不驚辞令鄭僑工
両邦盟好千年旧

「日高猶擁レ被」とある。
一〇 今日やっと庭に出てみた。

126 後編、巻三所収。文化八年(一八一一)、六十四歳の作。この画面には背景の山かげと一艘の帆船のみが描かれ、漁夫の人影は全く見かけない。起承二句は絵画という空間芸術作品の鑑賞に許された、時間性の付与という自由な営為である。 一一 もやい後れた孤舟。

127 後編、巻三所収。文化八年(一八一一)三月二十四日、六十四歳の作。十一代将軍徳川家斉の襲職を賀し来朝した朝鮮の李朝通信使(正使金履喬〔号竹里〕、副使李勉求〔号南霞〕)応接のため、対馬に赴く昌平黌儒官古賀精里(一七五〇―一八一七)一行を、茶山が神辺駅で出迎え、廉塾にいざなって贈った作。

一行は精里のほか、門弟草場佩川(くさばはいせん・一七八七―一八六七)、高津淄川(たかつしせん・一七八〇―一八六五)らで、精里は六十二歳であった。なお、今回の信使はこれまでの江戸参府の例と異なり、対馬で接待が行なわれた。精里の学識は韓使の称するところであったが、江戸時代十二回の来朝もこれが最後となった。

一二 本邦の蓬萊山から太陽が昇り、美しい春光は紅色である。 一三 穏やかな海をひと漕ぎして、信使の船が渡って来た。星槎は星や月のような光のある巨大ないかだ。尭帝がこれで四海を一周したという(拾遺記)。
一四 信使との詩文の贈答では、あなたはまるで秦宓が張温を感嘆させたように応対し。秦宓は蜀の人で呉の使者張温と天を論じ、その姓は劉、天子の姓も劉と即答して敬服させた(蜀志・秦宓伝)。
一五 応接の言葉遣いでは、鄭僑ほど巧みな信使にも立派に受け答えるだろう。鄭僑は宋人であ

一 四海車書《かいしやしよ》　幾国《いくくに》か同《ひと》しき。
二 擯介儼然《ひんかいげんぜん》　珠履《しゆり》の客《かく》、
三 恩意《おんい》を宣伝《せんでん》するは文雄《ぶんゆう》に在《あ》り。

病中暑甚《びようちゆうしよはなはだ》し。旧事《きゆうじ》を憶《おも》ひて作《つく》る
六首《しゆ》(内二首)

128
沙村柳《しやそんやなぎ》を栽《う》ゑて　緑陰多《りよくいんおお》し。
坐《ざ》して待《ま》つ　江天《こうてん》　午熱《ごねつ》の過《す》ぐるを。
晩《ばん》に漁童《ぎよどう》に伴《ともな》ひ撒網《さんもう》を看《み》れば、
半湾《はんわん》の蒲葉《ほよう》　軽波《けいは》に戦《そよ》ぐ。

○

129
暁《あかつき》野駅《やえき》を辞《じ》し山程《さんてい》に向《むか》ふ。
路《みち》を夾《はさ》んで麻畦《まけい》　露気清《ろききよ》し。
四 六月渓村《がつけいそん》　暑《あつ》さを知《し》らず。
五 青蘿墻下《せいらしようか》　虫声《ちゆうせい》あり。

四海車書幾国同
擯介儼然珠履客
宣伝恩意在文雄

病中暑甚。憶旧事而作六
首

沙村栽柳緑陰多
坐待江天午熱過
晩伴漁童看撒網
半湾蒲葉戦軽波

○

暁辞野駅向山程
夾路麻畦露気清
六月渓村不知暑
青蘿墻下有虫声

るが、あるいは鄭虔三絶(詩書画が絶妙)の称ある唐の鄭虔の誤りか。

一 世界中で同文同軌の国はいかほどあろうか。
二 盛装した韓客の接待に当たるあなた方は威儀堂々として。擯介は主客の間を取り持つ人。周旋者。珠履は真珠で飾った立派な靴。史記・春申君伝に「客三千余人、其上客皆躡二珠履一」とある。三 国家の恵みをはっきり伝え知らせることができるのは、文章力のすぐれたあなただ。
128 後編、巻三所収。文化八年(一八一一)晩夏、六十四歳の作。体調を崩し炎暑が一入応える中で、清涼の追憶の連作。
129 四 六月ともなれば谷間の村では、もう夏の暑さは去って。
五 青々と茂ったつたの垣根のもとでは、はやくも秋の虫が鳴いている。
130 後編、巻三所収。文化八年(一八一一)、六十四歳の秋冬の頃の作。白拍子で源義経の愛妾静御前が文治二年(一一八六)四月八日、義経の兄頼朝と北条政子夫妻の求めにより、鎌倉鶴岡八幡宮で舞った折、「しづやしづ賤のをだまき繰り返し昔を今になすよしもがな」「吉野山嶺の白雪踏み分けて入りにし人の跡ぞ恋しき」と思いのたけを歌った(吾妻鏡六、義経記六)。
静は舞妓磯の禅師の娘で舞の名手と伝えられ、この歌も謡曲「吉野静」や「二人静」などでは吉野の詠とされているが、茶山が題した図は、もとより本説通り鎌倉の鶴岡八幡宮社頭が描かれていた。わが国の詠史詩はこの頃より流行しはじめる。
六 気の毒に、頼朝夫妻の強要で、うわべの作り笑顔とうらはらに、本心は義経恋慕の情に凝り固まっている。心曲は心のすみずみ。詩経・秦

130

妓《ぎ》静《しずか》　鎌府《れんぷ》に舞《まい》を奏《そう》する図《ず》

六 舞袖翩躚《ぶしゅうへんせん》として　粉黛嬌《ふんたいなまめ》く。
七 憐《あわ》れむ可《べ》し　心曲《しんきょく》　笑中焦《しょうちゅうこが》るるを。
朱唇一闋《しゅしんいっけつ》　繅糸《そうし》の唱《しょう》、
八 補《おぎな》はず　当年《とうねん》　尺布《せきふ》の謡《よう》。

131

冬夜読書《とうやどくしょ》　探題《たんだい》、限韻《げんいん》

九 雪山堂《ゆきさんどう》を擁《よう》して樹影深《じゅえいふか》し。
檐鈴動《えんれいうご》かず　夜沈沈《よるちんちん》。
一〇 閑《しづか》に乱帙《らんちつ》を収《おさ》めて疑義《ぎぎ》を思《おも》へば、
一一 一穂《いっすい》の青燈《せいとう》　万古《ばんこ》の心《こころ》。

132

先妣《せんび》十七回忌祭《きさい》。郷例《きょうれい》に従《したが》ひて行香《ぎょうこう》し、涙餘《るいよ》に此れを賦《ふ》す　五首《しゅ》

旧夢茫茫《きゅうむぼうぼう》　十七春《しゅん》。
梅花細雨《ばいかさいう》　復《ま》た芳辰《ほうしん》。

妓静鎌府奏舞図

舞袖翩躚粉黛嬌
可憐心曲笑中焦
朱唇一闋繅糸唱
不補当年尺布謡

冬夜読書　探題、限韻

雪擁山堂樹影深
檐鈴不動夜沈沈
閑収乱帙思疑義
一穂青燈万古心

先妣十七回忌祭。従郷例行香、涙餘賦此五首

旧夢茫茫十七春
梅花細雨復芳辰

風・小戎に「乱二我心曲一」とある。七 赤く美しいくちびるから、「しづやしづ賤のをだまき繰り返し」と想夫の一首がもれるが。八 つづいて一言も、現在の兄弟不和を諷する歌をうたいつぐことはしなかった。尺布謡は漢の文帝の弟淮南王長が蜀に流謫され、絶食して死んだ時、人々が「一尺布、尚可レ縫、一斗粟、尚可レ舂、兄弟二人不レ能二相容一」とそしった故事(史記・淮南衡山伝)。

131　後編、巻三所収。文化八年(一八一一)冬、六十四歳の作。詩題を課題数点のうちより選び採り、押韻は定め通り下平声十二侵韻を踏んで詠んだ。題詠であるから、冬夜読書という詩題の本意本情に適うよう、詩思を凝らさなければならない。

九 雪をいただいた山は書斎を包み込み、冬樹のかげが濃く映っている。一〇 おもむろにとり散らかした書物を収め入れて、納得の行かぬ意義に思いを潜めると。一一 真直ぐな穂のようにともし火の光が青く燃え立って、そぞろ古えの聖賢の心に想い到ることだ。

132　後編、巻四所収。文化九年(壬申、一八一二)二月一日、母の十七回忌を修した時の作五首。茶山は父を亡くして六年目、寛政八年(一七九六)六十五歳の母佐藤氏半(はん)を失い、服喪してまる二年間詩作を絶った。いまや茶山自ら、亡母の年齢に達したのである。

頼春水が撰した「菅君室佐藤氏墓碣」には「事二三舅姑一、各得二其驩心一如レ一也」と良嫁ぶりが記され、語をついで「産二三男三女一、躬自鞠育、礼卿其長也」と賢母ぶりが称されている。

十七回忌には郷土の慣習に従い、香を黄葉山麓、帰(かえり)の網付谷(あみつけだに)に在る菅家墓域、両親合葬の墓前に供え、涙ながらに詩を作った。

[一]墳前稽顙《ふんぜんけいそう》して頭《かしら》全《まつた》く白《しろ》し。
[二]曾《かつ》て是れ懐中《かいちゅう》に乳《ち》を索《もと》めし人《ひと》。

○

133
[三]衰年《すいねん》一倍《ばい》 衰門《すいもん》を嘆《たん》ず。
鞠育何《きくいくいず》れの時《とき》か大恩《だいおん》を報《ほう》ぜん。
[四]四処《しょ》の田塍《でんしょう》 三処《しょ》は鬻《ひさ》ぎ、
六人《にん》の兄弟《けいてい》 二人《にん》のみ存《そん》す。

○

134
[五]史《し》を論《ろん》じて閑宵《かんしょう》 帳前《ちょうぜん》に侍《じ》す。
[六]毎《つね》に驚《おどろ》く 記性《きせい》 北堂《ほくどう》の堅《かた》きを。
[七]近《ちか》く邑乗《ゆうじょう》を修《おさ》め疎漏多《そろうおお》し。
泣《な》きて沈燈《ちんとう》に対《たい》して昔年《せきねん》を念《おも》ふ。

○

135
雨後《うご》の梅花《ばいか》 処処《しょしょ》に披《ひら》く。
[八]潘輿憶昔《はんよむかし》 屢ゝ追随《しばしばついずい》す。
花開《はなひら》き花落《はなお》ちて春旧《はるきゅう》の如《ごと》し。

墳前稽顙頭全白
曾是懐中索乳人

○

衰年一倍嘆衰門
鞠育何時報大恩
四処田塍三処鬻
六人兄弟二人存

○

論史閑宵侍帳前
毎驚記性北堂堅
近修邑乗多疎漏
泣対沈燈念昔年

○

雨後梅花処処披
潘輿憶昔屢追随
花開花落春如旧

一 墓前に深々とぬかづくわたくしの頭はまっ白だ。稽顙は坐って頭を地面につける重い礼式。
二 これが幼時母の懐に抱かれ、乳をさがし求めたあの赤ん坊の現在の姿なのだ。
▽春水評「吾亦墳前頭白人、一誦愴然」、山陽評「肺腑流出、而音節喈合、故解動レ人」がある。

133 三 年を取るとひとしお家運の衰えが嘆かれる。衰門はおちぶれた家。
四 四か所に在った田圃のうち、三ところは売却し。田塍は田のあぜ。説文に「稲田中畦埒也」とある。
▽春水評「咄、礼卿鮮レ族、属レ天也、以レ人則、府公召列二儒班一、四方之所二瞻仰一、曰二衰門一、可乎」がある。

134 五 歴史を話題に静かな宵、母上のお部屋の帳の前にひかえていると。
六 母上の記憶力が抜群であることに、いつも感心させられた。北堂は母のこと。主婦の居室は表座敷の北にあった。
七 不肖の子わたくしの編んだ地方史は、粗雑で遺漏だらけだ。邑乗は文化六年(一八〇九)四月完成の地誌、福山志料(三十五巻)をさすか。ほかに答問福山管内風俗(五巻)があった(茶山先生行状)。
▽山陽評「白傳遺音」がある。

135 八 思い返せば、母上には炊事中もお出かけの時もきっと付き従ったものだ。潘は米のとぎ汁。説文に「淅レ米汁也」とある。台所仕事をさす。

空《むな》しく墳前《ふんぜん》に向《むか》ひ一枝《し》を供《きよう》す。

○

136

九 動《やや》もすれば抗直《こうちよく》を将《も》つて尤冤《ゆうえん》を取《と》る。
一〇 指《ゆび》を咋《さく》して徒《いたずら》に慚《は》づ 慈訓《じくん》の言《げん》。
六十餘翁《よおう》 尚《な》ほ読《とく》に耽《ふけ》る。
一一 斯《こ》の心《こころ》聊《いささ》か幽魂《ゆうこん》を慰《なぐさ》む可《べ》し。

采茶図《さいちやず》。西山孝恂《にしやまこうじゆん》の索《もと》めに応《おう》ず 二首《しゆ》

137

一二 憶昔《おくせき》 閑遊《かんゆう》せし菟道《うじ》の河《かわ》。
行〻聞《ゆくゆくき》く 児女《じじよ》采茶《さいちや》の歌《うた》。
一三 当時《とうじ》洛《らく》に在《あ》りて声伎《せいぎ》を厭《いと》ふ。
一四 頗《すこぶ》る喜《よろこ》ぶ 傖儜《そうどう》 婬娃《いんあい》に勝《まさ》るを。
一五 近時《きんじ》茶社《ちやしや》 珍器《ちんき》を争《あらそ》ひ、
一六 狂捜衒売《きようそうげんばい》 妖魔《ようま》を逐《お》ふ。
一七 磁甌銅鼎《じおうどうてい》 皆遠物《みなえんぶつ》、

空向墳前供一枝

○

動将抗直取尤冤
咋指徒慚慈訓言
六十餘翁尚耽読
斯心聊可慰幽魂

采茶図。応西山孝恂索二
首

憶昔閑遊菟道河
行聞児女采茶歌
当時在洛厭声伎
頗喜傖儜勝婬娃
近時茶社争珍器
狂捜衒売逐妖魔
磁甌銅鼎皆遠物

▽山陽評「四句開合従容」、霞亭評「至性人、至性語」がある。

136 九 とかく剛毅不屈の性質から、無実のとがめだてを受けがちだ。

一〇 指をかんで、じっと母の教訓が守れなかったことを恥じ入る。

一一 この生涯勉学を怠らない心がけが、せめて母上の霊を慰めることになろうか。

▽山陽評「読至ㇾ此、使ニ人正ㇾ襟、起敬ニ」、および霞亭総評「毎章至情、感ㇾ人」がある。

137 後編、巻四所収。文化九年(一八一二)、六十五歳の作。宇治茶摘の図に題し茶道の流行を詠んだ七言古詩。西山孝恂については一二〇参照。茶山とは親しく、頻繁に往来している。この年、五十三歳。

一二 三十年も昔、壮年の頃京遊し宇治川を訪れた時。

一三 その頃わたくしは京住いで、色町の音曲をさけていたので。声伎は糸竹管絃のわざ。

一四 田舎のひなびた歌声の方が、艶っぽい美声よりも格段にすばらしかった。

一五 近頃は茶道の結社が互いに珍奇な茶道具を競い。

一六 客は掘出し物に目を血走らせ、道具屋は誇大な宣伝をして、ありもしない物を探し求める。

一七 磁製のかめや銅のかなえはすべて舶来物で。

一一器《きせんきん》千金　未《いま》だ誇《ほこ》るに足《た》らず。
二富児平日《ふうじへいじつ》　膴養《ぶよう》に饜《あ》き、
三蕭散翻《しようさんひるがえ》つて思《おも》ふ　碩人《せきじん》の薖《か》。
四鳩化《はとか》して鷹《たか》と為《な》り　目《め》仍《よ》りて赤《あか》し。
五却《かえ》りて幽事《ゆうじ》を把《と》りて驕奢《きようしや》を煽《あお》る。
六肯《あえ》て信《しん》ぜんや　郷党《きようとう》　飢《うえ》を阻《はば》む者《もの》。
七哨壺苦荈《しようこくせん》　亦《ま》た賒《しや》し難《がた》し。
吾《わ》が生愚陋《せいぐろう》にして村野《そんや》に安《やす》んず。
八蓑唱牧笛《さしようぼくてき》　楽《らく》も亦《ま》た多《おお》し。
九枯魚間《こぎよかん》に把《と》る　一壜《いちびん》の酒《さけ》。
一〇復《ま》た此の図《ず》を看《み》て長嗟《ちようさ》を発《はつ》す。

○

138

一一近時《きんじ》の茗讌《めいえん》　日《ひ》を追《お》つて熾《さかん》なり。
一二竹勺磁椀《ちくしやくじわん》　珍異《ちんい》を闘《たたか》はしむ。
正《まさ》に是れ工商《こうしよう》　金《きん》を攫《かく》する秋《とき》。
一三贋造姦鬻《がんぞうかんしゆく》　何《なん》の忌《い》む所《ところ》ぞ。

一器千金未足誇
富児平日饜膴養
蕭散翻思碩人薖
鳩化為鷹目仍赤
却把幽事煽驕奢
肯信郷党阻飢者
哨壺苦荈亦難賒
吾生愚陋安村野
蓑唱牧笛楽亦多
枯魚間把一壜酒
復看此図発長嗟

○

近時茗讌追日熾
竹勺磁椀闘珍異
正是工商攫金秋
贋造姦鬻何所忌

一 器具一つが千両もするほど高価でも、それが一般でさほど自慢にもならない。二 金持ちたちは日頃の贅沢三昧にあき。膴養は豊かな暮し。三 心静かになると、かえって立派な人は飢えるということに気付く。碩人薖は詩経・衛風・考槃の句で偉人の在り方を述べ、薖は伝に「寛大貌」、箋に「飢意」とあり、ここは後者を採る。四 おとなしい鳩が飢えた鷹に変身し、凶暴な目付きになる。五 静閑脱俗を目ざして、実は正反対な奢侈贅沢に走らせる結果になっている。六 到底信じられようか、辺鄙な所が飢餓を防ぐとは。郷党は村里のこと。七 小口径の茶入やにがい茶の葉もまた、飢えをあらかじめ買い取ることはできない。哨壺苦荈は口のつぼんだ茶入とにがい茶の老葉。八 蓑を着て漁し、牛馬を飼いながら歌い笛吹く暮しは、たのしみも一入である。九 干物をかじりながら、ひまにまかせて徳利の酒を傾ける。枯魚は乾ざかな。一〇 あらためてこの茶摘図に見入り、思わず嘆きの声を出すことだ。
▽前に山陽評「六如亦嘗有ニ此詩一、先生出三其所ニ未レ道、醒世之言、不レ譲ニ其旗槍一」、後に山陽評「両篇結繳処似レ少。茶事可レ恨」、および霞亭評「結語一一貼レ襯、似レ疎実密」がある。両篇とは同題の二首。

138　一一 近頃は茶会が日増しに流行してきた。茗とはおそ摘みの茶の葉、また茶の芽をいう。茗讌は煎・抹両方の茶会をさす。一二 茶杓や磁器茶碗についても、凝った珍しさを競っている。一三 にせ物造りや悪徳商人も、何の遠慮があろうか。姦鬻はずるい商人。一四 誰も本物の美しさはわからない。子都姣は礼儀にかなった人の美しさ。子都は古えの美人。姣は艶美な

一四 衆目識《しゅうもくし》らず 子都《しと》が姣《こう》を。
一五 纔《わず》かに能《よ》く鑑定《かんてい》すれば亦《ま》た富《とみ》を致《いた》す。 方味《ほうみ》の切《せつ》。
一六 雲漿瓊露《うんしょうけいろ》 固《もと》より清味《せいみ》。
一七 煎式点法《せんしきてんぽう》 俗事《ぞくじ》に非《あら》ず。
一八 斯《こ》の中豈《うちあ》に真賞《しんしょう》の存《そん》する無からんや。
一九 枉《むなし》く悲《かな》しむ 誇耀《こよう》 楽地《らくち》と為《な》るを。
二〇 曾《かつ》て茶天《さてん》に向《お》いて宇治《うじ》を過《す》ぐ。
二一 歌声采様《かせいさいよう》 風致《ふうち》を愛《あい》す。
二二 図《ず》を披《ひら》きて今将《いままさ》に茶神《ちゃしん》に問《と》はんとす。
二三 誰《たれ》か霊草《れいそう》を抛《なげう》つて児戯《じぎ》に供《きょう》す。」
二四 衛軒《えいけん》是れ僊禽《せんきん》の意《い》に非《あら》ず。
二五 秦封漫《しんほうみだ》りに髯叟《ぜんそう》の累《るい》を作《な》す。
始《はじめ》を原《たず》ぬるに何《いず》れの泉《いずみ》か清澄《せいちょう》ならざらん。
二六 流《なが》れて泥沙《でいさ》に混《こん》じて濁水《だくすい》と成《な》る。

衆目不識子都姣
纔能鑑定亦致富 方味切
雲漿瓊露固清味
煎式点法非俗事
斯中豈無真賞存
枉悲誇耀為楽地
曾向茶天過宇治
歌声采様愛風致
披図今将問茶神
誰抛霊草供児戯
衛軒非是僊禽意
秦封漫作髯叟累
原始何泉不清澄
流混泥沙成濁水

こと。詩経・鄭風・山有扶蘇の毛伝に「子都、世之美好者也」とある。また、孟子・告子上に「至ニ於子都一、天下莫レ不レ知ニ其姣一也」とあり、その趙岐注に「子都、古之姣好者也」と見える。
一五 ちょっと鑑定眼が利くだけで金持になれる。
一六 雲のように盛り上る濃茶や舌頭をころがるような玉露の味が、清雅なことは言うまでもない。
一七 煎茶の法式も抹茶の点前（てまえ）も煩しい俗世とは別世界だ。
一八 茶の作法そのものに本当の楽しみがなかろうか、存在する。
一九 いたずらに、うわべの華やかさが楽しみとなって嘆かわしい。
二〇 以前、茶摘時に産地宇治を通りすぎた。茶天は茶を製するに適した時節。
二一 茶摘歌や茶摘女のしぐさは、まことに趣深かった。
二二 いま、この茶摘図をながめ、茶神陸羽に質問しよう。茶神は茶経の著者、唐の陸羽。茶商があがめ祭って茶神とした（唐書一九六）。
二三 だれが一体精霊のこもった茶を、子供の遊び同然の茶道にさし出したのか。
二四 春秋時代、衛の懿公が鶴を寵愛し、大夫の秩禄を与えたことは間違っている。衛軒は衛の懿公の大夫の乗物。僊禽は鶴の異名。懿公が鶴を愛し淫楽に耽って身を亡ぼした故事（左伝・閔公二年）。
二五 秦の始皇帝が泰山に巡幸し、雨宿りした松に五位を授けた愚かさをかさねている。秦封は秦の始皇帝が泰山に封禅し、松に五位を授けた故事（史記・始皇本紀）。髯叟は松の異名。
二六 流れるうちに泥や砂がまじってにごり水になるのだ。茶道もまた同様である。
▽山陽評「有ニ後詩纔為レ茶出上批一」、北林評「二篇、関ニ係世教一」、霞亭評「一結另、是喚醒語、仍用ニ水泉清濁字一」、春水評「結末有レ趣」がある。

画《え》に題《だい》す

139 送梅《そうばい》 連夜《れんや》の雨《あめ》。
片時《へんじ》の晴《はれ》を望《のぞ》まず。
偶《たまたま》ゝ嘁鵑《ていけん》の処《ところ》を顧《かえり》みて、
雲端《うんたん》 月明《げつめい》を得《え》たり。

題　画

送梅連夜雨
不望片時晴
偶顧嘁鵑処
雲端得月明

139　後編、巻四所収。文化九年(一八一二)、六十五歳の作。梅雨晴れの夜空にほととぎすが一直線に飛び、雲間から月光が差している図に題した。

即《そく》　事《じ》　二首《しゅ》(内一首)

140 一垂楊影《すいようかげ》を交《まじ》へて前楹《ぜんえい》を掩《おお》ふ。
二下《した》に鳴渠《めいきょ》の徹底清《てっていきよ》める有り。
三童子《どうじ》 倦《う》み来《きた》りて閑《しず》かに硯《すずり》を洗《あら》へば、
四奔流《ほんりゅう》 手《て》に触《ふ》れて別《べつ》に声《こえ》を成《な》す。

即事二首

垂楊交影掩前楹
下有鳴渠徹底清
童子倦来閑洗硯
奔流触手別成声

140　後編、巻四所収。文化九年(一八一二)、六十五歳の夏、目前の眺めを詠じた作。
一しだれ柳の影が交錯しながら玄関の柱にかぶさっている。前楹は家の前の柱。李白・秋夕書懐に「霜松皓二前楹一」とある。楹は説文に「柱也」とある。

二下の溝に音立てて流れるせせらぎは、底が見えるまでに澄みきっている。

三塾童は手習いに疲れて、おもむろに硯を洗っていると。

四激しい流れが手にふれて、流れの音が変わった。
▽霞亭評「亦村舎真景」、山陽評「第二句、下有二清渠一、終日鳴、如何」、北林評「細思」がある。

宮敬哉《みやけいさい》 澱江納涼《でんこうのうりょう》の韻《いん》に和《わ》す

141 五長《ちょうきょうす》 橋《》 過《す》ぎ尽《つ》くして短橋懸《たんきょうかか》る。
六一島窮《とうきわ》まる辺《ほとり》 数島連《すうとうつら》なる。

和宮敬哉澱江納涼韻

長橋過尽短橋懸
一島窮辺数島連

141　後編、巻四所収。文化九年(一八一二)、六十五歳の作。宮敬哉なる人物の、淀川における納涼の詩に和韻した作。韻は下平声一先。宮敬哉は伝不明。宮は本姓を修した呼称かも知れない。澱江は淀川の中国風の呼び方。淀・澱とも去声十七霰韻で、音も同じ。作者壮年の頃の浪華来遊の想い出と重なっている。
五大橋をいくつも納涼船でくぐりおわると、また小橋が懸っている。

六中之島がつきるあたり、江の子島や九条島が続いている。

水底《すいてい》の銀河《ぎんが》　河上《かじよう》の舫《ふね》。
七涼《りよう》を追《お》つて人《ひと》は両重《りようちよう》の天《てん》に向《むか》ふ。

142

寒夜《かんや》福山《ふくやま》より帰《かえ》る

八夜路《やろ》　寒沍《かんご》を防《ふせ》ぎ、
九輿窓《よそう》　閉《と》ぢて開《ひら》かず。
一〇蕭条《しようじよう》　郭《かく》を出《いず》るを知《し》り、
一一馥郁《ふくいく》　梅《うめ》に逢《あ》ふを覚《おぼ》ゆ。
一二春相《しようそう》　村閭《そんりよ》過《す》ぎ、
一三鈴声《れいせい》　駅馬《えきば》来《きた》る。
一四家《いえ》に到《いた》りて人《ひと》未《いま》だ定《さだ》まらず。
一五燈影《とうえい》　金盃《きんぱい》より暖《あたた》かなり。

143

偶《ぐう》　成《せい》

一六城樹《じようじゆ》　鶯遷《おうせん》の日《ひ》、
一七渓村《けいそん》　獺祭《だつさい》の天《てん》。

水底銀河河上舫
追涼人向両重天

寒夜帰自福山

夜路防寒沍
輿窓閉不開
蕭条知出郭
馥郁覚逢梅
春相村閭過
鈴声駅馬来
到家人未定
燈影暖金盃

偶　成

城樹鶯遷日
渓村獺祭天

七 涼を求めて誰も皆、川面に重なり映る天空の上を漕ぎ進む。

142　後編、巻四所収。文化九年(一八一二)、六十五歳、冬の作。福山より神辺の廉塾まで、約二里の道のりをかごで帰った。冬の夜道は、終始かごの窓を閉じたままであった。
八 夜道とて、寒さにこごえぬため。寒沍は寒くてこおること。沍は集韻に「凍堅也」とある。
九 かごの窓も開けず仕舞である。輿はかご。こし。
一〇 もの静かになったので、福山の市街を出たことが分り。蕭条はもの静か、また、もの淋しいさま。淮南子・斉俗訓の注に「深静也」とある。
一一 かぐわしい香りで、梅花の存在を知った。馥郁はよい香りをあらわす畳韻の語。
一二 臼をつく気配は、村里を通りすぎたらしく。春は説文に「擣レ粟也」とある。
一三 鈴の音は宿駅の馬が近付いたのだ。
一四 わが家に着くと、まだ皆は寝しずまらず。
一五 ともし火のほかげは黄金の盃よりも暖かにかがやいている。
▽山陽評「知字覚字、精神流注、通レ体」、北林評「二聯輿中真況」がある。

143　後編、巻四所収。文化十年(癸酉、一八一三)春、六十六歳の作。
一六 街なかの木の枝へ、うぐいすが谷から飛び移る頃は。鶯遷はうぐいすが幽谷から出て枝移りすること。元好問・与二宗秀才一に「鶯遷二高樹一音容改」とある。
一七 谷間の村は、かわうそが捕った魚を陳列するような天候だ。獺祭は礼記・月令に「孟春之月…獺祭レ魚」とある。

一庭梅《ていばい》 頻《しき》りに雪《ゆき》を歴《へ》、
二沙柳《さりゅう》 已《すで》に烟《けぶり》を生《しょう》ず。
三同輩《どうはい》は仍《しき》りに才鬼《さいき》たるも、
四餘齢《よれい》は只酒仙《ただしゅせん》のみ。
五一樽《そん》 晴檻《せいかん》の午《ひる》、
六誰《たれ》と共《とも》にか新年《しんねん》を作《な》さん。

144

松永《まつなが》。開舟《かいしゅう》

七楼脚《ろうきゃく》に橈《かじ》を停《と》めて杙《くい》を用《もち》ゐず。
乗《の》り来《きた》りて未《いま》だ省《し》らず 是れ舟中《しゅうちゅう》なるを。
須臾《しゅゆ》に柁《かぢ》を捩《れい》して湾曲《わんきょく》を離《はな》る。
八篷窓《ほうそう》を掲起《けいき》すれば水空《みずそら》に接《せっ》す。

145

摂州《せっしゅう》の路上《ろじょう》

九長程路《ちょうていみち》に沿《そ》うて故人《こじん》饒《おお》し。
日日《ひび》吟觴《ぎんしょう》して餞《おく》り復《ま》た邀《むか》ふ。

庭梅頻歴雪
沙柳已生烟
同輩仍才鬼
餘齢只酒仙
一樽晴檻午
誰共作新年

松永。開舟

楼脚停橈不用杙
乗来未省是舟中
須臾捩柁離湾曲
掲起篷窓水接空

摂州路上

長程沿路故人饒
日日吟觴餞復邀

一 庭の梅花には雪がたえず降りかかり。
二 みぎわの柳ははや新芽をふいている。生烟は芽がけむるように萌え出ること。
三 仲間たちは誰も彼も詩文の才にたけているが。
四 わが老後の生きざまはもっぱら酒びたりだ。
五 酒樽を晴れた真昼の欄干のもとに据え。晴檻は晴れて明るいてすり、格子窓。
六 誰と一緒に新春をことほごうか。
▽山陽評「五字長城、誰能仰攻レ之」、霞亭評「妙品」とある。

144 後編、巻四所収。文化十年(一八一三)春、六十六歳の作。松永港より舟出した折の感懐。当時は陸路松永(現広島県福山市)へ出て、ここより瀬戸内へ航路が通じていた。開舟は出航の意。
七 船は高殿のもとに停泊するから、ともづなを繋ぐくいは不要である。
八 窓のとまをはね上げてみると、水面は遠く空に連なって、まさに海上である。
▽山陽評「非下住二江国一者上、不レ知二此詩之妙一」がある。

145 後編、巻五所収。文化十一年(甲戌、一八一四)、六十七歳の五月初旬の作。茶山は藩主阿部正精の命により、この年五月、門弟甲原玄寿・臼杵直卿(牧野黙庵)を伴って江戸へ出立した。前年八月には北条霞亭(一七八〇―一八二三)が廉塾の都講となり、三十余名の門人が在塾していたが、このたびの東行には右の両名が従った。本集後編巻五・六所収詩のほか、茶山自ら日記、東征歴(東遊暦)をのこし、臼杵直卿も多く詩を賦すなど、かなり詳細にその動静をうかがうことができる。これは五月十三日、摂州舞子より兵庫

行〻秧歌《ゆくゆくおうか》 音節《おんせつ》の異《こと》なれるを聴《き》き、
一〇始《はじ》めて知《し》る 桑梓《そうし》 已《すで》に遥遥《ようよう》なるを。

146
尼崎舟中即事《あまがさきしゅうちゅうそくじ》 三首《しゅ》(内二首)

一一小艇《しょうてい》 沙尾《さび》に膠《こう》し、
一二須臾《しゅゆ》 盪《うどか》せども行《ゆ》かず。
一三行《ゆ》かざるも亦《ま》た妨《さまた》げず、
岸《きし》を隔《へだ》てて箏声《そうせい》あり。

○

147
一四暑溆《しょじょ》 潮《しお》の生《しょう》ずること晩《おそ》く、
旱沙《かんさ》 両岸黄《りょうがんき》なり。
小籃《しょうらん》 誰《た》が氏《し》の女《じょ》ぞ、
蜆《しじみ》を漉《こ》す 水《みず》の中央《ちゅうおう》。

148
石場《いしば》の路上《ろじょう》

一五老翁《ろうおう》七十 何《なに》を求《もと》めんと欲《ほっ》す。

行聴秧歌音節異
始知桑梓已遥遥

尼崎舟中即事三首

小艇膠沙尾
須臾盪不行
不行亦不妨
隔岸有箏声

○

暑溆潮生晩
旱沙両岸黄
小籃誰氏女
漉蜆水中央

石場路上

老翁七十欲何求

に向う途中の吟。
九 長い街道筋には、あちこちに昔馴染みが多い。
一〇 今さらのように、故郷がもはや遠のいたことを知った。桑梓は故郷。
▽山陽評「人人意到、筆不㆑到㆓於此㆒」がある。

146 後編、巻五所収。文化十一年(一八二四)、六十七歳の五月、東上途次、前作に続く十三日の作。作者一行は尼崎より船で浪華に向った。
一一 出港した小舟はあいにく浅瀬に乗り上げて。沙尾は水中砂が盛り上った所。膠はにかわで接着したように、座礁して動けないこと。
一二 しばらくの間。
一三 動かなくても、まあ、よかろう。
▽山陽評「摂港景境、描写在」とある。

147 一四 夏の浜辺はいつまでも潮が干たままで。暑溆は夏の日盛りの浦。溆は説文新附攷に「水浦也」とある。

148 後編、巻五所収。文化十一年(一八二四)、六十七歳の五月、作者一行は在洛二日の後、二十日、鳥部山の弟恥庵の墓参をすませ、午後京を発って大津に一泊、翌二十一日、水口に向った。石場は大津の宿場(現大津市石場)。本作はその途上の感慨と追懐の吟。
一五 七十近い年寄りの身で、一体何がほしくて旅に出たのか。

復《ま》た沈痾《ちんあ》を載《の》せて武州《ぶしゆう》に向《む》かふ。
憶昔《おくせき》 閑行《かんこう》し曾《かつ》て此《ここ》に宿《しゆく》せしを。
一芭蕉墓畔《ばしようぼはん》の小湖楼《しようころう》。

149

茗水即事《めいすいそくじ》(二首、内一首)

林頭《りんとう》 月走《つきはし》り夜雲《やうん》忙《せわ》し。
数店《すてん》の燈毬《とうきゆう》 閃閃《せんせん》たる光《ひかり》。
茗水橋辺《めいすいきようへん》 行客《こうきやく》少《まれ》なり。
満街《まんがい》の風露《ふうろ》 新涼《しんりよう》を進《すす》む。

余《よ》 亀田鵬斎《かめだぼうさい》と未《いま》だ始《はじ》めは相《あ》ひ識《し》らざりき。鹿谷山人《ろくこくさんじん》の百川楼寿筵《ひやくせんろうじゆえん》に余《よ》後《おく》れて往《ゆ》く。鵬斎既《ぼうさいすで》に酔《よい》て還《かえ》る。適ゝ街上《たまたまがいじよう》に逢《あ》ひ、猝《にわか》に余《よ》を要《よう》して曰《いわ》く、「子《し》は菅太中《かんたちゆう》に非《あら》ずや。身《み》は鵬斎《ぼうさい》なり」と。遂《つい》に余《よ》の手《て》を牽《ひ》き、再《ふたた》び筵《えん》に上《のぼ》り歓甚《かんはなはだ》し。志人条子《しじんじようし》

復載沈痾向武州
憶昔閑行曾宿此
芭蕉墓畔小湖楼

茗水即事

林頭月走夜雲忙
数店燈毬閃閃光
茗水橋辺行客少
満街風露進新涼

余与亀田鵬斎未始相識。鹿谷山人百川楼寿筵余後往。鵬斎既酔而還。適逢于街上、猝要余曰、子非菅太中乎。身鵬斎也。遂牽余手、再上筵歓甚。志

一そこは松尾芭蕉の墳墓近くの、琵琶湖に臨んだ小楼だった。芭蕉の墓は石場のすぐ南、粟津(現大津市粟津町)の義仲寺にある。
▽霞亭評「意中之語、少三人知一道」がある。

149 後編、巻五所収。文化十一年(一八一四)、六十七歳の八月十六日、在府中、中村圃公とお茶の水で十六夜の月待ちをした折の作。作者は前の夜、圃公との月見の約も、この日の狩谷棭斎別荘での集会も雨のため果せず、本郷に伊沢蘭軒を見舞い、その帰途再度月を賞でようとしたことが、本作同題の一首目の分注で判る。

150 後編、巻五所収。文化十一年(一八一四)、六十七歳の九月二十日の出来事を詠んだ作。江戸滞留三ケ月余の作者は、この日、日本橋百川楼の勝田鹿谷(一七七七―一八四九)主催書画会の寿宴に後れて赴く途中、すでに酔後帰途の亀田鵬斎(一七五二―一八二六)に初めて出会った。
鹿谷、名は済、字は寧卿、九一郎と称した。讃岐丸亀の人。江戸に出て井上四明に学び、鵬斎はじめ大田南畝・大窪詩仏・菊池五山等と交わった。
鵬斎、名は長興、字は図南・公龍・穉龍、文左衛門と称した。堂号を善身堂という。江戸神田の人。父は鼈甲商長門屋の番頭であった。折衷派の井上金峨に学び、市中に開塾、転居を重ね、この頃は下谷金杉中村に住した。寛政異学の禁に同ぜず、五鬼の筆頭と目され、下町儒者とし

150

譲《じよう》　鵬斎《ぼうさい》と善《よ》し。時《とき》に余《よ》が家《いえ》を留守《るす》し、
二千里《せんり》の外《ほか》に在《あ》り。因《よ》りて異事《いじ》を報《ほう》ぜん
と欲《ほつ》して此《これ》を賦《ふ》し、併《あわ》せて鵬斎《ぼうさい》に呈《てい》し、
一詩《し》を索《もと》めて同《とも》に往《おく》る。

二 陌上憧憧《はくじようとうとう》　人馬《じんば》の間《かん》。
瞥見《べつけん》して余《よ》を知《し》る　定《さだ》めて何《なん》の縁《えん》ぞ。
三 明鑑却《めいかんかえ》つて勝《まさ》れり　褚季野《ちよきや》、
四 歴相始《れきそうはじ》めて孟万年《もうまんねん》を得《う》るに。
手《て》を挐《つか》み筵《えん》に入《い》り奇遇《きぐう》を誇《ほこ》る。
満堂目《まんどうめ》を属《しよく》し共《とも》に歓然《かんぜん》。
五 儒俠《じゆきよう》の名《な》　旧《もと》より耳《みみ》に在《あ》り。
六 草卒深《そうそつふか》く忻《よろこ》ぶ　宿攀《しゆくはん》を遂《と》ぐるを。
七 吾《わ》が郷《きよう》に客《かく》あり　君《きみ》と善《よ》し。
遥《はる》かに知《し》る　我《われ》を思《おも》ひ復《ま》た君《きみ》を思《おも》ふを。
余《よ》一書《しよ》して斯《こ》の事《こと》を報《ほう》ぜんとす。
八 空函君《くうかんきみ》に乞《こ》うて瑶篇《ようへん》を附《ふ》せしむ。

人条子譲与鵬斎善。時留
守余家、在二千里外。因
欲報異事賦此、併呈鵬斎、
索一詩同往

陌上憧憧人馬間
瞥見知余定何縁
明鑑却勝褚季野
歴相始得孟万年
挐手入筵誇奇遇
満堂属目共歓然
儒俠之名旧在耳
草卒深忻遂宿攀
吾郷有客与君善
遥知思我復思君
余将一書報斯事
空函乞君附瑶篇

て名声を得た。詩文を善くし、酒を愛し、唐の懐素張りの草書や文人画ものこした。
かねて茶山の名声を知悉していた鵬斎は、茶山と見るや、酔顔初対面の挨拶もそこそこに茶山を擁し、再び鹿谷の宴に参じて歓を尽した。前年より廉塾の都講をつとめる志摩的矢出身の北条霞亭は、かつて江戸でこの鵬斎宅に寄寓し、湯島の聖堂で学んだ仲であった。当時、茶山の江戸入府中は、廉塾塾頭として遠く神辺で留守を守っていた。そこで茶山は、この奇しきめぐり会いを知らせようとこの七古一詩を賦し、また鵬斎にも贈って、その応酬作を一緒に霞亭のもとに届けるつもりである、と述べている。

二 人馬の往来がひっきりなしの街頭で。陌上は街路のほとり。憧憧は易経・咸に「憧憧往来」とあり、集韻に「往来不レ絶皃」とある。

三 人を見る明であなたは、むしろ褚季野に。

四 順に人相を見て、やっと非凡な孟万年を言い当てたことよりもすぐれている。褚季野は晋の褚裒(ちよほう)。心の中で人を正しく褒貶した。孟万年は晋の孟嘉。風に帽子を落されたが、あわてず応酬の文を作った。

五 鵬斎が俠気のある儒者との評判。

六 たまたま江戸に出て来て、年来の思慕がかなえられたことはとてもうれしい。宿攀はまえまえから頼り慕う気持。蘇軾・次二韻道潜留別一に「故就二高人一断二宿攀一」とある。

七 わが故郷神辺に他国からの来客が逗留していて、その客人はあなたとも親しい。北条霞亭をさす。

八 空に等しい封筒には、同封用にあなたに名吟をあつらえる次第だ。

▽山陽評「手滑筆錬、其滑可レ学、其錬不レ可レ学」とある。

151

谷写山《たにしやざん》に簡《かん》す 文晁《ぶんちよう》

一 君将《きみまさ》に吾《われ》を餞《はなむけ》せんとし来《きた》りて期《き》を請《こ》ふ。
吾《われ》も亦《ま》た乞《こ》ふこと有りて試《こころ》みに詩《し》を題《だい》す。
時情画《じじようえ》を尚《とうと》び画《が》手《しゅ》を重《おも》んず。
二 都《と》鄙《ひ》其の徒《と》 日《ひ》ゞ《び》に繁滋《はんじ》。
三 南北標榜《なんぼくひようぼう》 声価《せいか》を張《は》り、
工《こう》と無く拙《せつ》と無く各ゞ《おのおの》矜持《きようじ》す。
四 栗翁君《りつおうきみ》を愛《あい》し屢ゞ《しばしば》項《こう》を説《と》く。
脱洒《だつしや》独《ひと》り世《よ》と背馳《はいち》すと。
五 当時《とうじ》君《きみ》に見《まみ》ゆること 三五次《さんごじ》。
六 吾《わ》が眼《まなこ》巨《きよ》ならず 心《こころ》尚《な》ほ疑《うたが》ふ。
再遊《さいゆう》して君《きみ》と頻《しき》りに来往《らいおう》し、
始《はじ》めて知《し》る 栗翁《りつおう》 我《われ》を欺《あざむ》かざるを。
七 憶昔《おくせき》 対岳楼上《たいがくろうじよう》の宴《えん》。
八 君《きみ》兎毫《とごう》を舐《な》め客巵《かくし》を伝《つた》ふ。

簡谷写山 文晁

君将餞吾来請期
吾亦有乞試題詩
時情尚画重画手
都鄙其徒日繁滋
南北標榜張声価
無工無拙各矜持
栗翁愛君屢説項
脱洒独与世背馳
当時見君三五次
吾眼不巨心尚疑
再遊与君頻来往
始知栗翁不我欺
憶昔対岳楼上宴
君舐兎毫客伝巵

151 後編、巻六所収。文化十二年(乙亥、一八一五)、六十八歳の春の作。文化元年より十年ぶりの江戸再遊中、茶山は初めて当地江戸で春を迎えた。そしてその二月二十六日、帰郷の旅立ちとなるが、その間江府での文人墨客との交歓は寧日なき有様で、相互親睦の実を挙げるに十分であった。谷写山(一七六三―一八四〇)、すなわち文晁とはすでに先の江戸下向以来の知己で、柴野栗山が両者を引き合わせたことは、本作でも触れている。栗山との関係は、前編巻七所収「栗山堂会同㆓諸君㆒賦分㆓得塩字㆒」七律(→一〇四)。
江戸出立も間近の茶山は連日送別の宴が続いたが、旧知文晁よりの申し出を受け、栗山を介しての交情を追懐し一書を裁したのであろう。
ちなみに、文晁画「対岳楼宴集当日真景図」(黄葉夕陽文庫蔵、広島県立歴史博物館寄託)では、西方の富岳を眺めながら書画の揮洒、宴飲、琵琶の独弾など、中国服姿の主客十数名、接待役十数名がおのがじし集い楽しんでいる。

一 あなたはわたくしを餞別しようと、こちらの都合をたずねた。
二 都会でも地方でも、絵かきが日増しにふえる。
三 あちこちに作品を掲げて人気を得ようとし。
四 栗山先生はあなたを高く評価し、しきりに引き立てようとされた。説項は項斯を説く、つまり後輩を引き立てること。唐の楊敬之が逢う人ごとに項斯の人物のすぐれていることを説き、それが的中していた故事(唐詩紀事)。
五 その頃、時々あなたにお目にかかったことがあったが。
六 わたくしの人を見抜く眼は狭小で、本心からは栗山先生の言を信じなかった。
七 以前江戸に下った時、見晴らしの絶佳な対岳楼での宴集で。

九十年《ねん》群哲《ぐんてつ》　尽《ことごと》く星散《せいさん》し、
但《ただ》君《きみ》能《よ》く旧時《きゅうじ》を談《だん》ずる有るのみ。」
一〇岳雪《がくせつ》玲瓏《れいろう》として天半《てんぱん》に聳《そび》え、
岳雲《がくうん》縹緲《ひょうびょう》として海面《かいめん》に横《よこた》ふ。
雪色《せつしょく》雲容《うんよう》　変更《へんこう》なし。
一一長《とこし》へに懸《か》く　人間《じんかん》　別離《べつり》の嘆《なげき》。
一二願《ねが》はくは此の雪《ゆき》と此の雲《くも》とを貌《ばく》し、
一三以《もっ》て清歌《せいか》と珍膳《ちんぜん》とに代《か》へよ。
帰後《きご》君《きみ》を憶《おも》ひ栗翁《りつおう》を憶《おも》ふとき、
一四時《とき》に出《いだ》して巻舒《けんじょ》して幽恨《ゆうこん》を慰《い》せん。

152

暁《あかつき》に由井《ゆい》を発《はっ》す

一五大洋《たいよう》の濤勢《とうせい》は　響《ひびき》鼕鼕《とうとう》たり。
雨気《うき》虚《きょ》を蒸《じょう》して未《いま》だ風《かぜ》を起《おこ》さず。
一六路《みち》は薩陀《さった》に至《いた》り残睡《ざんすい》醒《さ》む。
一七三椏《さんあ》花《か》は白《しろ》し　曙嵐《しょらん》の中《うち》。

十年群哲尽星散
但有君能談旧時
岳雪玲瓏聳天半
岳雲縹緲横海面
雪色雲容無変更
長懸人間別離嘆
願貌此雪将此雲
以代清歌与珍膳
帰後憶君憶栗翁
時出巻舒慰幽恨

暁発由井

大洋濤勢響鼕鼕
雨気蒸虚未起風
路至薩陀残睡醒
三椏花白曙嵐中

八 あなたは画筆を揮い、来客は杯を回した。文化元年七月十八日、文晁は栗山堂対岳楼での雅宴で富士山を描いた。
九 柴野栗山は文化四年に亡くなり、同席した岩瀬華沼は文化七年、尾藤二洲も文化十年、それぞれ世を去っている。
一〇 雪を頂いた富士山。
一一 いつまでもこの世での別れの悲しみをたたえている。
一二 どうか、この雪とこの雲とを画に描いて。
一三 その画をもって、わたくしの送別会での心をこめた歌と御馳走代りにして下さい。
一四 時折はあなたの画をとり出しひろげて、栗山や写山との深い別離の恨みをなぐさめようと思う。巻舒はまきのばしすること。ここは舒が主。
▽霞亭評「将㆑賛㆓写山㆒、先引㆓栗翁㆒、以㆑賓襯㆑主也、以下俯㆓仰古今㆒之感、皆自㆓栗翁㆒及也、末復結以㆓二人㆒、真一写㆓両枝㆒之伎」、山陽評「扯㆓栗翁㆒伴㆑講而帰、到㆓文晁㆒忽換㆑韻、放開竟復把㆓両人㆒双収、章法自如」がある。
152 後編、巻六所収。文化十二年(一八一五)、六十八歳の三月二日、帰郷途次の作。同行者は江原与平・甲原玄寿・臼杵直卿で、途中程ヶ谷で先発の竹田器甫・河崎敬軒と落ち合った。
一五 駿河湾の荒波は、まるで太鼓のようにひびいている。
一六 かごは薩陀峠にさしかかって、やっと眠気がすっかりさめた。薩陀峠は由比と興津の間にある東海道の難所。一七 みつまたの花。
▽山陽評「直書、触目乃成㆓佳妙㆒」、霞亭評「阮亭西風尽日濛濛雨、開遍空山白芨花、詩境相肖、渠自謂、白芨人未㆑経㆑道、余亦曰、三椏入㆑詩、自㆓先生㆒始」がある。阮亭とは清の王漁洋。

遠州《えんしゅう》の途上《とじょう》

153
一 海駅《かいえき》の春光《しゅんこう》 已《すで》に落花《らっか》。
只聞《ただき》く 終日《しゅうじつ》 馬蹄《ばてい》の譁《かまびす》しきを。
路傍《ろぼう》の数樹《すうじゅ》 誰《たれ》か相《あ》ひ賞《しょう》せん。
二 乱点《らんてん》す 行人《こうじん》の竹笨車《ちくほんしゃ》。

所《しょ》 見《けん》

154
三 九月新橦《がつしんとう》 始《はじ》めて衣《い》を授《じゅ》し、
好《この》んで晴日《せいじつ》を追《お》ひ荊扉《けいひ》四を出《い》づ。
沙《すな》は細草《さいそう》を埋《うづ》め 秋川小《しゅうせんわず》かに、
漲《ちょう》は退《しりぞ》きて低田《ていでん》 晩稲肥《ばんとうこ》ゆ。
四野風《やかぜ》なく 烟直《けぶりすぐ》に上《のぼ》る。
孤亭客《こていかく》あり 鳥回飛《とりかいひ》す。
五 縦《たと》ひ吾《わ》が謬《あやま》り 鳴騶《めいすう》の問《とい》を辱《かたじけな》うするも、
六 病懶《びょうらんよ》能く許《こ》の釣磯《ちょうき》を辞《じ》せんや。

遠州途上

海駅春光已落花
只聞終日馬蹄譁
路傍数樹誰相賞
乱点行人竹笨車

所　見

九月新橦始授衣
好追晴日出荊扉
沙埋細草秋川小
漲退低田晩稲肥
四野無風烟直上
孤亭有客鳥回飛
縦吾謬辱鳴騶問
病懶能辞許釣磯

153 後編、巻六所収。文化十二年(一八一五)、六十八歳の三月四日、同じく帰郷途中、遠江国での作。この日、作者一行は掛川を立ち、袋井・見附・浜松を経て舞坂に泊った。その間約十一里。宿場は浜名湖口で遠州灘も近い。
一 海辺の宿場町は春光あまねくて、はや花が散りはじめた。
二 花びらが旅人のかごにはらはらと散りかかる。竹笨車は粗末な竹かご。

154 後編、巻六所収。文化十二年(一八一五)、六十八歳の暮秋の作。茶山一行は洛西嵐山でも観桜を楽しみ、京大坂では旧知と歓を尽くしたのち、三月二十九日神辺に帰着した。その年の九月、故郷での嘱目吟。
三 九月になると、今年の橦の花でつむいだ布の冬衣を与えられて。新橦は今年の橦布。橦は左思・蜀都賦の劉良注に「其花柔毳、可ニ績為一レ衣也」とある。授衣は冬衣をわたすこと。九月の異名でもある。詩経・豳風・七月に「九月授レ衣」とある。
四 粗末な家。
五 かりにわたくしのもとへ間違って貴人がご来臨なさっても。鳴騶問は伴まわりの馬がいななかいて、高貴な人が来訪すること。騶は馬。
六 病んで大儀ないまのわたくしは、よく釣れるこの穴場から離れられようか。この楽しい生活をやめる気はない。釣磯は魚がよくかかる磯。
▽北林評「句句有ニ奇趣一、而不レ失ニ実際一、巻中是類不レ少」、霞亭評「二聯、秋郊真趣、画筆不レ可レ到処」、山陽評「許字作レ此、似レ為レ穏」とある。

155

栗樹《りつじゅ》の小鳥《しょうちょう》

[七]栗毬《りつきゅう》裂《さ》けんとし　葉《は》摧《くだ》けんとす。
[八]四野《や》の西風《せいふう》　日夜《にちや》催《もよお》す。
知《し》る是れ陰崖《いんがい》　寒《かん》已《すで》に重《おも》きを。
小禽《しょうきん》相《あ》ひ逐《お》うて山《やま》を出《いで》て来《きた》る。

156

蛍《ほたる》　七首《しゅ》(内一首)

[九]双影《そうえい》熒熒《けいけい》として　隊《たい》を出《い》でて翔《かけ》る。
愛《あい》し看《み》る　[一〇]開闔《かいこう》　吾《わ》が傍《かたわ》らに近《ちか》づくを。
忽然《こつぜん》　柳《やなぎ》に入《い》りて蹤跡《しょうせき》なきも、
[一一]風《かぜ》　垂条《すいじょう》を約《やく》して　復《ま》た光《ひかり》を露《あら》はす。

157

江良《えら》の路上《ろじょう》(三首、内一首)

[一二]長川一帯《ちょうせんいったい》　連山《れんざん》を擁《よう》す。
人語鶏声《じんごけいせい》　乱竹《らんちく》の間《かん》。

栗樹小鳥

栗毬将裂葉将摧
四野西風日夜催
知是陰崖寒已重
小禽相逐出山来

蛍七首

双影熒熒出隊翔
愛看開闔近吾傍
忽然入柳無蹤跡
風約垂条復露光

江良路上

長川一帯擁連山
人語鶏声乱竹間

155　後編、巻六所収。文化十二年(一八一五)、六十八歳の冬の作。はじけはじめた栗の木に、小鳥が飛び移る景。
七　栗のいがは裂けかけ、葉は枯れはじめている。
八　郊外いたるところで、冷たい西風が昼も夜も吹き起こる。
▽山陽評「叙景細而不㆑織、是有㆓先生及六如師㆒而已」、霞亭評「善写㆓惨淡鶱擲之状㆒、紙上欲㆑生㆑風」がある。

156　後編、巻七所収。文化十三年(丙子、一八一六)、六十九歳の夏の作。
九　蛍が二匹。
一〇　開いたり閉じたりすること。蛍の光が明滅すること。
一一　夜風がしだれた柳の枝を片寄せたので、再び蛍の光が見えだした。
▽山陽総評「七解直㆓叙所㆑見、故有㆑平有㆑奇、非㆓刻意詠㆑物者比㆒」、北林総評「賦㆑蛍、未㆑見㆘如㆑許爛熟者㆒」がある。

157　後編、巻七所収。文化十三年(一八一六)、六十九歳の夏の作。江良は備後国品治(ほんち)郡江良村(現広島県福山市駅家町)。神辺より西へ二里弱、芦田川北岸。支流服部川との合流点に近い。
一二　長い川の流れは山並みをいだくようだ。東流する芦田川が石槌山系をとり巻いて、大きく南へ湾曲する中津原辺りの景か。

水《みず》を渉《わた》る帰牛《ききゅう》　浅処《せんしょ》を知《し》り、
一 渡船《とせん》は膠《こう》して　白沙《はくさ》の湾《わん》に在《あ》り。

158

倉《そう》　鶏《けい》

二 雄姿《ゆうし》　何《なん》ぞ赳赳《きゅうきゅう》たる。
闊歩《かっぽ》　庭沙《ていさ》に響《ひび》く。
敵《かたき》を求《もと》めども敵《かたき》に逢《あ》はず、
草間《そうかん》に小蛇《しょうだ》を尋《たづ》ぬ。

159

秋日雑詠《しゅうじつざつえい》(十二首、内二首)

三 葳蕤《いずい》たる秋卉《しゅうき》　煙霏《えんぴ》に媚《び》す。
四 風意《ふうい》　冷冷《れいれい》たり　小釣磯《しょうちょうき》。
五 惨日《さんじつ》　将《まさ》に沈《しず》まんとして乍《たちま》ち相《あ》ひ照《て》らす。
一双《そう》の黄蝶《こうちょう》　叢《くさむら》を出《い》でて飛《と》ぶ。

160

○

午暖《ひるあたた》かにして叢間《そうかん》　尚《なお》　露華《ろか》あり。

渉水帰牛知浅処
渡船膠在白沙湾

倉　鶏

雄姿何赳赳
闊歩響庭沙
求敵不逢敵
草間尋小蛇

秋日雑詠

葳蕤秋卉媚煙霏
風意冷冷小釣磯
惨日将沈乍相照
一双黄蝶出叢飛

○

午暖叢間尚露華

一 渡し船は白洲が入り込んだ所に乗り上げたまま、さっぱり動かない。

▽山陽評「妙想、然范石湖已言ニ此意一、且全首疑有ニ繊弱処一、不レ類ニ先生他作一、故不レ敢ニ雷仝一」、霞亭評「漢陰丈人」がある。

158 後編、巻七所収。文化十三年(一八一六)、六十九歳の秋の作。倉鶏とは軍鶏(しゃも)のこと。気性が荒く闘鶏用に用いる。二 その胸を張ったポーズは、何と雄々しいことか。赳赳はたけだけしく強いこと。詩経・周南・兎罝(としゃ)に「赳赳武夫」とあり、毛伝に「武貌」と見える。また漢書・趙充国伝の顔師古注に「勁也」とある。

▽霞亭評「語語倉鶏生面」がある。

159 後編、巻七所収。文化十三年(一八一六)、六十九歳の秋の作。

三 秋の千草は一面のもやの中にひときわ美しい。葳蕤は草木の盛んなさま。また花の美しいさま。陸機・文賦の李善注に「盛貌」、また左思・蜀都賦の張銑注に「花鮮好貌」とある。秋卉は秋草。煙霏はたなびくもや。四 風のたたずまいも清爽とした狭い釣磯である。冷冷は風や水の音が清らかなさま。陸機・文賦に「音冷冷而盈レ耳」とあり、呂向注に「音韻清也」と見える。五 弱々しい太陽。

▽山陽総評「十餘首篇篇実際、石湖秋日田園不ニ必過一レ此、乃知擬古不レ如レ叙レ今」、また「第三句、字字烹錬、纔能逼ニ出双蝶一来」、霞亭評「写景逼レ真、一幅秋江著色図」がある。

160 六 咲き残り色褪せた花々が重なり合ったままだ。

▽霞亭評「徐字蝗螂精神」がある。

161 後編、巻七所収。文化十三年(一八一六)、六十九歳の秋冬の交の作。この九月二十八日、江戸で相識の蘭医大槻玄沢(一七五七—一八二七)が還暦

六残黄耄紫《ざんこうぼうし》 相《あ》ひ交加《こうか》す。
蟷螂《とうろう》 人《ひと》の来《きた》りて立《た》つを熟視《じゅくし》して、
徐《おもむ》ろに蘆花《ろか》より蓼花《りょうか》に移《うつ》る。

161

大槻玄沢《おおつきげんたく》 六十の寿言《じゅげん》
玄沢医《げんたくい》は蘭方《らんぽう》を用《もち》ふ。

七君見《きみみ》ずや、
西洋《せいよう》の諸国《しょこく》 奇術多《きじゅつおお》きを。
八神医《しんい》 往往《おうおう》にして華佗《かだ》を出《いだ》す。」
九又見《またみ》ずや、
紅毛《こうもう》の人《ひと》 老寿《ろうじゅ》に乏《とぼ》しきを。
一〇五十に及《およ》ぶことを得《う》れば彭祖《ほうそ》に比《ひ》す。」
我聞《われき》く 一一上古淳朴《じょうこじゅんぼく》の時《とき》、
人貴賤《ひときせん》と無く 一二夭札《ようさつ》稀《まれ》なり。
一三今見《いまみ》る 山村蚩蚩《さんそんしし》の民《たみ》、
薬石《やくせき》を知《し》らず 動《やや》もすれば頤期《いき》一四す。」

殘黄耄紫相交加
蟷螂熟視人来立
徐自蘆花移蓼花

大槻玄沢六十寿言
玄沢医用蘭方

君不見
西洋諸国奇術多
神医往往出華佗
又不見
紅毛之人乏老寿
得及五十比彭祖
我聞上古淳朴時
人無貴賤夭札稀
今見山村蚩蚩民
不知薬石動頤期

を迎え、作者にも寿詩を需めてきた。玄沢とは前年暮に相見の礼を交わした間柄であったが、玄沢の長男磐里(玄幹)とはすでに十数年以前面識あり、茶山の詩名を景慕していた。
　玄沢、名は茂質、字は子煥、磐水と号した。陸奥国磐井郡中里(現岩手県一関市)の人。江戸で杉田玄白、前野良沢に学び、長崎に遊学しオランダ語を究めた。蘭学階梯、重訂解体新書など多数の著訳書があり、斯界の重鎮であった。
　この寿詩は、しかしながら玄沢の心を寄せる西洋人が短命との説を踏まえているので、当の玄沢は気に入らず、本人不評の噂は作者茶山の耳にも入っていた(文化十四年伊沢蘭軒宛て茶山書翰)。
七 ご存じでしょう、西欧諸国は学術が進んでいて、すぐれた技術が多い事実を。
八 神技と称えられる点では、しばしば華佗以上の名医が現れた。華佗は後漢の名医、曹操の侍医。
九 さらに思い起こしてご覧なさい、西洋人は長生きする人が少ないということを。
一〇 五十歳まで生きられれば、長寿だった彭祖並みに見られる。彭祖は古代の尭帝の臣下、殷代の末まで八百歳余り長生きをしたと伝える(列仙伝)。
一一 大昔、人情がすなおで素朴な時は。
一二 天寿を全うせず、また感染症に罹り若死することはめったにない。
一三 現実に、山間僻村の敦厚な住民は。蚩蚩は人情に厚いこと。また無知なこと。詩経・衛風・氓の毛伝に「敦厚之貌」とあり、また集伝には「無知之貌」とある。
一四 百年。礼記・曲礼上に「百年曰レ期頤」とあり、これと同義に用いたか。

一 槖駝《たくだ》 樹《き》を養《やしな》ふに要訣《ようけつ》を存《そん》す。
二 視撫揺爪《しふようそう》 翻《かえ》つて拙《せつ》に帰《き》す。」
三 兵《へい》能《よ》く暴《ぼう》を禁《きん》じ 亦《ま》た身《み》を衛《まも》るも、
四 戢《おさ》めざれば是れ 火将《ひまさ》に自《おのずか》ら焚《や》けんとす。」
智巧《ちこう》は原来《がんらい》 天意《てんい》に非《あら》ず。
五 纔《わず》かに七竅《きょう》を鑿《うが》ちて渾沌死《こんとんし》す。」
六 先生《せんせい》の医学《いがく》 西洋《せいよう》に出《い》づ。
自《みずか》ら医《いや》し人《ひと》を医《いや》して 並《なら》びに康強《こうきょう》なり。」
七 不亀手《ふきんしゅ》の方《ほう》は薬《くすり》を異《こと》にするに非《あら》ず。
八 運用《うんよう》は心《こころ》に在《あ》りて 人誰《ひとたれ》か度《はか》らん。」
吾願《われねが》はくば 先生《せんせい》の寿《じゅ》 九 騫《か》けず。
益ゝ《ますます》其の術《じゅつ》を錬《ね》り其の伝《でん》を弘《ひろ》めんことを。
一〇 青藍《せいらん》 若《も》し能《よ》く諸域《しょいき》に播《ち》らさば、
一一 紅毛《こうもう》も亦《ま》た長年《ちょうねん》を享《う》くるを得《え》ん。

槖駝養樹存要訣
視撫揺爪翻帰拙
兵能禁暴亦衛身
不戢是火将自焚
智巧原来非天意
纔鑿七竅渾沌死
先生医学出西洋
自医医人並康強
不亀手方非異薬
運用在心人誰度
吾願先生寿不騫
益錬其術弘其伝
青藍若能播諸域
紅毛亦得享長年

一 植木屋郭槖駝は樹木を培うこつを心得ていた。槖駝は植木職人郭槖駝で、傴瘻(ろく)病に罹り背中に瘤があったので槖駝、すなわち駱駝と渾名された。植物栽培のポイントはその天性を伸ばすことにあるとした(柳宗元・種樹郭槖駝伝)。
二 植木を見ては撫で、幹をゆすっては根元を確かめ、皮を爪でひっかいて生枯を調べるなどは逆効果をもたらす。柳宗元・槖駝伝に「旦視而暮撫…甚者爪二其膚一、以験二其生枯一、揺二其本一、以観二其疎密一、而木之性、日以離」とある。
三 武力は無秩序をなくし、また自衛に役立つが。兵は武器、軍隊。
四 とどめなければ、それこそ戦火で自分自身焼け死んでしまう。
五 たった七つの穴を掘りあけたばかりに、渾沌は死んでしまった(荘子・応帝王の故事)。
六 玄沢先生の医学は蘭方によっておられる。
七 手足のひびや赤ぎれを防ぐ製薬が二つあるわけではない。赤ぎれ膏薬の製法を名人の宋人より聞いた一人は綿さらしに役立てたにとどまり、もう一人は呉王に売り込んで大勝利をもたらし、大名になった寓話による(荘子・逍遥遊)。
八 活用の妙は心掛け次第で、人智で一体誰が見積もることができようか。
九 先生の長寿が損なわれず。
一〇 出藍の誉れある門弟が、そのすぐれた蘭方を手広く普及させれば。青藍は荀子・勧学に「青出二於藍一、而青二於藍一」に拠る。
一一 短命と言われる西洋人も。

渓《たに》に泛《うか》ぶ　三首《しゅ》(内二首)

泛渓三首

162 後編、巻七所収。文化十三年(一八一六)、六十九歳の冬の作。船で渓流を上下した時の、遅速対照の妙を詠じた。

162
霜後《そうご》の山《やま》を看《み》んと欲《ほっ》し、
棹《さお》さし上《のぼ》る　渓流《けいりゅう》の夕《ゆうべ》。
水《みず》は縮《ちぢ》まつて　転《うた》た清澄《せいちょう》なり。
一二 初《はじ》めて全石《ぜんせき》を底《そこ》にするを知《し》る。

欲看霜後山
棹上渓流夕
水縮転清澄
初知底全石

○

163
一三 溜《りゅう》に放《はな》つ舟《ふね》　矢《や》の如《ごと》く、
須臾《しゅゆ》に幾湾《いくわん》を過《す》ぐ。
一四 彩嵐《さいらん》　面背《めんはい》に迷《まよ》ふ、
一五 嚮来《きょうらい》の山《やま》なるを覚《おぼ》えず。

放溜舟如矢
須臾過幾湾
彩嵐迷面背
不覚嚮来山

164
七十の誕辰《たんしん》

一六 月《つき》に酔《よ》ひ花《はな》に迷《まよ》ふ七十年《ねん》。
一七 不能《ふのう》翻《かえ》つて幸《さいわい》とす　林泉《りんせん》に老《お》ゆるを。
一八 人《ひと》は称《しょう》す　隠侶兼《いんりよかね》て吟侶《ぎんりょ》と。
一九 身《み》は愧《は》づ　頑僊又病僊《がんせんまたびょうせん》なるを。
壮志《そうし》は無きに非《あら》ざるも　才素《さいも》と短《みじか》し。

七十誕辰
酔月迷花七十年
不能翻幸老林泉
人称隠侶兼吟侶
身愧頑僊又病僊
壮志非無才素短

一二 やっと底はすべて石だと分かった。▽山陽評「結語、自二柳州記中一得来、化得二神奇一」がある。

163
一三 急流に乗って、船は矢のように下り。溜は水が流れるさま。潘岳・射雉賦の李善注に「水流貌也」とある。ここは激しい流れをいう。
一四 美しい山気に、前後が判らず。面背はまえうしろ。
一五 突然、山が現れては過ぎ去ってしまう。嚮来の山は前方の山。

164
後編、巻七所収。文化十四年(丁丑、一八一七)、七十歳の誕生日の作。すでに前年、茶山は同歳だった丹後の小西伯熙から、はやくも翌年古稀予祝の唱和を求められなどしたが、年が明けると諸方よりの慶祝も相つぎ、若い頃からさほど頑健でなかった茶山は、あらためてこの生涯の節目を迎える感慨は一入であった。その覧揆(らんき)誕辰の二月二日、茶山は知人門生を招いて祝宴を催し、この七律に感懐を託した。
一六 思えばこの七十年の間、花月にばかり心を奪われて生きてきた。李白・贈二孟浩然一に「酔レ月頻中レ聖、迷レ花不レ事レ君」、おなじく春夜宴二桃李園一序にも「開二瓊筵一以坐レ花、飛二羽觴一而酔レ月」とある。
一七 才能なしがかえって隠居地で歳を取るという仕合わせとなった。林泉は林間泉石、つまり隠遁地。
一八 人からは閑居の友、また作詩仲間と呼ばれるが。
一九 自分ではかたくなで、病みがちな世捨て人の姿がはずかしい。僊は仙。世離れした変人。

童心《どうしん》は仍《な》ほ有りて事《こと》　愆《あやまち》多《おお》し。
一 寿頌《じゆしよう》を展観《てんかん》して牀上《しようじよう》に堆《うずたか》し。
二 且《か》つ喜《よろこ》ぶ　諸公《しよこう》の未《いま》だ我《われ》を捐《す》てざるを。

路上《ろじよう》

165
三 山田《やまだ》に争《あらそ》ひ灌《そそ》いで　稲《いね》未《いま》だ蘇《よみがえ》らず。
路頭《ろとう》の人影《ひとかげ》　短《みじか》くして将《まさ》に無からんとす。
村童《そんどう》　担《にもつ》を釈《と》いて瓜李《かり》を売《う》る。
四 数畝《すうほ》の清陰《せいいん》　崕樹《がいじゆ》の隅《すみ》。

山行《さんこう》して見《み》る所《ところ》を書《か》く(三首、内一首)

166
五 怒隼風《どじゆんかぜ》に盤《めぐ》つて　嶺日《れいじつ》高《たか》し。
六 崩崕澗《ほうがいたに》を約《やく》して　石湍《せきたん》号《さけ》ぶ。
七 山陽《さんよう》　随《したが》ひて在《あ》るは皆人処《みなじんしよ》。
八 老柏《ろうはく》　梢頭《しようとう》に桔槹《けつこう》を出《いだ》す。

童心仍有事多愆
展観寿頌堆牀上
且喜諸公未我捐

路上

争灌山田稲未蘇
路頭人影短将無
村童釈担売瓜李
数畝清陰崕樹隅

山行書所見

怒隼盤風嶺日高
崩崕約澗石湍号
山陽随在皆人処
老柏梢頭出桔槹

一 文机の上にうず高く積まれた寿賀の贈り物をひろげ見るにつけ。
二 いささか世間の皆さまがわたくしをお忘れでないことをうれしく思う。

165 後編、巻七所収。文化十四年(一八一七)、七十歳の夏の作。暑中涼を汲む路傍嘱目の吟。
三 山間のひでり田に懸命に水を注いだが、弱った稲はなかなか生気を取りもどさない。
四 そこだけがけっぷちのわずかな涼しい木陰なのだ。

166 後編、巻七所収。文化十四年(一八一七)、七十歳の冬の作。やがて、全三首のうちの三首目で詠み込まれる人間同士、そして人対獣のなまぐさい日常的関わりが、すでに予兆として、思いなしか感じられる。
五 怒り狂ったはやぶさが風に乗って大きく輪を描き、峰には日が高い。
六 崩れたがけが谷間を狭くして、岩の早瀬は激しく鳴っている。
七 山の南側に沿うて人家が点在していて。陽は山の南、川の北。
八 かしわの古木の梢先には、その太枝に横木を仕掛けたはねつるべがちらっと見える。
▽霞亭評「奇抜」、山陽評「蒼老雄傑、中州集有二此種一」がある。中州集は金の元好問の詩集。

167
西宮《にしのみや》の道上《どうじょう》

大路《たいろ》蜿蜒《えんえん》たり　百里程《ひゃくりてい》。
九磨《ま》関《かん》　遥《はる》かに指《さ》す浪華城《なにわじょう》。
一〇平疇《へいちゅう》　四面《めん》　皆油《みなゆ》菜《さい》。
一一人《ひと》は黄花《こうか》堆裡《たいり》より行《ゆ》く。

168
芳《よし》　野《の》(七首、内一首)

一目千株《もくせんしゅ》　花尽《はなことごと》く開《ひら》く。
満前唯《まんぜんた》だ見《み》る　白皚皚《はくがいがい》たるを。
近《ちか》く聞《き》こゆる人語《じんご》　処《ところ》を知《し》らず、
声《こえ》は一二香雲団裏《こううんだんり》より来《きた》る。

西宮道上

大路蜿蜒百里程
磨関遥指浪華城
平疇四面皆油菜
人自黄花堆裡行

芳　野

一目千株花尽開
満前唯見白皚皚
近聞人語不知処
声自香雲団裏来

167 後編、巻八所収。文化十五年(戊寅、一八一八、四月二十二日改元、文政元年)、七十一歳の三月、大和地方に向う途中の吟。今回の大和行は、まず自身の体の不調を旧知の高取藩医服部宗侃(そうかん)に診てもらうことと、併せて吉野の花見とにあった。宗侃とは父宗賢以来面識があり、江戸滞在中もその来訪を受けていた。

三月六日、茶山は門弟牧周蔵(東渚、高島百穀)・林新九郎(伯光)・臼杵直卿(以斎、牧野黙庵)・渡辺鉄蔵の四人を伴い、神辺を発った。

一行は山陽道を東上中、備中宮内村の真野竹堂方で武元登々庵の訃報に接した。備前、播磨、そして三月中旬には摂津に入り、同十一日には舞子・兵庫を過ぎ、西宮に近付いた。これはその頃の矚目吟である。

九 須磨の関跡。

一〇 広々とした畑は、どちらを向いても一面菜の花盛りで。

一一 道行く人は黄色い菜の花にうずもれて往来している。

168 後編、巻八所収。文化十五年(一八一八)、七十一歳の三月十五―十七日、吉野看桜の吟。春の吉野は茶山にとり、じつに四半世紀ぶりであった。

一二 一面に咲きほこった花の中。

伏水《ふしみ》の道中《どうちゅう》

寛政《かんせい》甲《きのえ》寅《とら》中秋《ちゅうしゅう》、蠣崎公子《かきざきこうし》 六如上人《りくにょしょうにん》 伴蒿蹊《ばんこうけい》 橘《たちばな》恵風《けいふう》 原雲卿《はらうんけい》 米子虎《べいしこ》 松孟執《しょうもうしつ》及《およ》び余《よ》、八人 舟《ふね》を椋湖《りょうこ》に泛《うか》ぶ。

169
巨椋湖辺《おぐらこへん》 昔遊《せきゆう》を感《かん》ず。
頭《こうべ》を回《めぐ》らす 二十五年《ねん》の秋《あき》。
汀前《ていぜん》 旧《きゅう》に依《より》て楊柳多《ようりゅうおお》し。
何《いず》れの樹《き》か 曾《かつ》て維《つな》ぐ月《つき》を賞《しょう》するの舟《ふね》。

蝶《ちょう》 七首《しゅ》(内二首)

170
一 春郊《しゅんこう》 風《かぜ》を起《お》こさず。
二 夜気《やき》 和煦《わく》を扇《あお》ぐ。
三 宿蝶《しゅくちょう》 夢成《ゆめな》り難《がた》し。
四 双双《そうそう》 花《はな》を出《い》でて舞《ま》ふ。

伏水道中

寛政甲寅中秋、蠣崎公子六如上人伴蒿蹊橘恵風原雲卿米子虎松孟執及余、八人泛舟于椋湖

巨椋湖辺感昔遊
回頭二十五年秋
汀前依旧多楊柳
何樹曾維賞月舟

蝶七首

春郊不起風
夜気扇和煦
宿蝶夢難成
双双出花舞

169 後編、巻八所収。文化十五年(一八一八)、七十一歳の三月二十日作。吉野より飛鳥、丹波市、奈良から伏見を目指した一行は、この日洛南の巨椋池(おぐらのいけ)に立ち寄った。ここは茶山にとって、二十五年以前の寛政六年(甲寅、一七九四)中秋の夜、諸友と船を浮かべ月を賞した曾遊の池畔である。その折同舟したのは、茶山のほか松前藩家老で画家の蠣崎波響(かきざきはきょう)・六如上人・伴蒿蹊・橘南渓・大原呑響・米谷金城(よねやきんじょう)・松本孟執の計八名で、作者にとりその思い出は一入であった。

茶山はただ瞼裡の景に留めるに忍びず、その時の舟遊図を波響に嘱した。この年文政元年初冬十月に、その図は完成した。黄葉夕陽文庫に伝わる絹本着色「月下巨椋湖舟遊図」がそれで、「寛政甲寅中秋巨椋湖舟遊図、文政新元戊寅壱冬、為二福山文学茶山老先生一、波響樵」と識された幅一・六メートル余の大作である。波響、時に五十五歳であった。

▽山陽評「此行第一絶唱」、霞亭評「意浅情深、自然近二唐音一」がある。

170 後編、巻八所収。文化十五年(一八一八)、七十一歳の作か。ただし、詩題と実作時とは、季節的に必ずしも一致しない。

一 春の野は風も立たない。
二 夜の気配が暖かさをあおり立てる。和煦は春の暖かさ。
三 お蔭で寝ようとした蝶は、おだやかな夢を結ぶことができず。
四 宿った花から飛び立って、ひらひらと二羽ずつ舞い合うことだ。

171

○

五衝風《しようふう》 花樹《かじゆ》に触《ふ》れ、
花落《はなお》ちて六吟榻《ぎんとう》を撲《う》つ。
七一片《ぺん》 忽《たちま》ち枝《えだ》に還《かえ》る。
八知《し》らんや 是れ蝴蝶《こちよう》なるを。

明月《めいげつ》 松間《しようかん》に照《て》る 以下《いか》四首《しゆ》、僧某《そうぼう》の蔵《ぞう》する画《え》に
題《だい》す(内一首)

172

松枝《しようし》 疎《あら》く復《ま》た密《しげ》し。
山月《さんげつ》 其の間《かん》に逗《とど》まる。
俄《にわか》に隠《かく》れ 却《かえ》つて俄《にわか》に見《あらわ》る。
雲《くも》 往還《おうかん》するに関《かか》わるに非《あら》ず。

夏日雑詩《かじつざつし》 十二首《しゆ》(内三首)

173

九香《か》を聞《き》きて已《すで》に認《みと》む 渚蓮《しよれん》の開《ひら》くを。
一〇万葉交加《ばんようこうか》して 乱翠《らんすい》堆《うずたか》し。

○

衝風触花樹
花落撲吟榻
一片忽還枝
知佗是蝴蝶

明月松間照 以下四首、題僧某蔵画

松枝疎復密
山月逗其間
俄隠却俄見
非関雲往還

夏日雑詩十二首

聞香已認渚蓮開
万葉交加乱翠堆

171 五 疾風。
六 詩作のために身を横たえる長椅子。陸游・池上に「庭移㆓吟榻㆒並㆑池横」とある。
七 そのひとひらが急に枝に戻って行ったようだが。
八 まさかそれが蝶であるとは、誰が気付こうか。知佗は反語で、誰が知るだろうか、いやわからないの意。
▽山陽の総評「七解小令、如㆓指上螺紋㆒、各各可㆑玩、亦是蝶史」、「解解皆借㆑客形㆑主、豈粘皮帯骨者所㆓能夢見㆒」がある。

172 後編、巻八所収。文政二年(己卯、一八一九)、七十二歳の初夏の作。僧なにがし所蔵の画に題した。以下、それぞれ「清泉石上流」、「野含㆓時雨㆒潤」、「山雑㆓夏雲㆒多」と題されている。
▽山陽評「四首優劣、如㆓其次第㆒」がある。

173 後編、巻八所収。文政二年(一八一九)、七十二歳の夏の作。
九 この香りはたしかにみぎわの蓮が開いた証拠だ。
一〇 無数の広葉が入り交り、みどり色がうち重なっている。

[一]風定《かぜさだ》まつて静《しず》かに波底《はてい》の影《かげ》を看《み》れば、
[二]一双《そう》の紅艶《こうえん》爛《らん》として相偎《そうわい》す。

○

174
六月《がつ》の渓村《けいそん》 水《みず》の涸《か》るる初《はじ》め。
[三]竹湾《ちくわん》 松岸《しょうがん》 尽《ことごと》く沙淤《さお》なり。
泉流絶《せんりゅうた》えず 真《まこと》に綫《すじ》の如《ごと》し。
[四]稚子《ちし》相群《あいむれ》て 手《て》づから魚《うお》を捕《とら》ふ。

○

175
滂沱《ぼうだ》たる雨勢《うせい》 人《ひと》の行《ゆ》くを逐《お》ふ。
[五]俟《ま》つて聴《き》く 荷池《かち》に乱点《らんてん》の鳴《な》るを。
[六]俄頃《たちまち》に奔雲《ほんうん》 残日《ざんじつ》を洩《ひ》き、
[七]稲田《とうでん》仍《しき》りに蹈車《とうしゃ》の声《こえ》あり。

新《しん》　年《ねん》(二首、内一首)

176
鳥《とり》啼《な》きて村落《そんらく》 已《すで》に春華《しゅんか》なり。
[八]園卉《えんき》渓毛《けいもう》 嫩芽《どんが》を茁《さつ》す。

風定静看波底影
一双紅艶爛相偎

○

六月渓村水涸初
竹湾松岸尽沙淤
泉流不絶真如綫
稚子相群手捕魚

○

滂沱雨勢逐人行
俟聴荷池乱点鳴
俄頃奔雲洩残日
稲田仍有蹈車声

新　年

鳥啼村落已春華
園卉渓毛茁嫩芽

一 風がやんで、落ち着いて波底に映る影に目をこらすと。
二 あざやかな紅蓮が二輪、もたれ合い咲きみだれている。紅艶はよく桃や牡丹などの描写に用い、緑・翠・碧などと対照させた例が多い。偎は近寄り親しむこと。あだっぽい擬人的表現。集韻に「愛也」、正韻に「昵近也」とある。
▽山陽評「聞作㆑微、已作㆑暗、静作㆑始、如何」がある。

174 三 竹やぶに添った川辺も、松並みの岸辺も、すっかり砂洲と化している。沙淤は砂や泥がたまって出来た洲。
四 子供たち。
▽山陽評「群作㆑呼如何」がある。

175 五 まもなく蓮池では広葉が大きな音を立て出した。俟はそれと相対応しての意。
六 またたく間に夕立ち雲は通り抜けて、切れ目から夕日が洩れ。俄頃は暫時。また、あっという間に。
七 稲田では水車を踏みつづける音が聞こえる。
▽霞亭評「非㆑住㆓田間㆒、難㆑知㆓此詩神境㆒」、山陽評「十二首隊中、後勁」、「石湖田居、未㆑知㆘有㆓此好詩料㆒否㆖」がある。

176 後編、巻八所収。文政三年(庚辰、一八二〇)、七十三歳の歳旦吟。
八 庭の草木も谷川の藻草も、若芽をきざしている。卉は草木。渓毛は谷間の藻草。

九
又《また》 餘齢《よれい》に犬馬《けんば》を添《そ》ふるに値《あ》ふ。
一〇
さもあらばあれ新暦《しんれき》 龍蛇《りゅうだ》に入《い》るを。
一一
流澌汨汨《りゅうしこつこつ》として 野《や》渠《きょ》漲《みなぎ》り、
残雪輝輝《ざんせつきき》として 林日《りんじつ》斜《なな》めなり。
桃李《とうり》 方《まさ》に臨《のぞ》む行楽《こうらく》の節《せつ》。
一二
奈何《いかん》せん 老脚《ろうきゃく》 巾車《きんしゃ》を待《ま》つを。

177
村《むら》を出《い》づ 二首《しゅ》(内一首)
一三
稲《いね》を秧《おう》して 汙邪《おや》水色《すいしょく》暄《あたた》かに、
一四
牛《うし》を牧《ぼく》して 町畽草烟《てんたんそうえん》繁《しげ》し。
一五
病軀《びょうく》 晴後《せいご》 纔《わず》かに清快《せいかい》、
一六
此の歳今朝《としけさ》 始《はじ》めて村《むら》を出《い》づ。

又値餘齢添犬馬
従佗新暦入龍蛇
流澌汨汨野渠漲
残雪輝輝林日斜
桃李方臨行楽節
奈何老脚待巾車

出村二首
秧稲汙邪水色暄
牧牛町畽草烟繁
病軀晴後纔清快
此歳今朝始出村

九 また一歳、無駄な年齢を重ねることになった。
一〇 ままよ、新年のえとは賢人が世を去るという辰歳だ。龍蛇は辰または巳で、この歳はすぐれた人が死ぬという。後漢の鄭玄が夢で孔子から今明年のえとを知らされて、死を予知した故事(後漢書・鄭玄伝)。
一一 氷は解けて、野中の堀わり一杯に勢よく流れ。
一二 残念だが老年で足が弱り、車に頼らなければならない。巾車はおおいで飾った車。陶潜・帰去来辞に「或命二巾車一」とあり、呂延済注に「言三装二飾其車一」と見える。

177 後編、巻八所収。文政三年(一八二〇)、七十三歳の夏の作。
一三 田植えが終り、水を張った田圃は見るからに温かそうだ。秧稲は稲の苗を植えつけること。秧は稲の苗、またそれを挿し植えること。集韻に「栽」とある。汙邪は低く温い田。史記・滑稽伝の集解に司馬彪の説として「下地田也」とある。暄は気温が暖かいこと。
一四 牛を飼っていて、小屋の傍の空地は草いきれがむんむんしている。町畽は家の傍の空地。詩経・豳風・東山の集伝に「舎傍隙地也」とある。草烟は草から立ち上る熱気。
一五 病い持ちのわが身は、天気が良いとやや気分もよく。茶山はこのころ疝(せん)を患っていた。その著、筆のすさびの後藤松陰序に「翁時年方七十、患レ疝」とある。
一六 今年になって村から出るのは、今朝が初めてだ。

頼子成《らいしせい》 連《しき》りに伊丹《いたみ》の酒《さけ》を恵《めぐ》む。此《これ》に前《さき》だつて西遊草《せいゆうそう》を示《しめ》さる。此《これ》を賦《ふ》して併《あは》せて謝《しゃ》す

178
故人《こじん》連《しき》りに寄《よ》す 酒《さけ》 幾瓻《いくち》。
其の酒《さけ》の勁烈《けいれつ》なるは 其の詩《し》の如《ごと》し。
詩力雄抜《しりよくゆうばつ》にして 海鯨《かいげい》を掣《せい》し、
一唾罵《だば》す 繊巧務《せんこうつと》めて時《とき》に入《い》るを。
二匹似《ひつじ》す 余《よ》が飲《いん》 甜赤《てんせき》を憎《にく》み、
三臭味《しゅうみ》 全然《ぜんぜん》 女児《じょじ》に異《こと》なるに、
四去歳《きよさい》 図南《となん》 島嶼《とうこ》を窮《きわ》め、
五我《われ》に示《しめ》す 錦囊《きんのう》 帰遺《きい》に充《み》つるを。
我《われ》 其の巻《かん》を閲《えつ》し 其の境《きよう》を想《おも》ふ。
六恍《こう》として疑《うたが》ふ 肩《かた》を拍《う》ち相《あ》ひ追随《ついずい》するかと。」
最《もつと》も想《おも》ふ 薩山《さつざん》 縹緲《ひようびよう》の裏《うち》。
七西《にし》は台宛《たいわん》を望《のぞ》み 南《みなみ》は流鬼《りゆうき》。

頼子成連恵伊丹酒。前此見示西遊草。賦此併謝

故人連寄酒幾瓻
其酒勁烈如其詩
詩力雄抜掣海鯨
唾罵繊巧務入時
匹似余飲憎甜赤
臭味全然異女児
去歳図南窮島嶼
示我錦囊充帰遺
我閲其巻想其境
恍疑拍肩相追随
最想薩山縹緲裏
西望台宛南流鬼

178 後編、巻八所収。文政三年(一八二〇)、七十三歳の六月の作。山陽詩鈔巻四の巻末にも、西遊稿の跋詩文相当作として、三編中の第一作にこの謝詩が収められている。題ニ頼子成西遊稿一、時子成見レ贈ニ伊丹酒一、併言レ謝と題され、詩形はわずか五字の小異を除き同一で、「庚辰長夏 菅晋帥拝贈」と識されている。
山陽が摂津伊丹の酒、つまり辛口の丹醸をこよなく賞したことはひろく知られている。山陽はみずから愛飲しただけでなく、師友にもその滋味を推奨した。茶山の日記には、四月十五日に山陽より丹醸男山(おとこやま)と西遊稿とが届けられたことが見える。男山は木綿屋山本醸であるが、ほかにも山陽は加勢屋大塚醸の泉川や津国屋坂上醸の剣菱など、伊丹の酒をひいきにし、逸話もいくつか伝えられ、現にこのたびの西遊中も、長崎で好物の丹醸を口にする機会があり、欣びの詩を賦している。
西遊草は、山陽詩鈔二、すなわち巻三・四に所収の西遊稿上下がこれに相当する。これは作者山陽が文化十五年(文政元年、一八一八)三十九歳の一月、門人後藤松陰と京を出立し、神辺、故郷藝州を経て長崎、熊本、天草、鹿児島、豊後岡、日田・耶馬渓を巡遊踏破した時の什で、上巻七十三首、下巻九十二首、計一六五首をかぞえるが、木崎愛吉・頼成一共編の『頼山陽全書』には、更にかなりの作が捃拾されている。一 世の詩人が小手先の技巧にばかり心を砕いて、俗受けをねらうことを痛罵している。入時は時流に迎合すること。二 それは丁度、わたくしが甘口の酒がにが手で。三 香りはまるっきり女の子風情の好みとは異なるのに似ている。四 あなたは去年、南のかた九州を旅して、島々をあまねく経巡り。図南は荘子・逍遥遊に鵬が

八忽《たちま》ち発《はっ》す　広武《こうぶ》英雄《えいゆう》の嘆《たん》。
嘆声《たんせい》　驚立《きょうりつ》す　四海《かい》の水《みず》。」
九君《きみ》見《み》ずや、
鎮西源《ちんぜいげんの》　八郎《はちろう》、
単身《たんしん》　海《うみ》に入《い》りて直《ただ》ちに龍驤《りょうじょう》なるを。」
一〇又《また》見ずや、
飛蘭《ひらん》の鄭大木《ていたいぼく》、
一剣《けん》　天《てん》を撐《ささ》へて儒服《じゅふく》を焚《た》くを。」
一一異域《いいき》の竹帛《ちくはく》　千秋《せんしゅう》を照《て》らす。
一二時《とき》あり　勢《せい》あり　求《もと》むべきに非《あら》ず。
慨然《がいぜん》として連《しき》りに酌《く》む　南蛮《なんばん》の酒《さけ》。
胸中《きょうちゅう》　兵戟《へいげき》　躍《おど》つて休《や》まず。
詩《し》を題《だい》して自《みずか》ら吟《ぎん》じ　亦《ま》た自《みずか》ら賞《しょう》す。
一三何《なん》ぞ啻《た》だに漢書《かんじょ》の觥籌《こうちゅう》を添《そ》ふるのみならんや。」
此の日《ひ》　茅斎《ぼうさい》　風雨《ふうう》晦《くら》し。
村《むら》を繞《めぐ》る秧歌《おうか》の声《こえ》　細細《さいさい》たり。

忽発広武英雄嘆
嘆声驚立四海水
君不見
鎮西源八郎
単身入海直龍驤
又不見
飛蘭鄭大木
一剣撐天焚儒服
異域竹帛照千秋
有時有勢非可求
慨然連酌南蛮酒
胸中兵戟躍不休
題詩自吟亦自賞
何啻漢書添觥籌
此日茅斎風雨晦
繞村秧歌声細細

翼を張って南海に行こうと企図した話が見えることより、大志雄図をたとえる。
五 わたくしに錦の袋に入れた会心の詩巻を、土産に贈られた。錦嚢は唐の李賀がよい詩が出来るごとに古錦の袋に入れた故事(唐書・李賀伝)。
六 うっとりとして、つい君の肩をたたきながら旅のお伴をしているような気持になった。
七 西は台湾の方を、また南は琉球と思しき方を見はるかして。山陽の西遊稿には「薩山尽処望二南洋一」「決レ皆西南不レ見レ山…天連レ水処是台湾」「烟波深処是琉球」などの句が散見される。
八 思わずかの阮籍のように、あなたは古戦場で天下の英雄がいないのを嘆き。広武英雄嘆とは、魏の阮籍が項羽と劉邦の対峙した河南省の広武山に登り、楚漢対陣の昔をしのび、現今小人物の跋扈ぶりをなげいた故事(晋書・阮籍伝)。
九 見給えよ、鎮西八郎源為朝が身をもって逃れ、琉球に渡って婦をめとり、王朝の始祖舜天王の父となったことを。西遊稿・鎮西八郎歌に、西遊中土地の人より聞いた為朝伝説を詠み、「絶海雲浪自龍驤」とうたっている。
一〇 また見給え、平戸の鄭成功が一振りの剣で明朝を支えようとして、孔子廟前で儒服を焼き、気概のほどを示したことを。飛蘭は平戸。鄭大木は鄭成功(一六二四―六二)。大木はその号。明の遺臣鄭芝龍と平戸の田川七左衛門の娘との間に生まれた。国姓爺(こくせんや)で知られる。父が清朝に降り母も自害した後、義兵を起こそうと、孔廟で自ら着用の儒者の服を焚いたという(鄭成功伝)。一一 このような外国の史書に記載の内容は、後までも輝いている。
一二 それは時勢の要請によるもので、しようとして出来るものではない。
一三 その時の軒昂たる気分は、蘇舜欽が深い感

一杯《ばい》 悶《もん》を排《はい》す 誰《たれ》を傭《やと》うてか同《おな》じうせん。
一 時《じ》髦《ぼう》を品第《ひんだい》して 酔話《すいわ》を助《たす》く。
独《ひと》り憐《あわれ》む 君《きみ》 太平《たいへい》の時《とき》に生《う》まれ、
二 徒《いたず》らに文旆《ぶんぱい》を樹《た》てて 時弊《じへい》を矯《たわ》むるを。
我《われ》 君《きみ》が酒《さけ》を飲《の》み 君《きみ》が詩《し》を誦《しょう》す。
三 節《せつ》を撃《う》ちて知《し》らず 玉壺《ぎょくこ》の砕《くだ》くるを。

一杯排悶倩誰同
品第時髦助酔話
独憐君生太平時
徒樹文旆矯時弊
我飲君酒誦君詩
撃節不知玉壺砕

動をもって漢書の張良伝を読みついだ以上のものがあったであろう。漢書は張良伝をさす。觥籌は杯の回数をかぞえること。蘇舜欽が張良の活躍する段に出会うたびに大杯を挙げた故事(陸友仁・研北雑志)。

一 その時は当代の英雄豪傑を品定めして、酒の肴に充てよう。

二 むなしく文事の営みで、現代の悪習を正そうとなさっていることを、だ。

三 拍子をとると、美しい玉の壺も欠け砕けるのに気付かぬほどである。玉壺砕は晋の王敦が酒後つねに曹操の歩出夏門行の一節を歌い、如意で唾壺を打って、壺口がすっかり欠けた故事(世説新語・豪爽)。

▽霞亭評「子成一个眇小夫耳、以二胆気文豪一横二行天下一、亦治世之八郎大木也、先生贈語奇矯、誠称二其人一矣」「慨然以下、狂奴故態」、山陽評「胸中一句、合二鑄子史一」「全篇描二出一頼襄一、襄為不朽矣」「常山蛇勢」がある。

黄葉夕陽村舎詩《こうようせきようそんじゃし》 遺稿（抄）

北条子譲《ほうじょうしじょう》 志州《ししゅう》に之《ゆ》き、山県貞三《やまがたていぞう》 飛蘭島《ひらんじま》に還《かえ》り、玉産上人《ぎょくさんしょうにん》 江州《ごうしゅう》に之《ゆ》くに賦《ふ》して贈《おく》る

179
梅影娟娟《ばいえいけんけん》として 柳影《りゅうえい》軽《かろ》し。
東風《とうふう》吹き入《い》る 別離《べつり》の情《じょう》。
花前《かぜん》一日《じつ》 一尊《そん》の酒《さけ》。
春半《はるなか》ば 三人《にん》三処《しょ》に行《ゆ》く。

南部伯民《なんぶはくみん》 東武《とうぶ》より還《かえ》りて舟路《ふなじ》を枉《ま》げて来訪《らいほう》す。日《ひ》 冬至《とうじ》に値《あ》ふ。此《これ》を賦《ふ》して以《もっ》て贈《おく》る

180
桃《もも》開《ひら》きて出往《しゅつおう》し 梅《うめ》開《ひら》きて返《かえ》る。

北条子譲之志州、山県貞三還飛蘭島、玉産上人之江州賦贈

梅影娟娟柳影軽
東風吹入別離情
花前一日一尊酒
春半三人三処行

南部伯民還自東武枉舟路来訪。日値冬至。賦此以贈

桃開出往梅開返

179 遺稿、巻一所収。文政四年（辛巳、一八二一）二月中旬、七十四歳の作。北条霞亭は八年前の文化十年（一八一三）八月、廉塾の都講に迎えられ、同十二年四月、茶山の姪、敬（きょう）を娶った。霞亭三十六歳、敬は再婚で三十三歳であった。かの女はもと茶山の甥で文化八年三十九歳で歿した万年の妻で、丸三年余を寡婦で過ごした。

霞亭は文政二年閏四月より、五人扶持で福山藩校弘道館に月二回出講していたが、この年四月、藩主阿部正精に江戸藩邸に召され、三十人扶持大目付格儒官兼奥詰を拝命した。出府に先立ち、二月十三日、霞亭は末弟敬助とともに雨中を志摩国的矢（現三重県志摩郡磯部町的矢）に帰郷した。時に霞亭四十二歳、弟敬助二十歳。そして翌々文政六年八月十七日、霞亭は江戸で歿した。その伝は森鷗外の筆に詳しい。

なお、山県貞三は肥前平戸出身の塾生、玉産上人は近江彦根出身というほか、にわかには知るところがない。

一清らかな梅のたたずまいは美しく、柳のかげは軽やかに揺れている。

▽山陽評「巧而不レ尖。儼然唐音」、「勝三三春三月憶二三巳一」がある。後評は李白・宣城見二杜鵑花一」の結句をふまえる。

180 遺稿、巻一所収。文政四年（一八二一）冬至、すなわち十一月二十八日、七十四歳の作。

南部伯民（一七七〇—一八二三）、名は彝、龍門と号した。周防国三田尻（現山口県防府市）の人。世々医を業とし、小石元俊に学んで郷里で開業。この年春、江戸に出て大槻玄沢・宇田川榕庵等と交り、松平定信にも厚遇された。一旦帰郷、翌五年春、清末（きよすえ）藩主毛利讃岐守元世の侍医となり、再び江戸に出たが、病を得て文政六年十月二十二日故郷で歿した。五十四歳。この作は

一久客《きゅうきゃく》 終年《しゅうねん》 日《ひび》に衎衎《かんかん》たり。
二朝《あした》に白社《はくしゃ》に遊《あそ》び 夕《ゆうべ》に瑶館《ようかん》。
三交歓《こうかん》多《おお》く 我《わ》が旧詩伴《きゅうしはん》。
酒《さけ》を携《たずさ》へて我《われ》を過《よぎ》り 四遊践《ゆうせん》を話《はな》す。
吾《われ》をして快飲《かいいん》せしめ 幾盌《いくわん》を添《そ》ふ。
応酬《おうしゅう》未《いま》だ半《なか》ばならずして 天薄晩《てんはくばん》なり。
五帰舟潮《きしゅうしお》を候《ま》ちて 期緩《きゆるや》かなり難《がた》し。
栖鳥底《せいちょうなん》ぞ急《きゅう》に 行《ゆ》き復《ま》た断《た》え、
浮雲準《ふうんたいらか》なる無く 聚《あつ》まり復《ま》た散《さん》ず。
六即《すなわ》ち喜《よろこ》ぶ 北思《ほくし》 較《やや》遣るに堪《た》ふるを。
奈何《いかん》せん 南至《なんし》 日《ひ》偏《ひとえ》に短《みじか》きを。

181
除《じょ》 夜《や》

霜径梅《そうけいうめ》 猶《な》ほ凍《こお》る。
晴簷鳥《せいえんとり》 已《すで》に言《い》ふ。
七蛇年《だねん》 今夜《こんや》尽《つ》く。

久客終年日衎衎
朝遊白社夕瑶館
交歓多我旧詩伴
携酒過我話遊践
使吾快飲添幾盌
応酬未半天薄晩
帰舟候潮期難緩
栖鳥底急行復断
浮雲無準聚還散
即喜北思較堪遣
奈何南至日偏短

除 夜

霜径梅猶凍
晴簷鳥已言
蛇年今夜尽

文政四年五十二歳の暮、江戸より帰郷の途次、立ち寄った時の応酬詩で、茶山七十四歳。
一 長滞在の君は年間を通じ、一日として楽しまない日はなかった。久客は長逗留の客の意で、臘梅の異名でもあるので、眼前の景と来客とを掛けている。衎衎は楽しむこと。
二 朝がたには、董京が白社で孫楚と語り合ったように、学藝の集いで多くの友と交遊し、夕がたには、仙人の館にも比すべき宮殿を訪れるなど、社交に努めた。白社は河南省洛陽県の東で、董京が洛陽に赴いた時にはいつもここに宿し、孫楚とともに談じた(晋書・董京伝)。
三 君が楽しくつき合った江戸の雅友たちは、大概わたくしが詩のやりとりをした仲だ。
四 江戸の土産話。
五 戻り船は満潮時の解纜とて、あまりゆっくりもしていられない。
六 ときに江戸の知友たちの話題はなつかしくうれしく語り合ったが。
▽山陽評「此篇、下半年圧巻」、「既レ景起レ興、似レ無レ意而有レ意、対レ語成レ結、似レ不レ了而了、老手無レ敵」がある。

181 遺稿、巻一所収。文政四年(一八二一)歳暮、七十四歳の最終吟。
七 巳歳(みどし)も今宵かぎりだ。

鶴髪《かくはつ》 幾齢存《いくれいそん》す。
八井税《せいぜい》 諸曹静《しよそうしず》かに、
九郷儺《きようだ》 比舎喧《ひしやかまびす》し。
一〇身《み》あり 随処《ずいしよ》に楽《たの》し。
一一愚谷《ぐこく》 復《ま》た春喧《はるあたた》かなり。

182

早春雑詩《そうしゆんざつし》

一二年《とし》を迎《むか》へども 辰未《ときいま》だ浹《めぐ》らず。
暖《だん》に逢《あ》ひて 景初《かげはじ》めて遅《おそ》し。
一三北地《ほくち》 氷《こおり》を蔵《ぞう》する日《ひ》。
一四西疇《せいちゆう》 耒《すき》を祭《まつ》る時《とき》。
晴林《せいりん》 風意《ふうい》変《へん》じ、
春水《しゆんすい》 鴨声《おうせい》知《し》る。
客《かく》を誘《いざな》ひて梅《うめ》を尋《たず》ぬれば遠《とお》し。一五
一六妻《つま》の麦《むぎ》を炊《た》く期《とき》に徯《たが》はん。

鶴髪幾齢存
井税諸曹静
郷儺比舎喧
有身随処楽
愚谷復春喧

早春雑詩

迎年辰未浹
逢暖景初遅
北地蔵氷日
西疇祭耒時
晴林風意変
春水鴨声知
誘客尋梅遠
徯妻炊麦期

八 年末に納める井税も済ませ、役所はみなひっそりとして。井税は井戸に課する税で、歳の暮に納めた。王維・贈二劉藍田一に「歳晏輸二井税一」とある。
九 村里の鬼やらいは軒並みにぎやかだ。
一〇 わたくしにとり、いずこも楽しからぬはなく。
一一 おろか者のわたくしが住むこの谷間も。愚谷は愚公谷の略で、柳宗元の愚渓詩序に見え、ここは自らの居住地域の謙称。
▽山陽評「以下三律並見二長城巍巍依レ旧、一結用二柳語一、其詩亦柳」がある。

182 遺稿、巻二所収。文政五年(壬午、一八二二)、七十五歳の早春の作。
一二 すでに新春を迎えたが、えとはまだ一巡しない。辰未浹は十二支が巡り切っていないことで、正月十一日の意。
一三 北の地方では、この日氷室(ひむろ)に氷を貯蔵し。
一四 西側のうねでは鍬初(くわぞめ)の行事を行なう。祭耒は正月の農耕初めに耒耜(らいし)を造ったという舜の共工、垂を祭る儀礼をさす(大戴礼・夏小正)が、ここは一月十一日または十五日、その他吉日にその年の恵方の畑で行なう鍬入れの儀式。
一五 帰りが遅れ。
一六 妻が麦飯を炊く時刻に間に合わないだろう。
▽山陽評「一二寓二神奇於平淡一、七八使三読者不レ覚二其著対一、共大家伎倆」がある。

183

子成《しせい》 連《しき》りに詩《し》を恵《けい》す。此《これ》を賦《ふ》して

卻《かえ》つて寄《よ》す

一 頻《しき》りに瓊瑶《けいよう》の野居《やきょ》を問《と》ふを得《え》たり。

都門《ともん》の棲隠《せいいん》 近《ちか》ごろ何如《いかん》。

二 曾《かつ》て知《し》る 司馬《しば》 偏《ひとえ》に史《し》を修《しゅう》せしを。

三 聞説《きくならく》 欧陽《おうよう》 書《しょ》を読《よ》まずと。

四 四郭《かく》 春深《はるふか》し 青旆《せいはい》の市《いち》。

五 千山《せんざん》 秋冷《あきひや》やかなり 白雲《はくうん》の廬《いおり》。

自《みずか》ら憐《あわれ》む 老驥《ろうき》徒《いたず》らに志《こころざし》を懐《いだ》くを。

六 漫《そぞ》ろに冀《ねが》ふ 時髦《じぼう》 為《ため》に車《くるま》を御《ぎょ》せんことを。

184

木鳳《もくほう》の歌《うた》。儀満氏《ぎまし》の為《ため》にす

七 一たび翽翽《かいかい》として岐山《きざん》を去《さ》りてより、

来儀《らいぎ》を見《み》ざること幾千年《いくせんねん》。

八 金声《きんせい》は空《むな》しく笙簧《しょうこう》に聴《き》き、

子成連恵詩。賦此卻寄

頻得瓊瑶問野居

都門棲隠近何如

曾知司馬偏修史

聞説欧陽不読書

四郭春深青旆市

千山秋冷白雲廬

自憐老驥徒懐志

漫冀時髦為御車

木鳳歌。為儀満氏

一自翽翽去岐山

不見来儀幾千年

金声空於笙簧聴

183 遺稿、巻二所収。文政五年(一八二二)春、七十五歳の作。子成は頼山陽で、当年四十三歳。昨年夏、京車屋町御池北より両替町押小路に移り、この年十一月九日、東三本木丸太橋の水西荘に転居。父春水の遺稿を整理し、翌文政六年三月には茶山がその序を草した。一 たびたびあなたはお便りを、この村住まいのわたくしに下さいました。瓊瑶は人より贈られた書信や詩文を美玉になぞらえた称。二 わたくしはあなたが丁度司馬光が資治通鑑を編んだように、早くから日本外史の執筆に着手していたことを知っているが。三 聞くところでは、協力者劉敞が欧陽脩を評して読書しないと難じたそうだが、それと同様あなたが勉強不足なのではないかと心配だ。「欧九不学」のことは山陽も茶山宛て書翰で触れている。或いは随筆などで知られていたか。四 まわりの村里では春たけて、酒屋の看板がはためき。五 山々は秋気きびしい中に、雲むす庵がある。六 思わず期待する、当代の俊傑であるあなたが世のために乗り出して下さることを。時髦は当代の俊才。髦は髪中の太く長い毛で、すぐれた人物。

▽山陽評「是賜㆑僕之詩、不㆑可㆓評点㆒。以㆓頷聯切甚、結語巧甚㆒、不㆑覚僭加」があり、頷聯傍に「不字最切」、尾聯傍には「著㆑対率読、不㆑覚老手」との評を添える。

184 遺稿、巻二所収。文政五年(一八二二)、七十五歳の夏の作。木製の鳳凰にことよせて、出雲の儀満氏なる人物に贈った七言歌行体の古詩。成立事情は未詳であるが、儀満氏は楯縫郡平田(現島根県平田市)の名族で書籍商を営み、稀本を多く蔵していた。池大雅筆の壺中乾坤画巻はその尤なるものであった。広瀬旭荘はここで明沈節甫編の紀録彙編を閲している(九桂草堂随

彩羽《さいう》は徒《いたず》らに画譜《がふ》に看《み》る。」
[九]雲州《うんしゅう》の樵夫《しょうふ》　巌窟《がんくつ》に入《い》りて、
[一〇]忽《たちま》ち見《み》る　怪禽《かいきん》の蓊鬱《おううつ》に立《た》つるを。
試《こころ》みに沙礫《されき》を投《とう》ずれども駭飛《がいひ》せず。
[一一]乃《すなわ》ち就《つい》て之《これ》を看《み》れば　即《すなわ》ち此の物《もの》なり。
携《たずさ》へ帰《かえ》りて識《し》らず　是れ何《なん》の鳥《とり》なるかを。
持《じ》して村儒《そんじゅ》に示《しめ》し　其の説《せつ》を叩《たた》けば、」
[一二]西土《せいど》　周後《しゅうご》　雍熙《ようき》を失《うしな》ひ、
[一三]地《ち》を避《さ》けて来《きた》り栖《す》む　扶桑《ふそう》の枝《えだ》。
[一四]我《われ》も亦《ま》た中葉《ちゅうよう》　喪乱《そうらん》を経《へ》て、
[一五]姑《しばら》く遺蛻《いぜい》を寄《よ》せ　徳輝《とくき》を俟《ま》つと。」
樵夫《しょうふ》　此《これ》を聞《き》きて心信《こころしん》ぜず。
挙《ことごと》く満氏《まんし》に贈《おく》りて弄玩《ろうがん》に供《きょう》す。
満氏《まんし》は古《いにしへ》を好《この》み　兼《かね》て奇《き》を好《この》む。
驚喜《きょうき》して知《し》らず　歌《うた》ひ且《か》つ抃《う》つを。」
[一六]駿骨《しゅんこつ》　自《おのずか》ら昭王《しょうおう》に遇《あ》ふこと有り。

彩羽徒於画譜看
雲州樵夫入巌窟
忽見怪禽立蓊鬱
試投沙礫不駭飛
乃就看之即此物
携帰不識是何鳥
持示村儒叩其説
西土周後失雍熙
避地来栖扶桑枝
我亦中葉経喪乱
姑寄遺蛻徯徳輝
樵夫聞此心不信
挙贈満氏供弄玩
満氏好古兼好奇
驚喜不知歌且抃
駿骨自有遇昭王

筆二）。茶山の知る当主もおそらく傑物であったのであろう。或いは当地法恩寺の日謙道光（→四）を通じての識であったかも知れない。道光の聴松庵詩鈔には、「題二画鉄蕉一為二儀満子孝一」五絶（巻四）・「同二子孝一遊二嵯峨一」七絶（巻五）が収められている。また、木鳳はその氏よりの着想か。七 かつて岐山から大きく羽ばたいて鳳凰が飛び去ってから。翽翽は羽ばたきの音。また鳥が多いこと。詩経・大雅・巻阿に「鳳凰于飛、翽翽其羽」とある。岐山は陝西省岐山県にあり、周の興るとき鳳凰が来て鳴いたと伝え、鳳凰山ともいう（太平寰宇記）。八 その高く澄み透った鳴声は、今ではしょうの笛の音色に聞かれるだけで。笙簧はしょうの笛で、鳳凰の鳴き声を摸して造ったといわれる。九 出雲の国のきこり。一〇 突然得体の知れない鳥がうっそうたる樹木にとまっているのを見た。
一一 そこで近寄ってよく見ると、とりもなおさずこの木造りの鳳凰だったのだ。一二 先生のたまわく、中国では周王朝のあと、戦国の世となって平和が乱れ。雍熙は天下がよく治まること。雍は和、熙は禧で、やわらぎたのしむ意。
一三 鳳凰はその地をよけてわが国に飛来し、扶桑木の枝に棲むようになった。扶桑は中国の東方海中にある神木で、桑に似て同根より双生し、相依るゆえ扶といい、日の出る所という（山海経・海外東経）。日本をその地に当てる。
一四 ところがわが国も中国と同様、中世には世の乱れがうちつづき。一五 鳳凰はとりあえず抜けがらを残して、すぐれた資質を現す時を待つことにしたのであろう、と。
一六 すぐれた人物は当然昭王に見出される。駿骨は駿馬の骨。賢人。戦国時代、燕の郭隗（かくかい）は昭王が賢者を招こうとした時、まず私から登

一他年《たねん》　顕晦《けんかい》　更《さら》に量《はか》り難《がた》し。
二秦州《しんしゅう》の枯柏《こはく》　筆《ふで》を点《てん》じて栄《さか》え、
三盧岳《ろがく》の雁石《がんせき》　秋《あき》を望《のぞ》みて翔《かけ》る。
時《とき》に逢《あ》ひて須《すべから》く是れ本相《ほんそう》を現《あらわ》すべし。
身《み》を潜《ひそ》めて那《なん》ぞ用《もち》ゐん　窮郷《きゅうきょう》に朽《く》つるを。
今時《こんじ》　再《ふたた》び文明《ぶんめい》の昼《ひる》に値《あ》ふ。
俟《ま》つ　爾《なんじ》の和鳴《わめい》して朝陽《ちょうよう》に向《むか》ふを。

他年顕晦更難量
秦州枯柏点筆栄
盧岳雁石望秋翔
逢時須是現本相
潜身那用朽窮郷
今時再値文明昼
俟爾和鳴向朝陽

185

仲冬《ちゅうとう》　鴨方《かもがた》に赴《おもむ》く。往来笠岡《おうらいかさおか》を経《ふ》るに、
路上遇《ろじょうあ》ふ所《ところ》を記《しる》す　四首《しゅ》(内二首)

四衰躬《すいきゅう》　寒沍《かんご》に怯《おび》え、
五近午《きんご》　閭閻《りょえん》を出《い》づ。
天上《てんじょう》は陽《ひ》　将《まさ》に復《おお》はんとするも、
林間《りんかん》は気《き》　転《うた》た厳《げん》なり。
六衝風《しょうふう》　石竅《せききょう》に鳴《な》り、
七驟雪《しゅうせつ》　輿簾《よれん》を撲《う》つ。

仲冬赴鴨方。往来経笠岡、路上記所遇四首

衰躬怯寒沍
近午出閭閻
天上陽将復
林間気転厳
衝風鳴石竅
驟雪撲輿簾

用なさいと自己推薦したが、その際の喩え話に、昔駿馬の骨を千金で買った人のもとには、評判を聞いて名馬がつぎつぎともたらされた先例を挙げた(戦国策・燕策)。

一 あなたもいつか、世に出る時がないとは言えぬ。他年は後年。顕晦は世に現れることと知られないことと。ここは顕が主意。
二 秦州の柏の枯木に帝が枝を描き加えると、また繁茂し。秦州枯柏云々は秦時代の話として春渚紀聞に見える(淵鑑類函四一三)。
三 盧山の雁形石は秋になると空をあまがける。潯陽記に盧山の頂きの池中に三個の雁石があり、霜降の頃空に飛び立つとある(淵鑑類函二一八)。
▽山陽評が十九句に「去レ有、加ニ燕字於昭上一似レ可」、総評として「妥貼排奡、不レ見ニ頽唐之態一、不ニ唯欽ニ詩力弗一レ衰、喜ニ徳履無一レ虧也」とある。

185 遺稿、巻二所収。文政五年(一八二二)十一月、七十五歳の作。備中鴨方はいうまでもなく景仰おくあたわなかった西山拙斎の在所である。拙斎世を去って二十五年、この十一月五日にはその二十五回忌祭が修奠され、茶山ののこした七絶二首には、中に「二十餘年片時夢」「来及令孫追遠期」の句がある。西山家も長男桂叢が昨文政四年七月に歿し、孫大椿三十六歳の代であったが、西備神辺より笠岡を経て中備鴨方への往還は、茶山にとって想い出も一入の熟路だったにちがいない。
四 やせ衰えた身体には寒さがおそろしく。寒沍は厳しい寒さ。
五 昼近くになって村を出立した。閭閻は村里。
六 はやてが岩のくぼみに吹きつけて音を立て。

八扛丁《こうてい》の脊《けん》を解《と》かんと欲《ほっ》し、
九村《むら》を過《す》ぎて酒帘《しゅれん》を問《と》ふ。

○

186
一〇水郭《すいかく》晴日《せいじつ》に逢《あ》ひ、
一一輿窓《よそう》物華《ぶつか》を納《おさ》む。
帆《ほ》来《きた》つて 風澳《かぜみぎわ》に定《さだ》まり、
潮《しお》退《しりぞ》きて 暖沙《だんすな》に生《しょう》ず。
一二礁角《しょうかく》 橦《とう》を輸《おく》る路《みち》。
林頭《りんとう》 網《あみ》を晒《さら》す家《いえ》。
南村《なんそん》に留《とど》まること数日《すうじつ》、
帰遺《きい》 梅花《ばいか》を得《え》たり。

病中雑詩《びょうちゅうざつし》　五首《しゅ》(内二首)

187
一三我《わ》が心《こころ》 競《きそ》はずと雖《いえど》も、
一四世事《せじ》 也《ま》た睽《そむ》くこと多《おお》し。
病《やまい》に臥《ふ》して春半《はるなか》ばを過《す》ぎ、

欲解扛丁脊
過村問酒帘

○

水郭逢晴日
輿窓納物華
帆来風定澳
潮退暖生沙
礁角輸橦路
林頭晒網家
南村留数日
帰遺得梅花

病中雑詩五首

我心雖不競
世事也多睽
臥病春過半

七 にわか雪はかごのすだれに激しく降りかかる。
八 かごかきのにぎりこぶしをほぐしてやろうと。扛丁はかごかき人足。脊は石弓だが巻に通じ、拳の意に用いたか。
九 村里を通り酒屋をおとずれた。
▽山陽評「五字之城、不レ壊二四方之望一、可レ慰」がある。

186　一〇 川辺の村はよく晴れて。
一一 かごの窓から景色がよく眺められる。物華は風景。
一二 岩かどには綿を運ぶ道が通い。礁角は水面に見えかくれする岩かど。橦はつむいで布にする綿花。王維・送二梓州李使君一に「漢女輸二橦布一」とある。

187　遺稿、巻三所収。文政六年(癸未、一八二三)、七十六歳の春の作。この年一月中旬より茶山は病いの床に臥した。腸チフスの類かといい、完治までに三か月を要した。この病中雑詩五首や病中作七絶二首は、この時の什である。三月には田能村竹田が見舞に立ち寄り、茶山は昨年贈られた詩に次韻して、謝意を寓し酬した。
一三 わたくしの気持は人を意識して張り合うことはないが。杜甫・江亭に「水流心不レ競」とある。
一四 いまの世の中はやはり不如意なことが多い。睽は物事がうまく行かないこと。意に反すること。易経・序卦に「乖也」とある。

人《ひと》を期《き》して日《ひ》 又《また》 西《にし》す。
凄風《せいふう》 茅舎《ぼうしゃ》 冷《ひや》やかに、
細雨《さいう》 草烟《そうえん》 迷《まよ》ふ。
謾《そぞろ》に意《おも》ふ 鶯花《おうか》の節《せつ》、
一荒尋《こうじん》 杖藜《じょうれい》を信《しん》ず。

期人日又西
凄風茅舎冷
細雨草烟迷
謾意鶯花節
荒尋信杖藜

188 ○

病軀《びょうく》 従《したが》へて出《い》づること懶《ものう》く、
僻処《へきしょ》 二誰《たれ》と与《とも》にか儔《ちゅう》せん。
霽日《せいじつ》 林前《りんぜん》の影《かげ》、
春泉《しゅんせん》 戸外《こがい》の流《ながれ》。
三書《しょ》を読《よ》みて寸補《すんぽ》なく、
四世《よ》を閲《けみ》して千憂《せんゆう》あり。
五独《ひと》り幸《さいわ》ひとす 徐陳《じょちん》の輩《はい》と、
六同時《どうじ》に並遊《へいゆう》を得《え》たるを。

○

病軀従懶出
僻処与誰儔
霽日林前影
春泉戸外流
読書無寸補
閲世有千憂
独幸徐陳輩
同時得並遊

楠公桜井《なんこうさくらい》の図《ず》

楠公桜井図

一 あかざの杖を頼りに、人気の無いところまで尋ねてみようと思う。
▽首聯「類㆑陶」と傍書。頷聯「類㆑王」と傍書。

188・二 誰とつれ立って訪れようか。
三 学問にいそしんだが、大した成果もあがらず。
四 いまの時勢を見渡すと憂鬱なことばかりだ。
五 ひとつ仕合わせなのは良友と。徐陳は徐幹と陳琳。ともに才人で魏の文帝の善友。
六 野遊びにたずさえ行けることを。
▽山陽評「徐指㆓西山㆒、陳指㆓柴野㆒、非耶」がある。尾聯の徐・陳は、ひそかに西山拙斎と柴野栗山を擬したのでは、というのが頼山陽の解釈であった。

189 遺稿、巻三所収。文政六年(一八二三)、七十六歳の作。楠正成・正行父子の桜井駅訣別図に題した詩。
延元元年(一三三六)五月、後醍醐天皇より筑紫から上洛する足利尊氏勢を迎撃せよとの仰せを受けた正成は、一旦帝は比叡山に遷幸し、逆賊を避け挟み撃ちの戦術を建策したが、公卿方に納れられず、同月十六日都より五百余騎を率いて兵庫へ下る途中、当年十一歳の嫡子正行を、この桜井の宿より本貫河内へ帰らせた。後事を託する深慮に出でた悲痛忠烈な庭訓とともに、有名な楠公子別れの一齣で、ことは太平記十六「正成下㆓向兵庫㆒事」に詳しい。
七 残留を命じられた正行はまことに不本意で、決戦場に赴く父正成も後ろ髪が引かれる思いだ。
八 誰が平気で仰ぎ見ることができようか、互い

189

七留《とど》まる者《もの》は居《お》り難《がた》く　去《さ》るものも前《すす》み難《がた》し。
八誰《たれ》か能《よ》く仰《あお》ぎ看《み》ん　別時《べつじ》の顔《かお》。
九済美《せいび》の人存《じんそん》　我《われ》に於《おい》て足《た》る。
一〇満朝《まんちよう》の舌撃《ぜつげき》　古《いにしえ》より然《しか》り。
一一諸公《しよこう》　如《も》し鋒《ほう》を避《さ》くるの策《さく》を用《もち》ゐなば、
一二鑾輿《らんよ》　未《いま》だ必《かなら》ずしも再《ふたた》び南遷《なんせん》せざらん。
一三数言《すげん》の遺訓《いくん》　日月《じつげつ》を懸《か》け、
一四一時《じ》の勝敗《しようはい》　雲烟《うんえん》を瞥《べつ》す。
一五志士《しし》猶《な》ほ恨《うら》む　生《せい》已《すで》に晩《おそ》く、
一六同時《どうじ》に共《とも》には間関《かんかん》を得《え》ざるを。

留者難居去難前
誰能仰看別時顔
済美人存於我足
満朝舌撃自古然
諸公如用避鋒策
鑾輿未必再南遷
数言遺訓懸日月
一時勝敗瞥雲烟
志士猶恨生已晩
不得同時共間関

190

九日《ここのか》　小野泉蔵《おのせんぞう》と対酌《たいしやく》す
二日《ふつか》前《まえ》、子譲《しじよう》の訃《ふ》至《いた》る。

重九《ちようきゆう》　今《いま》より更《さら》に幾回《いくかい》ぞ。
衰残《すいざん》　感《かん》に触《ふ》るれば尽《ことごと》く悲哀《ひあい》。

九日与小野泉蔵対酌
二日前、子譲訃至

重九従今更幾回
衰残触感尽悲哀

に忍びがたきを忍ぶ父子の表情を。
九 父の志を継がすために子を留め置くのは、自分だけで十分だ。済美は父祖のすぐれた業績を受け継いで成就すること。左伝・文公十八年に「世済二其美一」とある。
一〇 朝廷で廷臣たちがいろいろ論議をたたかすのは、今にはじまったことではない。
一一 公卿や武将たちがもし勢いに乗った足利尊氏の軍勢を避ける策を採り、帝が比叡山に遷幸していれば。
一二 帝は再び南遷することはなかったであろう。
一三 正成が嫡子正行に言い残した言葉の内容は、後々のことを考えてのことで。正成は別れに際し、獅子が万仭の石壁より子を擲る例話を引き、孝の実践道を教誡した。
一四 いっときの戦いの結果は全く問題ではない。
一五 正成公はすでに討死覚悟の出陣なので。
一六 二世の正行と一緒には尊王の険しい道を進むことができない。間関は難路に行きなやむこと。
▽山陽評、起句に「単刀直入妙」、九・十句に「志士二句、熱腸俠気、洞二貫千古一」がある。

190　遺稿、巻三所収。文政六年(一八二三)九月九日、七十六歳の作。小野泉蔵(一七六七―一八二三)、名は達、招月と号した。備中国浅口郡長尾村(現岡山県倉敷市)の名家で、茶山と親しく常に往来し、毎年重陽には菊酒を酌み交わす間柄であった。茶山より十九歳年下で、この時五十七歳。実はこの八月十七日、北条霞亭が江戸で歿し、その訃報が二旬を経た二日前の九月七日、茶山のもとに達した。霞亭は茶山より三十二歳も年少の、いまだ四十四歳であった。

一況《いわ》んや東野《とうや》の簀《さく》新《あら》たに易《か》ふるを聞《き》くをや。
二西原《せいげん》の筵《えん》 一開《かい》するを得《え》ず。長慶集《ちょうけいしゅう》に見《み》ゆ。
三旱後《かんご》の村閭《そんりよ》 偏《ひとえ》に索寞《さくばく》たり。
四霜前《そうぜん》の林薄《りんぱく》 已《すで》に低摧《ていさい》せり。
五幸《さいわ》ひに忻《よろこ》ぶ 崔署《さいしょ》の彭沢《ほうたく》を尋《たず》ねしを。
六涙《なんだ》を揮《ふる》つて聊《いささ》か伝《つた》ふ 芳菊《ほうきく》の杯《はい》。

191

歳杪《さいびょう》

臘尾《ろうび》 村閭《そんりよ》静《しず》かにして、
尊前《そんぜん》 笑語《しょうご》親《した》しむ。
七晋《しん》は饑《う》ゑて歳《とし》を卒《お》へ難《がた》く、
棠《とう》は発《ひら》いて好《よ》く春《はる》を迎《むか》ふ。
早暖《そうだん》にして山《やま》 雪《ゆき》なく、
八牢晴《ろうせい》にして径《みち》 塵《ちり》あり。
喜《よろこ》ぶ 吾《われ》 八十に垂《なんな》んとし、
仍《な》ほ九楽郊《らっこう》の民《たみ》と作《な》るを。

況聞東野簀新易
不得西原筵一開見長慶集
旱後村閭偏索寞
霜前林薄已低摧
幸忻崔署尋彭沢
揮涙聊伝芳菊杯

歳杪

臘尾村閭静
尊前笑語親
晋饑難卒歳
棠発好迎春
早暖山無雪
牢晴径有塵
喜吾垂八十
仍作楽郊民

一 まして、江戸で北条霞亭が亡くなった知らせを受け、なおのことだ。易簀は人の死をいう。曾参(そうしん)が臨終に際し、敷いていた簀(すのこ)を身分不相応として取り替えさせた故事による(礼記・檀弓上)。
二 君のいた西備神辺で、君をまじえての宴はもう開くことができない。西原筵は白居易・西原晩望に「花菊引㆓閑歩㆒、行上㆓西原路㆒」(白氏長慶集十)とある。
三 ひでりつづきだった村里は。
四 霜も近い林の茂みは、はや低くまばらになっている。林薄は林叢。楚辞・九章・渉江の注に「叢木曰㆑林、草木交錯曰㆑薄」とある。低摧は減りくだけること。柳宗元・閔生賦に「形低摧而自愍」とある。
五 うれしいことに、重陽の佳節に盛唐の崔曙が、陶潜にも比すべき彭沢の知事劉容を訪れたように、君がこの日やって来てくれたので。崔曙・九日登㆓望仙台㆒呈㆓劉明府容㆒に「且欲㆘近尋㆓彭沢宰㆒、陶然共酔菊花杯㆖」とある。
六 万感の思いでこの悲報を伝え、恒例の菊花を浮かべた酒杯を酌もうと思う。
▽山陽評「前頁数律、視㆑此総覚㆑嚼㆑蠟、乃知、詩不㆑可㆓強作㆒、逢㆑情不㆑可㆑已、斯一挙揚㆓精采㆒、居然不朽、在㆓老手㆒且然、況吾輩乎」がある。

191 遺稿、巻三所収。文政六年(一八二三)歳末、七十六歳の作。
七 晋地方では不作だったので、年を越すのもむつかしいそうだが。晋は他地方を仮託して称した。文政六年夏は大旱魃であった。
八 空はおだやかに晴れて、小道は砂ぼこりが立つ。牢晴は俗語。
九 よく治まった安楽の地、楽土。詩経・魏風・碩

192
病中偶作《びょうちゅうぐうさく》(四首、内一首)
林鳩《りんきゅう》啼《な》き罷《や》みて　夕山《せきざん》虚《うつろ》なり。
坐《ざ》して看《み》る　峰雲《ほううん》巻《ま》きて復た舒《の》ぶるを。
一〇小謝《しょうしゃ》　才《さい》あれども今《いま》は在《あ》らず。
一一中郎《ちゅうろう》　子《こ》なくして竟《つい》に何如《いかん》。
愁中《しゅうちゅう》の光景《こうけい》　身《み》偏《ひとえ》に老《お》い、
病裡《びょうり》の歓娯《かんご》　友《とも》も亦《ま》た疎《うと》し。
且《しばら》く田園《でんえん》を捨《す》てて村塾《そんじゅく》を造《つく》る。
一区《く》の梧竹《ごちく》　数棚《すうほう》の書《しょ》。

病中偶作
林鳩啼罷夕山虚
坐看峰雲巻復舒
小謝有才今不在
中郎無子竟何如
愁中光景身偏老
病裡歓娯友亦疎
且捨田園造村塾
一区梧竹数棚書

193
江村《こうそん》の秋事《しゅうじ》　七首《しゅ》(内二首)
一二鯉魚《りぎょ》の風《かぜ》冷《ひや》やかにして村荘《そんそう》寂《せき》たり。
沙路《しゃろ》　人《ひと》なく　露光《ろこう》浥《うるお》ふ。
火《ひ》見《み》えて遥《はる》かに知《し》りぬ　漁艇《ぎょてい》の宿《しゅく》するを。
蘆花《ろか》　洲渚《しゅうしょ》　夜《よる》に蒼蒼《そうそう》たり。

江村秋事七首
鯉魚風冷寂村荘
沙路無人浥露光
火見遥知漁艇宿
蘆花洲渚夜蒼蒼

鼠に「楽郊楽郊、誰之永号」とある。▽山陽評「尊藩荒政獲レ宜、成二就此温厚和平之詩一、陳風采詩、宜無レ愧也」がある。

192　遺稿、巻四所収。文政七年(甲申、一八二四)夏、七十七歳の作。茶山はこの年も病い勝ちであった。

一〇 弟晋宝(耻庵)は詩才があったが、もはやこの世を去り。小謝は南朝宋の謝恵連。族兄謝霊運を大謝というのに対する。鍾嶸(しょうこう)・詩品・中に「小謝才思富捷」とある。寛政十二年に歿した弟耻庵をさす。この年八月二十七日は二十五回忌に相当。

一一 中の弟猶右衛門(汝梗)には子がなく、どうにも致し方がない。中郎は二番目の弟、叔弟。郎は男子の美称。深津村松岡広八都住の養子となった汝梗は四十三年前の天明元年に歿し、その子で茶山が養子にしていた長作(万年)も十三年前の文化八年に三十九歳で歿している。▽山陽評「用典貼切、写情穏秀、古人不レ能レ過也」、また同じく結句には「捨・造二字、似レ欠二蘊籍一」の評がある。

193　遺稿、巻四所収。文政七年(一八二四)秋、七十七歳の作。入江の漁村の秋景色。

一二 秋の風はひややかで、田舎家はひっそりしている。鯉魚風は秋風のこと。提要録に「九月鯉魚風」とある。▽山陽評「蘆花作二蒹葭一如何」、「蒼蒼作二茫茫一亦似レ可、然火光中見二出蘆花一、則蒼蒼為レ允」がある。

○

194 西風《せいふう》の日日《ひび》 雁南飛《かりなんび》す。
漁巷《ぎよこう》の秋容《しゆうよう》 木葉稀《ぼくようまれ》なり。
天冷《てんつめ》たくして村姑《そんこ》初《はじ》めて夜作《やさ》す。
一蚌燈光裡《ぼうとうこうり》 蓑衣《さいい》を織《お》る。

仏刀自《ほとけとじ》

195 寵《ちよう》を失《うしな》ひ怨《うら》みを懐《いだ》けば 身《み》拚《す》つべし。
栄《えい》を辞《じ》して跡《あと》を晦《くらま》すは事尤《こともつと》も難《むずか》し。
秋《あき》に逢《あ》ひて何《いず》れの草《くさ》ぞ黄落《こうらく》せざる。
二独《ひと》り恨《うら》む 薫蕕《くんゆう》 類《るい》を同《おな》じうして看《み》らるるを。

偶成《ぐうせい》

196 夜来《やらい》の炎暑《えんしよ》 未《いま》だ全《まつ》たくは消《しよう》せず。
三穲稏《はあ》は秋《あき》を知《し》りて露已《つゆすで》に饒《おお》し。
四閑《しず》かに胡牀《こしよう》に踞《きよ》して初《はじ》めて酒《さけ》を喚《よ》び、

○

西風日日雁南飛
漁巷秋容木葉稀
天冷村姑初夜作
蚌燈光裡織蓑衣

仏刀自

失寵懐怨身可拚
辞栄晦跡事尤難
逢秋何草不黄落
独恨薫蕕同類看

偶　成

夜来炎暑未全消
穲稏知秋露已饒
閑踞胡牀初喚酒

194 一 にぶい燈火の中で、みのを織りつづけるのだ。蚌燈は暗い漁火。
▽山陽評「是鬢臾遥認㆓帰家㆒者」がある。

195 遺稿、巻五所収。この巻は文政八年(乙酉、一八二五)、七十八歳の作が収められているが、中には「山行〈旧作〉」「録旧作」と題されたものもあり、本作も一連の詠史詩十五首とともに必ずしもこの年の作とは限らない。その詩題は藤原保昌・平薩州別㆓藤三位㆒図・源太景季・源准后・楠中将持㆑盃図などの雅雄に採ったものと、息長后・有智子内親王・紫式部・仏刀自・小督・靹絵・妓静・坂額・矢口女・奈良左近妹のように、とりどりの女流を詠じた作とに分かれる。
仏刀自とは白拍子仏御前のこと。平清盛寵愛の白拍子祇王・祇女姉妹の評判を聞き、西八条の清盛邸に推参、その取りなしで対面し、たちまち清盛の愛を独り占めにした。祇王は清盛邸を去るにあたり、「もえ出るもかるゝもおなじ野辺の草いづれか秋にあはではつべき」との歌を障子に書したが、この悲運を見て、やがて仏御前も無常を感じ、彼女らが出家して引き籠る嵯峨野を訪れ、ともに尼になったと伝える。
二 ただ、捨てられた者も自ら去った者も同じように見られることが恨めしい。薫蕕は香りの良い草と悪い草。
▽山陽評「十五絶句中、此為㆓驪珠㆒」がある。

196 遺稿、巻五所収。文政八年(一八二五)初秋、七十八歳の作。
三 けれども稲穂には秋の実りがきざし、露ははげしく降りている。穲稏は稲の名。集韻に「稲也」とある。一説に稲のゆらぐさま。
四 ゆっくりと牀几に腰かけ。

竢《ま》ちて看《み》る　明月《めいげつ》の芭蕉《ばしょう》に到《いた》るを。

牧《ぼく》　牛《ぎゅう》

197
五前村数里《ぜんそんすうり》　樹《じゅ》　依微《いび》たり。
六四野《しや》　蒼茫《そうぼう》として暮靄《ぼあい》囲《かこ》む。
新《あら》たに山童《さんどう》を賃《やと》へども未《いま》だ路《みち》を諳《そら》んぜず。
縦横《じゅうおう》　只《た》だ老牛《ろうぎゅう》に信《まか》せて帰《かえ》る。

独《ひと》り閑窓《かんそう》に読《よ》む

198
渓雲《けいうん》　屋《おく》を擁《よう》して　黯開《あんひら》き難《がた》し。
七数尺《すうしゃく》の芸窓《うんそう》　雑樹《ざつじゅ》の隈《くま》。
読《よ》みて奇文《きぶん》の心《こころ》に会《かい》する処《ところ》に到《いた》りて、
知《し》らず　童子《どうじ》の燈《ともしび》を点《てん》じ来《きた》るを。

旧詩巻《きゅうしかん》を読《よ》む

199
八老来《ろうらい》　歓娯《かんご》少《すく》なく、

竢看明月到芭蕉

牧　牛

前村数里樹依微
四野蒼茫暮靄囲
新賃山童未諳路
縦横只信老牛帰

独読閑窓

渓雲擁屋黯難開
数尺芸窓雑樹隈
読到奇文会心処
不知童子点燈来

読旧詩巻

老来歓娯少

▽山陽評「正是初涼、未レ冷時、絶佳時節、絶佳詩句」がある。

197　遺稿、巻五所収。文政八年(一八二五)冬、七十八歳の作。詩題は牛を駆り立てて行く意。
五　眼前にひろがる村里は、樹木が遠く何里もかすんで見える。依微はぼんやりしたさま。
六　野原は一面果てしなく、夕もやが立ち籠めている。蒼茫は海・空・原などが果てしなく広がっている意の畳韻語。暮靄は夕暮のもや。杜牧・題ニ揚州禅知寺一に「暮靄生ニ深樹一」とある。

198　遺稿、巻七所収。文政十年(丁亥、一八二七)春、八十歳の作。
七　狭い書斎は雑木林の片隅にある。芸窓は読書の室。芸は香草で、書物の虫を防ぐ。故事成語考・宮室に「書屋曰ニ芸窓一」とある。
▽山陽評「太巧」がある。

199　遺稿、巻七所収。文政十年(一八二七)夏、八十歳の作。旧詩巻とは、もとより茶山自らの詩業である。この五月十四日、弱冠二十一歳の豊後日田の広瀬旭荘(一八〇七―六三)が茶山のもとを訪れ、三備を巡遊、秋までふたたび老茶山の病床に侍した。また十六日には、頼杏坪が京よりの帰途、兄嫁梅颸と来訪している。一方、養子門田朴斎との仲は、のち茶山の後嗣となった菅三の母敬らの中傷もあって、かなり険悪なものとなっていた。そのような時、旧詩嚢を繙いて来し方を顧み、烏兎匆々裡、生涯忘れ得ぬ想い出をまとめた本作こそ、けだし詩人茶山の総決算ともいえる絶唱であろう。
八　年寄るとたのしみもめったになく。

一 長日《ちようじつ》 消《け》し得《う》ること難《かた》し。
偶〻《たまたま》強壮《きようそう》の日《ひ》を憶《おも》ひ、
時《とき》に旧詩《きゆうし》を把《と》りて看《み》る。
二 大耋《だいてつ》 心《こころ》 慌惚《こうこつ》たれども、
亦《ま》た当年《とうねん》を想《おも》ふ可《べ》し。
三 欣戚《きんせき》 再《ふたた》び経《ふ》る如《ごと》く、
四 病懐《びようかい》 稍《やや》且《しばら》く寛《ゆるやか》なり。
花《はな》に酔《え》ひし 墨川《ぼくせん》の隄《つつみ》。
　豕木王《ちようぼくおう》 伊蘭軒《いらんけん》、花《はな》を墨水《ぼくすい》に看《み》る。
五 月《つき》に吟《ぎん》ぜし 椋湖《りようこ》の船《ふね》。
　蠣公子《れいこうし》 六如師《りくによし》等《ら》、月《つき》を椋湖《りようこ》に賞《しよう》す。
六 手《て》を叉《さ》す 温生《おんせい》の捷《しよう》。
　葛子琴《かつしきん》 敏捷《びんしよう》なり。詩《し》毎《ごと》に人《ひと》を驚《おどろ》かす。
七 頂《いただき》を露《あら》はす 張旭《ちようきよく》の顚《てん》。
　倉成善卿《くらなしぜんけい》 草書《そうしよ》を長府侯《ちようふこう》の座《ざ》に作《つく》る。

長日消得難
偶憶強壮日
時把旧詩看
大耋心慌惚
亦可想当年
欣戚如再経
病懐稍且寛
酔花墨川隄
　豕木王伊蘭
　軒看花墨水
吟月椋湖船
　蠣公子六如師
　等、賞月椋湖
叉手温生捷
　葛子琴敏捷。
　毎詩驚人
露頂張旭顛
　倉成善卿作草
　書於長府侯座

一 夏の日長は無聊耐えがたい。長日は昼が長い日、夏の日。

二 八十歳にもなると、心身はほとほとぼけきっているが。

三 心踊ったことや、しなえ憂えたことが、そっくりよみがえって。欣戚は喜びと悲しみ。

四 自注は文化元年三月十九日、五十七歳時の犬塚印南・伊沢蘭軒らとの墨田川の堤の花見をさす。豕木王は犬塚木王園の修名表現。

五 月にうそぶいた巨椋池での舟遊びの想い出はなつかしい。自注は寛政六年中秋の夜、四十七歳時の蠣崎波響・六如上人・伴蒿蹊らとの巨椋池での月見遊覧をさす。

六 また、腕を組むたびに素早く詩が成った温庭筠(おんていいん)のような才子葛子琴や。叉手は手をこまねくこと。晩唐の温庭筠は才思艶麗、小賦に巧みで、八度腕組みして八韻を作ったといわれる(唐詩紀事五十四)。温八叉と呼ばれた。自注に、浪華混沌詩社の葛子琴の敏捷さをそれになぞらえた旨が見える。子琴は韻書を必要とせぬほど平仄に精通していた(在津紀事上)。両者の初対面は安永九年(一七八〇)四、五月の交であった。

七 さらに、頭をむき出し髪を筆とし草書を書いた盛唐の張旭のような狂顚ぶりの倉成龍渚が想い出される。張旭は杜甫・飲中八仙歌に「張旭三杯草聖伝、脱レ帽露レ頂王公前」とある。自注に、龍渚が長府侯毛利氏の前で草書の妙筆を揮ったとある。文人殿様として知られた十一代甲斐守

八 此等《これら》 常《つね》に胸《むね》に在《あ》りて、
其の状《じよう》 更《さら》に宛然《えんぜん》たり。
瑣事《さじ》 遺亡《いぼう》に委《ゆだ》ぬれども、
忽《たちま》ち亦《ま》た目前《もくぜん》に現《あらわ》る。
九 或《あるい》は不平《ふへい》の境《きよう》に遇《あ》ひしも、
往事《おうじ》 夢《ゆめ》 一痕《こん》なり。
吾《わ》が詩《し》は 人《ひと》の笑《わら》ふに従《したが》ひ、
必《かなら》ずしも補刪《ほさん》を費《ついや》さず。
自《みずか》ら吟《ぎん》じ 又《また》 自《みずか》ら賞《しよう》すれば、
楽意《らくい》 其の間《かん》に在《あ》り。

200

臨終《りんじゆう》、妹姪《まいてつ》に訣《けつ》す

一〇 身《み》 殲《ほろ》びて固《もと》より信《しん》ず 百《すべ》て知《し》る無きを。
那《な》んぞ 浮生《ふせい》 一念《ねん》の遺《のこ》る有らんや。
一一 目下《もつか》 除非《ただ》 妹姪《まいてつ》を存《そん》す。
一二 奈何《いかん》せん 歓笑《かんしよう》 永《なが》く参差《しんし》するを。

此等常在胸
其状更宛然
瑣事委遺亡
忽亦現目前
或遇不平境
往事夢一痕
吾詩従人笑
不必費補刪
自吟又自賞
楽意在其間

臨終、訣妹姪

身殲固信百無知
那有浮生一念遺
目下除非存妹姪
奈何歓笑永参差

元義の面前で、文化元年の頃であろうか。
八 これらかずかずの想い出はずっと胸奥に刻み込まれ。
九 時には心おだやかでなかった境涯もあったが。

200 遺稿、巻七所収。文政十年(一八二七)八十歳の秋八月、死期の近きを覚り、身内へ別れを告げた作で、集の巻末に収められ、この臨終詩稿はまた辞世の和歌「うき世とはけふをかぎりにへだつれど人のなさけはわすれかねつも」、「身なければこゝろもなきはかねてしれどたゞはらからの名残をぞおもふ」の二首とともに一軸に表装され、現に黄葉夕陽文庫に伝わっている。

妹姪とは茶山の妹で千田村の荒木圃叟の妻まつ(みつ、好〔よし〕)や萱二およびその母敬など、茶山を看取った人たちである。茶山は八月十三日下世し、二十日網付谷の菅家墓域に葬られた。葬儀は古礼に循い、文恭先生と諡され、法名は寛裕院広誉文恭居士という。
一〇 この現身が亡びれば、心による一切の認識も消え失せることは十分承知している。
一一 いまのわたくしは、ただそなたたちをあとに残すばかりだが。茶山はこの七月に養子朴斎を離縁している。なお、詩稿には「目下」の傍に「孝養」と並記されている。
一二 いかがしよう、どうにもできない。お互いともにたのしく語り笑い合うことが永久にできなくなるのを。

頼《らい》山《さん》陽《よう》詩《し》集《しゅう》

頼惟勤
直井文子 校注

頼山陽の詩は、木版で刊行された三種(『山陽詩鈔』『山陽遺稿詩』『日本楽府』)に一千二百余首が収められているが、これは実作数の何分の一かに過ぎないと言われる。いま本書は刊行三種から計三百首を選んだものである。この選択は昭和十九年刊行の頼成一・伊藤吉三訳註『頼山陽詩抄』(岩波文庫)に準拠する。これは選者が、山陽の詩を、言葉どおり「子守の歌」として聞きながら育った世代であるが故に、詩の取捨について、余人に代え難い感覚を持っていたと考えるからである。しかし何分にも刊本の四分の一の収録数であるため、「熟知の詩が入っていない」との批判・忠告が、以前には時々あったことも付記しておく。只今では木版本の縮印本が普及しただけでなく、未刻の詩まで手広く集めた活字本も複製されたので、全詩を見ることはそれほど困難ではないと思う。文庫本の三百首は体別であるが、本書の三百首は元の刊本順に戻したので、編年の形となった(『日本楽府』は後置。また三百首につき若干の加除があるのは、現在の世情への顧慮による)。

　山陽には若い頃、世俗の雑音から遮断され、読書と著述に集中できる一時期があった。これは脱藩の罪による幽閉に発憤した結果である。当時の心情を吐露した長文の書翰(梶山君脩宛、享和二年頃)に、次の一段がある。

　私は足下もよく御存知の如く、窮愁の運命に陥って以来、奮然として志を立て、昔の虞卿・司馬子長、若くは柳河東氏のように、大いにその力を文章に発揮しようと思っています。その他には、永享以降、織豊の際に至るまでは、その所伝がまちまちであることに鑑み、これを網羅し、正史記述者の採録に備える仕事をしたいと思います(口語訳、節録)。

　この一段は、本書にも多く収められている詠史の詩の説明にもなる。山陽の歿後、幕末から明治にかけては、実証的な史学が長足の進歩を遂げ、足利中期の永享(一四二九-四一)以降どころか、神武肇国以降、山陽が用いた史書は、殆ど完膚なきまで、史料批判の渦に晒された。本書はなるべく山陽に即して注解する方針であるので、現代史学の成果との齟齬は免れない。それにも拘わらず、なお且つ、山陽の詩文が現代に意味を持つとすれば、それは山陽が、曾ての虞卿・司馬遷・柳宗元の如く、窮愁の境遇に陥りながら、それに圧殺されることなく、人の心に訴える何物かを表出したところに求められるであろう。

山《さん》陽《よう》詩《し》鈔《しよう》（抄）

癸丑《きちゆう》の歳《としぐうさく》偶作

1 十有《ゆう》三春秋《しゆんじゆう》、
一逝《ゆ》く者《もの》已《すで》に水《みず》の如《ごと》し。
二天地《てんち》始終《しじゆう》なく、
人生《じんせい》生死《せいし》あり。
三安《いずくん》ぞ古人《こじん》に類《るい》して、
千載《せんざい》四青史《せいし》に列《れつ》するを得《え》ん。

梅《うめ》を詠《えい》ず

2 一株《しゆ》水《みず》に臨《のぞ》んで五静龍《せいりよう》蟠《わだかま》る。
孤芳《こほう》を養《やしな》つて歳寒《さいかん》に傲《おご》らんと擬《ぎ》す。
自《おのずか》ら松篁《しようこう》の相伴《あひともな》ふに足《た》る有り。

癸丑歳偶作

十有三春秋
逝者已如水
天地無始終
人生有生死
安得類古人
千載列青史

詠　梅

一株臨水静龍蟠
擬養孤芳傲歳寒
自有松篁足相伴

1　寛政五年（癸丑、一七九三）、山陽十四歳の詩。山陽は広島の杉木小路（すぎのきしようじ）の父の拝領屋敷から藩の学問所へ通ったり、武術の築山道場へ稽古に行ったりと、少年らしい日々を過ごしている。
一論語・子罕に「子在㆓川上㆒、曰、逝者如㆑斯夫。不㆑舎㆓昼夜㆒」とある。
二文選・曹植・送㆓応氏㆒詩に「天地無㆓終極㆒、人命若㆓朝霜㆒」とある。
三何とかして…たいものだ。
四歴史書。
▽詩鈔開巻第一の詩であるが、本詩の初稿は次の通りであったという。「十有三春秋。春秋去若㆑水。何時吾志成。千古列㆓青史㆒」。少年時代に抱いたこの大志は達せられ、山陽は史家・詩人として名を残すこととなった。その予言のような詩である。

2　五梅の古木を指す。

墻《かき》を過《す》ぎ去《さ》つて一人看《じんかん》を索《もと》むる休《なか》れ。

石州路上《せきしゅうろじょう》(三首、内一首)

3 雨過《あめす》ぎて泉声《せんせい》 逾《いよいよ》喧《かまびす》しく、
二木落《きお》ちて山骨《さんこつ》 尤《もつと》も瘠《や》せたり。
今朝《こんちょう》 杖底《じょうてい》の千岩《せんがん》は、
昨日《さくじつ》 天辺《てんぺん》の三寸碧《すんぺき》なり。

丁巳東遊《ていしとうゆう》 六首《しゅ》

4 四畿甸《きてん》の風光《ふうこう》 吾始《われはじ》めて過《す》ぐ。
東来《とうらい》の地勢《ちせい》 迥《はる》かに五坡陀《はた》たり。
六淡洲《たんしゅう》 蟠踞《ばんきょ》して郊樹《こうじゅ》に当《あ》たり、
七淀水《てんすい》 蒼茫《そうぼう》として海波《かいは》に接《せっ》す。
八楠子《なんし》の孤墳《こふん》に長《なが》く涕涙《ているい》。
九豐家《ほうか》の遺業《いぎょう》は尚《な》ほ一〇山河《さんか》。
悠悠《ゆうゆう》たる今古《きんこ》 一一搔首《そうしゅ》に供《きょう》す。

休過墻去索人看

石州路上

雨過泉声逾喧
木落山骨尤瘠
今朝杖底千岩
昨日天辺寸碧

丁巳東遊六首

畿甸風光吾始過
東来地勢迥坡陀
淡洲蟠踞当郊樹
淀水蒼茫接海波
楠子孤墳長涕涙
豐家遺業尚山河
悠悠今古供搔首

一 人に見てもらおうとする。
▽寛政五年(一七九三)作か。詩鈔には甲寅(寛政六年)の項に収める。厳冬の霜雪をしのいで開花しようとする梅に、清節を思わせる松や篁はよく似合う。垣から外に枝を出して、人の賞賛を博そうなど、俗気を起こさぬことだ。処士として一生を終えた山陽の本領が、早くも萌しているようである。

3 寛政八年(丙辰、一七九六)、山陽十七歳。この年正月八日に元服式。五月に弟妹が疱瘡を病む。妹十(をと)は助かるが、弟大二郎は夭死。六月には山陽自身も持病の癇癪が爆発し、周囲を狼狽させる。続いて母梅颸(ばいし)の叔父滄浪(飯岡義斎の嗣となった)が歿した。七月に癇症の癒えた山陽は、叔父杏坪邸にて伊洛淵源録の会読に参加。十月二十六日、杏坪に伴われ、石見の有福温泉へ保養に赴く。その途中の作。帰宅は十一月十二日。

二 木の葉が落ちて。

三 ここでは、昨日雲の合い間高くに見えた、わずかな、あおみどり色の山を指す。
▽菅茶山の批点がある。後に文化十年(一八一三)閏十一月、三河国西尾にて、深谷半左衛門靚翁(藩用達)を訪れ、山水画を描いた際、画題としてこの詩を用いた(「過」を「歇」に、「逾」を「益」に、「骨」を「貌」に作る)。

4 寛政九年(丁巳、一七九七)、山陽十八歳。叔父杏坪が江戸勤番になり、山陽を伴って東行する。三月十二日出立、四月十一日、江戸の藩邸着。この間の詩は東遊詩巻としてまとめられた。いま改刪された上で詩鈔に収められている。

四 王畿・甸服。近畿地方をいう。

五 起伏があり、平らかでないさま。

六 淡路島。 七 淀川。

興亡《こうぼう》を説《と》かんと欲《ほっ》すれども独《ひと》りを奈何《いかん》せん。

○

5
[一二]百揆《ひやくき》 [一三]簪纓《しんえい》して尚《な》ほ駿奔《しゅんぽん》す。
[一四]観光《かんこうし》識るに足《た》る帝王《ていおう》の尊《とうと》きを。
雲《くも》は餘《あま》す 五色《しき》の紫《し》宸殿《しんでん》。
日《ひ》は上《のぼ》る [一五]三竿《かん》の朱雀門《すざくもん》。
[一六]宝器《ほうき》 由来《ゆらい》 [一七]郟鄏《こうじょく》に存《そん》す。
土田《どでん》 [一八]必《かなら》ずしも温原《おんげん》を問《と》はず。
西方《せいほう》の[一九]赤縣《せきけん》は伝舎《でんしゃ》の如《ごと》し。
天《てん》 諶《まこと》にして[二〇]萬孫《ばんそん》を眷《かえり》みるに孰若《いずれ》ぞ。

○

6
五十三亭《てい》 海東《かいとう》を控《ひか》ふ。
[二一]故関《こかん》 右《みぎ》に折《お》れて路《みち》 岐《わか》れ通《つう》ず。
湖南《こなん》の草樹《そうじゅ》 春《しゅん》雲碧《うんみどり》に、
畿内《きない》の峰巒《ほうらん》 夕日《せきじつ》 紅《くれない》なり。
[二二]流峙《りゅうじ》 依然《いぜん》たり此の形勝《けいしょう》、

欲説興亡奈独何

○

百揆簪纓尚駿奔
観光足識帝王尊
雲餘五色紫宸殿
日上三竿朱雀門
宝器由来存郟鄏
土田不必問温原
西方赤縣如伝舎
孰若天諶眷萬孫

○

五十三亭控海東
故関右折路岐通
湖南草樹春雲碧
畿内峰巒夕日紅
流峙依然此形勝

八 兵庫県湊川の楠正成の墓。三月二十三日に訪れ、この他に長編の古詩を二篇作っている。
九 豊太閤。三月二十四日、西宮より伊丹に出て山城へ入り、郡山一泊。二十五日に山崎より伏見に入り、京都を経て大津泊。
一〇 杜甫・春望に、「国破山河在」とある。
一一 頭をかく。心の落ち着かぬ時や、不安・愁えのある様子。
▽頸聯は改作前、「楠子孤墳独涕涙、豐家遺業空山河」であった。菅茶山評。「子成少日好二李北地一。(李夢陽)造語沈確、蓋神似レ之。与下享保諸人(荻生徂徠・服部南郭)学二後七子一者上自別」。

5
三月二十五日に京都を見物している。
一二 百官。
一三 冠を留めるかんざしと、冠の紐。
一四 帝王の威光を観る意。易経・観卦に「六四。観二国之光一」とある。
一五 さお三本を継いだ高さ。日のやや高く昇ったさまをいう(南斉書・天文志)。
一六 ここでは三種の神器。
一七 王城の別名。左伝・宣公三年に「成王定二鼎于郟鄏一」とある。
一八 将軍の所領も天子の御所有である。温原は将軍の領地を指す。左伝・僖公二十五年に、周の襄王が晋の文公に、温・原などの地を与えた記事がある。
一九 中国を赤県神州という。
二〇 万世一系の子孫。
▽伊藤靄谿は『山陽詩鈔新釈』で、「土田不三必問二温原一に無限の感慨が寓されている」と評している。

6
三月二十五日大津泊、しばらく中山道を通り、二十八日に関ヶ原を経、二十九日に熱田神宮に参拝し、東海道へ入る。
二一 逢坂の関。
二二 山河のたたずまい。

興亡《こうぼう》　已《すで》に閲《けみ》す幾英雄《いくえいゆう》。
分明《ぶんみよう》なり攻守千年《こうしゆせんねん》の勢《いきお》ひ、
著論《ちよろん》　誰《たれ》か追《お》はん[一]賈誼《かぎ》の風《ふう》。

○

7 思郷《しきよう》　何《なん》ぞ問《と》はん[二]大刀《だいとう》の頭《とう》。
書剣《しよけん》　今来未《こんらいいま》だ遊《ゆう》に倦《う》まず。
年少《としわこ》うして吾将《われまさ》に[三]観国《かんこく》を事《こと》とせんとす。
時平《ときたい》らかにして誰《たれ》か復封侯《またほうこう》を索《もと》めん。
天辺《てんぺん》の層嶺《そうれい》　三越《えつ》に連《つら》なり、
雲裡《うんり》の重関《じゆうかん》　八州《しゆう》に入《い》る。
識《し》るに堪《た》へたり[四]驩虞《かんぐ》　基趾《きし》あるを。
居然《きよぜん》として十世《せい》　旧[五]金甌《きゆうきんおう》。

○

8 [六]鉄馬《てつば》　当年戦塵《とうねんせんじん》を撥《おさ》む。
遥《はる》かに思《おも》ふ　[七]天正《てんしよう》の壮図《そうと》新《あら》たなるを。
[八]虎符《こふ》　険《けん》に拠《よ》つて[九]群牧《ぐんぼく》を駆《か》り、

興亡已閲幾英雄
分明攻守千年勢
著論誰追賈誼風

○

思郷何問大刀頭
書剣今来未倦遊
年少吾将事観国
時平誰復索封侯
天辺層嶺連三越
雲裡重関入八州
堪識驩虞有基趾
居然十世旧金甌

○

鉄馬当年撥戦塵
遥思天正壮図新
虎符拠険駆群牧

一　前漢の英才。過秦論などの論著がある。史記に伝。
▽菅茶山評。「後来著述、蓋胚㆓胎于此㆒」。

7　四月八日、箱根を越えて小田原に泊る。
二　漢の李陵の故事で、還るの隠語。玉臺新詠・古絶句に「何当㆓大刀頭㆒」の句がある。楽府解題に、刀剣の頭には環があり、環は還と音が通じる、とある。
三　観光に同じ(→一五一頁注一四)。
四　覇業により、喜び楽しむ。孟子・尽心上に、「覇者之民、驩虞如也」とある。
五　黄金で作ったかめのように、領土や国体などが、完全で立派であることの喩え(南史・朱异伝)。

8　四月十一日、江戸入り。
六　鉄の鎧を被せた軍馬。
七　天正十八年(一五九〇)、家康は関東を与えられ、江戸に入る。
八　銅製で虎形の割り符。徴兵と指揮の役目を授けた証拠とした。
九　諸大名を指す。

一〇蛛網《ちゆもう》 邦《くに》を経《けい》して萬人《ばんにん》を籠《こ》む。
戈戟《かげき》 霜《しも》は寒《さむ》し百蛮《ひやくばん》の気《き》。
一一節旄《せつぼう》 風《かぜ》は暖《あたた》かなり一二八洲《しゆう》の春《はる》。
吾《わ》が行《こう》 亦《また》知《し》る恩沢《おんたく》を蒙《こうむ》るを。
東海山陽《とうかいさんよう》 比隣《ひりん》の如《ごと》し。

○

9
覇気《はき》一三泱泱《おうおう》 海《うみ》を負《お》うて開《ひら》く。
雲虹《うんこう》 簇《むらが》り起《お》こるは総《すべ》て楼臺《ろうだい》。
樹梢《じゆしよう》の一四睥睨《へいげい》 一五雙城《そうじよう》聳《そび》へ、
空際《くうさい》の一六芙蓉《ふよう》 八朶《だ》来《きた》る。
終古《しゆうこ》 一七草茅《そうぼう》 白月《はくげつ》を迎《むか》へ、
即今《そつこん》 一八闤闠《かんかい》 一九紅埃《こうあい》起《お》こる。
二〇肩摩《けんま》轂撃《こくげき》 家家《かか》給《きゆう》す。
二一管晏《かんあん》 何《なん》ぞ過《す》ぎん二二諸子《しよし》の才《さい》に。

蛛網経邦籠萬人
戈戟霜寒百蛮気
節旄風暖八洲春
吾行亦知蒙恩沢
東海山陽如比隣

○

覇気泱泱負海開
雲虹簇起総楼臺
樹梢睥睨雙城聳
空際芙蓉八朶来
終古草茅迎白月
即今闤闠起紅埃
肩摩轂撃家家給
管晏何過諸子才

一〇 巧妙な法制を、くもの巣に喩える。
一一 ここでは征夷大将軍のしるしの旗。
一二 日本全土。

9
一三 広大で盛んなさま。
一四 城の矢狭間。
一五 本丸と西丸。
一六 富士山。
一七 続古今和歌集・秋歌上に「むさしのは月の入るべきみねもなし尾花が末にかかる白雲」という大納言通方の歌がある。
一八 町の門。転じて町の道路。
一九 繁華なさま。
二〇 往来のこみあう様子。戦国策・斉策に「臨淄之途、車轂撃、人肩摩」とある。
二一 春秋時代、斉の管仲と晏平仲。名政治家として知られる。
二二 開府以来の、幕府当路者。
▽江戸遊学は、寛政九年(一七九七)より翌十年四月までの一年間であった。

一《いち》の谷《たに》を過《す》ぎ平源興亡《へいげんこうぼう》の事《こと》を懐《おも》ひて
歌《うた》を作《つく》る

10
播《は》の首《しゅ》、摂《せつ》の尾《び》。
吾《われ》其の地《ち》を視《み》るに何《なん》ぞ雄偉《ゆうい》なる。
山勢《さんせい》 北《きた》より来《きた》つて海壖《かいぜん》[一]に迫《せま》り、
松柏《しょうはく》 根《ね》を露《あら》はして蘆葦《ろい》を乱《みだ》る。
怒潮《どちょう》 沙《すな》を淘《あら》つて白骨《はくこつ》を出《いだ》し、
小鬼《しょうき》[二]は啼《な》きて大鬼《だいき》は哭《こく》す。」
聞説《きくなら》く 平氏《へいし》曾《かつ》て此《こ》こに赤斿《せきゆう》[三]を簇《むらが》らすと。
厜㕒《しぎ》[四]を城《しろ》と為《な》し 澎湃《ほうはい》[五]を溝《こう》と為《な》す。
左《ひだり》に王畿《おうき》を控《ひか》へ 右《みぎ》に甸服《てんぷく》[六]。
旧業《きゅうぎょう》 自《みずか》ら期《き》す手《て》に唾《つばき》して収《おさ》めんと。」
何《なん》ぞ料《はか》らん東人《とうじん》 機智《きち》あり。
要害《ようがい》 早《はや》く已《すで》に眈視《たんし》せらる。
九郎《くろう》の一身《しん》 渾《すべ》て是膽《これたん》。

過一谷懐平源興亡事作歌

播之首　摂之尾
吾視其地何雄偉
山勢北来迫海壖
松柏露根乱蘆葦
怒潮淘沙出白骨
啼小鬼兮哭大鬼
聞説平氏曾此簇赤斿
厜㕒為城澎湃為溝
左控王畿右甸服
旧業自期唾手収
何料東人有機智
要害早已被眈視
九郎一身渾是膽

10 前述の寛政九年(一七九七)東遊中、三月二十三日に摂津国一の谷を通る。その時の感懐に基づく詩。

一 海岸の濡れ地。

二 死者の魂。

三 旗先の垂れ。

四 険しい山。

五 逆巻く怒濤。

六 ここでは中国地方。

旗《はた》を伏《ふ》せ鼓《こ》を仆《たお》して不意《ふい》に出《い》づ。
七蜀道《しょくどう》 難《かた》しと雖《いえど》も氈《せん》を用《もち》いず。
懸崖絶壁《けんがいぜつぺき》 平地《へいち》の如《ごと》し。」
八組練《それん》 山《やま》を画《かく》して懸瀑《けんばく》かと訝《いぶか》る。
九蹄間《ていかん》三尋《じん》 真《しん》に是れ鹿《しか》。
一〇秦宮《しんきゅう》の殿宇《でんう》 一炬《きょ》に従《したが》ひ、
一一晋人《しんぴと》 舟《ふね》を争《あらそ》うて指《ゆび》 掬《きく》す可《べ》し。
一二桓伊《かんい》 笛《ふえ》を弄《もてあそ》んで終《つい》に一三禽《きん》を貽《おく》り、
一四劉琨《りゅうこん》 嘯歌《しょうか》して亦戮《またりく》に遭《あ》ふ。」
勝敗《しょうはい》 機《き》あり人《ひと》の知《し》る少《すく》なし。
絵画《かいが》 徒《いたず》らに伝《つた》へて童児《どうじ》を娯《たの》しましむ。
一たび一五貂蟬《ちょうぜん》 介冑《かいちゅう》に出《い》でしより、
上下一六文恬《しょうかぶんてん》 又武熙《またぶき》。
豈知《あにし》らんや 一七虎《とら》を養《やし》うて自《みずか》ら患《うれ》ひを遺《のこ》せしを。
一八羽翼既《うよくすで》に成《な》つて猶《な》ほ一九雌《し》を守《まも》る。
敢《あ》えて忘《わす》れんや 二〇越人《えつひと》の其の父《ちち》を殺《ころ》ししを。

伏旗仆鼓出不意
蜀道雖難不用氈
懸崖絶壁如平地
組練画山訝懸瀑
蹄間三尋真是鹿
秦宮殿宇従一炬
晋人争舟指可掬
桓伊弄笛終貽禽
劉琨嘯歌亦遭戮
勝敗有機少人知
絵画徒伝娯童児
一自貂蟬出介冑
上下文恬又武熙
豈知養虎自遺患
羽翼既成猶守雌
敢忘越人殺其父

七 李白の蜀道難(楽府詩集・四十)に、「蜀道之難、難㆔於上㆓青天㆒」とある。また、魏の鄧艾が蜀を攻めた時、毛氈で身を包み、その険峻を転がり下りたことが、魏志・鄧艾伝に見える。義経の鵯越えを指している。
八 鎧の縅と陣羽織。鎧かぶと・兵隊をもいう。
九 史記・張儀伝に、秦の駿馬を称して「蹄間三尋、騰者、不㆑可㆑勝㆑数」とある。
一〇 秦の阿房宮。福原城に擬える。杜牧・阿房宮賦に、「楚人一炬、可㆑憐焦土」とある。
一一 左伝・宣公十二年に、晋軍が破れ、「舟中之指可㆑掬也」とある。
一二 晋代の笛の名手。平敦盛に擬える。
一三 首を取られること(左伝・僖公三十三年)。
一四 東晋の三詩傑の一人。平忠度に擬える。
一五 武家から出て公卿となる。貂蟬は冠の飾り。南斉書・周盤龍伝に「此貂蟬従㆓兜鍪中㆒出耳」とある。
一六 文官も武官も、共に安逸に耽る。
一七 源頼朝に擬える。
一八 左右から補佐する人。史記・留侯世家に「羽翼已成、難㆑動矣」とある。
一九 柔軟な態度をとり、人に従うこと。老子二十八に「知㆓其雄㆒、守㆓其雌㆒、為㆓天下谿㆒」とある。
二〇 春秋時代の越王。平清盛に擬える。越に敗れた呉王夫差は、復讎のため、人に命じて、「而忘㆔越王之殺㆓而父㆒乎」(左伝・定公十四年)と、自分に向かっていわせた。史記や十八史略に見える。

一白旄《はくぼう》　一たび出《い》でて誰《たれ》か能《よ》く支《ささ》へん。
宛《あたか》も二翡翠《ひすい》の飢鷹《きよう》に遇《あ》ふが如《ごと》し。
怪《あや》しまず　毛血《もうけつ》　紛《ふん》として離披《りひ》するを。」
独《ひと》り三武州《ぶしゅう》の能《よ》く軀《み》を捐《す》つる有り。
婦人群中《ふじんぐんちゅう》　丈夫《じょうふ》を見《み》る。
吁乎《ああ》諸君《しょくん》　皆能《みなよ》く之《こ》の子を学《まな》ばば、
宝剣《ほうけん》を将《もっ》て四天呉《てんご》に付《ふ》せず。」

11

楠河州《なんかしゅう》の墳《ふん》に謁《えつ》して作《さく》あり

五東海《とうかい》の大魚《たいぎょ》　鬣尾《りょうび》を奮《ふる》ひ、
黒波《こくは》を蹴起《しゅくき》して六黼扆《ふい》を汙《けが》す。
七隠島《いんとう》の風雲《ふううん》　重《かさ》ねて惨毒《さんどく》。
六十餘州《よしゅう》　総《すべ》て八鬼魊《きき》。」
誰《たれ》か隻手《せきしゅ》を将《もっ》て妖氛《ようふん》を排《はい》する。
身《み》は当《あ》たる百萬《ひゃくまん》　哮闞《こうかん》の群《ぐん》。
九戈《ほこ》を揮《ふる》つて回《かえ》さんと擬《ぎ》す　虞淵《ぐえん》の日《ひ》。

白旄一出誰能支
宛如翡翠遇飢鷹
不怪毛血紛離披
独有武州能捐軀
婦人群中見丈夫
吁乎諸君皆能学之子
不将宝剣付天呉

謁楠河州墳有作

東海大魚奮鬣尾
蹴起黒波汙黼扆
隠島風雲重惨毒
六十餘州総鬼魊
誰将隻手排妖氛
身当百萬哮闞群
揮戈擬回虞淵日

一 白旗。源氏の旗じるし。
二 かわせみ。
三 平知盛の子、武蔵守知章。
四 海神の名。
▽菅茶山評。「起手不レ凡。子成(山陽の字)是時十八九歳耳。命意用筆、已自独開二生面一如レ此」。この詩と次の「謁楠河州墳有作」とは、初稿とは全くその観を異にしている。江戸入りの後、改作し、帰路、茶山の評閲を求めたのである。

11 前詩に同じく、寛政九年(一七九七)三月二十三日、湊川の楠正成の墓を訪ねている。

五 北条氏を指す。太平記六・正成天王寺未来記披見事に、「当二人王九十五代一。天下一乱而主不レ安。此時東魚来呑二四海一」とある。
六 帝座。
七 隠岐島。
八 化けものとまむし。
九 淮南子・覧冥訓に、楚の魯陽公が韓と戦った時、戈を手に執り、入ろうとした日を招き返したことが載っている。虞淵は日の没すると考えられていた所。後醍醐天皇を日に擬えている。

一〇缶《すき》を執《と》つて同《おな》じく劚《ほ》る　即墨《そくぼく》の雲《くも》。
一一関西《かんさい》　自《おのずか》ら男子《だんし》の在《あ》るあり。
東向《とうこう》　寧《あ》に降将軍《こうしようぐん》と為《な》らんや。」
一二乾《けん》を旋《めぐら》し一三坤《こん》を転《てん》じて値遇《ちぐう》に答《こた》へ、
一四輦道《れんどう》を洒掃《さいそう》して一五鑾輅《らんろ》を迎《むか》ふ。
功《こう》を論《ろん》ずれば一六睢陽《すいよう》　最《もっと》も力《ちから》あり。
謾《みだり》に称《しよう》す一七李郭《りかく》　天歩《てんぽ》を安《やん》ずと。」
出《い》でては将《しよう》　入《い》つては相《しよう》　一八位未《くらいいま》だ班《はん》せず。
一九前狼《ぜんろう》二〇後虎《こうこ》　事復艱《ことまたなや》む。
策《さく》を二一帝閽《ていこん》に献《けん》じて達《たつ》するを得《え》ず。
「志《こころざし》を軍務《ぐんむ》に決《けっ》す豈生還《あにせいかん》せんや。」
且《か》つ二二児輩《じはい》を餘《あま》して微志《びし》を継《つ》がしめ、
全家《ぜんか》の血肉《けつにく》　王事《おうじ》に殲《つく》す。
二三南柯《なんか》　旧根《きゆうこん》を存《そん》する有るに非《あら》ずんば、
二四偏安《へんあん》の北闕《ほつけつ》　何《いず》れの地《ち》にか向《む》かはん。」
摂山《せつざん》逶二五迤《いい》として海水碧《かいすいみどり》なり。

執缶同劚即墨雲
関西自有男子在
東向寧為降将軍
旋乾転坤答値遇
洒掃輦道迎鑾輅
論功睢陽最有力
謾称李郭安天歩
出将入相位未班
前狼後虎事復艱
献策帝閽不得達
決志軍務豈生還
且餘児輩継微志
全家血肉殲王事
非有南柯存旧根
偏安北闕向何地
摂山逶迤海水碧

一〇 史記・田単伝に斉の田単が即墨で、自らすきを手にして士卒と共に城を築いたとある。赤坂・千早城を指す。
一一 自註。「東魏高歓、大挙西下。韋孝緩守二玉壁一禦レ之。曰、孝緩関西男子、決不レ為二降将軍一也。古雖二畿甸一、対二東国一、則称曰二関西一。公初策二北条一。亦以二東西智勇一立レ論。故用」。
一二 天。
一三 地。
一四 天子の行幸路。
一五 天子の乗る車。
一六 唐の張巡。楠公に比す。
一七 唐の李光弼と郭子儀。足利尊氏と新田義貞をいう。
一八 まだその地位につかぬこと。
一九 北条氏。
二〇 足利氏。
二一 天子の宮門。
二二 正行、正時、正儀。
二三 南に出た枝。楠氏をいう。太平記三・主上御夢事にある。
二四 吉野の朝廷。
二五 斜に連なる。

吾来《われきた》つて馬《うま》を下《くだ》る兵庫《ひようご》の駅《えき》。
想見《そうけん》す 児《じ》[一]に訣《わか》れ弟《てい》[二]を呼《よ》び来《きた》つて此《ここ》に戦《たたか》ふを。
刀折《とうお》れ矢尽《やつ》きて臣《しん》が事畢《ことおわ》る。
北向再拝《ほくこうさいはい》すれば天日陰《てんじつくも》る。
[三]七たび人間《にんげん》に生《う》まれて此の賊《ぞく》を滅《ほろ》ぼさん。
[四]碧血《へきけつ》 痕《こん》は化《か》す五百歳《ひやくさい》。
茫茫《ぼうぼう》たる春蕪《しゆんぶ》[五] 大麦《たいばく》を長《ちよう》ず。」
君見《きみみ》ずや 君臣相《くんしんあ》ひ図《はか》り骨肉相《こつにくあ》ひ呑《の》むを。
[六]九葉《よう》十三世《せい》 何《なん》の存《そん》する所《ところ》ぞ。
何《なん》ぞ如《し》かん忠臣孝子《ちゆうしんこうし》 一門《もん》に萃《あつ》まり、
萬世《ばんせい》の下《もと》 一片《ぺん》の石《いし》、
無数英雄《むすうえいゆう》の涙痕《るいこん》を留《とど》めんには。」

吾来下馬兵庫駅
想見訣児呼弟来戦此
刀折矢尽臣事畢
北向再拝天日陰
七生人間滅此賊
碧血痕化五百歳
茫茫春蕪長大麦
君不見君臣相図骨肉相呑
九葉十三世何所存
何如忠臣孝子萃一門
萬世之下一片石
留無数英雄之涙痕

詠《えい》史《し》 十二首《しゆ》

詠史十二首

其の一

其 一

12 [七]犖爵《ばんしやく》 囱囱《そうそう》 武功《ぶこう》に酬《むく》い、

犖爵囱囱酬武功

一 正行。 二 正季。 三 正季の死に臨んでの言葉。 四 忠誠の人のそそいだ血。荘子・外物に「萇弘死二于蜀一。蔵二其血一三年而化為レ碧」とある。 五 春の野。 六 北条氏九代、足利氏十三世。

▽菅茶山評。「記二其帰路見一レ示。余読至レ此(論功・譭称の二句)。言二其抑揚太過一。蓋其意終不レ服也」。また「読去自能動レ人」(摂山の一解)。この詩は後年、新居帖、湊川帖に収められて人口に膾炙した。

12 七 左伝・荘公二十一年の故事。犖は革帯、爵は酒杯。戦功に対する恩賞の品。但しその賜与が不公平で、逆効果を生んだ。 八 兄弟。詩経・小雅・常棣の句による。頷聯は、崇徳・後白河兄弟の争いより、皇威の次第に衰えたことを歎ずる。 九 東晋の温嶠が、王導の器に感心して「江左自有二管夷吾一」と述べた(晋書・温嶠伝)。仲父は管仲夷吾。この句は鎌倉幕府の功臣、大江広元を指す。 一〇 左伝・僖公二十八年に、晋の文公が、周の襄王を河陽に招いたり、王から丹塗りの弓矢を賜わったりしたとある。ここは鎌倉・室町と幕府の勢いが、皇室を凌ぐようになったことをいう。 一一 晋は姫姓、斉は姜姓。源平二氏に比す。 一二 韓・梁(魏の異称)は晋に仕えていたが、後に晋を滅ぼした。

▽菅茶山評。「十二首。可三題曰二小日本史一。非下胸羅二全史一者上。誰能為レ之。他日刪修之基。已成二於此一」。なお一二から一三までは文化四年(丁卯、一八〇七、二十八歳)の詩として詩鈔に編入されているが、一時の作ではないとされている。

13 一三 斉の襄公が紀を滅し、九代以前の仇を討ったことが、公羊伝・荘公四年に見える。

戦塵《せんじん》数《しばしば》到《いた》る　紫宸宮《ししんきゅう》。
一たび[八]棣萼《ていがく》　周徳《しゅうとく》を衰《おとろ》えしめて従《よ》り、
終《つい》に黍離《しょり》をして国風《こくふう》に入《い》らしむ。
[九]江左《こうさ》の衣冠《いかん》　誰《たれ》か仲父《ちゅうほ》。
[一〇]河陽《かよう》の弓矢《きゅうし》　幾文公《いくぶんこう》。
[一一]姫姜《ききょう》迭《たが》いに起《お》こりしは還陳迹《またちんせき》。
到《いた》り底《いた》る[一二]韓梁《かんりょう》　交《こもごも》雄《ゆう》を競《きそ》ふに。

13

其の二

[一三]復讎《ふくしゅう》九世《せい》　亦徒《またと》為《い》たり。
業《ぎょう》就《な》り[一四]磨崖《まがい》未《いま》だ碑《ひ》を勒《ろく》せず。
[一五]衮職《こんしょく》豈《あに》なからんや　[一六]周《しゅう》の仲甫《ちゅうほ》、
[一七]簧言《こうげん》独《ひと》り患《うれ》ふ[一八]晋《しん》の驪姫《りき》。
[一九]蚕叢《さんそう》[二〇]半璧《はんぺき》　天《てん》を開《ひら》くの日《ひ》。
剣璽《けんじ》[二一]三朝《ちょう》　国《くに》を離《はな》るるの時《とき》。
憾《うら》みず　[二二]陳生《ちんせい》が順逆《じゅんぎゃく》を謬《あやま》るを。
[二三]紫蠅《しよう》なるは　夙《つと》に[二四]彦威《げんい》の知《し》る有り。

戦塵数到紫宸宮
一従棣萼衰周徳
終使黍離入国風
江左衣冠誰仲父
河陽弓矢幾文公
姫姜迭起還陳迹
到底韓梁交競雄

其　二

復讎九世亦徒為
業就磨崖未勒碑
衮職豈無周仲甫
簧言独患晋驪姫
蚕叢半璧開天日
剣璽三朝離国時
不憾陳生謬順逆
紫蠅夙有彦威知

ここでは建武中興を詠ずる。
一四 唐の粛宗は安禄山の乱を平定した後、元結に大唐中興頌を作らせた。これを顔真卿に書かせ、永州浯渓の岸壁に彫らせたものを磨崖碑という。 一五 天子を補佐する重職。
一六 周の宣王の賢臣、仲山甫。藤原(万里小路)藤房に比す。
一七 讒言。詩経・小雅・巧言に「巧言如レ簧」とある。簧(こう)は楽器のリード。
一八 春秋時代、晋の献公の夫人。自分の子を太子にしようとして、太子申生を謀殺した。左伝・荘公二十八年、または公羊伝・僖公十年に記事がある。ここは三位局(藤原〔阿野〕廉子〔新待賢門院〕)を指す。 一九 蜀の地。吉野を指す。
二〇 璧は皇位を表し、ここでは、南北に朝廷が分かれたことを歎ずる。
二一 後醍醐・後村上・後亀山。ただし長慶天皇を合わせ、吉野朝は四代。
二二 西晋の陳寿は、三国志を著して蜀漢を偽統とし魏を正統とした。それが習鑿歯(→注二四)の著述を誘発した。日本でも、北朝を正統とする見解があっても、それが却って南朝の正統性を認識せしめるきっかけとなるので問題はない、の意。
二三 正統でない位。蠅は鼃の誤りか。漢書・王莽伝賛に「紫色鼃声、餘分閏位」とある。
二四 自註に「彦威習鑿歯字」とある。東晋の習鑿歯は漢晋春秋を著し、陳寿の見解を退け蜀漢を正統とした。ここは北畠親房が神皇正統記を著して、南朝の皇統を明らかにしたことを賛頌している。
▽菅茶山評。「此種詩、在二今時一、和者誰居。所レ謂時無二英雄一、使二豎子成一レ名也」(晋・阮籍の広武における語を用いての評)。

其の三

14
白旄《はくぼう》披《ひら》き払《はら》ふ九重《ちょう》の雲《くも》。
初《はじ》めて見《み》る武人《ぶじん》 大君《たいくん》と為《な》るを。
怨《うら》みを修《おさ》めて能《よ》く除《のぞ》く僧相国《そうしょうこく》。
[一]謀《はかりごと》を貽《のこ》して豈料《あにはか》らんや尼将軍《にしょうぐん》[二]。
[三]五蛇《だ》 穴《あな》を求《もと》めて艱虞《かんぐ》定《さだ》まり、
[四]三馬《ば》 槽《おけ》を同《おな》じうして威《い》柄《へい》分《わ》かる。
道《い》ふ休《なか》れ 荀生《じゅんせい》[五] 二姓《せい》を扶《たす》くと。
削平《さくへい》 誰《たれ》か元勲《げんくん》を競《きそ》ふを得《え》ん。

其の四

15
翼《つばさ》を戢《おさ》めて翻然《ほんぜん》 飽《あ》けば[六]且《か》つ颺《あ》がる。
分明《ぶんみょう》なり 後虎《こうこ》[七]と前狼《ぜんろう》と。
[八]曹袁《そうえん》の跋扈《ばっこ》 終《つい》に漢《かん》を無みし、
[九]朱李《しゅり》の争衡《そうこう》 豈唐《あにとう》の為《ため》ならんや。
要路《ようろ》 尽《ことごと》く帰《き》す三管領《かんりょう》。
中原《ちゅうげん》 蹔《しばら》く見《み》る両天王《りょうてんのう》。

其　三

白旄披払九重雲
初見武人為大君
修怨能除僧相国
貽謀豈料尼将軍
五蛇求穴艱虞定
三馬同槽威柄分
休道荀生扶二姓
削平誰得競元勲

其　四

戢翼翻然飽且颺
分明後虎与前狼
曹袁跋扈終無漢
朱李争衡豈為唐
要路尽帰三管領
中原蹔見両天王

14 一 子孫に良い計画を残す。詩経・大雅・文王有声の「詒㆓厥孫謀㆒」による。
二 源頼朝の妻、北条政子。
三 春秋時代、晋の文公の臣、狐偃(こえん)・趙衰(ちょうし)・魏武子・司空季子・介子推の五人をいう(史記・晋世家)。ここは頼朝の臣、和田・三浦・土肥・佐々木・北条を指す。
四 魏の曹操は、三頭の馬が一つの桶で喰うのを夢に見、これを嫌った。三馬は時の重臣司馬懿(しばい)、その子の師、昭(晋書・宣帝紀)。ここは北条時政、義時、泰時を指す。
五 荀彧(じゅんいく)は後漢に仕え、後に曹操の謀臣となる。
▽古賀穀堂(こがこくどう)・古賀精里の長子。山陽の父頼春水の薫陶を受けたことがある)評。「論㆑事不㆑堕㆓宋習㆒。叙㆑事不㆑流㆓七子㆒。其卓見確評。当㆑置㆓之史賛中㆒」。

15 六 意が満たされれば去る。晋書・慕容垂載記に「飢則附㆑人、飽便高颺」とある。ここは足利尊氏のことを述べる。
七 →一五七頁注二〇・一九。
八 後漢末の曹操(いわゆる魏の武帝)と袁紹・袁術。
九 唐末の朱全忠(後梁の太祖)と李克用(後唐の太祖)。
一〇 史記・范雎(はんしょ)伝に「木実繁者、披㆓其枝㆒…尊㆓其臣㆒者、卑㆓其主㆒」とある。
一一 将軍をいう。後漢の馮異(ふうい)は謙虚で、諸人が功を論ずる時、常に大樹の下に退いていたため、大樹将軍と呼ばれた(後漢書・馮異伝)。
▽柴野碧海(栗山の養子)評。「借㆑彼形㆑此。縦横馳騁、指使如㆑意。不㆔但見㆓才力之雄㆒。信乎史学之熟。比㆓之集中諸作㆒、如㆑出㆓別手㆒。乃知㆘

知《し》るに堪《た》へたり　一〇繁実枝幹《はんじつしかん》を抜《さ》くを。
一一大樹《たいじゆ》　何《なん》ぞ能《よ》く鳳凰《ほうおう》を棲《す》ましめんや。

其の五

16
一二左将《さしよう》の忠貞《ちゆうてい》は天地《てんち》知《し》る。
曾《かつ》て宝剣《ほうけん》を沈《しず》めて馮夷《ふい》を感《かん》ぜしむ。
一三軍中《ぐんちゆう》の一范《ぱん》　賊膽《ぞくたん》を驚《おどろ》かし、
一四河北《かほく》の二顔《がん》　義旗《ぎき》を連《つら》ぬ。
誰《たれ》か道《い》ふ　晋藩《しんばん》に亜子《あし》なしと。
人《ひと》は伝《つた》ふ　一五楚帳《そちよう》に一六虞姫《ぐき》ありと。
一七太原《たいげん》の一八遺孽《いげつ》　凋落《ちようらく》すと雖《いえど》も、
一九華冑《かちゆう》遥遥《ようよう》　久《ひさ》しうして益《ますます》滋《しげ》る。

其の六

17
覇庭《はてい》　綱弛《こうゆる》んで四《よ》に戎《じゆう》を興《おこ》す。
便《すなわ》ち見《み》る　二〇人豪《じんごう》　海東《かいとう》に起《お》こるを。
地《ち》は二一故資《こし》を按《あん》じて背脊《はいせき》を撫《う》ち、
書《しよ》は二二上略《じようりやく》を諳《そら》んじて英雄《えいゆう》を攬《と》る。

堪知繁実抜枝幹
大樹何能棲鳳凰

其　五

左将忠貞天地知
曾沈宝剣感馮夷
軍中一范驚賊膽
河北二顔連義旗
誰道晋藩無亜子
人伝楚帳有虞姫
太原遺孽雖凋落
華冑遥遥久益滋

其　六

覇庭綱弛四興戎
便見人豪起海東
地按故資撫背脊
書諳上略攬英雄

有㆑本之言。不㆑俟㆓勉強㆒而自工㆖也」。

16

一二　左近衛中将、新田義貞。

一三　北宋の范仲淹(はんちゅうえん)が西辺を守備していた時、辺境の民は「軍中有㆓一范㆒、西賊聞㆑之驚㆓破膽㆒」といったという(宋名臣言行録)。ここは新田義貞の武略を指す。

一四　唐の顔真卿・顔杲卿(がんこうけい)は、安禄山が叛乱を起こすと、義兵を挙げて河北で防いだ(新唐書一五三)。ここは義貞の子の義興・甥の義治を指す。

一五　楚の項羽の陣中。

一六　虞美人。項羽の寵姫(史記・項羽本紀)。この句は新田義貞が勾当内侍(こうとうのないし)を寵愛し、軍機を誤ったことを惜しむ(太平記二十)。

一七　晋の都。

一八　わすれがたみ。後唐の太祖李克用の子の存勗(荘宗)が、後梁の太祖朱全忠の軍を破った際、全忠は「不㆑意太原餘孽、更昌熾如㆑此」と慨忿した(通鑑二六八)。ここは義貞の子孫をいう。

一九　名族の子孫。ここは新田氏の裔孫である徳川氏に至り、再び栄えたことを賀する。

▽篠崎小竹評。「奔逸絶塵。覧者瞠㆑後。然在㆓子成㆒。則不㆓必費㆒㆑力」。

17

二〇　器量の優れた人物。ここは北条早雲(伊勢長氏)を指す。

二一　自註に「第三用㆓劉敬伝語㆒」とあり、史記・劉敬伝に「因㆓秦之故㆒、資㆓甚美膏腴(こうゆ)之地㆒」とある。伊豆・相模は後北条氏の旧領。

二二　兵書、三略の内の一篇。早雲は一儒士を召して三略を講義させた。「主将之法、務攬㆓英雄之心㆒」という箇処に至り、早雲は「止。吾既得㆑之」(外史十・後北条氏論賛)といったという。

八州《しゅう》の驍《ぎょう》[一]虓《こう》 兵籍《へいせき》に帰《き》し、
[二]五世《せい》の呴《く》濡《じゅ》 祖《そ》功《こう》を縄《つ》ぐ。
末路《まつろ》猶《な》ほ知《し》る 士《し》心《しん》の属《ぞく》せしを。
孤城半歳《こじょうはんさい》 [三]環攻《かんこう》を費《つい》やす。

其の七

18
兵機《へいき》 握《あく》に在《あ》り常蛇《じょうだ》を制《せい》す。
[四]衛輒《えいちょう》の雄豪《ゆうごう》は阿《あ》爺《や》に勝《まさ》る。
備《そな》へを弛《ゆる》めし[五]蔡城《さいじょう》は夜《や》雪《せつ》に乗《じょう》じ、
軍《ぐん》を圧《あつ》する[六]楚《そ》陣《じん》は晨霞《しんか》に辨《べん》ず。
誰《たれ》か豚犬《とんけん》を屠《ほふ》つて肝脳《かんのう》を塗《まみ》らす。
共《とも》に豺狼《さいろう》に苦《くる》しむ 吻牙《ふんが》を横《よこ》たふるに。
[七]蕭老《しょうろう》一生《しょう》 殺戮《さつりく》を甘《あま》んず。
[八]捨身《しゃしん》却《かえ》つて怪《あや》しむ 袈《け》裟《さ》を著《つ》くるを。

其の八

19
怪《あや》しまず 兵鋒《へいほう》の独《ひと》り群《ぐん》を出《い》づるを。
夙《つと》に韜略《とうりゃく》を将《もっ》て羶葷《せんくん》に代《か》ふ。

八州驍虓帰兵籍
五世呴濡縄祖功
末路猶知士心属
孤城半歳費環攻

其　七

兵機在握制常蛇
衛輒雄豪勝阿爺
弛備蔡城乗夜雪
圧軍楚陣辨晨霞
誰屠豚犬塗肝脳
共苦豺狼横吻牙
蕭老一生甘殺戮
捨身却怪著袈裟

其　八

不怪兵鋒独出群
夙将韜略代羶葷

一 勇猛な将士。
二 早雲・氏綱・氏康・氏政・氏直。
三 とり巻いて攻める。孟子・公孫丑に「地利不ㇾ如㆓人和㆒。三里之城。七里之郭。環而攻ㇾ之而不ㇾ勝」とあるのに基づく。天正十八年(一五九〇)に秀吉は小田原城を攻め、攻略するのに半歳を費やした。

18 四 春秋時代、衛の太子、蒯聵(かい)の子の輒をいう。父が出奔後、衛に帰ろうとした際、子として拒んだ(左伝及び公羊伝・哀公二年)。ここでは武田信玄を指す。彼は天文十年(一五四一)、父の信虎を駿河に放逐した。
五 唐の李愬(そ)は雪夜に蔡城を攻撃し、成功した。ここは夜雪に乗じて信玄が、海野口城(信濃国)の平賀源心を攻略したことを詠ずる。
六 自註に「鄢陵之戦。楚晨圧㆓晋軍㆒而陣」とある。春秋時代、鄢陵(えんりょう)の合戦の際、楚軍は早朝に晋軍を圧する勢いで布陣した。ここは永禄四年(一五六一)九月の川中島の戦いに擬える。
七 梁の武帝蕭衍(しょうえん)。
八 仏門に入ること。または身を焼く捨身の行をすること。梁の武帝は仏教を信仰し、大通元年(五二七)三月同泰寺に行幸しての他、何度も捨身を行った(梁書・武帝紀)。ここは信玄が出家したことを揶揄する。
▽菅茶山評。「用典切当」。この詩は暢寄帖に収められている。

19 九 天馬のみどり色の蹄(唐・張仲素・天馬辞)。騎馬武者の一群を指す。永禄四年(一五六一)三月、謙信は北条氏康を攻めた。
一〇 諸葛孔明が白羽扇で三軍の指揮をとった故事による。謙信が越前・越中・越後三国の軍をひきいて関東を攻略したことをいう。
一一 正しく威風あるさま。

九碧蹄《へきてい》 蹂躙《じゆうりん》す八州《しゆう》の草《くさ》。
一〇白羽《はくう》 指揮《しき》す三越《えつ》の雲《くも》。
槊《さく》を横《よこ》たへて繁霜《はんそう》 秋陣《あきじん》に満《み》ち、
枚《ばい》を銜《ふく》んで大霧《たいむ》 暁《あかつき》に軍《ぐん》を蔵《かく》す。
一一稜稜《りようりよう》たる一二俠骨《きようこつ》 千古《せんこ》に高《たか》し。
一三老賊《ろうぞく》名《な》を斉《ひと》しうす 長《なが》く君《きみ》を惜《お》しむ。

其の九

果《はた》して識《し》る一四名門《めいもん》 俊英《しゆんえい》を出《いだ》すを。
一五十州《しゆう》の豪傑《ごうけつ》 旗旌《きせい》を避《さ》く。
一六雲《くも》に憑《よ》って楼櫓《ろうろ》 一七高鳥《こうちよう》を懸《か》け、
浪《なみ》を破《やぶ》って一八戈鋋《かぜん》 一九老鯨《ろうげい》を斬《き》る。
千里《せんり》の覇図《はと》 二〇大帝《たいてい》に同《おな》じく、
二一二児《じ》の将略《しようりやく》 並《なら》びに二二長城《ちようじよう》。
憐《あわ》れむ可《べ》し二三孫皓《そんこう》 力《ちから》を量《はか》らず。
中原《ちゆうげん》に向《む》かって二四抗衡《こうこう》を謀《はか》らんと欲《ほつ》す。

碧蹄蹂躙八州草
白羽指揮三越雲
横槊繁霜秋満陣
銜枚大霧暁蔵軍
稜稜俠骨高千古
老賊斉名長惜君

其　九

果識名門出俊英
十州豪傑避旗旌
憑雲楼櫓懸高鳥
破浪戈鋋斬老鯨
千里覇図同大帝
二児将略並長城
可憐孫皓不量力
欲向中原謀抗衡

一二 信玄に逐われた村上義清を助けたことや、甲斐に塩を送ったことなどを称讃する。
一三 信玄を指す。
▽大窪詩仏(名は行。字は天民。通称は柳太郎。常陸の人。江戸の四詩家の一人)評。「筆墨錯綜、波瀾横溢。如二萬馬帰レ営、金鼓並作一。此源二於其学一来、吾輩不レ能二夢見一也」。
一四 大江氏の子孫に毛利氏が出た(寛政重修諸家譜)。
一五 毛利元就(もとなり)は安藝国の一地頭であったが、山陰・山陽の十ヶ国を制覇した。陰徳太平記に詳しい。
一六 永禄九年(一五六六)元就が出雲の富田月山(とだがっさん)城の尼子氏を滅ぼしたことを詠ずる。
一七 敵の意。史記・淮陰侯伝に「高鳥尽、良弓蔵」とある。
一八 ほこと手ぼこ。
一九 凶悪なものの喩え。ここは陶晴賢(すえはるかた)。弘治元年(一五五五)、元就は晴賢を厳島(いつくしま)で討つ。
二〇 三国の呉の孫堅。元就を比している。
二一 元就の二児、元春・隆景を、孫堅の二子、孫策・孫権に比す。
二二 国の重要人物の喩え。南朝宋の檀道済は、讒言により殺される時、憤怒し、「乃壊二汝萬里長城一」といった(南史・檀道済伝)。
二三 孫権の孫。晋に降服する(呉志・孫皓伝)。ここは毛利輝元に擬える。輝元は関ヶ原の戦いで西軍の主将として大坂城にいた責を問われ、領国を周防・長門の二国に削られた。
二四 譲らずに張り合う。史記・陸賈伝に「欲下以二区区之越一、与二天子一抗衡、為中敵国上禍且レ及レ身矣」とある。また蜀志・諸葛亮伝に「以二呉越之衆一、与二中国一抗衡」とある。

其の十

21
蚌鷸《ぼういつ》[一] 竟《つい》に帰《き》す漁父《ぎよふ》の収《おさ》むるに、
屠牛《とぎゆう》[二] 理《り》に順《したが》つて才《さい》の優《まさ》れるを識《し》る。
久《ひさ》しく聞《き》く 帯甲《たいこう》[三] 天地《てんち》に満《み》つるを。
始《はじ》めて見《み》る 衣冠《いかん》[四] 冕旒《べんりゆう》を拝《はい》するを。
斉国《せいこく》[五]の規模《きぼ》は後覇《こうは》を開《ひら》き、
陳王《ちんおう》[六]の将帥《しようすい》は尽《ことごと》く諸侯《しよこう》。
志業《しぎよう》を終《お》わらざりしは知《し》る誰《たれ》の罪《つみ》ぞ。
遺恨《いこん》なり君《きみ》が射鉤《しやこう》[七]を忘《わす》るる無きを。

其の十一

22
蜻洲《せいしゆう》 手《て》に在《あ》り打《う》つて丸《がん》と為《な》す。
黄鉞《こうえつ》[八]東西《とうざい》 錯蟠《さくばん》に試《こころ》む。
漢将《かんしよう》[九] 猶《な》ほ存《そん》す奴僕《どぼく》の面《めん》を。
楚人《そひと》誰《たれ》か道《い》ふ 沐猴《もくこう》にして冠《かん》すと。
乱窮《らんきわ》まつて草莽《そうもう》 英雄起《えいゆうお》こり、
志《こころざし》 大《だい》にして夷蛮《いばん》 肝膽寒《かんたんさむ》[一〇]し。

其　十

蚌鷸竟帰漁父収
屠牛順理識才優
久聞帯甲満天地
始見衣冠拝冕旒
斉国規模開後覇
陳王将帥尽諸侯
不終志業知誰罪
遺恨君無忘射鉤

其十一

蜻洲在手打為丸
黄鉞東西試錯蟠
漢将猶存奴僕面
楚人誰道沐猴冠
乱窮草莽英雄起
志大夷蛮肝膽寒

21 一 蚌は、からす貝、鷸は、しぎ。蚌と鷸とが争っているうちに漁夫に捕えられてしまうという寓話が、戦国策・燕策にある。ここでは武田・上杉両氏の争衡が、結局織田信長の利益に繋がったことをいう。二 牛を解体する名人藝の持主、包丁のことをいう。荘子・養生主、管子・制分、淮南子・斉俗訓など参照。ここは信長の才略を喩える。三 鎧・かぶとを着けた将兵。「帯甲満天地」は杜甫の送遠の詩の第一句をそのまま採り入れている。四 礼服と冠とを着けて天子に拝謁する。冕は天子から大夫(たいふ)までの礼装の冠。旒はその前後に垂らす飾りの玉。王維・奉㆑和㆓聖製暮春送㆓朝集使帰㆒㆑郡応制詩に「萬国仰㆓宗周㆒、衣冠拝㆓冕旒㆒」とある。天正五年(一五七七)十一月二十日、信長は右大臣に任ぜられる。五 周初、太公望の封ぜられた国。春秋時代、桓公の時、五覇の首となる。信長の覇業を比している。六 秦の陳勝。秦を滅ぼす魁(さきがけ)となる。その部下に、信長の部下を比している。七 帯の留め金を射ること。春秋、斉の管夷吾は桓公の帯金を射た。後、桓公はそのことを赦し、彼を宰相にまで採用した。これに反して信長は、自身の性格・態度によって部下に弑せられることになった。

▽古賀穀堂評。「結末鉄案」。

22 八 黄金で飾られたまさかり。天子や大将軍が指揮に用いるもの。書経・牧誓に「王左杖㆓黄鉞㆒」とある。九 前漢の衛青は、微賤の身分から大将軍になった。ここは秀吉が、やはり卑賤の身から出世したことを比す。一〇 肝を冷やす。北宋の韓琦(かんき)・范仲淹が西辺の守備に当たっていた時、辺境の民は「軍中有㆓一韓㆒、西賊聞㆑之心骨寒、軍中有㆓一范㆒、西賊聞

一一二世《せい》 嗤《わら》ふ休《なか》れ秦業《しんぎょう》短《みじか》しと。
一二六国《りっこく》を混同《こんどう》するは太《はなは》だ艱難《かんなん》。

其の十二

23
群雄《ぐんゆう》 鹿《しか》を逐《あらそ》つて漫《みだり》に先《さき》を争《あらそ》ふ。
誰《たれ》か識《し》らん駆除《くじょ》 一三大賢《たいけん》を開《ひら》くを。
晋国《しんこく》の覇図《はと》は一戦《せん》に由《よ》り、
一四漢家《かんか》の号令《ごうれい》は三嬗《せん》に出《い》づ。
一五建櫜《けんこう》 跡《あと》を基《もとい》す一六尋常《じんじょう》の地《ち》。
一七拝胙《はいそ》 一八顔《かんばせ》を違《さ》る咫尺《しせき》の天《てん》。
奕葉驩虞《えきようかんぐ》 寧《いずくん》ぞ限《かぎ》り有らんや。
金城《きんじょう》 春暖《はるあたた》かにして祥烟鬱《しょうえんうつ》たり。

始《はじ》めて廉塾《れんじゅく》に寓《ぐう》す 二首《しゅ》

24
誰《たれ》か道《い》ふ功名《こうめい》 志《こころざし》と違《たが》ふと。
一九蕭然《しょうぜん》たる二〇行李《こうり》 二一黄薇《きび》に入《い》る。
二二好爵《こうしゃく》 靡《なび》かし難《がた》し二三蒲柳《ほりゅう》の質《しつ》。

二世休嗤秦業短
混同六国太艱難

其十二

群雄逐鹿漫争先
誰識駆除開大賢
晋国覇図由一戦
漢家号令出三嬗
建櫜基跡尋常地
拝胙違顔咫尺天
奕葉驩虞寧有限
金城春暖鬱祥烟

始寓廉塾二首

誰道功名与志違
蕭然行李入黄薇
好爵難靡蒲柳質

㆑之驚㆓破膽㆒」といった(宋名臣言行録)。
一一 秀吉の事業を、同じく二世で滅亡した秦の始皇帝の覇業に比す。
一二 中国・戦国時代に秦に対抗した斉・楚・燕・韓・魏・趙。全国に割拠する群雄をいう。
▽古賀穀堂評。「起手何等爽快。言㆓尽猴公作用㆒」。

23
一三 智徳の非常に優れた人。ここでは徳川家康を指す。
一四 漢の高祖は陳勝・項羽に勝ち、天下を制覇した。家康が信長・秀吉の後を受けて天下を統一したことを叙す。三嬗は三度位を禅ること。史記・秦楚之際月表の語。一五 武器を袋にしまい、もはや用いないこと。建は鍵、櫜は武器を入れる袋。世が治まる意(礼記・楽記)。
一六 わずかな広さ。尋は長さ八尺、常は二尋で一丈六尺。家康の出身地、三河国岡崎を指す。
一七 祭肉を戴く。ここは家康が慶長八年(一六〇三)、入朝して天杯を賜ったことをいう。
一八 天子のすぐそばまで近づく。咫尺は非常に短い長さ。左伝・僖公九年に、斉侯が周の襄王から胙を賜る時、「天威不㆑違㆑顔咫尺㆒」と答えた記事がある。
▽古賀穀堂評。「所㆑謂太陽一出。群妖尽消。詩格亦堂堂又堂堂」。

24
文化六年(一八〇九)十二月末より同八年閏二月まで、山陽は備後国神辺(かんなべ)の、菅茶山の塾、廉塾に寄寓し、都講を勤めた。この二首は同七年(庚午)、三十一歳の初頭の作。
一九 もの寂しいさま。二〇 行理に同じ。旅装を理めた荷物。二一 吉備(きび)国。
二二 立派な地位。易経・中孚(ふ)に「我有㆓好爵㆒。吾与㆑爾靡㆑之」とある。
二三 か弱い体質。世説新語・言語に「蒲柳之姿、

閑身《かんしん》 製《せい》するを学《まな》ぶ[一]薜蘿《へいら》の衣《い》。
[二]南郡《なんぐん》の青衿《せいきん》 新《あら》たに[三]麗沢《れいたく》。
[四]西山《せいざん》の白雪《はくせつ》 [五]旧恩輝《きゅうおんかがや》く。
独《ひと》り[六]庭闈《ていい》の最《もっと》も意《い》に関《かん》する有り。
夕陽望《せきようのぞ》みを凝《こ》らせば断雲飛《だんうんと》ぶ。

○

25

[七]萬里《ばんり》江湖《こうこ》の宿志存《しゅくしそん》す。
身《み》は病鶴《びょうかく》の[八]籠樊《ろうはん》を脱《だつ》するが如《ごと》し。
頭《こうべ》を回《めぐ》らせば[九]故国《ここく》は白雲《はくうん》の下《もと》。
[一〇]跡《あと》を寄《よ》す[一一]夕陽黄葉《せきようこうよう》の村《むら》。
[一二]絃誦《げんしょう》幾時《いくじ》[一三]父執《ふしつ》に従《したが》ふ。
煙霞《えんか》到《いた》る処総《ところすべ》て君恩《くんおん》。
廿 年事《にじゅうねんこと》の[一四]温飽《おんぼう》に酬《むく》ゆる無し。
深《ふか》く愧《は》づ相知《そうち》の[一五]犬豚《けんとん》を嗤《わら》ふを。

鄭延平伝《ていえんぺいでん》を読《よ》む

閑身学製薜蘿衣
南郡青衿新麗沢
西山白雪旧恩輝
独有庭闈最関意
夕陽凝望断雲飛

○

萬里江湖宿志存
身如病鶴脱籠樊
回頭故国白雲下
寄跡夕陽黄葉村
絃誦幾時従父執
煙霞到処総君恩
廿年無事酬温飽
深愧相知嗤犬豚

読鄭延平伝

望㆑秋而落」という顧悦の言葉がある。

一 かずらとつたかずら。隠者の服。
二 廉塾の学生を指す。後漢の馬融は南郡の太守となり、多くの諸生を育てた(後漢書・馬融伝)。ここは彼に菅茶山を比している。青衿は学生の意(詩経・鄭〔てい〕風・子衿)。
三 二つの連なる沢が互いに潤しあう。友人同士が助け合い、学問・修養に励む喩え(易経・兌〔だ〕)。
四 杜甫・野望に基づく。ここでは神辺から見て西に当たる、安藝(あき)の山々を望み故国を思うことをいう。底本の「青山」の「青」は「西」の誤刻。
五 藩籍を離れて隣国に寄寓することを許可した藩主の恩。
六 父母、家庭。

25

七 広々とした世間に出る意。
八 かごとまがき。束縛の意。
九 安藝国。ここでは、唐の狄仁傑(てきじんけつ)が太行山に登り、故郷の方向に白雲の飛ぶのを望み見て、「吾親舎㆓其下㆒」といった故事(新唐書・狄仁傑伝)による。
一〇 身を置く。
一一 廉塾(黄葉夕陽村舎)に身を寄せていること。
一二 孔子の一門では弦楽器に合わせて詩を歌うことを学習の大切な要点としたことから、勉学をいう。
一三 父の親友(礼記・曲礼上)。茶山先生を指す。
一四 暖衣飽食。衣食が十二分に足りていること。
一五 不肖の子。豚犬に同じ。魏の曹操は劉表の子を指して「若㆓豚犬㆒耳」といった(呉志・孫権伝・注)。

26

文化七年(一八一〇)の作。鄭延平は、明の延平郡王となった鄭成功。いわゆる国姓爺。

26

一六九土《きゅうど》茫茫《ぼうぼう》　誰《たれ》か丈夫《じょうふ》。
何《なん》ぞ図《はか》らん一七萬火《ばんか》　東隅《とうぐう》に出《い》でんとは。
公卿《こうけい》争《あらそ》ひ下《くだ》る　一八穹廬《きゅうろ》の拝《はい》。
節義《せつぎ》翻《かえ》つて帰《き》す　一九鱗介《りんかい》の徒《と》。
二〇孤島《ことう》の魚塩《ぎょえん》　二一新版籍《しんはんせき》。
一家《か》の二二冠帯《かんたい》　旧《きゅう》唐虞《とうぐ》。
英魂《えいこん》千載《せんざい》　二三桑梓《そうし》に游《あそ》ばば、
楠公父子《なんこうふし》を問《と》ふ可《べ》きや無《いな》や。

27

唐句《とうく》を集《しゅう》し木村生《きむらせい》の京《きょう》に入《い》るを送《おく》る。
時《とき》に余《よ》　亦将《またまさ》に追遊《ついゆう》せんとす
二四毎《つね》に北斗《ほくと》に依《よ》つて二五京華《けいか》を望《のぞ》む。
二六要《よう》するに自《みずか》ら狂夫《きょうふ》　家《いえ》を憶《おも》はず。
二七他日《たじつ》　君《きみ》に期《き》す　何《いず》れの処《ところ》か是《これ》なる。
二八宮前《きゅうぜん》の楊柳《ようりゅう》　寺前《じぜん》の花《はな》。

九土茫茫誰丈夫
何図萬火出東隅
公卿争下穹廬拝
節義翻帰鱗介徒
孤島魚塩新版籍
一家冠帯旧唐虞
英魂千載游桑梓
可問楠公父子無

集唐句送木村生入京。
時余亦将追遊
毎依北斗望京華
要自狂夫不憶家
他日期君何処是
宮前楊柳寺前花

一六 広い九州。中国全土を指す。
一七 鄭成功を指す。彼が生まれた時、萬火夜明の瑞を現わしたという(奥山正幹『山陽詩鈔註釈』、二一四頁によると出典は臺湾鄭氏紀事)。
一八 弓なりに張られた天幕の住居。匈奴(きょうど)が住む。ここでは清朝を立てた満州族を指す。宋の胡銓・上㆓高宗㆒封事に「欲㆘屈㆓萬乗之尊㆒、下㆗穹廬之拝㆖」とある。
一九 自註に「王士正、斥㆓我邦人㆒語」とある(士正は士禎。その香祖筆記に見える)。
二〇 臺湾。
二一 土地と人民の帳簿。領土をいう。
二二 尭(ぎょう)舜以来の礼装を用い、断じて異民族の習俗に従わない意。
二三 故郷。詩経・小雅・小弁に基づく。鄭成功の母は我が九州の平戸の女性。
▽菅茶山評。「傑作」。

27 唐句は唐人の詩句。木村生は木村楓窓、名は雅寿。当時、廉塾に居た。文化八年(辛未、一八一一)、山陽三十二歳の作。その後、山陽も入京し、三月三日御所の闘雞拝観の際、二人は邂逅したという。尚、古人の詩句を集めて一詩を成すことは、俗に北宋の王安石からというが、晋代に既にある。
二四 起句は杜甫・秋興八首の第二首の第二句。杜甫の詩集によっては、北斗を南斗に作る。
二五 繁華な都。
二六 承句は劉禹錫(りゅううしゃく)の浪淘沙詞の結句。全唐詩や唐詩選では「独自…」に作る。
二七 転句は盧仝(ろどう)の逢㆓鄭三遊㆒㆑山の転句。三体詩は「是」を「好」に作る。
二八 結句は王建の華清宮の第二句。

書懐《しょかい》

28

[一]病夫《びょうふ》誰《た》が為《ため》にか呉吟《ごぎん》[二]を作《な》す。
陋巷《ろうこう》の秋風《しゅうふう》 蓬藋《ほうちょう》[三]深《ふか》し。
孤燈《ことう》依約《いやく》[四]たり思郷《しきょう》の夢《ゆめ》。
[五]一剣《けん》蒼茫《そうぼう》たり報国《ほうこく》の心《こころ》。
漫《みだり》に道《い》ふ 鵬程《ほうてい》[六]六月《げつ》に休《いこ》ふと。
詎《なん》ぞ論《ろん》ぜん 馬骨《ばこつ》[七] 千金《せんきん》に直《あたい》するを。
聊《いささ》か文章《ぶんしょう》を取《と》つて結草《けつそう》[八]に当《あ》てん。
身《み》を効《いた》す未《いま》だ必《かなら》ずしも華簪《かしん》[九]に在《あ》らず。

書懐

病夫誰為作呉吟
陋巷秋風蓬藋深
孤燈依約思郷夢
一剣蒼茫報国心
漫道鵬程休六月
詎論馬骨直千金
聊取文章当結草
効身未必在華簪

歳暮《さいぼ》

29

一たび郷園《きょうえん》を出《い》でて歳《とし》再《ふたた》び除《じょ》[一〇]す。
慈親《じしん》の消息《しょうそく》 定《さだ》めて何如《いかん》。
[一一]京城《けいじょう》の風雪《ふうせつ》 人《ひと》の伴《ともな》ふ無し。
独《ひと》り寒燈《かんとう》[一二]を剔《き》つて夜《よる》 書《しょ》を読《よ》む。

歳暮

一出郷園歳再除
慈親消息定何如
京城風雪無人伴
独剔寒燈夜読書

28 文化八年（一八一一）の作。
一 山陽自身のこと。
二 呉の人が呉の歌を吟詠することから、故郷を思い慕うことをいう。戦国の楚の陳軫（ちんしん）の故事がある（戦国策・秦策）。
三 よもぎやあかざなどの雑草。
四 ほのかではっきりしないさま。
五 剣の光のように青々として広がっている。
六 大鳥の飛んでゆく道のり。荘子・逍遥遊に鵬の話がある。ここは、大望を抱きながらしばらく翼をおさめて休息することをいう。
七 戦国策・燕策に、郭隗（かくかい）の昭王への答えのうちに、千金を出して駿馬を求めるために、死馬の骨を五百金で買った古人の話が載せられている。ここは、我が身が千金の価値あるとは思わぬことを述べている。
八 死後、恩返しをすること。左伝・宣公十五年に、晋の魏顆（かぎ）が、かつて命を助けた女性の父（亡霊）から、戦場で草を結んで敵をころばせるという報恩を受けた故事がある。
九 簪は冠を固定させるこうがい。役人としての高い地位を表す。
▽篠崎小竹評。「子成平日酔後、語必及レ此」。

29 文化八年（一八一一）の暮。上京以来、新町通丸太町上ル春日町に借宅、やがて開塾。
一〇 大晦日。前年は神辺の廉塾で年越しをしている。
一一 京都。
一二 淋しい明かり。この詩は高適・除夜作（七絶）の「旅館寒燈独不レ眠」に基づいている。

30

元《がん》日《じつ》

九街《がい》の雞唱《けいしよう》　[一三]瑞氛《ずいふん》新《あら》たなり。
[一四]簪笏《しんこつ》[一五]正《せい》に朝《ちよう》して紫宸《ししん》に簇《むらが》る。
誰《たれ》か識《し》らん[一六]席門《せきもん》[一七]高臥《こうが》の士《し》。
木《も》[一八]綿衾裡《めんきんり》亦《また》春《はる》を生《しよう》ずるを。

31

画《が》鷹《よう》

秋空那《しゆうくういず》れの処《ところ》か雄飛《ゆうひ》せざらん。
食《く》らふに[一九]霜禽《そうきん》あり棲《す》むに枝《えだ》あり。
何事《なにごと》ぞ[二〇]侯門《こうもん》に一飽《ぽう》を謀《はか》つて、
身《み》を託《たく》す三尺《じやく》の[二一]碧絛絲《へきとうし》。

32

播州即目《ばんしゆうそくもく》

[二二]乱松《らんしよう》相《あ》ひ映《えい》じて白沙《はくしや》明《あき》らかなり。
[二三]水《みず》を隔《へだ》つる青山《せいざん》　晩晴《ばんせい》に対《たい》す。

元　日

九街雞唱瑞氛新
簪笏朝正簇紫宸
誰識席門高臥士
木綿衾裡亦生春

画　鷹

秋空那処不雄飛
食有霜禽棲有枝
何事侯門謀一飽
託身三尺碧絛絲

播州即目

乱松相映白沙明
隔水青山対晩晴

30　文化九年(壬申、一八一二)元旦、山陽三十三歳。なお、この年のうちに車屋町御池上ル西側に転居。
一三　おめでたい雰囲気。
一四　公卿。
一五　正月、朝廷に参賀する。
一六　むしろを掛けて門とするような、貧居のさまをいう。史記・陳丞相世家にある。
一七　高尚な心で、世俗に煩わされずに暮らすこと。
一八　夜具の中。
▽菅茶山評。「不レ如二新尹東来一絶一」。新尹東来の詩(雑詩)は文化十二年作。

31　文化九年(一八一二)の作。
一九　冬の小鳥。
二〇　大名の家。
二一　青い真田紐。官途に拘束される喩え。

32　文化九年(一八一二)九月下旬、姫路の馬場三郎右衛門元華(藩御用達)に迎えられて遊歴中の作。播州は播磨国。即目は眼前の風景。
二二　乱れ生えている松。
二三　四国や淡路島の山々。

鷗背《おうはい》 風《かぜ》なく細波《さいは》静《しず》かなり。
遠帆《えんばん》は坐《ざ》するが如《ごと》く近帆《きんばん》は行《ゆ》く。

33

不《ふ》識庵《しきあん》 機山《きざん》を撃《う》つの図《ず》に題《だい》す

鞭声《べんせい》粛《しゅく》粛《しゅく》 一夜河《よるかわ》を過《わた》る。
暁《あかつき》に見《み》る千兵《せんぺい》の二大牙《たいが》を擁《よう》するを。
遺恨《いこん》なり十三年《ねん》 一剣《けん》を磨《みが》き、
四流星光底《りゅうせいこうてい》 五長蛇《ちょうだ》を逸《いっ》す。

34

家君《かくん》 告暇《こくか》 東遊《とうゆう》し児《じ》の協《きょう》を拉《らっ》し来《きた》る。
娯《たの》しみ侍《じ》すること旬餘《じゅんよ》。送《おく》りて西宮《にしのみや》に
至《いた》る。別後《べつご》此《これ》を賦《ふ》して之《これ》を志《しる》す

六父執《ふしつ》 吾《われ》を遣《や》つて東《ひがし》せしむ。
京城《けいじょう》 住《す》むこと七五年《ねん》なり。
八西悲《せいひ》す 九定省《ていせい》を闕《か》くを。
一〇空《むな》しく白雲《はくうん》の懸《か》かるを望《のぞ》む。

鷗背無風細波静
遠帆如坐近帆行

題不識庵撃機山図

鞭声粛粛夜過河
暁見千兵擁大牙
遺恨十年磨一剣
流星光底逸長蛇

家君告暇東遊拉児協来。
娯侍旬餘。送至西宮。別
後賦此志之

父執遣吾東
京城住五年
西悲闕定省
空望白雲懸

33 文化九年(一八一二)の作。不識庵は上杉謙信。機山は武田信玄。甲陽軍鑑に見える川中島の合戦のうち、最も有名な永禄四年(一五六一)九月の模様を詠ずる。有名な詩であるが、史的事実としては否定されている。

一 千曲川の雨宮の渡(現長野県更埴市)。
二 大将の存在を示す旗。
三 十年は概数であるが、また唐の賈島(かとう)の剣客の詩に「十年磨二一剣一、霜刃未三曾試二」とあることにもよる。
四 孫権の宝剣六振の一(初学記二十二)。その名の由来は打ち下す一瞬の剣光から来るものとも解せられる。
五 残忍で乱暴な者の喩え。左伝・定公四年に「封豕長蛇」とある。ここは信玄を指す。
▽柴野碧海評。「読レ之一過、錚錚有レ声。詠史中傑作」。

34 文化十年(癸酉、一八一三)四月二十三日、山陽三十四歳の作。家君は父、春水。名は惟完、字は千秋、弥太郎と称す。休暇を願い出、山陽の長男元協(もとただ)、後の聿庵(いつあん)十三歳を連れて三月一日に広島を発する。神辺の茶山宅に寄り、二十一日大坂着。篠崎家に滞在。二十六日に山陽が下坂し、対面。四月四日入京。同十一日、山陽と宇治へ遊覧。十二日より春水は有馬へ湯治に行く。十九日よりしばらく山陽と大坂に同宿。二十三日、帰藩の途に就く春水一行を、山陽は摂津国西宮まで送り、袂を別つ。春水に有馬往還日記(『随筆百花苑』四)がある。

六 父の親友、菅茶山。
七 故郷を出て足かけ五年。京都には三年。
八 西を望み見て悲しむ。詩経・豳(ひん)風・東山に

一一痾《やまい》を養《やしな》ふ 辞《じ》ありと雖《いえど》も、
恩《おん》に負《そむ》いて終《つい》に一二靦然《てんぜん》。
何《なん》ぞ料《はか》らん父東遊《ちちとうゆう》せんとは。
孫随《まごしたが》つて未《いま》だ肩《かた》に及《およ》ばず。
予《あらかじ》め父執《ふしつ》の報《ほう》を得《え》たり。
一三上国《じょうこく》に一四団円《だんえん》を謀《はか》れと。
驚喜迎《きょうきむか》へて一五水《みず》を溯《さかのぼ》り、
一六安頓《あんとん》 一七一廛《てん》を借《か》る。
一八桂玉《けいぎょく》猶《な》ほ一九甘旨《かんし》。
二〇徒弟《とてい》 二一周旋《しゅうせん》に足《た》る。
勝《しょう》を探《さぐ》りて毎《つね》に負剣《ふけん》。
二二跟《こん》に随《したが》ひて二三仆顚《ふてん》を扶《たす》く。
輿《よ》を買《か》ひて二四菟道《うじ》に趨《はし》り、
舟《ふね》を僦《やと》ひて澱川《よどがわ》を下《くだ》る。
暫《しばら》く衾枕《きんちん》の側《そば》に侍《じ》し、
送《おく》つて二五兜鍪山《かぶとやま》に到《いた》る。

養痾雖有辞
負恩終靦然
何料父東遊
孫随未及肩
豫得父執報
上国謀団円
驚喜迎溯水
安頓借一廛
桂玉猶甘旨
徒弟足周旋
探勝毎負剣
随跟扶仆顚
買輿趨菟道
僦舟下澱川
暫侍衾枕側
送到兜鍪山

「我心西悲」とある。
九 礼記・曲礼上に「昏定而晨省」とある。父母に孝養を尽くすこと。
一〇 →一六六頁注九。
一一 病気の保養という名目で広島を出たけれども。
一二 恥じ入るさま。
一三 上方。
一四 父に面会してもかまわぬ、の意。
一五 淀川を指す。
一六 落ち着きくつろぐ。
一七 ここは宿屋の意。
一八 物価の高いこと。戦国策・楚策に蘇秦の語として「楚国之食、貴二於玉一、薪貴二於桂一」とある。
一九 甘旨を供す、の意。おいしいものを差し上げる。
二〇 在塾中の者。
二一 年長者に随伴すること(礼記・曲礼上)。
二二 後について行く。
二三 転んで倒れること。論語・季氏に「顚而不レ扶、則将焉用二彼相一矣」とある。
二四 宇治に同じ。
二五 西宮の北方の甲山。

[一]児《じ》は泣《な》いて吾《わ》が[二]韈《べつ》を結《むす》び、
[三]父《ちち》は呵《か》す　[四]留連《りゆうれん》する勿《なか》れと。
泣呵《きゆうか》　情《じよう》二つなし。
頭《こうべ》を回《めぐ》らせば海山烟《かいざんけむ》る。

35

舟《ふね》　大垣《おおがき》を発《はつ》して桑名《くわな》に赴《おもむ》く

[五]蘇水遥遥《そすいようよう》　海《うみ》に入《い》って流《なが》る。
櫓声雁語《ろせいがんご》　郷愁《きようしゆう》を帯《お》ぶ。
独《ひと》り天涯《てんがい》に在《あ》って年暮《としく》れんと欲《ほつ》す。
[六]一篷《ぼう》の風雪《ふうせつ》　[七]濃州《のうしゆう》を下《くだ》る。

36

松子山《まつこやま》を踰《こ》ゆ

路《みち》　[八]郷州《きようしゆう》に入《い》って険《けん》を奈何《いかん》せん。
[九]長亭《ちようてい》[一〇]短堠《たんこう》　萬《ばん》　[一一]坡陀《はだ》たり。
[一二]怪《あやし》み来《きた》る[一三]客裡《かくり》　宵宵《しようしよう》の夢《ゆめ》。
此《か》くの如《ごと》き[一四]窮山《きゆうざん》　容易《ようい》に過《す》ぎしを。

児泣結吾韈
父呵勿留連
泣呵情無二
回頭海山烟

舟発大垣赴桑名

蘇水遥遥入海流
櫓声雁語帯郷愁
独在天涯年欲暮
一篷風雪下濃州

踰松子山

路入郷州奈険何
長亭短堠萬坡陀
怪来客裡宵宵夢
如此窮山容易過

一　元協。
二　足袋。
三　山陽。
四　ぐずぐずするなとしかる。

35　文化十年(一八一三)十月九日より美濃・尾張方面へ遊歴した帰途の十一月中旬、美濃大垣の高橋の舟場から船出。
五　木曾川。
六　篷は舟をおおう苫(とま)。苫を圧して吹き寄せる風雪。
七　美濃国。
▽後藤松陰(名は機)評。「時機始調二先生一。送至二高橋一奉レ別。今已廿年矣」。今とは天保三年(一八三二)である。

36　文化十一年(甲戌、一八一四)、三十五歳。広島を出て六年目にして初めて、父春水の病気見舞いのため、帰省する。八月十日京都を発する。二十三日、竹原・四日市間の松子山を経、深更に広島に到着。
八　故郷。安藝国。
九　宿場。
一〇　一里塚。
一一　高低起伏のあるさま。
一二　怪しむ。来は接尾の助字。
一三　旅にあって。
一四　越え難い、険しい山。

37

家《いえ》に到《いた》る

[一五]飄飄《ひょうひょう》たる蹤跡《しょうせき》　雲岑《うんしん》を隔《へだ》つ。
[一六]倦鳥《けんちょう》　時《とき》に知《し》る故林《こりん》に還《かえ》るを。
孤枕《こちん》曾《かっ》て労《ろう》す千里《せんり》の夢《ゆめ》。
一燈《とう》初《はじ》めて話《はな》す五年《ねん》の心《こころ》。
[一七]筠籠《いんろう》　朋《とも》は贈《おく》る魚鰕《ぎょか》の美《び》。
[一八]園圃《えんぽ》　親《おや》は誇《ほこ》る松菊《しょうきく》の深《ふか》きを。
復《ふた》び東轅《とうえん》[一九]　行李《こうり》を理《おさ》めんと欲《ほっ》す。
団欒《だんらん》能く分陰《ふんいん》[二〇]を惜《お》しまず。

38

広島《ひろしま》を発《はっ》し家君《かくん》に奉別《ほうべつ》す

[二一]匆匆《そうそう》として杯酒《はいしゅ》を尽《つ》くし、
遅遅《ちち》として門閭《もんりょ》[二二]を出《い》づ。
首《こうべ》を回《めぐ》らして諸弟《しょてい》[二三]に語《つ》ぐ。
侍養《じよう》　予《われ》に代《か》はるを煩《わずら》はすと。」

到　家

飄飄蹤跡隔雲岑
倦鳥時知還故林
孤枕曾労千里夢
一燈初話五年心
筠籠朋贈魚鰕美
園圃親誇松菊深
復欲東轅理行李
団欒能不惜分陰

発広島奉別家君

匆匆尽杯酒
遅遅出門閭
回首語諸弟
侍養煩代予

37　前詩に引き続き、広島の家に到着。

一五　ひょっこりと、あてどもなくさまようさま。

一六　山陽自身をいう。故林は故郷の意。陶潜・帰去来辞に「鳥倦ㇾ飛而知ㇾ還」とある。

一七　まるい竹かご。

一八　ここは邸内の植え込み。帰去来辞に「三逕就ㇾ荒、松菊猶存」とある。

一九　轅(ながえ)を東す。京都へ旅立つ意。

二〇　時間を惜しまず享受したい。陶潜の曾祖父の陶侃(とうかん)が「大禹聖者、乃惜二寸陰一、至二於衆人一、当ㇾ惜二分陰一」(晋書・陶侃伝)といったことを踏まえている。

38　前詩の後、九月十一日に船で広島を発つ。

二一　あわただしいさま。

二二　家の門や、村里の入り口の門。故郷の意。

二三　義弟景譲や従弟の釆真たち。

舟《ふね》進《すす》み洲《しゅう》移《うつ》りて[一]城《しろ》漸《ようや》く遠《とお》く、
遥《はる》かに見《み》る　[二]送者《そうしゃ》の厓《きし》より返《かえ》るを。」
一株《しゅ》蓋《がい》[三]の如《ごと》く薄暮《はくぼ》に立《た》つ。
猶《な》ほ認《みと》む　[四]爺《や》が家《いえ》の[五]門《もん》に対《たい》するの樹《き》。」

舟《ふね》　暗門《おんど》に宿《しゅく》す。憶《おも》ふ曾《かつ》て家君《かくん》に随《したが》ひ
此《ここ》に泊《はく》するを。今《いま》十一年《ねん》なり

39
篷窓《ほうそう》　月暗《つきくら》くして樹《き》　烟《けむ》るが如《ごと》し。
岸《きし》を拍《う》つ波声《はせい》　客眠《かくみん》を驚《おどろ》かす。
黙《もく》して数《かぞ》ふ浮沈《ふちん》十年《ねん》の事《こと》。
[六]平公塔下《へいこうとうか》に両《ふたた》び船《ふね》を維《つな》ぐ。

鞆《とも》を発《はっ》す。菅徴卿諸人《かんちょうけいしょじん》　仙酔山《せんすいざん》に送《おく》り
至《いた》りて別《わか》る

40
大舟《たいしゅう》我《われ》を載《の》せて去《さ》り、
小舟《しょうしゅう》我《われ》を送《おく》つて来《きた》る。

舟進洲移城漸遠
遥見送者自厓返
一株如蓋立薄暮
猶認爺家対門樹

舟宿暗門。憶曾随家君泊
此。今十一年矣
篷窓月暗樹如烟
拍岸波声驚客眠
黙数浮沈十年事
平公塔下両維船

発鞆。菅徴卿諸人送至仙
酔山而別
大舟載我去
小舟送我来

一　広島の町。
二　荘子・山木に「送レ君者皆自レ崖而反」とある。
三　車のおおいのように、こんもりと茂っているさま。蜀志・先主伝に、劉備の家に桑樹があり、遠くから見上げれば堂々として車蓋のようであったとある。
四　父。
五　家の向かいの国泰寺の大樟（くす）の樹。乗船後も望見できるほどの大樹であったが、原爆により焼失。『頼山陽全書』の表紙参照。
▽古賀穀堂評。「委曲摸出。入ニ画境一」。

39　前詩に続き、船旅の途。暗門は音戸の瀬戸（現広島県安芸郡音戸町）。文化二年（一八〇五）秋、山陽は春水に従って竹原へ行く途中、ここを通っている。
六　音戸の瀬戸を切り開いた、平清盛の追善の為に建てられた石塔。倉橋島にある。
▽柴野碧海評。「居然唐調」。小竹評。「宋詩佳境。非レ唐也」。

40　前詩の後、十月十九日。鞆は備後国の鞆の津（現広島県福山市）。菅徴卿は茶山の親戚で名は汝献、東嶠と号す。医者。春水の門人であった。仙酔山は、名勝地、仙酔島。

纜《ともづな》を合《あ》わせて孤島《ことう》に繋《つな》ぎ、
君《きみ》と別杯《べっぱい》を傾《かたむ》く。」
両舟《りょうしゅう》終《つい》に分背《ぶんぱい》し、
手《て》を挙《あ》げて互《たが》ひに相呼《あいよ》ぶ。
共《とも》に水烟《すいえん》の裡《うち》に入《い》り、
七櫓声《ろせい》八半《なか》ば有無《うむ》。

41
八幡公《はちまんこう》 以下《いか》十三首尽《しゅことごと》く題画《だいが》に係《かか》る（内四首）

九結髪《けっぱつ》 軍《ぐん》に従《したが》つて一〇弓箭雄《きゅうせんゆう》なり。
一一八州《しゅう》の草木《そうもく》 威風《いふう》を識《し》る。
白旗《はっき》動《うご》かず兵営静《へいえいしず》かなり。
一二馬《うま》を辺城《へんじょう》に立《た》てて一三乱鴻《らんこう》を看《み》る。

42
源《みなもとのていい》 廷尉

宝刀《ほうとう》 海《うみ》に跨《またが》つて一四鯨鯢《けいげい》を斬《き》る。
一五貝錦《ばいきん》 郷《きょう》に帰《かえ》つて忽《たちま》ち斐萋《ひせい》。

合纜繋孤島
与君傾別杯
両舟終分背
挙手互相呼
共入水烟裡
櫓声半有無

八幡公 以下十三首尽係題画

結髪従軍弓箭雄
八州草木識威風
白旗不動兵営静
立馬辺城看乱鴻

源廷尉

宝刀跨海斬鯨鯢
貝錦帰郷忽斐萋

七 徴卿等の舟の櫓の音。
八 殆んど聞こえなくなったという意。

41 文化十一年（一八一四）の作。八幡公は源義家。
九 若い頃から戦争に出る。結髪は元服すること。史記・李広伝に「結髪与二匈奴一大小七十餘戦」とある。
一〇 騎射の術に優れている。
一一 関八州。
一二 辺境の城柵。金沢の柵をいう。
一三 雁の群が乱れること。孫子・行軍に「鳥起者、伏也」とある。後三年の役で義家は、雁行の乱れによって伏兵のあることを悟った。
▽菅茶山評。「以下十数首是子成長技」。轂堂評。「詠史固子成長技。其最不レ可レ及者、以二麗句一行二議論一。杜樊川不レ得レ擅レ美」。杜樊川（とはんせん）は唐の杜牧。

42 源廷尉は源義経。
一四 巨大で凶悪なものの喩え。ここは平家を指す。
一五 貝のように美しい模様のある錦を織りなすように、巧みならそで讒言される喩え。詩経・小雅・巷伯に「萋兮斐兮、成二是貝錦一」とある。故郷に錦を飾る意も含まれる。

阿兄《あけい》[一]は識《し》らず肥家《ひか》の策《さく》。
枉《ま》げて同根《どうこん》[二]を煮《に》て牝雞《ひんけい》[三]を養《やしな》ふ。

阿兄不識肥家策
枉煮同根養牝雞

43

楠公《なんこう》 子《こ》に別《わか》るるの図《ず》

海甸《かいてん》[四]の陰風《いんぷう》 草木《そうもく》腥《なまぐさ》し。
史編特筆《しへんとくひつ》して姓名《せいめい》馨《かんば》し。
一腔《こう》[五]の熱血《ねっけつ》 餘瀝《よれき》を存《そん》し、
児曹《じそう》[六]に分与《ぶんよ》して賊庭《ぞくてい》[七]に灑《そそ》がしむ。

楠公別子図

海甸陰風草木腥
史編特筆姓名馨
一腔熱血存餘瀝
分与児曹灑賊庭

44

郭汾陽《かくふんよう》 児孫《じそん》を聚《あつ》むるの図《ず》

令公《れいこう》[八]の孫子《そんし》は螽斯《しゅうし》[九]に似《に》たり。
何《なん》ぞ独《ひと》り膝前《しつぜん》の群綵嬉《ぐんさいき》[一〇]のみならんや。
曾《かつ》て虎狼《ころう》[一一]を逐《お》うて海宇《かいう》を全《まっと》うす。
生霊《せいれい》[一二]誰《たれ》か郭家《かくか》の児《じ》ならざらん。

郭汾陽聚児孫図

令公孫子似螽斯
何独膝前群綵嬉
曾逐虎狼全海宇
生霊誰不郭家児

家君《かくん》に侍《じ》し同《おな》じく賦《ふ》するに菅劉《かんりゅう》二翁《おう》の唱《しょう》に依る

侍家君同賦依菅劉二翁唱

一 頼朝を指す。
二 兄が弟を苦しめる意。魏の曹植の七歩詩の語句による。
三 妻(北条政子)に権力を与える意。書経・牧誓に「牝雞之晨、惟家之索」とある。
▽小竹評。「義山之腴」。義山は唐の李商隠の号。腴(ゆ)は脂が乗ってうまい所。

43 四 甸は畿甸(→一五〇頁注四)の甸で、近畿の海岸。湊川の辺。
五 身体じゅうにみなぎる。
六 子供達。曹は複数の仲間を表す。
七 賊と戦って死なせる。
▽穀堂評。「造語奇険。奸賊破レ膽」。

44 郭汾陽は唐の郭子儀。安史の乱に功あって汾陽王に封ぜられる。
八 郭子儀は、太尉中書令を二十年務めた。
九 いなご。いなごは子沢山(詩経・周南・螽斯・序)。郭子儀は孫が数十人いて、一人々々弁別できなかったという(新唐書・郭子儀伝)。
一〇 美しく着飾って群がり戯れている子供達。
一一 安禄山・史思明を指す。
一二 人民。
▽茶山評。「前人未二道破一」。大窪詩仏評。「典麗雄整、貫レ之以レ識。行レ之以レ気。所ヨ以出二人意表一。此謂レ鬼二神於詩一」。

45 文化十二年(乙亥、一八一五)四月九日、山陽三十六歳。広島に帰省中。菅劉は菅茶山と古賀精里。原詩は文化十一年十二月、精里・停雪廳分韻(與楽園叢書二十四。同二十五も参照)。茶山の次韻の詩は歳杪飲二古賀博士帰臥楼一次二

45

唱和《しょうわ》の韻《いん》に依《よ》る

[一三]麦寒《ばくかんな》猶ほ未《いま》だ綿裘《めんきゅう》[一四]を脱《だっ》せず。
柳外《りゅうがい》 時《とき》に聞《き》く黄栗留《こうりつりゅう》[一五]。
[一六]遊子《ゆうし》の寸心《すんしん》 尤《もっと》も日《ひ》[一七]を愛《お》しみ、
老親《ろうしん》の短鬢《たんびん》 又秋《またあき》[一八]を添《そ》ふ。
[一九]新賖《しんしゃ》の書巻《しょかん》 堆《うずたか》く架《か》を支《ささ》へ、
旧記《きゅうき》の花梢《かしょう》 高《たか》く楼《ろう》を過《す》ぐ。
多謝《たしゃ》す 阿孃食性《あじょうしょくせい》[二〇]を諳《そら》じ、
手《て》づから園筍《えんじゅん》を烹《に》て猫頭《びょうとう》[二一]を斸《ほ》るを。

和之韻

麦寒猶未脱綿裘
柳外時聞黄栗留
遊子寸心尤愛日
老親短鬢又添秋
新賖書巻堆支架
旧記花梢高過楼
多謝阿孃諳食性
手烹園筍斸猫頭

46

新羅三郎《しんらさぶろう》 笙《しょう》を足柄山《あしがらやま》に吹《ふ》くの図《ず》に題《だい》す

[二二]鶺鴒《せきれい》 原遠《はらとお》くして月孤《つきひと》り明《あき》らかなり。
[二三]関門《かんもん》を出《い》でんと欲《ほっ》して且《しばら》く行《こう》を駐《とど》む。
応《まさ》に平生《へいぜい》の広陵《こうりょう》[二四] 散《さん》を惜《お》しむべし。
鉄衣《てつい》 風露《ふうろ》[二五] 夜笙《よるしょう》を吹《ふ》く。

題新羅三郎吹笙足柄山図

鶺鴒原遠月孤明
欲出関門且駐行
応惜平生広陵散
鉄衣風露夜吹笙

韻博士㆒近作(黄葉夕陽村舎詩後編五。同六も参照)。なお篠崎小竹も唱和している(小竹斎詩抄三)。
一三 麦の穂がふくらむ頃の寒さ。
一四 綿入れ。
一五 鶯の別名。
一六 私の小さな、父母に報いようとする心。孟郊・遊子吟に「難㆘将㆓寸草心㆒、報㆗得三春暉㆖」とある。
一七 日時を惜しんで孝養を尽くす。揚子法言・孝至に「孝子愛㆑日」とある。
一八 秋の霜。白髪のこと。
一九 新たに買った。
二〇 母。
二一 竹の一種の猫頭竹。たけのこの意。
▽このとき春水はこれに次韻した詩五首を作る(春水遺稿八)。後年(文政七年二月)、山陽は「先君忌辰、挂㆘其和㆓古菅㆒先生㆒畳韻遺墨㆖。曾含㆓公至㆒、依㆑韻叙㆑懐」を作る(山陽詩鈔八、雲華草十一参照)。

46 文化十二年(一八一五)の作。新羅三郎は源義光。兄の義家を助けるため、官を辞して東行し、足柄山にて笙の師、豊原時元の遺子、時秋に秘曲を伝授したという。現在、小涌谷温泉と芦の湯との境にある笛塚がその遺跡という。
二二 遠く兄弟の危難を救いに行く。詩経・小雅・常棣に「脊令在㆑原、兄弟急難」とある。
二三 箱根足柄の関所。
二四 琴曲の名。晋の嵆康(けいこう)が隠者から授けられたもので、彼の死後、伝える者がないという(晋書・嵆康伝)。
二五 すがすがしい風と、繁き露のもと。

47

除《じよ》夕《せき》

客《かく》と為《な》つて京城《けいじよう》に五たび年《とし》を餞《おく》る。
雪声燈影《せつせいとうえい》 両《ふた》つながら依然《いぜん》たり。
一爺嬢《やじよう》の白髪《はくはつ》 応《まさ》に白《しろ》きを添《そ》ふべし。
吾儂《われら》を説著《せつちやく》二して共《とも》に眠《ねむ》らざらん。

除 夕

為客京城五餞年
雪声燈影両依然
爺嬢白髪応添白
説著吾儂共不眠

48

家大人《かたいじん》の紙帳《しちよう》に寄題《きだい》す

三冰紋《ひようもん》四壁《へき》 軽明《けいめい》を想《おも》ふ。
老眠《ろうみん》を擁護《ようご》して応《まさ》に情《じよう》あるべし。
汝《なんじ》に嘱《しよく》四す 子《こ》を思《おも》ふの夢《ゆめ》を遮《さえぎ》る莫《な》く、
容易《ようい》に京城《けいじよう》五に到《いた》ら放教《し》めよ。

寄題家大人紙帳

冰紋四壁想軽明
擁護老眠応有情
嘱汝莫遮思子夢
放教容易到京城

49

石山《いしやま》の旗亭《きてい》に題《だい》す

六湖楼《ころう》坐《ざ》して看《み》る 雨《あめ》 絲《いと》の如《ごと》きを。
七猟猟《りようりよう》たる風蒲《ふうほ》八 釣磯《ちようき》を払《はら》ふ。

題石山旗亭

湖楼坐看雨如絲
猟猟風蒲払釣磯

47 文化十二年(一八一五)の除夜。
一 父母。
二 ものがたる。著は助字。
▽後藤松陰評。「白香山」。香山は白居易(字は楽天)の号。

48 文化十三年(丙子、一八一六)の作。山陽、三十七歳。父の春水は病が次第に重くなり、文化十三年二月十九日歿。篤疾に際し、和紙で蚊帳を作り、梅花を画き、且つ詩を作って慰めるのが、亨翁・春水三兄弟・子姪の例となっている。これはその一つ。
三 透けて見える美しい模様。ここでは梅花。
四 蚊帳に向かって頼む。
五 帰省もままならず、京都に寓居の山陽のところへの意。この詩に関連しては春水遺稿一・八、春風館詩抄下、春草堂詩抄一、葛子琴詩(辛丑)に類似の詩がある。

49 文化十三年(一八一六)の作。後藤松陰によれば、この日、松陰は奥村柳菴と先ず旗亭に居たところへ、山陽が後から来たという。柳菴は通称菅次、膳所(ぜぜ)伊勢屋町の冶金家。近江国石山の亭は晴好雨奇という。
六 琵琶湖水に臨むたかどの。
七 強風にざわめくさま。
八 風に吹かれる、水際のがま。

認《みと》め得《え》たり跳珠《ちようしゆ》 千点《せんてん》の裡《うち》。
高《たか》く跳《おど》る幾点《いくてん》は是れ魚飛《ぎよひ》なるを。

50
余《よ》 東山《とうざん》の秀色《しゆうしよく》を愛《あい》し、毎日行飯《まいにちこうはん》 銅駝橋《どうだきよう》に上《のぼ》り之《これ》を望《のぞ》む。一日《じつ》忽《たちま》ち「東山熟友《とうざんじゆくゆう》の如《ごと》く、数《しばしば》見て相厭《あいいと》はず」の句《く》を得《う》。家《いえ》に帰《かえ》り之《これ》を足《た》し十六韻《いん》を成《な》す

東山《とうざん》 熟友《じゆくゆう》の如《ごと》く、
数《しばしば》見て相厭《あいいと》はず。
晨気《しんき》 青澂《せいちよう》を喜《よろこ》び、
暮姿《ぼし》 紫艶《しえん》を愛《あい》す。
九 端荘《たんそう》 温和《おんわ》を含《ふく》み、
緑玉《りよくぎよく》 一〇 微《び》玷《てん》なし。
誰《たれ》か比《ひ》す 一一 偃臥《えんが》の頽《たい》。
吾《われ》は視《み》る 一二 前後《ぜんご》の襜《せん》。
晴日《せいじつ》は其れ快暢《かいちよう》。

認得跳珠千点裡
高跳幾点是魚飛

余愛東山秀色、毎日行飯上銅駝橋望之。一日忽得東山如熟友、数見不相厭句。帰家足之成十六韻

東山如熟友
数見不相厭
晨気喜青澂
暮姿愛紫艶
端荘含温和
緑玉無微玷
誰比偃臥頽
吾視前後襜
晴日其快暢

50 文化十四年(丁丑、一八一七)、三十八歳。東山は京都東山。行飯は食事を済ませて、の意。銅駝は洛陽のかつての都心の繁華街。戦乱で荒廃した(晋書・索靖伝)。ここでは京都の二条をいう。保元の乱で荒廃した白河院の故地。

九 きちんと整っていておごそかなこと。

一〇 ほんの少しも傷がない。

一一 横に寝ていてだらしなく、勢いがない。ここは元禄ごろの俳人、服部嵐雪の「蒲団着て寝たる姿や東山」の句をいう。

一二 膝掛けや衣服のすそなどが、きちんと整っていること。論語・郷党に「衣前後襜如也」とある。

酒味《しゆみ》の醲《げん》一に酔《よ》ふが如《ごと》し。
雨時《うじ》は是れ恙疾《ようしつ》二。
眉宇《びう》を斂《おさ》むるを覩《み》るが似《ごと》し。
晴雨《せいう》倶《とも》に筇《きよう》三を理《おさ》め、
四幘岸《さくがん》又《また》巾墊《きんてん》五。
六疎闊《そかつ》鄙吝《ひりん》七を生《しよう》じ、
対晤《たいご》鍼砭《しんぺん》八に当《あ》つ。
唯《ただ》恨《うら》む城市《じようし》に居《きよ》し、
離隔《りかく》毎《つね》に相《あ》ひ念《おも》ふを。
時《とき》ありて屋宇《おくう》の間《かん》。
九瞥然《べつぜん》として半面《はんめん》を見《み》る。
一〇雲雨《うんう》手《て》の翻覆《ほんぷく》。
一一久要独《きゆうようひと》り験《けん》す可《べ》し。
我《われ》に於《お》いては丈人行《じようじんこう》一二。
一三俯就《ふしゆう》真《しん》に愧忝《きてん》一四。
相《あ》ひ逢《あ》ひては便《すなわ》ち一咲《しよう》し、

如酔酒味醲
雨時是恙疾
似覩眉宇斂
晴雨倶理筇
幘岸又巾墊
疎闊生鄙吝
対晤当鍼砭
唯恨居城市
離隔毎相念
有時屋宇間
瞥然見半面
雲雨手翻覆
久要独可験
於我丈人行
俯就真愧忝
相逢便一咲

一 濃いこと。
二 やまい。
三 つえ。
四 頭巾の前を上げて額を出した被り方。
五 頭巾の一角を折ってあるもの。
六 長い間会わずにいると。
七 いやしく狭い心。
八 治療のはり。
九 ちらっとのぞくさま。
一〇 人の心の、変わりやすいことの喩え。杜甫・貧交行に「翻レ手作レ雲覆レ手雨」とある。
一一 古い約束。または老人になっても、の意(論語・憲問)。
一二 長老者。
一三 目下の者に従うこと。
一四 はずかしい。

別《わか》れんと欲《ほっ》して又相《またあ》ひ眷《かえり》みる。
吾行《われゆ》けば山《やま》も亦行《またゆ》く。
一五負《お》い且《か》つ剣《たばさ》むが如《ごと》き有り。
吾来《われきた》つて秀色《しゅうしょく》を餐《くら》ふ。
七歳未《さいいま》だ一六属饜《しょくえん》せず。
詩《し》を作《つく》つて薄《いささ》か相貽《あいおく》る。
浅語《せんご》 君《きみ》一七歉《けん》する莫《なか》れ。

51
朱考亭先生《しゅこうていせんせい》の像《ぞう》に題《だい》す
一八韓岳《かんがく》駆馳《くち》して一九虎風《とらかぜ》に嘯《うそぶ》く。
二〇四書《しょ》 独《ひと》り費《つい》やす二一畢生《ひっせい》の功《こう》。
一たび萬古《ばんこ》 二二科場《かじょう》の二三彀《こう》を張《は》りてより、
二四無数《むすう》の英雄《えいゆう》 此の中《なか》に堕《お》つ。

52
自画山水《じがさんすい》に題《だい》す　六首《しゅ》(内三首)
二五董巨倪黄《とうきょげいこう》は眼《め》に未《いま》だ看《み》ず。

欲別又相眷
吾行山亦行
有如負且剣
吾来餐秀色
七歳未属饜
作詩薄相貽
浅語君莫歉

題朱考亭先生像
韓岳駆馳虎嘯風
四書独費畢生功
一張萬古科場彀
無数英雄堕此中

題自画山水六首
董巨倪黄眼未看

一五「負剣」は礼記・曲礼上の語。子を背負うこと。
一六 あき足りる。
一七 もの足りなく思う。
▽松陰評。「蘇長公」。蘇長公は蘇軾。小竹評。「結少不レ揚。可レ恨」。

51 文化十四年(一八一七)の作。朱考亭は南宋の朱熹(しゅき)。いわゆる朱子。晩年、建陽の考亭で学を講じた。
一八 朱子に先行する武勇で名高い韓世忠と岳飛。共に宋朝の危急のために奮戦した英雄。
一九 英傑がよい機会を得て活躍する喩え。北史・張定和(ちょうていか)伝論に「虎嘯風生、龍騰雲起、英賢奮発、亦各因レ時」とある。
二〇 大学・中庸・論語・孟子。朱子学の根底となる書。
二一 命を終えるまで。朱子の生涯の業績が韓岳の遺業に勝る力を持ったことをいうための伏線。
二二 官吏登用試験である科挙を行なう場。
二三 弓の的。または矢の及ぶ範囲。「入二彀中一」で術中に入る、人を籠絡する、という意味になる。ここは朱子の学説が、科挙の規準となってのちのちまで知識人を規制したことをいう。
二四 自註に「唐太宗観二進士榜一曰、天下英雄堕二吾彀中一」とある。
▽大窪詩仏評。「識力筆力並見二開大一」。

52 文化十四年(一八一七)の作。
二五 山水画家として名高い、南唐の董源(とうげん)・巨然(きょねん)と、元末の倪瓚(げいさん)・黄公望(こうこうぼう)。

唯《ただ》磊磈《らいかい》[一]を存《そん》して自《おのずか》ら巑岏《さんがん》[二]。
　胸中《きようちゆう》の粉本《ふんぽん》[三]は吾《わ》が様《よう》[四]に依《よ》る。
道《い》ふ休《なか》れ　人間《じんかん》[五]に許《こ》の山《やま》なしと。

○

53
山《やま》は北苑《ほくえん》[六]に依《よ》つて披麻《ひま》[七]を学《まな》び、
樹《き》は南宮《なんきゆう》[八]に倣《なら》つて落茄《らくか》[九]を作《な》す。
筆筆自《ひつひつみずか》ら知《し》る格《かく》に入《い》り難《がた》きを。
眼高《がんたか》[一〇]くして其れ手《て》の低《ひく》きを奈何《いかん》せん。

○

54
墨瀋《ぼくしん》[一一]　潑《はつ》し成《な》す王洽《おうこう》[一二]の暈《うん》[一三]。
毫尖《ごうせん》　掃《は》き取《と》る董源《とうげん》の皴《しゆん》[一四]。
漫《まん》に古法《こほう》を将《もつ》て遊戯《ゆうぎ》に供《きよう》す。
是れ毫《ごう》[一五]を舐《な》めて墨《すみ》を和《わ》するの人《ひと》に非《あら》ず。

55
　藝《げい》を発《はつ》す
故紙《こし》　頭《こうべ》を埋《うず》めて頭《こうべ》斑《まだら》[一六]ならんと欲《ほつ》す。

唯存磊磈自巑岏
胸中粉本依吾様
休道人間無許山

○

山依北苑学披麻
樹倣南宮作落茄
筆筆自知難入格
眼高其奈手低何

○

墨瀋潑成王洽暈
毫尖掃取董源皴
漫将古法供遊戯
非是舐毫和墨人

発　藝

故紙埋頭頭欲斑

一　ごろごろとして、うずたかい塊り。
二　ごつごつした高山。
三　下絵。
四　我が独自の様式に従う。
五　世の中。

53
六　董源(→一八一頁注二五)の字。
七　画法の一つ。麻の葉が開いたようにしわを描くこと。また、そのしわ。
八　宋の米芾(べいふつ)の号。
九　画法の一つ。かさぶたの落ちたさまのような点。
一〇　鑑識の眼の方は肥えていて、技量の方はそれに伴なわないこと。

54
一一　墨汁。
一二　唐の画人。水墨をふりまくような勢いで山水を描く、潑墨の法を始めた。
一三　ぼかしの手法。
一四　しわ。→注七。
一五　筆をなめて墨を含ませる、また濃淡を加減する人。画師のこと。
▽菅茶山評。「似㆓唐祝諸作㆒。恨吾不㆑諳㆓画法㆒、無㆓能細論㆒耳」。唐祝は明の唐寅(とういん)と祝允明(しゆくいんめい)。

55
五五から六二までは文政元年(戊寅、一八一八)、三十九歳。門人後藤松陰の随伴で正月に京都を発ち、二月安藝国広島着。三月六日、広島を発ち、西遊の旅に出る。九州を巡り、十二月下旬に下関に戻り、翌二年二月、広島に帰る。三月帰京。山陽はこの間の詩(五五から九七まで)を「西遊稿」としてまとめた。また新居帖にこのうちの約十首を収める。

糧《かて》を裹《つつ》んで一日《じつ》 郷関《きようかん》を出《い》づ。
要《よう》す 燈底看書《とうていかんしよ》の眼《め》を収《おさ》め、
去《さ》つて閲《けみ》せんとす [一七]平生未見《へいぜいみけん》の山《やま》。

56

赤関雑詩《あかまがせきざつし》(三首、内一首)

[一八]文字《もじ》の関頭《かんとう》 夕暉《せきき》澹《しず》かに、
[一九]弥陀《みだ》の寺畔《じはん》 雨《あめ》[二〇]霏霏《ひひ》たり。
水浜《すいひん》に問《と》はんと欲《ほつ》す[二一]前朝《ぜんちよう》の事《こと》。
唯《ただ》[二二]軽鷗《けいおう》の我《われ》に背《そむ》いて飛《と》ぶ有り。

57

壇浦行《だんのうらこう》

[二三]畿甸《きてん》の山《やま》は龍尾《りゆうび》の如《ごと》く、
蜿蜒海《えんえんうみ》に曳《ひ》く千餘里《せんより》。
直《ただ》ちに長門《ながと》に到《いた》り[二四]伏《ふ》して復《また》起《た》ち、
海《うみ》を隔《へだ》てて[二五]豐山《ほうざん》 呼《よ》べば麿《こた》へんと欲《ほつ》す。
帆檣林立《はんしようりんりつ》す[二六]北岸《ほくがん》の市《まち》。」

裹糧一日出郷関
要収燈底看書眼
去閲平生未見山

赤関雑詩

文字関頭澹夕暉
弥陀寺畔雨霏霏
水浜欲問前朝事
唯有軽鷗背我飛

壇浦行

畿甸之山如龍尾
蜿蜒曳海千餘里
直到長門伏復起
隔海豐山呼欲麿
帆檣林立北岸市

一六 白髪が混じろうとしている。
一七 五雑組・事部一に「読㆘未㆓曾見㆒之書㆖、歴㆘未㆓曾到㆒之山水㆖、如㆘獲㆓至宝㆒嘗㆗異味㆖、一段奇快、難㆓以語㆒㆑人也」とある。

56 赤関とは赤間関(下関)のこと。三月十四日着。
一八 門司。
一九 阿弥陀寺。現在の下関市、赤間神宮。安徳天皇を祀る。
二〇 雨の細かに降るさま。
二一 以前の王朝、つまり安徳天皇入水の当時のこと。左伝・僖公四年に、楚の使者が斉の管仲の詰問に、「昭王之不㆑復、君其問㆓諸水浜㆒」と答えた記事がある。
二二 軽やかに飛ぶ鷗。
▽菊池五山(名は桐孫、字は無弦、通称左大夫)評。「中唐口吻」。

57 稿本に見える原註に「赤関東口、海山相迫処、為㆓壇浦㆒。平氏挙族、挟㆓養和帝㆒、投㆑海者也」とあったが、底本は削去。行とは詩の一体。
二三 →一五〇頁注四。
二四 関門海峡となっていること。
二五 豊前(ぶぜん)国の山々。
二六 赤間関(下関)をいう。

吾《われ》 [一]平安《へいあん》より来《きた》り、
行《ゆ》くゆく山勢《さんせい》に循《したが》ひ之《これ》と偕《とも》にす。
驚《おどろ》き看《み》る[二]海門《かいもん》の潮勢奔雷《ちようせいほんらい》の如《ごと》く、
屈曲《くつきよく》して山《やま》と相《あ》ひ撃排《げきはい》するを。」
南《みなみ》 [三]豫山《よざん》を望《のぞ》めば[四]青一髪《せいいつぱつ》。
海水漸《かいすいよう》や狭《せま》くして嚢《ふくろ》を括《くく》るが如《ごと》し。
想見《そうけん》す[五]九郎《くろう》敵《てき》を駆《か》つて来《きた》りしを。
平氏《へいし》は魚《うお》の如《ごと》く源氏《げんじ》は[六]獺《だつ》。
岸蹙《きしせま》り水浅《みずあさ》く誰《たれ》か脱《のが》るるを得《え》ん。」
[七]海鹿《かいろく》 波《なみ》を吹《ふ》いて鼓声《こせい》死し、
[八]稺龍出没《ちりゆうしゆつぼつ》して狂瀾《きようらん》 紫《むらさき》なり。
[九]敗鱗《はいりん》 海《うみ》を蔽《おお》うて春風《しゆんぷう》腥《なまぐさ》く、
蒼溟変《そうめいへん》じて[一〇]桃花水《とうかすい》と作《な》る。」
独《ひと》り[一一]介蟲《かいちゆう》の[一二]姓平《せいへい》と喚《よ》ぶもの有り。
沙際《しやさい》 今《いま》に至《いた》るまで尚《な》ほ横行《おうこう》す。
[一三]兜鍪《とうぼう》[一四]貂蟬《ちようぜん》 両《ふた》つながら一夢《む》。

吾自平安来
行循山勢与之偕
驚看海門潮勢如奔雷
屈曲与山相撃排
南望豫山青一髪
海水漸狭如嚢括
想見九郎駆敵来
平氏如魚源氏獺
岸蹙水浅誰得脱
海鹿吹波鼓声死
稺龍出没狂瀾紫
敗鱗蔽海春風腥
蒼溟変作桃花水
独有介蟲喚姓平
沙際至今尚横行
兜鍪貂蟬両一夢

一 京都。
二 関門海峡中の一番狭い早鞆(はやとも)の瀬戸と呼ばれるところを指す。
三 伊豫国の山々。
四 遠くにちらりと見える青黒い髪の毛一筋ほどのもの。蘇軾・澄邁駅通潮閣の詩に「青山一髪是中原」という句がある。
五 源義経。
六 かわうそ。孟子・離婁(りろう)上に「故為レ淵敺(かる)レ魚者獺也」とある。
七 普通、あしかを指すが、ここは平家物語十一に記される、いるかのことであろう。
八 幼い龍。安徳天皇を指す。
九 死魚。海に浮かんだ平家の武者を指す。
一〇 桃の花の咲く頃の雪解けの水。紅色に見える。ここは、青い海原が血潮に変わることをいう。
一一 甲殻を持つ生物。ここでは蟹。
一二 平家蟹。
一三 かぶとのことで、武門を表す。
一四 官人の冠の飾り。公卿を表す。↓一五五頁注一五。

唯《ただ》見《み》る海山《かいざん》の蒼蒼《そうそう》として[一五]神京《しんきょう》に連《つら》なるを。」
山日落《さんじつお》ち、海墨《うみすみ》の如《ごと》し。
何物《なにもの》か船《ふね》を遮《さえぎ》つて夜《よる》[一六]啾喞《しゅうしょく》す。
吾冤魂《われえんこん》に語《つ》ぐ　且《しばら》く哭《こく》する休《なか》れ。
汝《なんじ》聞かずや　[一七]鬼武《きぶ》の鬼《き》も亦《また》餒《う》うるを免《まぬが》れず。
身後《しんご》[一八]豚犬《とんけん》　交《こもごも》相食《あいは》みしを。」

戯《たわむ》れに赤関竹枝《せきかんちくし》を作《つく》る　八首《しゅ》(内二首)

58
憐《あわ》れむ可《べ》し児女《じじょ》　[一九]先皇《せんこう》を説《と》く。
幾隊《いくたい》の[二〇]紅粧《こうしょう》　[二一]幾瓣香《いくはんこう》。
[二二]簪笏前《しんこつまえ》に満《み》ちし人見《ひとみ》えず。
[二三]金釵猶《きんさいな》ほ[二四]鷺鴛《ろえん》の行《こう》を作《な》す。

○

59
年年《ねんねん》[二五]摂酒《せっしゅ》　商舟《しょうしゅう》に附《ふ》し、
[二六]磊落《らいらく》たる萬罌《ばんおう》　岸頭《がんとう》に堆《うずたか》し。
[二七]清醥《せいひょう》尤《もっと》も推《お》す[二八]鶴字号《つるじごう》。

唯見海山蒼蒼連神京
山日落海如墨
何物遮船夜啾喞
吾語冤魂且休哭
汝不聞鬼武之鬼亦不免餒
身後豚犬交相食

戯作赤関竹枝八首

可憐児女説先皇
幾隊紅粧幾瓣香
簪笏満前人不見
金釵猶作鷺鴛行

○

年年摂酒附商舟
磊落萬罌堆岸頭
清醥尤推鶴字号

一五 みやこ。京都。
一六 か細い声で泣く。平知盛の怨霊と伝えられる。
一七 「鬼武」は頼朝のこと。「之鬼」の「鬼」は魂。魂が餒えるとは、子孫が絶えて祭祠を受けられないこと(左伝・宣公四年)。
一八 →一六六頁注一五。ここは頼家・実朝等を指す。
▽篠崎小竹評。「起手宛然大蘇典刑」。大蘇は北宋の蘇軾。刑は型。頼杏坪評。「撲ニ貌老杜一」。気骨蒼勁」。老杜は唐の杜甫。菅茶山評。第四段について「恨未レ尽レ技」。大窪詩仏評。「結末展過一歩。語意深至」。

58 竹枝は楽府(ふが)の一体で、男女の情や土地の風俗などを詠ずるもの。
一九 安徳天皇。
二〇 あでやかに化粧をした女性達。
二一 形が花びらに似た香。ここは焼香して参拝する意。
二二 冠を留めるかんざしと、手に持つしゃく。これらの礼装を身につけた公卿が帝に仕えたことをいう。
二三 金のかんざし。また、それをつけた女性。
二四 整然としたもの静かな行列。自註に「毎歳三月、諸倡詣ニ阿弥陀寺一。称ニ先帝会一」とある。

59 二五 摂津国の灘・伊丹等の酒。
二六 積み重ねてある、沢山のかめ、或いは酒樽。
二七 清酒。
二八 酒の銘号。澤の鶴であったともいう。

人《ひと》を酔夢《すいむ》に駕《の》せて一揚州《ようしゅう》に上《のぼ》る。

60

赤関《せきかん》を発《はっ》し広江《ひろえ》父子《ふし》に留別《りゅうべつ》す

潮声急艣《ちょうせいきゅうろ》に交《ま》じり、
日色《にっしょく》 二高桅《こうかい》に動《うご》く。
三一葦《い》 晴日《せいじつ》に乗《じょう》じ、
四三行《こう》 別杯《べっぱい》を覆《くつがえ》す。
山陽《さんよう》 背指《はいし》極《きわ》まり、
五鎮右《ちんゆう》 迎顔《げいがん》開《ひら》く。
唯《ただ》あり 六故人《こじん》の意《い》、
七依依《いい》として海《うみ》を過《わた》り来《きた》る。

61

箱《はこ》　碕《ざき》

八廟門《びょうもん》 九岌業《きゅうぎょう》 一〇長瀾《ちょうらん》に面《めん》す。
仰《あお》ぎ視《み》れば 一一彫題《ちょうだい》 碧湾《へきわん》を照《て》らす。
長《なが》く神威《しんい》に倚《よ》りて戎狄《じゅうてき》を伏《ふく》す。

駕人酔夢上揚州

発赤関留別広江父子

潮声交急艣
日色動高桅
一葦乗晴日
三行覆別杯
山陽背指極
鎮右迎顔開
唯有故人意
依依過海来

箱　碕

廟門岌業面長瀾
仰視彫題照碧湾
長倚神威伏戎狄

一 歓楽の境へ誘う意。また「揚州之鶴」で、多くの欲望を合わせて満たそうとする喩えとなる(書言故事十一)。また唐の杜牧・遺懐に「十年一覚揚州夢、贏得(かちえたり)青楼薄倖名」とある。
▽後藤松陰評。「先生飲酒始ニ于此一」。

60 赤間関(下関)を発つのは四月二十四日。広江父子は、広江殿峯(名は為盛、字は文龍、六十三歳)と秋水(名は鐘、字は大声、山陽の門人、三十四歳)。三月十四日に赤間関に着いて以来、山陽は主に広江家に滞在していた。
二 帆柱。
三 一束のあし、または一枚のあしの葉を、小舟に喩える。
四 三めぐり。多くの回数。
五 鎮西。九州を指す。
六 殿峯親子。
七 離れ難いさま。
▽篠崎小竹評。「風味似ニ古體一」。

61 四月二十六日、箱崎(筥崎)の八幡宮を拝す。
八 筥崎宮の楼門。
九 高くさかんなさま。
一〇 遠くから打ち寄せる大波。
一一 彫刻された扁額。自註に「廟額ニ敵国降伏四大字一。係ニ延喜宸翰一」とある。延喜は醍醐天皇。社伝によれば、外寇に備えて、社殿の下に埋められたものという。後世、亀山上皇のときそれに手を加えて額に彫ったということになっている。

新羅《しらぎ》高麗《こうらい》指揮《しき》の間《かん》。

62

亀井《かめい》元鳳《げんほう》招飲《しょういん》す。賦《ふ》して贈《おく》る

[一二]藝城《げいじょう》に手《て》を分《わ》かち夢《ゆめ》空《むな》しく尋《たず》ぬ。
[一三]雞黍《けいしょ》今朝《こんちょう》 [一四]盍簪《こうしん》を喜《よろこ》ぶ。
四海《かい》の文章《ぶんしょう》 纔《わず》かに指《ゆび》を屈《くっ》し、
一杯《ばい》の[一五]醽醁《れいりょく》 且《しばら》く心《こころ》を論《ろん》ず。
高林《こうりん》 屋《おく》を擁《よう》して鶴巣《かくそう》穏《おだ》やかに、
[一六]積水《せきすい》 窓《まど》に当《あ》たつて[一七]鵬影《ほうえい》沈《しず》む。
[一八]風樹《ふうじゅ》 知《し》る君《きみ》 我《わ》が感《かん》に同《おな》じきを。
酒間《しゅかん》 涙《なんだ》あり暗《あん》に襟《えり》を沾《うるお》す。

新羅高麗指揮間

亀井元鳳招飲。賦贈

藝城分手夢空尋
雞黍今朝喜盍簪
四海文章纔屈指
一杯醽醁且論心
高林擁屋鶴巣穏
積水当窓鵬影沈
風樹知君同我感
酒間有涙暗沾襟

63

菅右府《かんうふ》の祠廟《しびょう》に謁《えつ》して作《さく》あり

「[一九]都府楼《とふろう》は唯《ただ》瓦色《がしょく》を看《み》、
[二〇]観音寺《かんおんじ》は独《ひと》り鐘声《しょうせい》を聴《き》く。[二一]」
[二二]相公《しょうこう》の此の句《く》 [二三]燥髪《そうはつ》に誦《しょう》す。

謁菅右府祠廟有作

都府楼唯看瓦色
観音寺独聴鐘声
相公此句燥髪誦

62 四月下旬から五月下旬まで博多に滞在。亀井元鳳(字)、名は昱、号は昭陽。四十六歳。南溟の長男で福岡藩儒。

一二 広島で別れて。文化四年(一八〇七)三月、昭陽は江戸から西帰の途中、山陽と初会見している。

一三 鶏を殺してあつものとし、きび飯を炊く。人を心からもてなすこと。論語・微子に「止二子路一宿、殺レ雞為レ黍而食レ之」とある。

一四 朋友が寄り集まること。易経・豫に「朋盍簪(ともあいあつまる)」とある。

一五 美酒。

一六 大海。

一七 昭陽の父、南溟の死(文化十一年歿)を寓す。鵬は想像上の大鳥で南冥(南方の海)に飛んでゆく(荘子・逍遥遊)。

一八 亡き親を慕い、孝養を尽くせぬことを歎く意。韓詩外伝九に「樹欲レ静而風不レ止、子欲レ養而親不レ待也」とある。山陽もまた父春水を文化十三年(一八一六)に失った。

63 五月、右大臣(右府)菅原道真を祀る太宰府天満宮に参拝する。

一九 筑前国筑紫郡にあった大宰府政庁の大門の高楼。

二〇 都府楼の東にある観世音寺。

二一 この二句は菅家後集・不出門(七律)の第三・四句の引用。

二二 大臣、都で右大臣にまで昇進した道真は、藤原時平の讒言に遭って大宰権帥に左遷された。このとき右の詩を作った。

二三 幼年時代をいう(通鑑一二一、劉宋の元嘉七年に基づく)。

今日《こんにち》始《はじ》めて此の際《さい》に向《む》かつて行《ゆ》く。
想見《そうけん》す傑構《けつこう》 画甍《がぼう》堆《うずたか》かりしを。
[一]華鯨《かげい》雄吼《ゆうこう》す[二]法王城《ほうおうじょう》。
[三]宰帥《さいそつ》は虚名《きょめい》 実《じつ》は閑廃《かんばい》。
罪《つみ》を思《おも》ひ卻《しりぞ》き掃《はら》つて[四]柴荊《さいけい》を掩《おお》ふ。」
[五]儒生《じゅせい》の[六]袞黻《こんふつ》は真《しん》に[七]罕事《かんじ》。
久《ひさ》しいかな[八]銓衡《せんこう》 [九]門地《もんち》を論《ろん》ず。
[一〇]沈痼《ちんこ》を洞知《どうち》して良薬《りょうやく》を須《もち》ひ、
鋭意《えいい》[一一]蟠根《ばんこん》に利器《りき》を試《こころ》む。
[一二]知《ち》に酬《むく》ゆるに何《なん》ぞ[一三]人言《じんげん》を恤《うれ》ふるに暇《いとま》あらんや。
[一四]奮搏《ふんばく》自《みずか》ら折《お》る[一五]凌雲《りょううん》の翅《つばさ》。
[一六]鬼《き》と為《な》り蜮《よく》と為《な》る奚《なん》ぞ尤《とが》むるに足《た》らん。
[一七]群雞《ぐんけい》の一鶴《かく》 宜《うべ》なり相《あ》ひ忌《い》まるること。」
国《くに》の瘁《や》むは[一八]天数《てんすう》 豈公《あにこう》に与《あずか》らんや。
[一九]鞶鑑《はんかん》已《や》んぬるかな又彤弓《またとうきゅう》。
[二〇]世態《せたい》幾回《いくかい》か浮雲《ふうん》と変《へん》ず。

今日始向此際行
想見傑構堆画甍
華鯨雄吼法王城
宰帥虚名実閑廃
思罪卻掃掩柴荊
儒生袞黻真罕事
久矣銓衡論門地
洞知沈痼須良薬
鋭意蟠根試利器
酬知何暇恤人言
奮搏自折凌雲翅
為鬼為蜮奚足尤
群雞一鶴宜相忌
国瘁天数豈与公
鞶鑑已矣又彤弓
世態幾回浮雲変

一 梵鐘と撞木（しゅもく）。
二 寺院。
三 大宰権帥。
四 柴の門を閉ざす。前掲の不出門に「一従三謫落在二柴荊一、萬死兢兢（きょうきょう）跼蹐（きょくせきの）情」とある。
五 学者。菅原氏は代々文章博士を勤める家であった。
六 三公の礼服。右大臣となったこと。
七 稀な事。
八 選考。
九 家柄。
一〇 長年の病気。弊政を喩える。
一一 難問を、優れた手腕で処理しようとする。「蟠根」はわだかまっている根。後漢の虞詡（ぐぐ）は「不レ遇三槃根錯節一、何以別三利器一乎」（後漢書・虞詡伝）といった。
一二 知遇。宇多天皇の知遇。
一三 三善清行の忠告（本朝文粋七・奉三菅右相府一書）。
一四 勇を奮って打つ。
一五 雲を凌いで高く飛べるほどの翼。不世出の才能を喩える。
一六 陰険な人。讒言者。詩経・小雅・何人斯に「為レ鬼為レ蜮、則不レ可レ得」とある。
一七 多くの雞の中にいる一羽の鶴。多くの人々の中で、特に優れている者の喩え。晋書・嵆紹伝に「昂昂然、如三野鶴之在二雞群一」とある。
一八 自然の運命。
一九 鏡の飾りのある、大幅の革帯と、丹塗りの弓。功労ある諸侯に恩賞として天子が与えるもの。
二〇 信賞必罰の政治を失い、武門の勢いが皇室を凌ぎ、政権が移ったことをいう。

独《ひと》り威徳《いとく》の無窮《むきゆう》に伝《つた》ふる有り。」
二一寝廟《しんびよう》の棟宇《とうう》　二二弥《いよいよ》岐嶷《きぎよく》。
二三祀典《してん》今《いま》に于《おい》て兆億《ちようおく》を群《ぐん》す。
顧《かえり》みて府楼《ふろう》を視《み》れば空《むな》しく断礎《だんそ》。
寺《てら》は二四数椽《すうてん》を餘《あま》して亦傾仄《またけいそく》す。
二五行人田間《こうじんでんかん》に缺瓦《けつが》を拾《ひろ》へば、
猶《な》ほ存《そん》す相公《しようこう》　看《み》し時《とき》の色《いろ》。」

荷蘭船行《おらんだせんこう》

64二六碕港《きこう》の西南《せいなん》　天水交《てんすいまじ》はる。
忽《たちま》ち見《み》る空際《くうさい》　二七秋毫《しゆうごう》を点《てん》ずるを。
二八望楼《ぼうろう》の号砲《ごうほう》　一たび怒嘷《どこう》すれば、
二九二十五堡《ほ》　弓《ゆみ》　三〇弢《とう》を脱《だつ》す。
街声沸《がいせいわ》くが如《ごと》く四《よも》に喧嘈《けんそう》す。
説《と》く是れ西洋《せいよう》より紅毛来《こうもうきた》ると。
三一飛舸往《ひかゆ》きて迓《むか》え三二鼓鼙《こき》を聞く。

独有威徳伝無窮
寝廟棟宇弥岐嶷
祀典于今群兆億
顧視府楼空断礎
寺餘数椽亦傾仄
行人田間拾缺瓦
猶存相公看時色

荷蘭船行

碕港西南天水交
忽見空際点秋毫
望楼号砲一怒嘷
二十五堡弓脱弢
街声如沸四喧嘈
説是西洋来紅毛
飛舸往迓聞鼓鼙

二一　本殿・神殿の意。
二二　高くそびえるさま。詩経・大雅・生民の語。
二三　祭祀の儀式。
二四　数本のたる木。
二五　旅人。山陽自身をいう。
▽自註に、「三善清行勧㆓公乞㆑退。公不㆑納、遂及㆓於禍㆒。宇多擢㆑公以抑㆓相家之権㆒。相家所㆑不㆑欲、非㆓唯同列者忌㆒也」とある。相家は藤原家。柴野碧海評。「賦㆓菅公㆒、如㆑此篇不㆑易㆑得也」。菊池五山評。「透㆓徹菅公肺腑㆒。公在天之霊、亦応㆓首肯㆒」。

64　五月二十三日長崎着。約三ヶ月間滞在。七月に入港したオランダ船を、八月上旬に見物に行く。通詞の穎川四郎太の案内による。
二六　長崎港。
二七　細い毛の一筋。ここではオランダ船のかすかな影。
二八　物見櫓(やぐら)。
二九　二十五ヶ所のとりで・台場。
三〇　弓袋。
三一　速い舟。
三二　大だいこを打つ。

両《ふた》つながら信旗《しんき》[一]を揚《あ》げて濫叨《らんとう》[二]を防《ふせ》ぐ。
船《ふね》　港《みなと》に入《い》り来《きた》つて巨鼇《きよごう》[三]の如《ごと》し。
水浅《みずあさ》く船大《ふねだい》に動《やや》もすれば膠《こう》[四]せんと欲《ほつ》す。
官舟《かんしゆう》[五]連珠《れんしゆ》　幾艘《いくそう》を纍《つな》ぎ、
之《これ》を牽《ひ》いて進《すす》む　声《こえ》䜣䜣《ごうごう》たり。
蛮船《ばんせん》水《みず》を出《い》でて百尺高《ひやくせきたか》く、
海風《かいふう》淅淅《せきせき》[六]として罽旄《けいぼう》[七]を颭《ひるがえ》す。
三帆《ばん》　桅《ほばしら》を樹《た》てて萬條《ばんとう》[八]を施《ほどこ》し、
機《き》を設《もう》けて伸縮《しんしゆく》　桔槔《けつこう》[九]の如《ごと》し。
漆黒《しつこく》の蛮奴《ばんど》　猱《さる》よりも捷《すばや》く、
桅《ほばしら》に升《のぼ》りて條《とう》を理《おさ》め手《て》もて爬搔《はそう》[一〇]す。
碇《いかり》を下《お》ろして満船《まんせん》　斉《ひと》しく嗷咷《きようとう》[一一]し、
巨礮《きよほう》[一二]を畳発《じようはつ》して声勢《せいせい》　豪《ごう》なり。
蛮情《ばんじよう》測《はか》り難《がた》く廟謀《びようぼう》[一三]労《ろう》し、
兵営《へいえい》猶《な》ほ豹韜《ひようとう》[一四]を徹《てつ》せず。
嗚呼《ああ》　小醜《しようしゆう》[一五]　何《なん》ぞ憂目《ゆうもく》[一六]の蒿《こう》を煩《わずら》はさん。

両揚信旗防濫叨
船入港来如巨鼇
水浅船大動欲膠
官舟連珠纍幾艘
牽之而進声䜣䜣
蛮船出水百尺高
海風淅淅颭罽旄
三帆樹桅施萬條
設機伸縮如桔槔
漆黒蛮奴捷於猱
升桅理條手爬搔
下碇満船斉嗷咷
畳発巨礮声勢豪
蛮情難測廟謀労
兵営猶不徹豹韜
嗚呼小醜何煩憂目蒿

一　信号の旗。
二　混乱。
三　大亀。
四　にかわのように粘り着く。坐礁する意。
五　番所の舟のこと。
六　かすかな風の音。
七　毛織物でできた旗。
八　綱や紐。
九　井戸のはねつるべ。
一〇　かくようにさばく。
一一　子供が泣き続けるように大声で叫ぶ。
一二　大砲。
一三　政府の対策。
一四　外敵に対する戦備。兵書六韜（りくとう）の篇名ともなっている。
一五　オランダ人を指す。
一六　目を乱して憂えること。荘子・駢拇（べんぼ）に、「今世之仁人、蒿目而憂㆓世之患㆒」とある。

萬里《ばんり》 利《り》を逐《お》うて[17]貪饕《たんとう》に在《あ》り。
憐《あわ》れむべし[18]一葉《よう》 [19]鯨濤《げいとう》を凌《しの》ぐを。
譬《たと》へば[20]浮蟻《ふぎ》の[21]羶臊《せんそう》を慕《した》ふが如《ごと》し。
乃《すなわ》ち[22]雞《にわとり》を割《さ》くに牛刀《ぎゅうとう》を費《つい》やす毋《な》からんや。
乃《すなわ》ち[23]瓊瑤《けいよう》 木桃《もくとう》に換《か》ふる毋《な》からんや。

萬里逐利在貪饕
可憐一葉凌鯨濤
譬如浮蟻慕羶臊
毋乃割雞費牛刀
毋乃瓊瑤換木桃

65
長崎《ながさき》の謡《うた》 十解《かい》(内二首)

港《みなと》に入《い》る西洋[24]賈客《せいようこかく》の船《ふね》。
[25]譙楼《しょうろう》の[26]信砲《しんぽう》 数声伝《すうせいつた》ふ。
[27]両藩《りょうはん》の[28]戍卒《じゅそつ》 [29]旌戟《せいげき》を森《つら》ね、
萬[30]炬星《ばんきょほし》の如《ごと》く夜眠《よるねむ》らず。

長碕謡十解

入港西洋賈客船
譙楼信砲数声伝
両藩戍卒森旌戟
萬炬如星夜不眠

○

66
[31]洋船豆大《ようせんとうだい》 琉璃《るり》に点《てん》ず。
[32]未《いま》だ一炊《すい》せざる間《あいだ》に[33]大磯《たいき》に到《いた》る。
[34]館外《かんがい》 錨《いかり》を抛《なげう》つて安穏《あんのん》を賀《が》し、
舳艫《じくろ》迭《たが》いに放《はな》つ[35]仏郎機《ふつろうき》。

○

洋船豆大点琉璃
未一炊間到大磯
館外抛錨賀安穏
舳艫迭放仏郎機

一七 むさぼり求めて大食すること。貿易の利益を追求するのみで国土を侵略しようというのではない、との意。
一八 小舟。
一九 大波。
二〇 大蟻。
二一 生臭い肉類。
二二 雞を割くような小さな事に、牛刀のような大器を用いる。論語・陽貨に「夫子莞爾(かんじ)而笑曰、割レ雞焉用二牛刀一」とある。
二三 くさぼけのようなつまらぬ物に対して、美しいおび玉のような貴重なもので報いる。詩経・衛風・木瓜に「投レ我以二木桃一、報レ之以二瓊瑤一」とある。ほどほどにしておくがよい、の意。
▽菅茶山評。「詩人遊レ碕、少レ及二蛮漢聞見一。此等作差強二人意一。険韻毎レ句押、何等詩膽」。

65 解とは、詩や曲を数える単位。
二四 商人。
二五 物見櫓(やぐら)。
二六 合図となる大砲。
二七 長崎警備の黒田・鍋島の二藩。
二八 警護の兵卒。
二九 旗や槍。
三〇 かがり火。

66 三一 豆粒のように、はるか瑠璃色(コバルト色)の海の中に見える。
三二 わずかな時間に。船足が速いことをいう。
三三 ここでは、出島の海岸。
三四 出島のオランダ商館。
三五 西洋式の大砲。フランキは、もとポルトガル語。

舟《ふね》千皺洋《ちじわなだ》を過《す》ぎ、大風浪《だいふうろう》に遇《あ》ひ、殆《ほとん》ど覆《ふく》せんとす。嶹原《しまばら》に上《のぼ》り得《え》て、漁戸《ぎょこ》に宿《しゅく》す。此《これ》を賦《ふ》して懲《ちょう》を志《しる》す

67
頼子《らいし》 碕港《きこう》を発《はつ》す。
八月《がつ》 [一]日《ひ》念《ねん》六。
便道《べんどう》 [二]東肥《とうひ》に赴《おもむ》かんとし、
岸《きし》に臨《のぞ》みて[三]䑳𦪇《こうろく》を買《か》ふ。
説《と》く是れ千皺洋《ちじわなだ》と。
波紋《はもん》 [四]細縠《さいこく》の如《ごと》し。
纜《ともづな》を解《と》いて未《いま》だ半時《はんとき》ならざるに、
雲行《うんこう》 稍《やや》捷速《しょうそく》。
指点《してん》すれば[五]温岳《うんがく》の巓《いただき》、
黒気《こくき》 蓋笠《がいりゅう》の如《ごと》し。
[六]須臾《しゅゆ》にして海水《かいすい》立《た》ち、
[七]盲風《もうふう》 [八]坤軸《こんじく》を撼《うご》かす。

舟過千皺洋、遇大風浪、殆覆。得上嶹原、宿漁戸。
賦此志懲

頼子発碕港
八月日念六
便道赴東肥
臨岸買䑳𦪇
説是千皺洋
波紋如細縠
解纜未半時
雲行稍捷速
指点温岳巓
黒気如蓋笠
須臾海水立
盲風撼坤軸

67 千皺洋は長崎県千々石の沖。
一 二十六日。実は二十三日に長崎を発ち、風浪に遇って島原の漁家に泊している。
二 肥後国。
三 大きな船に乗る。
四 ちりめん。
五 温仙(うんぜん)岳。
六 ごく短い時が経って。
七 秋の疾風(礼記・月令)。
八 地軸。

柁工《だこう》強《し》ひて談笑《だんしょう》し、
九短《たん》を護《まも》りて敗衄《はいじく》を諱《い》む。
風力《ふうりょく》　愈《いよいよ》狂驕《きょうきょう》、
一〇鯨鼉《げいだ》　交《こもごも》怒蹴《どしゅく》す。
濤勢《とうせい》　呉越《ごえつ》より来《きた》り、
萬里《ばんり》　一《いっ》に沓《あっ》まり蹙《せま》る。
舟之《ふねこれ》が為《ため》に一一掀翻《きんばん》せられ、
繋泊《けいはく》孰《いず》れに向《む》かはんと欲《ほっ》する。
舟人《しゅうじん》　腕脱《うでぬ》けんと欲《ほっ》し、
櫓《ろ》を揺《うご》かして一二島隩《とういく》に達《たっ》す。
門《もん》を叩《たた》いて一三吏胥《りしょ》に懇《ねが》ひ、
一四丁《てい》を僦《やと》ひて一五嚢簏《のうろく》を負《お》はしむ。
一六崎嶇《きく》として磯礁《きしょう》を踰《こ》え、
一七蒙茸《もうじょう》　一八樸樕《ぼくそく》を過《す》ぐ。
一九漫白《まんぱく》の崩沙《ほうしゃ》を見《み》、
深黒《しんこく》の絶谷《ぜっこく》を瞰《みお》ろす。

柁工強談笑
護短諱敗衄
風力愈狂驕
鯨鼉交怒蹴
濤勢呉越来
萬里一沓蹙
舟為之掀翻
繋泊欲向孰
舟人腕欲脱
揺櫓達島隩
叩門懇吏胥
僦丁負嚢簏
崎嶇踰磯礁
蒙茸過樸樕
漫白見崩沙
深黒瞰絶谷

九　自分の過失をかばい、失敗を隠そうとする。
一〇　くじらとわに。
一一　高く投げ上げられ、翻弄される。
一二　島の入江。
一三　村役人。
一四　人夫。
一五　荷物。袋物や竹行李。
一六　道の上り下りの険しいさま。
一七　草木が乱れ生えるさま。
一八　低木群。
一九　どこまでも続く白砂。

昏《こん》を照《て》らすに炬火《きよか》あれども、
饑《う》ゑを救《すく》ふに饘粥《せんじゆく》[一]なし。
旃《これ》を勉《つと》めて羊腸《ようちよう》[二]を度《わた》るは、
猶《な》ほ勝《まさ》る魚腹《ぎよふく》[三]に葬《ほうむ》らるるに。
遠火《えんか》に宿所《しゆくしよ》を認《みと》め、
[四]担《たん》を弛《ゆる》む漁人《ぎよじん》の屋《おく》。
湯《ゆ》を燂《あたた》めて脚跟《きやくこん》を洗《あら》ひ、
[五]飰《はん》に下《くだ》して腒鱐《きよしゆく》[六]を焼《や》く。
驚《おどろ》き定《さだ》まつて方《まさ》に笑《わら》ひを成《な》し、
痛《いた》み覚《おぼ》えて卻《かえ》つて哭《な》かんと欲《ほつ》す。
遠道《えんどう》　胡為《なんす》れぞ来《きた》れる。
[七]宦《かん》に非《あら》ず販鬻《はんいく》[八]に非《あら》ず。
[九]汗漫自《かんまんみずか》ら苦《くる》しみを取《と》る。
反顧《はんこ》すれば真《しん》に悚恧《しようじく》[一〇]。
詩《し》を作《つく》らんとして嚢筆《のうひつ》を抽《ぬ》けば、
[一一]鯨燈《げいとう》　単独《たんどく》[一二]に伴《ともな》ふ。

照昏有炬火
救饑無饘粥
勉旃度羊腸
猶勝葬魚腹
遠火認宿所
弛担漁人屋
燂湯洗脚跟
下飰焼腒鱐
驚定方成笑
痛覚卻欲哭
遠道胡為来
非宦非販鬻
汗漫自取苦
反顧真悚恧
作詩抽嚢筆
鯨燈伴単独

一 かゆ。
二 いく度も折れ曲がった細い険しい道。
三 溺死する。
四 荷を解く。
五 御飯のおかずに。飰は飯。
六 魚の干物。
七 公用。
八 行商。
九 放浪して、とりとめのないこと。
一〇 ぞっとして恥じ入る。
一一 鯨油を使った燈火。
一二 唯一人の自分自身。
▽菅茶山評。「記ニ姓及月日一、在ニ此詩一更好」。篠崎小竹評。「辛苦之状、曲尽無レ餘。聞当夜即作。伴レ燈検レ韻。情況可レ想」。

68
一三 熊本県天草諸島の西方に天草灘がある。
蘇軾・書王定国所蔵煙江畳嶂図の詩に、「山

68

天草洋《あまくさなだ》に泊《はく》す

一三雲《くも》か山《やま》か呉《ご》か越《えつ》か。
水天髣髴《すいてんほうふつ》一四 青《せい》一五一髪《ぱつ》。
萬里《ばんり》舟《ふね》を泊《はく》す天草《あまくさ》の洋《なだ》。
烟《けむり》は篷窓《ほうそう》一六に横《よこ》たはつて日《ひ》漸《ようや》く没《ぼっ》す。
一七瞥見《べっけん》す大魚《たいぎょ》の波間《はかん》に跳《おど》るを。
一八太白《たいはく》 船《ふね》に当《あ》たつて明《めい》一九 月《つき》に似《に》たり。

泊天草洋

雲耶山耶呉耶越
水天髣髴青一髪
萬里泊舟天草洋
烟横篷窓日漸没
瞥見大魚波間跳
太白当船明似月

69

熊府《ゆうふ》 辛嶋教授招飲《からしまきょうじゅしょういん》す。先人《せんじん》の友《とも》なり。此《これ》を賦《ふ》して奉呈《ほうてい》し、並《なら》びに座《ざ》に在《あ》りし諸《しょ》儒《じゅ》に贈《おく》る

風《かぜ》を避《さ》けて火《か》二〇海《かい》 舟《ふね》を舎《す》てて行《ゆ》く。
二一蘇《そ》岳《がく》相《あ》ひ迎《むか》へて先《ま》づ眼《がん》明《あき》らかなり。
二二銀杏《いちょう》 天《てん》に挿《さしはさ》んで故《こ》二二国《こく》を知《し》り、
二三丹楼《たんろう》 地《ち》を抜《ぬ》いて層《そう》二四城《じょう》を見《み》る。

熊府辛嶋教授招飲。先人之友也。賦此奉呈、並贈在座諸儒

避風火海舎舟行
蘇岳相迎先眼明
銀杏挿天知故国
丹楼抜地見層城

耶雲耶遠莫レ知」という句がある。
一四 はるかなさま。
一五 →一八四頁注四。
一六 竹やかやなどを編んでおおいを掛けた、舟の窓。
一七 ちらりと見える。
一八 宵の明星、金星。
一九 この詩の初稿(七絶)では「太白一星光似レ月」とある。いま山陽詩鈔の定稿の訓点に従って訓読したが、ここを「月よりも明らかなり」と読む説もある。この詩は吉村迂斎の「三十六湾湾接レ湾、蜻蜓西尽白雲間。洪濤萬里豈無レ国、一髪晴分呉越山」に触発されたという(森田思軒『頼山陽及其時代』、三九八頁)。
▽菅茶山評。「北条子讓以二此詩一為二西遊第一一」。菊池五山評。「子讓眼高。余亦曾取、置二詩話中一、実為二絶唱一」。北条子讓(字)、名は讓、通称讓四郎で霞亭と号す。福山藩儒。詩話は五山堂詩話。その補遺三。

69 熊本藩儒、辛嶋憲または知雄、字は伯彝、通称才蔵、号は塩井(えんせい)の招飲に、八月二十七日に赴く。熊本には二十五日に着いており、二十六日に既に辛嶋邸を訪問している。先人は亡父、春水。
二〇 不知火海。
二一 阿蘇山。
二二 古くから続いている国。銀杏のような高木があるのは、長く続いた国である証。孟子・梁恵王下に「所レ謂故国者、非レ謂下有二喬木一之謂上也。有二世臣一之謂也」とあり、朱熹の集註に「喬木世臣。皆故国所レ宜レ有」とある。
二三 朱塗りのたかどの。
二四 何層もの城。熊本城をいう。

[一]雪泥《せつでい》　聊《いささ》か託《たく》す冥鴻《めいこう》の跡《あと》。
[二]萍水《へいすい》　新《あら》たに同《おな》じうす振鷺《しんろ》[三]の盟《ちか》ひ。
[四]苴杖《しよじよう》三年《ねん》　往事《おうじ》と成《な》る。
忽《たちま》ち父執《ふしつ》[五]に逢《あ》ひて涙縦横《なんだじゅうおう》。

70

加藤公《かとうこう》の廟《びよう》に謁《えつ》す　二首《しゆ》(内一首)

身《み》を戚属《せきぞく》[六]に起《お》こす是れ嫖姚《ひようよう》[七]。
早《はや》く辺城《へんじよう》[八]に向《む》かつて遠《とお》く鏃《くつばみ》を挙《あ》ぐ。
[九]結髪《けつぱつ》　軍《ぐん》は皆《みな》李広《こう》を知《し》り、
禁啼《きんてい》　児《じ》は尚《な》ほ張遼《ちようりよう》[一〇]を畏《おそ》る。
巣《そう》あり寧《あ》に料《はか》らんや鳩《きゆう》[一一]　鵲《しやく》に因《よ》るを。
子《こ》を生《う》み誰《たれ》か言《い》ふ狗《く》[一二]　貂《ちよう》に続《つづ》くと。
空《むな》しく遺民《いみん》をして伏臘《ふくろう》[一三]を厳《おごそ》かならしむ。
蘇山《そざん》の雲霧《うんむ》　恨《うら》み消《しよう》し難《がた》し。

薩界《さつかい》に入《い》りて雨《あめ》に遇《あ》ふ

雪泥聊託冥鴻跡
萍水新同振鷺盟
苴杖三年成往事
忽逢父執涙縦横

謁加藤公廟二首

起身戚属是嫖姚
早向辺城遠挙鏃
結髪軍皆知李広
禁啼児尚畏張遼
有巣寧料鳩因鵲
生子誰言狗続貂
空使遺民厳伏臘
蘇山雲霧恨難消

入薩界遇雨

一 雪泥鴻爪で、いずれは跡形なく消えるであろう人の事跡(蘇軾・和子由澠池懐旧詩)。ここは、遊歴の跡をしばし留める意。
二 浮草と水とが出遇う。旅行中などに、偶然知り合うことに喩える。王勃・滕王閣序に「萍水相逢、尽是他郷之客」とある。
三 群がって飛ぶ鷺。潔白な賢者に喩える(詩経・周頌・振鷺)。
四 喪中に使用する、黒色の竹の杖(儀礼・喪服)。
五 父の友人。辛嶋塩井を指す。

70　加藤清正の墓所浄池廟は、熊本市の日蓮宗本妙寺にある。
六 母方や妻方の親戚。清正の母は秀吉の母と従姉妹。
七 漢の将軍、霍去病(かくきよへい)。その母は大将軍、衛青の姉。武帝の時、嫖姚校尉となった。
八 去病も清正も早くから辺境の討伐に従った。
九 元服すること。李広は漢の名将軍。↓一七五頁注九。
一〇 魏の勇猛な将軍。彼が来たといえば、子供も怖れて泣き止んだという故事がある(蒙求・張遼止啼)。ここまでの句は皆、清正を喩える。
一一 鳩は巣を作らず、鵲(かささぎ)の巣に棲んでしまう(詩経・召南・鵲巣)ことから、外より来て人の家を襲ぐ者に喩える。ここは、苦労して経営した肥後が、後に細川氏の所領となったことをいう。
一二 狗尾続貂の略。立派なものの後に、粗悪なものの続く喩え(晋書・趙王倫伝)。清正の子、忠広を指す。
一三 夏と冬との祭典。
▽茶山評。「肥後文学之藪。而如㆑此偉跡。未㆑著㆓賦詠㆒。御使㆓遠人先著㆑鞭㆒」。

71

秋雨《しゆうう》 来《きた》つて已《や》まず。
秋風《しゆうふう》 人《ひと》を吹《ふ》き倒《たお》す。
一四程《てい》 長《なが》くして日《ひ》の短《みじか》きに苦《くる》しみ、
前路《ぜんろ》 問《と》ふこと頻頻《ひんぴん》。
已《すで》に肥嶺《ひれい》一五の坂《さか》を踰《こ》え、
還《また》薩海《さつかい》一六の浜《ひん》に縁《よ》る。
一七冥色《めいしよく》 一八墟落《きよらく》に生《しよう》じ、
道上《どうじよう》 蹄輪《ていりん》少《すく》なし。
一九笠�斜《りゆうきゆう》 舞《ま》ひて首《こうべ》を離《はな》れ、
簑袂《さべい》 湿《しめ》つて身《み》に透《とお》る。
脚《あし》を抜《ぬ》く二〇泥淖《でいどう》の裡《うち》。
又《また》二一石《せき》歯《し》の二二断《こん》に遭《あ》ふ。
暗行《あんこう》 関下《かんか》に至《いた》れば、
関吏《かんり》 肆《ほしいまま》に呵嗔《かしん》す。
宿《やど》を乞《こ》ふ野人《やじん》の屋《おく》。
二三雙膝《そうしつ》 屈《くつ》して伸《の》びず。

秋雨来不已
秋風吹倒人
程長苦日短
前路問頻頻
已踰肥嶺坂
還縁薩海浜
冥色生墟落
道上少蹄輪
笠�斜舞離首
簑袂湿透身
抜脚泥淖裡
又遭石歯断
暗行至関下
関吏肆呵嗔
乞宿野人屋
雙膝屈不伸

71 九月七日、薩摩国境に到着。しかし既に関所は閉ざされており、農家に一泊。

一四 道のり。実情であるが、同様の情景は文選・古詩十九首に「昼短苦㆓夜長㆒」とある。
一五 肥後国、いま熊本県葦北郡津奈木町と芦北町との境。
一六 薩摩国の西海岸。
一七 暮色の意。薄暗さ。
一八 さびれた村落。
一九 かぶり笠の紐。
二〇 深いぬかるみ。
二一 石の角ばった所。
二二 かむ。
二三 非常に疲れたことをいう。又、屋の狭いことや、この家の人々に遠慮している意もあるか。

一破竈《はそう》 烟気《えんき》なく、
二松肪《しょうぼう》 積塵《せきじん》を照《て》らす。
三僵臥《きょうが》するも寐《い》ぬ可《べ》からず。
起坐《きざ》して独《ひと》り吟呻《ぎんしん》す。
国《くに》を離《はな》れて幾亭駅《いくていえき》。
目《め》を挙《あ》ぐれば四誰《たれ》あってか馴《な》れん。
五桑弧《そうこ》 素願《そがん》に従《したが》ふ。
必《かなら》ずしも苦辛《くしん》を説《と》かず。
六耿耿《こうこう》として毎《つね》に念《おも》ひに縈《まと》ふは、
七北堂《ほくどう》 老親《ろうしん》あり。
屈指《くっし》して我《わ》が返《かえ》るを待《ま》つ。
期《き》を愆《あやま》ること已《すで》に廿旬《にじゅうじゅん》。
八汗漫《かんまん》 竟《つい》に何事《なにごと》ぞ。
我《わ》が鬢《びん》も亦銀《またぎん》ならんと欲《ほっ》す。
寧《あ》に能《よ》く中止《ちゅうし》す可《べ》けんや。
勢《いきお》ひ九虎《とら》に騎《の》ると均《ひと》し。

破竈無烟気
松肪照積塵
僵臥不可寐
起坐独吟呻
離国幾亭駅
挙目有誰馴
桑弧従素願
不必説苦辛
耿耿毎縈念
北堂有老親
屈指待我返
愆期已廿旬
汗漫竟何事
我鬢亦欲銀
寧能可中止
勢与騎虎均

一 粗末なかまど。
二 松やにの燈火。
三 死んだように倒れ伏す。
四 誰が馴れ親しんでくれるだろうか、誰もいない、の意。
五 四方に志を立てること。古代、男子が生まれると、桑の木の弓と蓬の矢とで天地四方を射て、活躍を願った(礼記・内則または射義)。
六 心にわだかまりがあって寝つかれないさま(詩経・邶風・柏舟)。
七 母のこと。中国古代、家の北側の建物を母の居室とした。
八 放浪し、とりとめのないこと。
九 虎に乗り、途中で降りると食われてしまうので、乗った以上は最後まで行かなければならない。そのように、物事の成り行き上、途中で止められない喩え(新五代史・郭崇韜伝)。

路難《ろなん》 吾《われ》已《すで》に分《ぶん》とす。
何為《なんす》れぞ自《みずか》ら逡巡《しゅんじゅん》せん。
勉起《べんき》して吾《わ》が足《あし》を一〇裹《つつ》めば、
鳴鴉《めいあ》 已《すで》に晨《しん》を報《ほう》ず。

72

阿嵎嶺《あくね》

危礁乱立《きしょうらんりゅう》す 大濤《だいとう》の間《かん》。
一一眥《まなじり》を決《けつ》すれば西南《せいなん》 山《やま》を見《み》ず。
一二鶻影《こつえい》は低迷《ていめい》し帆影《はんえい》は没《ぼつ》す。
天《てん》 水《みず》に連《つら》なる処《ところ》 是《こ》れ臺湾《たいわん》。

73

途上《とじょう》

一三寒螿《かんしょう》 一四喞喞《しょくしょく》 鳴蛙《めいあ》に雑《まじ》る。
村駅《そんえき》の秋風《しゅうふう》 馬影《ばえい》斜《なな》めなり。
節《せつ》は一五重陽《ちょうよう》を過《す》ぐるも菊《きく》未《いま》だ発《ひら》かず。
却《かえ》つて看《み》る瓜架《かか》に一六黄花《こうか》を著《つ》くるを。

路難吾已分
何為自逡巡
勉起裹吾足
鳴鴉已報晨

阿嵎嶺

危礁乱立大濤間
決眥西南不見山
鶻影低迷帆影没
天連水処是臺湾

途上

寒螿喞喞雑鳴蛙
村駅秋風馬影斜
節過重陽菊未発
却看瓜架著黄花

一〇 脚絆(きゃはん)や足袋をはき、足ごしらえをする。▽茶山評。「有韻記文」。大窪詩仏評。「句句著レ実、却有ニ無限感愴一」。

72 薩摩国(鹿児島県)の西北部に阿久根(市)がある。

一一 目を見はり、遠くを見る。
一二 はやぶさの姿。蘇軾・澄邁駅通潮閣の詩に、「杳杳天低鶻没処、青山一髪是中原」とある。青山一髪→一八四頁注四。▽菊池五山評。「胸宇豁大。故能作ニ此語一」。また五山堂詩話・補遺三。

73 一三 せみの声。
一四 虫の鳴き声。
一五 九月九日(文政元年九月九日は太陽暦十月八日)。
一六 瓜の花。

74
所《しょ》見《けん》

薩南《さつなん》の村女《そんじょ》　可憐《かれん》の生《せい》。
一竹策《ちくさく》二芒鞋《ぼうあい》　暁晴《ぎょうせい》を趁《お》ふ。
三果下《かか》に薪《たきぎ》を載《の》す　皆《みな》牝馬《ひんば》。
一人《にんよ》能く数駄《すうだ》を四領《りょう》して行《ゆ》く。

75
薩摩詞《さつまし》　八首《しゅ》(内四首)

郷兵団結《きょうへいだんけつ》す　五百餘《ひゃくよ》の区《く》。
箭《や》を帯《お》ぶる人《ひと》は交《ま》じはる　鍤《すき》を荷《にな》ふの夫《ふ》。
茅舎槿籬《ぼうしゃきんり》六　差整粛《ややせいしゅく》。
家家《かか》多《おお》く七淡婆姑《たんばこ》を種《う》う。

○

76
桜山《おうざん》　突立《とつりゅう》す　海湾《かいわん》の間《かん》。
八一碧《べき》の瑠璃《るり》　九髻鬟《けいかん》を擎《ささ》ぐ。
一〇鹿子《ろくし》城中《じょうちゅう》　家幾萬《いえいくまん》。

所　見

薩南村女可憐生
竹策芒鞋趁暁晴
果下載薪皆牝馬
一人能領数駄行

薩摩詞八首

郷兵団結百餘区
帯箭人交荷鍤夫
茅舎槿籬差整粛
家家多種淡婆姑

○

桜山突立海湾間
一碧瑠璃擎髻鬟
鹿子城中家幾萬

74　一 竹の鞭。
二 わらじ。
三 果樹の下を行けるような、高さ三尺程度の小馬。
四 率いる。引き連れる。
▽茶山評。「子成能言二風土一。使三人宛見二其境一。」篠崎小竹評。「余従前詩家、所レ不三必用二意」。渋子、郷兵亦往往駄二蹲鴟一。如二此結句所一レ云」。渋子は、大隅国(鹿児島県)志布志(しぶし)。蹲鴟(そんし)は芋のこと。うずくまった鴟(ふくろう)に形が似ていることから。

75　九月中に鹿児島到着。藤田太郎右衛門宅に入る。詞は詩の一体。
五 秦の地が要害であることを「百二」という(史記・高祖本紀、通鑑一五六など)。薩摩国をこれに喩えたものであろう。
六 木槿(むくげ)の生垣。
七 煙草。
▽小竹評。「長崎謡、首首皆婉。薩摩詞、首首皆壮。其風俗自爾」。

76　八 鹿児島湾を喩える。
九 桜島の山容を、女性の丸く結った髪に喩える。
一〇 鹿児島城。

窓《まど》として紫《し》孱顔《さんがん》[一一]を納《い》れざるは無し。

〇

77
南客《なんかく》[一二]は醒顔《せいがん》 北客《ほくかく》[一三]は紅《こう》。
幾杯《いくはい》の琉酒《りゆうしゆ》[一四] 太《はなは》だ醇醲《じゆんのう》。
更《さら》に驚《おどろ》く 下物《かぶつ》[一五]の尤《もつと》も獲《え》難《がた》きに、
十月《がつ》の盤飧《ばんそん》[一六] 簭龍《たくりゆう》[一七]を見《み》る。

〇

78
螺《ら》[一八]青《せい》闊《ひろ》[一九]く画《えが》く 両《りよう》修蛾《しゆうが》[二〇]。
[二一]六拍《はく》斉《ひと》しく謳《うた》ふ 白水歌《はくすいか》[二二]。
[二三]誰《たれ》か謂《い》ふ銀簪《ぎんしん》 時様《じよう》を学《まな》ぶと。
児《じ》家《か》圧《おさ》へんと要《ほつ》す 鬢鬖鬖《びんさんさ》[二四]。

前兵児《ぜんへこ》の謡《うた》

79
衣《ころも》は骭《かん》[二五]に至《いた》り、袖《そで》は腕《わん》に至《いた》る。
腰間《ようかん》の秋水《しゆうすい》[二六] 鉄《てつ》断《た》つ可《べ》し。」
人《ひと》触《ふ》るれば人《ひと》を斬《き》り 馬《うま》触《ふ》るれば馬《うま》を斬《き》る。

無窓不納紫孱顔

〇

南客醒顔北客紅
幾杯琉酒太醇醲
更驚下物尤難獲
十月盤飧見簭龍

〇

螺青闊画両修蛾
六拍斉謳白水歌
誰謂銀簪学時様
児家要圧鬢鬖鬖

前兵児謡

衣至骭　袖至腕
腰間秋水鉄可断
人触斬人馬触斬馬

一一 桜島の高くて険しいさま。

77
一二 志布志(しぶし)大慈禅寺寄寓の琉球僧か。
一三 山陽自身。
一四 琉球の泡盛。
一五 酒肴。
一六 大皿に盛った食物。
一七 筍。

78
一八 顔料の一種。眉墨として用いることより、婦人の眉をいう。
一九 眉間を広くして描く化粧。
二〇 蛾の触角のような、細長く美しい眉。美人の意(詩経・衛風・碩人)。
二一 自註に「薩有二泉謡六調子者一、三四用二謡詞一」とある。
二二 泉を二字に分けて白水としたもの。泉は出水(いずみ)市。
二三 第三・四句の原典となった出水歌の詞は「銀の簪(かんざし)伊達にはささぬ。きりし前髪とめるため」という。
二四 髪の乱れるさま。

79
兵児は薩摩国で若者をいう言葉。少壮が、社を結んで兵児組と言っていたという。題の「前」は「以前の」の意で、戦国の世を去ること遠からぬ頃の兵児組の気風を詠じたもの。
二五 向こう脛(ねずね)。春秋・斉の相となった甯戚(ねいせき)が、まだ貧窮でいた時、牛の角を叩いて歌った詩に「短布単衣適至ㇾ骭」とある(南朝宋の裴駰の史記集解・鄒陽〔すうよう〕伝注)。
二六 清澄なもの。ここは利剣。

一 十八交《まじ》はりを結《むす》ぶ　健児《けんじ》の社《しゃ》。」
二 北客《ほくかく》能《よ》く来《きた》らば　何《なに》を以《もっ》てか酬《むく》いん。
弾丸《だんがん》硝薬《しょうやく》　是れ三 膳羞《ぜんしゅう》。
客《かく》猶《な》ほ四 属饜《しょくえん》せずんば、
五 好《こう》するに宝刀《ほうとう》を以《もっ》て　渠《かれ》が頭《こうべ》に加《くわ》へん。」

80

後兵児《ごへこ》の謡《うた》

六 蕉衫《しょうさん》　雪《ゆき》の如《ごと》く　塵《ちり》を愛《あい》せず。
長《ちょう》袖緩帯《しゅうかんたい》　都人《とじん》を学《まな》ぶ。
七 怪《あや》しみ来《きた》る　健児《けんじ》　八 語言《ごげん》の好《よ》きを。
一たび九 南音《なんおん》を操《あやつ》れば　官長《かんちょう》嗔《いか》る。」
一〇 蜂黄《ほうこう》落《お》ち、蝶粉《ちょうふん》褪《あ》す。
一一 倡優《しょうゆう》巧《たく》みにして、鉄剣《てっけん》鈍《にぶ》る。」
一二 馬《うま》を以《もっ》て妾《しょう》に換《か》へ　髀《ひ》肉《にく》を生《しょう》ず。
一三 眉斧《びふ》解剖《かいぼう》す　壮士《そうし》の腹《はら》。」

十八結交健児社
北客能来何以酬
弾丸硝薬是膳羞
客猶不属饜
好以宝刀加渠頭

後兵児謡

蕉衫如雪不愛塵
長袖緩帯学都人
怪来健児語言好
一操南音官長嗔
蜂黄落　蝶粉褪
倡優巧　鉄剣鈍
以馬換妾髀生肉
眉斧解剖壮士腹

一 十八歳になると兵児組に入ることになっていたことをいう。
二 以下四句は、兵児組にあった歌を漢訳したもの。原詞は「肥後の加藤が来るならば、えんしゅ(烟硝)肴にだごえしやく(団子会釈)。それでもきかずに来るならば、首に刀の引出物」という(『日本伝承童謡集成』一、三四四頁)。これは戦国期の島津氏の重臣、新納(にいろ)忠元の作といわれる。
三 膳にそろえた御馳走。
四 飽き足りる。
五 自註に「好。好貨也」とある。良い物。引出物。
▽茶山評。「是豈今時之詩」。篠崎小竹評。「一時戯作。極二風俗変態一。有レ関二世道一、不二唯辞之奇古一」。

80 題の「後」は太平に慣れた最近のことをいう。
六 芭蕉の葉の繊維で織った布の、単物。琉球産の上等品。
七 怪しむ。来は助字。
八 蘇軾の山村五絶・其四に「贏得(かちえたり)児童語音好。一年強半在二城中一」とある。都風の言葉をいう。
九 薩摩言葉。
一〇 女色に耽溺して気力が衰える意。鶴林玉露・天集四・蝶粉蜂黄に、「蝶交則粉退、蜂交則黄退」とある。
一一 役者や音楽師などのように、藝事をする者。
一二 前は馬を飼って兵事に備えていたのが、最近は馬を売りとばして、その金で女色を求める、の意。
一三 美人の眉。美貌に迷わされて身を破滅せしめることになるので斧という(枚乗・七発)。
▽大窪詩仏評。「筆力矯健。詞気跌宕(てっとう)。前

81

薩《さつ》を発《はっ》し百谷《ひゃくこく》に留別《りゅうべつ》す

満帆《まんぱん》の斜照《しゃしょう》[一四] 桜洲《おうしゅう》[一五]に映《えい》ず。
孤影亭亭《こえいていてい》[一六]として 尚《な》ほ岸頭《がんとう》。
他日《たじつ》忘《わす》れ難《がた》からん 秋《あき》尽くるの日《ひ》。
君《きみ》と手《て》を分《わ》かつ 薩摩《さつま》の州《くに》。

発薩留別百谷

満帆斜照映桜洲
孤影亭亭尚岸頭
他日難忘秋尽日
与君分手薩摩州

82

鎮西八郎《ちんぜいはちろう》の歌《うた》

両日《りょうじつ》[一七] 天《てん》を争《あらそ》ひて 天光《てんひか》りなし。
吾《われ》一日《じつ》[一八]を射《い》て 扶桑《ふそう》に堕《お》とさん。
誰《たれ》[一九]か吾《わ》が肘《ひじ》を掣《せい》して 発《はっ》するを得《え》ざらしめたる。
黒風《こくふう》 城《しろ》を圧《あっ》して 剣鋩《けんぼう》[二〇]を折《お》る。」
堂堂《どうどう》たる源家《げんけ》の第八郎《だいはちろう》。
射《しゃ》は羿《げい》[二一]を凌《しの》ぐ可《べ》く猿臂《えんび》[二二]長《なが》し。
桀狗《けっく》[二三] 尭《ぎょう》に吠《ほ》ゆる 豈《あ》に已《や》むを得《え》んや。
猶《な》ほ勝《まさ》る 伯也《はくや》[二四]の豺狼《さいろう》[二五]を学《まな》ぶに。
琉球《りゅうきゅう》は弾丸《だんがん》[二六] 吾《わ》が大羽箭《だいうせん》に当《あ》たるに足《た》らず。

鎮西八郎歌

両日争天天無光
吾射一日堕扶桑
誰掣吾肘不得発
黒風圧城剣鋩折
堂堂源家第八郎
射可凌羿猿臂長
桀狗吠尭豈得已
猶勝伯也学豺狼
琉球弾丸不足当吾大羽箭

後二詩、如二寒暑之殊一候。変化自在、非下深二於古楽府一者上不レ能レ到」。

81 九月三十日朝、舟にて鹿児島を出発。百谷は、藤田宅で同宿した画家、小田百谷。

一四 ここでは朝日の光。

一五 桜島。

一六 すっくと立つさま。

82 九月三十日夜、舟に篷(とま)をかけず、寒さで眠れぬままに作った詩であると、自跋にいう。平素、杜甫・丹青引のような七言古詩を好んだことも背景にあろう。主題の人物、源為朝は幼い頃から乱暴者で九州に逐われ、鎮西八郎と号した。

一七 新院(崇徳上皇)と後白河天皇。自註に「起二語保元之役一。八郎献二策於新院一、不レ用」とある。

一八 後白河天皇を指す。

一九 藤原頼長は、為朝の夜襲策を用いなかった。

二〇 刃のきっさき。この句は、逆に後白河天皇方に、上皇の白河殿が夜討ちをかけられてしまったことを述べる。

二一 中国古代の弓矢の名人。

二二 猿のように、身体に較べて長いひじ。弓を射るのに都合が良い。

二三 桀王のような暴君でも、彼に養われている犬は、聖人尭に吠えかかる。事の善悪にかかわらず、主人に忠実な喩え(前漢・鄒陽〔すうよう〕・於獄上書自明)。

二四 為朝の兄義朝。ここは自註に「指二源義朝殺一父」とある。

二五 やまいぬとおおかみで、貪欲・無慈悲なものの喩え。

二六 狭い土地の喩え(戦国策・秦策)。

聊《いささ》か且《しばら》く[一]弋取《よくしゅ》して　死亡《しぼう》を救《すく》はん。
[二]蛮酋《ばんしゅう》　女《じょ》を納《い》れて　[三]将種《しょうしゅ》を留《とど》む。
[四]羆《ひ》熊《ゆう》　夢《ゆめ》に入《い》つて啼《な》くこと喤喤《こうこう》。
[五]膂力《りよりよく》　父《ちち》に類《るい》す　[六]好身手《こうしんしゅ》。
賊《ぞく》を誅《ちゅう》して国《くに》を有《たも》つ　[七]真天王《しんてんおう》。」
頼生南遊《らいせいなんゆう》す　薩山《さつざん》の陽《みなみ》。
偶《たまたま》　蛮客《ばんかく》と[八]夜航《やこう》を同《おな》じうす。
為《ため》に語《かた》る　太廟《たいびょう》　[九]始祖《しそ》を祀《まつ》り、
[一〇]春禘秋嘗《しゅんていしゅうしょう》　冠裳簇《かんしょうむらが》ると。
憶《おも》ふ公《こう》[一一]一官《かん》　唾《だ》して顧《かえり》みず。
絶海《ぜつかい》の雲浪《うんろう》に　自《みずか》ら[一二]龍驤《りゅうじょう》。
縦《たと》ひ公《こう》をして[一三]乃姪《だいてつ》を助《たす》けて起《た》たしむとも、
何《なん》ぞ異《こと》ならん　[一四]十郎自《じゅうろうおのずか》ら[一五]郎当《ろうとう》するに。
[一六]雞口牛後《けいこうぎゅうご》　公《こう》の択《えら》ぶ所《ところ》。
一鏑破《てきやぶ》り得《え》たり　[一七]南天《なんてん》の荒《こう》。」
却《かえ》つて[一八]姪孫《てつそん》の封疆《ほうきよう》を開《ひら》くあり。

聊且弋取救死亡
蛮酋納女留将種
羆熊入夢啼喤喤
膂力類父好身手
誅賊有国真天王
頼生南遊薩山陽
偶与蛮客同夜航
為語太廟祀始祖
春禘秋嘗簇冠裳
憶公一官唾不顧
絶海雲浪自龍驤
縦使公助乃姪起
何異十郎自郎当
雞口牛後公所択
一鏑破得南天荒
却有姪孫開封疆

一　弓で射取ること。
二　為朝の死を悼んで作られた伝説。
三　勇将の子孫。
四　男子が生まれるきざし。詩経・小雅・斯干（しかん）に「維熊維羆。男子之祥」とある。
五　体力のこと。
六　体格も良く、手腕もある者。
七　舜天王。自註に「八郎在二琉球一。娶レ婦。生レ子曰二舜天王一」とある。
八　陸游・入蜀記、九月十三日条にある如く、遠遊の船中での夜話の体験を記す。ここは九月三十日夜、鹿児島から加治木（かじき）に向かう船中。
九　為朝。
一〇　春秋の大祭典。
一一　保元の乱に、頼長は為朝に蔵人の官を授けるといって懐柔しようとした（保元物語中）。
一二　龍のように高く飛び上がり、天下を呑んでかかる。
一三　自註に「指二頼朝一」とある。
一四　自註に「指二行家一」とある。
一五　疲れ切り、失意の内にぐったりとするさま。
一六　鶏のくちばしのように、小さなものの頭となるか、牛の尾のように、大きなものの後に就くか（史記・蘇秦伝）。
一七　南方の辺境。荒は中国の古代、王城の周囲を区切って定めた五地域の、一番遠いところ（書経・益稷〔えきしょく〕）。
一八　姪の子。頼朝の庶子の島津忠久。但し、正しくは頼朝の血筋ではないという。

海《うみ》を隔《へだ》てて[一九]魯《ろ》衛《えい》　並《なら》びに永《なが》く昌《さか》ゆ。
一宗《そう》の慶沢《けいたく》　何《なん》ぞ[二〇]洋溢《よういつ》せる。
源泉《げんせん》　[二一]天潢《てんこう》を分《わ》かつに縁《よ》るに非《あら》ずや。
唯恨《ただうら》む　封冊《ほうさく》　[二二]殊俗《しゅぞく》に由《よ》るを。
[二三]公《こう》をして知《し》る有らしめば　[二四]瞋眼《しんがん》張《は》らん。
歌《うた》を作《つく》つて客《かく》に属《しょく》せんとすれば　客《ふく》已《すで》に睡《ねむ》り、
[二五]女牛《じょぎゅう》　地《ち》に低《た》れて　海茫茫《うみぼうぼう》。」

83
重《かさ》ねて加《か》藤肥州《とうひしゅう》の廟《びょう》に謁《えつ》するの引《いん》
腥風《せいふう》吹《ふ》き裂《さ》く　[二六]蜻蜓《せいてい》の羽《はね》。
誰《たれ》か能《よ》く五指《し》　綴補《ていほ》を為《な》す。
[二七]金烏《きんう》跳《おど》つて入《い》る　老婆《ろうば》の腹《はら》。
[二八]聯翩《れんぺん》たる雄傑《ゆうけつ》　皆[二九]肺腑《みなはいふ》。」
中《なか》に[三〇]阿虎《あこ》の　虎《とら》よりも猛《もう》なる有り。
[三一]牛《うし》を食《く》らつて気《き》は[三二]讋《しょう》す　[三三]萬貐貐《ばんあつゆ》を。
軍中喧伝《ぐんちゅうけんでん》す　[三四]鉄槍《てっそう》の名《な》。

隔海魯衛並永昌
一宗慶沢何洋溢
非縁源泉分天潢
唯恨封冊由殊俗
使公有知瞋眼張
作歌属客客已睡
女牛低地海茫茫

重謁加藤肥州廟引
腥風吹裂蜻蜓羽
誰能五指為綴補
金烏跳入老婆腹
聯翩雄傑皆肺腑
中有阿虎猛於虎
食牛気讋萬貐貐
軍中喧伝鉄槍名

一九　薩摩と琉球とを指す。中国古代、魯・衛は周公・康叔という兄弟筋の二国。
二〇　盛んに満ちあふれる。
二一　皇族の流れ。頼朝は清和天皇から出ている。
二二　風俗の異なる国。外国の意。当時琉球は、清国から封冊を受けていた。
二三　為朝。
二四　目をいからせる。
二五　二十八宿の女宿・牛宿。
▽茶山評。「伝也、賛也、論也、一首中倶備」。大窪詩仏評。「経営惨憺処、当㆘於㆓筆墨外㆒見㆖之」。篠崎小竹評。「末段四転、転転皆出㆓人意表㆒」。

83　加藤肥州は加藤肥後守清正。→七〇。引は楽府の一様式。山陽は十月一日に大隅・加治木・大口を経、水俣に着く。数日後に八代に向かって発船し、六日の夕刻、熊本へ引き返している。
二六　日本国のこと。蜻蜓洲(あきつしま)。
二七　太陽のこと。秀吉の母は胎内に日輪が入る夢を見て、秀吉を生んだという。
二八　鳥が連なり飛ぶさま。
二九　腹心の者。
三〇　清正は幼名を虎之助という。
三一　大きな気性。太平御覧・羽族部・鴻に「尸子曰、虎豹之駒未㆑成㆑文、而有㆓食㆑牛之気㆒」とある。
三二　恐れさせる。
三三　虎の爪をし、人を食い、走ることの速い猛獣の一種。つまり獰猛な士のこと。
三四　鉄の柄の着いた鎗(やり)。後梁の王彦章は鉄鎗の名手で、王鉄鎗と呼ばれた(新五代史・死節伝・王彦章伝)。清正に比している。

何《なん》ぞ知《し》らん将材《しょうざい》 旗鼓《きこ》に任《た》ふるを。」
雞林《けいりん》の軍鋒《ぐんぽう》 [一]風雨《ふうう》の如《ごと》し。
恨《うら》む可《べ》し 同事《どうじ》 是れ[二]賈豎《こじゅ》。
[三]段凝《だんぎょう》 党《とう》を結《むす》んで [四]彦章《げんしょう》を排《はい》す。
[五]地《ち》に画《えが》いて自《みずか》ら訴《うった》へ 幸《さいわ》ひに怒《いか》りを霽《は》らす。」
後来蔚山《こうらいうるさん》に 更《さら》に勤苦《きんく》す。
[六]城塁《じょうるい》 未《いま》だ成《な》らざるに 敵《てき》 [七]蟻聚《ぎしゅう》す。
[八]捍禦幾旬《かんぎょいくじゅん》 軍《ぐん》に糧《かて》なし。
馬《うま》を食《く》らつて馬尽《うまつ》き 乃《すなわ》ち土《つち》を嚙《か》む。」
大雪《たいせつ》 城《しろ》を圧《あつ》して 城《しろ》 俯《ふ》せんと欲《ほっ》し、
凍鎧《とうがい》 膚《はだ》に黏《つ》いて 皸《ひび》し且《か》つ剖《さ》く。
将軍《しょうぐん》一呼《こ》して 諸軍《しょぐん》を労《ねぎら》へば、
士《し》は[九]纊《こう》を挟《はさ》むが如《ごと》く 起《た》つて[一〇]弩《ど》を彍《は》る。」
[一一]蘇武《そぶ》 国《くに》に帰《かえ》つて [一二]孝武《こうぶ》を哭《こく》す。
[一三]六尺《りくせき》の遺孤《いこ》 誰《たれ》か相輔《しょうほ》せん。
唯《ただみ》観る[一四]白鬚《はくしゅ》 頰頤《きょうい》に存《そん》す。

何知将材任旗鼓
雞林軍鋒如風雨
可恨同事是賈豎
段凝結党排彦章
画地自訴幸霽怒
後来蔚山更勤苦
城塁未成敵蟻聚
捍禦幾旬軍無糧
食馬馬尽乃嚙土
大雪圧城城欲俯
凍鎧黏膚皸且剖
将軍一呼労諸軍
士如挟纊起彍弩
蘇武帰国哭孝武
六尺遺孤誰相輔
唯覩白鬚存頰頤

一 強いこと。
二 商人を卑しめて呼ぶ言葉。小西行長を指す。
三 後梁の佞臣。新五代史・雑伝中の人物。石田三成に擬える。
四 王彦章。招討使となって功を建てたが、部下の段凝に讒訴されて罷免された。彦章は都に馳せ帰り、笏を以て地に画いて勝敗の跡を帝に説明した(新五代史・死節伝)。清正に擬える。
五 慶長元年閏七月の大地震の際、謹慎中の清正は伏見城に第一番に馳せ付け、朝鮮での戦況を地に画いて報告し、冤罪を秀吉に訴えた(外史十六)。
六 城のとりで。
七 蟻が甘いものに集まるように群がる。
八 相手を入れぬように防ぐ。
九 真綿をいだく。温情に感激して寒さを忘れること(左伝・宣公十二年)。
一〇 大弓。
一一 前漢の節士で、匈奴(きょうど)に使した(漢書・蘇武伝)。清正に比す。
一二 前漢の武帝。秀吉に擬える。
一三 秀頼を指す。一尺は二歳半に当てられる。論語・泰伯に「可三以託二六尺之孤一」とある。
一四 清正は長いひげを自ら喜んだという。
一五 まごころ。

誰《たれ》か知《し》らん [一五]赤心《せきしん》 腹肚《ふくと》に満《み》つるを。」
猶《な》ほ幸《さいわ》ひに[一六]泉路《せんろ》 [一七]旧主《きゅうしゅ》に見《まみ》えば、
論《ろん》ぜず [一八]堂構《どうこう》の乃父《だいふ》に愧《は》づるを。
猛《もう》は[一九]夜叉《やしゃ》に似《に》て 児童《じどう》を怖《おそ》れしめ、
慈《じ》は[二〇]菩薩《ぼさつ》の如《ごと》く 俘虜《ふりょ》を感《かん》ぜしむ。」
[二一]祠廟翼翼《しびょうよくよく》 [二二]郊塢《こうお》に倚《よ》る。
吾曾《われかつ》て両度《りょうど》 廊廡《ろうぶ》に拝《はい》す。
祠樹《しじゅ》缺くる処《ところ》 熊城《ゆうじょう》を見《み》、
想見《そうけん》す 君親《きみみずか》ら[二三]百堵《ひゃくと》を督《とく》せしを。」

誰知赤心満腹肚
猶幸泉路見旧主
不論堂構愧乃父
猛似夜叉怖児童
慈如菩薩感俘虜
祠廟翼翼倚郊塢
吾曾両度拝廊廡
祠樹缺処見熊城
想見君親督百堵

84

広瀬廉卿《ひろせれんけい》を訪《と》ふ

[二四]咿唔《いご》の声《こえ》する処《ところ》 [二五]柴関《さいかん》を認《みと》む。
村塾《そんじゅく》新《あら》たに開《ひら》く 松竹《しょうちく》の間《かん》。
[二六]斗折蛇行《とせつだこう》 [二七]筑水《ちくすい》に臨《のぞ》み、
[二八]竹批馬耳《ちくひばじ》 [二九]豊山《ほうざん》を見《み》る。
羨《うらや》む君《きみ》が[三〇]白首《はくしゅ》 此の間《かん》に住《す》むを。

訪広瀬廉卿

咿唔声処認柴関
村塾新開松竹間
斗折蛇行臨筑水
竹批馬耳見豊山
羨君白首此間住

一六 冥途。
一七 秀吉。
一八 子が受け継いだ父祖の遺業(書経・大誥)。秀頼は秀吉の遺業を恥かしめたが、清正はそれを見ることとなくして没したことをいう。
一九 仏教でいう非常に恐ろしい鬼神。その名を聞くだけで、いわゆる「泣く子も黙る」存在。
二〇 仏そのものではないが、仏の世界から人間界に降りて来て、衆生済度に努める崇高な存在。
二一 整っていて厳かに美しいさま。
二二 町はずれの小高い所。
二三 大城をいう。
▽茶山評。「与二菅廟結処一同意。此更的切」。小竹評。「一韻到底毎レ転複レ韻。此韻如下為二此詩一設者上」。

84 広瀬廉卿は字。名は建、淡窓と号す。豊後国日田(ひた)の人。その家塾を咸宜園(かんぎえん)と称す。十月中に豊後に入っていた山陽は、十一月八日、館林萬里(茶山の門人で淡窓の姻戚)の案内で、日田の淡窓を訪問した。この詩は後日に作って贈ったものともいう。
二四 本などを読む声。
二五 柴の門。
二六 北斗七星のように折れ曲がり、蛇のようにうねって流れるさま(柳宗元・至小丘西小石潭記)。
二七 筑後川。
二八 竹をそいだように鋭く立つ、馬の耳(杜甫・房兵曹胡馬に「竹批雙耳峻」)。ここは、山容の険峻なことをいう。
二九 英彦山を指す。
三〇 白髪の老人となるまで。故郷に定住することができる、の意。

愧《は》づ我《わ》が青鞋《せいあい》[一] 何《いずれ》の日《ひ》にか閑《かん》ならん。
且《か》つ喜《よろこ》ぶ 一尊《そん》 醒酔《せいすい》を共《とも》にし、
細《くわ》しく詩律《しりつ》を論《ろん》じて 手《て》頻《しき》りに刪《けず》る[二]を。

85
筑後河《ちくごがわ》を下《くだ》り 菊池正観公《きくちせいかんこう》の 戦《たたか》ふ処《ところ》を
過《す》ぎ 感《かん》じて作《さく》あり

文政《ぶんせい》の元《がん》 十一月《がつ》。
吾《われ》筑水《ちくすい》を下《くだ》つて 舟筏《しゅうばつ》を僦《やと》ふ。
水流《すいりゅう》箭《や》の如《ごと》く 萬雷《ばんらい》吼《ほ》ゆ。
之《これ》を過《す》ぐれば 人《ひと》をして毛髪《もうはつ》を竪《た》たしむ。」
居民《きょみん》 何《なん》ぞ記《き》せん 正平《しょうへい》[三]の際《さい》。
行客《こうかく》 長《なが》く思《おも》ふ 己亥《きがい》[四]の歳《とし》。」
当時《とうじ》国賊《こくぞく》[五] 鴟張《しちょう》[六]を擅《ほしいまま》にし、
七道《どう》[七] 風《ふう》を望《のぞ》んで 豺狼《さいろう》[八]を助《たす》く。
勤王《きんおう》の諸将《しょしょう》は 前後《ぜんご》に没《ぼっ》し、
西陲《せいすい》[九] 僅《わず》かに存《そん》す 臣武光《しんたけみつ》。」

愧我青鞋何日閑
且喜一尊共醒酔
細論詩律手頻刪

下筑後河過菊池正観公戦
処感而有作

文政之元十一月
吾下筑水僦舟筏
水流如箭萬雷吼
過之使人竪毛髪
居民何記正平際
行客長思己亥歳
当時国賊擅鴟張
七道望風助豺狼
勤王諸将前後没
西陲僅存臣武光

一 わらじ。この句は、いつまで旅路にさまよい続けることか、の意。
二 詩文を刪潤する。
▽茶山評。「手頻。作二互相一何如」。後藤松陰評。「間字複。作レ中如何」。

85 山陽は所用で日田から久留米方面へ舟で下った。霰混じりに雪の紛れ飛ぶ寒い中であったという。菊池正観公は菊池肥後守武光の諡号(しご)。自註に「菊池武光世領二肥後一。父武時死二元弘之王事一。兄武重嗣。及二於武光一、以伝二子武政一。奉二征西将軍懐良親王一、数与二足利氏党大友小弐二氏一戦。正平十四年己亥歳、大戦二筑後河側一。克レ之」とある。

三 後村上天皇(南朝)の御世。
四 正平十四年。
五 足利氏。
六 ふくろうが翼をひろげたように、勢威が盛んで凶悪なこと。
七 畿内を除く、日本全国。
八 ↓二〇三頁注二五。
九 西の辺境の地。九州。

[一〇]遺詔哀痛《いしようあいつう》 猶《な》ほ耳《みみ》に在《あ》り。
[一一]龍種《りようしゆ》を擁護《ようご》して 生死《せいし》を同《おな》じうす。
大挙来《たいきよきた》り犯《おか》す [一二]彼何人《かれなんぴと》ぞ。
誓《ちか》つて之《これ》を翦滅《せんめつ》して 天子《てんし》に報《ほう》ぜん。」
河《かわ》は軍声《ぐんせい》を乱《みだ》して [一三]銜枚《かんばい》に代《か》ふ。
刀戟相《とうげきあ》ひ摩《ま》す [一四]八千《せん》の師《し》。
[一五]馬傷《うまきず》つき冑破《かぶとやぶ》れて 気《き》益《ますます》 奮《ふる》ふ。
敵《てき》を斬《き》り冑《かぶと》を取《と》り 馬《うま》を奪《うば》ひて騎《の》る。」
箭《や》を被《こうむ》ること[一六]蝟《い》の如《ごと》く [一七]目眥裂《もくせいさ》く。
[一八]六萬《まん》の賊軍《ぞくぐん》 終《つい》に挫折《ざせつ》す。
帰来《きらい》 [一九]河水《かすい》に 笑《わら》つて刀《とう》を洗《あら》へば、
血《ち》は[二〇]奔湍《ほんたん》に迸《ほとばし》つて 紅雪《こうせつ》を噴《ふ》く。」
[二一]四世《せい》の全節《ぜんせつ》 誰《たれ》か[二二]儔侶《ちゆうりよ》せん。
九国《ごく》 逡巡《しゆんじゆん》す [二三]征西府《せいせいふ》。
[二四]棣萼《ていがく》 未《いま》だ肯《あえ》て[二五]北風《ほくふう》に向《む》かはず。
殉国《じゆんこく》の剣《けん》は [二六]乃父《だいふ》より伝《つた》ふ。

遺詔哀痛猶在耳
擁護龍種同生死
大挙来犯彼何人
誓翦滅之報天子
河乱軍声代銜枚
刀戟相摩八千師
馬傷冑破気益奮
斬敵取冑奪馬騎
被箭如蝟目眥裂
六萬賊軍終挫折
帰来河水笑洗刀
血迸奔湍噴紅雪
四世全節誰儔侶
九国逡巡征西府
棣萼未肯向北風
殉国剣伝自乃父

一〇 後醍醐天皇の遺言(太平記二十一)。
一一 皇子。ここは懐良親王。
一二 少弐頼尚・忠資父子。
一三 枚をふくむ。枚は声をたてぬために口にくわえる木片。
一四 武光は八千騎を率いたという。
一五 馬傷以下二句は武光の奮戦の様子(太平記三十三)。
一六 はりねずみ。
一七 まなじりが裂ける。激怒するさま(史記・項羽本紀)。
一八 少弐の軍勢。
一九 筑後川の支流の太刀洗川。
二〇 川の水流の急な所。
二一 武時・武光・武政・武朝。
二二 仲間。
二三 肥後国八代にあったという。
二四 兄弟。↓一五九頁注八。
二五 北朝に従わない意。
二六 武光の父武時。

嘗《かつ》て明使《みんし》[一]を卻《しりぞ》けて 本朝《ほんちょう》を壮《さか》んにす。
豈《あ》に恭献《きょうけん》と 日《ひ》を同《おな》じうして語《かた》らんや。
丈夫《じょうふ》 要《よう》は 順逆《じゅんぎゃく》を知《し》るを貴《たっと》ぶ。
少弐大友《しょうにおおとも》 何《なん》の狗鼠《くそ》[二]ぞ。」
河流滔滔《かりゅうとうとう》 去《さ》つて還《かえ》らず。
遥《はる》かに望《のぞ》む 肥嶺《ひれい》の南雲《なんうん》に嚮《む》かふを。
千載《せんざい》の姦党《かんとう》 骨《ほね》も亦《また》朽《く》つ。
独《ひと》り苦節《くせつ》[三]の芳芬《ほうふん》を伝《つた》ふる有り。」
聊《いささ》か鬼雄《きゆう》[四]を弔《ちょう》して 長句《ちょうく》[五]を歌《うた》へば、
猶《な》ほ覚《おぼ》ゆ 河声《かせい》の餘怒《よど》[六]を激《げき》するを。」

86

豊前《ぶぜん》に入《い》り耶馬渓《やばけい》を過《す》ぐ。遂《つい》に雲華師《うんげし》を訪《と》ひ、共《とも》に再《ふたた》び遊《あそ》べり。雨《あめ》に遇《あ》ひて記《き》あり。又《また》八絶句《ぜつく》を得《う》

峰容面面《ほうようめんめん》 看《かん》を趁《お》うて殊《こと》なり。
耶馬《やば》の渓山《けいざん》は 天下《てんか》に無し。

嘗卻明使壮本朝
豈与恭献同日語
丈夫要貴知順逆
少弐大友何狗鼠
河流滔滔去不還
遥望肥嶺嚮南雲
千載姦党骨亦朽
独有苦節伝芳芬
聊弔鬼雄歌長句
猶覚河声激餘怒

入豊前過耶馬渓。遂訪雲華師、共再遊焉。遇雨有記。又得八絶句

峰容面面趁看殊
耶馬渓山天下無

一 明の太祖の使。自註に「明氏来書至ニ征西府一。武光以ニ其書辞無一レ礼卻不レ受。又招ニ足利義満一。義満受レ之。及レ没、明諡レ之曰ニ恭献一」とある。

二 取るに足らない者の喩え。

三 困難な状況でも意志を変えずに励むこと。

四 英雄の霊魂(楚辞・九歌・国殤)。

五 七言古詩。

六 後々にまで続くいかりを激しくぶつける。

▽茶山評。「秋玉山筆力、当時罕レ匹。而此等好題目、遺而不レ及、何哉。此詩写ニ出苦戦不屈状一。何等壮快。李北地石将軍歌、称ニ覇於明代一。此恐不ニ甘為ニ属国一」。秋玉山は秋山玉山。名は儀、字は子羽、熊本藩儒。石将軍歌は明の李夢陽の古詩(明詩別裁集四)。歌中に「追レ北帰来血洗レ刀」という句がある。更に茶山評。「挿ニ入鹿苑醜事一無ニ直叙之病一」。鹿苑は義満。菊池五山評。「便是正観公伝。已作ニ此佳伝一、千斛米不レ足レ惜」。この詩は湊川帖に収められ人口に膾炙した。

86 十二月五日に日田を出発、豊前国に入り、耶馬渓に初めて遊び、森実(もりざね)村に泊まる。六日、下毛郡永添村正行寺本坊にて住職の雲華師に会う。九日より十三日まで再度耶馬渓探勝。もと山国谷と呼ばれていたが、山陽が初めて耶馬渓と書いたといい、図巻記も著した。次の八首のうち、前四首は初遊、後四首は再遊の際のもの。

安《いず》ぞ《くん》　彩毫《さいごう》[七]　董巨《とうきょ》[八]の如《ごと》きを得《え》て、
生縑《せいけん》[九]一丈《じょう》に　横図《おうず》を作《な》さん。

○

87
純石峰《じゅんせきみね》を為《な》して　勢《いきお》ひ飛《と》ばんと欲《ほっ》す。
峰頭更《ほうとうさら》に戴《いただ》く　幾屜巖《いくしぎ》[一〇]。
西州《せいしゅう》[一一]　画《が》を索《もと》めて　多獲《たかく》なし。
此の天然《てんねん》の黄大癡《こうたいち》[一二]を獲《え》たり。

○

88
群仙顧眄《ぐんせんこべん》[一三][一四]して　各《おのおの》多姿《たし》。
石《いし》は肌膚《きふ》を作《な》し　樹《き》は衣《い》を作《な》す。
平昔《へいせき》[一五]　山《やま》を評《ひょう》する　色《いろ》[一六]を品《ひん》[一七]するが如《ごと》し。
唯清痩《ただせいしゅう》を憐《あわ》[一八]れんで　肥《こ》えたるを憐《あわ》れまず。

○

89
簇出《そうしゅつ》せる奇巌《きがん》　勢《いきお》ひ接連《せつれん》。
天《てん》に挿《さしはさ》む碧笋《へきじゅん》[一九]　春煙《しゅんえん》に茁《さつ》[二〇]たり。
一峰別《ぼうべつ》に起《お》こつて　形相類《けいそうるい》す。

安得彩毫如董巨
生縑一丈作横図

○

純石為峰勢欲飛
峰頭更戴幾屜巖
西州索画無多獲
獲此天然黄大癡

○

群仙顧眄各多姿
石作肌膚樹作衣
平昔評山如品色
唯憐清痩不憐肥

○

簇出奇巌勢接連
挿天碧笋茁春煙
一峰別起形相類

七 絵筆。
八 董源と巨然。→一八一頁注二五。
九 練っていない、きぎぬ。ここは絵絹。
▽田能村竹田(名は磯吉、または孝憲。字は君彝、通称行蔵。豊後の人。岡藩儒)評。「第一・第五首最佳」。

87
一〇 山頂の険しい岩。
一一 鎮西と同意。
一二 名は公望、字は子久。号は大癡山人・井西道人・一峯。元末明初の画家。
▽頼杏坪評。「天辺一幅。公望可レ観而不レ可レ巻」。

88
一三 群山を喩える。
一四 振り返り流し目で見る。
一五 かつて。以前。
一六 ここは、女性の容色。
一七 評価する。品定めをする。
一八 いとおしむ。
▽後藤松陰評。「使二環燕読一此、応二当一矜一妬一」。環は玉環で唐の楊貴妃の小名。燕は前漢の趙飛燕。

89
一九 あおい若筍。山のそばだつことを形容する。
二〇 にょきっと勢いよく出るさま。

山脈《さんみやく》は知《し》る　竹《たけ》の　鞭《むち》[一]を迸《ほとばし》らすが如《ごと》きを。

○

90

一瞥《べつ》の孱顔《さんがん》[二]　未《いま》だ情《こころ》に飽《あ》かず。
今遊眉目《こんゆうびもく》[三]　始《はじ》めて分明《ぶんめい》。
[四]賞心負《しょうしんそむ》かず　平生《へいぜい》の屐《げき》。
耶馬《やば》の渓頭《けいとう》　両度行《りょうどゆ》く。

○

91

山屐何《さんげきなん》ぞ辞《じ》せん　泥路《でいろ》の新《あら》たなるを。
天《てん》　変套《へんとう》[五]を将《もっ》て　遊人《ゆうじん》を待《ま》つ。
群峰《ぐんぽう》　雨《あめ》を得《え》て　龍《りゅう》の闘《たたか》ふが如《ごと》し。
[六]隠躍《いんやく》として　雲間《うんかん》に爪鱗《そうりん》[七]を見《み》る。

○

92

山《やま》を写《うつ》して厭《いと》はず　雨盆《あめぼん》[八]を傾《かたむ》くるを。
杖《つえ》を植《た》てて嚢《のう》を探《さぐ》り　筆《ふで》　屢《しばしば》　援《と》る。
却同行《またどうこう》[九]を倩《やと》ひ　扶《たす》けて紙《かみ》を掣《おさ》へしむれば、
[一〇]笠檐《りゅうえん》の餘滴《よてき》　暈《うん》して痕《こん》を生《しょう》ず。

山脈知如竹迸鞭

○

一瞥孱顔未飽情
今遊眉目始分明
賞心不負平生屐
耶馬渓頭両度行

○

山屐何辞泥路新
天将変套待遊人
群峰得雨如龍闘
隠躍雲間見爪鱗

○

写山不厭雨傾盆
植杖探嚢筆屢援
却倩同行扶掣紙
笠檐餘滴暈生痕

一　竹の根が横にずっと伸びているもの、またはそれで作ったムチを根鞭という。伸びた根の節々から筍が生じ、この根をねむちともいう。

90

二　山や巌の高く険しいさま。
三　山の容貌。
四　常日頃の山水好みの癖が出て、という意。屐は下駄。

91

五　ありきたりの様子を変えた趣。
六　ちらちらと、ほのかに見え隠れして。
七　山のするどく、険しいさまを喩える。

92

八　水の入った鉢を傾けたように、激しく降る。
九　雲華師・松川修山（中津藩儒）・曾木墨荘（画家）・僧大宣ら。
一〇　菅笠の縁。

93

○

萬巌《ばんがん》 影《かげ》は砕《くだ》く [一一]碧潺湲《へきせんかん》。
看《み》るに慣《な》れて 行人《こうじん》 渾《すべ》て等閑《とうかん》。
[一三]古《いにしえ》より喧伝《けんでん》せる [一二]羅漢寺《らかんじ》は、
何《なん》ぞ知《し》らん [一四]剰水《じょうすい》と残山《ざんざん》となるを。

余《よ》 藝《げい》に到《いた》り留《とど》まること数旬《すうじゅん》 将《まさ》に京寓《けいぐう》に帰《かえ》らんとす。遂《つい》に母《はは》を奉《ほう》じて偕《とも》に行《ゆ》く。侍輿《じよ》の歌《うた》を作《つく》る

94

[一五]輿《よ》行《ゆ》けば 吾《われ》も亦《また》行《ゆ》き、
輿《よ》止《とど》まれば 吾《われ》も亦《また》止《とど》まる。
輿中《よちゅう》道上《どうじょう》 語《かた》つて輟《や》めず、
歴指《れきし》す 某山《ぼうざん》と某水《ぼうすい》と。
時《とき》あつてか俯《ふ》して [一六]襪結《べつけつ》の解《と》けたるを理《おさ》むれば、
母《はは》児《じ》を呼《よ》んで前《すす》む 児《じ》曰《いわ》く[一七]唯《い》。
山陽《さんよう》一路《ろ》 [一八]十往還《おうかん》。

○

萬巌影砕碧潺湲
慣看行人渾等閑
従古喧伝羅漢寺
何知剰水与残山

余到藝留数旬将帰京寓。
遂奉母偕行。作侍輿歌

輿行吾亦行
輿止吾亦止
輿中道上語不輟
歴指某山与某水
有時俯理襪結解
母呼児前児曰唯
山陽一路十往還

93
一一 あおく、さらさらとゆるやかな流れ。
一二 享保の頃、江戸の僧善海がこの寺に至り、青村の険所に隧道を掘鑿すること三十年、青洞門を造ったことで著名。
一三 意外にも。
一四 ここでは、中心からはずれた支流支脈の山水の意。

94 九州の旅より安藝国広島に帰着したのは文政二年(己卯、一八一九)、山陽四十歳の二月四日。同二十三日に母(静子、号は梅颸。六十歳)と共に京へ向けて出発。
一五 母の乗るかご。
一六 足袋の紐。
一七 はいという答え(論語・里仁)。
一八 十八歳の江戸行き以来、往復十回という。

郷《きょう》を省《せい》して毎《つね》に一計《はか》る 瞬息《しゅんそく》の裡《うち》。
二二毛《もう》 輿《よ》に侍《じ》す 敢《あ》へて労《ろう》を言《い》はんや。
山駅水程《さんえきすいてい》 皆郷里《みなきょうり》。
児《じ》に於《お》いては熟路《じゅくろ》 母《はは》には三生路《せいろ》。
雙眸《そうぼう》 常《つね》に嚮《む》かふ 母《はは》の視《み》る所《ところ》に。

省郷毎計瞬息裡
二毛侍輿敢言労
山駅水程皆郷里
於児熟路母生路
雙眸常嚮母所視

95 廉塾《れんじゅく》を過《よぎ》る

母《はは》を奉《ほう》じて 四上国《じょうこく》に遊《あそ》び、
路《みち》に五父執《ふしつ》の廬《ろ》に過《よ》ぎる。
六幽階《ゆうかい》に布襪《ふべつ》を脱《ぬ》ぎ、
隙地《げきち》に板輿《はんよ》を舍《す》つ。
七僕《ぼく》を戒《いまし》めて 衾枕《きんちん》を備《そな》へ、
婢《ひ》を呼《よ》んで 果蔬《かそ》を摘《つ》む。
八孤児《こじ》と寡婦《かふ》と、
猶《な》ほ故人《こじん》の九餘《よ》と謂《い》ふ。
東軒《とうけん》に杯酒《はいしゅ》を秉《と》り、

過廉塾

奉母遊上国
路過父執廬
幽階脱布襪
隙地舍板輿
戒僕備衾枕
呼婢摘果蔬
孤児与寡婦
猶謂故人餘
東軒秉杯酒

一 毎回、短時日で往復するようにしていた。が、今回はゆっくり移動しているという意。
二 白髪混じりの頭髪。また、そういう年齢の者。
三 なじみの薄い道。
▽篠崎小竹評。「似レ読ニ古楽府一」。

95 二月二十八日夕刻、備後国神辺に入り、茶山の廉塾(→二四)を尋ねる。
四 上方。
五 父の親友。
六 もの静かでほの暗い玄関のきざはし。
七 僕・婢は菅家の者で、茶山が指図する。
八 山陽と母。
九 亡父、春水の遺族。

一〇 盍簪《こうしん》 当初《とうしよ》を想《おも》ふ。
燭《しよく》は照《て》らす 屛間《へいかん》の字《じ》。
時《とき》に 一一 阿爺《あや》の書《しよ》あり。

96

家《いえ》に到《いた》る

一二 窮巷《きゆうこう》 深泥《しんでい》を蹂《ふ》めば、
暁雨《ぎようう》 方《まさ》に絲絲《しし》たり。
家《いえ》に近《ちか》づいて 情却《じようかえ》つて怕《おそ》れ、
一三 旧寓《きゆうぐう》 認《みと》めて還疑《またうたが》ふ。
一四 山妻《さんさい》 足音《そくおん》を記《き》し、
喜《よろこ》び極《きわ》まつて 反《かえ》つて悲《かな》しみを成《な》す。
一五 両歳《りようさい》にして 始《はじ》めて帰《かえ》り到《いた》る。
塵埃《じんあい》に 面目《めんぼく》 黧《くろ》し。
湯《ゆ》を燂《あたた》めて 吾《わ》が脚《あし》を洗《あら》はんとすれば、
薪湿《たきぎしめ》りて 火《ひ》の伝《つた》はること遅《おそ》し。
薪《たきぎ》の湿《しめ》るは 一六 且《しばら》く妨《さまた》げず。

盍簪想当初
燭照屛間字
時有阿爺書

到家

窮巷蹂深泥
暁雨方絲絲
近家情却怕
旧寓認還疑
山妻記足音
喜極反成悲
両歳始帰到
塵埃面目黧
燂湯洗吾脚
薪湿火伝遅
薪湿且不妨

一〇 会い集うこと(→一八七頁注一四)。茶山の塾に「寺の後住と申やうなるもの」(茶山の伊沢蘭軒宛書簡)として寄寓したのは、文化六年(一八〇九)十二月、山陽三十歳の時であった。
一一 父の書いたもの。
▽茶山評。「一一実際。観レ此知二他詩無一レ不二皆然一」。

96 三月十一日、山陽は一人で先に帰京。梅颸一行は大坂に滞在している。
一二 路地裏の町。
一三 文化十二年(一八一五)六月以来、二条高倉東入ル北側に寓居している。
一四 山育ちの妻。自分の妻を謙遜していう。梨影、二十三歳。
一五 文政元年(一八一八)正月に京都を出て以来。
一六 まあ、かまわない。
▽茶山評。「(次の九七と共に)二詩細膩可レ喜」。細膩(さいじ)はきめ細かでなめらかなこと。杏坪評。「萬里単行経レ歳、帰家情態宜レ如レ許矣」。

唯喜《ただよろこ》ぶ　会《あ》ふ期《き》ありしを。

97

母《はは》を迎《むか》ふ

[一]寓《ぐう》を移《うつ》して　[二]爽塏《そうがい》に就《つ》き、
将《まさ》に阿嬢《あじよう》を迎《むか》へんと欲《ほつ》す。
[三]窓櫺《そうれい》に　新紙《しんし》を糊《のり》し、
枕衾《ちんきん》を　旧筐《きゆうきよう》に検《けん》す。
十歳《さい》　[四]桂玉《けいぎよく》に甘《あま》んじ、
敢《あえ》て故郷《こきよう》を累《わずら》はさず。
[五]新婦《しんぷ》　[六]欠闕《けんけつ》多《おお》く、
百需《ひやくじゆ》　大《おお》いに[七]蒼黄《そうこう》。
婦《ふ》を戒《いまし》めて　酒食《しゆし》を具《ぐ》し、
有《う》と亡《む》とを問《と》ふ勿《なか》らしむ。
母曰《はは いわ》く「嗟吾《ああわ》が子《こ》。
差[八]人意《ややじんい》を強《つよ》からしむ」と。

唯喜会有期

迎母

移寓就爽塏
将欲迎阿嬢
窓櫺糊新紙
枕衾検旧筐
十歳甘桂玉
不敢累故郷
新婦多欠闕
百需大蒼黄
戒婦具酒食
勿問有与亡
母曰嗟吾子
差使人意強

97　三月十九日、伏見稲荷参拝の母梅颸を出迎え、京に入る。

一　木屋町二条下ル、柴屋長次郎方の川座敷を借り受けた。

二　明るくさっぱりとした高臺の地。

三　格子窓。

四　物価の高いこと(↓一七一頁注一八)。

五　梨影。文化十一年(一八一四)に入嫁。梅颸と初対面。

六　欠点。

七　大いにあわてるさま。倉皇に同じ。

八　心強く思わせる(後漢書・呉漢伝)。

▽篠崎小竹評。「(九六と合わせて)二篇。結皆似レ不レ揚。可レ惜」。後藤松陰評。「如レ此結句、何不レ揚之有」。なお、ここまでが「西遊稿」。

芳山《ほうざん》

98
輿《よ》[九]に侍《じ》して　百里《ひゃくり》　嶙峋《りんしゅん》[一〇]を度《わた》る。
花落《はなお》ちて　南山《なんざん》[一一]　萬緑《ばんりょく》新《あら》たなり。
筍蕨《じゅんけつ》　杯《はい》を侑《すす》む　山館《さんかん》の夕《ゆうべ》。
慈顔《じがん》　自《おのずか》ら十分《ぶん》の春《はる》あり。

○

99
萬堆《ばんたい》の香雪《こうせつ》[一二]　塵埃《じんあい》に委《い》す。
自《みずか》ら恨《うら》む　芳山《ほうざん》に一来《らい》を枉《ま》げしを。
澗道《かんどう》[一三]の餘寒《よかん》　真《しん》に好意《こうい》。
花《はな》を勒《ろく》[一四]して　幾樹《いくじゅ》　較《やや》遅《おく》れて開《ひら》く。

○

100
花蹊《かけい》　処《ところ》として啼鼯《ていご》[一五]を著《つ》くる無し。
寺寺《じじ》の楼臺《ろうだい》　戯娯《ぎご》鬧《さわ》がし。
杉檜《さんかい》　天《てん》に参《まじ》はつて　春日《しゅんじつ》　黒《くら》し。
荒陵《こうりょう》[一六]　誰《たれ》か後醍醐《ごだいご》を弔《とむら》はん。

芳　山

侍輿百里度嶙峋
花落南山萬緑新
筍蕨侑杯山館夕
慈顔自有十分春

○

萬堆香雪委塵埃
自恨芳山枉一来
澗道餘寒真好意
勒花幾樹較遲開

○

花蹊無処著啼鼯
寺寺楼臺鬧戯娯
杉檜参天春日黒
荒陵誰弔後醍醐

98　文政二年(一八二九)三月二十八日、梅颸一行は京を発ち、先に出ていた山陽と会い、吉(芳)野に向かう。四月三日吉野山着。四日に一目千本の桜を観る。大和を巡って八日に帰京。
九　母の乗るかご。
一〇　山の険しく連なるさま。
一一　吉野山。

99
一二　桜花。
一三　谷川に沿った道。
一四　花の開くのを抑える。北宋の欧陽脩・初春の詩に「霽色初含レ柳、餘寒尚勒レ花」とある。霽(せい)は、すっきり晴れる。

100
一五　鳴くむささび。閑静な場所。そのような所が見当らぬ、の意。
一六　後醍醐天皇陵。

牛稺《うしわか》 母《はは》に従《したが》ひ奔《はし》るの図《ず》に題《だい》す 以下《いか》十一首《しゅ》、

母《はは》を送《おく》り藝《げい》に到《いた》る往反《おうへん》の作《さく》(内二首)

101
乳《ちち》を索《もと》むる柔拳《じゆうけん》 凍《こご》えて亀《きん》せん一と欲《ほっ》す。
二白旄《はくぼう》 他日《たじつ》 春《はる》を挽回《ばんかい》す。
憐《あわ》れむ可《べ》し 命薄《めいうす》きこと終始《しゅうし》を成《な》すを。
又《また》 三芳山《ほうざん》 雪《ゆき》を践《ふ》むの人《ひと》と作《な》る。

題牛稺従母奔図 以下十一首、送母到藝往反作

索乳柔拳凍欲亀
白旄他日挽回春
可憐命薄成終始
又作芳山践雪人

秦水《しんすい》を溯《さかのぼ》る

102
山《やま》巒《めぐ》つて疑《うたが》ふ 四水窮《みずきわ》まる処《ところ》に到《いた》れるかと。
岸《きし》豁《ひら》けて還《また》逢《あ》ふ 人住《ひとす》むの郷《きょう》。
竹《たけ》は翠《みどり》に沙《すな》明《あき》らかに 家《いえ》八九。
五門門《もんもん》の魚網《ぎょもう》 斜陽《しゃよう》に曬《さら》す。

溯秦水

山巒疑到水窮処
岸豁還逢人住郷
竹翠沙明家八九
門門魚網曬斜陽

両瓢《りょうひょう》の歌《うた》。春風《しゅんぷう》杏坪《きょうへい》の二叔《しゅく》に寄《よ》せ
奉《たてまつ》る

両瓢歌。奉寄春風杏坪二
叔

101 文政二年(一八一九)、山陽四十歳の詩。牛若丸(源義経)は、平治の乱(一一五九)に父義朝が敗れ、母常盤御前の懐に抱かれて、今若・乙若の兄達と共に京の都を落ちる。山陽はこの年、閏四月十日に母梅颸を送りながら京都を出て同二十九日に広島に着く。五月六日夜、船にて広島を発ち、尾道・岡山・松山(高梁)を歴訪して八月十四日帰京。
一 凍え縮こまり、ひびがきれる。
二 源氏の白旗。
三 義経が、平家討滅の大功がありながら、兄頼朝に逐われ、吉野山に逃げ入ったことをいう。
▽茶山評。「能言ニ難レ言之事一。過レ巧亦不レ妨」。

102 文政二年(一八一九)の作。秦水は備中国を流れる高梁(たかはし)川の下流。中流右岸に秦(はだ)の地名がある。七月十五日に松山(現高梁)に滞在。
四 川の源。
五 家々。
▽茶山評。「一二。非下熟ニ舟行一者上不レ能レ解」。後藤松陰評。「柳柳州遊記」。柳柳州は唐の柳宗元。山水の遊記の名品を作る。

103 文政二年(一八一九)の作。瓢はひさご。春風、名は惟彊、字は千齢、通称松三郎。文政二年には六十七歳。安藝国竹原の儒医。杏坪、名は惟柔、字は千祺、通称萬四郎。六十四歳。広

103

一瓢《ぴよう》 黝《くろ》くして彎《ま》がる。
疑《うたが》ふらくは是れ[六]驪龍《りりゆう》睡《ねむ》つて肝《きも》を遺《わす》れたるか。
一瓢《ぴよう》 頳《あか》くして短《みじか》し。
又《また》訝《いぶか》る [七]赤鳳来《せきほうきた》つて卵《たまご》を堕《お》としたるかと。」
吾《われ》 両瓢《りようひよう》を獲《え》たり [八]薇山《びざん》の陽《みなみ》。
肌密《はだみつ》に皮厚《かわあつ》く 風霜《ふうそう》に飽《あ》く。
憶《おも》ふ 吾《わ》が両叔《りようしゆく》の並《なら》びに愛《あい》する所《ところ》。
遥《はる》かに寄《よ》せて 君《きみ》が為《ため》に[九]酒漿《しゆしよう》を充《み》たさしむ。」
黝《くろ》き者《もの》は[一〇]長叔《ちようしゆく》に贈《おく》る。
応《まさ》に称《かな》ふべし [一一]玄徳山谷《げんとくさんこく》に甘《あま》んずるに。
頳《あか》き者《もの》は[一二]少叔《しようしゆく》に贈《おく》る。
[一三]頌《しよう》せんと欲《ほつ》す [一四]火色飛《かしよくと》んで肉《にく》を食《く》らふを。
[一五]菊《きく》を東籬《とうり》に采《と》るとき 挿《はさ》んで腰《こし》に在《あ》れ。
[一六]農《のう》を杏村《きようそん》に勧《すす》むるとき 僕《ぼく》に挈《たずさ》へしめよ。」
瓢腹《ひようふく》 飲《いん》を量《はか》つて 飲饒《いんおお》からず。
必《かなら》ず能《よ》く堅寿《けんじゆ》 此の瓢《ひよう》の如《ごと》くならん。

一瓢黝而彎
疑是驪龍睡遺肝
一瓢頳而短
又訝赤鳳来堕卵
吾獲両瓢薇山陽
肌密皮厚飽風霜
憶吾両叔並所愛
遥寄為君充酒漿
黝者贈長叔
応称玄徳甘山谷
頳者贈少叔
欲頌火色飛食肉
采菊東籬挿在腰
勧農杏村挈於僕
瓢腹量飲飲不饒
必能堅寿如此瓢

島藩儒。二人は山陽の叔父として、春水亡きあとの山陽を庇護する。
六 想像上の黒い龍。
七 想像上の赤い鳳(おおとり)。
八 備前・備中・備後の三備の山。
九 酒と飲み物。
一〇 二人のうちの年長の叔父、つまり春風。
一一 人に見えない所で道徳を行うこと(書経・舜典)。
一二 年少の叔父、つまり杏坪。
一三 褒めたたえる。
一四 身に備わった才能が外面に発揚して、赤くつやつやと輝く顔色となり、美食し得るような厚禄の身に至る意。新唐書・馬周伝に「鳶肩火色、騰上必速」とある。鳶肩(えんけん)は、とびに似た、いかり肩。また後漢書・班超伝に「燕頷虎頸、飛而食レ肉、此萬里侯相也」とある。
一五 春風叔がゆったりと生活なさる中で、このひょうたんを腰に下げて欲しい意。晋末宋初の陶潜(淵明)の飲酒其五の詩に「采レ菊東籬下、悠然見二南山一」とある。
一六 藩内の北部諸郡の奉行として民政に携わっていた杏坪叔にいう。杏村は、杏花の咲く平和な村。

唯恐《ただおそ》る　酒《さけ》尽《つ》きて瓢軽《ひょうかろ》き時《とき》。
輒《すなわ》ち念《おも》はん　[一]小姪《しょうてつ》の[二]跡《あと》　飄飄《ひょうひょう》たるを。」

104

菅茶山先生《かんちゃざんせんせい》の詩巻《しかん》に題《だい》す

[三]草莽龍鍾《そうもうりゅうしょう》の一老臣《ろうしん》。
緒餘《しょよ》の[四]小技《しょうぎ》も　亦《また》[五]超倫《ちょうりん》。
身《み》を[六]稷契《しょくせつ》に許《ゆる》して　自《みずか》ら[七]拙《せつ》なるを知《し》り、
世《よ》を[八]羲農《ぎのう》に論《ろん》じて　誰《たれ》か真《しん》に復《かえ》らん。
永夜《えいや》　[九]朱《しゅ》を研《す》つて　周易《しゅうえき》に点《てん》し、
終年《しゅうねん》　白《はく》を衣《き》る　是れ[一〇]山人《さんじん》。
[一一]高陽《こうよう》に跡《あと》を混《こん》じて　[一二]韜晦《とうかい》に甘《あま》んず。
名字《めいじ》何《なん》ぞ図《はか》らん　[一三]薦紳《せんしん》に達《たつ》するを。

○

105

唯許《ただゆる》す　[一四]周師《しゅうし》の[一五]弟兄《ていけい》たり難《がた》きを。
[一六]遠神独《えんしんひと》り覚《おぼ》ゆ　幾籌《いくちゅう》か贏《まさ》るを。
河《か》を渡《わた》つて　跡《あと》の[一七]香象《こうぞう》を求《もと》むる無く、

唯恐酒尽瓢軽時
輒念小姪跡飄飄

題菅茶山先生詩巻

草莽龍鍾一老臣
緒餘小技亦超倫
許身稷契自知拙
論世羲農誰復真
永夜研朱点周易
終年衣白是山人
高陽混跡甘韜晦
名字何図達薦紳

○

唯許周師難弟兄
遠神独覚幾籌贏
渡河無跡求香象

一　山陽自身。
二　足跡がふらふらと、定まらないさま。
▽春風評。「自㆔山谷贈㆓秦晁㆒脱胎」。山谷は北宋の黄庭堅。「葫蘆頌」を作る。また、杏坪からは答謝の詩があった(春草堂詩鈔三・酒瓢詩)。また更に一詩を作って山陽に贈ったことが木崎好尚編『頼山陽詩集』十三に見える。

104　文政三年(庚辰、一八二〇)、山陽四十一歳の詩。茶山はこの年七十三歳。

三　失意のさま。　四　詩作をいう。
五　多くの仲間のうち、抜群に優れている。
六　中国古代、帝舜の時の二名臣、后稷(こうしょく)と契(せつ)。跋群の有識者。　七　世渡りが上手くない。
八　中国伝説上の帝王、伏羲(ふっき)と神農。理想的な治世を実現した。　九　朱墨を磨る。古書を読む前にまずなすべきこと。
一〇　世間を捨てて山中に隠棲する人。唐の李泌(りひつ)は白衣を着て粛宗に陪した際、人から「衣㆑白者、山人也」といわれた(通鑑二一八)。
一一　酒呑みの仲間達。漢の酈食其(れきいき)は高祖に拝謁した時、自らを「高陽酒徒也、非㆓儒人㆒也」といった(史記・酈生陸賈伝)。
一二　自らの才学を包み隠し、表に出さないこと。
一三　身分のある、高貴な人。そのような人にも先生の名声が通っている(頼春水・師友志・補遺「菅茶山」参照)。
▽後藤松陰評。「衣白一句。可㆑謂㆓茶翁肖像㆒」。

105　文政三年(一八二〇)の作。

一四　京都善光院の僧であり詩人でもある六如上人(慈周)。　一五　二者の優劣を決められないこと。世説新語・徳行に、後漢の陳寔(ちんしょく)が息子達を評して、「元方難㆑為㆑兄、季方難㆑為㆑弟」と述べた故事がある。
一六　「遠」「神」は南宋の厳羽・滄浪詩話で詩の品格

海《うみ》を翻《ひるがえ》して　何人《なんぴと》か[一八]巨鯨《きよげい》を掣《せい》せん。
一代《だい》の[一九]風騒《ふうそう》　[二〇]老将《ろうしよう》を推《お》し、
五言《ごん》の[二一]爾雅《じが》　最《もつと》も[二二]長城《ちようじよう》。
[二三]寸心得失《すんしんとくしつ》　知《し》る応《まさ》に確《かく》たるべし。
卻《かえ》つて[二四]雌黄《しおう》を索《もと》めて　[二五]後生《こうせい》に向《む》かふ。

余《よ》婦《ふ》を娶《めと》り、未《いま》だ幾《いく》ばくならずして
艱《かん》に丁《あ》ふ。此《ここ》に至《いた》りて一男児《だんじ》を獲《え》たり。
喜《よろこ》びを志《しる》す

106
田没《でんな》く宅没《たくな》き一寒儒《かんじゆ》。
子《こ》を生《う》んで猶《な》ほ慶《けい》す　[二六]丈夫《じようふ》を得《え》たるを。
数幅《すうふく》の[二七]雲烟《うんえん》と[二八]雙古研《そうこけん》。
[二九]阿爺《あや》　汝《なんじ》に伝《つた》ふ　護持《ごじ》するや無《いな》や。

○

107
[三〇]癡《ち》心《しん》　祝《しゆく》す　汝《なんじ》が詩《し》書《しよ》を誦《しよう》するを。
[三一]措大《そだい》の生涯《しようがい》　又[三二]雛《またすう》を挙《あ》ぐ。

翻海何人掣巨鯨
一代風騒推老将
五言爾雅最長城
寸心得失知応確
卻索雌黄向後生

余娶婦、未幾丁艱。至此
獲一男児。志喜

没田没宅一寒儒
生子猶慶得丈夫
数幅雲烟雙古研
阿爺伝汝護持無

○

癡心祝汝誦詩書
措大生涯又挙雛

を評定する語。いずれにしても第一級の評語。
一七 青く、香りを帯びた象。「香象渡河」は、評論・文字の透徹した喩え。ここは、詩の品格が力強く円熟しており、彫琢の跡が見えない意。滄浪詩話に李白・杜甫等数人の詩を評して「如ニ金翅擘レ海、香象渡レ河」とある。擘(はく)は、さく。
一八 雄大な詩篇を喩える。　一九 詩経の国風、楚辞の離騒といった、詩文を作るたしなみ。またそのたしなみを持つ人の集団。いわゆる詩壇。
二〇 茶山を指す。　二一 規格の正しく美しい詩。
二二 他者の追随を許さぬ優れた人の喩え。唐の劉長卿に対する評語に基づく。堅固な長城のように、他者が侵攻し得ない意。
二三 胸中の意。心の大きさが一寸四方であると考えられたことから。　二四 硫黄と砒素との混合物で、古代、字を消すのに使われた。そこから、詩文を添削すること。　二五 山陽自身。
▽篠崎小竹評。「二律、可レ当ニ序文千言一」。「当」は相当するの意。

106　山陽が妻梨影を迎えたのは文化十一年(一八一四)春。その年の初めての子は成育するに至らなかった。又、同十三年二月には父春水が歿し、その喪に服することになる。文政三年(一八二〇)十月七日、辰蔵が生まれる。干支の庚辰に因み、名づけられる。→一四三。　二六 男子。
二七 風趣豊かな書画。杜甫・飲中八仙歌に「揮レ毫落レ紙如ニ雲煙一」とある。
二八 二枚の古い硯。記録によると、これは共に中国広東省の端渓産で、文化十四年に豊後の芸(うん)香堂から十七両で買ったものと、文政元年の九州旅行の際に肥後で購入したものとであるという。　二九 父。山陽自身。

107　三〇 愚かな心。謙遜していう。
三一 貧儒・貧書生をいう。　三二 子ども。

唯《ただ》呱呱《ここ》〔一〕 人耳《じんじ》に聒《かまびす》しき有り。
此の声《こえ》 早晩《そうばん》 咿唔《いご》〔二〕に化《か》せん。

○

108
拳《こぶし》は山蕨《さんけつ》〔三〕の半《なか》ば芽《め》を舒《の》ばせるが如《ごと》く、
膚《はだ》は海榴《かいりゅう》〔四〕の新《あら》たに〔五〕花《はな》を脱《だっ》するに似《に》たり。
只管《ひたすら》啼《な》き号《さけ》んで 母《はは》の乳《ちち》を覓《もと》む。
嬌瞳《きょうどう》〔六〕 猶《な》ほ未《いま》だ爺爺《やや》〔七〕を識《し》らず。

○

109
病羸《びょうるい》〔八〕 晩《ばん》〔九〕に挙《あ》ぐ 一嬌児《きょうじ》。
愁絶《しゅうぜつ》〔一〇〕す 家尊《かそん》〔一一〕 知《し》るに及《およ》ばざるを。
乃翁《だいおう》〔一二〕に類《るい》する莫《なか》れ 乃祖《だいそ》〔一三〕を師《し》とせよ。
窃《ひそ》かに慶《けい》す 面骨《めんこつ》〔一四〕 遺姿《いし》あるを。

○

110
桂玉《けいぎょく》〔一五〕 艱難《かんなん》 纔《わず》かに門《もん》を樹《た》つ。
唯《ただ》愁《うれ》ふ 離隔《りかく》 北堂《ほくどう》〔一六〕の萱《けん》。
家書《かしょ》新《あら》たに承歓《しょうかん》〔一七〕の処《ところ》あり。

唯有呱呱聒人耳
此声早晩化咿唔

○

拳如山蕨半舒芽
膚似海榴新脱花
只管啼号覓母乳
嬌瞳猶未識爺爺

○

病羸晩挙一嬌児
愁絶家尊不及知
莫類乃翁師乃祖
窃慶面骨有遺姿

○

桂玉艱難纔樹門
唯愁離隔北堂萱
家書新有承歓処

一 赤子の泣き声。
二 書物を読む声。
108 三 わらび。
四 ざくろ。
五 花が落ちて、新しく実がなる。
六 かわいらしい瞳。
七 父。
109 八 病弱でやつれる。
九 晩年。
一〇 程度の強いことを表す助字。
一一 我が父。つまり春水。
一二 汝の父。
一三 汝の祖父。
一四 幼児の顔つきが、春水の面影を宿していること。
110 一五 物価高。↓一七一頁注一八。
一六 母のこと。中国古代、家の北側の建物を母の居室とし、その庭に萱草(わすれぐさ)を植えたという(詩経・衛・伯兮)。いま母は広島に遠く離れ住んでいることをいう。
一七 喜んでもらえる。

報《ほう》ず 天涯《てんがい》に向《む》かつて一孫《そん》を獲《え》たるを。

山鼻《やまばな》に遊《あそ》ぶ

111
水《みず》を隔《へだ》つる一八霜林《そうりん》 密《みつ》又《また》疎《そ》なり。
筇《つえ》を理《おさ》めて恰《あたか》も及《およ》ぶ 一九小春《しようしゆん》の初《はじ》め。
野橋《やきよう》 路《みち》を分《わ》かち 行《ゆ》いて竹《たけ》を穿《うが》ち、
二〇村店《そんてん》 流《なが》れに臨《のぞ》み 喚《よ》んで魚《うお》を買《か》ふ。
酔後《すいご》 茶《ちゃ》を索《もと》むる 何《なん》ぞ二一熟《じゆく》するを待《ま》たん。
談餘《だんよ》 句《く》を得《う》るも 書《しよ》するを須《もち》ひず。
聯吟忘却《れんぎんぼうきやく》す 帰途《きと》の遠《とお》きを。
点点《てんてん》たる紅燈《こうとう》 已《すで》に二二市閭《しりよ》。

倪文正公真跡《げいぶんせいこうしんせき》の引《いん》

112
頼襄《らいじよう》の家《いえ》 徒《ただ》四壁《へき》。
僅《わず》かに置《お》く 破硯《はけん》と二三蠹籍《とせき》と。
却《かえ》つて蔵《ぞう》す 二四条幅《じようふく》 長《なが》さ九尺《せき》。

報向天涯獲一孫

遊山鼻

隔水霜林密又疎
理筇恰及小春初
野橋分路行穿竹
村店臨流喚買魚
酔後索茶何待熟
談餘得句不須書
聯吟忘却帰途遠
点点紅燈已市閭

倪文正公真跡引

頼襄之家徒四壁
僅置破硯与蠹籍
却蔵条幅長九尺

111 文政三年(一八二〇)の作。洛北(山城国愛宕〔おたぎ〕郡)の山端村(現京都市左京区)。十月上旬、友人と出遊したという。
一八 霜にあたり、紅葉した林。
一九 陰暦十月の異称。
二〇 川魚料理の店が今でも著名である。
二一 十分に出る。
二二 茶山は、この句について「知ニ是二条新地一」といい、花街に繰り込んだのだろうと諧謔の語を弄している。
▽茶山評。「行歩間所レ得。如レ此者罕。使ニ人如ヒ蹋ニ其地一」。蹋(とう)は踏む。

112 文政三年(一八二〇)の作。文正公は、倪元璐(げいげんろ)の諡。字は玉汝、号は鴻宝。天啓の進士。明史二六五に本伝がある。明の滅亡時に際会し、生命を明に捧げた忠臣。真跡は本人の筆跡。この詩は手稿の原本では文政四年(一八二一)に収められていたが、詩鈔では三年に繋(か)けられた。
二三 虫に蝕まれた書物。
二四 掛軸。

[一]有明《ゆうみん》の倪文正公《げいぶんせいこう》の跡《せき》。」
五言《ごん》八句《く》　字《じ》拳大《けんだい》。
墨色漆《ぼくしよくうるし》の如《ごと》く　絹理《けんり》に入《い》る。
絹尾《けんび》に[二]煌煌《こうこう》たる[三]両巨章《りようきよしよう》。
曰《いわ》く倪元璐《げいげんろ》・[四]太史氏《たいしし》と。」
其の詩《し》は[五]石斎《せきさい》に贈《おく》りしもの。
之《これ》を書《しよ》して[六]仲謀《ちゆうぼう》に示《しめ》す。
石斎《せきさい》は是れ姓黄《せいこう》。
仲謀《ちゆうぼう》も定《さだ》めて名流《めいりゆう》ならん。
一幅《ぷく》に[七]三賢《けん》を聚《あつ》む。
展《の》ぶる毎《ごと》に　襟《えり》を正《ただ》し拝《はい》して休《や》まず。」
憶《おも》ふ　昔《むかし》[八]大璫《だいとう》　国《くに》に拠《よ》つて善類空《ぜんるいむな》しきを。
[九]楊《よう》を屠《ほふ》り[一〇]袁《えん》を戮《りく》し　還《また》[一一]熊《ゆう》を磔《たく》す。
人亡《ひとぼう》して邦瘁《くにつか》るるは　固《もと》より其の[一二]所《ところ》。
纔《わず》かに能《よ》く　[一三]枝梧《しご》する[一四]数公《すうこう》あり。」
[一五]思廟《しびよう》の公《こう》を用《もち》ふる　已《すで》に晩《おそ》きを恨《うら》む。

有明倪文正公跡
五言八句字拳大
墨色如漆入絹理
絹尾煌煌両巨章
曰倪元璐太史氏
其詩贈石斎
書之示仲謀
石斎是姓黄
仲謀定名流
一幅聚三賢
毎展正襟拝不休
憶昔大璫拠国善類空
屠楊戮袁還磔熊
人亡邦瘁固其所
纔能枝梧有数公
思廟用公恨已晩

一　有は接頭辞。
二　輝くさま。
三　大きな印章。
四　倪氏は曾て太史氏の官(翰林編修)に在った。明史二五五に本伝があり、字を幼平に作る。山陽先生題跋・上「題倪文正公真蹟」に、「襄家所レ蔵明倪文正公墨蹟、五言律一章。絹本立軸。題下聞三黄石斎帰途徧游二名山一姤賦二之一、似中仲謀辞宗上。幅長九尺、字如二拳大一、雄奇飛動、中含二有沈鬱莽蒼之致一。云々」とある(文字を修正して引用)。その詩幅には、次の詩が書かれている。「不レ悟黄河面、見レ山有二許容一。六経間跳躍、五岳大迎逢。雲膽落二韓愈一、煙心悦二甯封一。新知華嶺葉、定不二是癡龍一」。
五　黄道周の号。字は幼玄、諡は忠烈。明史二五五に本伝があり、字を幼平に作る。
六　明詩綜八〇・上に載せる彭孫貽は字は仲謀、明末、海塩(浙江省)の貢生。茗斎集があるという。或いはこの人か。
七　倪元璐・黄石斎・仲謀。
八　宦官魏忠賢を指す。璫は冠から下げて耳の上に垂らす飾り。後漢以後、主に宦官が用いた。
九　楊漣。魏忠賢を弾劾して獄死した(明史二四四)。
一〇　袁化中。楊漣に連座して獄死(同右)。
一一　熊廷弼(ゆうていひつ)。魏忠賢に逆らい、棄市せらる(明史二五九)。
一二　当然の道理。
一三　枝は小柱、梧は斜めの柱。抵抗する意。史記・項羽本紀に「諸将皆慴服(しようふく)、莫二敢枝梧一」とある。
一四　左光斗・趙南星・魏大中・呉懐賢・楊維垣・恵世楊等。明のために必死に努力した僅かな人々。
一五　毅宗崇禎帝。

国勢《こくせい》一たび去《さ》つて　返《かえ》す可《べ》きこと難《かた》し。
[一六]親疾《おややや》めば死《し》に瀕《ひん》するも　寧《なん》ぞ薬《くすり》せざらんや。
力《ちから》を陳《の》べて列《れつ》[一七]に就《つ》き　空《むな》しく蹇蹇《けんけん》[一八]。」
四面《めん》の黄雲《こううん》[一九]　城《しろ》を圧《あつ》して来《きた》り、
烽火《ほうか》天《てん》に燭《しょく》して　天《てん》下垂《かすい》す。
[二〇]五堵《と》の一卒《そつ》　尽《ことごと》く鳥散《ちょうさん》。
御衣《ぎょい》の血詔《けつしょう》[二一]　萬古《ばんこ》に悲《かな》し。
起《た》つて衣冠《いかん》を整《ととの》へて　北闕《ほくけつ》[二二]を拝《はい》し、
几上《きじょう》に大書《たいしょ》す　絶命《ぜつめい》の詞《し》。
[二三]南都《なんと》為《な》すべし　死《し》は吾《わ》が分《ぶん》。
聊《いささ》か我《わ》が痛《つう》を志《しる》す　尸《しかばね》を斂《おさ》むる勿《なか》れと。
其の書《しょ》　想《おも》ふに　此の幅《ふく》と似《に》たらん。
筆画老勁《ひつかくろうけい》[二四]　媚姿《びし》なし。
海《うみ》を渡《わた》つて東《ひがし》に来《きた》る　意《い》　有《あ》りや否《いな》や。
[二五]海若《かいじゃく》　呵護《かご》して　蛟螭《こうち》[二六]を辟《さ》けしむ。」
襄《じょう》や一見《けん》　囊橐《のうたく》[二七]を倒《さかしま》にし、

国勢一去難可返
親疾瀕死寧不薬
陳力就列空蹇蹇
四面黄雲圧城来
烽火燭天天下垂
五堵一卒尽鳥散
御衣血詔萬古悲
起整衣冠拝北闕
几上大書絶命詞
南都可為死吾分
聊志我痛勿斂尸
其書想与此幅似
筆画老勁無媚姿
渡海東来有意否
海若呵護辟蛟螭
襄也一見倒囊橐

一六 「親」は亡びかかった明朝。「父母有レ疾、雖レ不レ可レ為、無三不レ下レ薬之理二」とは文天祥の名言(靖献遺言五)。
一七 官位につく。　論語・季氏に「陳レ力就レ列、不レ能者止」とある。
一八 臣下が君主の為に苦労して尽くす(易経・蹇)。
一九 黄色い土埃が雲のように舞い上がっていること。　賊将李自成が明の都に攻め入ったさま。自註に「四面黄雲以下数事、皆拠二明季遺聞一」とある。
二〇 城壁の上の五堵ごとに一卒を配置した。堵は塀の大きさの単位で幅二尺、長さについては諸説がある。
二一 毅宗は御衣の衿に血で遺詔を書きつけ、国を亡ぼし、祖宗に合わせる顔がないと言って顔を包み縊死した。
二二 元璐が北に向かい宮城(天子)に訣別する。
二三 福王を南京にて即位させよ。自註に「南都可レ為両句、即公絶命詞、見二本伝一」とある。本伝とは明史二六五をいう。
二四 老練で力強い。
二五 海神の名。名品を舶載する船の海没を防いでくれたのである。
二六 龍の一種。みずち。船を沈没させる元凶。
二七 大小の袋。ここは財布をはたく意。

奪《うば》ひ来《きた》れば萬目《まんもく》 徒眙《ただち》愕《がく》す。[一]」
[二]銭謙益《せんけんえき》 [三]張瑞図《ちようずいと》。
詩《し》を善《よ》くせざるに非《あら》ず 書《しよ》を善《よ》くせざるに非《あら》ず。
媚《こび》を[四]閹豎《えんじゆ》に納《い》れて 逆案《ぎやくあん》を籍《せき》し、
[五]降《こう》を仇讎《きゆうしゆう》に売《う》つて [六]長裾《ちようきよ》を曳《ひ》く。
吾《われ》怪《あや》しむ 世人《せじん》手跡《しゆせき》を珍《ちん》とし、
[七]金躞[八]犀軸《きんじようさいじく》 [九]琳瑜《りんゆ》に視《くら》ぶるを。」
吁嗟《あああ》哉《あ》 何《なん》ぞ我《わ》が家《いえ》の[一〇]四十字《じ》。
字字《じじ》忠魂《ちゆうこん》 毅魄《きはく》の寄《よ》る所《ところ》に如《し》かんや。」

113

春風叔《しゆんぷうしゆく》の書《しよ》を得《え》、其の除夕韻《じよせきいん》に依《よ》り
卻《かえ》つて寄《よ》す 時《とき》に先君遺集《せんくんいしゆう》を校刊《こうかん》す。
[一一]一たび家園《かえん》を出《い》でて 十たび歳除《さいじよ》。
都門《ともん》の[一二]桂玉《けいぎよく》 計《けい》何如《いかん》。
[一三]敝衣《へいい》[一四]顚倒《てんとう》して児《じ》の[一五]裓を裁《さい》し、
故紙《こし》縦横《じゆうおう》 父《ちち》の書《しよ》を校《こう》す。

奪来萬目徒眙愕
銭謙益張瑞図
非不善詩非不善書
納媚閹豎籍逆案
売降仇讎曳長裾
吾怪世人珍手跡
金躞犀軸視琳瑜
吁嗟哉何如我家四十字
字字忠魂毅魄之所寄

得春風叔書、依其除夕韻
卻寄 時校刊先君遺集
一出家園十歳除
都門桂玉計何如
敝衣顚倒裁児裓
故紙縦横校父書

一 目をむいて驚く。
二 字は受之、牧斎と号す。明滅亡後、清朝にも仕えた詩人(清史稿・文苑一)。
三 字は長公、号は二水。書家(明史三〇六)。
四 閹豎は宦官のこと。張瑞図は宦官魏忠賢に迎合して彼のために生祠(生存中の人物を祀る祠〔ほこら〕)の碑文を書いた(明史三〇六・顧秉謙条)。
五 仇讎とは明を亡ぼした清を、明の立場から称したもの。
六 衣服の長いすそをひきずる。ここでは清朝の官吏となって出世すること(漢書・鄒陽伝)。
七 黄金の軸心。 八 犀の角で作った軸。
九 美しい玉。 一〇 五言律を指す。
▽茶山評。「起手掲㆓出姓名㆒為尊㆓崇文正㆒。為㆘下出㆓正大議論㆒地㆖。用意不㆑苟。結処顧㆓五言八句㆒。大窪詩仏評。「此等之作、行輩無㆓以奉賛㆒。但挙㆓老杜二句㆒。曰、毫髪無㆓遺恨㆒、波瀾独老成」。杜甫の句は、敬贈鄭諫議十韻の第七・八句。

113 叔父春風は竹原在住(→一〇三)。文政三年(一八二〇)、六十八歳。その大晦日に作った詩を贈られ、山陽が和韻して返したもの。従って正確には文政四年(一八二一)の作。春風の原詩は「窮鬼家家争㆓祓除㆒、郷儺駆処事紛如。軽㆑財恤㆑友誰焚㆑券、脩㆑業訓㆑児未㆑典㆑書。盤上香浮椒味熟、窓外寒尽竹声疏。半酣美睡昏燈下、高枕入㆑春娯有㆑餘」(春風遺稿十一・和㆓韻石儀卿除夜作㆒)。これによって間接的に石井豊洲(石儀卿)に対しても和答したつもりであることがわかる。先君遺集は春水遺稿。
一一 文化六年(一八〇九)十二月に郷里の家を出て以来。詳しくは十一度目の除夜となる。
一二 物価高。→一七一頁注一八。
一三 破れた衣服。

[一六]桑梓《そうし》[一七]丈人《じょうじん》　猶《な》ほ[一八]矍鑠《かくしゃく》。
[一九]雁魚尺牘《がんぎょせきとく》　未《いま》だ稀疎《きそ》ならず。
殷勤《いんぎん》に包裹《ほうか》　郷味《きょうみ》を伝《つた》ふ。
為《ため》に[二〇]儒餐《じゅさん》を助《たす》けて　意《い》餘《あま》りあり。

元《がん》　日《じつ》

114
[二一]故帋《こし》　堆中《たいちゅう》　[二二]歳強《としきよう》を過《す》ぐ。
猶《な》ほ[二三]筆削《ひっさく》を餘《あま》して　志《こころざし》　偏《ひとえ》に長《なが》し。
東窓《とうそう》　[二四]几《き》を掃《はら》つて　初日《しょじつ》を迎《むか》へ、
読《よ》み起《お》こす　[二五]春王正月《はるおうしょうがつ》の章《しょう》。

家書《かしょ》を得《う》(二首、内一首)

115
新歳《しんさい》　家書《かしょ》を得《え》たり。
先《ま》ず喜《よろこ》ぶ　[二六]平安《へいあん》の字《じ》。
席裹《せきか》と薦包《せんぼう》と。
件件《けんけん》　未《いま》だ開《ひら》き視《み》ず。

桑梓丈人猶矍鑠
雁魚尺牘未稀疎
殷勤包裹伝郷味
為助儒餐意有餘

元　日

故帋堆中歳過強
猶餘筆削志偏長
東窓掃几迎初日
読起春王正月章

得家書

新歳得家書
先喜平安字
席裹与薦包
件件未開視

一四 ここは仕立て直す意。杜甫の北征の詩に「天呉及紫鳳、顚倒在㆓裋褐㆒」とある。天呉・紫鳳は海神・霊鳥の図柄。裋褐(じゅかつ)は毛織りの短い衣。
一五 ねんねこばんてん。幼児を背負うのに用いる。
一六 故郷の意。ここでは安藝国竹原。
一七 老人に敬意を込めていう表現。春風を指す。
一八 老いてなお壮健なさま(後漢書・馬援伝)。
一九 たより。漢の蘇武は匈奴に捕われていた時、雁の足に手紙を結び付けて伝えた(漢書・蘇武伝)。また文選・楽府上・飲馬長城窟行に「客従㆓遠方㆒来、遺㆓我雙鯉魚㆒。呼㆑児烹㆓鯉魚㆒、中有㆓尺素書㆒」とあり、魚の腹中に手紙が入れられ、届けられたという。
二〇 貧儒(自分を指す)の粗餐の意。
▽茶山評。「情話即成㆓好詩㆒」。
114 文政四年(辛巳、一八二一)、山陽四十二歳の詩。
二一 反故紙。書きかけの書物。
二二 四十歳。礼記・曲礼上に「四十曰㆑強。而仕」とある。
二三 日本外史の修正。二四 机。
二五 新春を迎え春秋の開巻第一の章(「元年春、王正月」と書かれている)を読んで気持を新たに引き締めた、の意と解せられる。
115 文政四年(一八二一)の作。母梅颸・長子聿庵(↓二四)からの手紙を受け取っての作。文政三年十一月十二日、山陽の母宛の書簡(『頼山陽書翰集』上、四七八頁)、梅颸日記・同年十二月二十七日条に照応する。
二六 封書の脇附文字に「平安」と書いてあること。無事の便りであることを示す。明の高啓・得家書の詩に「燈前看㆓封篋㆒、題㆑字有㆓平安㆒」とあるように(封篋は閉じた箱)、それを開く前に、悪い知らせでないことを相手に知らせるのである。

書《しよ》を析《ひら》いて 忙《いそが》しく之《これ》を読《よ》めば、
[一]矮帋《わいし》に字《じ》 累累《るいるい》たり。
老母《ろうぼ》頗《すこぶ》る[二]健飯《けんぱん》。
未《いま》だ臥起《がき》に艱《なや》むに至《いた》らず。
吾《われ》 [三]桂玉《けいぎよく》を嘗《な》め、
[四]儒餐《じゆさん》 肥美《ひび》に乏《とぼ》しきを念《おも》ひ、
[五]紅魚《こうぎよ》 [六]疎鬣《そりよう》を買《か》ひ、
[七]緑禽《りよくきん》 [八]反觜《はんし》を賖《おぎの》[九]り、
剖解《ぼうかい》して [一〇]塩豉《えんし》に貯《たくわ》へ、
[一一]拮据《きつきよ》 手指《しゆし》を労《ろう》す。
書中《しよちゆう》に 詳悉《しようしつ》を知《し》り、
慈容《じよう》 [一二]顔《かんばせ》を違《さ》る咫《し》。
包《つつ》みを脱《だつ》すれば 色味《しきみ》新《あら》たなり。
寸切《すんせつ》 片片《へんぺん》 是《これ》なり。
羹《あつもの》と為《な》し 何《なん》ぞ[一三]嚃《あらのみ》するに忍《しの》びんや。
感泣《かんきゆう》 遥《はる》かに拝跪《はいき》す。

析書忙読之
矮帋字累累
老母頗健飯
未至艱臥起
念吾嘗桂玉
儒餐乏肥美
紅魚買疎鬣
緑禽賖反觜
剖解塩豉貯
拮据労手指
書中知詳悉
慈容違顔咫
脱包色味新
寸切片片是
為羹何忍嚃
感泣遥拝跪

一 丈の短い紙。梅颸は夫の春水からやかましく言われたため、藩公用便の寸法に合わせた丈の短い紙に細字で事の委細を詳記することが習慣となった。春水亡きあとも、その習慣を守っていることで、山陽にとって父の追憶にもなっている。
二 食がすすむ。
三 物価高。↓一七一頁注一八。
四 貧乏儒者の粗末な食物の意。
五 鯛の異名。前掲書簡で山陽は母に「鯛は塩を切リ、スト(簀)包みにし、鳥はミソ漬にして送つてほしい」旨を申入れ、母の方は日記で、「京・大坂へ出すものに付いそがし。塩鯛、今日料理、直に遣、鴨みそ漬、夜前こしらへる。右徳太郎(山陽)へ」云々と記す。
六 大きなひれ。つまり大鯛のこと。
七 鴨をいう。
八 雛でない親鳥をいう。
九 買う。前句の「買」と同字になるのを避けたもの。
一〇 塩漬け・味噌漬けにすること。
一一 いそいそと手指を忙しく動かし働くさま(詩経・豳〔ひん〕風・鴟鴞〔しきよう〕)。
一二 顔のすぐそばにあるようである。↓一六五頁注一八。
一三 音、トウ。礼記・曲礼上に「毋レ嚃レ羹」とある。口一杯の食べものを、よく嚙まずに、汁と共に流し込むな、との教え。

一四十年《ねん》 徒《いたず》らに遠遊《えんゆう》す。
何《なに》を以《もっ》てか甘旨《かんし》を供《きょう》せん。
一五反哺《はんぽ》 吾《われ》未《いま》だ能《よ》くせず。
仍母《なおはは》をして 子《こ》に哺《はぐく》ましむ。
首《こうべ》を回《めぐ》らして 一六烏鴉《うあ》に愧《は》ず。
眼《め》は 暮山《ぼさん》の紫《むらさき》なるに断《た》ゆ。

五声《せい》五影詩《えいし》

余《よ》 詠物《えいぶつ》を喜《よろこ》ばず。其の啞謎《あめい》に類《るい》するを嫌《きら》ふ耳《のみ》。嚮《さき》に社友《しゃゆう》の梅影《ばいえい》を賦《ふ》するを見《み》て、忽《たちま》ち技痒《ぎよう》を発《はっ》す。遂《つい》に影声《えいせい》各《おのおの》五を連詠《れんえい》し、三数日《すうじつ》の精神《せいしん》を費《つい》やす。今《いま》 故紙《こし》を捜《さぐ》つて焉《これ》を得《え》たり。題《だい》を蓋《おお》つて之《これ》を読《よ》む、吾《われ》と雖《いえど》も或《あるい》は何《なん》の詠《えい》を為《な》すか猜《さい》する能《あた》はざる也《なり》。尤《とがめ》に傚《なら》ふの罪甚《つみはなはだ》し。録《ろく》して一噱《きゃく》に

十年徒遠遊
何以供甘旨
反哺吾未能
仍使母哺子
回首愧烏鴉
眼断暮山紫

五声五影詩

余不喜詠物。嫌其類啞謎耳。嚮見社友賦梅影、忽発技痒。遂連詠影声各五、費三数日精神。今捜故紙得焉。蓋題読之、雖吾或不能猜為何詠也。傚尤罪甚。録資一噱

一四 文化六年(一八〇九)以来足かけ十三年。概数をいう。

一五 親の恩に報いて養うこと。

一六 烏は親孝行な鳥で、子が老いた親の鳥に餌を運ぶという。

▽茶山評。「宛然在レ目」。

116 文政四年(一八二一)の作。引の啞謎は、解きにくい謎。技痒は、自分の技量を発揮したくて、腕がむずがゆくなるような気持。傚レ尤は、人の過ちを咎めながら、自分も同じことをすること。左伝・荘公二十一年に「鄭伯效レ尤、其亦将レ有レ咎」とあり、また僖公二十四年に「尤而效レ之、罪又甚焉」とある。效は傚と同じ。一噱は一笑。詩題の茶声は茶釜の湯の沸く音。

資《し》す(内二首)

茶《ちや》 声《せい》

116
[一]禅榻《ぜんとう》 愛《あい》し聞《き》く 茶鼎《ちやてい》の鳴《な》るを。
細《さい》は[二]宝瑟《ほうしつ》の如《ごと》く 大《だい》は[三]笙《しよう》の如《ごと》し。
[四]十年《ねん》一たび覚《さ》む 揚州《ようしゆう》の夢《ゆめ》。
何《なん》ぞ識《し》らん [五]人間《じんかん》 此の声《こえ》あるを。

美《び》人影《じんえい》

117
眠《ねむ》り驚《さ》めて [六]胡蝶《こちよう》 嬌痕《きようこん》を認《みと》む。
[七]俯仰《ふぎよう》猶《な》ほ知《し》る 笑語《しようご》の温《あたた》かなるを。
[八]青鎖《せいさ》の[九]髻鬟《けいかん》 [一〇]烟黯淡《けむりあんたん》。
玉階《ぎよくかい》の[一一]裙帯《くんたい》 月黄昏《つきこうこん》。
[一二]湘簾《しようれん》 燈滅《とうめつ》して 春《はる》 夢《ゆめ》の如《ごと》く。
華帳《かちよう》 香騰《こうあ》がつて 夜《よる》 [一三]魂《こん》を返《かえ》す。
最《もつと》も是れ[一四]鰍韆《しゆうせん》 日《ひ》斜《なな》めなる処《ところ》。
他《か》の花影《かえい》に和《わ》して 芳園《ほうえん》に出《い》づ。

茶　声

禅榻愛聞茶鼎鳴
細如宝瑟大如笙
十年一覚揚州夢
何識人間有此声

美人影

眠驚胡蝶認嬌痕
俯仰猶知笑語温
青鎖髻鬟烟黯淡
玉階裙帯月黄昏
湘簾燈滅春如夢
華帳香騰夜返魂
最是鰍韆日斜処
和他花影出芳園

一 坐禅を組む際に用いる腰かけ。
二 すばらしい瑟(おおごと)の音色。
三 ふえの一種。
四 長年の豪奢で艶やかな夢が、はっと覚めた意。唐の杜牧の遣懐の詩の転句をそのまま用いている。↓一八六頁注一。
五 人の住む世間。これが「人間」の熟語の本義であって、漢籍ではわざわざ「じんかん」と読み、いわゆる「にんげん」と区別する。
▽江辛夷評。「典雅」。辛夷は清国蘇州の人で字は大眉、印亭あるいは芸(うん)閣と号し、詩書に巧みであった。長崎に五度来ており、山陽と親しく文通をしていた。

117 六 美人を喩える。
七 臥処から身を起すにつけ、また臥せるにつけ。
八 宮門。青く塗られ、扉に鎖の彫刻を施した門を青瑣(鎖に同じ)門といった。
九 まるく結い束ねたまげ髪。
一〇 もやが薄暗くたちこめるさま。
一一 婦人のもすそと帯。
一二 竹のすだれをいう。
一三 夢現の境に陶酔すること。
一四 ぶらんこ。それに乗る婦人の裳の乱れを伴い、艶な遊びとされる。
▽辛夷評。「清麗芊綿、情韻雙絶、可レ謂三佳句足二千古一」。芊綿(せんめん)は、草が青々と盛んに連なるさま。山陽詩鈔は「声」「影」各五首であるが、暢寄帖では十声・十影計二十首を収める。なお文集、三六三頁「自書十影詩後」参照。

118 山水小景《さんすいしょうけい》　五首《しゅ》
幾樹《いくじゅ》　一五麹塵《きくじん》の烟《けむり》。
春江《しゅんこう》　天《てん》已《すで》に曙《あ》く。
唯《ただ》聞《き》く　鶯語《おうご》の声《こえ》。
見《み》えず　鶯《おう》の棲処《せいしょ》。

○

119 帙《ちつ》を収《おさ》めて　独《ひと》り一六頤《おとがい》を支《ささ》ふ。
前林《ぜんりん》　一七倦翼《けんよく》を見《み》る。
一八詩《し》を哦《が》して　字《じ》未《いま》だ安《やす》らかならず。
一九檐角《えんかく》に　冥色来《めいしょくきた》る。

○

120 門《もん》を出《い》でて　友《とも》の到《いた》るに二〇逢《あ》ふ。
袖裏《しゅうり》　二一詩《し》を帯《お》びて来《きた》る。
詩《し》を看《み》るは　未《いま》だ晩《おそ》からずと為《な》す。
且《しばら》く共《とも》に二二去《さ》つて　梅《うめ》を看《み》る。

○

山水小景五首
幾樹麹塵烟
春江天已曙
唯聞鶯語声
不見鶯棲処

○

収帙独支頤
前林見倦翼
哦詩字未安
檐角来冥色

○

出門逢友到
袖裏帯詩来
看詩為未晩
且共去看梅

○

118 文政四年(一八二一)の作。
一五 こうじかびの色のような、黄緑色の霞。
▽茶山評。「天籟」。自然の音響のように、詩文等の調べのすばらしい喩え。籟(らい)は、ひびき。

119 一六 あごをささえる。頰杖をつく。
一七 飛び飽きて、ねぐらに帰る様子の鳥。陶潜・帰去来辞の「鳥倦レ飛而知レ還」を意識しているか。
一八 詩をうたう。ここは詩を作る意。
一九 のきの端。

120 二〇 思いがけずに出会うこと。
二一 詩を携えて。
二二 梅を見に出かける。訓読としては「さる」とするが、意味は「ゆく」こと。出かける。

121 菊《きく》老《お》いて 餘香《よこう》あり。
空階《くうかい》[一] 寒日《かんじつ》[二]薄《うす》し。
秋林《しゅうりん》 夕《ゆう》べに風《かぜ》多《おお》く、
木葉《もくよう》 掃《は》けば還《また》落《お》つ。

○

122 木葉《もくよう》 馬頭《ばとう》に飛《と》ぶ。
鞭《むち》を揮《ふる》へば 手《て》裂《さ》けんと欲《ほっ》す。
林梢《りんしょう》 風《かぜ》 圧《あつ》して開《ひら》き、
遠嶺《えんれい》 皆雪《みなゆき》[三]を成《な》す。

四寒詠《かんえい》

蔣蔵園《しょうぞうえん》に十寒詠《かんえい》あり。大抵《たいてい》 無情物《むじょうぶつ》に係《かか》る。余《よ》有情中《うじょうちゅう》に就《つ》いて痛痒《つうよう》最《もっと》も相関《そうかん》する者《もの》を抜《ぬ》き、四寒詩《かんし》を作《つく》る

（内三首）

寒《かん》 僕《ぼく》

菊老有餘香
空階寒日薄
秋林夕多風
木葉掃還落

○

木葉馬頭飛
揮鞭手欲裂
林梢風圧開
遠嶺皆成雪

四寒詠

蔣蔵園有十寒詠。大抵係無情物。余就有情中抜痛痒最相関者、作四寒詩

寒僕

121 一 人の気配も感じられない階段。
二 冬の陽の光。
▽茶山評。「淡処味濃」。

122 三 遠くの山々が雪化粧しているのまで見通せる。
▽茶山評。「過レ巧」。

123 文政四年（一八二一）の作。蔵園は、清の蔣士銓（せん）、字は心餘。乾隆の進士。詩・古文に巧みで、戯曲作家としても知られる。「消寒雑咏、和王蔗村太守十首」（忠雅堂集十一）を作り、「寒鐘」・「寒岫」など十種を詠ずる。

123
[四]渠《かれ》も亦人《またひと》の児《こ》語《ご》 [五]惻然《そくぜん》。
[六]胼胝《へんち》 この際《さい》 最《もっと》も憐《あわ》れむに堪《た》へたり。
雪郊《せっこう》 路《みち》を尋《たず》ねて 驢《ろ》の後《しりえ》に随《したが》ひ、
霜暁《そうぎょう》 門《もん》を開《ひら》いて 狗《く》の先《さき》を趁《お》ふ。
冰《こおり》は[七]長鬚《ちょうしゅ》に結《むす》ぶ 泉《いずみ》を汲《く》むの夕《ゆうべ》。
風《かぜ》は禿髪《とくはつ》を吹《ふ》く [八]窮《きゅう》を送《おく》るの天《てん》。
寒《かん》を防《ふせ》ぐ瓢酒《ひょうしゅ》 餘瀝《よれき》を分《わ》かたん。
豈《あ》に[九]終朝《しゅうちょう》 汝《なんじ》が肩《かた》を労《ろう》すべけんや。

124
寒《かん》 婢《び》

破屋《はおく》猶《な》ほ従《したが》ふ 旧主人《きゅうしゅじん》。
霜《しも》を履《ふ》む[一〇]赤脚《せききゃく》 太《はなは》だ酸辛《さんしん》。
[一一]景《けい》忙《いそが》しく寧《あ》に暇《いとま》あらんや [一二]眉《まゆ》 繭《まゆ》を成《な》すに、
水凍《みずこお》つて論《ろん》なし 手《て》 [一三]亀《きん》せんと欲《ほっ》す。
早起《そうき》 [一四]蔬《そ》を擷《と》つて雪《ゆき》の没《ぼっ》するに遭《あ》ひ、
遅眠《ちみん》 綻《ほころ》びを補《おぎな》つて 燈《とう》と親《した》しむ。
詩《し》に註《ちゅう》する[一五]鄭叟《ていそう》 還《また》[一六]筆《ふで》を呵《か》す。

渠亦人児語惻然
胼胝此際最堪憐
雪郊尋路随驢後
霜暁開門趁狗先
冰結長鬚汲泉夕
風吹禿髪送窮天
防寒瓢酒分餘瀝
豈可終朝労汝肩

寒　婢

破屋猶従旧主人
履霜赤脚太酸辛
景忙寧暇眉成繭
水凍無論手欲亀
早起擷蔬遭雪没
遅眠補綻与燈親
註詩鄭叟還呵筆

四 陶潜は、自分の子に下僕をやとい、「此亦人子也。可㆓善遇㆒之」(南史隠逸伝)といったという。
五 心に迫り、いたましいさま。
六 ひびやあかぎれ。または、たこやまめ。
七 長いひげ。
八 家から貧乏神を送り出す正月晦日の行事。韓愈に「送窮文」がある。
九 もともと夜明けより朝食までの間をいうが、ここは終日の意。
▽茶山評。「四律並縝密。夕作㆓井若澗㆒、天作㆓筵若船㆒何如」。

124 文政四年(一八二一)の作。
一〇 素足。
一一 大層忙しい。景は影と同じ。また影を造る根本である太陽の光そのもの。日が慌ただしく過ぎ去る意。
一二 眉をまゆずみで蛾眉のように美しく化粧する。
一三 凍えてひび割れる。
一四 野菜。
一五 後漢の大学者、鄭玄(じょうげん)。詩経に箋(注)を付けた。
一六 筆を叱りつける、つまり寒中、凍った筆に息を吹きかけて温める。

何《なん》ぞ忍《しの》びん 泥中《でいちゅう》 一怒瞋《どしん》を肆《ほしいまま》にするに。

125 寒《かん》 犬《けん》

二五柳《りゅう》 陰《かげ》なく 風《かぜ》数《しばしば》驚《おどろ》く。
門《もん》を守《まも》る三黄耳《こうじ》 可憐《かれん》の生《せい》。
梅《うめ》を看《み》て帰《かえ》ること晩《おそ》く 昏《く》れて尾《お》を揺《ふ》り、
雪《ゆき》を賞《しょう》する期来《きき》たつて 暁《あかつき》声《こえ》を発《はっ》す。
檐短《のきみじか》くして逃《のが》れ難《がた》し 霜気《そうき》の重《おも》きを。
巷深《ちまたふか》くして時《とき》に四警《いまし》む 月光《げっこう》の明《あか》るきを。
想《おも》ふ 他《か》の五輞水《もうすい》 六淪漣《りんれん》の処《ところ》。
僮僕《どうぼく》 眠《ねむ》り醒《さ》めて 豹鳴《ひょうめい》を聞《き》きしを。

126 新《しん》 居《きょ》

新居《しんきょ》 元日《がんじつ》に逢《あ》ふ。
戸《と》を推《お》せば 七晴曦《せいぎ》明《あき》らかなり。
階下《かいか》に 八浅水流《せんすいなが》れ、
九涓涓《けんけん》として 已《すで》に春声《しゅんせい》。

何忍泥中肆怒瞋

寒 犬

五柳無陰風数驚
守門黄耳可憐生
看梅帰晩昏揺尾
賞雪期来暁発声
檐短難逃霜気重
巷深時警月光明
想他輞水淪漣処
僮僕眠醒聞豹鳴

新 居

新居逢元日
推戸晴曦明
階下浅水流
涓涓已春声

一 いかること。世説新語・文学に鄭玄が、意に添わぬ家婢を泥中にすえたという故事がある。▽茶山評。「用典不レ泛」。泛は、浮き上がって落ち着かぬ意。この詩の用典は入谷仙介注『頼山陽 梁川星巌』(『江戸詩人選集』八)八四頁参照。後藤松陰評。「先生欲レ改二繭字一、屢辱二下問一。而未レ有二一佳字以答一レ之」。

125 文政四年(一八二一)の作。
二 家の近くの柳のことを、陶淵明の五柳(「五柳先生伝」がある)に見たてて、こう述べたのであろう。
三 晋の陸機の飼った名犬の名(晋書・陸機伝)。ここは良い犬の意。
四 深夜、遠吠えをする。
五 陝西省藍田県の南を流れる川。唐の王維は、この河畔に別荘を建てた。
六 さざ波。王維の山中与二裴秀才迪一書に「夜登二華子岡一、輞水淪漣」。また「深巷寒犬声如レ豹」とある。

126 文政六年(癸未、一八二三)、山陽四十四歳の詩(なお、文政五年壬午の詩は本書には収録しなかった)。この詩の背景については全伝・上、六三二頁以下参照。木屋町の旧居から両替町押小路上ル東側の薔薇園に転居。更に十一月九日冬至の日に、東三本木町南町の新居へ移転した。ここを山紫水明処というが、この名称は、実は木屋町時代から既に使われている。
七 明るく晴れた日の光。
八 加茂川をいう。
九 水が細くちょろちょろと流れるさま。

流《なが》れに臨《のぞ》んで　我《わ》が研《すずり》を洗《あら》へば、
一〇研《すずり》の紫《むらさき》　一一山《やま》の青《あお》きに映《えい》ず。
地《ち》僻《へき》にして　賀《が》客《かくすく》少なし。
自《みずか》ら喜《よろこ》ぶ　送迎《そうげい》を省《はぶ》くを。
棲息《せいそく》　此《か》くの如《ごと》き有り。
以《もっ》て素情《そじょう》に愜《かな》ふに足《た》れり。
恨《うら》むる所《ところ》は　唯《ただ》一母《ぼ》、
迎養《げいよう》の志《こころざし》　未《いま》だ成《な》らざるを。
安《いずくん》ぞ得《え》ん　此の酒《さけ》を共《とも》にし、
慈《じ》顔《がん》一咲《しょう》して　傾《かたむ》くるを。
墨《すみ》を磨《す》つて　一二郷書《きょうしょ》を作《つく》れば、
酔字《すいじ》　一三縦横《じゅうおう》なり易《やす》し。

127
塾生《じゅくせい》に示《しめ》す

憐《あわ》れむ　我《わ》が一四二三子《し》。
一五笈《きゅう》を負《お》ひ　吾《われ》に向《む》かつて依《よ》る。

臨流洗我研
研紫映山青
地僻少賀客
自喜省送迎
棲息有如此
足以愜素情
所恨唯一母
迎養志未成
安得共此酒
慈顔一咲傾
磨墨作郷書
酔字易縦横

示塾生

憐我二三子
負笈向吾依

一〇 愛用の端渓の硯が紫色であることをいう。
一一 京都の東山。

一二 故郷へ送る手紙。
一三 字が乱れること。
▽茶山評。「意到筆随。此自本色」。この詩は「新居」と題する詩の第二首。山陽詩鈔は、もともとこの第二首だけを収める。その第一首は「新居逢二歳除一、土木粗竣レ事。檐屋雖二云庫一、燥湿足二以避一。築レ屋臨二流水一、栽レ梅有二餘地一。今冬頗暄暖、開レ花已十二。折レ之挿二瓶裡一、可三以侑二我酔一。掃レ室呼二老妻一、燈火含二春意一。去年学レ語児、今歳解二指使一。佐レ母輪二杯斝一、失レ手寧忍レ詈。能否持二爺家一、終爾不二失墜一」。新居帖はこの二首で始まる。

127 文政六年(一八二三)の作。
一四 師が弟子に呼びかける語。諸子。お前達。
一五 書物を入れた箱を背負って。遠い地に遊学する意(後漢書・李固伝・章懐太子注)。

紙窓《しそう》と土壁《どへき》と。
燈花《とうか》に聚《あつ》まって唔咿《ごい》一す。
歳除《さいじょ》に 妻孥《さいど》二と宴《えん》し、
呼《よ》び致《いた》して 酒卮《しゅし》三を共《とも》にす。
唱和《しょうわ》して 聊《いささ》か楽《たの》しみを同《おな》じうし、
講誦《こうしょう》 且《しばら》く期《き》四を緩《ゆる》うす。
君《きみ》が輩《はい》 皆人《みなひと》の子《こ》。
豈《あ》に睽離《けいり》五を憂《うれ》へざらんや。
爺嬢《やじょう》 此の際《さい》に当《あ》たり、
各《おのおの》当《まさ》に吾《わ》が児《じ》を説《と》くべし。
已《すで》に愛日《あいじつ》六の意《い》を忍《しの》ぶ。
惜陰《せきいん》七の時《とき》を失《うしな》ふ勿《なか》れ。

茶山翁《ちゃざんおう》の書《しょ》を得《え》て、卻《かえ》って寄《よ》す。放翁《ほうおう》の
曾文清《そうぶんせい》の答《こた》ふるの詩體《したい》に擬《ぎ》す

128
朝来《ちょうらい》 君《きみ》の書《しょ》を獲《え》たり。

紙窓与土壁
燈花聚唔咿
歳除宴妻孥
呼致共酒卮
唱和聊同楽
講誦且緩期
君輩皆人子
豈不憂睽離
爺嬢当此際
当各説吾児
已忍愛日意
勿失惜陰時

得茶山翁書、卻寄。擬放
翁答曾文清詩體

朝来獲君書

一 読書する声。咿唔に同じ。
二 妻や子。
三 さかずき。
四 ここは、休業する意。
五 そむき離れる。ここは親の膝許から離れる意。
六 日時を惜しんで親に孝養を尽くす心。
七 時間の過ぎ行くのを惜しむような、勉学すべき時代。晋の陶侃(とうかん)は「大禹聖者、乃惜二寸陰一。至二於衆人一、当レ惜二分陰一」といった(晋書・陶侃伝)。
▽茶山評。「先生金茎之露、不レ知誰能得レ嘗」。「結二句堂堂之陣」。金茎は、漢の武帝が建てた承露盤を支える銅柱(班固・西都賦)。この盤上の露を飲むと不死になれるという。ここでは酒。「弟子と一緒に飲もうなどと言いながら、実は先生が皆飲んでしまうのではないか」という諧謔。

128 文政六年(一八二三)の作。宋の曾茶山(幾。諡は文清)が陸放翁(游)に書簡を送ったところ、放翁は五言長句の詩を作って、茶山への返事としたことがあった(もともとこれは梅尭臣〔宛陵〕と欧陽脩との間でしたことを先例とする)。いま備後の菅茶山が山陽に書簡を送ったことに対し、この先例をまねて、山陽がこの五言長句の詩を作って茶山への返事としたのである。陸放翁の詩題は、剣南詩稾一「寄二酬曾学士一、宛陵先生體」。梅尭臣の詩題は、宛陵先生集六「代レ書寄二欧陽永叔一四十韻」。

[八]題《だい》を観《み》て　已《すで》に心《こころよろこ》怡ぶ。
析《ひら》かんと欲《ほっ》して　未《いま》だ驟《にわか》に析《ひら》かず。
留《とど》めて酒《さけ》を呼《よ》ぶの時《とき》を俟《ま》つ。
書中《しょちゅう》　[九]詼咲《かいしょう》を雑《まじ》ふ。
恍《こう》として見《み》る　[一〇]厖眉《ぼうび》を掀《あ》ぐるを。
前日《ぜんじつ》　[一一]陋製《ろうせい》を往《おく》りしに、
仔細《しさい》に　[一二]黄雌《おうし》を著《つ》く。
行間《ぎょうかん》の字《じ》　[一三]蠅《はえ》の如《ごと》く、
[一四]批圏《ひけん》の珠《しゅ》　累累《るいるい》たり。
[一五]彫獣《ちょうじゅう》は　吾拙《われせつ》なりと雖《いえど》も、
君《きみ》　[一六]鱗之而《りんしじ》を作《つく》る。
[一七]次《つぎ》に君《きみ》が詩冊《しさつ》を展《の》ぶれば、
老骨《ろうこつ》　[一八]離奇《りき》を露《あら》はす。
怪松《かいしょう》　深壑《しんがく》に跨《またが》り、
天風《てんぷう》に　[一九]鬣鰭《りょうき》を振《ふ》るふ。
首《こうべ》を俯《ふ》して　[二〇]百家《ひゃくか》を瞰《み》れば、

観題已心怡
欲析未驟析
留俟呼酒時
書中雑詼咲
恍見掀厖眉
前日往陋製
仔細著黄雌
行間字如蠅
批圏珠累累
彫獣雖吾拙
君作鱗之而
次展君詩冊
老骨露離奇
怪松跨深壑
天風振鬣鰭
俯首瞰百家

八　うわ書き。
九　おどけた笑い。
一〇　白髪混じりの太い眉。それを掀げるとは、茶山先生に目のあたり会っているような気がする、の意。
一一　自分の粗末な作品(詩)。
一二　雌黄を加える。添削すること。→二二一頁注二四。
一三　細字をいう、蠅頭細書という語がある。
一四　批点・圏点。
一五　詩文に技巧をこらして修飾すること。揚子法言・吾子に「童子彫蟲篆刻」とある。彫蟲に同じ。
一六　うろこと頰ひげ(之而)を作る。それらしく補い整える意。周礼・考工記・梓人に「必深二其爪一、出二其目一、作二其鱗之而一」とある。茶山評。「鱗之而三字、和人未レ入レ詩。晋帥曾用二諸木龍一、足下用二諸文字一。工拙判然」。「此篇願大二書一通一。当三装為二横披一」。
一七　以下は、茶山が山陽に対して、自身の詩の添削を頼んで来たことをいう。
一八　委曲を尽くし、ありきたりでない珍しいさま。漢書・鄒陽伝の語。
一九　たてがみや魚のひれ。松を喩える。
二〇　当時の詩人や文士達。

紅紫《こうし》 紛《ふん》として栄萎《えいい》す。一
時賢《じけん》 漸《ようや》く凋落《ちょうらく》し、
独《ひと》り君《きみ》 碩菓《せきか》二 垂《た》る。
余《われ》を与《とも》に語《かた》る可《べ》しと謂《い》ひ、
三汪莽《おうもう》 測蠡《そくれい》四を許《ゆる》す。
厚顔《こうがん》 強《し》ひて事《こと》を解《かい》し、
五毛《け》を吹《ふ》いて 瘢疵《はんし》を索《もと》む。
六僻性《へきせい》 所偶《しょぐう》七罕《まれ》に、
八眇軀《びょうく》 詆訾《ていし》九を萃《あつ》む。
一〇寸心文字《すんしんもんじ》に託《たく》するに、
君《きみ》に非《あら》ずんば 問《と》うて誰《たれ》にか向《む》かはん。
夜《よ》闌《たけなわ》にして 酒又醒《さけまたさ》む。
燭《しょく》を呼《よ》んで 重《かさ》ねて更《さら》に披《ひら》く。

紅紫紛栄萎
時賢漸凋落
独君碩菓垂
謂余可与語
汪莽許測蠡
厚顔強解事
吹毛索瘢疵
僻性罕所偶
眇軀萃詆訾
寸心託文字
非君問向誰
夜闌酒又醒
呼燭重更披

129
題画《だいが》

枝上《しじょう》 嬌梭《きょうさ》一一を弄《ろう》し、

題画

枝上弄嬌梭

一 花が咲いてはすぐにしおれる。
二 大きな果物(菓・果通用)。人に食べられることがない。つまり大家として現存する意。易経・剝「碩果不レ食」。
三 広々とした大海。茶山をいう。
四 ほら貝またはひさごで、海の水を汲み測ること。狭い見識で大事をはかることの喩え。漢・東方朔の答客難に「以レ蠡測レ海」とある。自分に意見を求められたことをいう。
五 毛を吹き分けて傷を探す。小さな過失をも厳しく指摘すること(韓非子・大体)。
六 かたよった性格。
七 気の合う人。
八 微力の身。
九 そしり。
一〇 自分の心。
▽茶山評。「朝来二字泛。末尾夜闌字炤応。未レ免レ有レ意」。

129 文政六年(一八二三)の作。
一一 美しい声で鳴きながら、機(はた)の梭(ひ)を動かすように、あちらこちらへ飛び巡る意。

一二金衣《きんい》、日気《にっき》に揺《うご》く。
美人《びじん》 春夢《しゅんむ》の魂《こん》。
能《よ》く一三遼陽《りょうよう》に到《いた》るや未《いな》や。

130
多賀城瓦研《たがじょうがけん》の歌《うた》

東奥《とうおう》 昔《むかし》 多賀城《たがじょう》を建《た》つ。
城廃《しろすた》れて一四碑《ひ》存《そん》し 空《むな》しく名《な》を聞《き》く。
京《きょう》を去《さ》る 一千《せん》五百里《ひゃくり》と。
曾《かつ》て知《し》る 碑本《ひほん》 道程《どうてい》を記《しる》せしを。
吾《われ》一たび往《ゆ》いて 一五王略《おうりゃく》を観《み》んと欲《ほっ》するも、
一六未《いま》だ鞋韈《あいべつ》を理《おさ》めず 夢空《ゆめむな》しく行《ゆ》く。」
一七田翁《でんおう》 我《われ》に贈《おく》る 瓦半玦《かわらはんけつ》。
之《これ》を城址《じょうし》に得《え》て 手《て》づから一八摩刮《まかつ》し、
背《せ》を鑿《ほ》つて研《すずり》を為《つく》り 墨光《ぼくこう》を発《はっ》す。
質《しつ》は一九洮石《とうせき》の如《ごと》く 声鉄《こえてつ》の如《ごと》し。
浪紋《ろうもん》を摩挲《まさ》して 二〇素心《そしん》を豁《ひら》く。

金衣揺日気
美人春夢魂
能到遼陽未

多賀城瓦研歌

東奥昔建多賀城
城廃碑存空聞名
去京一千五百里
曾知碑本記道程
吾欲一往観王略
未理鞋韈夢空行
田翁贈我瓦半玦
得之城址手摩刮
鑿背為研発墨光
質如洮石声如鉄
摩挲浪紋豁素心

一二 鶯の異名を金衣公子という。唐の玄宗の命名という。
一三 現在の遼寧省中部。唐の沈佺期(しんせんき)の古意の詩に「十年征戍憶二遼陽一」とある。征戍(せいじゅ)は、辺境まで遠征して守りにつくこと。留守の妻の閨怨を伴うことが多い。なお、本詩の転句・結句は更に、唐の金昌緒の春怨の詩「打二起黄鶯児一、莫レ教二枝上啼一。啼時驚二妾夢一、不レ得レ到二遼西一」を踏まえているといわれる。黄鶯児は黄色の鶯。遼西は遼陽に近い遼寧省西部。北方国境の軍の駐屯地があった。
130 以下四首(一三〇・一三一・一三二・一三三)を自ら「四古物詩」と総題をつけている。文政六年(一八二三)中、山陽が出逢った四つの物を詠む。多賀城は、宮城県多賀城市市川地区に在った城柵。
一四 いわゆる壺碑。その碑の拓本が流伝している。曰く、「去レ京一千五百里、去二蝦夷国界一、一百廿里、去二常陸国界一、四百十二里、去二下野国界一、二百七十四里、去二靺鞨国界一、三千里」と。
一五 帝王の政。
一六 くつや足袋を整えない。まだ行って実際を見ていない、の意。
一七 二本松藩の家老、成田弥左衛門。
一八 みがき削る。
一九 自註に「洮河唐西北辺。出二硯材一。青黒色」とある。
二〇 ここは、平素の願いを達する意。

恍《こう》として遺墟《いきょ》に登《のぼ》り [一]靺鞨《まっかつ》を望《のぞ》む。」
憶《おも》ふ 昔《むかし》[二]重鎮《じゅうちん》 要喉《ようこう》を扼《やく》せしを。
[三]臣東人《しんあずまひと》 置《お》き 臣猲《しんかり》 修《おさ》む。
当時《とうじ》[四]辺籌《へんちゅう》 [五]廟算《びょうさん》を奉《ほう》じ、
往往《おうおう》[六]貂蟬《ちょうぜん》 兜鍪《とうぼう》を出《いだ》す。
[七]漢議《かんぎ》録《ろく》せず 郅支《しつし》の頭《とう》。
[八]唐節《とうせつ》遂《つい》に委《い》す 営胡《えいこ》の酋《しゅう》。
[九]鬼武《きぶ》呑攫《どんかく》す 四十郡《ぐん》。
此の城定《しろさだ》めて [一〇]隍《こう》を復《ふく》する秋《とき》に遭《あ》ひしならん。」
曾《かつ》て[一一]狼邦《ろうほう》を収《おさ》めて [一二]衮黼《こんぶ》に帰《き》し、
重《かさ》ねて観《み》る 鳳詔《ほうしょう》の文武《ぶんぶ》を混《こん》ずるを。
残塁《ざんるい》未《いま》だ復《ふく》せず [一三]又沸羹《またふっこう》。
旧部入援《きゅうぶにゅうえん》して 聊《いささ》か[一四]破斧《はふ》。」
[一五]河北《かほく》終《つい》に帰《き》す [一六]独眼龍《どくがんりゅう》。
[一七]猴公《こうこう》 草草《そうそう》 疆封《きょうほう》を理《おさ》む。
豈《あ》に文籍《ぶんせき》 故吏《こり》に諮《はか》るに暇《いとま》あらんや。

恍登遺墟望靺鞨
憶昔重鎮扼要喉
臣東人置臣猲修
当時辺籌奉廟算
往往貂蟬出兜鍪
漢議不録郅支頭
唐節遂委営胡酋
鬼武呑攫四十郡
此城定遭復隍秋
曾収狼邦帰衮黼
重覩鳳詔混文武
残塁未復又沸羹
旧部入援聊破斧
河北終帰独眼龍
猴公草草理疆封
豈暇文籍諮故吏

一 中国北方民族の国。
二 多賀城を指す。
三 「此城神亀元年、歳次二甲子一、按察使兼鎮守将軍、従四位上勲四等、大野朝臣東人之所レ置也、天平宝字六年、歳次二壬寅一、参議東海東山節度使、従四位上仁部省卿兼按察使、鎮守将軍、藤原恵美朝臣朝猲修造也、天平宝字六年十二月一日」。
四 辺境の防衛策。 五 朝廷の政策。
六 公卿(貂蟬)から将軍(兜鍪)を出す。意は逆になるが→一五五頁注一五。
七 自註に「後三年之戦。朝議以為二私闘一。不レ下二官符一。源氏乃棄二武衡・家衡首于途一而帰。略似下陳湯矯誅二郅支一。而匡衡等議不上レ下レ賞」とある。陳湯・匡衡(きょうこう)は前漢の人。郅支は匈奴の単于(ぜんう)の号。陳湯は外征の将軍として漢の朝廷の優柔をきらい、天子の制を矯め(討伐の勅命なしに)郅支単于を誅殺した。果して朝議は紛糾し、結局、湯は匡衡らのために失脚した(漢書・陳湯伝)。
八 自註に「安禄山営州雑胡。以喩下秀衡襲二祖父六郡酋長一。而為中鎮守将軍上」とある。雑胡は漢人に混じって居住する胡人。
九 源頼朝。→一八五頁注一七。
一〇 水のない城堀。
一一 自註に「狼邦・鳳詔。用二源頼義表中字一而叙。建武中興遣二北畠氏鎮一レ奥事。其時詔旨言文武古不レ岐。沸羹・破斧、言二足利犯レ闕奥軍入援一」とある。頼義の上表には「臣啣二鳳凰之詔一、以向二虎狼之国一」(外史二、康平七年)、建武の詔には「文武不レ可レ岐、貴戚掌レ軍、古之制也」(外史五)とある。
一二 天子の礼服。天皇をいう。
一三 騒擾状態に陥ったこと(詩経・大雅・蕩)。

空《むな》しく[一八]儲胥《ちょしょ》を将《もつ》て 老農《ろうのう》に附《ふ》す。
[一九]鴉觜《あし》 日《ひ》となく [二〇]蒙茸《もうじょう》を劚《ほ》り、
[二一]鴛羽《えんう》 時《とき》あつてか 撃撞《げきどう》に逢《あ》ふ。
謝《しゃ》す [二二]君《きみ》が好古《こうこ》 吾《わ》が病《やまい》と同《おな》じく、
吾《われ》をして萬古《ばんこ》の胸《むね》を [二三]盪滌《とうてき》せしめしを。」
嗚呼《ああ》 文政《ぶんせい》自《よ》り溯《さかのぼ》つて宝字《ほうじ》に至《いた》るまで、
限《かぎ》り無き変遷《へんせん》 此の地《ち》に同《おな》じ。
辺霜《へんそう》 [二四]淬礪《さいれい》す [二五]一片《べん》の翠《みどり》。
製造《せいぞう》猶《な》ほ見《み》る [二六]澆季《ぎょうき》に異《こと》なれるを。
[二七]昔《むかし》曾《かつ》て箭《や》を受《う》け 今筆《いまふで》を受《う》く。
多《た》とす 汝《なんじ》が[二八]文事《ぶんじ》 武備《ぶび》を兼《か》ぬるを。
詩《し》を作《つく》つて古《いにしえ》を叙《じょ》す [二九]汝応《なんじまさ》に記《き》すべし。」

131

文治《ぶんじ》経卓《きょうたく》の歌《うた》

[三〇]含公《がんこう》の経卓《きょうたく》は [三一]摂貫《せっこ》に獲《え》たり。
製造雅質《せいぞうがしつ》 [三二]粗窳《そゆ》に非《あら》ず。

空将儲胥附老農
鴉觜無日劚蒙茸
鴛羽有時逢撃撞
謝君好古同吾病
使吾盪滌萬古胸
嗚呼溯自文政至宝字
無限変遷同此地
辺霜淬礪一片翠
製造猶見異澆季
昔曾受箭今受筆
多汝文事兼武備
作詩叙古汝応記

文治経卓歌

含公経卓獲摂貫
製造雅質非粗窳

一四 激戦により味方の武器が破損すること(詩経・豳風・破斧)。延元元年、尊氏入京。後醍醐天皇は叡山へ行幸、翌年、北畠顕家は陸奥から救援に馳せつけた。
一五 元来は中国の河北。唐の安史の乱に顔真卿が義兵を起こした地域。これをわが奥州に擬えたもの。因みに明治三十年創刊の『河北新報』(仙台)はこの用語を出典とするという。
一六 自註に「李克用眇二一目一。称曰二独眼龍一」とある。唐の李克用に、同じく隻眼であった伊達政宗を擬える。 一七 豊臣秀吉。
一八 軍用の柵(李商隠・籌筆駅に「風雲長為護二儲胥一」)。 一九 つるはし。
二〇 草の乱れ茂るさま。
二一 おしどりの羽根形の瓦。 二二 成田翁。
二三 洗い流す。ここは、私の古を好むという宿昔の懐いを満足させてくださった、の意。
二四 とぎ磨く。 二五 瓦研。
二六 人情が薄くなり、風俗の乱れた末世。
二七 以下終りまで瓦研に向かっていう。
二八 孔子は「聞、有二文事一者必有二武備一、有二武事一者必有二文備一」と述べた(史記・孔子世家)。
二九 忘れずにいるように、の意。
▽茶山評。「煌煌大文字。入レ手紀レ実不レ俚。(破斧)以上叙二故実一、以下入二近事一。直接下所三以得二之由上、転捩有レ力。宝字句。収二憶昔以下数段一、結以二文武二字一。凡二百七十餘字、無二滲漏一、無二冗雑一、無二演飾一、無二枯槁一。豈今人所レ能レ辨」。

131 文治年間(一一八五―九〇)に製造された経机を歌う。全篇を「虞」韻で通した作。
三〇 末弘大含師。雲華と号す(→八六)。豊前国の正行寺住職で、京の東本願寺講師。
三一 大坂の商人。 三二 粗悪でゆがむこと。

一 朱髹《しゅきゅう》 未《いま》だ剝《は》げず 光沢《こうたく》瑩《かがや》く。
二 尺度勾股《しゃくどこうこ》 規矩《きく》に応《おう》ず。
三 背《はい》に書《しょ》す 経隝寺《きょうじまでら》の置《お》く所《ところ》。
文治《ぶんじ》歳《とし》の丙午《へいご》に造《つく》ると。
誰《たれ》ぞや島《しま》を築《きず》くは、平相国《へいしょうこく》。
四 童男《どうなん》を活《い》き埋《う》めして 五 強弩《きょうど》に代《か》ふ。
浪《なみ》を塡《うず》めて纔《わず》かに成《な》る 六 梁武《りょうぶ》の堰《えん》。
都《みやこ》を遷《うつ》して拠《よ》らんと擬《ぎ》す 七 董卓《とうたく》の塢《お》。
経営《けいえい》 総《すべ》て八 姦雄《かんゆう》の資《し》と為《な》る。
己《おのれ》は前狼《ぜんろう》たり 彼《かれ》は後虎《こうこ》。
丙午《へいご》 正《まさ》に当《あ》たる変革《へんかく》の年《とし》。
軍号《ぐんごう》 始《はじ》めて膺《あ》たる九 総追捕《そうついぶ》。
一〇 王沢《おうたく》一たび熄《や》んで 一一 殺運《さつうん》旺《さか》んに、
長《なが》く鋒鏑《ほうてき》をして 一二 干羽《かんう》に換《か》へしむ。
国勢《こくせい》の推移《すいい》は 一三 機関《きかん》あり。
一四 此の器《き》小《しょう》なりと雖《いえど》も 感《かん》の聚《あつ》まる所《ところ》。

朱髹未剝光沢瑩
尺度勾股応規矩
背書経隝寺所置
造於文治歳丙午
誰哉築島平相国
活埋童男代強弩
塡浪纔成梁武堰
遷都擬拠董卓塢
経営総為姦雄資
己為前狼彼後虎
丙午正当変革年
軍号始膺総追捕
王沢一熄殺運旺
長使鋒鏑換干羽
国勢推移有機関
此器雖小感所聚

一 朱塗の漆。
二 直角な縦横の辺。
三 卓の裏板に「文治丙午兵庫経島寺常什」という墨書の銘があったという。丙午は文治二年(一一八六)。経島は平清盛が、大輪田泊の前面に築造した。現神戸市西部。
四 讃岐の香川民部の子、松王小児を人柱としたことが当寺の縁起にあるという。
五 五代の呉越王銭鏐(せんりゅう)は、捍海塘を築く際に潮の衝撃に妨げられたため、弩(弓)数百で潮頭を射たところ、波が束したという(淵鑑類函所引呉越備史)。
六 梁の武帝は檀渓に堰堤を築き敵襲を防いだという(梁書・武帝紀)。
七 福原城を擬える。後漢の董卓は、小城を郿(び)に築き、富を蓄えた(後漢書・董卓伝)。
八 源頼朝を指す。もと魏の曹操(武帝)を治世の姦雄といったことに基づく(魏志・武帝紀)。
九 自註に「源右大将既滅㆓平氏㆒、餘党伏㆓匿所在㆒。乃奏請㆘置㆓諸国守護地頭㆒随在㆗追捕㆖、而自総㆑之。世称曰㆓総追捕使㆒。武門掌㆓国権㆒始㆑此。実文治丙午歳也」とある。
一〇 孟子・離婁下「王者之迹熄而詩亡」。
一一 殺伐とした気運。
一二 干は武の舞に用いるたて、羽は文の舞に用いる鳥の羽。ここは、礼楽文治の政治をいう。
一三 めぐりあわせ。機運。
一四 経卓。

一五 竭来《けつらい》 天魔《てんま》 迭《たがい》に出《い》で降《くだ》り、
衆生《しゅじょう》は枉《ま》げて遭《あ》ふ 一六 修羅《しゅら》の苦《く》に。
況《いわん》や此の 一七 喉牙《こうが》 百戦《ひゃくせん》の地《ち》。
白骨《はくこつ》相《あ》ひ撑《ささ》へて 誰《たれ》か 一八 噢咻《うく》せん。
久《ひさ》しいかな 一九 琳宮《りんきゅう》も亦 二〇 滄桑《またそうそう》。
復《また》 二一 仙梵《せんぼん》の戦鼓《せんこ》に雑《まじ》る無し。
頭《こうべ》を回《めぐ》らせば 二二 塵界《じんかい》 幾劫《いくごう》をか歴《へ》たる。
独《ひと》り此の物《もの》 二三 寰宇《かんう》に存《そん》する有り。
公《こう》且《しばら》く卓《たく》に倚《よ》つて 念珠《ねんじゅ》を拈《ひね》れ。
公《こう》の為《ため》に歴指《れきし》して 萬古《ばんこ》を説《と》かん。

132
芳野《よしの》竹笛《ちくてき》の歌《うた》
二四 客《かく》あり 手裡《しゅり》 二五 紫玉《しぎょく》を横《よこ》たふ。
就《つ》いて視《み》れば 二六 蒼筤老緑《そうろうろうりょく》褪《あ》す。
之《これ》を吹《ふ》くこと一曲《きょく》 声悲蹙《こえひしゅく》なり。
二七 蒼梧《そうご》の狩《しゅ》 北還《ほくかん》せざるが如《ごと》く、

竭来天魔迭出降
衆生枉遭修羅苦
況此喉牙百戦地
白骨相撑誰噢咻
久矣琳宮亦滄桑
無復仙梵雑戦鼓
回頭塵界歴幾劫
独有此物存寰宇
公且倚卓拈念珠
為公歴指説萬古

芳野竹笛歌
有客手裡横紫玉
就視蒼筤褪老緑
吹之一曲声悲蹙
如蒼梧之狩不北還

一五 去来に同じ。歳月の去って、また来ること。さあそれ以来、の意。
一六 戦乱。
一七 兵庫は畿内ののどもとに当たる。
一八 同情し、いたむ。
一九 寺院。ここは経隝寺。自註に「足利氏以レ還摂津常被レ兵、経隝寺罹レ燹」とある。燹(せん)は兵乱による火事。
二〇 滄海(青海原)が桑田になるような、世の激しい変化をいう。劉希夷・代下悲二白頭一翁上に「更聞桑田変成レ海」とある。
二一 読経の声。
二二 俗人の世。
二三 宇内の間。
▽茶山評。「一韻到底、叙レ事非レ一、而無二窘苦之跡一。浄海為レ安レ嵎。呉翁為二攻戦一、事恐不レ倫。豈無二佳典可一レ代」。窘(きん)は困り苦しむ。浄海は清盛の法号。嵎は奥。港をいう。呉翁は呉の健康に都した梁武帝をいう。

132 吉野(南朝)の行在所の天井の竹で作られた横笛を詠む。
二四 但馬の今井三郎右衛門。秦君紀を名乗る。
二五 笛を指す。
二六 易経・説卦「震為二蒼筤竹一」(節録)。勁竹をいう。
二七 帝舜は南方に巡狩して蒼梧の野で崩じた(史記・五帝本紀)。

[一]涙《なんだ》 湘雨《しょうう》に乱《みだ》れて 斑痕《はんこん》簇《むらが》る。
[二]又望帝《またぼうてい》の 魂《たましい》 百鳥《ひやくちよう》を嗔《いか》るが如《ごと》く、
啼《な》いて山竹《さんちく》を裂《さ》き 夜血《よるち》を濺《そそ》ぐ。
客《かく》に問《と》ふ 何《いず》れの処《ところ》にか此の物《もの》を得《え》たると。
[三]延元天子《えんげんてんし》の古殿屋《こでんおく》。
敗椽《はいてん》 敢《あえ》て学《まな》ぶ[四]柯亭《かてい》の収《しゅう》。
一条《じょう》の 龍髯《りゅうぜん》 [五]瞻矚《せんしょく》を寄《よ》す。
[六]長舌《ちようぜつ》 簧《こう》あり 君聴《きみき》くを楽《たの》しみ、
短夢《たんむ》重《かさ》ねて失《うしな》ふ [七]中原《ちゆうげん》の鹿《しか》。
[八]剣器《けんき》渾脱《こんだつ》 始《はじ》めて声《こえ》を犯《おか》し、
七道《どう》の戦伐《せんばつ》 野《や》哭《こくわ》沸く。
[九]囲城《いじよう》 笛《ふえ》を聞《き》く 人《ひと》なきに非《あら》ず。
[一〇]凝碧《ぎようへき》の管絃《かんげん》 胡曲《こきよく》を長《ちよう》ず。
君見《きみみ》ずや [一一]芳野《よしの》山中《さんちゆう》頭白《とうはく》の烏《からす》。
[一二]畢逋《ひつほ》 呼《よ》ぶに似《に》たり [一三]返闕速《へんけつそく》と。
吉語《きちご》 人《ひと》を誤《あやま》つて歌詞《かし》に入《い》り、

涙乱湘雨斑痕簇
又如望帝之魂嗔百鳥
啼裂山竹夜濺血
問客何処得此物
延元天子古殿屋
敗椽敢学柯亭収
一条龍髯寄瞻矚
長舌有簧君楽聴
短夢重失中原鹿
剣器渾脱始犯声
七道戦伐沸野哭
囲城聞笛非無人
凝碧管絃長胡曲
君不見芳野山中頭白烏
畢逋似呼返闕速
吉語誤人入歌詞

一 帝尭の二人の娘、娥皇と女英の涙。共に舜の夫人となる。舜が葬られる時、二人は間に合わず、湘水のほとりで慟哭し、その涙が竹をうるおして竹の上に斑痕となったという(述異記ほか)。 二 ほととぎす。古蜀王杜宇は一旦は王位を捨てて退隠したが、望郷の念に堪えずその魂は杜鵑に化したという。蜀人は哀れんで宇を望帝と称した(説郛所収寰宇記)。杜鵑が「不如帰」と悲痛な声で鳴く所以である。
三 後醍醐天皇。 四 浙江省紹興県の西南にあった亭。後漢の蔡邕(さいよう)は、その天井の竹で絶妙な音色の笛を作った(後漢書・蔡邕伝・注)。
五 仰いでよくよく視る。
六 讒言。詩経・大雅・瞻卬(せんぎよう)に「婦有二長舌一、維厲之階」とある。厲(れい)階は災いのもと。また小雅・巧言に「巧言如レ簧」とある。後醍醐帝が三位局藤原(阿野)廉子の言葉を信じて建武中興の大業を破り、足利尊氏の進言を信じて護良親王を疎外したことなどを指す。
七 政権を争う。唐・魏徴の述懐の詩に「中原還逐レ鹿」とある。
八 自註に「剣器・渾脱二曲名。唐則天時、以二剣器一入二渾脱一。渾脱宮声。剣器商声。識者以為二臣犯レ君之兆一。以喩二足利叛反一」とある。調性が乱れたこと。下剋上のきざしが現れたことをいう。
九 自註に「囲城聞レ笛、張巡事。以喩二楠・和田・北畠等城守一」とある。張巡は唐の忠臣。聞笛(五律)は唐詩選にも収められている有名な詩。
一〇 河南省洛陽県の洛陽宮苑に、凝碧池がある。唐の安禄山が洛陽を陥として後、ここで宴をした。自註に「凝碧胡曲、喩二足利拠レ京猿楽盛行一」とある。
一一 自註に「吉野拾遺有下頭白烏呼二還幸一之詞上。

空《むな》しく殿屋《でんおく》に止《とど》まつて 俛《ふ》し且《か》つ啄《ついば》む。
龍顔屋《りゆうがんおく》を仰《あお》いで 曾《かつ》て一四剣《けん》を按《あん》ず。
一五王愾《おうがい》 或《あるい》は一尺《しやく》の竹《たけ》に寄《よ》らん。

133

興国鉄鈴《こうこくてつれい》の歌《うた》

古鈴《これい》の鏽《さび》は帯《お》ぶ 一六土花《どか》の紫《むらさき》。
字《じ》は認《みと》む 一七興国歳《こうこくとし》の辛巳《しんし》と。
金粉《きんぷん》 零《こぼ》れ落《お》ちて 古香《ここう》を留《とど》む。
埋《うず》もれて南朝《なんちよう》 一八香雲《こううん》の裡《うち》に在《あ》り。
一九先皇《せんこう》 恨《うら》みを呑《の》んで 二〇秦《しん》に帰《かえ》らず。
二一柩前《きゆうぜん》 始《はじ》めて立《た》つ 皇太子《こうたいし》。
行在寧《あんざいあ》に刻《こく》せんや 二二乾樹雞《かんじゆけい》。
二三金声《きんせい》警《いまし》めんと欲《ほつ》す 義軍《ぎぐん》の耳《みみ》。」
汝《なんじ》に問《と》ふも 当時《とうじ》の事《こと》 茫茫《ぼうぼう》。
猶《な》ほ語《かた》る 君王《くんおう》 数《しばしば》 二四郎当《ろうとう》すと。
憶《おも》ふ 二五克復《こくふく》を図《はか》つて旧都《きゆうと》に向《む》かひしとき、

空止殿屋俛且啄
龍顔仰屋曾按剣
王愾或寄一尺竹

興国鉄鈴歌

古鈴鏽帯土花紫
字認興国歳辛巳
金粉零落留古香
埋在南朝香雲裡
先皇呑恨不帰秦
柩前始立皇太子
行在寧刻乾樹雞
金声欲警義軍耳
問汝当時事茫茫
猶語君王数郎当
憶図克復向旧都

禽言漢人毎塡以㆓入声㆒。故不㆑曰㆓還幸㆒而曰㆓返闕速㆒」とある。吉野拾遺に四条隆資の歌「還幸と鳴くや吉野の山がらすかしらも白しをもしろ(面白・尾も白)のよ(世)や」とある。
一三 鳥が尾を上げ下げするさま(後漢書・五行志一)。 一三 隆資の歌にいう「還幸」のこと。「宮闕に返ることが速かである」、つまり吉語(吉野拾遺)の「還幸」の語を、わざわざ「闕・速」の入声字を用いて漢訳したもの。
一四 剣のつかに手を置く。自註に「延元帝臨㆑崩按㆑剣遺㆓詔滅㆑賊」とある。
一五 天子の憤り。左伝・文公四年の語。
133 後村上天皇の興国年間(一三四〇—四六)に作られた鉄鈴を詠む。田能村竹田所持の物。
一六 土色に変わりかけた紫色。
一七 興国二年(一三四一)。 一八 吉野の桜花をいう。
一九 後醍醐天皇。 二〇 京都を指す。自註に「不㆑帰㆑秦、翻㆓用雨淋鈴詩中語㆒」とある。唐の張祜(ちよう こ)の雨淋鈴の詩に、「雨淋鈴夜却帰㆑秦」の句がある。これは安禄山の乱後、楊貴妃を失った玄宗皇帝を詠んだもの。楽府題であり、もと玄宗が作った曲である。
二一 自註に「粛宗霊武之立、不㆑待㆓父命㆒。興国則異㆑諸。柩前以下言㆓此意㆒」とある。皇太子は、後村上天皇となる義良親王。
二二 きくらげ。自註に「粛宗在㆓霊武㆒、与㆓張良娣㆒雙陸。恐㆓声外聞㆒以㆓乾樹雞㆒刻㆓其子㆒」とある。霊武は唐の天子の亡命先。雙陸は、すごろく。子はさいころ。音の響きがないさいころを用いたの意。 二三 ここは、鈴の音。
二四 失意にぐったりするさま。
二五 正平七年(一三五二)、駕を男山(現京都府八幡市)に進めた他、後村上天皇は再三、京都回復を図る。

此の物《もの》 或《あるい》は繫《か》けん [一]紫遊韁《しゆうきよう》。」
箭《や》は御鎧《ぎよがい》に集《あつ》まつて [二]六龍鶩《りくりようは》せ、
[三]敗鱗《はいりん》 紛《みだ》れ雑《まじ》る [四]雪萬樹《ゆきばんじゆ》。
[五]南轅寂莫《なんえんせきばく》 終《つい》に回《かえ》らず。
[六]菟水《とすい》 情《こころ》なく 空《むな》しく[七]北《きた》に注《そそ》ぐ。
心《こころ》を傷《いた》ましむ 父老《ふろう》 [八]鑾和《らんか》を望《のぞ》むも、
春風吹断《しゆんぷうすいだん》す 芳山《ほうざん》の路《みち》。」

134
画漁《がりよう》に題《だい》す
壺《つぼ》を傾《かたむ》けて [九]釣朋《ちようほう》を呼《よ》ぶ。
[一〇]杯《はい》には泛《うか》ぶ [一一]暮山《ぼざん》の紫《むらさき》。
[一二]憐殺《れんさつ》す [一三]劉文叔《りゆうぶんしゆく》。
終身《しゆうしん》 此《これ》を飲《の》まず。

135
中秋月《ちゆうしゆうつき》なく母《はは》に侍《じ》す
此の夜《よ》を同《おなじ》うせざること [一四]十三回《かい》。

此物或繫紫遊韁
箭集御鎧六龍鶩
敗鱗紛雑雪萬樹
南轅寂莫終不回
菟水無情空北注
傷心父老望鑾和
春風吹断芳山路

題画漁
傾壺呼釣朋
杯泛暮山紫
憐殺劉文叔
終身不飲此

中秋無月侍母
不同此夜十三回

一 紫の手綱。
二 天子の馬車を引く六頭の馬。ここは正平七年(一三五二)五月の八幡合戦の事を記す(太平記三十一、外史五「箭及二御鎧一」)。
三 戦死者の遺骸。
四 花をいう。
五 馬車の轅を南に向ける(左伝・宣公十二年)。ここは吉野行幸をいう。
六 宇治川。
七 自註に「南轅・北注。暗用二魏孝静帝西遷時語意一」とある。西遷したのは北魏の孝武帝。帝が中大通六年八月に高歓に追われて西走した際、黄河に臨み、「此水東流而朕西上」といったという(通鑑一五六)。
八 車駕の鈴。鑾はくつわに付け、和は横木に付ける。ここは、京都の主だった老人達が、帝の還幸を待ち望むことをいう。
▽茶山評。「四首工力相敵、而題有二難易一、似レ有二軒輊一。然以三詩眼与二史眼一相昭融。要有下不レ可二企及一者上。時詩以レ琢二捕レ蝶撲レ蛍等句一為レ務。比二諸子成詩一、蟲吟二草間一而已」。軒輊(けんち)は優劣のこと。篠崎小竹評。「四篇用レ事至レ切。而辞気雄渾悲壮、所レ謂学問性霊不レ分二崖垠一。子成豈欺レ我哉」。
134 文政六年(一八二三)の作。
九 釣り仲間。
一〇 唐の王勃・滕王閣詩序の語。
一一 宋の戴復古の古釣臺の詩に「劉文叔」の語が用いられる。
一二 殺は接尾辞。程度の甚だしいことを表す。
一三 後漢の光武帝、劉秀の字。彼は若い頃、厳光と共に遊学した。厳光は釣りも飲酒も好んだが、文叔は酒を嗜まなかったという。
▽茶山評。「不飲此三字似レ生」。茶山の評は、

重《かさ》ねて秋風《しゅうふう》に　一[一五]卮《し》を奉《ほう》ずるを得《え》たり。
恨《うら》みず　尊前[一六]《そんぜん》　月色《げっしょく》なきを。
看《み》らるるを免《まぬが》る　児子《じし》　鬢辺《びんぺん》の絲[一七]《いと》。

大塩子起《おおしおしき》が蘆雁《ろがん》の図《ず》を贈《おく》るに謝《しゃ》するの歌《うた》

子起《しき》は大坂《おおさか》の府士《ふし》、聴訟《ていしょう》と獄《ごく》に与《あずか》り、廉幹《れんかん》を以《もっ》て称《しょう》せらる。余《よ》を其の宅《たく》に邀《むか》へ、趙子璧《ちょうしへき》の蘆雁幅《ろがんぷく》を観《み》す。余《よ》心《こころ》に之《これ》を欲《ほっ》すれども、敢《あえ》て言《い》はず。子起《しき》意《い》を知《し》り、輟贈《てっそう》す。謝《しゃ》するに長句《ちょうく》を以《もっ》てす

136

曾《かっ》て君《きみ》が家《いえ》に酔《よ》ふ　公退[一八]《こうたい》の餘《よ》。
酒酣《さけたけなわ》に耳熱《みみねっ》して　嗚嗚[一九]《おお》を呼《よ》ぶ。
怪底《あやしむ》　惨栗[二〇]《さんりつ》　肌栗《はだえあわ》せんと欲《ほっ》するを。
壁《かべ》に掛《か》く　霜渚宿雁《そうしょしゅくがん》の図《ず》。
霜《しも》は蘆荻《ろてき》を圧《あっ》して　花《はな》　色《いろ》を失《うしな》ひ、
老月[二一]《ろうげつ》　堕《お》ちんと欲《ほっ》して　影《かげ》は有無[二二]《うむ》。

重得秋風奉一卮
不恨尊前無月色
免看児子鬢辺絲

謝大塩子起贈蘆雁図歌

子起大坂府士、与聴訟獄、以廉幹称。邀余其宅、観趙子璧蘆雁幅。余心欲之、而不敢言。子起知意、輟贈。謝以長句。

曾酔君家公退餘
酒酣耳熱呼嗚嗚
怪底惨栗肌欲粟
壁掛霜渚宿雁図
霜圧蘆荻花失色
老月欲堕影有無

この三字がまだ練れていない、の意。

135　文政七年(甲申、一八二四)、山陽四十五歳の詩。この詩は八月十五夜の作。この年二月三十日、母梅颸(六十五歳)は広島から乗船し、三月十三日に大坂着。既に迎えに下坂していた山陽は母を伴い、嵐山を経て十七日に帰宅。中秋の日は、塾生と月見を催す。この詩の初稿では、起句は「十三年後侍二家慈一」であった。

一四　文化六年(一八〇九)広島を離れて以来。
一五　一杯。
一六　樽前に同じ。酒宴の席の意。
一七　白髪をいう。
▽茶山評。「子成小作皆成レ趣、不二外求一不レ用レ工而足。今時少二対局者一」。

136　文政七年(一八二四)の作。大塩後素、字は子起、通称平八郎、中斎・洗心洞と号す。大坂天満の与力で陽明学者。のち乱を起こし天保八年三月自刃。廉幹は、心が清く、物事をよく処理すること。山陽はこの図ほしさに再度彼を訪問したが不首尾で、三度目にようやくこの図を贈られたという。その経緯、ならびにこの図については山陽先生題跋・上「題趙之璧宿雁図」に詳しい。訪問の時期については、全伝・下、七一頁に木崎好尚の考証があり、贈られたのは八月であろうという。趙子璧は趙珣(じゅん)、初名は之璧。明の画家。輟贈は世説・徳行に見える顧栄の故事による語。

一八　公務から離れた餘暇の時。
一九　歌を唱う。漢・楊惲(ようん)の報二孫会宗一書(文選四十一)に「酒後耳熱、仰レ天撫レ缶而呼二嗚嗚一」とある。撫は、うつ。缶は瓦器。
二〇　ぞくっと寒気がする。
二一　傾いた月。
二二　あるかなきかの淡さ。

四雁《しがん》相《あ》ひ偎《した》しんで 眠《ねむ》り半《なか》ば覚《さ》む。
両隻《りようせき》 頭《かしら》を縮《ちぢ》め 噤《つぐ》んで呼《よ》ばず。
一隻《せき》 翅《はね》を側《そばだ》てて 伺《うかが》うあるが如《ごと》し。
一隻《せき》 目《め》を張《は》るは 是れ雁奴《がんど》。」
誰《たれ》か画《えが》ける者《もの》ぞ 趙子璧《ちようしへき》。
款題《かんだい》[一]淋漓《りんり》[二] 墨滴《すみしたた》らんと欲《ほっ》す。
君《きみ》が樊籠《はんろう》[三]に入《い》つて 吾《わ》が頤《おとがい》[四]を朶《た》れしむ。
画雁《ががん》は生雁《せいがん》の獲《かく》よりも難《かた》し。」
重《かさ》ねて蘆中《ろちゆう》に遊《あそ》び 舟《ふね》同《おな》じく艤《ぎ》[五]し、
景《けい》に対《たい》して談及《だんおよ》ぶ旧画《きゆうが》の姿《すがた》。
何《なん》ぞ図《はか》らん 君早《きみはや》く吾《わ》が色《いろ》を察《さつ》し、
杯《はい》を属《しよく》[六]して 慨然《がいぜん》 輟遺《てつい》[七]を許《ゆる》す。
舟《ふね》を君《きみ》が門《もん》に繋《つな》ぎ 君《きみ》が雁《がん》を出《いだ》し、
月《つき》を併《あわ》せ霜《しも》を併《あわ》せ 巻《ま》いて之《これ》を懐《ふところ》にす。
酒醒《さけさ》めて 燈底《とうてい》 是れ夢《ゆめ》かと疑《うたが》ふ。
一幅《ぷく》嗷嗷《ごうごう》[八] 信《まこと》に茲《ここ》に在《あ》り。」

四雁相偎眠半覚
両隻縮頭噤不呼
一隻側翅如有伺
一隻張目是雁奴
誰哉画者趙子璧
款題淋漓墨欲滴
入君樊籠朶吾頤
画雁難於生雁獲
重遊蘆中舟同艤
対景談及旧画姿
何図君早察吾色
属杯慨然許輟遺
繫舟君門出君雁
併月併霜巻懐之
酒醒燈底疑是夢
一幅嗷嗷信在茲

一 落款の文字。
二 筆の勢いの盛んなさま。
三 かご。
四 あご。ここは欲しくてたまらない意。易経・頤の語。
五 船出の仕度を整える。
六 杯をさす。
七 所持することをやめて贈る。手放す。
八 がやがやと騒がしいさま。ここは雁についていう。

人《ひと》は称《しょう》す　宝絵《ほうかい》は烟《けむり》眼《まなこ》［九］を過《す》ぐと。
語《ご》　得失《とくしつ》に至《いた》れば其の目《め》睅《は》る。
君《きみ》独《ひと》り愛《あい》［一〇］を割《さ》くこと　刀《とう》もて断《た》つが如《ごと》し。
此の情《じょう》　江水《こうすい》深《ふか》きこと限《かぎ》り無し。」
［一一］稲粱《とうりょう》拙謀《せつぼう》　吾《われ》自《みずか》ら知《し》る。
［一二］繒弋《そうよく》賢路《けんろ》　君《きみ》疑《うたが》はず。
隠顕《いんけん》異《こと》なりと雖《いえど》も　本《もと》同類《どうるい》。
［一三］来去《らいきょ》　信《しん》あり　長《なが》く相《あ》ひ期《き》し、
観《み》ん　君《きみ》が羽儀《うぎ》［一四］の雲逵《うんき》に漸《すす》むを。」

人称宝絵烟過眼
語至得失其目睅
君独割愛如刀断
此情江水深無限
稲粱拙謀吾自知
繒弋賢路君不疑
隠顕雖異本同類
来去有信長相期
観君羽儀漸雲逵

片上駅《かたがみえき》を過《す》ぐ。駅西《えきせい》の大池《たいち》、是れ熊沢先生《くまざわせんせい》の鑿《うが》つ所《ところ》。之《これ》を観《み》て感《かん》あり。藤井旅店《ふじいりょてん》に憩《いこ》ふ。丁《てい》を傚《やと》ふも未《いま》だ至《いた》らず。橐筆《たくひつ》を抽《ぬ》いて此《これ》を書《しょ》す。十月《がつ》十三日也《じつなり》

過片上駅。駅西大池、是熊沢先生所鑿。観之有感。憩藤井旅店。傚丁未至。抽橐筆書此。十月十三日也

137
溝《こう》は必《かなら》ず水勢《すいせい》に因《よ》り、

溝必因水勢

九　蘇東坡が言い出した語で、淡々として大して気にも留めぬさまをいう（蘇軾・宝絵堂記に「譬二之煙雲之過一レ眼。百鳥之感レ耳」とある）。
一〇　文選・班彪・王命論に「高二四皓之名一、割二肌膚之愛一」とある。
一一　生計を図るのに拙いこと（杜甫・杜少陵詩集二・同二諸公登一二慈恩寺塔一に「君看随陽雁、各有二稲粱謀一」とある）。
一二　賢者の立身出世の道を射とめる。
一三　行き来し、交わるに信義を以てする、の意か。
一四　人の師表となって高位を歩む。易経・漸に「上九。鴻漸二于陸一。其羽可三用為二儀。吉」とあるが、程伊川は、ここの「陸」は実は「逵」であるとする（周易程氏伝）。朱子も伊川の説を是認する。逵は大路。
▽茶山評。「得意之事、得意之詩、意到筆随。想二見垂涎三尺一」。後藤松陰評。「少陵東坡合為二一丸一」。少陵は杜甫。東坡は蘇軾。

137　文政七年（一八二四）の作。滞京二百日餘となった母梅颸を送り、広島へ向かう。備前国和気郡の片上に一泊。この大池は周囲約一里、伊部町と香登村（現岡山県備前市）とにまたがるという。熊沢先生、名は伯継、字は了介、通称助右衛門、号は蕃山。正保・明暦のころ岡山藩の池田光政に仕えて治績を挙げた。丁はかごかき。

[一]防《ぼう》は必《かなら》ず地勢《ちせい》に因《よ》ると。
吾《われ》 昔《むかし》 [二]周官《しゅうかん》を読《よ》み、
両語《りょうご》 心《こころ》の会《かい》する所《ところ》なり。
備山《びざん》 [三]犬牙《けんが》の処《ところ》、
[四]瀦水《ちょすい》 際《さい》なきが如《ごと》し。
地《ち》は[五]汙《お》して 澗渓《かんけい》を萃《あつ》め、
山《やま》は囲《かこ》んで 鬱翳《うつえい》を借《か》す。
吾《われ》未《いま》だ其の涸《か》るるを見《み》ず。
其の側《そば》に 曾《かつ》て五たび憩《いこ》ふ。
此の行《こう》 厳冬《げんとう》に会《かい》するも、
亦《また》見《み》る [六]厲掲《れいけい》を須《もち》ふるを。
聞《き》く昔《むかし》 [七]熊子《ゆうし》鼇《ほ》ると。
潤沢《じゅんたく》 [八]氓隷《ぼうれい》に及《およ》ぶ。
備藩《びはん》の[九]数大川《すうたいせん》も、
[一〇]疏理《そり》 皆《みな》遺制《いせい》なり。
[一一]淹漲《えんちょう》 分寸《ふんすん》を餘《あま》すも、

防必因地勢
吾昔読周官
両語心所会
備山犬牙処
瀦水如無際
地汙萃澗渓
山囲借鬱翳
吾未見其涸
其側曾五憩
此行会厳冬
亦見須厲掲
聞昔熊子鼇
潤沢及氓隷
備藩数大川
疏理皆遺制
淹漲餘分寸

一 堤防。
二 周礼(しゅらい)。第一・二句は周礼・考工記・匠人の文。
三 国境が入り組んだり、土地の高低が交錯したりするさま。
四 貯水池。
五 窪む(左伝・隠公三年・服虔注)。
六 渡るのに着物をたくし上げるほどの深さがあること。詩経・邶(はい)風・匏有苦葉に「深則厲、浅則掲」とある。厲は裳を腰までかかげる。掲は服のすそを少しかかげる。
七 熊沢先生。
八 人民(賈誼・過秦論)。
九 吉井川、旭川、笹ヶ瀬川、倉敷川など。
一〇 すっきりと通じて整えてある。
一一 大水が出てあふれそうになっても。堤防に幾分のゆとりがあること。

屹然《きつぜん》として 堤《てい》 敝《やぶ》れず。
池《いけ》を穿《うが》つに 攸《ところ》を相《み》ざれば、
未《いま》だ旱《かん》せざるに 已《すで》に乾洩《かんえい》す。
堤《てい》を作《つく》ること 墻《しょう》を築《きず》くが如《ごと》くんば、
潰決《かいけつ》し又《また》 [一二]淤滞《よたい》せん。
不学《ふがく》 [一三]人国《じんこく》を謀《はか》るや、
[一四]経綸《けいりん》に根蔕《こんたい》なし。
[一五]学仕《がくし》 両《ふた》つながら負《そむ》かず、
君独《きみひと》り今《いま》の[一六]陸贄《りくし》。
何《なん》ぞ唯《ただ》 水《みず》を治《おさ》むるのみ然《しか》らんや、
[一七]百度《ひゃくど》 曾《かつ》て[一八]献替《けんてい》す。
[一九]賈生《かせい》の[二〇]漢文《かんぶん》に遇《あ》ふや、
[二一]絳灌《こうかん》 側《そば》に睥睨《へいげい》す。
[二二]景略《けいりゃく》 符堅《ふけん》を得《え》て、
親旧《しんきゅう》 讒説《ざんぜい》を絶《た》つ。
卓《すぐ》れたる哉《かな》 [二三]康済《こうさい》の才《さい》。

屹然堤不敝
穿池不相攸
未旱已乾洩
作堤如築墻
潰決又淤滞
不学謀人国
経綸無根蔕
学仕両不負
君独今陸贄
何唯治水然
百度曾献替
賈生遇漢文
絳灌側睥睨
景略得符堅
親旧絶讒説
卓哉康済才

一二 泥沙が田畑などにたまってしまうであろう。
一三 国政に携わる(易経・屯)。
一四 政治。易経・屯の語。
一五 論語・子張に「子夏曰、仕而優則学、学而優則仕」とある。
一六 中唐の名政治家、文人の陸宣公。
一七 あらゆる法律制度(尚書・旅獒〔りょごう〕)。
一八 君主に良いことを勧め、悪いことは止めさせる。後漢書・胡広伝に「臣以ニ献レ可替ヒ否為レ忠」とある。替は、捨てる。
一九 漢の賈誼(かぎ)。
二〇 漢の文帝。
二一 絳(こう)侯周勃(しゅうぼつ)と灌嬰(かんえい)。賈誼が重く用いられぬように妨害した(史記・屈原賈生列伝)。
二二 晋の王猛、字は景略。前秦の符堅に仕える。符堅が後秦の主となり、猛は丞相となる(晋書・王猛伝ほか)。これは君臣の間がしっくりと行った例。
二三 人民を助けて安らかにすること(尚書・蔡仲之命)。

懿《うるわ》しいかな　君臣《くんしん》の契《ちぎ》り。
駕馭《がぎよ》　一王良《おうりよう》を少《か》かば、
駿鷟《しゆんど》　本《もと》二例《れい》。

138

楠廷尉《なんていい》　杯《はい》を把《と》るの図《ず》を観《み》る。図《ず》は蓋《けだ》し
紀人《きじん》の伝《つた》ふる所《ところ》。感《かん》じて歌《うた》を作《つく》る

三蒼袍烏帽《そうほううぼう》　四酒匜《しゆい》を持《じ》す。
匜中《いちゆう》の泥金《でいきん》　菊水《きくすい》を描《えが》く。
五和粛《わしゆく》　裏《うち》に含《ふく》む　六神勇《しんゆう》の姿《すがた》。
問《と》はずして知《し》る　吾《わ》が楠廷尉《なんていい》なるを。
独《ひと》り怪《あや》しむ　画手《がしゆ》　何《なん》の伝《つた》ふる所《ところ》ぞ。
七燕安寧《えんあんあ》に八肉髀《にくひ》に生《しよう》ずる有らんや。」
或《あるい》は九千窟《ちはや》　囲《かこ》みを受《う》くるの初《はじ》めに在《あ》らんか。
談咲《だんしよう》　坐《ざ》して当《あ》たる　一〇萬虎貙《ばんこちゆ》、
一一吾《わ》が甲《こう》は心《こころ》に在《あ》り　吾《わ》が帯《おび》を緩《ゆる》うし、
聊《いささ》か心裡《しんり》　一二龍虎《りゆうこ》の書《しよ》に澆《そそ》がん。」

懿矣君臣契
駕馭少王良
駿鷟本一例

観楠廷尉把杯図。図蓋紀
人所伝。感而作歌

蒼袍烏帽持酒匜
匜中泥金描菊水
和粛裏含神勇姿
不問知吾楠廷尉
独怪画手何所伝
燕安寧有肉生髀
或在千窟受囲初
談咲坐当萬虎貙
吾甲在心緩吾帯
聊澆心裡龍虎書

一 春秋の晋に仕えた名御者(孟子・滕文公下)。
二 一様に同じ低い働きしかしない、の意。論衡・率性の「王良登レ車、馬不二罷駑一。尭舜為レ政、民無二狂愚一」の意を逆手に取っているか。
▽茶山評。「(第五―八句)是地図也。(陸贄)恐属二過奨一。(結末)子成満腔慷慨、於レ是発露」。篠崎小竹評。「子成毎云二胸不一レ横二周官一。蓋嚼二其腴一棄二其滓一也」。腴は脂ののった美味の所。滓は、かす。

138 十月二十四日、母梅颸と広島の邸に着く。十一月六日に広島を出立し、十一月三十日に神辺の茶山宅に到る。十二月五日までの滞在中に、茶山所蔵の楠正成の絵を観る。廷尉は検非違使佐(けびいしのすけ)の唐名で、正成は建武中にその官になっている。紀人は紀伊国の人。

三 青い上着。陣羽織。
四 酒を酌み注ぐ器。ここでは杯。
五 温和でおごそかにつつしむ様子の内に。
六 非常に優れた勇気。 七 くつろぎ楽しむこと。
八 軍馬に跨がる機会がなく、内股に肉がつく。蜀の劉備が安逸な日々を送ることを歎いた故事(蜀志・先主伝・注)。
九 千早城。金剛山を那羅延窟(金剛力士の岩屋、の意)ということから来た用字。
一〇 虎と大虎。転じて勇猛な武夫の喩え。北条方の寄せ手を指す。
一一 後燕の慕容農の「彼甲在レ外、我甲在レ心」に基づく(通鑑一〇五)。士卒の心が甲冑の有無にかかわりなく、勇戦奮闘しようと勇んでいること。 一二 太公望の兵書、六韜(りくとう)に龍韜・虎韜の篇がある。
一三 宮門の両側に建てられた一対の望楼。転じて宮城。 一四 天子の恵み。ここは賜酒。
一五 酒の色が燦然と輝く意。「凸(たか)」は酒が盃に

或《あるい》は[一三]雙闕《そうけつ》 爵《しゃく》を拝《はい》するの夕《ゆう》べに在《あ》らんか。
退《しりぞ》いて擎《ささ》ぐ [一四]恩波《おんぱ》 [一五]金光凸《きんこうたか》し。
芳醇《ほうじゅん》[一六]淪澈《りんてつ》す 肺肝膽《はいかんたん》、
添《そ》へ得《え》たり [一七]陸離《りくり》 [一八]満胸《まんきょう》の赤《あか》きに。」
否《しか》らずんば桜井訣飲《さくらいけついん》の杯《はい》か。
営《えい》を圧《あつ》する戦鼓《せんこ》 萬雷《ばんらい》の如《ごと》し。
一杯擘《ばいつんざ》き断《た》つ生死《せいし》の路《みち》、
[一九]玉山《ぎょくざん》未《いま》だ頽《くず》れず [二〇]長城摧《ちょうじょうくだ》く。」
君見《きみみ》ずや [二一]三世《せい》の骨肉《こつにく》 [二二]醇液《じゅんえき》を伝《つた》へ、
[二三]勇《ゆう》を賈《か》ひて猶《な》ほ北風《ほくふう》に敵《てき》せしを。」

139
路上雑詩《ろじょうざつし》(二首、内一首)

家家《かか》の[二四]歳計競《さいけいきそ》うて新《しん》を迎《むか》ふ。
[二五]食《しょく》を餽《おく》り儺《だ》を[二六]駆《か》り又塵《またちり》を掃《はら》ふ。
飄泊《ひょうはく》の半生底事《はんせいなにごと》をか成《な》せる。
[二七]窮陰尚《きゅういんな》ほ未《いま》だ帰《かへ》らざる人《ひと》と作《な》る。

或在雙闕拝爵夕
退擎恩波金光凸
芳醇淪澈肺肝膽
添得陸離満胸赤
否則桜井訣飲杯
圧営戦鼓如萬雷
一杯擘断生死路
玉山未頽長城摧
君不見三世骨肉伝醇液
賈勇猶与北風敵

路上雑詩

家家歳計競迎新
餽食駆儺又掃塵
飄泊半生成底事
窮陰尚作未帰人

盛り上がるまで満ちること(蘇軾・有美堂暴雨に「十分瀲灩金樽凸」とある)。 一六 しみ通る。 一七 光彩の美しく輝くさま。 一八 胸一杯の誠心。杜甫・惜別行、送劉僕射判官の「以二茲報主寸心赤一、気卻二西戎一回二北狄一」に基づく。 一九 まだ酔わないのに、の意。晋の嵆康(けいこう)は気高く孤松の独立するような容貌であるが、酔うと「若二玉山之将一レ崩」であるといわれた(世説新語・容止)。 二〇 国の重鎮となる人の喩え。↓一六三頁注二二。 二一 正成、正行・正時・正儀、正勝・正元等。 二二 芳醇の酒。また熱血の気の意も兼ねる。 二三 正成の勇気を我がものとして受け継ぐ。左伝・成公二年に「欲レ勇者、賈二余餘勇一」とある。

▽茶山評。「此在二余座上一所レ製、咄嗟成レ篇。余同題詩、僅僅廿八字、猶費二数日推敲一。今見二此巻一赧然。起手正正堂堂、韓欧遺響。赤字稍近レ俳。一杯二句、使二空同卻一レ歩亦未レ免レ露二筋骨一。結末衰颯、似二当時南風不一レ競。在二佗詩一則可。用殿二此作一、恐缺二重厚風致一」。赧然(たんぜん)は恥ずかしさに顔を赤らめるさま。韓欧は唐の韓愈と北宋の欧陽脩。空同は明の李夢陽、「石将軍戦場歌」の作がある。殿は、後備えにする。

139 神辺を発し、十二月十八日に姫路に着くまでの間の作。

二四 年末の計画。 二五 年越しの贈物。お歳暮。 二六 節分の鬼やらい。この年の節分は十二月十七日であった。 二七 おしつまった年末。

▽茶山評。「東様」(茶山はもとここに「年くれぬ笠きてわらぢはきながら」と書きつけた。芭蕉の句と詩境がそっくりである、の意であろう。底本はこれを「東様」と直して刻した。「唐様」に対する語であろう)。

140
除夜《じょや》の作《さく》

一細君《さいくん》二拮据《きつきょ》　鬢《びん》　三蓬麻《ほうま》。
婢《ひ》は四辛盤《しんばん》を辨《べん》じ　僕《ぼく》は家《いえ》を掃《はら》ふ。
独《ひと》り主翁《しゅおう》の一事《じ》なき有り。
出《い》でて邨路《そんろ》に従《したが》つて　梅花《ばいか》を覓《もと》む。

除夜作

細君拮据鬢蓬麻
婢辨辛盤僕掃家
独有主翁無一事
出従邨路覓梅花

140　文政七年(一八二四)の作。
一 梨影、二十八歳。
二 手や口を忙しく動かして働く。↓二二八頁注一一。
三 乱れているさま。
四 もともとは五種の辛い物を盛る五辛盤のことであるが、元旦のために用意するので、ここでは正月料理をいう。
▽茶山評。「能言」(才能豊かな表現)。

141
平安上巳《へいあんじょうし》　感《かん》を書《しょ》す

血《ち》を吹《ふ》いては　東風《とうふう》　萬蹄《ばんてい》閙《さわ》がしく、
雄《ゆう》を角《くら》べては　五秦晋《しんしん》　迭《たが》いに六排擠《はいせい》せり。
七九門《もん》　今日《こんにち》　八金鑰《きんやく》を放《はな》ち、
春苑《しゅんえん》　民《たみ》に縦《ゆる》して　闘雞《とうけい》を観《み》しむ。

平安上巳書感

吹血東風閙萬蹄
角雄秦晋迭排擠
九門今日放金鑰
春苑縦民観闘雞

141　文政八年(乙酉、一八二五)、山陽四十六歳の詩。これは上巳三月三日の作。平安は京都。
五 春秋時代に秦と晋とが角逐した(戦国策・趙策)。ここでは足利と新田、山名と細川などを指す。
六 押しのけ落とす。
七 御所の周囲にある九つの門。
八 黄金の錠前。
▽茶山評。「眼前之事、誰能道到レ此」。後藤松陰評。「真是平安詩」。

142
春風丈人《しゅんぷうじょうじん》に従《したが》ひ湖上《こじょう》に遊《あそ》ぶ。此《これ》を
賦《ふ》して事《こと》を紀《しる》す

吾《わ》が父《ちち》と吾《わ》が叔《しゅく》と、

従春風丈人遊湖上。賦此
紀事

吾父与吾叔

142　文政八年(一八二五)の作。三月中旬、竹原の叔父春風(七十三歳)は、その妻順子(なみこ)と共に京に来ている。山陽を伴って琵琶湖に舟遊した。

曾《かつ》て共《とも》に 吾《わ》が祖《そ》[九]を扶《たす》く。
[一〇]壮遊《そうゆう》 耳《みみ》に稔聞《じんぶん》[一一]す、
湖楼《ころう》に酒《さけ》を同《おな》じく沽《か》ふと。
故人《こじん》 平紀宗《へいきそう》[一二]、
来《きた》つて東道《とうどう》[一三]の主《しゅ》と為《な》れり。
父祖《ふそ》と父執《ふしつ》と、
相《あ》ひ逐《お》うて鬼簿《きぼ》[一四]に上《のぼ》る。
独《ひと》り叔翁《しゅくおう》の在《あ》るあり。
重游《ちょうゆう》 往緒《おうしょ》を尋《たず》ぬ。
[一五]小姪《しょうてつ》 洛橋《らくきょう》[一六]に寓《ぐう》し、
提攜《ていけい》し 又傴僂《またうる》[一七]す。
[一八]石場《いしば》に 小舟《しょうしゅう》を買《か》ひ、
同載《どうさい》して 柔艣《じゅうろ》[一九]を聞《き》く。
叔《しゅく》の指《ゆび》 前遊《ぜんゆう》を屈《くっ》すれば、
四十年《ねん》に五を加《くわ》ふ。
叔曰《しゅくいわ》く 晴湖《せいこ》の浄《きよ》きこと、

曾共扶吾祖
壮遊耳稔聞
湖楼酒同沽
故人平紀宗
来為東道主
父祖及父執
相逐上鬼簿
独有叔翁在
重游尋往緒
小姪寓洛橋
提攜又傴僂
石場買小舟
同載聞柔艣
叔指屈前遊
四十年加五
叔曰晴湖浄

九 祖父亨(こう)翁。名は惟清。
一〇 明和七年(一七七〇)、春水(二十五歳)は亨翁(六十四歳)に随って伊勢・江戸・日光・松島・酒田・象潟・越後・信濃を巡り、京に滞留後、帰藩。また、安永七年(一七七八)、春風(二十六歳)は竹原より亨翁(七十二歳)の吉野への花見に随伴し、春水(三十三歳)は大坂から同行して京・大津まで到った。
一一 よく聞き馴れていること。
一二 逢坂に幽暢園を営んだ平井滄池(一七三五‐九〇)。名は義綱、字が紀宗、通称斎次。越前敦賀藩に仕え、代官となる。のち混沌社に属し、滄池詩抄の著がある。寛政二年十月二十五日、五十六歳歿。
一三 案内役(左伝・僖公三十年)。
一四 死者の帳簿に書かれる。亡くなること。
一五 山陽。
一六 京都鴨川のほとり。丸太町橋附近。
一七 欧陽脩・酔翁亭記に「傴僂提攜、相往来而不レ絶者、滁人遊也」とある。年長者を援けつつ遊覧すること。
一八 近江国大津の湖岸。
一九 ゆるやかな艪の音。

当時《とうじ》の雨《あめ》に似《に》ず。
湖上《こじよう》曾《かつ》て看《み》し山《やま》、
歴歴《れきれき》として 皆快《みなこころよ》く覩《み》ゆと。
逝《ゆ》く者《もの》は 見《み》る可《べ》からず。
存《そん》する者《もの》 豈《あ》に数《しばしば》 聚《あつ》まらんや。
[一]阮飲《げんいん》 時《とき》に及《およ》んで傾《かたむ》く。
[二]謝墅《しやしよ》 何《いず》れの処《ところ》をか賭《か》けん。
猶《な》ほ[三]磊磈《らいかい》の澆《ぎよう》を学《まな》び、
[四]斑斕《はんらん》の舞《まい》を追《お》ふべし。
唯《ただ》恨《うら》む 姪《てつ》が家《いえ》の兒《じ》[五]。
心《こころ》に関《かん》す [六]二豎《じゆ》に困《くる》しむを。
妻児《さいじ》 何《なん》ぞ論《ろん》ずるに足《た》らん。
重《おも》んずる所《ところ》は 是れ[七]諸父《しよほ》。
詩《し》を作《つく》って 今日《こんにち》を記《しる》す。
聊《いささ》か家譜《かふ》を補《おぎな》ふに足《た》らん。

不似当時雨
湖上曾看山
歴歴皆快覩
逝者不可見
存者豈数聚
阮飲及時傾
謝墅何処賭
猶学磊磈澆
可追斑斕舞
唯恨姪家児
関心困二豎
妻児何足論
所重是諸父
作詩記今日
聊足補家譜

一 叔父と甥とで酒を酌み交わすこと。晋の阮籍とその姪の阮咸の故事(晋書・阮籍伝)。
二 晋の謝安と姪の謝玄とは碁を囲んで楽しんだ。このとき別墅(別荘)を賭けたのでこのようにいう(晋書・謝安伝)。
三 石の塊。心中が平らかでない喩え。塁塊と同意。世説新語・任誕に「阮籍胸中塁塊、故須レ酒澆レ之」とある。澆は、注ぎかけて洗う。
四 まだら模様のきらびやかで美しい布。七十歳の老萊子(ろうらいし)は孝行者で、両親を楽しませるためにこのような衣服を着て幼児のまねをして見せたという(蒙求・老萊斑衣)。つまり親族によく尽すこと。
五 辰蔵を指す。
六 病気のこと(左伝・成公十年)。辰蔵は疱症を発し病臥中。この舟遊直後に夭折する。
七 叔父。
▽茶山評。「一字一涙、不レ知者視為ニ有韻記文一而已」。

阿辰《あしん》を哭《こく》す。此の日《ひ》 春尽《はるつ》く

143 春《はる》に別《わか》れ 又児《またじ》に別《わか》る。
此の日《ひ》 両《ふた》つながら傷悲《しょうひ》。
春去《はるさ》るも 来日《らいじつ》あり。
児《じ》逝《ゆ》いて 会期《かいき》なし。」
八 幻華《げんか》一たび現《げん》じて 暫《しばら》く目《め》を娯《たの》しましむ。
九 造物《ぞうぶつ》の人《ひと》に戯《たわむ》るる 何《なん》ぞ獪《かい》なる哉《や》。
明年《みょうねん》 一〇 東郊《とうこう》 春《はる》を尋《たず》ぬるの路《みち》。
誰《たれ》か復瓢《またひょう》を挈《たずさ》へ 爺《や》を趁《お》うて来《きた》らん。」

画猴《がこう》に題《だい》す

144 山巌《さんがん》に 一一 跳擲《ちょうてき》して 自《みずか》ら戯娯《ぎご》す。
一二 嗛餘《けんよ》 養《やしな》ひ得《え》たり 婦《ふ》と 一三 雛《すう》と。
秋林萬畳《しゅうりんばんじょう》 皆 一四 霜菓《みなそうか》。
未《いま》だ 一五 狙公《そこう》に向《む》かつて 指呼《しこ》を受《う》けず。

哭阿辰。此日春尽

別春又別児
此日両傷悲
春去有来日
児逝無会期
幻華一現暫娯目
造物戯人何獪哉
明年東郊尋春路
誰復挈瓢趁爺来

題画猴

跳擲山巌自戯娯
嗛餘養得婦将雛
秋林萬畳皆霜菓
未向狙公受指呼

143 文政八年(一八二五)の作。文政三年(一八二〇)に生まれ、今年六歳の辰蔵は疱瘡を病み、三月二十八日に夭折。翌二十九日、春の尽きる日の作。

八 幻の花。辰蔵を喩える。

九 造物者。

一〇 京都東山方面。

▽茶山評。「長歌之悲過二於慟哭一。子成真知レ詩者」。

144 文政八年(一八二五)の作。描かれた猿を詠む。

一一 おどり上がったり、身体を放り投げるようにしたり、素早く動く。

一二 口に含んだ餘り。

一三 猿の子。

一四 熟した果物。

一五 猿を思うままに操る猿遣い。荘子・斉物論に見える。茶山は、「狙公」とは諸侯や権門勢家に擬えたのだと解説している。

▽茶山評。「夫子自道」。論語・憲問にある言葉。

145

南遊《なんゆう》して往反《おうはん》数《しばしば》金剛山《こんごうさん》を望《のぞ》む。楠河州公《なんかしゅうこう》の事《こと》を想《おも》ひ、慨然《がいぜん》として作《さく》あり

一山勢《さんせい》　東《ひがし》より来《きた》り、
鳥《とり》の雙翼《そうよく》を開《ひら》くが如《ごと》し。
遥《はる》かに夾《はさ》む　二大江《たいこう》の流《ながれ》。
相《あ》ひ望《のぞ》んで三黛色《たいしよく》を列《つら》ぬ。
南《みなみ》なる者《もの》は　金剛山《こんごうさん》。
天《てん》に挿《さしはさ》んで　最《もっと》も四岐嶷《きぎよく》。
尾《お》を拖《ひ》いて　五海垠《かいぎん》に抵《いた》り、
蜿蜒《えんえん》として　南域《なんいき》を画《かく》す。
六隠《いん》として城郭《じょうかく》と似《に》たり。
擁護《ようご》す　七天王《てんおう》の国《くに》。
想見《そうけん》す　八豫章公《よしようこう》。
孤塁《こるい》に　群賊《ぐんぞく》を扞《ふせ》ぎしを。
合囲《ごうい》　百萬《ひやくまん》の兵《へい》。

南遊往反数望金剛山。想楠河州公之事、慨然有作

山勢自東来
如鳥開雙翼
遥夾大江流
相望列黛色
南者金剛山
挿天最岐嶷
拖尾抵海垠
蜿蜒画南域
隠与城郭似
擁護天王国
想見豫章公
孤塁扞群賊
合囲百萬兵

145　文政八年(一八二五)の作。愛児を喪って悲しみを紛らすために紀州への旅に出る。四月十九日、雲華上人(―一八二六)と門人の柘植葛城と共に発ち、二十日に大坂にて篠崎小竹と阿部縑洲(けんしゅう)を加える。同二十八日帰京。奈良・大坂にまたがる金剛山を初めて紀州側から仰いで感銘を受けたという。ここには楠河内守正成の守った赤坂城・千早城の古跡がある。この詩を藤井竹山のために揮毫したものが、金剛山懐古詩帖として嘉永二年(一八四九)に出版された。篠崎小竹・牧百峰の序跋を通じて、この詩を作った時の情景がわかる。
一　山勢を鳥の飛ぶ姿に喩えるのは蘇軾・表忠観碑の銘に倣ったもの。
二　淀川。
三　眉墨の色。山を喩える。
四　ぬきんでてそびえ立つさま。詩経・大雅・生民の語。
五　海岸。垠はがけ。
六　静かで重みのあるさま。後漢書・呉漢伝に「呉公差彊㆓人意㆒、隠若㆓一敵国㆒矣」とある。
七　天子直轄の地域。畿内を指す。
八　くすのき。

陣雲《じんうん》　麓《ふもと》を繞《めぐ》つて黒《くろ》し。
臣《しん》豈《あ》に自《みずか》ら惜《お》しまざらんや。
託《たく》を受《う》くるは　面勅《めんちよく》に由《よ》る。
泣《なんだ》を灑《そそ》いで　吾《わ》が旅《りよ》[九]に誓《ちか》ふ。
君《きみ》の為《ため》に　鬼蜮《きいき》[一〇]を鏖《みなごろし》にせんと。
果然《かぜん》　七尺《しちせき》の軀《く》。
自《おのずか》ら天《てん》[一一]を回《めぐ》らす力《ちから》あり。
宕叡《とうえい》[一二]は　武庫《むこ》[一三]に連《つら》なり、
江《こう》を隔《へだ》てて　正北《せいほく》に対《たい》す。
公《こう》の死《し》は　実《じつ》に彼《かしこ》に在《あ》り。
公《こう》に在《あ》りては　臣職《しんしよく》を尽《つ》くせるのみ。
惜《お》しむ所《ところ》は　長城《ちようじよう》[一四]を壊《こぼ》つ。
寧《いずくん》ぞ大厦《たいか》[一五]の仄《かたむ》くを支《ささ》えんや。
吾《わ》が行《こう》　泉紀《せんき》[一六]を歴《へ》、
往反《おうはん》　大麓《たいろく》[一七]に縁《よ》る。
顧瞻《こせん》[一八]す　山海《さんかい》の間《かん》。

陣雲繞麓黒
臣豈不自惜
受託由面勅
灑泣誓吾旅
為君鏖鬼蜮
果然七尺軀
自有回天力
宕叡連武庫
隔江対正北
公死実在彼
在公尽臣職
所惜壊長城
寧支大厦仄
吾行歴泉紀
往反縁大麓
顧瞻山海間

九　軍隊。
一〇　化け物。陰険な者に喩えられ、ここは北条氏を指す。→一八八頁注一六。
一一　困難な情勢を一変させる力（後漢書・単超〔ぜんちよう〕伝、新唐書・張玄素伝）。
一二　愛宕山と比叡山。
一三　武庫山。現六甲山。正成の戦死した湊川はその麓に在る。
一四　国の重鎮。→一六三頁注二一。
一五　大きな家。朝廷を喩える。文中子・事君に、「大厦将レ顚、非二一木所一レ支也」とある。
一六　和泉・紀伊。
一七　金剛山の麓。
一八　振り向いて見る（詩経・檜風〔かいふう〕・匪風〔ひふう〕）。「顧瞻」以下二句は、金剛山懐古詩帖では省くが、そのことについては文集、四三九頁参照。なお「三大息」は賈誼の治案策の「可二長太息一者六」に基づく。

慷慨《こうがい》 三たび大息《たいそく》す。
丈夫《じょうふ》 一大節《たいせつ》あり。
天地《てんち》 頼《よ》つて二扶植《ふしょく》す。
悠悠《ゆうゆう》たり 六百載《ぴゃくさい》。
姦雄《かんゆう》 迭《たが》いに三起踣《きぼく》す。
一時《じ》 人眼《じんがん》を塗《ぬ》るも、
洗《あら》い難《がた》し 史書《ししょ》の墨《すみ》。
仰《あお》ぎ見《み》れば 山色蒼《さんしょくあお》く、
萬古《ばんこ》 浄《きよ》きこと拭《ぬぐ》うが如《ごと》し。

146
桜井《さくらい》の駅址《えきし》を過《す》ぐ 以下《いか》歳終《さいしゅう》に至《いた》り、播《は》に赴《おもむ》き、遂《つい》に藝《げい》に省《せい》す、往反《おうはん》の作《さく》

四山碕《やまざき》 西《にし》に去《さ》れば 桜井《さくらい》の駅《えき》。
伝《つた》ふ 是れ楠公《なんこう》 子《こ》に訣《わか》るる処《ところ》と。
林際《りんさい》 東《ひがし》に指《ゆび》させば金剛山《こんごうさん》。
堤樹《ていじゅ》 五依稀《いき》たり 河内《こうち》の路《みち》。

慷慨三大息
丈夫有大節
天地頼扶植
悠悠六百載
姦雄迭起踣
一時塗人眼
難洗史書墨
仰見山色蒼
萬古浄如拭

過桜井駅址 以下至歳終、赴播、遂省藝、往反作

山碕西去桜井駅
伝是楠公訣子処
林際東指金剛山
堤樹依稀河内路

一 大忠節。
二 助けられて立つ。
三 起こったり倒れたりする。
▽茶山評。「優游不レ迫感慨有レ餘。余数題ニ此公、頗覚レ有レ譲。桜井七古、視レ此似レ劣」。七古は一四六のこと。

146 文政八年(一八二五)の作。桜井駅址は大阪府三島郡島本町にある。この年五月に梨影の三男・三樹三郎誕生。八月二十二日、姫路藩の仁寿山学問所に招かれ、講義に赴く。九月十二日に叔父春風歿。十月四日に竹原へ行き、五日に照蓮寺に墓参。その後広島に帰省し、十月二十九日帰京。
四 京都府乙訓(おとくに)郡大山崎町。
五 ぼんやりとしたさま。正行を帰す先を感慨を以て眺める。

想見《そうけん》す　警報《けいほうこもごも》交《》奔馳《ほんち》し、
[六]羸羊《るいよう》を促《うなが》し　駆《か》って獰虎《どうこ》に餧《い》[七]せしを。
[八]耕《こう》を問《と》うて　奴《ど》を拒《こば》み　織《しょく》　婢《ひ》を拒《こば》み、
国論顚倒《こくろんてんとう》して　[九]君悟《きみさと》らず。」
駅門《えきもん》　馬《うま》を立《た》て　路《みち》の岐《わか》るるに臨《のぞ》み、
遺訓丁寧《いくんていねい》なり　[一〇]垂髫《すいちょう》の児《じ》。
従騎《じゅうき》　粛《しゅく》として聴《き》き　皆涙《みななんだ》を含《ふく》み、
児《じ》は伏《ふ》して去《さ》らず　叱《しっ》して之《これ》を起《た》たしむ。
西《にし》のかた[一一]武庫《むこ》を望《のぞ》めば　賊氛悪《ぞくふんわる》し。
頭《こうべ》を回《めぐ》らして幾度《いくたび》か　去旗《きょき》を観《み》る。」
既《すで》に全躬《ぜんきゅう》を殲《つ》くして　傾覆《けいふく》を支《ささ》へ、
君《きみ》の為《ため》に更《さら》に貽《のこ》す　[一二]一塊《かい》の肉《にく》。
翦屠《せんと》空《むな》しく　復賊鋒《またぞくほう》に膏《ちぬ》る。
頗《すこぶ》る[一三]祁山《きざん》と[一四]綿竹《めんちく》とに似《に》たり。
脈脈《みゃくみゃく》たる熱血《ねっけつ》　国難《こくなん》に灑《そそ》ぎ、
[一五]大澱《だいでん》の東西《とうざい》　野《や》艸緑《そうみどり》なり。

想見警報交奔馳
促駆羸羊餧獰虎
問耕拒奴織拒婢
国論顚倒君不悟
駅門立馬臨路岐
遺訓丁寧垂髫児
従騎粛聴皆含涙
児伏不去叱起之
西望武庫賊氛悪
回頭幾度観去旗
既殲全躬支傾覆
為君更貽一塊肉
翦屠空復膏賊鋒
頗似祁山与綿竹
脈脈熱血灑国難
大澱東西野艸緑

六 弱い羊。官軍を喩える。羊と虎との喩えは張儀が楚王に説く語による(史記・張儀伝)。
七 与え喰らわせる。
八 事に当たる老功の人の意見を容れないこと。楠公の策が藤原(坊門)清忠に遮られて用いられなかったことをいう。宋書・沈慶之伝に「耕当レ問レ奴、織当レ訪レ婢」とある。
九 後醍醐帝。
一〇 おさげ髪の幼児。正行を指す。
一一 神戸の六甲山。
一二 唯一の子孫(宋史・衛王昺〔へい〕紀)。正行をいう。
一三 中国甘粛省西和県の西北。ここで諸葛亮は、六度も戦ったという(蜀志・諸葛亮伝)。
一四 四川省徳陽県の北。諸葛亮の子の瞻(せん)はここに戦死した(蜀志・諸葛亮伝)。楠公父子の生涯はこれに準えられる。
一五 淀川。

雄志《ゆうし》継《つ》ぎ難《がた》く　空《むな》しく逝水《せいすい》[一]。
大鬼《だいき》[二]小鬼《しようき》　相《あ》ひ望《のぞ》んで哭《こく》す。」

147

郷《きよう》に到《いた》る

依然《いぜん》として行李《こうり》　太《はなは》だ伶俜《れいへい》[三]。
千里《せんり》の帰飛《きひ》　鶴《つる》　翎《つばさ》を鎩《そ》ぐ。
牢落《ろうらく》[四]たる素心《そしん》　昼錦《ちゆうきん》[五]を軽《かろ》んじ、
凋残《ちようざん》[六]の故老《ころう》　晨星《しんせい》[七]を嘆《なげ》く。
棗梨《そうり》[八]　未《いま》だ果《は》たさず　遺集《いしゆう》[九]を彫《え》るを。
子姪《してつ》[一〇]　猶《な》ほ堪《た》へたり　旧経《きゆうけい》を守《まも》るに。
郷社《きようしやあ》[一一]相《あ》ひ逢《あ》うて　笑哭《しようこく》を交《まじ》ふ。
連宵《れんしよう》　挑《かか》げ尽《つ》くす　一燈《とう》の青《せい》。

疾《しつ》あり

148

薬鼎《やくてい》[一二]　猶《な》ほ烟気《えんき》。
書窓《しよそう》　乍《たちま》ち雨声《うせい》。

雄志難継空逝水
大鬼小鬼相望哭

到　郷

依然行李太伶俜
千里帰飛鶴鎩翎
牢落素心軽昼錦
凋残故老嘆晨星
棗梨未果彫遺集
子姪猶堪守旧経
郷社相逢交笑哭
連宵挑尽一燈青

有　疾

薬鼎猶烟気
書窓乍雨声

一 行く水と共に歳月も流れて帰らぬ意。論語・子罕「逝者如㆑斯夫」に基づく。
二 楠公父子や将卒の亡霊。杜甫・兵車行に「新鬼煩冤旧鬼哭」。
▽茶山評。「余曾題㆓此図㆒。誦㆑此始覚㆑輸㆓一籌㆒。此是子成長技」。此図とは茶山所蔵の楠公訣児の画幅。十月十五日、茶山宅に於いて、山陽が八月下旬作のこの詩の一閲を求めた。そこで茶山が画を取り出し、図上に賛として書かせたという。

147 文政八年(一八二五)の作。十月六日、広島帰邸。
三 寂しくみすぼらしいさま。また左思・蜀都賦に「鳥鎩㆑翮」とある。
四 俗世間からかけ離れるさま。
五 昼間、錦の衣を着て行く。立身出世して故郷に帰る喩え。楚の項羽の「富貴不㆑帰㆓故郷㆒、如㆓衣㆑繡夜行㆒」(史記・項羽本紀)といったものを反対に言い換えて用いた。
六 衰え弱ること。
七 明け方の星。転じて数少ないことの喩え。
八 なつめとなし。版木の素材として最上のもの。つまり出版のこと。
九 春水遺稿。後、文政十一年(一八二八)刊。
一〇 長子聿庵と甥(正確には従弟の子)達堂。
一一 郷里。
▽茶山評。「第二。似㆑坡」。坡は蘇東坡。篠崎小竹評。「前聯、欺㆑陸」。陸は陸放翁。

148 文政八年(一八二五)の作。十一月中旬より十二月中頃まで病のため寝たり起きたりであったという。
一二 薬を煎じるための鍋。

眠《ねむ》られずして　一三漏《ろう》の永《なが》きを知《し》り、
読《どく》を廃《はい》して　燈《とう》の明《あかる》きに愧《は》づ。
一四母在《ははあ》り　一五先《さき》に死《し》せんを恐《おそ》れ、
一六児亡《じぼう》して寧《あ》に再《ふたた》び生《い》きんや。
著書《ちよしよ》　一七鹵莽《ろもう》多《おお》し。
誰《たれ》か肯《あえ》て吾《われ》を助《たす》けて成《な》さん。

不眠知漏永
廃読愧燈明
母在恐先死
児亡寧再生
著書多鹵莽
誰肯助吾成

一三　水時計。ここでは時間をいう。
一四　梅颸。本年六十六歳。
一五　母に先立って自分が死ぬこと。
一六　辰蔵、今年三月に夭す。→一四三。
一七　粗雑なこと(荘子・則陽)。
▽篠崎小竹評。「情実感㆑人」。

149
乙酉除夜《いつゆうじよや》

一八寒燈《かんとう》　孤館《こかん》　眠《ねむ》りを須《もち》ひず。
一九周歳《しゆうさい》の悲歓《ひかん》　瞑目《めいもく》の前《まえ》。
二〇腐鼠《ふそ》　鵷《えん》を嚇《おど》して独《ひと》り咲《わら》はるるに供《きよう》し、
二一老牛《ろうぎゆう》　犢《こうし》を舐《な》む　誰《たれ》あってか憐《あわ》れまん。
二二斗升《としよう》　終《つい》に嬾《ものう》し　雙膝《そうしつ》を屈《くつ》するに、
四十　唯驚《ただおどろ》く　六年《ねん》を過《す》ぐるを。
二三商略《しようりやく》す　一杯《ばい》　現在《げんざい》を娯《たの》しまんと。
二四蠟梅花下《ろうばいかか》　且《しばら》く陶然《とうぜん》。

乙酉除夜

寒燈孤館不須眠
周歳悲歓瞑目前
腐鼠嚇鵷供独咲
老牛舐犢有誰憐
斗升終嬾屈雙膝
四十唯驚過六年
商略一杯娯現在
蠟梅花下且陶然

149　文政八年(一八二五)十二月三十日の作。山陽詩鈔巻末に載す。
一八　高適・除夜作(→一六八頁注一二)による。
一九　まる一年。
二〇　自分の獲た物は粗末な物でも奪われることを恐れ、威嚇する。荘子・秋水に「鴟得㆓腐鼠㆒。鵷鶵過㆑之。仰而視曰、嚇」とある。鴟はとんび。鵷鶵は鳥の名で高く飛び、新鮮な獲物しか食べない。
二一　子煩悩の喩え(後漢書・楊彪〔ようひゅう〕伝)。
二二　僅かな量の喩え。ここは少しばかりの俸禄のために仕官を志すことはしない、の意。晋書・陶潜伝「吾不㆑能㆘為㆓五斗米㆒折㆖腰」。
二三　考えはかる。算段する。陸游(号は放翁)の重陽の詩に「商略此時須㆓痛飲㆒」とある。
二四　からうめ。梅に先駆けて咲く。
▽篠崎小竹評。「第三、似㆑添。至㆓頸聯㆒則自然」。

山《さん》陽《よう》遺《い》稿《こう》詩《し》(抄)

150

元《がん》日《じつ》

暁光明暗《ぎようこうめいあん》 一窓櫳《そうろう》に動《うご》き、
暦《れき》 新年《しんねん》に入《い》る 微雨《びう》の中《うち》。
二九陌《はく》の三軽肥《けいひ》 各《おのおの》 四人事《じんじ》、
一五園《えん》の梅柳《ばいりゆう》 自《おのずか》ら春風《しゆんぷう》。
無情《むじよう》の霜《しも》は更《さら》に髭《し》白《はく》を添《そ》へ、
六有力《ゆうりよく》の酒《さけ》は能《よ》く頬紅《きようこう》を回《かえ》す。
七却《かえ》つて咲《わら》ふ 妻児《さいじ》 礼俗《れいぞく》を修《おさ》め、
八辛盤聊《しんばんいささ》か四隣《りん》と同《おな》じきを。

元日

暁光明暗動窓櫳
暦入新年微雨中
九陌軽肥各人事
一園梅柳自春風
無情霜更添髭白
有力酒能回頬紅
却咲妻児修礼俗
辛盤聊与四隣同

150 文政九年(丙戌、一八二六)、山陽四十七歳の作。妻梨影三十歳。長子聿庵(在広島)二十六歳。次男支峰四歳。三男三樹三郎二歳。以下、山陽歿年までの詩は山陽遺稿詩に収められる。茶山の批正はない。また底本にはまま自註があるほか、稿本のみに見える註があることがある。
一 格子など。
二 九本の大道。京都の街。
三 軽くて暖かい皮衣と肥えた馬。富貴の人の外出時に用いる物とされる。論語・雍也に「子曰、赤之適レ斉也、乗二肥馬一、衣二軽裘一」とある。
四 都の人たちのふるまい。
五 庭園全体の。山陽の水西荘には梅・柳が多く植えてあったという。
六 強い酒。伊丹の醇酒、剣菱その他の名が当時の書簡に出てくる。
七 思わず心がなごむ。
八 正月料理。→二五四頁注四。

151

再《ふたた》び梅《うめ》を伏水《ふしみ》に観《み》る

再《ふたた》び九吟筇《ぎんきよう》を理《おさ》めて 一〇郭《かく》を出《い》で来《きた》る。

再観梅伏水

再理吟筇出郭来

151 二月十五日の作。内藤静修同伴。後に雲華上人も来会。
九 詩を考えながら携える竹の杖。
一〇 京の町をいう。

料《はか》り知《し》る　香雪《こうせつ》　五分《ぶ》開《ひら》くを。
脚跟《きやくこん》到《いた》らず　権門《けんもん》の閾《しきみ》[一]。
却《かえ》つて梅花《ばいか》の為《ため》に　走《はし》ること両回《りようかい》。

152

妹《いもうと》を哭《こく》す

忽《たちま》ち凶音《きようおん》を得《え》　読《よ》んで復《また》疑《うたが》ふ。
秋前《しゆうぜん》猶《な》ほ兄《あに》に寄《よ》するの詞《し》あり。
形容《けいよう》自《みずか》ら覚《おぼ》ゆ　枯槁《ここう》を倍《ま》すを。
[二]老樹《ろうじゆ》相《あ》ひ連《つら》なる　唯《ただ》一枝《し》。

153

酔杜《すいと》の図《ず》

[三]熊児《ゆうじ》前《まえ》に扶《たす》け　驥子《きし》[四]は後《うしろ》。
[五]稺女《ちじよ》燭《しよく》を捉《と》つて　門《もん》に竢《ま》つこと久《ひさ》し。
[六]天呉《てんご》紫鳳《しほう》[七]　本《もと》顚倒《てんとう》。
酔眼《すいがん》何《なん》ぞ辨《べん》ぜん　孰《いず》れか身首《しんしゆ》。」
任《さもあらばあれ》它　布衾《ふきん》[八]冷《つめ》たきこと鉄《てつ》の如《ごと》きも、

料知香雪五分開
脚跟不到権門閾
却為梅花走両回

哭　妹

忽得凶音読復疑
秋前猶有寄兄詞
形容自覚倍枯槁
老樹相連唯一枝

酔杜図

熊児前扶驥子後
稺女捉燭竢門久
天呉紫鳳本顚倒
酔眼何辨孰身首
任它布衾冷如鉄

一　しきい。山陽画像自賛中に「此脚侍二母輿一、二躋二芳山一、三踔二太湖一、四上二下澳湾一、而未三曾踵二朱頓之門一」とある。

152　妹三穂、三十八歳は藝州藩士進藤彦助に嫁したが、七月九日に死去。一女の萬世(ませ)三歳も十一日に夭折。この詩は七月二十日の作。
二　年老いて、兄妹はたった一人であったのに、の意。

153　唐の杜甫の酔っている図画に詠む。
三　杜甫の長子宗文。
四　宗文の弟宗武。杜甫の得二家書一の詩に「熊児幸無レ恙。驥子最憐レ渠」とある。
五　幼い女児。二人いたという。
六　想像上の海神。
七　想像上の大きな霊鳥。この句は二人の娘の服の天呉や紫鳳の模様が仕立て直したために逆(さかさ)まになっていることをいう。杜甫の北征詩に基づく。↓二二六頁注一四。
八　布でできた粗末な夜具。杜甫の茅屋為二秋風所一レ破歌に「布衾多年冷似レ鉄。嬌児悪臥踏レ裏裂」とあるのによる。
九　天子。玄宗皇帝を指す。
一〇　天子が、戦乱などで都から離れること(左伝・僖公二十四年)。玄宗皇帝は安禄山の乱で蜀へ逃げる。杜甫の北征の詩に「至尊尚蒙塵」の句がある。
▽この詩は山陽の法帖、暢寄帖に収録。

154　唐の韓愈の画像に詠む。字は退之。宋代に昌黎伯に追封された。
二　原註「用三老蘇評二韓文語一」とある。蘇洵の

老脚《ろうきやく》 今夜《こんや》踊《ふ》んで 裂《さ》かんと欲《ほつ》す。」
臣甫《しんぽ》 為《な》るを得《え》たり 酔《よ》うて眠《ねむ》る人《ひと》。
忍《しの》ぶべけんや 九至尊《しそん》尚《な》ほ 一〇塵《じん》を蒙《こうむ》るを。

154

昌黎《しようれい》の像《ぞう》

筆底《ひつてい》 一一江河《こうか》に蛟龍《こうりゆう》 走《はし》り、
一二龍文《りようもん》の鼎《かなえ》 力《ちから》 能《よ》く扛《あ》ぐ。」
手《て》づから孤塁《こるい》を築《きず》いて 一三鄒嶧《すうえき》に連《つら》ね、
身《み》は当《あ》たる 一四二氏《し》百萬《ひやくまん》の敵《てき》。」
一五元済《げんせい》 一六庭湊《ていそう》 嬰児《えいじ》に等《ひと》しく、
吭《のど》を一七搤《やく》し口《くち》を関《かん》する 本《もと》 優《ゆう》に為《な》す。」
一八慢膚《まんぷ》大腹《たいふく》 一九面渥丹《めんあくたん》、
是《こ》れ江南《こうなん》 夜宴《やえん》の 二〇韓《かん》に非《あら》ず。」
二一渾噩《こんがく》 二二姚姒《ようじ》 眉宇《びう》に溢《あふ》れ、
二三二十八宿《しゆく》 萬古《ばんこ》を照《て》らす。」
安《いず》くんぞ画工《がこう》に嘱《しよく》して更《さら》に神《しん》を伝《つた》へ、

老脚今夜踊欲裂
臣甫得為酔眠人
可忍至尊尚蒙塵

昌黎像

筆底江河走蛟龍
龍文之鼎力能扛
手築孤塁連鄒嶧
身当二氏百萬敵
元済庭湊等嬰児
搤吭関口本優為
慢膚大腹面渥丹
非是江南夜宴韓
渾噩姚姒溢眉宇
二十八宿照萬古
安嘱画工更伝神

上二欧陽内翰一第一書に「韓子之文、如二長江大河、渾浩流転、魚黿(げん)蛟龍一、云々」。
一二 龍の模様のあるかなえ。詩文の筆力雄壮な形容。韓愈の病中贈二張十八一の詩に「龍文百斛鼎、筆力可二独扛一」とある。史記・趙世家参照。
一三 山東省鄒県の南東の嶧山の麓、鄒で生まれたことから、孟子をいう。
一四 道教・仏教とその信者を指す。
一五 淮西(わいせい)の軍閥呉元済を討伐する裴度(はいど)の軍に従って韓愈には功があり、平淮西碑を書いている(新唐書・韓愈伝)。
一六 鎮州の王廷湊の叛乱で、韓愈は詔勅を奉じて廷湊を諭し、服させた(同右書)。
一七 のどをしめる。急所を押さえる。
一八 たるんだ皮膚。原註「拠下公謝二鄭群贈一レ簞(てん)詩語上」。
一九 赤くて光沢のあること。詩経・秦風・終南に「顔如二渥丹一。其君也哉」とある。
二〇 原註に夢渓筆談を引き、世に伝わる韓文公像は小面美髯、紗帽(うすぎぬの帽子)を著けているが、これは江南の韓熙載(かんきさい)であるという。宋の熙載は諡が文靖で、江南の人は韓愈の諡号と同様、彼を韓文公と呼んだので混同されたらしい。
二一 文が奥深くて朴直なこと。舜・禹の時代の文や周代の文を評する語。揚子法言・問神参照。
二二 姚は虞舜の姓。姒は夏の禹王の姓。つまりその時代さながらの文。ひいては、その時代の人の風貌を備えていること。韓愈の進学解に「姚姒渾渾無レ涯」とある。斎藤拙堂の拙堂文話五における韓愈への評参照。
二三 李賀が七歳のとき、韓愈・皇甫湜の二人を迎えて作った「高軒過」に「二十八宿羅二心胸一」とある(李賀歌詩編四)。

佗《か》の被髪《ひはつ》[一] 麒麟《きりん》に騎《の》るを為《つく》らん。」

155

東坡贊《とうばさん》

[二]金甌《きんおう》欠《か》け陥《おちい》る [三]東北《とうほく》の角《すみ》。
天《てん》 秀気《しゅうき》を将《もっ》て 巴蜀《はしょく》に鍾《あっ》む。
腹《はら》には蓄《たくわ》ふ 大峨《たいが》の雪陸離《ゆきりくり》[四]、
流《なが》れて[五]長江《ちょうこう》の萬屈曲《ばんくっきょく》と為《な》る。
光芒《こうぼう》 自《おのずか》ら堪《た》へたり 百代《ひゃくだい》に雄《ゆう》たるに。
借《か》らず 一枝《し》の[六]金蓮燭《きんれんしょく》。」
大海《たいかい》の長風《ちょうふう》 疎髯《そぜん》を払《はら》ふ。
咲《わら》つて看《み》る 狂濤《きょうとう》の[七]天蟾《てんせん》を浴《あら》ふを。
久《ひさ》しいかな 人間《じんかん》に遊戯《ゆうぎ》するに倦《う》むこと。
[八]磨蝎《まかつ》[九]蠶叢《さんそう》 両《ふた》つながら夢甜《ゆめやす》らかなり。」
衣《い》を払《はら》つて逝《ゆ》き 呼《よ》べども答《こた》へず。
英魄《えいはく》 寧《いずく》んぞ[一〇]群児《ぐんじ》に縶《ちゅう》せられん。
長《とこしなえ》に [一一]嬉笑《きしょう》怒罵《どば》の痕《あと》を留《とど》め、

為佗被髪騎麒麟

東坡贊

金甌缺陥東北角
天将秀気鍾巴蜀
腹蓄大峨雪陸離
流為長江萬屈曲
光芒自堪雄百代
不借一枝金蓮燭
大海長風払疎髯
咲看狂濤浴天蟾
久矣人間倦遊戯
磨蝎蠶叢両夢甜
払衣而逝呼不答
英魄寧為群児縶
長留嬉笑怒罵痕

一 髪の毛をふり乱すこと。これは韓愈の雑詩の句をそのまま用いたもの。

155 北宋の蘇軾、字は子瞻(しせん)、号東坡。

二 黄金のかめ。外国から侮りを受けない、堅固な国家の喩え(南史・朱异(しゅい)伝)。

三 中原東北方の遼の勃興をいう。

四 光彩の美しくきらめくさま。

五 東坡の文章を喩える。東坡題跋の自評文に、「吾文如㆓萬斛泉源㆒、不㆑択㆑地可㆑出。在㆓平地㆒、滔滔汨汨(こつこつ)。雖㆓一日千里㆒無㆑難、及㆘其与㆓石山㆒曲折㆖。随㆑物賦㆑形而不㆑可㆑知也」とある。

六 黄金の蓮花形の燭。天子の用いる燭であり、これを賜ることは臣下の最上の名誉となる。東坡は哲宗からこれを賜ったことがある(宋史・蘇軾伝)。しかしそのことで後世に名を残したわけではない。

七 月のこと。第七・八句は東坡が海南島に流謫された際の情景を思うのであろう。元符三年(一一〇〇)に召し返されて島を離れ、海を北へ渡る船中での作、「六月二十日夜渡㆑海」参照。

八 運勢を見る際の十二星座の山羊座。この星の下にある人はそしりと誉れとが共に多いことをいう。東坡志林一に「僕乃以㆓磨蝎㆒為㆓命宮㆒。平生多得㆓謗誉㆒。殆是同病也」とある。韓愈と同病の意。又、東坡の四月十一日初食㆓茘支㆒の詩に「人間何者非㆓夢幻㆒」とあり、陸游の眉州披風榭拝㆓東坡先生遺像㆒の詩に「北扉南海均夢耳」とある。

九 太古、蜀の地を拓き、養蚕を始めた伝説上の人物。ここでは東坡の故郷、蜀をいう。

一〇 長子邁(ばい)・次子迨(たい)は孫を連れて父の流謫

咳唾《がいだ》　地《ち》に満《み》ちて　人の拾《ひろ》ふに任《まか》す。」

156

放翁贊《ほうおうさん》

傾《かたむ》け尽《つ》くす　眉州《びしゅう》の紅玻瓈《こうはれい》〔一二〕。
萬里《ばんり》の霜蹄《そうてい》　酔思《すいし》に託《たく》す。
歴歴《れきれき》たり　〔一三〕散関《さんかん》と渭水《いすい》と、
空《むな》しく戦雲《せんうん》をして　研池《けんち》に生《しょう》ぜしむ。」
〔一四〕浙水《せっすい》の春風《しゅんぷう》　豈《あ》に好《よ》からざらんや。
首《こうべ》を回《めぐ》らせば　〔一五〕永昌　陵上《えいしょうりょうじょう》の草《くさ》。
〔一六〕中州《ちゅうしゅう》の英霊《えいれい》　誰《たれ》か主張《しゅちょう》せん、
漫《みだ》りに〔一七〕范楊《はんよう》をして　此の老《ろう》に伍《ご》せしむ。」
老眼《ろうがん》視《み》るに耐《た》へんや　〔一八〕小　朝廷《しょうちょうてい》、
〔一九〕矮紙《わいし》斜行《しゃぎょう》　窓晴《そうせい》に向《む》かふ。
恨《うら》むらくは　君《きみ》をして槊《さく》を大河《たいか》北《ほく》に横《よこ》たへ、
〔二〇〕李汾《りふん》と〔二一〕劉迎《りゅうげい》とを僕役《ぼくえき》せしめざりしを。」

咳唾満地任人拾

放翁贊

傾尽眉州紅玻瓈
萬里霜蹄託酔思
歴歴散関与渭水
空使戦雲生研池
浙水春風豈不好
回首永昌陵上草
中州英霊誰主張
漫使范楊伍此老
老眼耐視小朝廷
矮紙斜行向窓晴
恨不使君横槊大河北
僕役李汾与劉迎

が許されるのを広州で待っていた。しかし一家団欒の楽しみも東坡をこの世に繋ぎとめられず、東坡は帰還の途中で亡くなった。

一一　宋史・蘇軾伝に「雖二嬉笑怒罵之辞一、皆可二書而誦一レ之」とある。

156　南宋の陸游、字は務観、号は放翁。

一二　酒の一種。原注に陸游の蜀酒歌の句「眉州玻瓈天馬駒、出レ門已無萬里塗(ちみ)」を引く。又、陸游の凌雲酔帰作の詩に「玻瓈春満二琉璃鍾一、宦情苦薄酒興濃」の句があり、その註に「玻瓈春、眉州酒名」とある。

一三　渭水と共に陝西省に在る。北に向かって出陣した諸葛孔明の古戦場。

一四　原注に「指二杭州臨安一」とある。

一五　宋を建てた太祖(趙匡胤)の陵。原注に引く陸游の感憤の詩に「京洛雪消春又動。永昌陵上草芊芊」とある。

一六　原注に「金詩有二中州集一。河岳英霊。唐人詩集名」とある。

一七　范成大、字は致能、号は石湖居士。楊萬里、字は廷秀、号は誠斎。

一八　原注に「用二胡澹庵疏語一」とある。

一九　短小の紙に不ぞろいに書く。原注に「用二公臨安一」とある。陸游の「臨安春雨初霽」参照。

二〇　金の詩人。字は長源。

二一　金の詩人。字は無党。号は無諍居士。原註に「中州集内両家(李・劉)最著」とある。

寓居《ぐうきょ》 東山諸峰《とうざんしょほう》に正対《せいたい》す。古跡《こせき》を詠懐《えいかい》す
七首《しゅ》(内五首)

其の一(崇徳上皇)

157
萬箭《ばんせん》 [一]河漢《かかん》を刺《さ》し、
[二]盪摩《とうま》す[三]雙日《そうじつ》の光《ひかり》。
野《の》は腥《なまぐさ》くして [四]龍《りゅう》 戦《たたか》ひ敗《やぶ》れ、
原《はら》は暗《くら》くして [五]鹿《しか》 奔《はし》り亡《に》ぐ。
[六]華蕚《かがく》 [七]庭闈《ていい》 乱《みだ》れ、
[八]戈鋋《かせん》 天地《てんち》 荒《あ》る。
心《こころ》を傷《いた》ましむ [九]如意岳《にょいがたけ》、
[一〇]夢卜《むぼく》 [一一]蒼茫《そうぼう》に堕《お》つ。

其の三(新田義貞)

158
[一二]旌旗《せいき》 凋《しお》れて颺《あが》らず、
[一三]艮岳《ごんがく》 日《ひ》将《まさ》に沈《しず》まんとす。
[一四]蹉跌《さてつ》す 京《きょう》を復《ふく》するの志《こころざし》、

寓居正対東山諸峰。詠懐
古跡七首

其　一

萬箭刺河漢
盪摩雙日光
野腥龍戦敗
原暗鹿奔亡
華蕚庭闈乱
戈鋋天地荒
傷心如意岳
夢卜堕蒼茫

其　三

旌旗凋不颺
艮岳日将沈
蹉跌復京志

157 一 天の河。鴨川を指す。
二 動いて押し合い、すれ合う。
三 崇徳上皇と後白河天皇。血統上は兄弟。保元の乱で相争う。
四 崇徳上皇。
五 政権。
六 花とガク。兄弟のこと(詩経・小雅・常棣)。
七 宮門の中。宮廷内。
八 大矛と小さな手矛。
九 崇徳上皇は保元の乱の戦に敗れて如意岳に逃れ、源為義以下の兵を解散した。
一〇 上皇は重祚のことをしばしば夢に見たという(保元物語下)。
一一 青く広い海原。上皇は乱後に、讃岐へ配流となる。

158 一二 ここでは新田義貞の旗を指す。
一三 比叡山。艮は、うしとら(東北)の方角。
一四 つまずき失敗する。

一五蕭条《しようじよう》たり 一六越《えつ》に趨《はし》るの心《こころ》。
一七鑾輿《らんよ》 南北《なんぼく》に坼《さ》け、
一八鉄馬《てつば》 雪霜深《せつそうふか》し。
一九仰止《ぎようし》す 英雄《えいゆう》の恨《うら》み、
茫茫《ぼうぼう》 一《いつ》に襟《えり》を整《ととの》ふ。

蕭条趨越心
鑾輿南北坼
鉄馬雪霜深
仰止英雄恨
茫茫一整襟

159 其の四(同)

勤王《きんのう》 兵《へい》 檄《げき》すべし、
二〇運餉《うんしよう》 豈《あ》に途《みち》なからんや。
二一天子《てんし》 心腸薄《しんちようう す》く、
二二将軍《しようぐん》 筋骨枯《きんこつか》る。
曾《かつ》て二三五宗《そう》の血《ち》を塗《ぬ》るも、
挽《ひ》き難《がた》し 二四六龍《りくりよう》の徂《ゆ》くを。
二五一詔《しよう》 猶《な》ほ哀痛《あいつう》、
二六残雲《ざんうん》 二七鳳雛《ほうすう》を護《まも》る。

其 四
勤王兵可檄
運餉豈無途
天子心腸薄
将軍筋骨枯
曾塗五宗血
難挽六龍徂
一詔猶哀痛
残雲護鳳雛

160 其の六(豊臣秀吉)

諸侯《しよこう》 尽《ことごと》く二八蒲伏《ほふく》し、

其 六
諸侯尽蒲伏

一五 淋しいさま。
一六 越前。
一七 天子の乗り物。この句は後醍醐天皇と、義貞の奉じた皇太子恒良親王との別れをいう。
一八 武装した馬。
一九 空を仰ぐ。止は接尾辞。

159
二〇 兵糧を運ぶこと。
二一 後醍醐天皇。
二二 新田義貞。
二三 新田氏の一族。新田・脇屋・堀口・江田・大館の五家。後醍醐天皇が尊氏の降を入れて比叡山より還御しようとした際、堀口貞満は泣きながら必ず還御せんと欲したまわば、臣達一族五十餘人の首をはね、しかる後に発したまえといった。
二四 天子の車に付く六頭の馬をいう。転じて天子の車駕。
二五 後醍醐天皇の詔書。越前にいる義貞に宛て、その上洛を促したもので、義貞は死ぬまでこれを錦の袋に入れて首に懸けていたという。
二六 義貞の子、義顕を始めとする生き残った新田氏の一族。
二七 後醍醐天皇の諸皇子。

160
二八 腹ばう(史記・淮陰侯伝)。秀吉の下にひれ伏すこと。

一七道《どう》 瓜《か》分《ぶん》を合《がっ》す。二
戦伐《せんばつ》は心算《しんさん》に従《したが》ひ、
飛騰《ひとう》は掌紋《しょうもん》に兆《きざ》す。三
獮猴《びこう》 曾《かっ》て国《くに》を掠《かす》む、四
豚犬《とんけん》 豈《あ》に勲《くん》を承《う》けんや。五
唯《ただみ》見る 雞林《けいりん》の馘《かく》、
蓬蒿《ほうこう》に独墳《どくふん》あり。六七

161
其の七（徳川家康）

疐跋《ちばつ》 狼《おおかみうれ》患ふる無し、八
蟄飛《ちゅうひ》 龍《りゅう》に雲《くも》あり。九
牲書《せいしょ》 斉《せい》の五命《めい》。一〇
鞭弭《べんび》 晋《しん》の三軍《ぐん》。一一
烏《からす》の止《とど》まる誰《たれ》の屋《おく》に於《お》いてせん。一二
民徯《みんけい》 独《ひと》り此の君《きみ》。一三
献俘《けんふ》 猶《な》ほ眼《め》に在《あ》り、一四
駟介《しかい》 湖《こ》濆《ふん》に簇《むらが》る。一五一六

七道合瓜分
戦伐従心算
飛騰兆掌紋
獮猴曾掠国
豚犬豈承勲
唯見雞林馘
蓬蒿有独墳

其七

疐跋狼無患
蟄飛龍有雲
牲書斉五命
鞭弭晋三軍
烏止於誰屋
民徯独此君
献俘猶在眼
駟介簇湖濆

一 日本全国。
二 瓜を切るように分割された土地を指す（戦国策・趙策）。
三 手のひらのすじ。秀吉の手相。
四 大きな猿。ここは秀吉のあだ名が猿であったのでこう述べた。
五 不肖の子。ここは秀頼を指す。
六 蓬の茂った草むら。
七 耳塚をいう。

161 八 つまずくことと、尾を踏むこと。詩経・豳風・狼跋に「狼跋ニ其胡（ひげ）一、載（すなはち）疐ニ其尾一」とある。進退とも困難の意。家康が始め逼塞していたことをいう。
九 易経・繋辞下に「龍蛇之蟄（こもる）、以存レ身也」とあり、蟄龍は活躍する機会を得ぬ英雄に喩えられる。韓非子・難勢には「飛龍乗レ雲」とあり、英雄が機に乗じて勢力を得る意。
一〇 春秋・斉の桓公が葵丘で諸侯と会合し、牲（いけにえ）を捧げて五ヶ条の盟約を定めた（左伝・僖公九年、孟子・告子下）。ここは家康が大坂夏の陣の後、元和元年七月七日に伏見城に諸大名を集め、武家諸法度十三条を発布したことをいう。
一一 鞭と角弓（つのゆみ）。晋の文公が指揮した晋の三軍は甚だ強力な部隊であった。また左伝・僖公二十八年には「晋侯作ニ三行一」とあり実質、六軍相当の兵力であった。ここは徳川軍が、晋軍のように強力であったことをいう。
一二 詩経・小雅・正月に「瞻ニ烏爰止一、于ニ誰之屋一」とあり、鄭箋に「視ニ烏集ニ於富人之屋一。以言下今民亦当中求ニ明君一而帰上レ之」とある。
一三 史記・李将軍伝賛に「桃李不レ言下自成レ蹊」とあり、立派な人のもとには自然に人々が集まる

富岳図《ふがくず》に題《だい》し、戯《たわむ》れに秋玉山先生《しゅうぎょくざんせんせい》の詩《し》を翻《ひるがえ》す。蓋《けだ》し謂《おも》へらく我《わ》が邦人《ほうじん》に在《あ》りては、当《まさ》に言《い》ふこと此《かく》の如《ごと》くなるべしと

162
帝《てい》一七 芙《ふ》一八蓉《よう》の雪《ゆき》を掬《すく》ひ、
之《これ》を赤縣《せきけん》一九の西《にし》に置《お》く。
凝《こ》つて崑崙《こんろん》二〇の山《やま》と作《な》り、
敢《あえ》て高低《こうてい》を較《くら》べんと欲《ほっ》す。

又《また》

163
帝《てい》 芙蓉《ふよう》の雪《ゆき》を掬《すく》ひ、
拋《なげう》つて崑崙《こんろん》の山《やま》を作《つく》る。
雪汁《せつじゅう》は即《すなわ》ち黄河《こうが》。
卻《また》東海《とうかい》に向《む》かつて還《かえ》る。

詠《えい》 史《し》(徳川家康)

164
霜《しも》を帯《お》びて旌旆《せいはい》 東《ひがし》二一より還《かえ》る。

題富岳図、戯翻秋玉山先生詩。蓋謂在我邦人、当言如此

帝掬芙蓉雪
置之赤縣西
凝作崑崙山
敢欲較高低

又

帝掬芙蓉雪
拋作崑崙山
雪汁即黄河
卻向東海還

詠史

帯霜旌旆自東還

喩えとなる。徯・蹊は、みち。ここは万民が家康を慕い服したことをいう。
一四 晋の文公は楚の捕虜を周王に献じ、丹塗りの弓などを賜った(左伝・僖公二十八年)。ここは家康が慶長八年(一六〇三)に征夷大将軍に任ぜられ、後陽成天皇から酒を賜ったことを指す。
一五 よろいで武装した、四頭立て馬車の馬。
一六 湖のみぎわ。ここは慶長五年(一六〇〇)九月二十日、関ヶ原合戦後に東軍が大津に集まり、諸侯が謁したことをいう。

162 秋玉山は秋山玉山、名は定政、一名は儀、字は子羽、通称儀右衛門。元禄十五年(一七〇二)六月二十九日生、宝暦十三年(一七六三)十二月十二日歿。肥後熊本藩儒。彼の望二芙蓉峰一の詩に「帝掬二崑崙雪一、置二之扶桑東一」とある。突兀五千仞、芙蓉挿二碧空一」とある。
一七 天帝。
一八 富士山。芙蓉は蓮の花で、富士の山頂は八つの剣峰が火口を囲み、その様が蓮花のようであるところからという。
一九 中国をいう。斉の騶衍(すうえん)の説で中国を赤縣神州と呼んだことに基づく(史記・孟子荀卿伝)。
二〇 昔、中国西方にあると考えられた聖山。仙女、西王母が住み、又、宝玉を産出するという。

164 ここより文政十年(丁亥、一八二七)、山陽、四十八歳の作。
二一 慶長五年七月、家康は石田三成挙兵の報により会津の上杉景勝討伐の兵を収めて関八州の地から西へ還る。

頓《とみ》に覚《おぼ》ゆ　一群児《ぐんじ》の肝膽《かんたん》寒《さむ》きを。
指《ゆび》を屈《くつ》すれば英雄《えいゆう》　二碩果《せきか》を存《そん》し、
頭《こうべ》を回《めぐ》らせば海宇《かいう》　狂瀾《きようらん》を斂《おさ》む。
三馬貞《うまてい》にして終《つい》に黄裳《こうしよう》の吉《きつ》を得《う》。
四狼跋《ろうばつ》　何《なん》ぞ赤舄《せきせき》の安《やす》きを傷《きず》つけん。
道《い》ふを休《や》めよ　五西人《せいじん》　謀《はかりごと》大《おお》いに錯《あやま》つと。
天《てん》　六介冑《かいちゅう》をして衣冠《いかん》に換《か》へ教《し》む。

頓覚群児肝膽寒
屈指英雄存碩果
回頭海宇斂狂瀾
馬貞終得黄裳吉
狼跋何傷赤舄安
休道西人謀大錯
天教介冑換衣冠

165

母及《ははおよ》び叔父《しゆくふ》を奉《ほう》じて嵐山《らんざん》に遊《あそ》ぶ

（三首、内二首）

七春蟾《しゆんせん》　八魄《はく》なく　九瓊華《けいか》を吐《は》く。
一〇閏歳《じゆんさい》　山桜《さんおう》　晩《おく》るること較些《ややいささ》かなり。
幾片《いくへん》の香雲《こううん》　夜峡《やきよう》に明《あき》らかなり。
十分《ぶ》の月色《げつしよく》　五分《ぶ》の花《はな》。

奉母及叔父遊嵐山

春蟾無魄吐瓊華
閏歳山桜晩較些
幾片香雲明夜峡
十分月色五分花

166

○

一一小阮《しようげん》は詩《し》を吟《ぎん》じ　大阮《だいげん》は眠《ねむ》る。

○

小阮吟詩大阮眠

一 石田三成ほか西軍の諸将。
二 大きな果物。大人物の喩え。易経・剝(はく)に「上九。碩果不レ食。君子得レ輿。小人剝レ廬」とある。
三 易経・坤(こん)に「坤。元亨利ニ牝馬之貞一」とあり、また「六五。黄裳。元吉」とある。ここは家康が、今川氏の人質となるなどして柔順に耐え忍び、結局、黄色いもすそを着けるような尊位の征夷大将軍になったことを述べる。
四 →二七二頁注八。狼跋の詩句は続いて「公孫碩膚、赤舄几几」という。赤舄は赤い靴で第一公式のもの。この句は、進退共に困難な時にも家康が威容を傷つけずに保ったことをいう。
五 三成等の西軍。
六 よろいかぶとの武士に、礼服を着けて文治政治を行なわせる。

165 文政十年(一八二七)二月十九日、山陽の母梅颸(六十八歳)と叔父杏坪(七十二歳)一行は広島から上京の程を発する。三月五日に京都三本木の山陽宅に着く。同十五日に嵐山行。
七 ひきがえる。月に棲むという伝説から、月の異名とする。
八 月が細く輝くときに現れる暗くかげっている部分。満月の時は月全体が輝くので魄は現れない。
九 美しい玉のように澄んだ光。
一〇 この年は六月に閏月がある。時候の不順を閏のあるせいにしたもの。

166 一一 晋の阮咸は小阮と呼ばれ、叔父の阮籍は大阮と呼ばれた(宋の呂本中・紫薇詩話)。ここは山陽自身と杏坪とに擬える。

同《おな》じく[一二]磊磈《らいかい》に澆《そそ》いで 共《とも》に陶然《とうぜん》。
一瓢《ぴょう》已《すで》に倒《たお》れて 春宵《しゅんしょう》短《みじか》し。
花《はな》は[一三]渓窓《けいそう》を圧《あつ》して 月《つき》 天《てん》に在《あ》り。

167
遂《つい》に奉《ほう》じて芳埜《よしの》に遊《あそ》ぶ
[一四]前度《ぜんど》春《はる》を尋《たず》ぬるに 花《はな》已《すで》に闌《たけなわ》。
今来《こんらい》 [一五]暖雪《だんせつ》 人顔《じんがん》を照《て》らす。
[一六]十年《ねん》纔《わず》かに補《おぎな》ふ 平生《へいぜい》の缺《けつ》。
母《はは》を奉《ほう》じて重《かさ》ねて遊《あそ》ぶ 芳埜山《よしのやま》。

○

168
[一七]輿《よ》に侍《じ》して阪《さか》を下《くだ》るに 歩《ほ》 遅遅《ちち》たり。
鶯語《おうご》花香《かこう》 別離《べつり》を帯《お》ぶ。
母《はは》已《すで》に七旬《じゅん》 児《じ》は半百《はんぱく》。
此《こ》の山《やま》重《かさ》ねて到《いた》るは 定《さだ》めて何《いず》れの時《とき》ぞ。

○

169
[一八]畳畳《じょうじょう》たる春山《しゅんざん》 [一九]別《べつ》に天《てん》あり。

同澆磊磈共陶然
一瓢已倒春宵短
花圧渓窓月在天

遂奉遊芳埜
前度尋春花已闌
今来暖雪照人顔
十年纔補平生缺
奉母重遊芳埜山

○

侍輿下阪歩遅遅
鶯語花香帯別離
母已七旬児半百
此山重到定何時

○

畳畳春山別有天

一二 酒を飲む意。
一三 谷川に臨む窓。この句は保津川の夜景をいうのであろう。

167 嵐山からそのまま足を延ばして吉野に向かった。三月二十日の作。
一四 文政二年四月。
一五 桜花をいう。
一六 文政二年から足かけ九年であるが、概数をいう。
▽この吉野行に当り、詩歌の帖本が作られたが、その一つは杏坪が輯録した十旬花月帖(明治十六年模刻)となり、他の一つは宮原節庵(字、士淵)が編輯した伊勢大和紀行詩歌帖二冊(明治十二年模刻。その中の上冊。下冊は文政十二年の分)となった。

168
一七 母の乗る輿(こし)。

169
一八 重なり連なるさま。
一九 李白・山中問答の詩に「桃花流水杳然去、別有㆔天地非㆓人間㆒」とある。

花開《はなひら》き花落《はなお》ち　鎮《とこしなえ》に依然《いぜん》たり。
憐《あわ》れむべし　萬樹《まんじゅ》　香雲《こううん》暖《あたた》かに、
曾《かつ》て護《まも》る　南朝《なんちょう》　五十年《ねん》。

170

蔵王堂《ざおうどう》、大塔皇子《だいとうおうじ》に感《かん》じて作《つく》る

錦幟《きんし》　東風《とうふう》に草木馨《そうもくかんば》し、
一崎嶇《きく》　二蠱《こ》に幹《かん》して　威霊《いれい》を見《しめ》す。
三天閽《てんこん》　四虎《とら》を養《やしな》つて　五書《しょ》　達《たつ》し難《がた》く、
六土窟《どくつ》　龍《りゅう》を屠《ほふ》つて　血《ち》　已《すで》に腥《なまぐさ》し。
七萬里《ばんり》の長城《ちょうじょう》　宗子《そうし》を壊《やぶ》り、
八百升明月《ひゃくしょうめいげつ》　九前星《ぜんせい》に逼《せま》る。
満朝《まんちょう》の一〇簪笏《しんこつ》　一一衣《い》　白《はく》に非《あら》ず。
誰《たれ》か君王《くんおう》の為《ため》に　一二建寧《けんねい》を言《い》はん。

171

談峰《とうのみね》

回《めぐ》り合《あ》ふ一三岡巒《こうらん》　気勢騰《きせいあが》り、

花開花落鎮依然
可憐萬樹香雲暖
曾護南朝五十年

蔵王堂、感大塔皇子而作

錦幟東風草木馨
崎嶇幹蠱見威霊
天閽養虎書難達
土窟屠龍血已腥
萬里長城壊宗子
百升明月逼前星
満朝簪笏衣非白
誰為君王言建寧

談峰

回合岡巒気勢騰

170　蔵王堂は元弘二年(一三三二)、大塔宮護良親王が挙兵の際に本陣を置いたという。親王は皇太子義良親王(後の後村上天皇)の弟であるが、声望は兄を圧していた。三位局に嫉視された所以である。この詩は劉宋の檀道済、北斉の斛律光、唐の建寧王(倓)ら、有能なるが故に嫉視され、讒せられた悲運の人物を親王に比している。
一 辛苦する。
二 父母の失敗を、才能のある子が取り繕う。又は先人の業を受け継いでよく果たす。易経・蠱に「初六。幹二父之蠱一。有レ子考无レ咎」とある。
三 宮門。朝廷を指す。
四 足利尊氏や三位局藤原廉子等を指す。
五 護良親王幽閉中、父、後醍醐天皇への奏状が、尊氏等の勢力にはばまれて達せられなかったことをいう(太平記十二)。
六 足利氏が鎌倉の土窟において護良親王を害したことをいう。
七 檀道済の故事。→一六三頁注二二。
八 百升は一斛(くと)。つまり斛律氏を表す。明月は北斉の斛律光の字。武藝に秀でていたが、讒言に因って誅せられる(北斉書・斛律光伝)。ここは大塔宮に比す。
九 皇太子の異称。五行説で心星を天の王に当てその前にある星を皇太子に当てることからそういう(漢書・五行志下)。
一〇 かんざしとこうがい。それらを着ける公卿。
一一 白衣を着て軍陣を歩いた唐の李泌。→二二〇頁注一〇。
一二 建寧王、名は倓(たん)、唐の粛宗の第三子。粛宗の夫人に嫉視されていたが、曾て李泌の取り成しで難を救われたことがある(通鑑二一八)。
▽この詩は、新居帖の第二篇に収められている。

一四輝煌金碧《きこうきんぺき》　廟廊《びょうろう》層《かさ》なる。
風雲《ふううん》一體《たい》　一五君臣《くんしん》の業《ぎょう》。
山背《やましろ》　誰《たれ》か諳《そら》んぜん　一六天智陵《てんちりょう》。

172
修史偶題《しゅうしぐうだい》　十一首《しゅ》

一七黒鼠《こくそ》黄雞《こうけい》　両《ふた》つながら一八忽諸《こつしょ》。
終《つい》に看《み》る　一九冠冕《かんべん》　二〇猨狙《えんそ》に被《こう》むらるるを。
苦心《くしん》描写《びょうしゃ》　何事《なにごと》をか成《な》す。
一部《ぶ》　東方《とうほう》の二一相斫書《そうしゃくしょ》。

○

173
二二蠹《と》二三冊紛披《さつふんぴ》して　二四烟海《えんかい》深《ふか》し。
二五毫《ごう》を援《と》って下《くだ》さんと欲《ほっ》し　二六復《また》沈吟《ちんぎん》。
二七愛憎《あいぞう》恐《おそ》らくは英雄《えいゆう》の跡《あと》を枉《ま》げん。
独《ひと》り寒燈《かんとう》の此の心《こころ》を知《し》るあり。

○

174
二八千歳《せんざい》　将《まさ》に誅《ちゅう》せんとす　老姦《ろうかん》の骨《ほね》。

輝煌金碧廟廊層
風雲一體君臣業
山背誰諳天智陵

修史偶題十一首

黒鼠黄雞両忽諸
終看冠冕被猨狙
苦心描写成何事
一部東方相斫書

○

蠹冊紛披烟海深
援毫欲下復沈吟
愛憎恐枉英雄跡
独有寒燈知此心

○

千歳将誅老姦骨

171　大和国の多武峰(とうのみね)・奈良県桜井市)。藤原鎌足を祭神とする談山(だんざん)神社がある。
一三　高い台地や、取り囲むように連なる山々。
一四　かがやききらめくさま。
一五　天智天皇と藤原鎌足。
一六　近江国大津宮で崩御の天智天皇の陵墓は、山城国山科の地にある(現京都市山科区)。

172　日本外史の編纂の感想。
一七　邪馬臺詩に「黄雞代レ人食、黒鼠飡ニ牛腸一」とあり、その注に「黄雞者指ニ平氏之将門一、黒鼠者謂ニ平相国清盛一也」とある。
一八　にわかに消え去るさま。諸は助辞。
一九　かんむり。冕は礼冠。
二〇　猿。秀吉を指す。
二一　斫は、たたき斬る意。戦闘のことを記した書。魏志・王粛伝の裴松之の注に見える語で、春秋左氏伝のことを卑しめていう。菊池五山の五山堂詩話十参照。

173　二二　虫に喰まれた書物。
二三　多くのものが乱れ散らばるさま。
二四　たちこめる煙草の煙。
二五　筆。
二六　深く沈むように考え込む。
二七　愛憎の念が、英雄の事跡を曲げるようなことになりはしないかと心配する。

174　二八　千歳の後に生れた自分が筆誅を下す。

[一]九原《げん》 慰《なぐさ》めんと欲《ほっ》す [二]大冤魂《だいえんこん》。
言《い》ふ莫《なか》れ [三]鉛槧《えんざん》 権力《けんりょく》なしと。
公議《こうぎ》 終《つい》に当《まさ》に紙上《しじょう》に論《ろん》ずべし。

○

175
墨《すみ》を磨《す》れば軽冰《けいひょう》 [四]研池《けんち》に在《あ》り。
坐《いなが》ら知《し》る [五]雪意《せつい》の燈《とう》を圧《あっ》して垂《た》るるを
寒窓筆削《かんそうひっさく》す [六]豐家《ほうけ》の伝《でん》、
恰《あたか》も到《いた》る [七]韓城《かんじょう》 指《ゆび》を堕《おと》すの時《とき》。

○

176
門《もん》を閉《と》ぢて史《し》を修《おさ》め [八]榻《とう》 将《まさ》に穿《うが》たんとす。
独《ひと》り[九]旗楼《きろう》に酔《よ》うて [一〇]指弮《しけん》を解《と》く。
晩日《ばんじつ》 蒼茫《そうぼう》として [一一]軟塵《なんじん》赤《あか》し。
[一二]犬猿《けんえん》 闘《たたか》ひたる処《ところ》 定《さだ》めて何《いず》れの辺《あたり》ぞ。

○

177
一字《じ》の兵機《へいき》 暗明《あんめい》を判《わか》つ。
[一三]越奇《えつき》 [一四]峡正《きょうせい》 迭《たがい》に相《あ》ひ傾《かたむ》く。

九原欲慰大冤魂
莫言鉛槧無権力
公議終当紙上論

○

磨墨軽冰在研池
坐知雪意圧燈垂
寒窓筆削豐家伝
恰到韓城堕指時

○

閉門修史榻将穿
独酔旗楼解指弮
晩日蒼茫軟塵赤
犬猿闘処定何辺

○

一字兵機判暗明
越奇峡正迭相傾

一 春秋時代に晋の卿大夫(けいたいふ)の墓地のあったところ。転じて墓地のことをいう。
二 無実の罪で恨みを呑んで死んだ人々の魂。
三 文章を作って書くこと。鉛は、文字を塗り消すための胡粉。槧は、文字を書きつける木板。共に筆記用具の意から。杜牧・長安雑題詩に「自笑苦無二楼護智一、可レ憐鉛槧竟何功」とある。

175
四 硯(すずり)の海。京都の冬は寒く、硯の墨がしばしば氷る。
五 雪の降りそうな気配。
六 豊臣氏。
七 加藤清正・浅野幸長らが蔚山に籠城した時。外史十六に詳しい。

176
八 長椅子のような腰掛け。床几の類。後漢末から魏にかけて、管寧は一台の榻に坐して五十年餘りも過ぎ、一度も足を伸ばさず、その榻の膝が当たる部分には穴があいたという(魏志・管寧伝・注)。
九 旗亭。料理屋や酒楼。旗を門外に掲げて目印とするため。
一〇 指が凝って曲がること。
一一 花柳街。この辺りも応仁の乱の当時は戦場化したことを追想しているのである。
一二 細川勝元と山名宗全とを指す。

177
一三 越後の上杉謙信の奇襲。
一四 峡は国訓「かい」。甲斐国の武田信玄の正攻法。

[一五]窓篁《そうこう》　月黒《つきくろ》くして　風吹《かぜふ》き動《うご》かし、
代《か》わって写《うつ》す　[一六]枚《ばい》を啣《ふく》んで水《みず》を度《わた》るの声《こえ》。

○

178

[一七]卅　万言《さんじゅうまんげん》　皆血痕《みなけっこん》を帯《お》ぶ。
[一八]龍挐虎攫《りゅうじょこかく》　事紛紜《ことふんうん》[一九]。
[二〇]保元《ほうげん》より写《うつ》して慶長《けいちょう》[二一]の尾《び》に徹《いた》れば、
自《おのずか》ら覚《おぼ》ゆ　筆辺瑞雲《ひっぺんずいうん》[二二]を生《しょう》ずるを。

○

179

[二三]龍戦《りゅうせんかつ》曾《かつ》て経《へ》たり　八洲《しゅう》の迹《あと》。
[二四]鷦巣《しょうそうつい》終《つい》に審《つまび》かにす　一枝《し》の安《やす》きを。
卻《また》　当日《とうじつ》　投餘《とうよ》[二五]の筆《ふで》を収《おさ》めて、
自《みずか》ら千兵萬馬《せんぺいばんば》を写《うつ》して看《み》る。

○

180

[二六]二十餘年《よねん》　我《わ》が書《しょ》を成《な》す。
書前《しょぜん》　酒《さけ》[二七]を酹《そそ》いで　一たび鬚《ひげ》[二八]を掀《あ》ぐ。
此《うち》の中の幾個《いくこ》の英雄漢《えいゆうかん》、

○

窓篁月黒風吹動
代写啣枚度水声

○

卅万言皆帯血痕
龍挐虎攫事紛紜
保元写徹慶長尾
自覚筆辺生瑞雲

○

龍戦曾経八洲迹
鷦巣終審一枝安
卻収当日投餘筆
自写千兵萬馬看

○

二十餘年成我書
書前酹酒一掀鬚
此中幾個英雄漢

一五　窓の外の竹やぶ。
一六　木片を口にくわえて。川中島合戦の際の越軍の様子。

178

一七　日本外史、三十餘万言（「言」は文字）。
一八　龍と虎とが互いにつかみ争う。英雄の相闘う喩え。
一九　入り乱れるさま。
二〇　源平の時代。
二一　徳川時代の草創期。
二二　めでたいしるしの雲気。太平の世。

179

二三　天下を賭けた群雄の争い。
二四　荘子・逍遥遊に「鷦鷯巣二於深林一、不レ過二一枝一」とある。鷦鷯(しょうりょう)は、みそさざい。その分に適した生活に安んずる喩え。
二五　投げ捨てた筆。後漢書・班超伝に、班超が筆を投げうち、大功を立てたいものと嘆じた記事がある。

180

二六　二十六年前の享和二年(一八〇二)に、日本外史が起稿されたという。
二七　酒を注いで神霊を祀る。
二八　あごひげをもてあそぶように上げる。意に適った時の仕草。斎藤拙堂の題二頼山陽書後題跋後一に山陽の様子を描いて「持レ鬚顧眄、揚二搉古今一」とある。顧眄(こけい)は、かえりみる。揚搉(ようかく)は、事例を列挙して述べること。

吾《わ》が[一]曲筆《きょくひつ》なきを[二]諒得《りょうとく》するや無《いな》や。

○

181 [三]野史亭前《やしていぜん》 [四]無数《むすう》の山《やま》。
某岡某阜《ぼうこうぼうふ》 事相《ことあ》ひ関《かん》す。
[五]倦《う》み来《きた》り筆《ふで》を抛《なげう》つて 時《とき》に酒《さけ》を呼《よ》ぶ。
歴歴《れきれき》たり 興亡《こうぼう》 指点《してん》の間《かん》。

○

182 時好《じこう》に背馳《はいち》して 枉《ま》げて辛酸《しんさん》。
書就《しょな》るも 寧《あ》に能《よ》く一官《かん》を博《はく》せんや。
[六]故相《こしょう》 何《なん》の心《こころ》ぞ 来《きた》つて索《もと》め取《と》る。
亦応《またまさ》に冷処《れいしょ》 門《もん》を閉《と》ぢて看《み》るべし。

夜《よる》 清《しん》の諸人《しょじん》の詩《し》を読《よ》み、 戯《たわむ》れに賦《ふ》す

183 [七]鍾譚駈蛩《しょうたんきょきょう》[八] 真《しん》に衰声《すいせい》。
[九]臥子《がし》 [一〇]戟《げき》を抜《ぬ》いて 殿兵《でんぺい》を領《りょう》す。
[一一]牧斎《ぼくさい》 降《こう》を売《う》つて 気本《きもと》餒《う》う。

諒得吾無曲筆無

○

野史亭前無数山
某岡某阜事相関
倦来抛筆時呼酒
歴歴興亡指点間

○

背馳時好枉辛酸
書就寧能博一官
故相何心来索取
亦応冷処閉門看

夜読清諸人詩、戯賦
鍾譚駈蛩真衰声
臥子抜戟領殿兵
牧斎売降気本餒

一 事実を曲げて書くこと。
二 わかって認める。得は語助。
181 三 金の元好問が、金史を私撰するために建てたもの。山陽の居、水西荘に比す。
四 東山の一帯。
五 あきて疲れると。来は語助。
▽文政十年十月二十一日篠崎小竹宛の書中に、元好問の事を「此人、金遺老、不レ仕レ元。築二野史亭一、罔二羅遺聞一。吾輩人也」と述べている。
182 六 松平定信。もと老中首座にあったが、この頃は既に隠居し、楽翁と号していた。文政十年(一八二七)五月二十一日、日本外史に上二楽翁公一書を添えて定信に進呈。
▽この十一首の詩は暢寄帖に収められる。
183 七 鍾惺(しょうせい)と譚元春。明末の詩人で、竟陵(きょうりょう)派と呼ばれる。
八 騾馬に似て小さく、常に共にいるという駈虚(きょきょ)と蛩蛩という二獣。相い寄り添っているがよわい存在。
九 明末の陳子龍の字。明詩選の撰者。鍾譚の弊害に鑑みて格調を主張した。
一〇 ほこを抜いて殿(しんがり)の重責に当っている。
一一 銭謙益(せんけんえき)、字は受之、号は牧斎。明の大官であったが清に投降したので指弾された。
一二 韓愈と蘇軾。
一三 呉偉業、字は駿公、号は梅村。明末の進士。のち心ならずも清朝に仕えたことがある。
一四 白居易、字は楽天。太子小傅となったので、こう呼ぶ。
一五 薄暗い景色を遠望するさま。
一六 明の王室。

敢《あえ》て[一二]韓蘇《かんそ》を 挟《さしはさ》んで 姑《しばら》く名《な》を盗《ぬす》む。
如《し》かず [一三]梅村《ばいそん》の[一四]白傅《はくふ》を学《まな》び、
[一五]芊綿《せんめん》猶《な》ほ[一六]故君《こくん》の情《じょう》あるに。
[一七]康熙《こうき》以還《いかん》 風気《ふうき》闢《ひら》け、
[一八]北宋《ほくそう》は粗豪《そごう》 [一九]南施《なんし》は精《せい》。
[二〇]排奡《はいごう》 群《ぐん》は推《お》す [二一]朱竹坨《しゅちくだ》。
雅麗《がれい》 独《ひと》り属《ぞく》す [二二]王新城《おうしんじょう》。
[二三]祭魚《さいぎょ》 [二四]談龍《だんりゅう》の嗤《わら》ひを招《まね》くと雖《いえど》も、
[二五]鈍吟《どんぎん》[二六]初白《しょはく》 豈《あ》に抗衡《こうこう》せんや。
健筆《けんぴつ》 誰《たれ》か摩《ま》せん [二七]蔵園《ぞうえん》の塁《るい》。
[二八]硬語《こうご》圧《あつ》し難《がた》し [二九]甌北《おうほく》の営《えい》。
[三〇]倉山《そうざん》は[三一]浮囂《ふごう》 筆《ふで》 舌《した》に輸《おと》り、
心《こころ》に怕《おそ》る [三二]二子《し》 才《さい》 縦横《じゅうおう》。
如何《いかん》せん 此《こ》の間《かん》 [三三]管《かん》 豹《ひょう》を窺《うかが》ひ、
唯《ただ》[三四]一袁《えん》を把《と》つて 全清《ぜんしん》を概《がい》するを。
[三五]渥温《あくおん》[三六]覚羅《かくら》 風気《ふうき》同《おな》じく、

敢挟韓蘇姑盗名
不如梅村学白傅
芊綿猶有故君情
康熙以還風気闢
北宋粗豪南施精
排奡群推朱竹坨
雅麗独属王新城
祭魚雖招談龍嗤
鈍吟初白豈抗衡
健筆誰摩蔵園塁
硬語難圧甌北営
倉山浮囂筆輸舌
心怕二子才縦横
如何此間管窺豹
唯把一袁概全清
渥温覚羅風気同

一七 清の康熙年間(一六六二―一七二二)。
一八 宋琬(そうえん)、字は玉叔、号は茘裳(れいしよう)。萊陽(山東省)の人。
一九 施閏章(しじゆんしよう)、字は尚白、号は愚山。宣城(安徽省)の人。後に王士禎(おうしてい)は、施閏章と宋琬を南施北宋と呼び、推賞した(池北偶談十一)。
二〇 詩文の調子が力強いこと。奡は、強い。
二一 朱彝尊(しゆいそん)、字は錫鬯(せきちよう)、号は竹坨(ちくだ)。
二二 王士禎、字は貽上(いじよう)、阮亭(げんてい)又は漁洋山人と号した。神韻説を唱える。山東省新城県(今の桓臺)の人。
二三 獺(かわうそ)が獲った魚を食べる前に祭るように並べること(礼記・月令)。転じて詩文を作るのに、多くの参考書を左右に並べ広げ、故事を検索して修辞に努めること。
二四 趙執信は、談龍録を著して王新城を批判した。談龍とは王士禎の詩論中の語。
二五 馮班(ふうはん)、字は定遠、号は鈍吟。
二六 査慎行、字は悔餘、初白庵主と号した。
二七 蔣士銓(しようしせん)、字は心餘、号は蔵園・清容。
二八 しんが硬い、力強い言葉の意。
二九 趙翼、字は雲松、甌北と号す。
三〇 袁枚(えんばい)、字は子才。江寧の小倉山に随園を築いた。性霊説を唱える。
三一 うわついていて口数が多く騒がしい。
三二 蔣蔵園と趙甌北。
三三 管の穴から豹の模様の一点を見て、豹全体を推し測る(晋書・王献之伝)。
三四 袁枚ただ一人。文化・文政の頃、江戸の詩壇では袁随園の人気が高かった。
三五 元。元の帝室の姓は奇渥温。
三六 清。清の帝室の姓は愛親覚羅。

此の輩《はいよ》能く元虞《げんぐ》[一]と争《あらそ》ふ。
風沙《ふうしやか》[二]換へ得《え》たり　金粉《きんぷん》[三]の気《き》、
骨力《こつりよく》或《あるい》は時《とき》に前明《ぜんみん》を圧《あつ》す。
燈《とう》を吹《ふ》き帙《ちつ》を覆《おお》うて　大笑《たいしよう》を為《な》す。
誰《たれ》か溟渤《めいぼつ》[四]を隔《へだ》てて　我《わ》が評《ひよう》を聴《き》かん。
安《いずくん》ぞ得《え》ん　面《めん》に対《たい》して細《くわ》しく論質《ろんしつ》し、
東風鬢《とうふうはつ》[五]を吹《ふ》いて　海鯨《かいげい》に騎《の》るを。

此輩能与元虞争
風沙換得金粉気
骨力或時圧前明
吹燈覆帙為大笑
誰隔溟渤聴我評
安得対面細論質
東風吹鬢騎海鯨

十二媛絶句《えんぜつく》

紫式部《むらさきしきぶ》

184
静女《せいじよ》[六]の高風《こうふう》　内家《ないか》[七]に冠《かん》たり。
何《なん》ぞ唯《ただ》に彤管《とうかん》[八]　才華《さいか》を逞《たくま》しうするのみならんや。
相公《しようこう》[九]　百事《ひやくじ》　原《もと》欠《か》くる無きも、
折《お》らず　一枝《し》の深紫花《しんしか》[一〇]。

静女高風冠内家
何唯彤管逞才華
相公百事原無缺
不折一枝深紫花

清少納言《せいしようなごん》

185
暗《あん》に長慶《ちようけい》[一一]を記《き》するも　亦等閑《またとうかん》。

暗記長慶亦等閑

一　元好問と虞集。元代の代表的な詩人。
二　漠北の大風と砂。元を指す。
三　きらびやかに飾るさま。清を指す。
四　日本と大陸とを距てる大海。
五　陸游の眉州披風榭拝二東坡先生遺像一の詩に「惜哉画史未レ造レ極。不レ作三散髪騎二長鯨一二」とある。ここでは、髪を振り乱して鯨に乗るように、雄々しく縦横無尽に詩を論じたいの意。
▽この詩の未定稿は新居帖第二篇に収められている。

184　源氏物語の著者として知られる紫式部は、藤原為時の娘。夫である藤原宣孝の歿後、一条天皇の中宮彰子に仕えた。
六　節操がかたく、しとやかな女性。詩経・邶(はい)風・静女参照。
七　宮中の貴婦人。
八　朱塗りの軸の筆。女史官が后妃の事等を記すのに用いた(詩経・邶風・静女)。
九　藤原道長。
一〇　紫式部を指す。紫式部日記に、道長らしき人が或る夜、局の戸を叩いたが開けなかったことが記されている。

185　枕草子の筆者として知られる清少納言は、清原元輔の娘。一条天皇の中宮定子に仕えた。
一一　白氏文集。唐の長慶四年(八二四)に編集され、白氏長慶集と称する。
一二　簾(すだれ)の異称。
一三　尊貴の顔。枕草子二九九段に、中宮に「香炉峰の雪いかならん」と尋ねられ、白楽天の詩句を踏まえて御簾を上げ、喜ばれた記述がある。白氏文集十六に「日高睡足猶慵レ起。小閣重レ衾不レ怕レ寒。遺愛寺鐘欹レ枕聴。香炉峰雪撥レ簾看」とある。

[一二]蝦鬚《かしゆ》一たび捲《ま》いて　[一三]龍顔《りようがん》を解《と》く。
誰《たれ》か知《し》らん[一四]雑纂《ざつさん》臨摸《りんも》の手《て》、
当《まさ》に喚《よ》ぶべし　釵裙《さいくん》の李義山《りぎさん》と。

186
妓《ぎ》　王《おう》

[一五]舞《ぶ》衫歌《さんか》扇《せん》　新愁《しんしゆう》を帯《お》ぶ。
強《し》ひて栄枯《えいこ》を把《と》つて　[一六]水漚《すいおう》に等《ひと》しうす。
他日《たじつ》[一七]厳霜《げんそう》　[一八]萬木《ばんぼく》を摧《くだ》く。
幸然《さいわい》に[一九]埜《や》草《そう》　早《はや》く秋《あき》を知《し》る。

187
仏《ほとけ》

誰《たれ》か知《し》らん　[二〇]蔡沢《さいたく》　[二一]蛾眉《がび》より出《い》でんとは。
寵《ちよう》を奪《うば》ひ栄《えい》を辞《じ》す　転瞬《てんしゆん》の時《とき》。
[二二]紫石《しせき》　[二三]稜稜《りようりよう》　秋鶻《しゆうこつ》の似《ごと》きも、
機《き》を見《み》ること卻《かえ》つて[二四]家姫《かき》に及《およ》ばず。

188
常《とき》　盤《わ》

[二五]垂髫《すいちよう》従《したが》つて走《はし》り　足《あし》[二六]胼胝《へんち》。
懐裏《かいり》尤《もつと》も憐《あわ》れむ　凍《とう》に泣《な》くの児《じ》[二七]。

蝦鬚一捲解龍顔
誰知雑纂臨摸手
当喚釵裙李義山

妓　王

舞衫歌扇帯新愁
強把栄枯等水漚
他日厳霜摧萬木
幸然埜草早知秋

仏

誰知蔡沢出蛾眉
奪寵辞栄転瞬時
紫石稜稜似秋鶻
見機卻不及家姫

常　盤

垂髫従走足胼胝
懐裏尤憐泣凍児

一四 唐の李商隠、字は義山の著。枕草子は、この李義山雑纂にならったといわれる。

186 平清盛に寵愛された白拍子、妓(祇)王は、仏御前の出現により仏門に帰依した。

一五 舞い衣。
一六 水の泡。
一七 源氏を指す。
一八 平家一門を指す。
一九 野草。妓王を指す。彼女は身を退く時、「もえ出るも枯るるもおなじ野辺の草、いづれか秋にあはではつべき」と詠じた。

187 仏御前は、妓王に代わって清盛の寵愛を受けた白拍子。しかし二年も経ぬうちに自ら退き、妓王の庵を訪ねて共に仏道に入ったという。

二〇 戦国時代の遊説家。秦に至って宰相の地位に就いたが、数ヶ月で病と称して辞任した(史記・范睢(はんしよ)蔡沢列伝)。
二一 美人のこと。蛾の触角のようにくっきりと美しい眉の意から美人の喩えとなる(詩経・衛風・碩人〔せきじん〕)。
二二 紫水晶。
二三 かどばって険しいさま。この句は、清盛の眼光が鋭く威厳があり、秋のはやぶさのようである意。
二四 仏御前を指す。

188 源義朝の妻の一人の常盤御前は、平治の乱に義朝が敗れた為、三人の子を連れて都から逃れる。

二五 おさげ髪を垂らした子供。今若・乙若。
二六 ひび・あかぎれ。又は、たこ・まめ。
二七 牛若。

雪底《せってい》の鷹雛《ようすう》 爪鉄《つめてつ》の如《ごと》し。
渠《かれ》を養《やしな》つて他日《たじつ》 [一]梟鴟《きようし》を撃《う》たしむ。

鞆《とも》絵《え》

189
[二]料峭《りようしよう》の東風《とうふう》 [三]鉄鱗《てつりん》凍《こお》る。
氷《ひよう》肌《き》 [四]血《ち》を濺《そそ》いで 涙粧《るいしよう》新《あら》たなり。
粟津《あわず》は[五]烏江《うこう》に勝《まさ》れる処《ところ》あり。
従騎中猶《じゆうきちゆうな》ほ美人《びじん》を著《つ》く。

千《せん》手《じゆ》

190
燈《ともしび》暗《くら》うして琵琶《びわ》 強《し》ひて試《こころ》み弾《だん》ず。
[六]楚囚《そしゆう》 自《みずか》ら[七]楚歌《そか》の看《かん》を作《な》す。
憐《あわ》れむべし [八]胡蝶《こちよう》 真《しん》に情種《じようしゆ》、
一たび春風《しゆんぷう》に触《ふ》れて [九]牡丹《ぼたん》を恋《こ》ふ。

静《しずか》

191
雄風《ゆうふう》 東《ひがし》より起《お》こつて 急《きゆう》に[一〇]其《き》を煽《あお》ぎ、
草木《そうもく》 一時《じ》 頭《かしら》尽《ことごと》く垂《た》る。
独《ひと》り[一一]柔荑《じゆうてい》の撓《たわ》め得《え》ざるあり、

雪底鷹雛爪如鉄
養渠他日撃梟鴟

鞆　絵

料峭東風凍鉄鱗
氷肌濺血涙粧新
粟津有勝烏江処
従騎中猶著美人

千　手

燈暗琵琶強試弾
楚囚自作楚歌看
可憐胡蝶真情種
一触春風恋牡丹

静

雄風東起急煽其
草木一時頭尽垂
独有柔荑撓不得

一 ふくろう。平家を指す。
189 木曾義仲の妻の一人、巴御前。粟津で討死する直前まで、常に傍らに従った。武勇に抜群の女性。
二 料は肌をなでる。峭は厳しい。
三 鎧冑。
四 返り血を浴びる。
五 楚の項羽の戦死した地。項羽は愛する虞美人を烏江の戦までは連れてゆけなかった。
190 平重衡が捕えられて鎌倉にあった時、頼朝が接待役を命じた女性。
六 捕われの身であっても品位を保つ者の意。左伝・成公九年に、楚の鍾儀が晋に囚われても自国の冠を著けていた記載がある。ここは重衡を指す。
七 項羽は垓下(がい)で、四面の敵が故郷楚の歌を歌うのを聞いて驚き、自らも虞美人を思う楚歌を作り嘆き歌った(史記・項羽本紀)。この時に千手の弾く琴に感じて重衡が朗詠したのは「燈闇うして数行虞氏の涙」(橘広相の詠)であったという。
八 千手を指す。
九 重衡。
191 源義経の妻の一人の白拍子、静御前は、頼朝に急追される夫と吉野山で別れた後、囚えられて鎌倉へ送られる。
一〇 豆がらを燃やす火をあおる。兄が弟を苦しめること。魏の文帝曹丕(そうひ)が弟曹植(そうち)をねたみ、七歩の間に詩を作るよう命じた。その詩に「其在㆓釜下㆒然、豆在㆓釜中㆒泣。本自㆓同根㆒生、相煎何太急」とある(世説新語・文学・六十六)。
一一 柔らかな、つばなの若芽。女性の手の美しい喩え(詩経・衛風・碩人)。ここは静を指す。

一二筵《えん》に当《あ》たつて未《いま》だ肯《あえ》て君《きみ》一三に卮《し》一四を侑《すす》めず。

尼将軍《あましようぐん》

192
一五菱花《りようか》 夢《ゆめ》を買《か》ふ 意《い》殊《こと》に深《ふか》し。
一六雙鳳《そうほう》孤鸞《こらん》一七 忽《たちま》ち古今《ここん》。
一八人彘《じんてい》千年《せんねん》 已《すで》に酸鼻《さんび》。
自《みずか》ら豚犬《とんけん》一九を屠《ほふ》る 更《さら》に何《なん》の心《こころ》ぞ。

梶原婦《かじわらのふ》

193
繊手《せんしゆ》貪《むさぼ》り攀《よ》づ 幾片《いくへん》の霞《かすみ》。
将軍《しようぐん》も亦《また》解《かい》す 二〇韶華《しようか》を惜《お》しむを。
知《し》らず 何事《なにごと》をか夫婿《ふせい》二一に教《おし》へたる。
折《お》り尽《つ》くす 連枝《れんし》二二棣萼《ていがく》の花《はな》。

勾当内侍《こうとうのないし》

194
二三管《かん》せず 関西《かんさい》の十六州《しゆう》、
春寒《はるさむ》うして鴛被《えんび》二四 温柔《おんじゆう》を領《りよう》す。
君王《くんおう》誤《あやま》つて賜《たま》ふ 蛾眉《がび》二五の斧《おの》、
河山《かざん》を割《さ》き弃《す》てて 復《また》収《おさ》めず。

当筵未肯侑君卮

尼将軍

菱花買夢意殊深
雙鳳孤鸞忽古今
人彘千年已酸鼻
自屠豚犬更何心

梶原婦

繊手貪攀幾片霞
将軍亦解惜韶華
不知何事教夫婿
折尽連枝棣萼花

勾当内侍

不管関西十六州
春寒鴛被領温柔
君王誤賜蛾眉斧
割弃河山不復収

一二 鎌倉の鶴岡八幡宮での宴席。
一三 頼朝。
一四 酒杯。

192 源頼朝の妻、北条政子。頼朝の没後、実子を謀殺して幕府の実権を掌握した。
一五 裏面に菱の花を鋳つけた鏡。曾我物語二によれば、政子は妹の見た吉夢を凶夢と言いくるめ、家宝の鏡で買い受けたという。
一六 兄弟など、並び優れたものの喩え(北史・賈思伯伝)。政子と妹とを指す。
一七 連れ合いを失ったおおとり。孤鸞は鏡を見ると、その姿を連れ合いと思い、悲しげに鳴いて舞うという(白孔六帖)。
一八 漢の高祖の后、呂氏は高祖が寵愛した戚《きせ》夫人の四肢を断ち、人彘と名づけて辱めた(史記・呂后本紀)。
一九 不肖の子。頼家・実朝を指す。

193 源頼朝の寵臣で讒言者として知られる梶原景時の妻。
二〇 華やかな春の光や景色。色香の意。彼女は頼朝にひそかに通じたという。
二一 景時。彼は頼朝に勧めて弟の範頼・義経を次々に殺させた。
二二 兄弟をいう。

194 後醍醐天皇が、新田義貞に下賜した官女。
二三 義貞が管領としての任務を果たさなかったことをいう。
二四 おしどりのような夫婦の夜具。本事詩・情感に「慣レ従二鴛被暖一、怯レ向二雁門寒一」とある。
二五 人の性質を損うほどの美人のこと。蛾眉は、蛾の触角のようにくっきりと美しい眉(詩経・衛風・碩人)。枚乗の七発に「皓歯娥眉、命曰二伐性之斧一」とある。

楠《なん》 母《ぼ》

195
強《し》ひて収《おさ》む [一]昼哭《ちゅうこく》 涙《なんだ》縦横《じゅうおう》。
努力《どりょく》す [二]鵬雛《ほうすう》九萬《まん》の程《てい》。
姑《しばら》く[三]家伝《かでん》 殉国《じゅんこく》の剣《けん》を奪《うば》ひて、
君《きみ》の為《ため》に 此の[四]小長城《しょうちょうじょう》を護《まも》る。

菅翁《かんおう》の病《やまい》を問《と》ひ、及《およ》ばずして終《お》はる。
此《これ》を賦《ふ》し痛《いた》みを志《しる》す　四首《しゅ》

196
装《そう》を治《おさ》めて 忙《いそがわ》しく路《みち》に上《のぼ》る。
病《やまい》を聞《き》いて 遠《とお》く心《こころ》に関《かん》す。
暮宿《ぼしゅく》 星《ほし》の見《あら》はるるを追《お》ひ、
[五]宵征《しょうせい》 月《つき》の沈《しず》むを送《おく》る。
吾《わ》が行《こう》 意《い》に憚《はばか》ると雖《いえど》も、
[六]父執《ふしつ》 恩《おん》の深《ふか》きを念《おも》ふ。
冀《こいねが》はくは[七]少間《しょうかん》の日《ひ》に及《およ》び、
猶《な》ほ微酔《びすい》の[八]唫《ぎん》に[九]陪《ばい》せん。

楠　母

強収昼哭涙縦横
努力鵬雛九萬程
姑奪家伝殉国剣
為君護此小長城

問菅翁病、不及而終。賦
此志痛四首

治装忙上路
聞病遠関心
暮宿追星見
宵征送月沈
吾行雖意憚
父執念恩深
冀及少間日
猶陪微酔唫

195　楠正行の母。

一 夫を失ったときは、昼間に限って哭するという礼のしきたりから、このようにいう(礼記・檀弓下)。

二 鵬は巨大な鳥。その雛は、正行を指す。荘子・逍遥遊に「鵬之徙二於南冥一也。水撃三千里。摶二扶揺一而上者九萬里」とある。徙は、うつる。扶揺は、つむじ風。摶(たん)は、のる。

三 父正成の形見の刀。外史五(もとは太平記十六・正成首送二故郷一事)に、正行が悲嘆して父の形見の刀で自害しようとすると、母が諫めてそれを取り上げる記述がある。

四 正行。長城は、国の護りとなる人物。

▽山陽の法帖に十二媛詩帖(二冊、明治十四年刊)がある。

196　文政十年(一八二七)八月十三日、菅茶山は八十歳にして歿す。山陽は八月十二日に京を発ち、備後神辺に向かうが、臨終に間に合わなかった。九月帰京。

五 夜の明けぬうちに出かける(詩経・召南・小星)。

六 父の親しい友人(礼記・曲礼上)。

七 病が少し良くなることを「間」という(論語・子罕)。

八 吟に同じ。詩歌を口ずさむこと。

九 つき添い従うこと。

197
○
病《やまい》を聞《き》いて 千里《せんり》に趨《はし》り、
中途《ちゆうと》にして 訃伝《ふでん》を得《え》たり。
同《おな》じく[一〇]紼《ふつ》を執《と》る能《あた》はず。
顧《かえり》みて悔《く》ゆ 晩《おそ》く鞭《むち》を揚《あ》げしを。
旧宅《きゆうたく》 柳《やなぎ》[一一]依約《いやく》、
[一二]空幃《くうい》 燈《ともしび》[一三]耿然《こうぜん》。
心《こころ》を傷《いた》ましむ 臨没《りんぼつ》の語《ご》、
我《われ》を待《ま》つて [一四]遺編《いへん》を託《たく》すと。

198
○
[一五]忘年《ぼうねん》 [一六]小友《しようゆう》と呼《よ》ぶ。
知己《ちき》 独《ひと》り斯《こ》の翁《おう》。
[一七]推輓《すいばん》す [一八]藝場《げいじよう》の上《うえ》、
抜離《ばつり》す [一九]官網《かんもう》の中《なか》。
[二〇]一尊《そん》 時《とき》に[二一]燭跋《しよくばつ》、
千里《せんり》 屢《しばしば》郵筒《ゆうとう》。

○
聞病趨千里
中途得訃伝
不能同執紼
顧悔晩揚鞭
旧宅柳依約
空幃燈耿然
傷心臨没語
待我託遺編

○
忘年呼小友
知己独斯翁
推輓藝場上
抜離官網中
一尊時燭跋
千里屢郵筒

197
一〇 棺(ひつぎ)を載せた車を引く綱を手に持つ。葬を送ること(礼記・曲礼上)。
一一 昔の面影を残して立っているさま。
一二 主人の居ない部屋のとばり。
一三 小さく明るいさま。燈明の光をいう。
一四 黄葉夕陽村舎詩遺稿。天保二年三月の山陽の序文を載せ、天保三年(一八三三)四月に出版される。

198
一五 お互いの年齢の大差を忘れ、親しく交わることを忘年の交と言い、年長者から年少者に対して忘年の友という(陳書・江総伝)。
一六 年若い友達。
一七 車を押したり引いたりする。転じて人を推薦すること。左伝・襄公十四年に「衛君必入、夫二子者、或輓レ之、或推レ之、欲レ無レ入得乎」とある。
一八 学問藝術の世界。
一九 官吏となり、束縛を受けること。
二〇 酒樽。
二一 ともしびの根元の燃えさし。夜が更ける意。礼記・曲礼上に「燭不レ見レ跋」とある。

寂寞《せきばく》たり 文章《ぶんしょう》の事《こと》、
細論《さいろん》 誰《たれ》か復同《またおなじ》うせん。

○

199
一曾《かつ》て栽《う》ゑて花木《かぼく》を記《き》し、
手《て》づから畜《か》ひて鵝鳧《がふ》を識《し》る。
触目《しよくもく》 皆涕《みななんだ》するに堪《た》ふ。
門《もん》を辞《じ》して 二未《いま》だ駆《く》を作《な》さず。
三新阡《しんせん》 四顧望《こぼう》を労《ろう》し、
五旧校《きゆうこう》 荒蕪《こうぶ》を慮《おもんぱか》る。
手《て》を分《わ》かつて 六孤子《こし》を勉《つと》む。
肯《あえ》て七堂構《どうこう》を能《よ》くするや無《いな》や。

阿弥陀駅址《あみだえきあと》。備後守《びんごのかみ》 児嶋範長《こじまのりなが》 義《ぎ》に死《し》するの処《ところ》なり

200
八天子《てんし》の詔《しょう》は 九手《て》の翻覆《はんぷく》。
一〇将軍《しょうぐん》の教《きょう》は 邱山《きゆうざん》の重《じゆう》。

寂寞文章事
細論誰復同

○

曾栽記花木
手畜識鵝鳧
触目皆堪涕
辞門未作駆
新阡労顧望
旧校慮荒蕪
分手勉孤子
肯能堂構無

阿弥陀駅址。備後守児嶋範長死義之処也

天子之詔手翻覆
将軍之教邱山重

199 一 文化六年(一八〇九)末から同八年(一八一一)初めまで、この廉塾に在塾していた当時を憶う。
二 すぐに駆せ去らない。後ろ髪を引かれる思い。
三 新たに作られた墓道(杜甫・故武衛将軍挽歌)。
四 何度も振り返りたくなり。
五 茶山の廉塾。
六 茶山は子がなく、亡き甥の遺児三郎(名は惟縄、字は昭叔、号は楚畹または自牧斎)が養嗣子となった。十八歳。
七 父祖の業を受け継ぐこと。書経・大誥に「若㆓考作㆑室、既底㆑法、厥子乃弗㆓肯堂㆒、矧肯構」とあり、父が土台を設計し、子がその上に屋を構える意から。

200 菅茶山の訃で赴いた神辺より帰京する途上の作。播磨国印南(いなみ)郡阿弥陀村(現兵庫県高砂市)にあった駅。阿弥陀堂があることから名づけられたという。ここに六騎武者塚というものがあり、児嶋範長主従を埋葬した所という。範長は備後守で延元元年(一三三六)四月、子の高徳と共に挙兵して新田氏に応じ、赤松則村軍と戦ったが敗れ、五月に阿弥陀駅にて自刃した(太平記十六、外史五)。
八 後醍醐天皇。
九 杜甫の貧交行に「翻㆑手作㆑雲覆㆑手雨」とあり、反覆常のないことをいう。
一〇 足利尊氏。第一・二句は赤松則村のことをいう。以下の四句は範長のことをいう。

[一一]手《て》づから教書《きようしよ》を裂《さ》いて　虎威《こい》を禦《ふせ》ぐ、
備後《びんご》の老守《ろうしゆ》　真《しん》に忠勇《ちゆうゆう》。
刀《とう》を抜《ぬ》いて腹《はら》を剖《さ》き　熱腸《ねつちよう》を出《いだ》す、
老脚《ろうきやく》　肯《あえ》て[一二]狐鼠《こそ》の踵《あと》に接《せつ》せんや。」
[一三]熊山《くまやま》　東《ひがし》のかた[一四]鹿子河《かこがわ》を望《のぞ》み、
廃駅《はいえき》猶《な》ほ阿弥陀《あみだ》と喚《よ》べり。
自《おのず》から[一五]児郎《じろう》の[一六]范蠡《はんれい》を期《き》する有り、
[一七]呉《ご》を沼《ぬま》となす志《こころざし》あつて　[一八]復蹉跎《またさだ》たり。
成敗《せいばい》　何《なん》ぞ俊傑《しゆんけつ》を論《ろん》ずべけん。
[一九]盗《とう》を助《たす》けて利《り》を分《わ》かつ　終《つい》に如何《いかん》。」
誰《たれ》か[二〇]大筆《たいひつ》を将《もつ》て　此の[二一]老《ろう》を[二二]旌《せい》し、
[二三]豐碑《ほうひ》　高《たか》く照《て》らさん　山陽道《さんようどう》。」

201
上総忠光《かずさただみつ》
刀鏃《とうぞく》の餘生《よせい》　旧装《きゆうそう》を変《へん》ず。
依然《いぜん》たる国士《こくし》　鉄心腸《てつしんちよう》。

手裂教書禦虎威
備後老守真忠勇
抜刀剖腹出熱腸
老脚肯接狐鼠踵
熊山東望鹿子河
廃駅猶喚阿弥陀
自有児郎期范蠡
沼呉有志復蹉跎
成敗何可論俊傑
助盗分利終如何
誰将大筆旌此老
豐碑高照山陽道

上総忠光
刀鏃餘生変旧装
依然国士鉄心腸

一一　範長は投降を勧める尊氏からの教書を引き裂いて、後醍醐天皇方に附く決意を示した。
一二　尊氏方に附いた赤松等を指す。
一三　備前国にあり。現岡山県赤磐郡熊山町にある山。
一四　播磨国の加古川。
一五　高徳。
一六　春秋時代、越王勾践(こうせん)に仕え、王を助けて呉を滅亡させた功臣。この句は桜樹の書(太平記四、外史五)を踏まえていう。
一七　呉を滅ぼして沼にしてしまう(左伝・哀公元年)。ここでは足利氏を呉に比す。
一八　つまずいて思うようにいかない。
一九　足利氏のこと。
二〇　椽大(てんだい)の筆。たるきのように堂々とした立派な文章。晋の王珣(おうじゅん)は、たるきのように大きな筆を授かる夢を見て、後に大文章を書いた(晋書・王珣伝)。
二一　範長。
二二　功績を表彰する。
二三　大きく立派な碑。

201　平家の士であった忠光は、藤原忠清の第二子で上総五郎兵衛尉と称した。平家滅亡後、諸国に隠れており、建久三年(一一九二)鎌倉永福寺建立の際、変装して頼朝に近づき、刺そうとして発覚し、捕えられた(吾妻鏡十二、外史一)。

一隻眸《せきぼう》　何《なん》ぞ誤《あやま》らん仇讎《きゅうしゅう》の面《めん》、
故《ことさら》に魚鱗《ぎょりん》を傭《やと》うて　二電光《でんこう》を乱《みだ》る。

202
渡部競《わたなべのきそう》

佯《いつわ》つて羈絆《きはん》に甘《あま》んじ　新班《しんはん》に列《れっ》す。
士《し》を奪《うば》ふは三馬《うま》を奪《うば》ふの難《かた》きに何如《いかん》。
皮上煩《ひじょうわずら》はさず　烙印《らくいん》を施《ほどこ》すを、
四旧恩《きゅうおん》は銘《めい》して　肺肝《はいかん》の間《かん》に在《あ》り。

203
佐佐木四郎《ささきしろう》、菟道《うじ》を騎渡《きと》するの図《ず》に題《だい》す

鐙《あぶみ》に噴《ふ》く春漲《しゅんちょう》　五驕龍《きょうりゅう》を叱《しっ》し、
一躍先登《やくせんとう》　誰《たれ》か雄《ゆう》を競《きそ》はん。
卻《かえ》つて識《し》る六官途《かんと》　波浪《はろう》の険《けわ》しきを。
鞭《べん》を著《つ》けて勇退《ゆうたい》す　急流《きゅうりゅう》の中《うち》。

論詩絶句《ろんしぜっく》　二十七首《しゅ》(内十五首)

隻眸何誤仇讎面
故傭魚鱗乱電光

渡部競

佯甘羈絆列新班
奪士何如奪馬難
皮上不煩施烙印
旧恩銘在肺肝間

題佐佐木四郎、騎渡菟道図

噴鐙春漲叱驕龍
一躍先登誰競雄
卻識官途波浪険
著鞭勇退急流中

論詩絶句二十七首

一忠光は隻眼であったが、その目に魚の鱗を挿んで変装していたという。
二眼つきのらんらんとした鋭さを紛らし隠す。晋の王戎(おうじゅう)は眼光が特に鋭かったので、裴楷(はいかい)が評して「戎眼爛爛、如二巌下電一」と言った(晋書・王戎伝)。

202　源頼政の家臣であった渡部競は、頼政が以仁王を奉じ、平氏討伐を策して三井寺に赴いた際、急であった為に頼政からその旨を知らされなかった。平宗盛がこれを聞き、たまたま自分の邸内にいた競を頼政討伐の軍に加えようとした。競は偽り承諾して宗盛の馬を借りて帰宅し、改めて頼政の後を追った。その途中、宗盛邸の前を通り、門外からこのことを告げて三井寺に向かった。
三平宗盛は以前、頼政の子、仲綱の愛馬を強奪し、これに仲綱と烙印し、仲綱父子を辱しめたことがあった。そこで仲綱は競が宗盛から借りた馬の鬣尾を切り、宗盛と烙印して元の厩に返した。
四旧主の頼政の恩。

203　佐々木四郎高綱は、源頼朝より生喰(いけずき)という名馬を授かり、磨墨(するすみ)に乗った梶原源太景季と宇治川の先陣を争って、美事に一番乗りをして木曾軍を打ち破った。
五高さ六尺以上の馬を驕と言い、八尺以上を龍という。駿馬(しゅんめ)の生喰を指す。
六三国の古戦場、官渡(河南省)のことかともいう。

204　論詩絶句(二〇四から二一八)は稿本に註がある(詩集に採録)。いま「原註」の標記で適宜引

204
○（菅公）

萬首《ばんしゅ》の[七]琳琅《りんろう》　手《て》に任《まか》せて揮《ふる》ふ。
詞鋒《しほう》未《いま》だ脱《だつ》せず　[八]白家《はくか》の囲《かこ》ひ。
[九]皮毛《ひもう》　擺落《はいらく》して天真《てんしん》　見《あら》はる。
一掬《きく》の[一〇]恩香《おんこう》　御衣《ぎょい》に在《あ》り。

205
○（上杉謙信）

槊《さく》を横《よこ》たへて吟駆《ぎんく》す　北海《ほっかい》の濤《なみ》。
敵城《てきじょう》　膝《ひざ》を屈《くっ》して　旌旄《せいぼう》を拝《はい》す。
肯《あえ》て[一一]勅勒《ちょくろく》の歌《うた》　涙《なんだ》に和《わ》するを為《な》さんや、
霜《しも》は軍営《ぐんえい》に満《み》ちて　雁影《がんえい》　高《たか》し。

206
○（祇園南海）

[一二]倡儜《そうどう》　[一三]縹緲《ひょうびょう》　恰《あたか》も相《あ》ひ宜《よ》し。
[一四]猥瑣《わいさ》　何《なん》ぞ堪《た》へん　[一五]肉絲《にくし》に被《こうむ》らしむるに。
[一六]金丹《きんたん》を把《と》つて凡骨《ぼんこつ》を換《か》へんと欲《ほっ》せば、
試《こころ》みに吟《ぎん》ぜよ　南海《なんかい》　竹枝《ちくし》の詞《し》。

○
萬首琳琅任手揮
詞鋒未脱白家囲
皮毛擺落天真見
一掬恩香在御衣

○
横槊吟駆北海濤
敵城屈膝拝旌旄
肯為勅勒歌和涙
霜満軍営雁影高

○
倡儜縹緲恰相宜
猥瑣何堪被肉絲
欲把金丹換凡骨
試吟南海竹枝詞

用する。二〇四は大宰府に流謫された菅原道真の詩を論ずる。
七 清らかで美しい玉。転じて詩文の美しい喩え（文心雕龍・時序）。
八 白楽天の詩風の域。
九 皮も毛も払い除く。修飾や技巧を取り去る意。
一〇 道真の九月十日の詩（菅家後集）に「恩賜御衣今在レ此、捧持毎日拝二餘香一」とある。

205 外史十一「七月、謙信将二兵三萬一西伐、攻二七尾一。九月、城陥。乃休レ兵二日。属二十三夕一、月色明朗。謙信置二酒軍中一、会二諸将士一。酒酣。自作レ詩曰、霜満二軍営一秋気清、数行過雁月三更。越山幷得能州景、遮莫家郷憶二遠征一。令下将士善二歌詩一者皆和上レ之（節録）」とある。
一一 東魏の高歓は西魏の韋孝寛を玉壁城に攻めたが勝てず、部将の斛律金（こくりつきん）に勅勒歌を歌わせ、それを聞いて涙したという（北斉書・神武紀）。歌詞は以下の通り。「勅勒川、陰山下。天似二穹廬一、籠二蓋四野一。天蒼蒼、野茫茫。風吹草低見二牛羊一」（楽府詩集八十六・雑歌謡辞四）。

206 原註に「祇南海有二江南竹枝詞一」。南海の名は瑜、又は正卿。字は伯玉・汝珉・斌（ひん）。和歌山藩医。
一二 聞き慣れない言語や声楽の形容。新唐書・劉禹錫伝参照。
一三 澄んだ高い調子。
一四 乱れて細々（こまごま）としているさま。
一五 歌声や絃楽器。
一六 仙人や道士などが黄金から作るという若返りの薬（抱朴子・金丹）。

○(梁田蛻巌)

207
海内《かいだい》の文章《ぶんしよう》 布衣《ふい》[一]に落《お》つと、
偶然《ぐうぜん》の七字《じ》 是れ珠璣《しゆき》。
登高《とうこう》 唯梁翁《ただりようおう》の賦《ふ》あり。
道《い》ふを解《かい》す 雲《くも》に連《つら》なつて秋色飛《しゆうしよくと》ぶと。

○(葛子琴)

208
浪速城《なにわじよう》 中《ちゆう》 朋盍簪《ともこうしん》[二]。
猶《な》ほ嘉萬《かばん》[三]に従《したが》つて 金鍼《きんしん》[四]を索《もと》む。
茫茫《ぼうぼう》たる混沌《こんとん》 新《あら》たに竅《きよう》[五]を穿《うが》つもの、
唯《ただ》[六]多才《さい》の葛子琴《かつしきん》あり。

○(六如)

209
泥犁《でいり》[七]の口業《くごう》[八] 未《いま》だ空《くう》と成《な》らず。
仏《ぶつ》に呈《てい》せんとして秖彫琢《ただちようたく》の工《こう》に当《あ》たる。
栲叟草盧《こうそうそうろ》[九][一〇]は 家数小《かすうしよう》[一一]なり。
鉢盂《はつう》[一二]に還《かえ》つて出《いだ》す 渭南翁《いなんおう》[一三]。

○(菅茶山)

○
海内文章落㆓布衣㆒
偶然七字是珠璣
登高唯有梁翁賦
解㆑道連雲秋色飛

○
浪速城中朋盍簪
猶従嘉萬索金鍼
茫茫混沌新穿竅
唯有多才葛子琴

○
泥犁口業未成空
呈仏秖当彫琢工
栲叟草盧家数小
鉢盂還出渭南翁

○

207　梁田蛻巌、初名は邦彦、後に邦美、字は景鸞、通称は才右衛門。赤(明)石藩儒。宝暦七年(一七五七)七月十七日、八十六歳歿。

一　この句は白石のような幕府の高官で詩名の高い人物が凋落したことをいう。蛻巌の「九日」の詩(蛻巌集四)に「琪樹連㆑雲秋色飛、独憐細菊近㆓荊扉㆒。登高能賦今誰是、海内文章落㆓布衣㆒」とある。原註「結句蓋他人作。蛻岩(マヽ)乞得足㆑之成㆓一篇㆒云」。

208　葛子琴(一七三九—八四)は橋本氏、本姓葛城、通称は貞元、初名は湛、又は眈、後に張、字は子琴、蠢(螙)庵(とあん)、小園と号し、書楼を御風楼という。原註「浪華有㆓混沌社㆒。子琴其翹楚也」。

二　→一八七頁注一四。
三　明の前・後七子。
四　巧みに詩文を作る秘法。
五　荘子・応帝王参照。
六　子琴は本業の医者のほか、多才であった。

209　六如上人(一七三四—一八〇一)は京都の詩僧。名は慈周。著に六如庵詩鈔や葛原詩話がある。

七　梵語で地獄の意。
八　言葉による罪業。詩を作ること。
九　村瀬栲亭(一七四六—一八一八)。京都の詩人。皆川淇園に続く大家。
一〇　龍草廬(一七一四—九二)。京都の詩人で幽蘭社を主催した大家。
一一　二人は大家でなく小家であること。
一二　在俗の詩人を凌駕して、僧侶からかえって大家が出たの意。
一三　南宋の陸游の号。原註「六如上人。論者目曰、鉢盂中陸務観」。務観は陸游の字。五山堂詩話一・二十七も参照。

210
[一四]朱絃疏越《しゅげんそえつ》 鏗鏘《こうそう》を愛《あい》す。
風格《ふうかく》誰《たれ》か争《あらそ》はん 老礼卿《ろうれいけい》[一五]。
[一六]大句《たいく》 寧《あ》に排奡《はいごう》[一七]の力《ちから》なからんや。
終《つい》に然《しか》れども 五字《じ》 是れ長城《ちょうじょう》[一八]。

○(武元登々庵)

211
[一九]虎《こ》鳥龍蛇《ちょうりゅうだ》 耳《みみ》聞《き》くを怕《おそ》る。
[二〇]編裨《へんび》宜《よろ》しく憚《はばか》るべし 千軍《せんぐん》[二一]を勒《ろく》するを。
[二二]論衡《ろんこう》は帳裡《ちょうり》に家家《かか》に在《あ》り。
開闢《かいびゃく》 誰《たれ》をか称《しょう》せん 武景文《ぶけいぶん》。

○(市河寛斎)

212
河叟《かそう》 才《さい》を憐《あわ》れむこと 海《うみ》の涵《ひた》すが如《ごと》し。
桑《くわ》を種《う》ゑて養《やしな》ひ就《な》す 絲《いと》を吐《は》く蠶《かいこ》。
知《し》る可《べ》し楽易《らくい》[二三] 心遥《こころはる》かに契《ちぎ》るを。
前《さき》には香山《こうざん》[二四]を学《まな》び 後《のち》には剣南《けんなん》[二五]。

○(大窪詩仏)

213
自《みずか》ら詩仏《しぶつ》と号《ごう》す 意《い》如何《いかん》。

朱絃疏越愛鏗鏘
風格誰争老礼卿
大句寧無排奡力
終然五字是長城

○

虎鳥龍蛇耳怕聞
編裨宜憚勒千軍
論衡帳裡家家在
開闢誰称武景文

○

河叟憐才如海涵
種桑養就吐絲蠶
可知楽易心遥契
前学香山後剣南

○

自号詩仏意如何

210
一四 よく練った赤い色糸の弦を張り、底の穴を大きくした瑟(しつ)。周の祖廟における格調の高い雅楽に用いられる(礼記・楽記)。
一五 茶山の字。
一六 七言九言等の長大な詩句。
一七 詩文の勢い迫って強いこと。
一八 長城のように、他人には乗り越えられないこと。新唐書・隠逸伝「権徳輿曰、(劉)長卿自以為㆓五言長城㆒」。原註「菅茶山翁、最長㆓五古㆒。毎於㆓結末㆒喜㆓餘音㆒」。

211
武元登々庵(一七六七—一八一八)は名を正質、字を景文、通称孫兵衛、別号を行庵・泛庵。原註「武景文著㆓古詩韻範㆒。詩家陽捨陰取」。
一九 身分のあるものが用いる旗の模様。つまり、ここでは詩壇の老将。
二〇 詩壇の少壮の者。
二一 大軍をおさめる。長古詩を作る意。
二二 後漢の王充の著。後漢の蔡邕(さいよう)が、この書を秘かに指南書として用い、人に示さなかったという故事。ここは我国初の古詩韻法研究書である古詩韻範に比す。

212
市河寛斎(一七四九—一八二〇)、名は世寧、字は子静、通称小左衛門。西野・半江・江湖詩老などの別号がある。原註「西埜翁長㆓於育才㆒。開㆓江湖社㆒。名手輩出」。
二三 多くの俊英を養成し、心楽しく安らかなさま。荀子・栄辱による。白居易、字は楽天の縁語でもある。
二四 唐の白居易。
二五 南宋の陸游。

213
→一九。原註「天民宗派出㆓於西埜㆒。有㆑慕㆓於白陸㆒。見㆓随園詩話中有㆓詩仏歌㆒。遂取為㆑号」。

[一]千偈《せんげ》[二]瀾翻《らんぽん》　口《くち》に任《まか》せて哦《が》す。
教化《きようげ》　縦然《たとい》　広大《こうだい》に非《あら》ずとも、
人《ひと》を済《すく》ひて　[三]阿《あ》修羅《しゆら》に堕《お》とさず。

214
○（菊池五山）
吟《ぎん》を学《まな》ぶに争《あらそ》ひ願《ねが》ふ　五山《ござん》の知《ち》。
[四]寸舌権衡《すんぜつけんこう》す　海内《かいだい》の詩《し》。
却《かえ》つて恨《うら》む管絃《かんげん》　[五]太暦《たいれき》を非《そし》るを。
[六]嬌喉《きようこう》　索《もと》めず　[七]十郎《ろう》の詞《し》。

215
○（柏木如亭）
柏昶《はくちようし》詩を為《つく》る　別才《べつさい》あり。
[八]空腸《くうちよう》　直《ただ》ちに性霊《せいれい》を吐《は》き来《きた》る。
[九]稜稜《りようりよう》たる吟骨《ぎんこつ》　収《おさ》むる処《ところ》なし。
埋《うず》めて空山《くうざん》に向《む》かふ　土《つち》一堆《たい》。

216
○（梁川星巌）
織女《しよくじよ》の機絲《きし》　巧《たく》みに剪裁《せんさい》す。
[一〇]江湖《こうこ》の数子《すうし》　各《おのおの》仙才《せんさい》。

千偈瀾翻任口哦
教化縦然非広大
済人不堕阿修羅

○
学吟争願五山知
寸舌権衡海内詩
却恨管絃非太暦
嬌喉不索十郎詞

○
柏昶為詩有別才
空腸直吐性霊来
稜稜吟骨無収処
埋向空山土一堆

○
織女機絲巧剪裁
江湖数子各仙才

一 多くの詩。仏の徳を頌め讃える韻文を偈という。
二 大波が翻るように勢いよいさま。
三 仏教の六道の一つである阿修羅道に堕ちないようにする。阿修羅は悪神で、闘争を主とする。

214 原註「無絃作二詩話一。四方見レ収為レ栄。作二竹枝詞一。藝林伝撲」。五山は、五山堂詩話のほか「深川竹枝」の作で著名。
四 三寸の舌。
五 唐の代宗の年号（七六六—七七九）。
六 美しい声を出すのど。それを持つ歌妓。
七 太（大）暦の十才子（盧綸・銭起・司空曙ら十人）。その詩は当時、広く唱和された。

215 柏木如亭（一七六三—一八一九）は名は昶、字は永日、通称は門弥。柏山人・痩竹・晩晴吟社などの別号がある。原註「如亭不レ屑二読書一。而所レ作往往俊爽、落魄客二死平安一。葬二于永観堂下一」。
八 読書による典故などの蓄えがない、つまり虚心に詩を作る、の意。
九 威風のあるさま。

216 梁川星巌（一七八九—一八五八）は名は卯・孟緯・長澄。字は伯兎・公図・無象。通称は善之丞・新十郎。本姓は稲津氏。天谷・百峯・詩禅などの別号がある。原註「梁星巌出二於江湖社一。抜レ戟成レ隊」。「抜戟成隊」とは、左伝・襄公十年の語で、詩経・邶風・簡兮の「有レ力如レ虎」（虎のように力強い）というのに同じ。
一〇 大窪詩仏を始め、江湖社の同人等。
一一 眼光がちらちら散乱するさま。楽府・木蘭辞の「雄兎脚撲朔、雌兎眼迷離」を、星巌の名字にかけて用いたもの。
一二 ひきがえるが住むという月の宮殿。兎が住むともいう。また淮南子・覧冥訓参照。

誰《たれ》か知《し》らん　白兎《はくと》　[一一]迷離《めいり》の眼《がん》、
却《かえ》つて[一二]蟾宮《せんきゅう》の霊薬《れいやく》を窃《ぬす》み来《きた》る。

○（学韓蘇）

217
姿《すがた》を評《ひょう》して群《むら》がり観《み》る　宋元《そうげん》の膚《ふ》[一三]。
味《あじ》はひを論《ろん》じて争《あらそ》ひ収《おさ》む　[一四]中晩《ちゅうばん》の腴《ゆ》[一五]。
[一六]断粉零香《だんぷんれいこう》　時《とき》の嗜《この》みに合《がっ》す。
君《きみ》に問《と》ふ　何《なに》を苦《くる》しんでか[一七]韓蘇《かんそ》を学《まな》ぶ。

○（被喚詩人）

218
文章《ぶんしょう》　世《よ》に於《お》いて本《もと》[一八]纖塵《せんじん》。
唯恐《ただおそ》る　[一九]頽波《たいは》の[二〇]旧津《きゅうしん》を没《ぼっ》するを。
[二一]鯨魚《げいぎょ》を掣《せい》せんと欲《ほっ》して　気力《きりょく》なし。
半生徒《はんせいいたず》らに詩人《しじん》と喚《よ》ばる。

桓武陵《かんむりょう》を拝《はい》す　十八韻《いん》

219
[二二]天潢《てんこう》　初《はじ》めて[二三]派《は》を正《ただ》し、
帝運《ていうん》　[二四]昔方《むかしまさ》に中《ちゅう》す。

誰知白兎迷離眼
却窃蟾宮霊薬来

○

評姿群観宋元膚
論味争収中晩腴
断粉零香合時嗜
問君何苦学韓蘇

○

文章於世本纖塵
唯恐頽波没旧津
欲掣鯨魚無気力
半生徒被喚詩人

拝桓武陵十八韻

天潢初正派
帝運昔方中

一一 この詩は当時の詩壇の風潮を論じ、山陽自身の立場を表明しようとしたもの。

217
一三 細部の表現。修辞や技巧。一四 中唐と晩唐。
一五 滋味豊かな所や、美しい部分。
一六 こぼれたおしろいの粉や残り香。お化粧で飾ったような美麗な語や、美しい部分だけを拾い集めたような句。これが当時の流行。
一七 韓愈と蘇軾。それぞれ雄厚奇険・豪放宏博と称せられ、山陽が目標としてその作風を学んだ人物。

218
この詩も、自己の立場をいう。
一八 細かいちりのように、取るに足らぬ小技。杜甫の貽二華陽柳少府一参照。
一九 精神が衰える勢いを、崩れる波に喩える。
二〇 古くからの道。日本固有の道。津は渡し場で、人生の道理をいう。
二一 撞木(しゅもく)のこと(後漢書・班固伝・発鯨魚の注)。それを自在に制御して、あたりにひびく暁鐘を打ち鳴らす。警世の文章を書き上げることに喩える。
▽論詩絶句は杜甫・元好問・袁枚の作が著名。銭大昕・十駕斎養新録十六参照。また神田喜一郎「頼山陽の「論詩絶句」」(『神田喜一郎全集』八)参照。富士川英郎『鴟鵂庵閑話』には山陽以後の影響にも触れる。

219
ここより文政十一年(戊子、一八二八)、山陽四十九歳の詩。なお二一九の詩には底本に自註がある。
二二 皇室。天の河に見立てていう。以下、平安の都を桓武帝が定めた偉業をいう。
二三 自註に「寧楽十許朝。至二光仁桓武一。始復二天智之統一」とある。
二四 「定」の星がちょうど南中する。衛の文公が宮室を営んだ故事(詩経・鄘風・定之方中)。

一襟帯《きんたい》 山河《さんが》碧《みどり》に、
規模《きぼ》 日月《じつげつ》紅《くれない》なり。
都城《とじょう》 二龍虎《りょうこ》に跨《また》がり、
三将帥《しょうすい》 四羆《ひ》熊《ゆう》を馭《ぎょ》す。
五方略《ほうりやく》 懸算《けんさん》に従《したが》ひ、
駆攘《くじょう》 六遠戎《えんじゅう》を制《せい》す。
一隅《ぐう》 七獠羯《りょうけつ》を清《きよ》め、
八九鼎《てい》 九穹隆《きゅうりゅう》に奠《さだ》む。
一〇累洽《るいこう》 一一三聖《せい》を生《う》み、
一二同寅《どういん》 一三数公《すうこう》を貽《のこ》す。
紀綱《きこう》 一四叔季《しゅくき》に趨《おもむ》き、
一五堂構《どうこう》 忽《たちま》ち一六岐豊《きほう》。
撞壊《どうかい》す 群児《ぐんじ》の手《て》、
一七陵夷《りょうい》す 一八烈祖《れっそ》の工《こう》。
扶持《ふじ》 一九輔弼《ほひつ》なく、
二〇窃拠《せっきょ》 姦雄《かんゆう》あり。

襟帯山河碧
規模日月紅
都城跨龍虎
将帥馭羆熊
方略従懸算
駆攘制遠戎
一隅清獠羯
九鼎奠穹隆
累洽生三聖
同寅貽数公
紀綱趨叔季
堂構忽岐豊
撞壊群児手
陵夷烈祖工
扶持無輔弼
窃拠有姦雄

一 山河に襟や帯のように取り巻かれている要害の地。自註に「遷都詔、有二山河襟帯自然成レ城之語一」とある。
二 龍蟠虎踞の意。龍が長々とねそべり、虎がうずくまっているように地勢の堅固な要衝。
三 坂上田村麻呂を指す。
四 ひぐまと熊とで勇猛な人を喩える。書経・康王之誥に「則亦有二熊羆之士、不レ二レ心之臣一」とある。
五 計画がはるか先まで偉大なこと。
六 蝦夷を指す。
七 異民族。蛮夷。
八 夏の禹王が作らせた鼎。つまり天子の宝。ここは三種の神器を喩える。
九 天。
一〇 平和な世がかさなり続く。洽は、天子の徳が天下にあまねくゆきわたること(班固・東都賦)。
一一 自註に「平城・嵯峨・淳和、皆帝子」とある。
一二 臣下が共に謹んで公事に務めること。寅は、つつしむ。転じて同僚(書経・皐陶謨)。
一三 自註に「藤原内麻呂・緒嗣等、皆所簡遺」とある。「簡遺」とは賢臣を抜擢し、補佐役として児孫に遺すこと。
一四 叔世・季世。道徳や国運などが衰えかけた末の世(朱熹・白鹿洞賦)。この句以下、王室の衰微をいう。
一五 父祖の遺業を受け継ぐこと。
一六 周王室発祥の旧邑(陝西省)。周が衰えたのち、秦に割き与えた(史記・秦本紀)。平安の都が天子のものから実質上、武門のものとなったことをいう。
一七 丘陵が次第に低くなってゆく意から、盛んな勢いが少しずつなくなり衰える喩え(史記・高

王座《おうざ》 南北《なんぼく》に分《わ》かれ、
[二一]民瞻《みんせん》 各《おのおの》 異同《いどう》。
幾《いく》たびか兵馬《へいば》の践《せん》を経《へ》て、
纔《わず》かに祲氛《しんふん》[二二]の蒙《もう》を発《ひら》く。
[二三]黙佑《もくゆう》 回復《かいふく》を成《な》し、
[二四]宏図《こうと》 始終《ししゅう》を見《み》る。
[二五]玉魚《ぎょくぎょ》 壟壌《ろうじょう》[二六]に光《ひか》り、
宝気《ほうき》 雲虹《うんこう》を貫《つらぬ》く。
萬戸《ばんこ》 烟炊《えんすい》の外《ほか》、
[二七]一抔《ぼう》 荊棘《けいきょく》叢《むらが》る。
[二八]地祇《ちぎ》は 穴蟻《けつぎ》[二九]を防《ふせ》ぎ、
[三〇]神胤《しんいん》は 斯螽《ししゅう》[三一]を庇《おお》ふ。
誰《たれ》か平安《へいあん》[三二]の地《ち》に処《お》りて、
敢《あえ》て延暦《えんりやく》[三三]の功《こう》を諼《わす》れんや。
[三四]樵蘇《しょうそ》に 隧道《すいどう》[三五]を詢《と》ひ、
檜柏《かいはく》に 霊風《れいふう》を認《みと》む。

王座分南北
民瞻各異同
幾経兵馬践
纔発祲氛蒙
黙佑成回復
宏図見始終
玉魚光壟壌
宝気貫雲虹
萬戸烟炊外
一抔荊棘叢
地祇防穴蟻
神胤庇斯螽
誰処平安地
敢諼延暦功
樵蘇詢隧道
檜柏認霊風

祖功臣年表序)。
一八 桓武天皇。
一九 政治を助ける、良い大臣。
二〇 土地をかすめ取って占拠する。自註に「指二六波羅・室町一」とある。
二一 自註に「両都分立。人懐二嚮背一」とある。
二二 不吉な気。
二三 無言の助け。桓武天皇の御霊が冥土から援助する意。
二四 遠大な計画。自註に「言二近古変乱為一レ治」とある。
二五 玉を魚の形に刻み、葬時に埋める。つまり陵前の石。この句以下、桓武陵に詣でた感懐をいう。
二六 岡の土。つまり陵墓。
二七 一すくいの土。長陵(漢の高祖の陵)一抔之土(史記・張釈之伝)の故事から、陵墓そのものを指す。
二八 地の神。
二九 蟻(あり)の穴。転じてごく小さいが、大事を引き起こすような恐れがあることの喩え。韓非子・喩老に「千丈之堤、以二螻蟻之穴一潰、百尺之室、以二突隙之烟一焚。故曰、白圭之行レ堤也、塞二其穴一、丈人之慎レ火也、塗二其隙一」とある。
三〇 天照大神の子孫。つまり歴代の天皇。
三一 螽斯(いなご)に同じ。いなごは子沢山。ここは天下万民。
三二 自註に「平安之名、亦定二於当日一」とある。
三三 桓武天皇の年号(七八二—八〇六)。
三四 木こりや草刈り。つまりこの近くに住む農夫。
三五 陵墓への道。

[一]率土《そっと》 微臣《びしん》の意《い》、
詞《し》に陳《の》べて 薄《いささ》か鞠躬《きっきゅう》[二]。

桃竹刀鞘《とうちくとうしょう》の引《いん》[三]。山根《やまね》[四]士慎《ししん》の遺物《いぶつ》

220
吾《われ》に三尺《じゃく》の護身刀《ごしんとう》あり、
久《ひさ》しく蔵《ぞう》して 未《いま》だ其の室《しつ》[五]を飾《かざ》るあらず。
長州《ちょうしゅう》の桃竹《とうちく》 工絶妙《こうぜつみょう》。
織《お》り成《な》して鞘《さや》と為《な》せば 髹漆《きゅうしつ》[六]に勝《まさ》る。
徽也《きや》 長《ちょう》に帰《かえ》る 託《たく》して齎《もたら》し去《さ》る。
何《なん》ぞ料《はか》らん 奄然《えんぜん》[七] 羸疾《るいしつ》[八]に困《くる》しまんとは。
心《こころ》に関《かん》す 遺草《いそう》[九] 散《さん》じて収《おさ》めざるを、
刀《とう》 何処《いずこ》に在《あ》る 何《なん》ぞ恤《うれ》ふるに暇《いとま》あらん。
[一〇]剥啄《はくたく》 門《もん》に到《いた》り 一函《かん》を致《いた》す、
封《ふう》を拆《ひら》けば 蒼龍《そうりゅう》[一一] 蟄《ちつ》[一二]を啓《ひら》いて出《い》づ。
友《とも》あり 代《か》わって生前《せいぜん》の語《ご》を述《の》ぶ、

率土微臣意
陳詞薄鞠躬

桃竹刀鞘引。山根士慎遺物

吾有三尺護身刀
久蔵未有飾其室
長州桃竹工絶妙
織成為鞘勝髹漆
徽也帰長託齎去
何料奄然困羸疾
関心遺草散不収
刀在何処何暇恤
剥啄到門致一函
拆封蒼龍啓蟄出
有友代述生前語

一 天が下に生きるすべての民(毛詩・小雅・北山)。
二 身を屈め謹み敬う(論語・郷党)。

220 文政十一年(一八二八)、山陽四十九歳の詩。
三 桃竹は竹の一種。節と節との間が四寸のもの(爾雅・釈草)。杜甫・桃竹杖引贈章留後(杜少陵集十二)の例があるように、この竹で身の廻りの気のきいた持物を作ったのである。
四 山陽は文政九年に門人の山根士(子)慎(名は徽。長門の人)が帰郷する際、桃竹で短刀の鞘を作ってくれるように依頼した。しかし間もなく士慎は病歿し(文政十年十一月三日)、完成していた鞘を彼の友が届けてくれたのである。一月二十五日頃の、山陽から後藤松陰宛の手紙にその旨を記す(『頼山陽書翰集』続)。
五 刀の鞘。
六 漆塗り。
七 にわかに。たちまち。
八 病気。
九 春水遺稿。この頃、その出版について心をくだいていた。
一〇 こつこつと門を叩く音。
一一 青い龍。ここは刀を喩える。
一二 冬眠から地を開き出る。礼記・月令に「蟄蟲咸動、啓レ戸始出」とある。

経営《けいえい》 纔《わず》かに鞞《ひ》[一三]琫《ほう》珌《ひつ》を就《な》すと。
季《き》[一四]札《さつ》 剣《けん》を掛《か》けしは 死者《ししゃ》の為《ため》にす。
死者《ししゃ》 生《せい》の為《ため》にする 札《さつ》より難《かた》し。
憐《あわ》れむ 渠孤《かれこ》[一五][一六]孽《げつ》 自《みずか》ら磨礪《まれい》し、
学成《がくな》り 試《こころ》みんと欲《ほっ》して 忽《たちま》ち一蹶《けつ》[一七]。
此の刀《とう》 百錬《ひゃくれん》の鋒《ほう》、
未《いま》だ其の室《しつ》を出《い》でずして鋒鍔《ほうがく》[一八]折《お》るるが如《ごと》きもの有り。
又《また》此の室《しつ》 斐《ひ》[一九]として章《しょう》を成《な》し、
未《いま》だ刀用《とうよう》に称《かな》はずして 倏《たちま》ち相《あ》ひ失《うしな》ふが如《ごと》し。
刀兮《とうや》 室兮《しつや》 宛《えん》[二〇]として此《ここ》に在《あ》り、
之の子《こ》 生死《せいし》 長《なが》く相《あ》ひ訣《わか》る。

経営纔就鞞琫珌
季札掛剣為死者
死者為生難於札
憐渠孤孽自磨礪
学成欲試忽一蹶
有如此刀百錬鋒
未出其室鋒鍔折
又如此室斐成章
未称刀用倏相失
刀兮室兮宛在此
之子生死長相訣

221

族弟綱《ぞくていこう》 郷《きょう》に帰《かえ》るを送《おく》る
節《せつ》[二一]を折《お》つて憐《あわ》れむ 君《きみ》が寸陰《すんいん》[二二]を惜《お》しむを。
旅窓《りょそう》の燈火《とうか》 研尋《けんじん》[二三]を共《とも》にす。

送族弟綱帰郷
折節憐君惜寸陰
旅窓燈火共研尋

一三 詩経・小雅・瞻彼洛矣に「君子至止、鞞琫有レ珌」とある。鞞は刀の鞘、琫・珌は鞘の飾り。文字の偏の革・玉は、もとは素材を示すが、通じて用いる。
一四 信義を重んずることの喩え。春秋時代の呉の公子季札は徐の国を通った時、徐王が自分の剣を欲しがったので、帰りに贈ろうと決意して旅を続けた。帰途、徐に立ち寄ると、王は既に亡くなっていたので、その墓の傍らの木に剣を掛けて去った(史記・呉太伯世家)。
一五 士慎。
一六 孤児。
一七 俄につまずき倒れる。
一八 刀のきっさきと、つばと。
一九 美しくあや模様を成す(論語・公冶長)。
二〇 まさしくそのままに。
221 文政十一年六月頃の作か。綱は、山陽の大叔父惟宣(通称伝五郎)の孫で、山陽の再従弟に当たる。今年二十五歳。字は子常、通称常太郎、立斎と号す。伝は中井敬所の『日本印人伝』に収める(水田紀久訓読校注『日本の篆刻』)。
二一 生業の方針を変えること。綱は、銅細工師を志していたが、この十年ほど、学者(読書人)として身を立てようとして山陽の塾にいた(『頼山陽書翰集』上)。
二二 ほんのわずかの時間も惜しんで、無駄にしない(晋書・陶侃伝)。ここは学問に励むこと。
二三 書物を調べて物事の本質を明らかにすること。

一家添《かそ》へ補《おぎな》ふ 書《しょ》を読《よ》むの種《しゅ》、
千里周旋《せんりしゅうせん》 一老《ろう》を扶《たす》くるの心《こころ》。
二橋梓《きょうし》 影孤《えいこ》にして 帰路遠《きろとお》く、
三鳥烏《ちょうう》 声楽《こえたの》しくして 故林深《こりんふか》し。
四北堂《ほくどう》 吾《われ》も亦衰親在《またすいしんあ》り、
陟屺《ちょくき》 常《つね》に愁《うれ》ふ 五霜雪《そうせつ》の侵《おか》すを。

222 読書《どくしょ》 八首《しゅ》

吾《わ》が髪《はつ》 猶《な》ほ未《いま》だ白《しろ》からざるに、
早《はや》く已《すで》に 六華簪《かしん》を擲《なげう》つ。
未《いま》だ七林壑《りんがく》に住《す》む能《あた》わざれども、
門《もん》を杜《と》づ 八紅塵《こうじん》の深《ふか》きに。
豈《あ》に九友朋《ゆうほう》の締《てい》なからんや。
一〇俯仰《ふぎょう》 任《た》ふる所《ところ》に非《あら》ず。
言笑《げんしょう》 一一云《ここ》に楽《たの》しむと雖《いえど》も、
一二謗譏《ぼうき》 動《やや》もすれば侵《おか》し尋《たず》ぬ。

一家添補読書種
千里周旋扶老心
橋梓影孤帰路遠
鳥烏声楽故林深
北堂吾亦衰親在
陟屺常愁霜雪侵

読書八首

吾髪猶未白
早已擲華簪
未能住林壑
杜門紅塵深
豈無友朋締
俯仰非所任
言笑雖云楽
謗譏動侵尋

一 老親を助けて守る。
二 父と子とをいう。周の伯禽(はくきん)と康叔とが商子に教えられ、橋(きょう)の木を見て父道を知り、梓(し)の木を見て子の道を悟った故事がある(世説新語・排調・注)。綱の父は養堂(千蔵)。この時、五十四歳。
三 小鳥やからすなどの鳴き声がなごやかなこと。左伝・襄公十八年に「師曠告二晋侯一曰、鳥烏之声楽、斉師其遁」とある。ここでは一家団欒をいう。郷里広島には父母あり。四男三女の長男が綱。
四 青々とした山に登る。詩経・魏風・陟岵(ちょくこ)に「陟二彼屺一兮、瞻二望母一兮」とあることから母を慕う喩え。
五 衰えて霜雪のような白髪が増してはいないか、と心配すること。

222 夏から秋頃の作か。
六 りっぱなかんざしを抛り出す。仕官する意志を捨てる意。陶潜の和二郭主簿一詩に「此事真復楽、聊用忘二華簪一」とある。
七 林や谷のある、山奥に住む。世を捨てて隠者となる意。
八 にぎやかな都をいう。
九 友としての結びつき。友達として交わる人。
一〇 身のこなし方。ここは、立居振舞だけでなく、生き方までも世俗の礼儀に従うことをいう。
一一 詩経・唐風・揚之水「既見二君子一、云何不レ楽」を典故とする。
一二 厳しいそしり。

一三率意《そつい》 時《とき》に諱《き》一四に触《ふ》れ、
飾情《しょくじょう》も 亦瘖《またいん》一五に等《ひと》し。
如《し》かず 還書《またしょ》を読《よ》まんには、
一六人《ひと》あり 我《わ》が心《こころ》を獲《う》。

○

223
室《しつ》を開《ひら》く 灌木《かんぼく》の裏《うち》。
軒窓《けんそう》 南北《なんぼく》を洞《つらぬ》く。
一七薫風《くんぷう》 其の間《かん》に生《しょう》じ、
衆鳥《しゅうちょう》 鳴《な》いて息《や》まず。
鳥言《ちょうげん》 毀誉《きよ》なし、
寧《いずくん》ぞ説《と》かん 喪《そう》一八と得《とく》と。
喜《よろこ》ぶ 彼《か》の門外《もんがい》の事《こと》、
到《いた》らず 几榻《きとう》一九の側《そば》に。
吾《わ》が架上《かじょう》の書《しょ》を披《ひら》き、
持《も》つて木陰《もくいん》の緑《みどり》に映《えい》ず。
二〇遥遥《ようよう》たり千載《せんざい》の人《ひと》、

率意時触諱
飾情亦等瘖
不如還読書
有人獲我心

○

開室灌木裏
軒窓洞南北
薫風生其間
衆鳥鳴不息
鳥言無毀誉
寧説喪与得
喜彼門外事
不到几榻側
披吾架上書
持映木陰緑
遥遥千載人

一三 思うままに意見を述べること。
一四 人の気に触ること。
一五 口のきけないこと。この句全体で、本心を隠しいつわるようなお世辞などは言えない、という意。
一六 古人。古人の書を読み、昔の賢人を友とする尚友(孟子・万章下)の意。

223
一七 おだやかな南風。
一八 ものを失ったり手に入れたりすること。利害。韓詩外伝四に「天子不レ言ニ多少一、諸侯不レ言ニ利害一、大夫不レ言ニ得喪一」とある。
一九 几は、ひじ掛け、或いは机。榻は寝台、或いは腰掛け。
二〇 はるかに千年ほども隔たっている古えの人。

一乃《すなわ》ち顔色《がんしょく》を観《み》るが如《ごと》し。
巻《かん》を収《おさ》めて　一笑《しょう》を為《な》す、
此の心《こころ》　唯自《ただみずか》ら識《し》る。

224
○

今朝《こんちょう》　風日佳《ふうじつか》なり、
二北窓《ほくそう》　新雨《しんう》過《す》ぐ。
三客《かく》を謝《しゃ》して　吾《わ》が帙《ちつ》四を開けば、
五山妻《さんさい》　来《きた》つて叙《じょ》するあり。
「禄《ろく》なくして　衆眷《しゅうけん》六に須《ま》つ、
七八口《こう》　豈《あ》に独処《どくしょ》八せんや。
九輪鞅《りんおう》　門《もん》に到《いた》らず、
饑寒《きかん》　恐《おそ》らくは自《みずか》ら取《と》らん。
願《ねが》はくは少《すこ》しく其の鋭《えい》一〇を退《しりぞ》け、
応接《おうせつ》　媚嫵《びぶ》一一を雑《まじ》へんことを」と。
一二吾《わ》が病《やまい》　誰《たれ》か砭箴《へんしん》一三せん、
吾《わ》が骨《ほね》一四は　天《てん》の賦予《ふよ》。

如観乃顔色
収巻為一笑
此心唯自識

○

今朝風日佳
北窓過新雨
謝客開吾帙
山妻来有叙
無禄須衆眷
八口豈独処
輪鞅不到門
饑寒恐自取
願少退其鋭
応接雑媚嫵
吾病誰砭箴
吾骨天賦予

一　まるですぐ眼の前にいるかのようである。
▽この詩は合聚帖(安政六年〔一八五九〕刊)に収められる。

224
二　北向きの窓。陶潜の与二子儼等一疏に「五六月中、北窓下臥、遇二涼風暫至一、自謂是羲皇上人」とある。羲皇上人は、伝説の天子伏羲(ふっき)氏以前の太古の人。
三　客の面会を断る。
四　和綴じ本を包んでおくもの。
五　以下、妻の梨影の愚痴。
六　大勢の人の恵みや世話。
七　家に居る八人。山陽夫妻、次男(のちの支峰)、三男(のちの鴨涯)の他に、下男下女や書生が四人ということか。
八　独力で生活してゆく。
九　車輪と、馬のむながいと。車馬に乗って来訪する貴顕の者。陶潜の帰二田園居一の二に「野外罕二人事一、窮巷寡二輪鞅一」とある。
一〇　気性の鋭い角を取る。
一一　人にこびへつらうこと。或いは愛嬌。
一二　以下は主人の答え。
一三　鍼で治療をする。
一四　堅い気骨の意。

然《しか》らずんば　父母《ふぼ》の国《くに》、
何《なん》ぞ必《かなら》ずしも一五珪組《けいそ》を解《と》かん。
今《いま》にして勉《つと》めて一六齷齪《あくさく》するは、
乃《すなわ》ち君父《くんぷ》を欺《あざむ》く無からんや。
去《さ》れ　我《われ》を聒《かまびす》しくする勿《なか》れ、
方《まさ》に一七古人《こじん》と語《かた》らん。

○

225 吾《われ》　千載《せんざい》の後《のち》に生《う》まれて、
而《すなわ》ち聖賢《せいけん》の心《こころ》を求《もと》む。
聖賢《せいけん》も亦《また》人《ひと》のみ、
一八肝腸《かんちょう》　古今《ここん》なし、
其の言《げん》　本《もと》平易《へいい》、
伝《つた》ふる者《もの》　故《ことさ》らに一九鑿深《さくしん》。
二〇坦坦《たんたん》たる　二一亨衢《こうく》の内《うち》、
故《ことさ》らに二二荊棘《けいきょく》の林《はやし》を生《しょう》ず。
安《いずくん》ぞ二三嬴皇《えいこう》の火《ひ》を得《え》て、

不然父母国
何必解珪組
今而勉齷齪
無乃欺君父
去矣勿聒我
方与古人語

○

吾生千載後
而求聖賢心
聖賢亦人耳
肝腸無古今
其言本平易
伝者故鑿深
坦坦亨衢内
故生荊棘林
安得嬴皇火

一五 身分を示す玉と、その紐。それをほどくとは、地位を捨てることをいう。つまり山陽が藩から脱して、父にも君にも叛いたこと。
一六 こせこせと細かいことにかかずらうさま。
一七 書物の中の古人。

225
一八 肝臓と腸。ここでは心身とも、の意。
一九 深くうがち過ぎた解釈をする。
二〇 平らで広びろとしたさま。易経・履に「九二。履レ道坦坦、幽人貞吉」とある。幽人は隠者。
二一 大通り。易経・大畜に「上九。何レ天之衢、亨」とある。何は荷で、背負う意。
二二 いばら。障害になるようなもの。
二三 秦の始皇帝。姓は嬴。丞相李斯(りし)の上書を容れ、即位三十四年(前二一三)より焚書・坑儒を行なった。

重《かさ》ねて[一]蕪穢《ぶわい》の侵《おか》すを除《のぞ》かん、
[二]泥沙《でいしゃ》若《も》し淘《あら》わずんば、
烏《いず》ぞ能《よ》く[三]精金《せいきん》を覩《み》ん。

○

226
治乱《ちらん》自《おのずか》ら[四]漸《ぜん》あり、
[五]海宇《かいう》数《しばしば》分裂《ぶんれつ》。
灯《ひ》を挑《かか》げて[六]汗青《かんせい》を閲《けみ》すれば、
歴歴《れきれき》として[七]眉《まゆ》に列《つら》なるが如《ごと》し。
深思《しんし》其の[八]倪《げい》を窺《うかが》ふ、
此の意《い》[九]誰《たれ》に向《む》かつてか説《と》かん。
[一〇]燈花《とうか》心《こころ》あるが如《ごと》く、
人《ひと》に向《む》かつて落《お》ちて復結《またむす》ぶ。

○

227
東山《とうざん》何《なん》ぞ[一一]藹藹《あいあい》たる、
夕陽《せきよう》紫色《ししょく》を発《はっ》す。
[一二]鴨水《おうすい》[一三]微瀾《びらん》を収《おさ》め、

重除蕪穢侵
泥沙若不淘
烏能覩精金

○

治乱自有漸
海宇数分裂
挑灯閲汗青
歴歴如眉列
深思窺其倪
此意向誰説
燈花如有心
向人落復結

○

東山何藹藹
夕陽発紫色
鴨水収微瀾

一 土地が荒れ、雑草が生い茂るように、原典の真意が損われること。
二 「鑿深」した解説を喩える。
三 聖賢の本来の精神を喩える。
▽山陽先生書後にいう。「在レ今治レ経有二四病一。曰凴レ注。曰佞レ注。曰仇レ注。曰役二於注一」。またいう、「熟二誦正文之可レ通処一、務明二大義一、不レ求レ強二解字句一。又不三徒以レ理断一、而以二勢与レ情参一レ之、庶幾適レ用」と。

226
四 次第を追って進むこと(易経・漸)。
五 海内。国内。
六 青史と同じ。歴史書。紙の無かった時代、竹を火に焙って油を抜き、青みをなくしてそれに文字を書いたことから来た語。
七 眼の前にあるように明らかに浮かぶ。
八 極まる果てまでを見る。荘子・大宗師に「反二覆終始一、不レ知二端倪一」とある。端倪は、物事の糸口・初めから、終末までの意。
九 説く人も無く、説ける時世でもない意。
一〇 燈心の先端の燃えかすが、花の形になって固まるもの。燈花ができると吉事のしるしであったという(本草綱目・燈花)。

227
一一 草木が盛んに茂るさま。
一二 加茂川。
一三 さざ波。瀾は、なみ。

一四縈回《えいかい》 白玉《はくぎょく》を展《の》ぶ。
一五鳧鷖《ふえい》 日《ひ》の暮《く》るるを知《し》り、
相《あ》ひ喚《よ》んで 汝《なんじ》が宿《やど》に帰《かえ》る。
吾《われ》も亦《また》吾《わ》が書《しょ》を収《おさ》め、
一六婦《ふ》を戒《いまし》めて 一七尊醁《そんろく》を開《ひら》く。
一八河鮮《かせん》 自《おのずか》ら烹《に》るべく、
竹筍《ちくじゅん》 自《おのずか》ら一九斸《ほ》るべし。
吾《わ》が東軒《とうけん》の下《もと》に就《つ》いて、
一杯《ぱい》 聊《いささ》か相《あ》二〇ひ属《しょく》す。

○

228
室《しっ》を築《きず》く 鴨水《おうすい》の上《ほとり》。
柳《やなぎ》を挿《さ》二一す 纔《わず》かに数尺《すうしゃく》。
二二来住《らいじゅう》 方《まさ》に六年《ねん》、
其の高《たか》さ 已《すで》に屋《おく》を過《す》ぐ、
上枝《じょうし》 鳴蟬《めいぜん》 栖《す》み、
下枝《かし》 二三浮鷖《ふぼく》を払《はら》ふ。

縈回展白玉
鳧鷖知日暮
相喚帰汝宿
吾亦収吾書
戒婦開尊醁
河鮮自可烹
竹筍自可斸
就吾東軒下
一杯聊相属

○

築室鴨水上
挿柳纔数尺
来住方六年
其高已過屋
上枝栖鳴蟬
下枝払浮鷖

一四 ぐるりと曲がりめぐる。
一五 鴨などの水鳥。
一六 妻に命じて。
一七 樽に入った美酒。
一八 川魚。
一九 掘って鍬(くわ)で切ること。
二〇 酒を注いで勧める。つまり東山を相手にして酒杯を尽くす。
228
二一 植える意。
二二 文政五年(一八二二)十一月九日、この東三本木南町の水西荘(山紫水明処)に移居。
二三 水に浮かぶ、あひる等の水鳥。

中枝《ちゆうし》　吾《わ》が几《き》に映《えい》じ、
翠陰《すいいん》　書読《しよよ》む可《べ》し。
仰《あお》ぎ看《み》れば　樹《き》かくの如《ごと》し、
歳月《さいげつ》　流《なが》るる如《ごと》く速《すみ》やかなり。

中枝映吾几
翠陰書可読
仰看樹如此
歳月如流速

229

○

吾《われ》は思《おも》ふ　[一]善清行《ぜんきよやす》、
[二]封事《ふうじ》　意見《いけん》を叙《じよ》するを。
[三]忠邪《ちゆうじや》の間《かん》を弥縫《びほう》するも
[四]僅《わず》かに罪譴《ざいけん》に連《つら》なるを免《まぬが》る。
又思《またおも》ふ　[五]江広元《ごうひろもと》、
時《とき》を済《すく》つて　[六]権変《けんぺん》を見《しめ》すを。
[七]幕賓《ばくひん》　実《じつ》に別当《べつとう》、
[八]朝銜《ちようかん》　虚《むな》しく[九]大膳《だいぜん》。
[一〇]二子《しし》　洵《まこと》に慕《した》ふべし、
[一一]儒林伝《じゆりんでん》に[一二]囿《ゆう》せられず。
時《とき》に遇《あ》ひて　学《まな》ぶ所《ところ》を展《の》べ、

○

吾思善清行
封事叙意見
弥縫忠邪間
僅免連罪譴
又思江広元
済時見権変
幕賓実別当
朝銜虚大膳
二子洵可慕
不囿儒林伝
遇時展所学

229

一 三善清行(八四七―九一八)。善相公とも言われた。名の読みは、「きよゆき」ともする。
二 天子に密封して差し出す意見書。延喜十四年(九一四)四月、清行は意見封事十二ヶ条(本朝文粋二)を醍醐天皇に呈上した。
三 縫い合わせるように上手に取り繕う(左伝・昭公二年)。菅原道真と藤原時平との間に生じた対立に当り、清行は道真に隠退を勧め、時平に利した。
四 道真が左遷された後、時平によって道真門下の者が連坐して咎を蒙ろうとしたとき、清行は書を作って、時平にその処置の不当を申入れた。
五 大江広元(一一四八―一二二五)。
六 時と場合とに適した方策(史記・張儀伝賛)。
七 長官を指す。広元は京を捨てて鎌倉幕府の政所別当となり、武家政治の基を形造った。
八 朝廷から授けられた官位。
九 大膳大夫(だいぜんたいぶ)。
一〇 清行と広元と。
一一 中国の正史の中で、儒者の伝記を書くところ。
一二 とらわれない。単なる学者ではなく、経世済民を志向する人物であること。

千載《せんざい》 其の面《めん》を見《み》る。
一三栄辱《えいじよく》 一四交《こもごも》乗除《じようじよ》し、
利禄《りろく》 一五依恋《いれん》を疑《うたが》はる。
如《し》かず 一六草莽《そうもう》の士《し》、
一七湮没《いんぼつ》 一八介狷《かいけん》を全《まつと》うせんには。

230

朱舜水《しゆしゆんすい》の楠公碑陰賛《なんこうひいんさん》の後《のち》に書《しよ》す

碑面《ひめん》の題《だい》は 一九延陵《えんりよう》の墓《はか》を学《まな》び、
碑陰《ひいん》の字《じ》は 二〇多宝塔《たほうとう》に類《るい》す。
二一忠孝日月《ちゆうこうじつげつ》 詞《し》感奮《かんぷん》、
頌賛《しようさん》 臭味《しゆうみ》の合《がつ》するに由《よ》るに非《あら》ずや。
亡国《ぼうこく》の臣《しん》 驥《き》尾《び》に附《ふ》し、
脚《あし》ありて 二二東海《とうかい》 枉《ま》げて蹈《ふ》まず。
二三包胥《ほうしよ》 涙尽《なんだつ》きて 墨汁《ぼくじゆう》に和《わ》し、
扶《ふ》桑《そう》の万紙《ばんし》 空《むな》しく伝《つた》へ搨《とう》す。」
頭《こうべ》を回《めぐ》らせば 緬甸《めんてん》 落日《らくじつ》 紫《むらさき》なり、

千載見其面
栄辱交乗除
利禄疑依恋
不如草莽士
湮没全介狷

書朱舜水楠公碑陰賛後

碑面題学延陵墓
碑陰字類多宝塔
忠孝日月詞感奮
頌賛非由臭味合
亡国之臣附驥尾
有脚東海不枉蹈
包胥涙尽和墨汁
扶桑万紙空伝搨
回頭緬甸落日紫

一三 生涯を通じての、褒られるべきことと、貶されるべきことと。
一四 差し引きしてつり合う。
一五 心が引かれる。
一六 官職に就いていない人。山陽自身をいう。
一七 埋もれて姿が見えなくなる。
一八 狷介と同意。自己を守り、不本意なことは拒み、他人と和合しないさま。

230 朱舜水(万暦二十八年―天和二年〔一六〇〇―八二〕)は、浙江・餘姚の人。名は之瑜、字は魯璵。明の再興を謀って成らず、万治二年(一六五九)に帰化、徳川光圀の賓師となり、水戸学の形成に寄与した。

一九 春秋時代、呉王の寿夢の第四子、季札(延陵に封ぜられた)の墓碑は「十字碑」と称し「嗚呼有呉延陵君子之墓」とある(馮雲鵬等輯・石索一)。湊川に光圀が建てた「嗚呼忠臣楠子之墓」の題はこれに基づく。
二〇 天宝十一載(七五二)、長安の千福寺に勅建の碑で、顔真卿が楷書で書いた碑文を刻む。
二一 舜水の作った碑陰の文は「忠孝著二乎天下一、日月麗二乎天地一」で始まる(「楠正成像賛」として知られる)石搨が世上に伝えられている。
二二 戦国の斉の魯仲連は、秦が帝となることに反対し、そのような無法がまかり通るならば自分は「有下蹈(蹈と同義の字)二東海一而死上耳」と啖呵を切った(史記・魯仲連伝)。
二三 楚の昭王が呉に敗れたとき、申包胥は救援を秦に求めた。秦の哀公がそれを承諾するまで、包胥は昼夜を分たず、七日七夜哭泣した(史記・伍子胥伝)。

応《まさ》に羨《うらや》むべし　芳山《ほうざん》五[一]紀《き》を延《の》べしを。」
猶《な》ほ勝《まさ》る　能書《のうしょ》の張瑞図《ちょうずいと》[二]、
曾《かつ》て生祠《せいし》に碑《ひ》して　閹奴《えんど》に媚《こ》びしに。」

231

大風行《たいふうこう》

歳《とし》は戊子《ぼし》[三]に在《あ》り　維《これ》秋中《しゅうちゅう》[四]、
八日《ようか》九日《ここのか》　天大《てんおお》いに風《かぜ》ふく。
風《かぜ》　西南《せいなん》の海上《かいじょう》より来《きた》り、
肥前筑後《ひぜんちくご》　其の衝《しょう》に当《あ》たる。
怒浪大齧《どろうたいけつ》[五]　穴門《あなと》[六]破《やぶ》れ、
防藝《ぼうげい》[七]　次第《しだい》に来《きた》つて撃撞《げきとう》。
掌大《しょうだい》の雨点《うてん》　人《ひと》を撲《う》つて腥《なまぐさ》く、
雨《あめ》か潮《うしお》か　声洶洶《こえきょうきょう》[八]。
大屋掀撼《たいおくけんかん》[九]　人尽《ひとことごと》く走《はし》り、
小屋人《しょうおくひと》を併《あわ》せて　飛《と》んで空《そら》に入《い》る。
大木倔強《たいぼくくっきょう》　姑《しばら》く抗拒《こうきょ》、

応羨芳山延五紀
猶勝能書張瑞図
曾碑生祠媚閹奴

大風行

歳在戊子維秋中
八日九日天大風
風来自西南海上
肥前筑後当其衝
怒浪大齧穴門破
防藝次第来撃撞
掌大雨点撲人腥
雨邪潮邪声洶洶
大屋掀撼人尽走
小屋併人飛入空
大木倔強姑抗拒

一　一紀は十二年。芳野朝、六十年をいう。
二　明末の張瑞図は宦官(閹奴)、魏忠賢の功徳を讃えて碑石を西湖に建てた。

231　行は、楽府(ふが)に基づく古体詩の一種。
三　文政十一年(一八二八)。
四　仲秋に同じ。陰暦の八月。
五　かむ。
六　長門国の古名。
七　周防国、安藝国。
八　湧き立つように騒がしいさま。
九　揺れあがる。

力竭《ちからつ》き戦《たたか》ひ敗《やぶ》れて　〔一〇〕老龍《ろうりゅう》斃《たお》る。
烏鳥《うちょう》　其の巣《す》を失《うしな》ひ、
〔一一〕駢死《へんし》して　〔一二〕孰《いず》れか雌《し》雄《ゆう》。」
陸《りく》已《すで》に此《か》くの如《ごと》し　況《いわん》や海《うみ》に在《あ》るをや。
〔一三〕萬艑《ばんぺん》　四散《さん》して　所在《しょざい》を失《うしな》ふ。
呉《ご》船《せん》〔一四〕葉砕《ようさい》し　越船《えつせん》破《やぶ》る。
然《しか》りと雖《いえど》も修《おさ》むべく　又改《またあらた》むべし。
欧邏巴《ようろつぱ》船《せん》は　浮城《ふじょう》と号《ごう》す。
之《これ》を吹《ふ》いて〔一五〕陸《りく》に上《あ》げ　地底《ちてい》に陥《おとしい》る。
能《よ》く引《ひ》き抜《ぬ》いて水《みず》に致《いた》すものを募《つの》り、
賞《しょう》するに〔一六〕互市《ごし》の利《り》　一載《さい》を以《もつ》てす。」
愚民応《ぐみんおう》ずる莫《な》く　〔一七〕涕滂沱《なんだぼうだ》たり。
曰《いわ》く「何《なん》ぞ必《かなら》ずしも　喎蘭陀《おらんだ》を恤《うれ》へん。
吾《わ》が屋《おく》　尽《ことごと》く破《やぶ》れ、吾《わ》が田《でん》〔一八〕禾《か》なし。
〔一九〕常科《じょうか》を出《いだ》すに縁《よし》なし、何《なん》ぞ況《いわん》や〔二〇〕供《きょう》　倍《ますます》多《おお》き
をや。

力竭戦敗斃老龍
烏鳥失其巣
駢死孰雌雄
陸已如此況在海
萬艑四散失所在
呉船葉砕越船破
雖然可修又可改
欧邏巴船号浮城
吹之上陸陥地底
募能引抜致於水
賞以互市利一載
愚民莫応涕滂沱
曰何必恤喎蘭陀
吾屋尽破吾田無禾
無縁出常科何況供倍多

一〇　老松を喩える。
一一　ならんで多くのものが死ぬこと(韓愈・雑説)。
一二　見分けのつかないこと。詩経・小雅・正月に「誰知二烏之雌雄一」とある。
一三　多くの小舟。
一四　木の葉のように砕け散る。
一五　浜に坐礁したことをいう。
一六　交易(後漢書・烏桓伝)。
一七　涙の盛んに流れるさま(詩経・陳風・沢陂)。
一八　穀物。
一九　平生の割当て分の年貢。
二〇　差し出させられる年貢。

金銀《きんぎん》の宮館《きゅうかん》 成《な》[一]つて旋《また》圮《やぶ》る。
此の[二]封姨《ほうい》の降嫁《こうか》を奈何《いかん》せん」と。」
君《きみ》聞《き》かずや [三]貞観中《じょうかんちゅう》 海《うみ》 肥後《ひご》に溢《あふ》れて郡《ぐん》を
没《ぼっ》すること六、
[四]大鳥《だいちょう》来《きた》つて 宰府《さいふ》の屋《おく》に集《あつ》まる。
朝廷惶懼《ちょうていこうく》して [五]大卜《たいぼく》に問《と》ひ、
[六]権帥少弐《ごんのそちしょうに》 [七]各《おのおの》 策《さく》を陳《の》ぶ。
水田《すいでん》の課《か》耕《こう》 [八]貢調《こうちょう》を緩《ゆる》うし、
交易《こうえき》を停止《ていし》して 儲蓄《ちょちく》に務《つと》めしを。
嗚呼《ああ》 古人《こじん》太《はなは》だ[九]過慮《かりょ》、
何《なん》ぞ坐《い》ながら[一〇]駭鯨《がいげい》の肉《にく》を食《く》らはざる。」

232

清水寺《きよみずじ》閣《かく》の雨景《うけい》に題《だい》す

花外《かがい》 水声《すいせい》加《くわ》はり、
欄頭《らんとう》 雨《う》点《てん》集《あつ》まる。
他《か》の[一一]羅綺《らき》の散《さん》ずるに及《およ》びて、

金銀宮館成旋圮
奈此封姨降嫁何
君不聞貞観中海溢肥後没郡
六
大鳥来集宰府屋
朝廷惶懼問大卜
権帥少弐各陳策
水田課耕緩貢調
停止交易務儲蓄
嗚呼古人太過慮
何不坐食駭鯨肉

題清水寺閣雨景

花外水声加
欄頭雨点集
及他羅綺散

一 建ったばかりなのに、たちまち壊れてしまう。
二 風神。この句は、大風雨の襲来を喩える。
三 清和天皇在位中(八五九―八七七)の年号。政記六・貞観十一年に「秋七月、肥後海溢、漂㆓没六郡㆒。冬、大鳥集㆓府庁及兵庫㆒。占当㆑有㆑寇。勅以㆓右近衛少将坂上滝守㆒、兼㆓太宰少弐㆒、往備㆑之」とある。
四 鳥が不意に飛来するのは、天災と同様に天の警告と考える。書経・高宗肜日参照。
五 周礼・春官の職名。日本では陰陽寮の官職の唐名として用いる。
六 大宰府の長官と次官。
七 三代実録・貞観十一年十二月十七日・同二十八日の条に、いずれも隣境(新羅)よりの兵寇の前兆と見て、それに備えるべき策を上言したことが見える。
八 年貢の取り立てを緩める意。
九 取り越し苦労をする。
一〇 驚き乱れる意。鯨は巨大で貪欲なものの喩えに用いられる。この句では風雨や波浪に遇って弱っている外国船の意。

232 京都の清水寺の舞台での作。境内に音羽ノ滝がある(花洛名勝図会・東山之部)。

一一 うすぎぬ・あやぎぬ。またそれを着飾った女子。

静《しず》かに看《み》る　胭脂《えんじ》一二の湿《うるお》ふを。

233

杏翁《きようおう》を三次《みよし》の官廨《かんかい》に尋《たず》ぬ

一三巒容《らんよう》　地脊《ちせき》に攅《あつ》まり、
一四水勢《すいせい》　山陰《さんいん》に赴《おもむ》く。
吾《わ》が叔《しゆく》　一五衰遅《すいち》久《ひさ》しく、
斯《こ》の郷《きよう》　瘴癘《しようれい》深《ふか》し。
遥《はる》かに一尊《そん》の酒《さけ》を攜《たずさ》へ、
一六七旬《じゆん》の心《こころ》を慰《なぐさ》めんと欲《ほつ》す。
対酔《たいすい》す春燈《しゆんとう》の底《もと》、
雪《ゆき》は明《あき》らかなり　檐外《えんがい》の林《はやし》。

吾嘗《われかつ》て家叔《かしゆく》に磁杯《じはい》を献《けん》じ、之《これ》を攜《たずさ》へて南遊《なんゆう》す。誤《あやま》り破《やぶ》つて更《あらた》め補《おぎな》ふ。帰省《きせい》するに及《およ》び、賷往《せいおう》して再《ふたた》び献《けん》ず

234

君《きみ》に随《したが》つて　芳野《よしの》に遊《あそ》び、

静看胭脂湿

尋杏翁三次官廨

巒容攅地脊
水勢赴山陰
吾叔衰遅久
斯郷瘴癘深
遥攜一尊酒
欲慰七旬心
対酔春燈底
雪明檐外林

吾嘗献家叔磁杯、攜之南遊。誤破更補。及帰省、賷往再献

随君遊芳野

一二　口紅。雨に湿った花・あるいは紅葉を見立てたもの。

233　ここより文政十二年(己丑、一八二九)、山陽五十歳の詩。山陽は帰省の途次、二月十日神辺、十二日府中を経て十四日に三次に到着(全伝・下)。叔父の杏坪は、三次に居住。

一三　雄大ではないが険峻な山容をいう。

一四　三次盆地に流入する可愛川(えのかわ)などの四本の川は、ここで合流し、江(ごう)の川となって北の石見に流れ、日本海に入る。

一五　衰年遅暮を二字に縮めたもので、年老いること。

一六　この年、杏坪は七十四歳。

▽杏坪の次韻の詩は、喜二子成侄来一自レ京有レ詩次韻で、「山河護二旧府一、喬木幾団陰。痴叔無二人問一、阿咸思レ我深。春寒千里路、夜話半宵心。対酔還同睡、星懸雪後林」(春草堂詩鈔七)。

234　表題中の「南遊」は、文政十年(一八二七)三月、母と杏坪を案内して吉野に花見に行ったことを指す。

君《きみ》に献《けん》ずるに　[一]酒卮《しゅし》を以《もっ》てす。
云《い》ふ　是れ広東《かんとん》の窯《よう》と。
金骨《きんこつ》にして土《つち》　肌《はだ》を為《な》す。
其の堕《お》ちて砕《くだ》けざるを恃《たの》み、
攜《たず》さへて将《まさ》に[二]厜㕒《しぎ》に上《のぼ》らんとす。
輿夫《よふ》　手《て》誤《あやま》つて圧《あっ》し、
毀損《きそん》　噫追《あおお》ひ難《がた》し。
綴補《ていほ》　痕迹《こんせき》を存《そん》し、
適《たまたま》　当時《とうじ》を記《き》するに足《た》る。
夜酌《やしゃく》　[三]菟川駅《とせんえき》、
[四]卯飲《ぼういん》　[五]蔵王《ざおう》の祠《し》。
尤《もっと》も憶《おも》ふ　[六]千株店《せんしゅてん》、
花《はな》を泛《う》かべて　伝《つた》へて相《あ》ひ持《も》ちしを。
今来《いまきた》つて　遠《とお》く省覲《せいきん》す。
嚢齎《のうせい》　[七]帰遺《きい》に充《あ》つ。
思《おも》ふ　君《きみ》　堅剛《けんごう》の性《せい》、

献君以酒卮
云是広東窯
金骨土為肌
恃其堕不砕
攜将上厜㕒
輿夫手誤圧
毀損噫難追
綴補存痕迹
適足記当時
夜酌菟川駅
卯飲蔵王祠
尤憶千株店
泛花伝相持
今来遠省覲
嚢齎充帰遺
思君堅剛性

一　酒杯。広東焼で、金属を芯とし、表面を磁器にしてあった。
二　爾雅・釈山によると、山の峯（険阻）なるものをいう。
三　宇治。
四　卯の刻（朝六時）に朝酒を飲んだのである。
五　吉野の蔵王堂。護良親王の本陣。
六　吉野の一目千本の茶店。
七　底本に見える自註「盈之切」は、脚韻として平声に読むべきことの指示。意味は「おくる」で、本来は去声。

金質《きんしつ》の磁《じ》に比似《ひじ》す。
軀殻《くかく》 少《すこ》しも虧《か》くるなく、
[八]神《しん》を貯《たくわ》ふる [九]醇《じゅん》にして醨《うす》からず。
苟《いやしく》も外患《がいかん》の虐《ぎゃく》なくんば、
[一〇]丹液《たんえき》と医《い》とを須《もち》ひず。
保護《ほご》は子姪《してつ》の責《せ》め、
歓《かん》を承《う》くる [一一]期頤《きい》に及《およ》ばん。

235
[一二]吉田駅《よしだえき》。毛利《もうり》[一三]典廏《てんきゅう》の事《こと》に感《かん》じて作《つく》る
舟《ふね》を舎《す》てて夜投《よるとう》ず 吉田駅《よしだえき》。
心《こころ》に記《き》す [一四]江公《ごうこう》 創業《そうぎょう》の跡《あと》。
猛雨《もうう》 輿《よ》を打《う》つて 暗箭《あんせん》 集《あつ》まり、
河漲《かちょう》 声《こえ》は鬨《こう》す 萬刀戟《ばんとうげき》。」
朝《あした》に起《お》きれば 山河《さんが》 眉《まゆ》に列《つらな》つて明《あき》らかなり。
杖《つえ》を策《つ》いて独《ひと》り尋《たず》ぬ 公《こう》の墳塋《ふんえい》。」
塋上《えいじょう》の[一五]老木《ろうぼく》 槁《か》れて死《し》せず、

比似金質磁
軀殻無少虧
貯神醇不醨
苟無外患虐
不須丹液医
保護子姪責
承歓及期頤

吉田駅。感毛利典廏事作
舎舟夜投吉田駅
心記江公創業跡
猛雨打輿暗箭集
河漲声鬨萬刀戟
朝起山河列眉明
策杖独尋公墳塋
塋上老木槁不死

八 精神。
九 酒に托して、人柄が豊醇で深みのあることをいう。
一〇 薬。丹は散薬・丸薬の類。液は水薬。
一一 百歳のこと。礼記・曲礼上に「百年曰レ期、頤」とある。頤は養護すること。

235 この詩の毛利氏についての注は、特記しない限り外史十二による。
一二 三次から可愛川(吉田川)を西南に溯ると吉田。その東南の山々が日本海と瀬戸内海との分水界を成す要地。元就はここで実力を蓄え、山陰・山陽を制覇した。城を郡山城といい、死後、ここに葬られた。
一三 大永七年(一五二七)元就は上洛し、右馬頭(唐名、典廏令)に任ぜられた。
一四 毛利氏は大江広元より出た。
一五 藝藩通志(文政八年〔一八二五〕序)六十八に「墳上に一大樹あり、刺(りは)いぶきと称す」とある。枯れそうに見えて決して枯れない柏槙(びゃくしん)であるという。

隧道深厳《すいどうしんげん》　華表峙《かひょうそばだ》つ。
仰《あお》ぎ瞻《み》れば　城墟《じょうきょ》　雲《くも》に連《つら》なって起《お》こり、
山《やま》は鳥翼《ちょうよく》を開《ひら》いて　河水《かすい》を襟《えり》にす。
一青山《ちゅうざん》　背《はい》に在《あ》り　二猪山《ちょざん》　面《めん》す、
果《はた》して信《しん》なり　北軍《ほくぐん》　計裏《けいり》に堕《お》ちしは。
三援軍《えんぐん》の孤塁《こるい》　其の間《かん》に在《あ》り、
形勢頗《けいせいすこぶ》る旧閲《きゅうえつ》の史《し》に殊《こと》なる。」
当時《とうじ》　眼《め》に已《すで》に四二家《か》なく、
終《つい》に五十州《しゅう》をして　旗牙《きが》を拱《きょう》せしむ。
河堤《かてい》　西《にし》に指《ゆび》させば　厳嶋路《いつくしまみち》。
想見《そうけん》す　師《し》を出《いだ》して六豕蛇《しだ》を誅《ちゅう》せしを。
七風濤雷雨《ふうとうらいう》　号令《ごうれい》を助《たす》け、
百怪惶惑《ひやくかいこうわく》して　義戈《ぎか》を避《さ》く。
「詔《みことのり》を請《こ》うて仇《あだ》を復《ふく》せしは　真《しん》に偉挙《いきょ》、
八黄金《おうごん》　斗《と》を撐《ささ》えて　日車《にっしゃ》に擎《ささ》ぐ。」
九乃祖《だいそ》　酷《はなは》だ荀文若《じゅんぶんじゃく》に肖《に》たり、

隧道深厳華表峙
仰瞻城墟連雲起
山開鳥翼襟河水
冑山在背猪山面
果信北軍堕計裏
援軍孤塁在其間
形勢頗殊旧閲史
当時眼已無二家
終使十州拱旗牙
河堤西指厳嶋路
想見出師誅豕蛇
風濤雷雨助号令
百怪惶惑避義戈
請詔復仇真偉挙
黄金撐斗擎日車
乃祖酷肖荀文若

一 郡山城の東北の山。山頂から城を瞰制することができるので、郡山城の泣き所である。
二 三猪(みつい)山は郡山城の西方。ここは敵陣が布かれても城の守備にとって致命的ではない。元就はわざと「三猪山を取られたら困る」と言い触らし、北からの出雲の敵(尼子氏)をここに欺き誘った。
三 宍戸・竹原・小早川の諸族が尼子軍の間隙を縫って元就を援けた。
四 尼子・大内。
五 備前・備中・備後・安藝・周防・長門・石見・出雲・因幡・伯耆。
六 左伝・定公四年に見える申包胥の語。他の強国を蚕食しようとする大国のたとえ。ここでは大内義隆を弑した陶晴賢を指す。
七 以下、弘治元年(一五五五)の厳島の戦を叙する。元就は上書して、主君の大内義隆を弑した陶晴賢討伐の詔を請い、厳島で決戦した。暴風雨の夜を突いての戦闘で、順逆の道理を得、且つ合戦の駆引きに長じた元就が完勝した。
八 永禄三年(一五六〇)元就は黄金を献じて朝廷(北斗)の費用を支え、延び延びになっていた正親町天皇(日車、即ち太陽)御即位の大礼実現に奉仕した。
九 先祖の大江広元は源頼朝の覇業を助けた謀臣。これは荀彧(じゅんいく)・字は文若)が魏の武帝(曹操)を助けた謀臣であったのに比せられる。

此の公卻《こうかえ》つて[一〇]孫討逆《そんとうぎやく》に類《るい》す。
大児《たいじ》は虎《とら》の如《ごと》く　小児《しようじ》は龍《りゆう》、
亦江東《またこうとう》の権《けん》と策《さく》との如《ごと》し。」
比《ひ》するを休《や》めよ　櫬《しん》[一一]を輿《よ》して洛陽《らくよう》に入《い》りしに、
頗《すこぶ》る似《に》たり　籍《せき》[一二]を納《い》れて汴梁《べんりよう》に帰《き》せしに。
[一三]銭氏《せんし》の福《ふく》は　趙家《ちようか》と与《とも》に長《なが》く、
公《こう》の才《さい》　什倍《じゆうばい》す　武粛王《ぶしゆくおう》。
[一四]洒掃《さいそう》　廃《はい》せず　裔冑《えいちゆうあ》在り、
恨《うら》むらくは　碑文《ひぶん》の雪堂《せつどう》に託《たく》するなきを。
来《きた》り拝《はい》する者《もの》は誰《たれ》ぞ　外臣嚢《がいしんじよう》、
家《いえ》は世《よよ》　生長《せいちよう》す　公《こう》の旧疆《きゆうきよう》。
少《わか》くして私史《しし》を修《おさ》め　公《こう》の事《こと》を諳《そら》んず、
今日墳前《こんにちふんぜん》　始《はじ》めて瓣香《べんこう》。」
土《ど》は衍沃《えんよく》に非《あら》ずして　民力薄《みんりよくうす》かりしも、
四外《がい》を経営《けいえい》して　餘裕綽《よゆうしやく》たり。
勤倹《きんけん》　国《くに》を富《と》まして　磽埆《こうせき》なく、

此公卻類孫討逆
大児如虎小児龍
亦如江東権与策
休比輿櫬入洛陽
頗似納籍帰汴梁
銭氏福与趙家長
公才什倍武粛王
洒掃不廃裔冑在
恨無碑文託雪堂
来拝者誰外臣嚢
家世生長公旧疆
少修私史諳公事
今日墳前始瓣香
土非衍沃民力薄
経営四外餘裕綽
勤倹富国無磽埆

一〇 以下の比喩は外史の論賛に照らし、元就を呉の孫堅(策・権兄弟の父)に当て、吉川元春(大児)を策に、小早川隆景(小児)を権に当てたもの。但し討逆は策の将軍名で、堅は「破虜将軍」という。

一一 呉主の孫晧(権の孫)は西晋(洛陽に都した)に降参する際、自らの両手を縛り、自分を入れる棺桶(櫬)を輿(かつ)いで出頭した(通鑑八十一)。これは国君が他国に降服するときの作法である(左伝・僖公六年)。一方、輝元は関ヶ原役での対処を誤ったが、亡国には至らなかった。

一二 敗者は降参の証として、勝者に図籍(とせき)、戸籍簿・土地台帳の類)を納めなければならない。

一三 呉越王銭氏は鏐(武粛王)以来治政に励んだが、宋(趙氏、汴京に都した)の天下統一に伴い、平和裏に消滅した。のち宋の神宗は銭氏の墳廟を守る道観の復興を許し、表忠観の名を賜った。蘇軾(雪堂)はその経緯を「表忠観碑」に記して表彰した。

一四 藝藩通志六十八にいう「(元就の墓の)下に守塚一戸あり。常に掃除献燈のことを勤む。年忌には長門より展墓の使あり」と。長門とは毛利氏。

▽この詩を法帖に仕立てたものは吉田駅詩帖(舎舟帖とも)の名で嘉永元年(一八四八)に刻され、橋本景岳(左内)が推重している(徳富蘇峰『人間山陽と史家山陽』)。

鼓舞《こぶ》 兵《へい》を強《つよ》くして 羸弱《るいじゃく》なし。
玉帯名馬《ぎょくたいめいば》 好《この》み存《そん》せず、
一生《いっしょう》 唯《ただ》士を用《もち》ふるの楽《たの》しみ有り、
嗟哉《ああ》 真《しん》の英雄主《えいゆうしゅ》 作《おこ》すべからず。」

236

五十鈴川《いすずがわ》

平地《へいち》 雲気《うんき》を生《しょう》じ、
参天《さんてん》 木陰《もくいん》を畳《たた》む。
萬年《ばんねん》 神《かみ》の在《いま》す処《ところ》、
兆庶《ちょうしょ》 子来《しらい》の心《こころ》。
此《こ》の水《みず》 今古《きんこ》に流《なが》る、
何人《なんびと》か 浅深《せんしん》を測《はか》らん。
姦雄《かんゆう》 裔冑《えいちゅう》を欺《あざむ》かんとすとも、
太陽《たいよう》の臨《りん》を遁《のが》れず。

上野《うえの》の黒門《くろもん》。 是れ寛永中《かんえいちゅう》 渡辺氏《わたなべし》 仇《あだ》を復《ふく》

鼓舞強兵無羸弱
玉帯名馬好不存
一生唯有用士楽
嗟哉真英雄主不可作

五十鈴川

平地生雲気
参天畳木陰
萬年神在処
兆庶子来心
此水流今古
何人測浅深
姦雄欺裔冑
不遁太陽臨

上野黒門。是寛永中渡辺

236 今年三月、母に侍して詣でた時の詩。宝暦十年(一七六〇)梅颸がまだ母の胎内に在った四月に、母の柔は参宮している(飯岡氏・参宮記)。五十鈴川は、伊勢の皇太神宮の傍を流れる清流。
一 雲気がまじわる。
二 その上にかさなる。
三 万民。
四 子が親を慕うように集まって来る。詩経・大雅・文王に「庶民子来」とある。
五 神聖な場所は、無闇に測量などしないのが慎しみ深いとされる。
六 天照大神の子孫。
▽このときの紀行が伊勢大和紀行詩歌帖の下冊で、明治十二年に模刻されている。この詩のみは大廟帖の名で明治中、忠雅堂刊、武藤鉄斎刻(刊刻の次第も、再刻の経緯もよくわかる法帖であるが、初版が正確に何年であるかは未詳)。

237 伊賀国上野の鍵屋の辻で、寛永十一年(一六三四)十一月、渡辺数馬が、弟の源太夫のために仇討をした。相手は河合又五郎。浄瑠璃「伊賀越道中双六」がある。

せし処《ところ》

237
伊賀《いが》城頭《じようとう》 西《にし》の閭門《りよもん》、
讎《あだ》を復《ふく》せし跡《あと》あり 血痕《けつこん》 恍《こう》たり。
仇人《きゆうじん》 馬《うま》に騎《の》り [七]魚貫《ぎよかん》して過《す》ぐ、
刀《とう》を挺《ぬ》いて一呼《こ》 渠《かれ》が魂《こん》を褫《うば》ふ。
[八]姉夫《しふ》慷慨《こうがい》 傔従《けんじゆう》の義《ぎ》、
[九]脊令《せきれい》 原《げん》 寒《さむ》くして同《おな》じく冤《えん》を雪《そそ》ぐ。
一水《すい》西《にし》に渡《わた》れば [一〇]是嶹《これしま》が原《はら》、
当時《とうじ》 宿《やど》に投《とう》ぜし館《かん》猶《な》ほ存《そん》す。
吾来《われきた》り燈《とう》を挑《かか》げて 往昔《おうせき》を思《おも》ふ。
想見《そうけん》す 刃《やいば》を淬《にら》いで 暁暾《ぎようとん》を候《ま》ちしを。
嗟哉《ああ》 士《し》風《ふう》猶《な》ほ薄夫《はくふ》をして敦《あつ》からしむ、
寛永《かんえい》の俗《ぞく》 今《いま》誰《たれ》か論《ろん》ぜん。

氏復仇処

伊賀城頭西閭門
復讎有跡恍血痕
仇人騎馬魚貫過
挺刀一呼褫渠魂
姉夫慷慨傔従義
脊令原寒同雪冤
一水西渡是嶹原
当時投宿館猶存
吾来挑燈思往昔
想見淬刃候暁暾
嗟哉士風猶使薄夫敦
寛永之俗今誰論

七 大勢が並び進む。魚の習性に見たてたもの(魏志・鄧艾伝)。

八 荒木又右衛門。

九 兄弟の危難を救うこと。詩経・小雅・常棣に「脊令在レ原、兄弟急難」とある。

一〇 島が原(現三重県阿山郡島ケ原村)。「四月三日、晴、夜に入、島がはらに宿。山坂尤多し。四月四日、晴、島がはらを五つ前頃立」(梅颸日記)。

南北史《なんぼくし》を読《よ》む。小楽府《しょうがふ》　十二首《しゅ》(内六首)

○(宋武帝)

238
是れ田舎翁《でんしやおう》に非《あら》ず、
一草間《そうかん》　英雄《えいゆうお》起こる。
一麾《き》　二蠅払《ようふつ》の手《て》、
三生擒《せいきん》す　数天子《すうてんし》。

○(梁武帝)

239
四得失《とくしつ》　皆吾《みなわれ》に自《よ》る、
五吾《わ》が知《ち》　亦分明《またぶんめい》と。
何《なん》ぞ　六短脚漢《たんきやくかん》を倩《やと》うて、
我《わ》が金甌《きんのう》を蹋《ふ》んで裂《さ》かしめしぞ。

○(陳後主)

240
七長江《ちようこう》　天塹《てんざん》なりと雖《いえど》も、
已《すで》に韓擒虎《かんきんこ》八に付《ふ》す。
猶《な》ほ九景陽《けいよう》の井《せい》あり、

読南北史。小楽府十二首

○

非是田舎翁
草間英雄起
一麾蠅払手
生擒数天子

○

得失皆自吾
吾知亦分明
何倩短脚漢
蹋我金甌裂

○

長江雖天塹
已付韓擒虎
猶有景陽井

238　中国の正史、南史八十巻・北史一百巻は唐の李延寿の撰。小楽府は、内容・形式・用語の面で、あまり伝統に拘泥しない短型の詩。

一 宋の武帝がまだ東晋に仕えていたころの風評。

二 武帝の帝王らしからぬ田舎者じみた質素なさまをいう(南史一。通鑑で校正)。

三 宋の武帝(劉裕)は東晋の一地方の下級官吏の家から身を起こし、軍人としての卓抜な才能により桓玄・孫恩・盧循を倒し、南燕・後秦の主を生擒し、東晋の安帝を弑し、恭帝の譲りを受けて天子となった。

239　梁の武帝(蕭衍)は斉を亡ぼし梁を建てたが、侯景に裏切られ、悲惨な最後を遂げた。

四 武帝の語(南史五十二)。

五 北朝・東魏の高歓(北斉の神武帝)に重用された侯景は、のちに南朝への帰服を許された(南史六十二)。これは武帝の過剰なまでの自己の明知への自信による。ところが、景は、武帝を臺城(建康の宮厥)に囲み、帝を憂死させた。

六 「侯景右足短」(南史八十)。

240　陳の後主は南朝最後の天子。詩酒に耽り、北朝から興った隋に国を亡ぼされた。

七 南史七十七。

八 禎明三年正月、隋の賀若弼・韓擒虎の両将は手分けして長江を渡り切った。「隋将賀若弼自レ北道二広陵一済。韓擒趣二横江一済。分レ兵晨襲二采石一、取レ之」(南史十)。戦功は賀・韓両将に甲乙はないが、韓の方に重きを置く。なお、南史の韓擒(北史では韓禽)は、正しくは韓擒虎。唐の人である李延寿にとって「虎」は天子の祖先の諱であるため書くわけに行かない。虎は隋の国諱。銭大昕・廿二史考異三十五参照。

九 南史十および南史二十六。

個中《こちゅう》 亦楽土《またらくど》。

241

〇(渭曲の戦)

[一〇]渭曲《いきょく》 萑葦《かんい》多《おお》し、
誰《たれ》か[一一]黒獺《こくだつ》の居《きょ》を争《あらそ》はん。
如何《いかん》ぞ 潜匿《せんとく》を事《こと》として、
江河《こうか》の魚《うお》を祭《まつ》らざる。

242

〇(韋孝寛)

関西《かんさい》 男子《だんし》あり、
[一二]降将軍《こうしょうぐん》と為《な》らず。
卻《かえ》つて[一三]虎《とら》に騎《の》る者《もの》に降《くだ》り、
戈《か》を操《と》つて 宇文《うぶん》を翦《き》る。

243

〇(隋文帝)

[一四]独孤《どくこ》豈《あ》に我《われ》を誤《あやま》らんや、
此《こ》の天数《てんすう》を奈何《いかん》せん。
縦《たと》ひ[一五]見地伐《けんちばつ》を立《た》つるも、
未《いま》だ必《かなら》ずしも[一六]阿麼《あば》に異《こと》ならず。

個中亦楽土

〇

渭曲多萑葦
誰争黒獺居
如何事潜匿
不祭江河魚

〇

関西有男子
不為降将軍
卻降騎虎者
操戈翦宇文

〇

独孤豈誤我
奈此天数何
縦立見地伐
未必異阿麼

241 北魏は東西に分れるが、東魏には高歓(北史の「神武」)が出、西魏には宇文泰が出た。東魏の天平四年、即ち西魏の大統三年(五三七)十月に、高歓は大軍を率いて宇文泰と渭曲(陝西省の渭水下流の大茘県)で戦い、歓は大敗した(北史五および六)。
一〇 北史九。
一一 宇文泰の字(北史九)。

242 西魏の将軍韋孝寛は比類のない名将であったが、隋国公楊堅のために尉遅迥(うっちけい)を討ったことは、隋の簒奪を助ける結果を招いた。
一二 北史六十四。
一三 隋国公楊堅(のちの隋の文帝)の夫人(のちの皇后)独孤氏が堅をけしかけた語(北史十四)。北史の騎獣之勢の「獣」は「虎」を別字に置き換えた例。

243 隋の文帝の皇后独孤氏は、帝も憚る権威を持ち、宮中で「二聖」といわれた。また嫉妬心が強く、自分の子や臣下の側室にも眼を光らせた(趙翼・廿二史劄記十五参照)。
一四 北史十四。
一五 勇の幼名。北史七十一は「睍地伐」に作る。独孤皇后に嫌悪され、太子を廃せられた。
一六 広(煬帝)の幼名(北史十二)。皇后の推輓により勇に代って皇太子となるが、このことが文帝を破滅させた。しかしいずれにせよ、曠世の英雄、李世民(唐の太宗)によって隋の天下は亡んだ。

母《はは》を送《おく》る。路上《ろじよう》の短歌《たんか》

244
東風《とうふう》 母《はは》を迎《むか》へて来《きた》り、
北風《ほくふう》 母《はは》を送《おく》つて還《かえ》る。
来《きた》る時《とき》 芳菲《ほうひ》の路《みち》、
忽《たちま》ち霜雪《そうせつ》の寒《かん》と為《な》る。
雞《にわとり》を聞《き》いて 即《すなわ》ち足《あし》[一]を裹《つつ》み、
輿《よ》に侍《じ》して足《あし》 槃跚《ばんさん》[二]。
言《い》はず 児《じ》の足《あし》 疲《つか》るるを、
唯計《ただはか》る 母輿《ぼよ》の安《やす》きを。
母《はは》に一杯《ばい》を献《けん》じて 児《じ》も亦飲《またの》めば、
初陽満店《しよようまんてん》 霜已《しもすで》に乾《かわ》く。
五十の児《じ》 七十の母《はは》あり、
此の福《ふく》 人間《じんかん》 得《う》ること応《まさ》に難《かた》かるべし。
南去北来《なんきよほくらい》 人織《ひとお》るが如《ごと》し、
誰人《たれびと》か 我《わ》が児母《じぼ》の歓《かん》に如《し》かん。

送母。路上短歌

東風迎母来
北風送母還
来時芳菲路
忽為霜雪寒
聞雞即裹足
侍輿足槃跚
不言児足疲
唯計母輿安
献母一杯児亦飲
初陽満店霜已乾
五十児有七十母
此福人間得応難
南去北来人如織
誰人如我児母歓

244 文政十二年(一八二九)三月から同年十一月までのことをいう。

一 脚絆や足袋で足ごしらえをする。

二 疲れて足どりがよろめくこと。

▽このときの梅颸の歌(歌稿の廃紙に書きつけたもの)は「(十月二十八日)日の昇る程、昨日よりは暖かなるかたなり。さとかほれり。嚢が菊を折りてかごに入れたるに、口なしの色に咲けれどまさぐれば言問ふばかり香ふ菊かな」。

245
柘君績《しやくんせき》の河内《かわち》に帰《かえ》るを送《おく》る

北風《ほくふう》 [三]雁《がん》の群《むれ》を吹《ふ》き、
[四]一雁《がん》 独《ひと》り南《みなみ》に飛《と》ぶ。
棲宿《せいしゆく》の所《ところ》を得《う》と雖《いえど》も、
朋侶《ほうりよ》と違《たが》ふを奈《いかん》せん。
[五]長《なが》く思《おも》ふ 子《し》は孤子《こし》、
童齢《どうれい》 我《われ》に向《む》かつて依《よ》る。
[六]父視《ふし》 愧《は》づるありと雖《いえど》も、
[七]子育《しいく》し且《か》つ[八]絳幃《こうい》す。
游息《ゆうそく》 毎《つね》に提挈《ていけい》、
[九]風雩《ふうう》 又浴沂《またよくき》。
[一〇]木国《きのくに》に、暑《しよ》に轎《きよう》に随《したが》ひ、
[一一]榛城《しんじよう》に、寒《かん》に鞿《くつばみ》を執《と》る。
師《し》を択《えら》んで 旧技《きゆうぎ》を研《みが》き、
[一二]磨礲《まろう》して進機《しんき》を導《みちび》く。

送柘君績帰河内

北風吹雁群
一雁独南飛
雖得棲宿所
奈与朋侶違
長思子孤子
童齢向我依
父視雖有愧
子育且絳幃
游息毎提挈
風雩又浴沂
木国暑随轎
榛城寒執鞿
択師研旧技
磨礲導進機

245 門人、柘植(つげ)君績、葛城と号する。河内の人。
三 多くの門人を指す。
四 君績のみは冬に南に帰って行く。
五 回顧する。
六 実の父のように思ってくれる。
七 実の子のように育てる。
八 書物の講釈をする。後漢書・馬融伝に「常坐㆓高堂㆒、施㆓絳紗帳㆒」とある。
九 名所旧跡をめぐる。論語・先進に「浴㆓乎沂㆒、風㆓乎舞雩㆒、詠而帰」とある。
一〇 紀伊国。文政八年(一八二五)四月に共に遊んだ。
一一 播磨国の姫路の町。同年八月に共に旅した。「榛」の訓は「はり(のき)」。
一二 みがきみがく。

一松菊《しょうきく》 荒廃《こうはい》を慮《おもんばか》り、
二枌楡《ふんゆ》 言《ここ》に帰《かえ》るを告《つ》ぐ。
田廬《でんろ》 先業《せんぎょう》在《あ》り、
未《いま》だ憂《うれ》へず 寒《かん》と饑《き》と。
多暇《たか》 書巻《しょかん》に親《した》しみ、
十日《じゅうじつ》 九《ここの》たび扉《とびら》を掩《おお》へ。
離群《りぐん》は願《ねが》ひに睽《そむ》くと雖《いえど》も、
同《おな》じく斯《こ》の邦畿《ほうき》に在《あ》り。
郵伝《ゆうでん》 太《はなは》だしく僻《へき》するに非《あら》ず、
書信《しょしん》 未《いま》だ応《まさ》に稀《まれ》なるべからず。
才《さい》あらば 嫉怨《しつえん》 多《おお》く、
三恒《つね》なくんば 巫医《ふい》も難《かた》し。
四忠篤《ちゅうとく》ならば 蛮貊《ばんばく》にも行《おこ》なはる、
寧《いずくん》ぞ憂《うれ》へん 州里《しゅうり》の譏《そしり》。
志《こころざし》 進《すす》んで 身《み》は退《しりぞ》け。
吾《わ》が言《げん》 当《まさ》に五佩韋《はいい》すべし。

松菊慮荒廃
枌楡告言帰
田廬先業在
未憂寒与饑
多暇親書巻
十日九掩扉
離群雖睽願
同在斯邦畿
郵伝非太僻
書信未応稀
有才多嫉怨
無恒難巫医
忠篤行蛮貊
寧憂州里譏
志進而身退
吾言当佩韋

一 故郷の自宅。陶潜・帰去来辞に「三径就レ荒、松菊猶存」とある。
二 一般に郷里のことをいう。もとは史記・封禅書の「高祖初起、禱二豊枌楡社一」。
三 論語・子路に「人而無レ恒、不レ可三以作二巫医一」とある。
四 論語・衛霊公に「言忠信、行篤敬、雖二蛮貊之邦一行矣」とある。いずれも情緒の安定を尊ぶ語。
五 性急な自己の性情を緩やかにする。韓非子・観行に「西門豹之性急。故佩レ韋以緩レ己」とある。韋はしなやかなものの象徴。

246
将《まさ》に嵐山《らんざん》に遊《あそ》ばんとす、細香《さいこう》至《いた》る

花《はな》を看《み》んと六将欲《しようよく》して 君恰《きみあたか》も来《きた》る。
相《あ》ひ攜《たずさ》へん 明日《みようにち》 即《すなわ》ち佳期《かき》。
満懐《まんかい》の喜気《きき》 眠《ねむ》り著《つ》き難《がた》し、
起《た》つて見《み》る 春星《しゅんせい》の屋《おく》を帯《お》びて垂《た》るるを。

詠史絶句《えいしぜっく》 十五首《しゅ》(内十二首)

○(伊達政宗)

247
七槊《さく》を横《よこ》たふる英風《えいふう》 独《ひと》り此《こ》の公《こう》。
八肉《にく》 髀裏《ひり》に生《しよう》じて 軍鋒《ぐんぽう》を斂《おさ》む。
中原《ちゅうげん》 若《も》し未《いま》だ九雲雨《うんう》収《おさ》まらずんば、
一〇河北《かほく》 渾《すべ》て帰《き》せん 独眼龍《どくがんりゅう》。

○(前田利家)

248
一一北門《ほくもん》の鎖鑰《さやく》 本同儔《もとどうちゅう》。
一二六尺《りくせき》の嬰孩《えいがい》 大憂《たいゆう》に任《にん》ず。

将遊嵐山、細香至

将欲看花君恰来
相攜明日即佳期
満懐喜気眠難著
起見春星帯屋垂

詠史絶句十五首

○

横槊英風独此公
肉生髀裏斂軍鋒
中原若未収雲雨
河北渾帰独眼龍

○

北門鎖鑰本同儔
六尺嬰孩任大憂

246 ここより天保元年(庚寅、一八三〇)、山陽五十一歳の詩。細香は江馬細香。美濃の医師江馬蘭斎の女、この年四十四歳。
六 願い望む。老子(二十九)の語。

247 外史二十二・徳川氏論賛参照。新居帖・第二集・中冊に小字で全詩を収める。伊達政宗(一五六七―一六三六)、陸奥六十餘万石を領す。一目眇。貞山公詩鈔がある。
七 魏の曹操の故事。
八 蜀漢の劉備の語(蜀志・先主伝)。
九 新居帖は「淹風雲」。底本の「雲雨」は「風雲」の意味とわかる。
一〇 「江南」の対語で黄河以北。唐末、晋王の李克用は一目眇で独眼龍と呼ばれた。

248 前田利家(一五三八―九九)、加賀百二十万石の祖。
一一 起句は秀吉の立場から見た利家。
一二 承句は秀吉の立場から見た秀頼。

一 保奭《ほせき》 持《じ》せず 分陝《ぶんせん》の柄《へい》。
二 燕封《えんぽう》卻《かえ》つて自《おのず》から群侯《ぐんこう》に冠《かん》たり。

○(毛利輝元)

249 瓜分《かぶん》 国《くに》を樹《た》つる 最《もつと》も強《きよう》と称《しよう》す。
何《なん》ぞ料《はか》らん 東風《とうふう》に降幟《こうし》 颺《あ》がるを。
猶《な》ほ三 門《もん》を開《ひら》いて節度《せつと》と為《な》るを得《え》たるは、
四 当初《とうしよ》の一剣《けん》 餘光《よこう》あり。

○(蒲生氏郷)

250 五 曾《かつ》て大鎮《だいちん》を捐《す》てて 群雄《ぐんゆう》を圧《あつ》せしめ、
自《みずか》ら長城《ちようじよう》を壊《こぼ》つ 誰《たれ》か公《こう》を誤《あやま》る。
当日《とうじつ》 花根《かこん》 豐土《ほうど》を占《し》む。
作悪《さあく》を将《もつ》て 六 春風《しゆんぷう》を罵《ののし》るを休《や》めん。

○(中川清秀)

251 七 郎君《ろうくん》 手《て》を握《にぎ》つて 語嘔嘔《ごおうおう》。
八 憎殺《ぞうさい》す家奴《かど》 坐《ざ》して輿《よ》に在《あ》り。
九 卻《かえ》つて渠儂《かれら》の為《ため》に 敵餌《てきじ》に供《きよう》せらる。

保奭不持分陝柄
燕封卻自冠群侯

○

瓜分樹国最称強
何料東風降幟颺
猶得開門為節度
当初一剣有餘光

○

曾捐大鎮圧群雄
自壊長城誰誤公
当日花根占豐土
休将作悪罵春風

○

郎君握手語嘔嘔
憎殺家奴坐在輿
卻為渠儂供敵餌

一 周初、陝より東を周公が主り、陝より西を召公(太保奭)が主り天下を治めた(春秋公羊伝・隠公五年)。
二 召公は燕に封ぜられ、周の北部を固める大国となった。周公を家康、召公を利家に擬える。

249 毛利輝元(一五五三―一六二五)。祖父の元就の晩年の所領は、安藝・周防・長門・備中・備後・因幡・伯耆・出雲・隠岐・石見の十箇国に及んだ(藩翰譜・毛利)。

三 唐末の乾寧二年(八九五)董昌は羅平国を建てようとし、鎮海節度使の銭鏐(せんりゆう)に言った「与㆔其閉㆑門作㆓天子㆒。…豈若㆔開㆑門作㆓節度使㆒」(通鑑二六〇)。「開門」とは節度使(日本でいえば大名)として自在に生きること。のちに銭鏐は董昌を誅し、自らは呉越国王となった。貫休の詩に「満堂花酔三千客、一剣霜寒十四州」とある(全唐詩話六)。外史では「毛利は山陰・山陽十三州を定めた」とするが、これは光吉澆華『日本外史詳註』十二によると、二丹と播磨を除いた数えかたである。そこでこの詩を典故とすることについては「毛利に一州多候へども用候」(山陽の雲華宛書簡)と断り書きしている。
四 藩翰譜・毛利を参照。

250 蒲生氏郷(一五五六―九五)は会津を中心に、一時は所領が九十万石を超えた。のち秀吉に疎まれ、急に重病に冒されたのは、秀吉に毒を盛られたからだとの説がある(藩翰譜・蒲生)。豊臣氏の滅亡には自業自得のところがある、といえる。
五 秀吉から見ての表現。
六 氏郷は秀吉に殺されるに違いないと覚り、恨みの和歌を残した(藩翰譜・蒲生)。
▽日本楽府の稿本(詠史楽府)に「罵春風」がある(『全書』詩集・日本楽府参照)。

惜《お》しむ 君《きみ》が一死《し》 意何如《いいかん》。

252 ○(池田輝政)

一〇 馬鐙《ばとう》 血《ち》を濺《そそ》いで 奴《ど》の肩《かた》を踢《け》る。
垢《はじ》を含《ふく》んで鑣《くつばみ》を回《かえ》し 尚《な》ほ憤然《ふんぜん》。
誰《たれ》か料《はか》らん 玉冰《ぎょくひょう》 一一 終《つい》に憾《うら》みを釈《と》き、
千春《せんしゅん》 共《とも》に戴《いただ》く 太平《たいへい》の天《てん》。

253 ○(蜂須賀家政)

江《こう》を過《わた》つて誰《たれ》か怪《あや》しむ 楚鋒《そほう》の銛《するど》きを。
将《しょう》に任《にん》じて曾《かつ》て知《し》る 黥布《げいふ》の堪《た》ふるを。
一二 項《こう》 斃《たお》れて劉《りゅう》に帰《き》す 項《こう》に負《そむ》くに非《あら》ず。
児孫《じそん》 長《なが》く 淮南《わいなん》を有《たも》つを得《え》たり。

254 ○(山内一豊)

一三 隔離《かくり》の児女《じじょ》 死生《しせい》関《かん》し、
際会《さいかい》す風雲《ふううん》 向背《こうはい》の間《かん》。
一四 一条《じょう》 笠《かさ》に繋《つな》ぐ 一五 八行《ぎょう》の字《じ》、
一六 伝《つた》へ得《え》たり 海南《かいなん》 千里《せんり》の山《やま》。

惜君一死意何如

○

馬鐙濺血踢奴肩
含垢回鑣尚憤然
誰料玉冰終釈憾
千春共戴太平天

○

過江誰怪楚鋒銛
任将曾知黥布堪
項斃帰劉非負項
児孫長得有淮南

○

隔離児女死生関
際会風雲向背間
一条笠繋八行字
伝得海南千里山

251 中川清秀(一五四二—八三)。天正六年(一五七八)以来、信長に仕えて著功あり、天正十年、信長みずからの山陽道平定の先陣として摂津に在るとき、本能寺の変が起こった。七 光秀討伐の功は清秀が第一であった。信長の第三子の信孝(郎君)は感激し、清秀の手を取って感涙にむせんだ。八 信長の微臣上がりの秀吉(家奴)は、輿に乗ったまま、「瀬兵衛(清秀)骨折々々」と声をかけて通り過ぎ清秀をくやしがらせた(以上、藩翰譜・中川)。九 清秀は秀吉(渠儂)によって最も羸弱な寨の守備をあてがわれ、そのため討死するはめとなった。

252 池田輝政(一五六四—一六一三)、利隆(一五八四—一六一六)。池田氏は代々信長・秀吉・家康に仕えて武功があり、子孫は備前三十万石を保った。一〇 天正十二年の長湫役で、池田氏は秀吉側に附いて織田(信雄)・徳川勢と戦った。輝政の家人(奴)、番大膳(景次)の身を挺しての働きで池田家は一族の全滅を免れた(逸史五)。一一 天正十九年(一五九一)、輝政の子、利隆は、大坂冬の陣に当り、家康に疑われた。大膳の子、氏明は家康に泣いて弁訴し、池田氏は事なきを得た。家康は番父子の二代に亘る主家思いに痛く感服したという(逸史十一)。

253 蜂須賀正勝(一五二六—八六)・家政(一五五八—一六三八)・至鎮(一五八六—一六二〇)。阿波二十五万石。史記・黥布伝参照。一二 史記・黥布伝における項籍(羽)は秀吉、劉(邦・漢高祖)は家康に当る。関ヶ原役に、家政の家人は西軍側、至鎮は東軍側についたが藩翰譜・蜂須賀には「家政内々は父子東西に分れて、何れの方にも、我家たてんと謀りけるなど」と取り沙汰したとある。

255
○(黒田如水)
一 一擲乾坤《てきけんこん》 孤注《こちゆう》の難《なん》。
誰《たれ》か知《し》らん 老手《ろうしゆ》二 咲《わら》つて傍看《ぼうかん》す。
三 臣《しん》が門《もん》 市《いち》の如《ごと》きも 心《こころ》 水《みず》の如《ごと》し。
四 此の脚《あし》 寧《いずくん》ぞ 馬鞍《ばあん》に跨《また》がるに堪《た》へん。

○
一擲乾坤孤注難
誰知老手咲傍看
臣門如市心如水
此脚寧堪跨馬鞍

256
○(福島正則)
五 当日《とうじつ》 鷹《たか》を使《つか》つて 搏撃《はくげき》に資《し》し、
他年《たねん》 虎《とら》を縛《ばく》して 騰奔《とうほん》を禁《きん》ず。
六 檻車《かんしゃ》の彭越《ほうえつ》 葅醢《しょかい》を免《まぬ》がる、
未《いま》だ是れ漢家《かんか》 真《しん》に少恩《しょうおん》ならず。

○
当日使鷹資搏撃
他年縛虎禁騰奔
檻車彭越免葅醢
未是漢家真少恩

257
○(本多正信)
七 鷹師《ようし》 面《めん》を革《あらた》めて 即《すなわ》ち元臣《げんしん》。
八 策《さく》を帷中《いちゆう》に運《めぐ》らして 独《ひと》り絶倫《ぜつりん》。
羅網《らもう》 故《ことさ》らに九 狡兎《こうと》を縦《はな》つて活《い》かせしは、
孰《いず》れか功狗《こうく》たり 孰《いず》れか功人《こうじん》。

○
鷹師革面即元臣
運策帷中独絶倫
羅網故縦狡兎活
孰為功狗孰功人

○(藤堂高虎)

○

山内一豊(一五四五―一六〇五)、土佐二十万石の祖。一三 慶長五年(一六〇〇)、家康は上杉氏討伐に乗り出した、その際、諸侯の妻子は三成側の人質の扱いを受けた(外史十七)。一四 この時、山内一豊の妻は夫への手紙を髪んで(逸史では劈いて)使者の笠の糾(三つ組みのひも)にして届けたという(外史二十一)。一五 藝文類聚三十一に「後漢馬融与ニ竇伯向一書曰、…書雖ニ両紙一、紙八行行七字、七八五十六字、百一十二言耳」とある。右の故事により、後世、書信のことを「八行書(字)」という。一六 関ヶ原役に一豊はさしたる勲功もないのに、論功行賞で大封を得た(逸史九)。

255　黒田孝高(如水、一五四六―一六〇四)、長政(一五六八―一六二三)。筑前五十二万石を領した。

一 涑水記聞六に「王欽若…言ニ于上一曰、澶淵之役、準以ニ陛下一為ニ孤注ニ」とある。石田三成は豊臣秀頼を孤注(有金全部を賭けること)として一か八かの大勝負に出た。
二 関ヶ原役に如水は九州に在って動かなかった。(逸史九)。三 形勢が定まったときにも、列侯士大夫は毎日如水の館に挨拶に出向き、贈物が輻湊し、その門が市の如く雑踏した(逸史九)。漢書・鄭崇伝参照。
四 天正六年(一五七八)冬、荒木村重が信長に謀反したとき、如水は村重の説得に出向いたために村重に幽閉され、両脛が湾曲してしまったという。一方、関ヶ原役の直前、子の長政は家康の小山の陣に馳せつけ、鞍馬を家康から賞与された(藩翰譜・黒田)。

256　福島正則(一五六一―一六二四)。始め安藝・備後五十万石に封ぜられたが、のち越後国内に四万五千石、没後、四男正利は川中島に三千石を与

258

一〇曾《かつ》て飛鷁《ひげき》 翺翔《こうしよう》の処《ところ》に参《さん》し、
早《はや》く冥鵬《めいほう》 羽翼《うよく》の間《かん》に附《ふ》す。
一一幹《みき》を強《つよ》くし枝《えだ》を弱《よわ》くする 謀《はかりごと》 数《しばしば》献《けん》ず。
一二自《じ》家《か》卻《かえ》つて一枝《し》の班《はん》に在《あ》り。

曾参飛鷁翺翔処
早附冥鵬羽翼間
強幹弱枝謀数献
自家卻在一枝班

五剣山《ごけんざん》を望《のぞ》み、故柴栗山先生《こさいりつざんせんせい》を懐《おも》ふ有り

259

南《みなみ》 讃岐《さぬき》の州《くに》を望《のぞ》み、
遥《はる》かに指《ゆび》さす 五剣山《ごけんざん》。
山峰《さんぽう》 列剣《れつけん》の如《ごと》く、
峭立《しようりつ》す 衆嶺《しゆうれい》の端《たん》。
襟《えり》を正《ただ》して遥《はる》かに之《これ》を拝《はい》す、
山《やま》に非《あら》ず 其《その》人《ひと》を思《おも》ふ。
柴公《さいこう》は吾《わ》が一三父《ふ》執《しつ》、
実《じつ》に其《その》間《かん》に産《う》まれ出《い》づ。
運《うん》に応《おう》じて 頽俗《たいぞく》を振《ふ》るひ、

望五剣山、有懐故柴栗山先生

南望讃岐州
遥指五剣山
山峰如列剣
峭立衆嶺端
正襟遥拝之
非山思其人
柴公吾父執
実産出其間
応運振頽俗

えられた。
五 後漢書・呂布伝参照。正則は呂布さながらの勇猛な武将であった。
六 史記・彭越伝参照。正則は謀反の疑いによって国を移されたが、自身も一族も、当面は夷滅されることはなかった。徳川氏の処置は漢の高祖ほどには残酷でなかったことをいう。

257 本多正信(一五三八―一六一六)、二万二千石。子の正純(一五六五―一六三七)の時に取り潰された。
七 正信は鷹匠として仕えた人物であるという(三河物語による)。
八 藩翰譜・本多参照。
九 史記・高祖本紀および淮陰侯伝参照。

258 藤堂高虎(一五五六―一六三〇)、伊勢二十三万石餘。
一〇 起句は秀吉(鷁)・秀長の下で戦功が多く、特に秀吉のために水軍を率いて功績があったことを含みにしていう。鷁は水鳥。また船首にその首の形を附けることから船そのものをもいう。
一一 史記・范雎伝および藩翰譜・藤堂参照。
一二 藩翰譜・藤堂参照。
▽詠史詩は文選に詩文の体裁の一分野として建てられて以来の伝統がある。その人物(自分も含む)の身になって、一代の事業に深い感慨を寄せる体裁をとる。入矢義高「頼山陽」(『近世の漢詩』所収)参照。この二四七から二五八の詩はその伝統に最も忠実な体裁をとる。

259 六月十五日。瀬戸内を船で西下帰省の途中の作。五剣山は八栗山ともいう(現香川県木田郡)。柴野栗山の号はこれに由来する。栗山、名は邦彦。通称は彦輔。讃岐の高松の人。昌平黌の儒官となり、寛政の学制改革を推進。
一三 春水との交遊は師友志(春水遺稿別録)に詳しい。

天意《てんい》 秀気《しゆうき》攢《あつ》まる。
一吾《われ》 少《わか》くして其の貌《ぼう》を瞻《み》るに、
此の孱顔《さんがん》に似《に》たるあり。
甚《はなは》だしく魁梧《かいご》に非《あら》ずと雖《いえど》も、
自《おのずか》ら群賢《ぐんけん》の班《はん》を抜《ぬ》く。
談論《だんろん》 鋒鍔《ほうがく》を挺《ぬ》き、
文辞《ぶんじ》 癯《や》せて寒《さむ》からず。
吾《われ》を顧《かえり》みて 二教《おし》ふべしと謂《い》ひ、
三朽木《きゆうぼく》 彫《ちよう》剜《わん》を庶《こいねが》ふ。
四当時《とうじ》 嬉楽《きらく》を貪《むさぼ》り、
悔《く》ゆ 屢《しばしば》往還《おうかん》せざりしを。
五前輩《ぜんぱい》 日《ひ》已《すで》に遠《とお》く、
誰《たれ》に従《したが》つてか 駑頑《どがん》に鞭《むち》うたん。
六典刑《てんけい》 今《いま》安《いずく》にか在《あ》る、
山容《さんよう》 独《ひと》り巑岏《さんがん》。

天意秀気攢
吾少瞻其貌
有似此孱顔
雖非甚魁梧
自抜群賢班
談論挺鋒鍔
文辞癯不寒
顧吾謂可教
朽木庶彫剜
当時貪嬉楽
悔不屢往還
前輩日已遠
従誰鞭駑頑
典刑今安在
山容独巑岏

一 山陽先生書後・中所収の「読通鑑綱目」(文政十二年九月四日)に詳しい。その結びの文にいう「憶博士(栗山)大声笑談、口角出㆑沫、猶在㆑眼也」と。
二 史記・留侯世家に「孺子可㆑教矣」とある。また上掲、書後に「博士曰、千秋(春水)有㆑子。宜㆑使㆓先読㆒史」とある。見込みのあること。
三 論語・公冶長に「朽木不㆑可㆑彫也、糞土之牆、不㆑可㆑杇」とある。ここでは卑下していう。
四 寛政九年(一七九七)江戸に遊学、上掲、書後に「当時恨㆑不㆔数詣聴㆓其緒論㆒。今雖㆓磈磈如㆒此、学知㆑所㆑嚮者、博士之賜也」とある。
五 杜甫・贈秘書監江夏李公邕に「古人不㆑可㆑見、前輩復誰継」とある。ここでは栗山のこと。
六 文天祥・正気歌に「哲人日已遠、典刑在㆓夙昔㆒」(文山先生集十四)とある。もともと詩経(大雅・蕩)の語。やはり栗山を指す。

舟《ふね》を舍《す》てて陸《りく》に上《のぼ》り、児隝《こじま》を過《す》ぐ。備後《びんご》三郎《さぶろう》を懐《おも》ふあり

260
舟《ふね》を買《か》ふ　室津《むろつ》の口《くち》、
風潮《ふうちょう》　我《わ》が卜《ぼく》に違《たが》ふ。
三泊《ぱく》して備前《びぜん》に及《およ》び、
計《けい》を決《けっ》して　終《つい》に陸《りく》に上《のぼ》る。
備海《びかい》　彎入《わんにゅう》する所《ところ》、
地勢《ちせい》　南《みなみ》に屈曲《くっきょく》す。
水《みず》を隔《へだ》てて　七熊山《くまやま》を認《みと》む、
蒼翠《そうすい》　層又複《そうまたふく》。
憶《おも》ふ　昔三郎氏《むかしさぶろうし》、
王《おう》に勤《つと》めて　其《そ》の族《ぞく》を挙《あ》げしを。
八一《ひと》たび輿《よ》を奪《うば》ふの　謀《はかりごと》を唱《とな》へ、
九両《ふた》たび賊《ぞく》を防《ふせ》ぐの策《さく》を建《た》つ。
一〇句践《こうせん》　終《お》はりを克《よ》くする無く、
范蠡《はんれい》　志《こころざし》　数《しばしば》踣《つまず》く。

舍舟上陸、過児隝。有懐
備後三郎
買舟室津口
風潮違我卜
三泊及備前
決計終上陸
備海所彎入
地勢南屈曲
隔水認熊山
蒼翠層又複
憶昔三郎氏
勤王挙其族
一唱奪輿謀
両建防賊策
句践無克終
范蠡志数踣

260 六月十二日、播磨国室津(姫路の西)で乗船、風潮の都合が著しく悪く、備前国日比(児島半島の南部)に着くまで丸四日を費した。

七 備前国赤磐郡にある山。

八 児島高徳(三郎)は元弘二年(一三三二)後醍醐天皇の隠岐遷幸の途中、播磨・美作の辺りで乗輿を奪還しようと計り、一族を集めて蹶起した。

九 延元元年(一三三六)、九州から東上して来る足利軍を迎え撃つため、父の範長と共に熊山で挙兵した。

一〇 越王勾践(帝に擬する)は范蠡(高徳に擬する)の力によって呉に復讐することができた(史記・越世家)。外史五に「高徳夜入㆓帝館㆒、白㆓桜樹㆒而書㆑之曰、天莫㆑空㆓勾践㆒、時非㆑無㆓范蠡㆒。帝熟㆓視之㆒、欣然、心知㆑有㆓勤㆑王者㆒也」(節録)とある。

昨《さく》 弥《み》陀《だ》駅《えき》[一]を過《す》ぐ、
乃父《だいふ》の事《こと》 目《め》に在《あ》り。
家《いえ》 世《よよ》 忠義《ちゆうぎ》を伝《つた》ふ、
寧《いずくん》ぞ譲《ゆず》らん 楠《なん》[二]と菊《きく》とに。
盾鼻《じゆんび》[三] 墨《すみ》磨《す》る可《べ》きもの、
当時《とうじ》 唯《ただ》君《きみ》独《ひと》り。
備国《びこく》 三《み》[四]たび主《しゆ》を換《か》へ、
芳臭《ほうしゆう》 栄辱《えいじよく》 形《あら》わる。
忠孝《ちゆうこう》 古《こ》今《こん》に無く、
才学《さいがく》 夙《つと》に尸祝《ししゆく》す。
経過《けいか》す 桑梓《そうし》[五]の地《ち》、
何《いず》れの辺《へん》にか 旧宅《きゆうたく》を認《みと》めん。
英魂《えいこん》を起《お》こして 問《と》はんと欲《ほつ》す、
平生《へいぜい》 何《なん》の読《よ》む所《ところ》ぞ。

昨過弥陀駅
乃父事在目
家世伝忠義
寧譲楠与菊
盾鼻墨可磨
当時唯君独
備国三換主
芳臭形栄辱
忠孝無古今
才学夙尸祝
経過桑梓地
何辺認旧宅
欲起英魂問
平生何所読

一 播磨国。熊山の挙兵は失敗し、高徳は重傷を負い、範長は阿弥陀駅まで落ち延びて自刃した。

二 楠氏と菊池氏。

三 軍陣に持ち込んだ盾の鼻(取っ手)を硯の代わりにして墨を磨り、檄文を書く。武人であって文事に心得のあること。南朝の梁の荀済が武帝(蕭衍)を評した語(通鑑一六〇)。

四 もともと浦上氏の所領であったところを、宇喜田・小早川・池田と領主が代わった。

五 高徳の故郷。

京師《けいし》 地震《ちふる》ふと聞《き》き、此《これ》を賦《ふ》して悶《もん》を遣《や》る

聞京師地震、賦此遣悶

261 七月二日、京都大地震。その報せは七月九日・十三日、宮崎木雞より広島に帰省中の山陽に達した。

261

[六]郵便《ゆうびん》 京報《きようほう》を得《え》たり。
変故《へんこ》 昔《むかし》未《いま》だ有らず。
今月初《こんげつしよ》二日《にち》、
地《ち》 震《ふる》ひて [七]申《さる》より丑《うし》に至《いた》ると。
[八]継《つ》いで聞《き》く 七昼夜《ちゆうや》、
連《しきり》に撼《うご》いて地《ち》剖《さ》けんと欲《ほつ》す。
天《てん》に籲《よ》んで 啼哭《ていこくわ》沸き、
十室《しつ》 八九を壊《こぼ》つ。
[九]家《いえ》を提《たずさ》へて 通衢《つうく》に席《せき》すれば、
屋瓦《おくが》 左右《さゆう》に墜《お》つと。
吾《わ》が家《いえ》 [一〇]隻字《せきじ》なく、
東《ひがし》を望《のぞ》んで 十たび[一一]首《かしら》を搔《か》く。
遥《はる》かに想《おも》ふ [一二]鴨匡《おうがい》の屋《おく》、
穉子《ちし》 弱婦《じやくふ》に依《よ》る。
相牽《あいひ》いて 沙中《しやちゆう》に避《さ》け、
又怕《またおそ》る 居守《きよしゆ》なきを。

郵便得京報
変故昔未有
今月初二日
地震申至丑
継聞七昼夜
連撼地欲剖
籲天沸啼哭
十室壊八九
提家席通衢
屋瓦墜左右
吾家無隻字
東望十搔首
遥想鴨匡屋
穉子依弱婦
相牽避沙中
又怕無居守

六 梅颸日記・七月九日に「木雞より、京・大坂地震の事知らせ」。七月十三日「木雞より、地震の状おこし」。九日は木雞の伜(使者)が直接に西下して届けて来たものらしく、返事の詩(本詩の初稿)をその夜に直ぐ作り、持たせて帰したものと思われる(文集、五九九頁)。
七 午後四時より翌午前二時まで。
八 この詩の初稿では地震が七昼夜に及ぶことはまだ詠じていない。
九 家族を連れて大通りに蓆を敷いて坐る。
一〇 一字の書信。
一一 愁える。詩経・静女に「愛而不ㇾ見、搔ㇾ首踟蹰」とある。
一二 鴨川べりの家。

石岸《せきがん》 応《まさ》に尽《ことごと》く頽《くず》るべし、
唯餘《ただあま》さん 露根《ろこん》の柳《やなぎ》。
一 灘深《たんふか》くして 沙渚《しやしよ》 遠《とお》し、
知《し》らず 能《よ》く逃走《とうそう》せしか。
二 大児《たいじ》 能《よ》く厲掲《れいけい》、三
四 小児《しようじ》 婢《ひ》に付《ふ》して負《お》ふ。
五 覆巣《ふそう》 全卵《ぜんらん》を得《う》るも、
拮据《きつきよ》 其の母《はは》を瘏《や》ましめん。
虚《むな》しく一家《か》の憂《うれ》ひに任《にん》ぜしむ、
汝《なんじ》に向《む》かつて 顔厚《がんこう》を覚《おぼ》ゆ。
書《しよ》を為《つく》つて 急遞《きゆうてい》に付《ふ》し、
報《ほう》を待《ま》つ 旬餘《じゆんよ》 久《ひさ》し。
存没《そんぼつ》 未《いま》だ知《し》る可《べ》からず、
茫茫《ぼうぼう》 曷《いず》れに向《む》かつてか扣《たた》かん。
災祲《さいしん》 黔黎《けんれい》に被《こうむ》る、
豈《あ》に誰某《たれそれ》を論《ろん》ずべけん。

石岸応尽頽
唯餘露根柳
灘深沙渚遠
不知能逃走
大児能厲掲
小児付婢負
覆巣得全卵
拮据瘏其母
虚任一家憂
向汝覚顔厚
為書付急遞
待報旬餘久
存没未可知
茫茫曷向扣
災祲被黔黎
豈可論誰某

一 はやせ。
二 復二郎。八歳。のちの支峰。
三 川を徒歩渡りする。詩経・匏有苦葉に「深則厲、浅則掲」とある。
四 三樹三郎、六歳。のちの鴨厓。
五 孔融とその九歳と八歳との二児の故事。「孔融被レ収。…融謂ニ使者一曰、冀罪止ニ於身一。…児徐進曰、大人豈見三覆巣之下、復有ニ完卵一乎」（世説新語・言語）。

側《ほの》かに聞《き》く　北闕《ほっけつ》の事《こと》、
六星《ほし》　南斗《なんと》に入《い》るが如《ごと》し。
七垂拱《すいきょう》　萬与《ばんあず》からざるに、
譴怒《けんど》　一《いっ》に還受《またう》くと。
八螻蟻《ろうぎ》　敢《あえ》て患《うれ》ひを訴《うった》へんや、
具瞻《ぐせん》　九手《て》を額《ひたい》すべし。
坂城《はんじょう》　餘《よ》震及《しんおよ》ぶと、
江門《こうもん》　定《さだ》めて安《やす》きや否《いな》や。
糴価《てきか》　当《まさ》に暴騰《ぼうとう》すべし、
一〇喁喁《ぎょうぎょう》たり億萬《おくまん》の口《くち》。
吾聞《われき》く　天明《てんめい》の災《さい》、
一一三都《と》　相《あ》ひ先後《せんご》し、
一二信岳《しんがく》　一三震《ふる》ひ且《か》つ崩《くず》れ、
饑民《きみん》　起《お》こつて相《あ》ひ蹂《ふ》むと。
天数《てんすう》　一四周復《しゅうふく》あり、
下土《かど》　誰《たれ》か咎《とが》めに任《にん》ぜん。

側聞北闕事
如星入南斗
垂拱萬不与
譴怒一還受
螻蟻敢訴患
具瞻可額手
坂城及餘震
江門定安否
糴価当暴騰
喁喁億萬口
吾聞天明災
三都相先後
信岳震且崩
饑民起相蹂
天数有周復
下土誰任咎

六 凶星(熒惑、火星)が天の宗廟(南斗、いまいう射手座あたり)を犯す。天子が不徳である故に天譴を受ける兆し。北魏が亡びようとする時に起った。通鑑一五六に「先レ是、熒惑入二南斗一。去而復還、留止六旬。上以下諺云中熒惑入二南斗一、天子下レ殿走上。乃跣而下レ殿以禳レ之。…及レ聞二魏主西奔一。慙曰、虜亦応二天象一邪」とある。「上」は梁の武帝。「魏主」は北魏の孝武帝。

七 天子の徳が盛大で、何もしないでも天下がよく治まる。書経・武成に「垂拱而天下治」とある。

八 極めて微細なわれわれ。後漢書・班固伝に「私以二螻蟻一、窃観二国政一」とある。

九 両手を額に附けて拝む。宋史・司馬光伝に「天下以為二真宰相一。田夫野老。皆号為二司馬相公一。婦人孺子。亦知三其為二君実一也。帝崩赴二闕臨一。衛士望見。皆以レ手加レ額。曰、此司馬相公也」とあることから始まった語。

一〇 助けを待ち望む貌。司馬光・晋祠祈雨文「然原陸久燥。根荄未レ浹。畎畝喁喁猶有二待望一」(司馬文正公伝家集八十)。

一一 京(北闕)・大坂(坂城)・江戸(江門)。

一二 信州の浅間山。天明三年(一七八三)大噴火。

一三 大地震と崩落。詩経・十月之交に「爗爗震電、不レ寧不レ令。百川沸騰、山冢崒崩。高岸為レ谷、深谷為レ陵」とある。

一四 めぐって、またもとにもどる。漢書・五行志の語。

仰《あお》ぎ看《み》れば　雲《くも》　北《きた》に奔《はし》り、
海雨《かいう》　[一]龍吟吼《りゆうぎんほ》ゆ。
[二]耿耿《こうこう》たり　[三]杞人《きじん》の心《こころ》、
長歌《ちようか》　強《し》ひて[四]缶《ふ》を拊《う》つ。

家《いえ》に到《いた》る

262
震後《しんご》　京城《けいじよう》に帰《かえ》れば、
伏水《ふしみ》　泊所《はくしよ》を変《へん》ず。
[五]繂《りつ》を収《おさ》めて　[六]淀橋《よどばし》に上《のぼ》り、
輿《よ》を僦《やと》うて　[七]鳥羽《とば》に径《みち》す。
道路《どうろ》　裂《さ》けて痕《あと》あり、
縁旋《えんせん》　明炬《めいきよ》に頼《よ》る。
炬光中窺《きよこうちゆううかが》ひ看《み》れば、
人家《じんか》　壊《やぶ》れて未《いま》だ補《おぎな》はず。
墜瓦《ついが》　堆《うずたか》く邱《おか》を成《な》し、
傾壁《けいへき》　纔《わず》かに柱《はしら》に撑《ささ》ふ。

仰看雲北奔
海雨龍吟吼
耿耿杞人心
長歌強拊缶

到　家

震後帰京城
伏水変泊所
収繂上淀橋
僦輿径鳥羽
道路裂有痕
縁旋頼明炬
炬光中窺看
人家壊未補
墜瓦堆成邱
傾壁纔撑柱

一　すさまじい荒れ模様。張衡・帰田賦に「爾乃龍吟二方沢一虎嘯二山丘一」とある。
二　心に恐れること。詩経・邶風・柏舟に「耿耿不レ寐、如レ有二隠憂一」とある。
三　杞の人のような深憂。列子・天瑞に「杞国有下人憂二天地崩墜一、身亡レ所レ寄、廃二寝食一者上」とある。
四　ほとぎを打って気をまぎらす。易経・離に「九三。不二鼓レ缶而歌一、則大耋之嗟」とある。
▽この詩の初稿は手簡帖第二集に収める(翻字が坂本箕山『頼山陽大観』八六六頁にある)。村内必典「漢詩と地震」(『地震ジャーナル』六)参照。

262　八月六日、京の自宅に帰る。
五　太い綱。
六　伏見の一つ手前の宿が淀。大坂・京都間の川舟は伏見に着くのが常態であった。
七　京の中心部へ向かう街道。

八街陌《がいはく》 整《ととの》へること故《もと》の如《ごと》し、
家《いえ》に到《いた》れば 方《まさ》に九四鼓《こ》。
屋《おく》 矮《わい》にして 敗《やぶ》ること甚《はなは》だしからず、
依然《いぜん》として 一〇衡宇《こうう》を瞻《み》る。
家中《かちゅう》 盗賊《とうぞく》を防《ふせ》ぎ、
語《ご》を聞《き》くも 戸《と》を開《ひら》くに慳《けん》なり。
山妻《さんさい》 面《めん》 痩《や》せを帯《お》び、
児《じ》を呼《よ》び 起《お》きて父《ちち》を拝《はい》せしむ。
疾《やまい》を力《つと》めて 千里《せんり》に奔《はし》りしは、
一一耑《もっぱ》ら汝《なんじ》を見《み》んと欲《ほっ》するが為《ため》なり。
震《しん》に遇《あ》ひし時《とき》 何如《いかん》、
将《まさ》に答《こた》へんとして 色《いろ》 先《ま》づ沮《はば》む。
婢僕《ひぼく》 進《すす》んで攙《たす》け説《と》き、
一二燈《とう》を挑《かか》げて 談《だん》 序《じょ》なし。
一三墻屋《しょうおく》 粗《ほぼ》 旧《きゅう》に復《ふく》するも、
米薪《べいしん》 憂《うれ》ひ一四萬緒《ばんしょ》。

街陌整如故
到家方四鼓
屋矮敗不甚
依然瞻衡宇
家中防盗賊
聞語慳開戸
山妻面帯痩
呼児起拝父
力疾奔千里
耑為欲見汝
遇震時何如
将答色先沮
婢僕進攙説
挑燈談無序
墻屋粗復旧
米薪憂萬緒

八 大震災で市街地が烏有に帰したあと、道筋だけが、却って見通しよく残る様。
九 午後十時ごろ。
一〇 家の軒。陶潜・帰去来辞に「乃瞻二衡宇一、載欣載奔。僮僕歓迎、稚子候レ門」とある。
一一 「専」に通じ「全くのところ」の意。
一二 入谷注(『頼山陽 梁川星巌』一四八頁)に元の倪瓚の用例を引く。
一三 家の内外。詩経・十月之交に「徹二我牆屋一」とある。
一四 心配事で心が乱れること。韓愈・殿中侍御史李君墓誌銘に「其説汪洋奥美。関節開解。萬端千緒。参錯重出」とある。

一 是《これ》を置《お》いて 且《しばら》く酒《さけ》を温《あたた》む、
二 生存《せいそん》 喜《よろこ》び幾計《いくばく》。

置是且温酒
生存喜幾計

263 古賀溥卿《こがふけい》、其の藩侯《はんこう》の為《ため》に吾《わ》が《が》画を索《もと》め、寄《よ》するに絹《きぬ》一幅《ぷく》を以《もっ》てす。此《これ》を書《しょ》し之《これ》を辞《じ》す(二首、内一首)

古賀溥卿、為其藩侯索吾画、寄以絹一幅。書此辞之

曾《かつ》て経《けい》を横《よこ》たへ 三 翰《かん》を弄《もてあそ》ぶの 四 儒《じゅ》たるを謝《しゃ》す。五
寧《いずくん》ぞ餘技《よぎ》を将《もっ》て観娯《かんご》を待《ま》たんや。
懐中《かいちゅう》の画本《がほん》 六 猶《な》ほ献《けん》ずるに堪《た》へたり、
彷彿《ほうふつ》す 豳風七月《ひんぷうしちがつ》 七 の図《ず》。

曾謝横経弄翰儒
寧将餘技待観娯
懐中画本猶堪献
彷彿豳風七月図

264 新著《しんちょ》 通議《つうぎ》の後《のち》に題《だい》す 七首《しゅ》

題新著通議後七首

傍観《ぼうかん》す 時議《じぎ》の蛇足《だそく》を添ふるを。
熟識《じゅくしき》す 官途《かんと》の虎鬚《こしゅ》 八 を編《あ》むを。
却《かえ》つて世情《せじょう》の灰《かい》して尽《つ》きざる有り、
書《しょ》を著《あら》はして 猶《な》ほ潜夫《せんぷ》 九 に擬《ぎ》せんと欲《ほっ》す。

傍観時議添蛇足
熟識官途編虎鬚
却有世情灰不尽
著書猶欲擬潜夫

一 それはそれとして。白居易・与微之書参照。
二 死と向かい合わせの生。説苑・尊賢参照。

263 古賀溥卿、名は燾、穀堂と号し、佐賀藩の鍋島侯に仕える。昌平黌教官の精里の長男。
三 書物に埋もれる。李白・上安州裴長史書参照。
四 作文に熱中する。左思・詠史参照。
五 ことわる。
六 画を数えるのに「幅」も使うが「本」も使う。そのように数える単位詞(数量詞)を下につけて作る二字の熟語。結局、上の一字と同義。
七 詩経の中でも民生を重視した詩として特に有名な篇。

264 山陽の晩年の著。青年時代の「新策」を正し、制度を通論したもの。七首とも暢寄帖第二冊に収める。
八 危いこと。荘子・盗跖に「疾走料ニ虎頭一、編ニ虎須一、幾不レ免ニ虎口一哉」。鬚と須は同じ。
九 後漢の王符、世と合わず、退いて漢末の弊政を論じ、潜夫論十巻三十五篇を著す。

265
○
[一〇]肉食《にくしょく》　謀《はかりごと》存《そん》す　誰《たれ》か評《ひょう》[一一]を置《お》かん。
自《みずか》ら嘲《あざけ》る　多事《たじ》[一二]の老書生《ろうしょせい》。
一窓《そう》の風雪《ふうせつ》　妻児《さいじ》臥《ふ》す。
筆《ふで》を奮《ふる》へば　燈前《とうぜん》　紙《かみ》に声《こえ》あり。

266
○
[一三]陳編《ちんぺん》　儘《ことごと》く許《まか》す　口縦横《くちじゅうおう》[一四]。
敢《あえ》て諸公《しょこう》を趁《お》って　太平《たいへい》を賛《さん》せんや。
未《いま》だ必《かなら》ずしも　語言《ごげん》　菽粟《しゅくぞく》[一五]に当《あ》たらず、
且《しばら》く筆墨《ひつぼく》に憑《よ》って　蛟鯨《こうげい》[一六]を闘《たたか》はしむ。

267
○
[一七]藝苑《げいえん》の鴻文《こうぶん》　典墳《てんぶん》[一八]を錯《まじ》へ、
儒林《じゅりん》の閎議《こうぎ》　河汾《かふん》[一九]に媿《たぐ》ふ。
吾《われ》は周礼《しゅらい》[二〇]の胸裡《きょうり》に横《よこ》たはる無し、
直《ただ》に肝腸《かんちょう》を攄《の》べ　写《うつ》して君《きみ》に示《しめ》す。

○
肉食謀存誰置評
自嘲多事老書生
一窓風雪妻児臥
奮筆燈前紙有声

○
陳編儘許口縦横
敢趁諸公賛太平
未必語言当菽粟
且憑筆墨闘蛟鯨

○
藝苑鴻文錯典墳
儒林閎議媿河汾
吾無周礼横胸裡
直攄肝腸写示君

265
一〇 政治上の責務あるもの。左伝・荘公十年参照。
一一 暢寄帖では「敢争」に作る。意味は同じ。
一二 餘計なおせっかい。荘子・漁父参照。

266
一三 古い本。韓愈・進学解参照。
一四 自分の思う通りに議論する。
一五 不可缺のもの。宋史・程頤伝参照。
一六 水に住む動物で特に強く大きいもの。それを紙上で格闘させて得心することか。或いは児戯に類するとして卑下してみることか。陳造・上巳渓上燕に「人生到処皆児戯。笑看争標闘㆓両鯨㆒」とある。

267
一七 歴代の正史はその時代の文化を代表する人物を「藝苑」と「儒林」との二分野に分けて伝に列するのが通例である。
一八 聖人の著作。溯って三皇の作ったものが典。尭典・舜典のように五帝の作ったものが墳。
一九 黄河と汾水との間、山西省の西南部。隋の王通(文中子)は太平十二策を文帝に献じて用いられず、退いて河汾の間で教授した。唐初の治政に寄与した房玄齢・魏徴・李靖らはみなその門より出た。著書に礼論・楽論・続書・続詩・元経・賛易のいわゆる王氏の六経がある(司馬文正公伝家集七十二参照)。
二〇 藝苑の人も儒林の人も胸中に畜えているのは周の礼楽制度、またそれを記した経書の周礼である。

268

○

敬輿《けいよ》[一]の駢體《べんたい》[二] 流動《りゅうどう》[三]を含《ふく》み、
和仲《わちゅう》[四]の分篇《ぶんぺん》[五] 貫穿《かんせん》[六]を見《み》る。
跛鼈《はべつ》[七] 自《みずか》ら知《し》る 千里《せんり》の隔《へだ》たり。
文《ぶん》を学《まな》ぶも 亦青天《またせいてん》[八]に上《のぼ》るに似《に》たり。

敬輿駢體含流動
和仲分篇見貫穿
跛鼈自知千里隔
学文亦似上青天

269

○

洪流《こうりゅう》 日夜《にちや》 浅深《せんしん》を成《な》すも、
未《いま》だ缺《か》けず 金甌《きんのう》 自《おのずか》ら古今《ここん》。
漢《かん》[九]を策《むち》ち秦《しん》を過《とが》むる 同一《どういつ》の意《い》、
人《ひと》の 賈生《かせい》[一〇]が心《こころ》を 識《し》り得《う》るなし。

洪流日夜浅成深
未缺金甌自古今
策漢過秦同一意
無人識得賈生心

270

○

半生《はんせい》の歳月《さいげつ》 酒中《しゅちゅう》に消《き》え、
落魄《らくたく》 詩《し》に耽《ふけ》つて 鬢凋《びんしぼ》まんと欲《ほっ》す。
小杜《しょうと》は唯《ただ》二論《ろん》を留《とど》めて在《あ》り。
豈《あ》に身後《しんご》 李文饒《りぶんじょう》[一一]なからんや。

半生歳月酒中消
落魄耽詩鬢欲凋
小杜唯留二論在
豈無身後李文饒

268
一 唐の陸贄の字。陸宣公翰苑集二十二巻がある。徳宗に重用され、唐末の大乱に際しての「奉天改元大赦制」(興元元年〔七八四〕)を始めとする制誥・奏章・中書奏議を作った(通鑑二二九巻前後数巻にその精髄を引用する)。
二 制誥・奏章は四六駢儷體で作る。
三 趙翼の廿二史箚記の「新書尽刪二駢體旧文一」に「欧(陽脩)宋(祁)二公、不レ喜二駢體一。故凡遇二詔誥章疏、四六行レ文者一、必尽刪レ之。如徳宗奉天之詔、山東武夫悍卒、無レ不二感涕一。…而本紀不レ載幷陸贄伝亦無レ之」(節録)とあるように、文の形式の評価が時代によって流動的である。
四 宋の蘇軾の別字。経進東坡文集事略六十巻に「論」十一巻、「策」九巻を含む。
五 山陽先生書後・書二東坡論策後一に「倡勇敢、及策断上篇。其文与レ識、可レ称二圧巻一。侘論二兵刑民財一、語皆精鑿。如下兵無レ事而食、則不レ可レ使レ聚、聚則不レ可レ使二無レ事而食一二語上、可レ謂レ尽二漢・唐・宋兵利害一也。余作二通議一、欲二一語彷彿一、不レ可レ得也」とある。「倡勇敢」は巻十八の「策別下」の第十七、「策断上篇」は巻十九、引用の「兵無事而食」云々は巻十八の「策別下」の「定軍制」第十四の語。
六 内容の組立てが古今を貫いて不変のものがある。
七 歩みの遅いものの喩え。淮南子・説林参照。
八 非常に困難なこと。李白・蜀道難参照。
269
九 賈誼には、漢の政事の弊害として痛哭すべきもの一、流涕すべきもの二、長太息すべきもの六があると上疏した「治安策」、秦の過ちを論じた「過秦論」がある(漢書・賈誼伝および新書参照)。
一〇 山陽先生書後・書二賈誼治安第一策後一に「古今来文字、論二天下大勢一、如下捕二龍蛇一搏中虎豹上

271
山中鹿介《やまなかしかのすけ》を詠《えい》ず
孤《こ》を存《そん》する[一二]杵臼《しょきゅう》 何《なん》ぞ趙《ちょう》を忘《わす》れん。
救《すく》ひを乞《こ》ふ[一三]包胥《ほうしょ》 暫《しばら》く秦《しん》に託《たく》す。
嶽嶽《がくがく》たる驍名《ぎょうめい》 誰《たれ》か鹿《しか》と喚《よ》ぶ、
虎狼《ころう》の世界《せかい》 麒麟《きりん》を見《み》る。

272
協《きょう》に別《わか》れて後一日《のちいちじつ》
昨《さく》は[一四]湖橋《こきょう》に向《む》かつて 手《て》を分《わ》かつて旋《かえ》る。
駅程《えきてい》 指《ゆび》を屈《くっ》す 到《いた》る何《いず》れの辺《へん》ぞと。
連晴《れんせい》 知《し》る 汝《なんじ》が行《こう》 滞《とどこお》りなきを。
輿窓《よそう》を掀《あ》げ起《お》こさば [一五]岳蓮《がくれん》を観《み》ん。

竹原《たけはら》より、航《こう》して広洲《ひろしま》に赴《おもむ》き、輸税船《しゅぜいせん》に附載《ふさい》す。逼促《ひっそく》 殊《こと》に甚《はなは》しく、終夜寐《しゅうやい》ぬる能《あた》はず。此《これ》を賦《ふ》して悶《もん》を遣《や》る。十六韻《いん》を得《う》

詠山中鹿介
存孤杵臼何忘趙
乞救包胥暫託秦
嶽嶽驍名誰喚鹿
虎狼世界見麒麟

別協後一日
昨向湖橋分手旋
駅程屈指到何辺
連晴知汝行無滞
掀起輿窓覩岳蓮

従竹原、航赴広洲、附載輸税船。逼促殊甚、終夜不能寐。賦此遣悶。得十六韻

者、不レ過二数篇一。如二曹冏六代論・柳州封建・蘇氏審勢策断唐論類一、総似下以二治安第一策一為中粉本上。…要著在乙欲二天下治安一、莫レ若下衆建二諸侯一而少中其力上両句甲」とある。第一策は痛哭すべきことを論じた部分。曹冏・六代論は文選六十二所収。柳州は柳宗元。蘇氏は三蘇のこと。

270 一一 新唐書・杜牧伝には、宰相の李徳裕(字は文饒)が杜牧の献策を容れたことが見える。「上二李大尉一論二北辺事一啓」(樊川文集十六)および「上二李司徒相公一論レ用レ兵書」(同上十一)がそれである。

271 山中鹿之介(?—一五七八)、名は幸盛(ゆきもり)、出雲の尼子氏の忠臣。尼子義久が毛利氏に降伏した際、京都に逃れ、主家の支族尼子勝久を擁立する。秀吉の中国地方征伐に属して播磨上月城を守ったが、毛利氏に敗れる。
一二 公孫氏。晋の趙朔の食客で、趙朔の死後、身を捨ててその遺児を守った(史記・趙世家)。
一三 公孫氏。楚の大夫となり、申に封ぜられた。楚が呉に攻められた際、秦に救援を求めて呉を破った(淮南子・修務訓)。

272 ここより天保二年(辛卯、一八三一)、山陽五十二歳の詩。天保二年山陽の長男元協(通称餘一、号聿庵、三十一歳)が、四月十四日、京の宅に立ち寄る。四月十六日の作。
一四 瀬田の長橋。
一五 蓮岳に同じ。富士山をいう。

273 九月十六日、母を見舞う為の帰省に出発。輸税船は、年貢米を積んだ船。

273

吾《わ》が行《こう》 秋穫《しゅうかく》に属《ぞく》し、
一利渉《りしょう》 二租《そ》艘《そう》に附《ふ》す。
三鱗鱗《りんりん》たり 満艙《まんそう》の載《さい》、
堆《うずたか》く畳《かさ》ぬ 幾百《いくひゃく》苞《ぴょう》
缺《か》くる処《ところ》 四衾《きん》を擁《よう》して睡《ねむ》り、
身《み》を曲《ま》げて 五弓弢《ゆみとう》に在《あ》り。
新礱《しんろう》 六陳腐《ちんぷ》に異《こと》なり、
七嫩香《どんこう》 八巾裯《きんちゅう》を襲《おそ》ふ。
身《み》 大倉《たいそう》の鼠《ねずみ》に非《あら》ざるに、
縠裏《こくり》 窟巣《くっそう》に託《たく》す。
恨《うら》むらくは 九牙此《きばこれ》を穿《うが》ち、
縦横《じゅうおう》に 一〇老饕《ろうとう》を 恣《ほしいまま》にする無きを。
唯覚《ただおぼ》ゆ 環《めぐ》つて我《われ》に逼《せま》り、
頭《かしら》を圧《あっ》し 還尻《またしり》に蹙《せま》るを。
自《みずか》ら念《おも》ふ 吾何《われなん》の罪《つみ》ぞ、
縠《こく》を以《もっ》て 獄牢《ごくろう》と為《な》す。

吾行属秋穫
利渉附租艘
鱗鱗満艙載
堆畳幾百苞
缺処擁衾睡
曲身弓在弢
新礱異陳腐
嫩香襲巾裯
身非大倉鼠
縠裏託窟巣
恨無牙穿此
縦横恣老饕
唯覚環逼我
圧頭還蹙尻
自念吾何罪
以縠為獄牢

一 水上を行くのに便利なこと(易経・需)。
二 輸税船。
三 うろこのようにぎっしりと並んで鮮やかなさま。
四 夜具をまとうように引きかぶって。
五 弓が弓袋に入っているような姿勢。
六 もみ殻を取り去ること。
七 若々しい香り。
八 夜着。
九 詩経・召南・行露に「誰謂鼠無ㇾ牙、何以穿ニ我墉一」とある。墉(よう)は、かべ。
一〇 食べ物を貪ること。

五種《ごしゅ》 分辨《ぶんべん》せず、
四體《たい》 勤労《きんろう》を廃《はい》す。
更《さら》に其の精液《せいえき》を吸《す》ひ、
淋漓《りんり》 動《やや》もすれば酕醄《ぼうとう》。
詎《なん》ぞ知《し》らん 耕耘《こううん》の苦《く》、
粒粒《りゅうりゅう》 血膏《けっこう》を積《つ》むを。
合龠《ごうやく》も 欠《か》くる所《ところ》あれば、
鞭笞《べんち》 煎熬《せんごう》を期《き》す。
治乱《ちらん》は 豐耗《ほうこう》に繫《かか》り、
価直《かち》は 低高《ていこう》を候《こう》す。
此の中《なか》に 跼脊《きょくせき》すと雖《いえど》も、
何《なん》ぞ敢《あえ》て 嗸嗸《ごうごう》を為《な》さんや。
常《つね》に瓶缶《へいふ》に在《あ》るに視《くら》ぶれば、
酸寒《さんかん》 老陶《ろうとう》に同《おな》じ。
億萬《おくまん》の玉粒堆《ぎょくりゅうたい》、
暫《しばら》く擁《よう》して 自《みずか》ら豪《ごう》とするに足《た》る。

五種不分辨
四體廢勤労
更吸其精液
淋漓動酕醄
詎知耕耘苦
粒粒積血膏
合龠有所欠
鞭笞期煎熬
治乱繫豐耗
価直候低高
此中雖跼脊
何敢為嗸嗸
常視在瓶缶
酸寒同老陶
億萬玉粒堆
暫擁足自豪

一一 五穀。論語・微子「四體不㆑勤、五穀不㆑分」を利用した表現。
一二 酒。
一三 絶えず流し込むように飲む意。
一四 ひどく酔う。
一五 唐の李紳の憫㆑農に「粒粒皆辛苦」というのを参照。
一六 勺に同じ。一合の十分の一の容積。
一七 火で炒られるような苦しみ。
一八 豊作と凶作と。耗は、すり減ること。
一九 物価は米の値によって上下する意。
二〇 身をかがめて小さくなる。詩経・小雅・正月に「謂㆓天蓋高㆒、不㆓敢不㆒局、謂㆓地蓋厚㆒、不㆓敢不㆒蹐」とある。
二一 あれこれ騒いで苦しみを訴えること(詩経・小雅・鴻雁)。
二二 かめの中の貯え。
二三 貧しくて辛いこと。
二四 陶潜。

延元陵《えんげんりょう》に謁《えつ》するの詩《し》

274

千株萬株《せんしゆばんしゆ》　花雪《はなゆき》の如《ごと》し、
中《なか》に一邱《きゆう》あり　一翠樾《すいえつ》に矗《ちく》たり。
松《しよう》や柏《はく》や　杉檜《さんかい》を錯《まじ》へ、
二蟠根《はんこん》互《たが》ひに護《まも》る　三天龍《てんりゆう》の骨《ほね》。
四樵蘇《しようそ》相《あ》ひ戒《いまし》めて　敢《あえ》て触《ふ》れず、
触《ふ》るれば則《すなわ》ち　風怒《かぜいか》り雲攫《くもつか》み山裂《やまさ》けんと欲《ほつ》す。」
惜《お》しむ可《べ》し　威霊尚《いれいな》ほ此《か》くの如《ごと》くなるに、
当時《とうじ》　五蛇豕《だし》を六殄《つく》すこと能《あた》はざりしを。
遊人《ゆうじん》は知《し》らず　何帝《なにてい》の陵《りよう》なるかを、
七玉魚《ぎよくぎよ》　光《ひか》り閟《と》ざす　落花《らつか》の裡《うち》。
吾《われ》　八螻螘《ろうぎ》と雖《いえど》も　亦王臣《またおうしん》、
曾《かつ》て私《ひそ》かに涙《なんだ》を帯《お》びて　九前史《ぜんし》を修《おさ》む。
一〇芻蕘《すうじよう》　敢《あえ》て帝魄《ていはく》を慰《なぐさ》めんと欲《ほつ》し、
詞《し》を陵前《りようぜん》に陳《の》べて　独《ひと》り拝跪《はいき》す。」

謁延元陵詩

千株萬株花如雪
中有一邱矗翠樾
松邪柏邪錯杉檜
蟠根互護天龍骨
樵蘇相戒不敢触
触則風怒雲攫山欲裂
可惜威霊尚如此
当時不能殄蛇豕
遊人不知何帝陵
玉魚光閟落花裡
吾雖螻螘亦王臣
曾私帯涙修前史
芻蕘敢欲慰帝魄
陳詞陵前独拝跪

274 延元陵は、後醍醐天皇塔尾陵(とうのおりよう)。吉野の如意輪寺の裏山にある。この詩は天保二年(一八三一)の広島帰省中に、文政十年(一八二七)三月の吉野行を思って追作したものという。底本の自註に「余嘗再謁、欲三作レ詩叙二私感一、而未レ果、今而追作以補レ缺。昔父執竹山翁嘗作二此詩一、伝二誦士林一。茶山翁作二芳山歌一、語語避二雷同一。襄也後生、卻不二敢避一。蓋同処有レ異、読者必諒二其非一レ勦也」とある。勦(そう)は、かすめ盗む意。

一 青あおとした木の蔭に、そびえ立っている。

二 とぐろを巻いているような、樹木の根。

三 後醍醐天皇を指す。

四 木こりと草刈りの人。

五 蛇と豚。欲が深く、人を害するものに喩える。左伝・定公四年に「呉為二封豕長蛇一、以荐二食上国一」とある。ここは足利氏を指す。

六 滅し尽くす。

七 玉を魚の形に彫刻し、死者と共に埋葬した物。

八 けらや蟻のように取るに足らぬ者。

九 前代の歴史、つまり日本外史。

一〇 樵蘇と同様。草刈りと木こりとで自身を指す。詩経・大雅・板に「先民有レ言、詢二于芻蕘一」とある。詢(しゅん)は、問いはかる。

維《こ》れ昔《むかし》 [一一]天潢《てんこう》 [一二]狡童《こうどう》に弄《もてあそ》ばるるも、
[一三]天《てん》の暦数《れきすう》 君《きみ》の躬《み》に在《あ》り。
精《せい》を厲《はげ》まし誓《ちか》って雪《そそ》がんとす [一四]列聖《れっせい》の恥《はじ》、
此《こ》の心《こころ》 上《かみ》[一五]蒼穹《そうきゅう》に質《ただ》す可《べ》し。
人神《じんしん》 均《ひと》しく敵《てき》す 王《おう》の愾《いか》る所《ところ》、
[一六]頽日《たいじつ》 輪《りん》を回《かえ》して 紅再《こうふたた》び中《ちゅう》す。」
大政《たいせい》豈《あ》に尽《ことごと》く処置《しょち》を乖《たが》へんや、
[一七]傾廈《けいか》を再造《さいぞう》するは本《もと》 難事《なんじ》。
唯《ただ》君《きみ》をして心《こころ》を操《と》る 常《つね》に元弘《げんこう》の初《はじ》めの如《ごと》く
ならしめば、
憂《うれ》へず 邦《くに》に百《ひゃく》の足利《あしかが》あるを。
[一八]顧命《こめい》 剣《けん》を按《あん》じて 語《ご》 空《むな》しく雄《ゆう》、
[一九]一抔《ぼう》長《なが》く埋《うず》む [二〇]萬禩《ばんき》の志《こころざし》。」
然《しか》りと雖《いえど》も五十年間《ねんかん》 [二一]萬生霊《ばんせいれい》、
誰《た》が為《ため》に [二二]鋒《ほう》に膏《ちぬ》って尸《しかばね》縦横《じゅうおう》。
臣正成《しんまさしげ》 君《きみ》が在《いま》しし時《とき》に死《し》して心《こころ》已《すで》に明《あき》らか。

維昔天潢弄狡童
天之暦数在君躬
厲精誓雪列聖恥
此心上可質蒼穹
人神均敵王所愾
頽日回輪紅再中
大政豈尽乖処置
再造傾廈本難事
唯使君操心常如元弘初
不憂邦有百足利
顧命按剣語空雄
一抔長埋萬禩志
雖然五十年間萬生霊
為誰膏鋒尸縦横
臣正成死君在時心已明

一一 皇室を天の河に見立てていう。
一二 見た目は美しいが誠実さのない子供(詩経・鄭風・山有扶蘇)。ここは北条氏を指す。
一三 天命によって帝位に就く運。書経・大禹謨に「天之暦数在二汝躬一」とある。
一四 武家の建てた鎌倉幕府に制圧された京都の歴代の天皇。
一五 天に誓う意。
一六 沈みかけた太陽。皇室の衰運をいう。
一七 傾いた大きな家。
一八 天子の遺言(書経・顧命)。
一九 一抔土の略。ひとすくいの土(史記・張釈之伝)。帝陵のことを間接的にいう語。
二〇 万年も続く思い。
二一 人民。
二二 戦い死傷する意。

臣義貞《しんよしさだ》 君《きみ》が遺詔《いしょう》を懐《ふところ》にして亦《また》纓《えい》[一]を結《むす》ぶ。
此の輩《はい》の忠肝《ちゅうかん》 累累《るいるい》として孫仍《そんじょう》[二]に及《およ》び、
尽《ことごと》く君王《くんおう》の為《ため》に死《し》し 賊《ぞく》と共《とも》[三]に天《てん》を戴《いただ》いて
生《い》きず。」
[四]天定《てんさだ》まって賊巣《ぞくそう》 亦《また》終《つい》に覆《くつがえ》り、
死骨《しこつ》 犬《いぬ》に餧《い》[五]するも 犬《いぬ》食《く》らわず。
[六]天家《てんけ》 旧《きゅう》に依《よ》つて日《ひ》[七]嗣《つぎ》を伝《つた》ふ、
祖宗《そそう》より視《み》れば南北《なんぼく》なし。
中興《ちゅうこう》の偉挙《いきょ》 百世《ひゃくせい》を警《いまし》め、
陰《ひそ》かに姦雄《かんゆう》[八]を制《せい》して 毒《どく》を肆《ほしいまま》にせざらしむ。
噫噫《ああああ》 君王《くんおう》 目《め》[九]を瞑《めい》す可《べ》し。」

厳嶋《いつくしま》の神庫《しんこ》を観《み》るの詩《し》。 幷《なら》びに 序《じょ》

辛卯孟冬《しんぼうもうとう》十八日《じつ》 母《はは》を奉《ほう》じて厳嶋《いつくしま》に詣《もう》づ。 祠官《しかん》佐伯《さえき》[一〇]子幹《しかん》に因《よ》り、 神庫《しんこ》蔵《ぞう》する所《ところ》の古《こ》物《ぶつ》を観《み》るを得《え》たり。 遂《つい》に舟《ふね》を命《めい》じて同《おなじ》く

臣義貞懐君遺詔亦結纓
此輩忠肝累累及孫仍
尽為君王死不与賊共戴天生
天定賊巣亦終覆
死骨餧犬犬不食
天家依旧伝日嗣
自祖宗視無南北
中興偉挙警百世
陰制姦雄不肆毒
噫嘻君王可瞑目

観厳嶋神庫詩。幷序

辛卯孟冬十八日奉母詣厳嶋。因祠官佐伯子幹、得観神庫所蔵古物。遂

一 冠の紐を結ぶ。立派な最期を遂げる意。左伝・哀公十五年に「子路曰、君子死、冠不レ免。結レ纓而死」とある。
二 子々孫々。もともと自己を一代目として八代目の者を仍孫という。
三 この世に一緒に生きていることはできない。礼記・曲礼上に「父之讎、弗ニ与共戴一レ天」とある。
四 天運が本来の道に戻ると悪人を滅ぼす。史記・伍子胥伝に「人衆者勝レ天、天定亦能破レ人」とある。
五 与えてたべさせる。
六 皇室。
七 皇位。
八 足利・織田・豊臣・徳川等を指すか。
九 安らかに眠る。

275 天保二年(一八三一)十月、母梅颸と共に厳島神社へ参詣。

一〇 厳島神社の棚守(神職の役名。藝藩通志十五参照)。代々野坂氏を名乗るが本姓は佐伯。名は元貞、字は子幹、鹿猨居・梅園の号がある。山陽とは十二歳の年長者として青年時代より親交があった。

酔《よ》ふ。館《かん》に帰《かえ》り二十八韻《いん》を次第《しだい》し、以《もっ》て
即日《そくじつ》の事《こと》を紀《しる》し、且《か》つ以《もっ》て子幹《しかん》に謝《しゃ》す

275

一一廟宇《びょうう》 一二鼇頭《ごうとう》に駕《が》し、
一三玲瓏《れいろう》 一四乾闥《けんたつ》を疑《うたが》ふ。
神庫《しんこ》 絶境《ぜっきょう》に依《よ》り、
秘蔵《ひぞう》す 千古《せんこ》の物《もの》。
海龍《かいりゅう》 一五呵護《かご》する所《ところ》、
相《あ》ひ戒《いまし》めて 一六鑰鐍《やくけつ》を慎《つつし》む。
一七世守《せいしゅ》は 吾《わ》が知《し》る所《ところ》、
一八夤縁《いんねん》 覧閲《らんえつ》を恣《ほしいまま》にす。」
一九蕊経《ずいきょう》は 平族《へいぞく》の写《うつ》せるもの、
二〇繭紙《けんし》にして 字《じ》は二一楷栗《かいりつ》。
二二晶軸《しょうじく》 二三金籤題《きんせんだい》、
銅函《どうかん》 巻《かん》 八を弆《おさ》む。
二四標譚《ひょうたん》 絵図《かいと》を錯《まじ》へ、

命舟同酔。帰館次第二
十八韻、以紀即日之事、
且以謝子幹

廟宇駕鼇頭
玲瓏疑乾闥
神庫依絶境
秘蔵千古物
海龍所呵護
相戒慎鑰鐍
世守吾所知
夤縁恣覧閲
蕊経平族写
繭紙字楷栗
晶軸金籤題
銅函巻弆八
標譚錯絵図

一一 社殿。
一二 大海亀。厳島を喩える。
一三 宝玉のように冴えて美しいさま。
一四 乾は龍の象徴。つまり龍神の住居の内門。
一五 出入りを厳しくして守る意。
一六 錠前とかけがねと。
一七 先祖代々守ること(孟子・梁恵王下)。代々棚守の家柄たる佐伯(野坂)氏。
一八 昔からの縁。
一九 法華経。文選・江賦・李善注「蕊、華也」。
二〇 絹地。
二一 厳しくととのった楷書。
二二 水晶の軸。
二三 金字の標題。或いは金地にそれを書いたもの。米芾の書史によると、金題錦譚は隋唐時代の書物の体裁であるという。
二四 巻首見返しの貼りぎぬ。底本の自註に「平族所レ納法華経、毎巻引二首画一、所レ謂蘆手書者」とある。蘆手書(あしでがき)は、風景画の中で水草や蘆・岩・鳥などの形を仮名や漢字で描いたもの。以下の神庫の奇宝については考証に資する限りにおいて、藝藩通志二十五の絵図に言及する。

隠謎《いんめい》 [一]辨詰《べんきつ》し難《がた》し。
[二]驕汰《きょうた》 児女《じじょ》に均《ひと》しく、
[三]佞媚《ねいび》 神仏《しんぶつ》に憑《よ》る。
威権《いけん》 雪冰《せつぴょう》と消《き》え、
痕迹《こんせき》 墨筆《ぼくひつ》に存《そん》す。」
痛《いた》ましい哉《かな》 [四]養和帝《ようわてい》、
[五]綳衣《ほうい》 [六]蜀錦《しょくきん》の纈《けつ》。
胎《たい》を託《たく》す [七]狼虎《ろうこ》の家《いえ》、
骨《ほね》を葬《ほうむ》る [八]蛟鼉《こうだ》の窟《くつ》。」
独《ひと》り [九]欽《きん》す [一〇]小松公《こまつこう》、
[一一]軽甲《けいこう》 [一二]浴鉄《よくてつ》を遺《のこ》す。
[一三]応《まさ》に擐《つらぬ》きたるべし 待賢門《たいけんもん》、
[一四]壇《だん》の浦《うら》の巇《けがれ》を受《う》くるを免《まぬが》る。」
世代《せいたい》 遞《たがい》に遷移《せんい》し、
[一五]芳臭《ほうしゅう》 駢《なら》びて陳列《ちんれつ》す。
[一六]仁山《にんざん》 宝刀《ほうとう》を納《おさ》む、

隠謎難辨詰
驕汰均児女
佞媚憑神仏
威権消雪冰
痕迹存墨筆
痛哉養和帝
綳衣蜀錦纈
託胎狼虎家
葬骨蛟鼉窟
独欽小松公
軽甲遺浴鉄
応擐待賢門
免受壇浦巇
世代遞遷移
芳臭駢陳列
仁山納宝刀

一 はっきりと見定めにくい。
二 平家一族がおごって贅沢にすること。
三 こびへつらう。
四 安徳天皇。養和は、その在位時の年号。
五 産衣。藝藩通志に「安徳天皇御産衣」を載せる。
六 蜀の錦江で織られた美しいあやぎぬのしぼり染め。極上の絹織物。
七 平家を指す。
八 人に害を与えるみずちの洞穴。海底の意。
九 敬い慕う。
一〇 小松内大臣(内府)、平重盛。
一一 自註に「有㆓内府遺甲㆒、蓋在時所㆑納」とある。藝藩通志に「平重盛甲冑」の絵図を載せる。
一二 銑鉄で作った鎧。
一三 平治の乱に藤原信頼を待賢門でうちやぶり、源義平と紫宸殿の前庭で左近の桜、右近の橘を七廻りして戦った。
一四 長門国壇の浦で平家は滅亡したが、重盛はそれ以前の治承三年(一一七九)に歿。
一五 良い評判がある人と悪い評判がある人との遺品。
一六 足利尊氏の法名、仁山妙義。「足利尊氏短刀」は藝藩通志の絵図では五三の桐らしき飾りがあることがわかる。

桐菊《とうきく》 其の室《しつ》を飾《かざ》る。
憶《おも》ふ [一七]廃皇《はいこう》の詔《しよう》を獲《え》て、
錦旗《きんき》 遂《つい》に[一八]闕《けつ》を犯《おか》ししを。」
[一九]阿隆《ありゆう》 [二〇]犀鎧《さいがい》を献《けん》ず、
[二一]緑縚《りよくとう》 玄札《げんさつ》を綴《つづ》る。
何《なん》ぞ知《し》らん [二二]賊刃《ぞくじん》の剚《さ》すを、
空《むな》しく恃《たの》む 身《み》を防《まも》るの密《みつ》なるを。」
更《さら》に見《み》る 剣匜《けんし》雄《ゆう》、
[二三]鑼具《らいぐ》 鞞《ひ》琫珌《ほうひつ》。
剣首《けんしゆ》 徽号《きごう》を認《みと》む、
[二四]三玉冒《ぎよくぼう》して 一《いつ》を画《かく》す。
[二五]江公《こうこう》 賊《ぞく》を斃《たお》しし時《とき》、
或《あるい》は[二六]淬《にら》ぐ [二七]鯨鯢《げいげい》の血《ち》。
義挙《ぎきよ》 神《かみ》の右《たす》くる所《ところ》、
赫赫《かくかく》 前日《ぜんじつ》の如《ごと》し。」
最後《さいご》の一長刀《ちようとう》、

桐菊飾其室
憶獲廃皇詔
錦旗遂犯闕
阿隆献犀鎧
緑縚綴玄札
何知賊刃剚
空恃防身密
更見剣匜雄
鑼具鞞琫珌
剣首認徽号
三玉冒画一
江公斃賊時
或淬鯨鯢血
義挙神所右
赫赫如前日
最後一長刀

一七 光厳上皇。自註に「足利尊氏至二此地一、得二光厳詔一、乃樹二錦旗一東犯」とある。
一八 宮城。
一九 大内義隆。自註に「大内氏所レ献甲、最鮮明工緻」とある。
二〇 犀の皮で作った鎧。
二一 緑の組み糸、つまり萌黄縅(もえぎおどし)で黒い小ざねを綴る。これは藍革縅(あいかわおどし)であるともいう。
二二 義隆は家臣陶晴賢(すえはるかた)に叛かれて自殺した。
二三 剣の柄がしらの飾りやさや飾り。
二四 一に三つ星。毛利氏の定紋。
二五 自註に「毛利元就雙剣、克二陶賊一時、献以賽レ神」とある。
二六 染める。
二七 雄鯨と雌くじら。貪欲な悪人を喩える(左伝・宣公十二年)。

献《けん》ずる者《もの》　諱《いみな》は秀吉《ひでよし》。
一揮《き》　[一]蜻蜓《せいてい》を掃《はら》ひ、
再揮《さいき》　[二]溟渤《めいぼつ》を指《さ》す。
[三]鷁首《げきしゅ》　[四]廟廊《びょうろう》に繋《つな》ぎ、
[五]黙禱《もくとう》　日《ひ》の[六]没《ぼっ》するところを呑《の》む。」
人事《じんじ》　雲煙《うんえん》と変《へん》じ、
神山《しんざん》　長《とこし》へに[七]巀嶭《さつがつ》。
大息《たいそく》　[八]寒階《かんかい》を辞《じ》し、
舟《ふね》を命《めい》じて　[九]岸樾《がんえつ》に縁《よ》る。
同酔《どうすい》　今古《きんこ》を談《だん》ずれば、
夕陽《せきよう》　[一〇]金尊《きんそん》に凸《とつ》たり。

母《はは》を奉《ほう》じて厳嶋《いつくしま》に游《あそ》ぶ。余《よ》生《う》まれて甫《はじ》めて二歳《さい》、二親《しん》これを挈《ひっさ》げて大父《たいふ》を省《かえり》み、遂《つい》に此《ここ》に詣《もう》づと聞《き》く

276
幾回《いくかい》か[一一]帰観《ききん》　[一二]江城《こうじょう》に在《あ》り。

献者諱秀吉
一揮掃蜻蜓
再揮指溟渤
鷁首繋廟廊
黙禱呑日没
人事変雲煙
神山長巀嶭
大息辞寒階
命舟縁岸樾
同酔談今古
夕陽金尊凸

奉母游厳嶋。聞余生甫二歳、二親挈之省大父、遂詣此

幾回帰観在江城

一　あきつしま。日本国。
二　北方の大海。
三　あおさぎの姿を船首に彫刻したり描いたりした船。この鳥は風に強く、水難よけの為に付けるともいわれる。
四　社殿の廻廊は満潮時に海に浸るので、船を繋ぐといったのである。
五　外史十六「(文禄元年)四月、(秀吉)至二安藝一、謁二厳島祠一、投二百銭一祝」。
六　明国を指す。隋書・倭国伝の表現による。
七　そぎ取ったように険しく高いさま。
八　人気のない階段を降り。
九　木蔭。
一〇　立派な樽から溢れんばかりの酒に美しく映じている。蘇軾・有美堂暴雨に「十分瀲灩金樽凸、千秋敲鏗羯鼓催」とある。瀲灩(れんえん)は、満ち溢れるさま。

276　前詩と同時の作。天明元年(一七八一)、閏五月に両親に抱かれて竹原の祖父の亨翁に対面し、宮島へも社参している。
一一　故郷に帰って両親に顔を見せる。
一二　広島を指す。

一三仙島《せんとう》 唯《ただ》看《み》る 一四黛色《たいしょく》 横《よこ》たはるを。
松《まつ》は一五朝暉《ちょうき》を漏《も》らして 沙《すな》半《なか》ば湿《うるお》ふ。
舟《ふね》を維《つな》いで今日《こんにち》 親《おや》を掖《たす》けて行《い》く。

○

277
我《われ》を抱《いだ》いて一六爺娘《やじょう》 海船《かいせん》を下《くだ》る。
当時《とうじ》一七襁負《きょうふ》 一八龕前《がんぜん》に拝《はい》す。
白頭《はくとう》の母子《ぼし》 重《かさ》ねて来《きた》り詣《もう》づ。
一九存没《そんぼつ》 茫茫《ぼうぼう》五十年《ねん》。

278
母《はは》に別《わか》る

強《し》ひて二〇行杯《こうはい》を舎《す》て 二一拝訣《はいけつ》して還《かえ》る、
寧《あ》に能《よ》く仰《あお》ぎ視《み》ん 阿娘《あじょう》の顔《かお》。
二二萬端《ばんたん》の心緒《しんしょ》 誰《たれ》に憑《よ》つてか語《かた》らん、
二三付与《ふよ》す 潮声《ちょうせい》 櫓響《ろきょう》の間《かん》。

仙島唯看黛色横
松漏朝暉沙半湿
維舟今日掖親行

○

抱我爺娘下海船
当時襁負拝龕前
白頭母子重来詣
存没茫茫五十年

別　母

強舎行杯拝訣還
寧能仰視阿娘顔
萬端心緒憑誰語
付与潮声櫓響間

一三 厳島を指す。
一四 眉墨のように青黒い山を喩える。
一五 朝日の輝き。

277
一六 父母。
一七 背負い帯でおぶわれて。
一八 神体を安置した厨子の前。
一九 母と山陽とは存し、父春水は歿す。

278 厳島より広島へ戻り、十一月三日に発船、京寓への帰途につく。
二〇 旅立ちの際の酒杯。
二一 お目にかかって暇乞いをする。
二二 あらゆる方向へ乱れる、考えや気持ちの動き。白居易・禁中夜作レ書与二元九一に「心緒萬端書二両紙一、欲レ封重読意遅遅」とある。
二三 誰に向かってということもなしに船上の音にまぎらせる。

279

三石感懐《みついしかんかい》。拗律《おうりつ》を作《つく》る

泥《どろ》 乾《かわ》きて阪路《はんろ》 尚《な》ほ陰氛《いんぷん》[一]、
凍《とう》を忍《しの》ぶ輿中《よちゅう》 手皸《てくん》[二]せんと欲《ほっ》す。
北風《ほくふう》 雨《あめ》を吹《ふ》いて 還雪《またゆき》と成《な》り、
朝日《ちょうじつ》 煙《けむり》を穿《うが》つて 雲《くも》を作《な》さず。
地形《ちけい》 扼塞《やくそく》[三]す 山陽《さんよう》の道《みち》、
[四]兵勢《へいせい》 分明《ふんめい》なり 建武《けんむ》の軍《ぐん》。
誰《たれ》か知《し》らん 忠孝《ちゅうこう》 人意《じんい》に関《かん》するを、
眼《め》に到《いた》る熊峰《ゆうほう》[五] 涙《なんだ》泫沄《げんうん》[六]。

三石感懐。作拗律

泥乾阪路尚陰氛
忍凍輿中手欲皸
北風吹雨還成雪
朝日穿煙不作雲
地形扼塞山陽道
兵勢分明建武軍
誰知忠孝関人意
到眼熊峰涙泫沄

280

元《がん》 日《じつ》

[七]桜邸《おうてい》 将《まさ》に明《あ》けんとして 已《すで》に衣《い》[八]を倒《さかしま》にせん。
[九]萱闈《けんい》 午《ご》[一〇]を過《す》ぎて 未《いま》だ卮《し》を持《も》たざらん。
春《はる》を迎《むか》へて今歳《こんさい》 心緒《しんしょ》多《おお》し。
西《にし》に阿嬢《あじょう》を憶《おも》ひ 東《ひがし》に児《じ》を憶《おも》ふ。

元 日

桜邸将明已倒衣
萱闈過午未持卮
迎春今歳多心緒
西憶阿嬢東憶児

279 三石は備前国和気郡(現岡山県備前市)にある建武中興の時代の古戦場。拗律は句中の平仄の形式が変則的な律詩。

一 陰気が立ちこめている。

二 ひびやあかぎれ。

三 要所を押えて塞ぐ。

四 足利尊氏が九州より東上し、本来は攻めるのに難く守るに容易な三石付近で官軍(いわゆる建武の軍)を攻め破った。賈誼の過秦論にいうように、攻守勢いが異なることによって勝敗が決せられた。

五 児島範長・高徳父子が義兵を挙げた熊山。

六 しめやかに、あふれ流れるさま。

280 ここより天保三年(壬辰、一八三二)、山陽五十三歳の詩。

七 江戸の桜田門外、霞が関の藝州藩上屋敷(現東京都千代田区霞が関二丁目)。昨年より長子の聿庵が詰めている。

八 朝、忙しく出勤すること。詩経・東方未明に「東方未レ明、顚ニ倒衣裳一。顚レ之倒レ之、自レ公召レ之」とある。

九 母親。萱は諼と同じ。子が母の憂いを忘れさせる、いわゆる忘れ草。

一〇 この日は朝から元日の行事・賀客などで老母が多忙を極め、午後になってもゆっくりと休めないのではないか、の意であろう。

咳血《がいけつ》を患《わずら》ひ、戯《たわむ》れに歌《うた》を作《つく》る

281

吾《われ》に一腔《こう》の血《ち》あり、
其の色正《いろまさ》に赤《あか》く 其の性熱《せいねつ》す。
これを明主《めいしゅ》の前《まえ》に灑《そそ》ぎ、
赤光《せきこう》 燦《さん》として廟堂《びょうどう》[一一]に向《む》かつて徹《てつ》する能《あた》はず。
又《また》これを国家《こっか》の難《なん》に濺《そそ》ぎ、
痕《あと》[一二]を大地《だいち》に留《とど》めて碧滅《へきめつ》せざらしむる能《あた》はず。
鬱積《うっせき》 徒《いたず》らに成《な》つて 磊塊《らいかい》 凝《こ》り、
吐《は》かんと欲《ほっ》して吐《は》かれず 中《ちゅう》 逾《いよいよ》熱《ねつ》す。
一旦咯出《たんかくしゅつ》して李賀《りが》[一三]を学《まな》べば、
収《おさ》め難《がた》し 糝地《さんち》の紅玉屑《こうぎょくせつ》。
或《あるい》は曰《い》ふ「先生史《せんせいし》を閲《けみ》して姦雄《かんゆう》の天罰《てんばつ》を逭《のが》る
るに遭《あ》へば、
睢陽《すいよう》[一四]の歯《は》輒《すなわ》ち嚼齧《しゃくけつ》す。
渠《かれ》に寸傷《すんしょう》なくして己自《おのれみずか》ら残《そこな》ひ、

患咳血、戯作歌

吾有一腔血
其色正赤其性熱
不能灑之明主前
赤光燦向廟堂徹
又不能濺之国家難
留痕大地碧弗滅
鬱積徒成磊塊凝
欲吐不吐中逾熱
一旦咯出学李賀
難収糝地紅玉屑
或曰先生閲史遭姦雄逭天罰
睢陽之歯輒嚼齧
渠無寸傷己自残

281 六月十二日咯血。

一一 晋の八王の乱に、嵇紹は恵帝を庇って一命を落とし、その血で帝の御衣をよごした。晋書・忠義伝に「帝曰、此嵇侍中血、勿レ去」とある。

一二 北斉の斛律光は後主の武平三年(五七二)に「我不レ負二国家一」の語を残して絞殺されたが、その血は地に流れ、剗(けず)っても消えなかった(通鑑一七一)。

一三 唐の宗室。字は長吉。才子肌の詩人。二十七歳で没。その伝に「背二古錦嚢一。遇レ有レ所レ得、書置二嚢裏一。…太夫人…怒曰、是児要嘔二出心一乃已耳」(唐才子伝五)とある。

一四 唐末、安史の乱に、賊将尹子琦の攻撃を受けながら睢陽を死守した張巡の話。「子琦謂レ巡曰、聞公督レ戦大呼、輒眥裂血面、嚼レ歯皆砕。何至レ是。答曰、吾欲三気呑二逆賊一顧二力屈一耳。子琦怒、以レ刀抉二其口一。歯存者三四」(新唐書・張巡伝)。

憤懣《ふんまん》 遂《つい》に肺肝《はいかん》の裂《さ》くるを致《いた》す」と。
或《ある》は曰《い》ふ「先生人《せんせいひと》を殺《ころ》す 手《て》に鉄《てつ》なし、
奸《かん》を発《あば》き伏《ふく》を擿《あば》くは筆舌《ひつぜつ》に由《よ》る。
心《こころ》を以《もつ》て[一]心《こころ》を誅《ちゅう》し 人《ひと》知《し》らず、
[二]霊臺冥冥《れいだいめいめい》 陰血《いんけつ》を瀦《た》む」と。
吾《われ》 此の語《ご》を聞《き》いて 両《ふた》つながら未《いま》だ頷《うなず》かず、
童子《どうし》進《すす》んで曰《いわ》く「[三]走《そう》の意《い》 別《べつ》。
先生《せんせい》の[四]肉中《にくちゅう》 本血《もとち》なく、
腹中《ふくちゅう》の奇字《きじ》 僅《わず》かに剟《けず》るべし。
[五]杜康《とこう》を賺《すか》し得《え》て 争《あらそ》つて酒《さけ》を載《み》たす。
[六]剣菱《けんびし》は剣《けん》の如《ごと》く [七]岳雪《がくせつ》は雪《ゆき》のごとし。
大福《だいふく》 蔵府《ぞうふ》 [八]受《う》けて起《た》たず、
溢《あふ》れて赤糝《せきさん》と為《な》り [九]饕餮《とうてつ》を戒《いまし》む」と。
[一〇]咄哉《とつさい》 此の意《い》 慎《つつし》んで説《と》く勿《なか》れ。

実甫《じつぽ》来《きた》り疾《しつ》を問《と》ふを喜《よろこ》ぶ

憤懣遂致肺肝裂
或曰先生殺人手無鉄
発奸擿伏由筆舌
以心誅心人不知
霊臺冥冥瀦陰血
吾聞此語両未頷
童子進曰走意別
先生肉中本無血
腹中奇字僅可剟
賺得杜康争載酒
剣菱如剣岳雪雪
大福蔵府受不起
溢為赤糝戒饕餮
咄哉此意慎勿説

喜実甫来問疾

一 人の思想・性癖をあばき責めること。
二 心。霊妙で身内に保持されているもの。荘子・達生に「其霊臺一而不ㇾ桎」、また庚桑楚に「不ㇾ可ㇾ内㆓於霊臺㆒」とあり、郭注に「霊臺者心也」とある。
三 自称。走使の人の意で、謙辞として用いる。張衡・東京賦に「走雖㆓不敏、庶斯達矣」とある。
四 南史・劉玄節伝「兄肉中詎有ㇾ血邪」(袁粲伝とするのは誤り)。
五 伝説上、初めて酒を造ったとされる人(世本・作篇)。ここでは酒造家、坂上・小西氏らを指す。
六 伊丹の醇酒の名(市島春城『随筆頼山陽』三二九頁以下参照)。
七 同じく醇酒の三国山と白雪のことかと思われるが未審。
八 この句は牧百峰を通じて村瀬藤城(当時在江戸)に送られた詩では「菜肚不ㇾ能ㇾ受㆓此福㆒」に作る。これに照し「受不起」は口語風な不可能の表現であろう。
九 飽くことのない貪慾な怪物。またそれを人に見たてたもの。左伝・文公十八年には舜によって四裔(四方の果て)に投げ捨てられた凶人の一人として挙っている。
一〇 くだけた表現。いわゆる「こらっ」。韓愈・劉生詩に「咄哉識路行勿ㇾ休。往取㆓将相㆒酬㆓恩讎㆒」(昌黎先生集四)とある。童子の曇りのない目で、大人の思い込みや思惑を遠慮なく打ち壊す形を取るのは、礼記・檀弓下以来の技法。

282 九月九日の作。以下は訣別の詩。実甫は神田南宮(一七九五―一八五二)、又の号柳渓、名は充、字の「甫」は「父」にも作る。蘭医、美濃の人(伊藤信『梁川星巌翁』一四二二頁以下、全伝・下、七二四頁参照)。

282

自《みずか》ら愧《は》づ　一一支離《しり》の骨《ほね》、
猶《な》ほ存《そん》す　天地《てんち》の間《かん》。
知《し》る　誰《たれ》か差劇《さげき》を遞《てい》し、
汝《なんじ》を煩《わずら》はして湖山《こざん》を度《わた》らしむ。
浪《なみ》に柁《かじ》す　一二矢橋《やばせ》の渡《わたし》、
風《かぜ》に輿《かご》す　一三逢阪《おうさか》の關《せき》。
老夫《ろうふ》　唯《ただ》涙《なんだ》あるのみ。
相《あ》ひ見《み》て未《いま》だ顔《がん》を開《ひら》かず。

重陽《ちょうよう》

283

一四山妻《さんさい》　菊《きく》を買《か》ひ牀《しょう》に対《たい》して斜《なな》めなり。
知《し》る是れ重陽《ちょうよう》　我《わ》が家《いえ》に到《いた》るを。
一病因循《べいいんじゅん》　猶《な》ほ死《し》せず。
今年《こんねん》　又黄花《またこうか》を看《み》るに及《およ》ぶ。

自愧支離骨
猶存天地間
知誰遞差劇
煩汝度湖山
浪柁矢橋渡
風輿逢阪関
老夫唯有涙
相見未開顔

重陽

山妻買菊対牀斜
知是重陽到我家
一病因循猶不死
今年又及看黄花

一一 荘子・人間世に見える身体不全の者。
一二 琵琶湖南部（現滋賀県草津市）。
一三 大津・京都間の要地（現大津市）。
▽実南の哭詩三首が南宮詩鈔下にある。

283

一四 妻の梨影。小石氏（全伝・上、三四一頁以下参照）。

敬所翁《けいしよおう》と別《べつ》を話《わ》す　二首《しゆ》(内一首)

284
暮年《ぼねん》　逾《いよいよ》覚《おぼ》ゆ　一知音《ちいん》の重《おも》きを。
篤疾《とくしつ》　殊《こと》に知《し》る　二分手《ぶんしゆ》の難《かた》きを。
独《ひと》り精神《せいしん》の永《なが》く死《し》せざる有り、
時《とき》に書巻《しよかん》に於《お》いて数《しばしば》相《あ》ひ観《み》ん。

与敬所翁話別二首
暮年逾覚知音重
篤疾殊知分手難
独有精神永不死
時於書巻数相観

星巌《せいがん》と別《べつ》を話《わ》す

285
燈《とう》は黄花《こうか》に在《あ》りて　夜《よる》分《わ》かたんと欲《ほつ》す。
明朝《みようちよう》　去《さ》つて踢《ふ》む　信州《しんしゆう》の雲《くも》。
一壺《こ》　酒竭《さけつ》くとも　姑《しばら》く起《た》つ休《なか》れ、
三垂死《すいし》の病中《びようちゆう》　還君《またきみ》に別《わか》る。

与星巌話別
燈在黄花夜欲分
明朝去踢信州雲
一壺酒竭姑休起
垂死病中還別君

小竹来《しようちくきた》つて疾《しつ》を問《と》ふを喜《よろこ》ぶ

286
喜《よろこ》び聞《き》く　吾《わ》が友《とも》の声《こえ》、
疾《やまい》を力《つと》め　咲《わら》つて相《あ》ひ迎《むか》ふ。

喜小竹来問疾
喜聞吾友声
力疾咲相迎

284　九月九日の作。敬所(一七六一―一八四五)は猪飼氏、名は彦博、字は文卿。
一 知己、同志。列子・湯問に基づく語。
二 杜甫・逢唐興劉主簿弟に「分レ手開元末。連年絶ニ尺書一」とある。

285　九月十四日の作。星巌(一七八九―一八五八)は梁川氏、名は孟緯、字は伯兎。
三 白居易・与ニ微之一書に引く元氏の詩に「垂死病中驚起坐。闇風吹レ面入ニ寒窓一」とある。
▽和韻の詩が星巌集丙集六にある。また星巌は東海道を下って行く途中、掛川に達するころ山陽の訃音に接した。哭詩三首が星巌集丙集七にある。

286　九月十六日の作。小竹(一七八一―一八五一)は、篠崎氏。名は弼、字は承弼。

筐裡《きょうり》 新著《しんちょ》を出《いだ》す、
病来《びょうらい》 課程《かてい》を成《な》す。
丈夫《じょうふ》 知己《ちき》在《あ》り、
四 生死《せいし》前《まえ》に向《む》かつて行《ゆ》く。
酒《さけ》あり 君姑《きみしばら》く住《とど》まれ。
嫌《きら》ふ休《なか》れ 觥《こう》を共《とも》にせざるを。

筐裡出新著
病来成課程
丈夫知己在
生死向前行
有酒君姑住
休嫌不共觥

四 杜甫・前出塞に「送レ徒既有レ長、遠戍亦有レ身。生死向レ前去、不レ労二吏怒嗔一」とある。
▽小竹の哭詩「哭二頼君子成一」が小竹斎詩抄一にある。

日本楽府《にほんがふ》（抄）

日《ひ》出《い》づる処《ところ》

287
日《ひ》 出《い》づる処《ところ》、日《ひ》 没《ぼつ》する処《ところ》。
両頭《りようとう》の天子《てんし》 [一]皆天署《みなてんしよ》す。
[二]扶桑《ふそう》 雞《にわとり》号《な》いて 朝已《あしたすで》に盈《み》つるに、
[三]長安洛陽《ちようあんらくよう》 天《てん》 未《いま》だ曙《あ》けず。」
[四]嬴《えい》は顚《たお》れ[五]劉《りゆう》は蹶《つまず》き 日《ひ》を趁《お》うて没《ぼつ》す。
東海《とうかい》の一輪《りん》 [六]旧《きゆう》に依《よ》つて出《い》づ。

炊煙《すいえん》 起《おこ》る

288
煙未《けむりいま》だ浮《うか》ばず、天皇愁《てんおううれ》ふ。」
煙已《けむりすで》に起《おこ》る、天皇喜《てんおうよろこ》ぶ。
漏屋敝衣《ろうおくへいい》 赤子《せきし》を富《と》ましむ。

日出処

日出処　日没処
両頭天子皆天署
扶桑雞号朝已盈
長安洛陽天未曙
嬴顚劉蹶趁日没
東海一輪依旧出

炊煙起

煙未浮　天皇愁
煙已起　天皇喜
漏屋敝衣富赤子

287　推古天皇十五年（六〇七、聖徳太子摂政）の国書による（隋書八十一・倭国伝、北史八十二・倭国伝）。

一　天子の署名。

二　日本の雅称。王維・送㆔秘書晁監還㆓日本国㆒に「郷樹扶桑外。主人孤島中」とある。

三　中国歴代の代表的な首都。

四　秦の姓。

五　漢の姓。

六　日本が一姓であること。

288　政記一・仁徳天皇記事参照。また新古今集に「高き屋にのぼりて見れば煙たつ民のかまどはにぎはひにけり」（賀歌・仁徳天皇）とある。大日本史賛藪一・仁徳天皇紀賛参照。
▽崩後の餘沢については、伊藤東涯・望㆓拝大仙陵㆒（紹述先生文集二十六）参照。

子《こ》富《と》み父《ちち》貧《まず》しきは　此の理《り》なし。」
八洲《しゅう》縷《る》縷《る》たり　百萬《ひゃくまん》の煙《けむり》。
皇統《こうとう》を簇《むらが》り擁《よう》して　長《とこし》へに天《てん》に接《せつ》す。

大兄《おおえ》の靴《くつ》

289 大兄《おおえ》の靴《くつ》。
靴脱《くつぬ》げ鞠墜《まりお》ちて　足蹉跎《あしさだ》たり。
鞠《まり》の墜《お》つるは　猶《な》ほ拾《ひろ》ふ可《べ》し。
一 社稷《しゃしょく》の墜《お》つるは　如何《いかん》す可《べ》けん。」
手《て》づから君《きみ》の靴《くつ》を捧《ささ》げ　君《きみ》の足《あし》を納《い》る。
二 君《きみ》の足《あし》　一蹋《てき》して　妖鹿《ようろく》を斃《たお》し、
三 臣《しん》が手《て》　再《ふたた》び植《う》う　扶桑《ふそう》の木《き》。

和気清《わけせい》

290 和気清《わけせい》。
四 清《せい》を改《あらた》めて穢《わい》と為《な》すも　清《せい》を損《そん》せず。

子富父貧無此理
八洲縷縷百萬煙
簇擁皇統長接天

大兄靴

大兄靴
靴脱鞠墜足蹉跎
鞠墜猶可拾
社稷墜可如何
手捧君靴納君足
君足一蹋斃妖鹿
臣手再植扶桑木

和気清

和気清
改清為穢不損清

289 日本書紀・皇極天皇三年（六四四）参照。中大兄皇子（後の天智天皇）と中臣鎌子（後の藤原鎌足）が蘇我入鹿を誅殺する計画を立てたそもそもの始め。

一 国家（右の書紀の用語）。

二 皇子。

三 鎌子。

290 四 称徳天皇の神護景雲三年（七六九）に、和気清麻呂は弓削道鏡の陰謀を却けたために道鏡の怒りを買い、穢麻呂と名を改めて流罪となった。しかしその翌年、道鏡が貶せられ、清麻呂は都に召還された。

清気《せいき》浩浩《こうこう》 天地《てんち》に塞《ふさ》がり、
赤日《せきじつ》を護《まも》り得《え》て 天中《てんちゅう》に明《あきら》かなり。」
五臣《しん》が舌《した》は 抜《ぬ》く可《べ》し。
六臣《しん》が語《ご》は 屈《くっ》す可《べ》からず。
七三寸《ずん》の舌《した》、萬古《ばんこ》の日《ひ》。

御衣《ぎょい》を脱《だっ》す

291
八深宮《しんきゅう》 宵寒《よるさむ》うして 御衣《ぎょい》を脱《だっ》し、
朕《ちん》が身《み》 聊《いささ》か験《ため》す 民《たみ》の凍飢《とうき》を。」
九一事《じ》喧伝《けんでん》すれども 民未《たみいま》だ補《おぎな》ひあらず。
何《なん》ぞ知《し》らん 祖沢《そたく》の海宇《かいう》に淪《しず》むを。」
一〇朕《ちん》は税《ぜい》に衣《き》、朕《ちん》は租《そ》に食《は》む。
民《たみ》は足《た》らず、朕《ちん》は餘《あまり》あり。
旱《ひでり》には租《そ》を免《めん》じ、水《みず》には逋《ほ》一一を舎《ゆる》す。
兵役《へいえき》には蠲《のぞ》き、疫厲《えきれい》には除《のぞ》一二く。
君見《きみみ》ずや 一三二十二史《し》の外《ほか》 史《し》一四あり。

清気浩浩塞天地
護得赤日天中明
臣舌可抜
臣語不可屈
三寸舌　萬古日

脱御衣

深宮宵寒脱御衣
朕身聊験民凍飢
一事喧伝民未補
何知祖沢淪海宇
朕衣税　朕食租
民不足　朕有餘
旱免租　水舎逋
兵役蠲　疫厲除
君不見二十二史外有史

五 清麻呂。
六 清麻呂が復答した宇佐大神の託宣。
七 武力を用いず、言説によって相手を屈伏させる時に用いる。史記・留侯世家参照。
291 醍醐天皇(延喜の帝、八九七—九三〇在位)を借りて治政の要諦をいう。
八 大日本史・三十二・醍醐天皇紀参照。
九 この佳話は大鏡下、平家物語六参照。
一〇 第五句以下は、政記七・三善清行論参照。
一一 未納の租税。
一二 神仏のお祓い。
一三 正史二十二種のこと。
一四 日本の史書。例えば六国史。

冊冊《さつさつ》 総《すべ》て漢文紀《かんぶんき》一の如《ごと》くなるを。

月《つき》 缺《か》くる無し

292

二月缺《つきか》くる無し、日《ひ》缺《か》くる有り。
三日光太《にっこうはなは》だ冷《ひやや》かに 月光熱《げっこうねっ》す。
四枇杷第中《びわていちゅう》 五銀海涸《ぎんかいか》る。
六金液《きんえき》の丹《たん》 利《と》きこと鉄《てつ》の如《ごと》し。
七既生魄《きせいはく》、旁死魄《ぼうしはく》。
日月並《じつげつならび》に缺《か》けて 天度《てんど》別《わか》る。
別《べつ》に大星《たいせい》の光《ひかり》 殊絶《しゅぜつ》なる有り。

剣《けん》 伝《つた》ふ可《べ》からず

293

剣伝《けんつた》ふ可《べ》からずんば 伝《つた》へずとも可《か》なり。
吾《われ》は剣《けん》を恃《たの》まず 吾《われ》は我《われ》を恃《たの》む。
太子《たいし》即身《そくしん》 即《すなわ》ち八龍泉《りょうせん》。
九龍躍《りょうおど》つて淵《ふち》に在《あ》り 一〇五雲裹《うんつつ》む。」

冊冊総如漢文紀

月無缺

月無缺　日有缺
日光太冷月光熱
枇杷第中銀海涸
金液之丹利如鉄
既生魄　旁死魄
日月並缺天度別
別有大星光殊絶

剣不可伝

剣不可伝不伝可
吾不恃剣吾恃我
太子即身即龍泉
龍躍在淵五雲裹

一 史記・孝文本紀(または漢書・文帝紀参照)。

292 二 藤原氏。
三 皇室。
四 枇杷殿。今の京都市上京区の蛤御門のあたりにあった道長の邸で、三条天皇の御所ともなった。
五 蘇軾・雪後書北臺壁に「凍合二玉楼一寒起レ粟。光揺二銀海一眩生レ花」(集註分類東坡先生詩七)とある。この詩の「玉楼(肩)・銀海(眼)」の対偶は道家の医術用語から選んだもので、東坡の才学を示すものとして王安石が推服した(趙次公註による)。この背景の下、薬害が取沙汰されていた三条天皇服用の薬に「金」の字が冠せられていることから、「銀」の字を冠する語をわざわざ選んだものに違いない。副作用を「鉄」で表すのも同断。
六 大鏡上・六十七代三条天皇の条参照。
七 古代の暦法上の用語。書経・武成参照。
▽大日本史賛藪三・藤原道長伝賛参照。

293 政記九・後三条天皇・治暦四年(一〇六八)の記事および読史餘論一参照。
八 古名剣の名。王充・論衡・率性に「世称三利剣有二千金之価一。棠谿魚腸之属、龍泉太阿之輩、其本鋌山中之恒鉄也」とある。
九 易経・乾に「九四〔龍〕或躍在レ淵」とある。
一〇 天子の所在を示す天上の瑞気。唐の王建・贈郭将軍に「承レ恩新拝二上将軍一、当レ値巡更近二五雲一」とある。

一一倒持《とうじ》の柄《へい》 再《ふたた》び一二収奪《しゅうだつ》し、
天《てん》に跨《またが》る一三老霓《ろうげい》 一四手《て》づから一截《せつ》す。
一五光芒《こうぼう》遍《あまね》からんと欲《ほっ》す 大八洲《おおやしま》。
惜《おし》む可《べ》し 剣身《けんしん》 一六忽《たちま》ち自《みずか》ら折《お》る。
嗚呼《ああ》惜《おし》む可《べ》し 剣身《けんしん》忽《たちま》ち自《みずか》ら折《お》る。

294

鼠《ねずみ》 馬尾《ばび》に巣《す》くふ

萬頭《ばんとう》の髑髏《どくろ》 目《め》を瞋《いか》らして語《かた》る。
相公《しょうこう》の馬尾《ばび》 黠鼠《かつそ》巣《すく》ふ。
当年《とうねん》一七釈《ゆる》せるを悔《く》ゆ 仇家《きゅうか》の児《じ》。
一八虎《とら》を嵎《ぐう》に放《はな》つ 真《しん》に誤挙《ごきょ》。
一九大《だい》を挟《さしはさ》んで小《しょう》を凌《しの》ぎ 衆怒《しゅうど》を激《げき》す。
二〇鬼武《きぶ》の小豎《しょうじゅ》 未《いま》だ必《かなら》ずしも武《ぶ》ならず。
天下《てんか》誰《たれ》か鼠《ねずみ》 虎《とら》に化《か》せざらん。

倒持之柄再収奪
跨天老霓手一截
光芒欲遍大八洲
可惜剣身忽自折
嗚呼可惜剣身忽自折

鼠巣馬尾

萬頭髑髏瞋目語
相公馬尾巣黠鼠
当年悔釈仇家児
放虎於嵎真誤挙
挟大凌小激衆怒
鬼武小豎未必武
天下誰不鼠化虎

一一 壺切を頼通が皇太子に渡さなかったこと。
一二 皇太子が天子に即位された後のこと。
一三 虹の本体(雄虹)に伴う副虹(雌虹)。凶気とされる。前漢末の崔篆・慰志賦に「氛霓鬱以横厲兮、羲和忽以潜暉」(後漢書・崔駰伝附載)とある。
一四 天皇親らの手で以て。
一五 この一句は牧百峰の注により補う。
一六 天皇は在位四年で譲位、翌延久五年(一〇七三)崩御。
▽政記九・後三条天皇論参照。

294 外史一・平氏・治承四年(一一八〇)末、および源平盛衰記二十六参照。

一七 外史一・平氏・治承四年、および外史二・源氏上・永暦元年(一一六〇)参照。
一八 絶体絶命の境地に置くこと。孟子・尽心下に「虎負レ嵎」とある。
一九 外史一・平氏・仁安三年(一一六八)参照。
二〇 頼朝の幼字を鬼武者という。源平盛衰記十九参照。
▽政記十・安徳天皇論参照。

295

逆艣《さかろ》

海風《かいふう》船《ふね》を打《う》つて　船腹《せんぷく》穿《うが》つ。
東児《とうじ》馬《うま》に慣《な》れて船《ふね》に慣《な》れず。」
前《すす》むには順艣《じゅんろ》を設《もう》け　卻《しりぞ》くには逆艣《さかろ》〔一〕。
〔二〕公《こう》〔三〕唯《ただ》直前《ちょくぜん》す　是れ〔四〕豬武《ちょぶ》。」
猪《ちょ》か鹿《ろく》か〔五〕　君《きみ》奚《なん》ぞ疑《うたが》はん。
鬼《き》たり〔六〕蜮《よく》たる　君《きみ》未《いま》だ知《し》らず。

逆　艣

海風打船船腹穿
東児慣馬不慣船
前設順艣卻逆艣
公唯直前是豬武
猪邪鹿邪君奚疑
為鬼為蜮君未知

296

蒙古《もうこ》来《きた》る

〔七〕筑海《ちくかい》の颶気《ぐき》〔八〕　天《てん》に連《つら》なつて黒《くろ》し。
海《うみ》を蔽《おお》うて来《きた》る者《もの》は　何《なん》の賊《ぞく》ぞ。
蒙古《もうこ》来《きた》る、　北《きた》より来《きた》る。
東西《とうざい》次《し》〔九〕第《だい》に　呑食《どんしょく》を期《き》す。
〔一〇〕趙家《ちょうか》の老寡婦《ろうかふ》を嚇《おど》し得《え》て、
此《これ》を持《じ》して来《きた》り擬《ぎ》す　男児《だんじ》の国《くに》。

蒙古来

筑海颶気連天黒
蔽海而来者何賊
蒙古来　来自北
東西次第期呑食
嚇得趙家老寡婦
持此来擬男児国

295　外史三・源氏・文治元年(一一八五)参照。源義経は南海の平家を討つため四国に渡ろうとした時、兄頼朝の命により軍監として随行してきた梶原景時と烈しく対立した。義経の軍略が図に当たったが、不幸にもこのことが直接の原因となって、義経の無残な運命が決まった。

一　外史の光吉澆華『日本外史詳註』に小爾雅・広器篇を引く。
二　詩中の「公」と「君」は、ともに義経。
三　詳註に塩鉄論を引く。
四　猪武者。
五　詳註に史記・斉悼王世家および酷吏伝・項羽紀を引く。
六　人を傷害する異形の怪物。詩経・何人斯参照。

296　元史二〇八・日本伝によれば、世祖(忽必烈)の至元三年(一二六六、文永三年)に、高麗を介して国書を発した。その末尾に「且聖人以㆓四海㆒為㆑家。不㆓相通好㆒、豈一家之理哉。以至㆑用㆑兵、夫孰所㆑好。王其図㆑之」とある。これに対する反応は翌々年に現れる。大日本史六十二・亀山天皇紀、大日本史二〇一・北条時宗伝、外史四・北条氏参照。

七　筑紫の海。つまり玄海灘。
八　海上を荒れ狂う暴風。
九　漢書・燕刺王劉旦伝参照。
一〇　宋の姓は趙。至元十六年(一二七九)南宋は滅亡した。宋史二四二・楊徳妃伝参照。

一一相模太郎《さがみたろう》　膽《たん》　甕《かめ》の如《ごと》し。
防海《ぼうかい》の将士《しょうし》　人《ひと》各《おのおの》力《つと》む。」
蒙古《もうこ》来《きた》る、吾《われ》　怖《おそ》れず。
吾《われ》は怖《おそ》る　関東《かんとう》の令《れい》　山《やま》の如《ごと》きを。
直《ただち》に前《すす》んで賊《ぞく》を斫《き》り　顧《かえり》みるを許《ゆる》さず。」
一二吾《わ》が檣《ほばしら》を倒《たお》して、虜艦《りょかん》に登《のぼ》り、
虜将《りょしょう》を擒《とりこ》にして、吾《わ》が軍喊《ぐんかん》す。」
恨《うら》む可《べ》し　東風《とうふう》一駆《く》して大濤《だいとう》に附《ふ》し、
一三羶血《せんけつ》をして尽《ことごと》く日本刀《にっぽんとう》に膏《ちぬ》らしめざりしを。

南木《なんぼく》の夢《ゆめ》

297南木《なんぼく》を夢《ゆめ》む。
夢覚《ゆめさ》めて君王《くんのう》　心《こころ》に自《みずか》ら卜《ぼく》す。
一四四外《しがい》の一五羽書《うしょ》　飛鏃《ひぞく》に雑《まじ》はる。
萬乗《ばんじょう》を擁衛《ようえい》するは一木《ぼく》にして足《た》る。」
南木興《なんぼくおこ》れば、帝座《ていざ》寧《やす》く、」

相模太郎膽如甕
防海将士人各力
蒙古来　吾不怖
吾怖関東令如山
直前斫賊不許顧
倒吾檣　登虜艦
擒虜将　吾軍喊
可恨東風一駆附大濤
不使羶血尽膏日本刀

南木夢
夢南木
夢覚君王心自卜
四外羽書雑飛鏃
擁衛萬乗一木足
南木興　帝座寧

一一 大日本史二〇一・北条時宗伝参照。
一二 河野通有・安達次郎・大友蔵人等の奮戦をいう。
一三 羊の臭。北方族を指す。
▽政記十一・後宇多天皇・弘安四年・記事および論参照。
297 外史五・楠氏・元弘元年(一三三一)、および太平記三・主上御夢事附楠事参照。
一四 書経・尭典「四表」の偽孔伝参照。
一五 文選二十一・虞羲・詠霍将軍北伐の「羽書時断絶」の張銑注に「羽書徴兵檄也」という。

南木《なんぼく》覆《くつがえ》れば、帝座《ていざ》蹙《しじま》る。」
帝座《ていざ》已《すで》に安《やす》くして 庇《おお》ふ所《ところ》を遺《わす》る。
一鹿《しか》を獲《え》 鹿《しか》を喪《うしな》ふ 真《しん》に夢寐《むび》。」
二老根《ろうこん》 地《ち》に蟠《わだか》まつて 三病龍《びようりよう》を護《まも》る。
猶《な》ほ四由蘖《ゆうげつ》の北風《ほくふう》に戦《そよ》ぐ有り。

298

十字《じ》の詩《し》

君《きみ》は五勾践《こうせん》、臣《しん》は范蠡《はんれい》。
一樹《じゆ》の花《はな》、十字《じ》の詩《し》。
南山萬樹《なんざんまんじゆ》 花雪《はなゆき》の如《ごと》し。
重《かさ》ねて鑾輿《らんよ》を埋《うず》めて 還《かえ》る期《き》なし。
蠡《れい》や自《みづか》ら許《ゆる》すも 亦徒為《またとい》。
誰《たれ》か越王《えつおう》をして 会稽《かいけい》を忘《わす》れしむる。
呉《ご》に西施《せいし》なく、越《えつ》に西施《せいし》あり。

土《ど》　窟《くつ》

南木覆　帝座蹙
帝座已安遺所庇
獲鹿喪鹿真夢寐
老根蟠地護病龍
猶有由蘖戦北風

十字詩

君勾践　臣范蠡
一樹花　十字詩
南山萬樹花如雪
重埋鑾輿無還期
蠡也自許亦徒為
誰使越王忘会稽
呉無西施　越有西施

土　窟

一 帝の位。史記・淮陰侯伝参照。
二 正成兄弟。
三 後醍醐天皇。
四 ひこばえ。正成の遺児および一族。書経・盤庚上に「若㆔顚木之有㆓由蘖㆒」とある。
▽外史五・楠氏論賛参照。

298 外史五・児島氏・元弘二年(一三三二)、および太平記四・備後三郎高徳事参照。
五 春秋の末年(前五世紀)越王勾践と呉王夫差とは互いに復讐戦を繰り返した。勾践は呉王に捕えられ、会稽で辱しめを受けたが、結局釈放されて再起し、最後には夫差を亡ぼした。范蠡は勾践の謀臣。西施は越が呉王の好色を利用してその国を滅亡させるために送り込んだ美女。太平記四、および王嘉・述異記参照。
▽大日本史賛藪二・後醍醐藤原皇后賛参照。

299
[六]土《ど》窟《くつ》窄《せま》きこと幾尺《いくせき》。
[七]経函《きようかん》に身《み》を匿《かく》すの時《とき》に何如《いかん》。
経函《きようかん》土《ど》窟《くつ》　皆広大《みなこうだい》。
奈《いか》んともする無し　[八]君《きみ》の心《こころ》　[九]児《じ》を容《い》れざるを。」
冤血《えんけつ》　天《てん》を指《さ》して　達《たつ》するを得《え》ず。
地《ち》を穿《うが》ち泉《いずみ》に到《いた》り　泉《いずみ》　九沸《ふつ》す。」
誰《たれ》か日月山川萬姓《じつげつさんせんばんせい》の再視《さいし》を致《いた》す。
卻《かえ》つて此の児《じ》をして　土中《どちゆう》に死《し》せしむ。

本能寺《ほんのうじ》

300
本能寺《ほんのうじ》、溝幾尺《みぞいくせき》なるぞ。
吾《わ》れ大事《だいじ》を就《な》すは　今夕《こんせき》に在《あ》り。
茭粽《こうそう》　手《て》に在《あ》り　茭《こう》を併《あわ》せて食《くら》ふ。
四簷《えん》の梅雨《ばいう》　天《てん》　墨《すみ》の如《ごと》し。」
[一〇]老阪《おいさか》　西《にし》に去《さ》れば　備中《びつちゆう》の道《みち》。
鞭《むち》を揚《あ》げて東《ひがし》を指《さ》せば　天《てん》　猶《な》ほ早《はや》し。」

土窟窄幾尺
何如経函匿身時
経函土窟皆広大
無奈君心不容児
冤血指天不得達
穿地到泉泉九沸
誰致日月山川萬姓再視
卻遣此児土中死

本能寺

本能寺　溝幾尺
吾就大事在今夕
茭粽在手併茭食
四簷梅雨天如墨
老阪西去備中道
揚鞭東指天猶早

299 六 建武中興が成った後、建武元年(一三三四)護良親王は足利尊氏から後醍醐天皇に讒訴された。外史六・新田氏・建武元年参照。
七 中興がまだ成らない元弘元年(一三三一)、親王は北条氏に攻められて都から脱出した。外史六・新田氏冒頭、および太平記五・大塔宮熊野落事参照。
八 後醍醐天皇。
九 護良親王。
▽政記十二・後醍醐天皇・建武二年論参照。

300 光秀挙兵の経緯。外史十四・織田氏下参照。
一〇 山城・丹波の境。

一吾《わ》が敵《てき》は正《まさ》に本能寺《ほんのうじ》に在《あ》り。
二敵《てき》は備中《びっちゅう》に在《あ》り　三汝《なんじ》能《よ》く備《そな》へよ。

吾敵正在本能寺
敵在備中汝能備

一　織田信長。
二　豊臣秀吉。
三　光秀。
▽政記十六・正親町天皇・天正十年論参照。

解説

菅茶山とその交遊

水田紀久

一

「万人によって愛されることを自ら望む」芸術は、人類に普遍かつ各人に固有の感性に訴えた、じつにさまざまな創造的営為を可能にする。こうして千変万化する美の花園では、一世を風靡した表現様式も時の推移とともに飽きられ、それとはうって変った新様式の萌芽が当初もの珍しく迎えられると見る間に、早晩これが百花繚乱の花雲と咲き誇る。近世の漢詩についても、それは同様である。荻生徂徠一派の蘐園《けんえん》擬唐詩風が文芸復興の役割を終えようとする頃、それと対蹠的な平明静穏な宋詩風を標榜し、時人の共感を得ながら、漸次詩壇の本流に棹さすに至った詩人の群像が確かに存在した。そして、その大成者の座に菅茶山がいた。

茶山、名は晋帥《ときのり》、幼名喜太郎《きたろう》、のち百助《ひやくすけ》。字は礼卿《れいけい》、通称は太中《たちゆう》。その号は日夕望看される茶臼山に因み、塾は同じく黄葉山から黄葉夕陽村舎《こうようせきようそんじや》と名付け、のち廉塾《れんじゆく》と称した。近世中期、延享五年(一七四八)二月二日(太陽暦二月二十九日)、父菅波久助《すがなみきゆうすけ》、母半《はん》の長男として山陽道の宿場町神辺《かんなべ》、備後国安那《やすな》郡川北村(現広島県深安郡神辺町)に生まれた。

家は農業兼醸造業で、本家本荘屋菅波氏は総本家尾道屋とともに宿駅の本陣を勤めていた。現在もその遺構は、廉塾その他一連の史跡とともに、手厚く保存されている。茶山の誕生後五ヶ月余で、元号は寛延と改まる。第百十六代桃園天皇継体による改元であった。以後、後桜町・後桃園・光格・仁孝の四帝、元号も宝暦・明和・安永・天明・寛政・享和・文化・文政と八変して、その下世が文政十年（一八二七）八月十三日（太陽暦十月三日）であるから、享年八十歳、現代風に算えれば満七十九歳六ヶ月と十一日を過ごしたことになる。当時としては長命と見られる、詩人の生涯であった。

もとより、八秩に及ぶその一生のうちには、天明二年（一七八二）三十五歳で若妻に先立たれ、寛政十二年（一八〇〇）には二十歳年下の弟耻庵（一七六八―一八〇〇）を失い、晩年の文政六年（一八二三）には姪を添わせた門人北条霞亭（一七八〇―一八〇〇）に逝かれ、養子に迎えた門人門田朴斎《もんでんぼくさい》を、己れが歿する一ヶ月前に離縁するという逆縁や、文化八年（一八一一）六十四歳では、親友頼春水（一七四六―一八一六）の嫡子で廉塾の塾頭だった頼山陽（一七八〇―一八三二）の脱去という、ほろ苦い体験もありはしたが、その息の長い詩家としての足跡はおおむね健やかで、洛の六如慈周《りくにょじしゅう》（一七三四―一八〇一）、浪華の葛子琴《かつしきん》（一七三九―八四）等とともに、新詩風首唱者としての実績を一歩一歩積み重ねた。福山藩の優遇も被り、西国・上方はもとより東都にもその詩名は高かった。その詩業は詩作年代順排列を原則とするその集、『黄葉夕陽村舎詩』前・後編及び遺稿の通読をもってして、すでに概するに足りよう。

茶山の詩情を濃く彩るのは、何としてもその生い育った環境風土が醸し出す、わが西国特有の叙情である。その制作における日常的素材への着目と写実的な表現手法とが相俟って、豊かな平明美が造形される。茶山詩の主題と方法とは、数次にわたる上洛、東下や各地旅次の間にあっても渝《かわ》るべくもなかった。もとより詩風とは、その詩家個人の作詩傾向であり、その時代の作詩傾向にも連動する。茶山の作品にも、自ら繊靡として集にも載せず、別に刊行した若年の習吟や、後年の詠でも唐詩の風趣に近似の作もあれば、時にはやや激越に過ぎる慷慨の作も見られよう。かの加藤淵編『文政十七家絶句』や村瀬太乙《たいいつ》撰『菅茶山翁詩鈔』その他にもひろく採られ、詩吟で人口に膾炙する「生田に宿す」七絶(七三)なども、必ずしも茶山の作風を代表する什とは言いがたい。茶山もまた時代の子であった。けれども、一具の別集三編を繙いて、詩人茶山の純乎たる詩風そのものを感得賞玩することは、さほど困難ではない。

二

茶山が終生師兄として事《つか》え、景慕の誠を致したのは備中鴨方の西山拙斎《せっさい》(一七三五―九八)である。字は士雅または子雅、ほかに石顚、緑天と号し、室名を至楽居、塾を欽塾と称した。故人の伝を立てるには、墓銘起草に先立ち、まずそのための資料として親知門弟等による詳伝、行状が撰ばれる慣習がある。茶山撰の「拙斎先生行状」によると、拙斎は寛延三年(一七五〇)浪華に出て、医を古林見宜《ふるばやしけんぎ》(正桂、一六九四―一七六四)に、儒を播磨の人岡孚斎《ふさい》に学んだという。孚斎とは岡白駒(龍洲、一六九二―一七六七)晩年の別号であろうか。その衰老に及び、外孫那波魯堂《なわろどう》(一七二七―八九)が代講したが、孚斎歿後、この魯堂の京師移徙とともに、拙斎もまた従い学んだとある。白駒は明和四年(一七六七)十一月八日、七十六歳で歿しているから、魯堂や拙斎の京住まいもそれ以後と考えられる。

一方、茶山の行状は頼山陽の手に成るが、その一節を読み下すと、「年十九、京師に遊び、市川某に従ひて謂ふ所の古文辞なる者を学ぶも、後自ら其の非なるを悟るや、那波魯堂先生に従ひて濂洛《れんらく》の学を受く」とある。古文辞とは荻生徂徠の復古学、濂洛の学とは宋学をさす。茶山が十九歳の明和三年(一七六六)、はじめて贄をとった市川某とは、徂徠学統大内熊耳《ゆうじ》(一六九七―一七七六)門の市川鶴鳴《かくめい》(一七四〇―九五)に擬えられる。とすれば、鶴鳴いまだ而立以前のことである。後年、江戸下向の茶山は、芝の光明寺に鶴鳴の展墓に赴いている。茶山はその数年後に、不惑を越えたばかりの那波魯堂に入門し直しているので、いわば魯堂門下では拙斎の後輩に当たり、そもそも魯堂門を敲くに際しては、いかばかりかこの十三歳年長の拙斎の勧誘があってのことでもあろう。

山陽撰茶山行状は、程朱の学を正学とする立場よりの記述とて、異学にはいささか冷やかな口吻で叙せられているが、この拙斎及び茶山がともに選んだ師那波魯堂もまた、はじめは徂徠学の外祖父岡白駒に就き、自ら漢唐の古注に心を潜めたのち、朝鮮通信使製述官南秋月《ナムチュウオル》等と筆談したことも刺激となり、遂に旧学を非とし、宋学性理の説を是として、これを洛東聖護院村に講説するという転向歴の持ち主であった。茶山の入門は丁度その頃であったが、笈を負うて上洛した未冠の書生茶山が、時代の気運を逸早く察知して、先輩の誘掖如何にかかわらず、改めて師とし従った魯堂もまた、学歩の軌跡は茶山のそれと相似ていたのである。そのことは、蘐園の擬華的格調に慊《あきた》らず、心情の偽らざる吐露をもって、わが風土や日常の実生活に馴染む真率な詩情の発見を旨とした、茶山生涯の詩業を考えるうえでも必要な確認であろう。事実、在洛中の茶山は慎ましく魯堂に師事し、詩文の斧正を請うた。茶山の蔵書が一括寄託されている福山市の広島県立歴史博物館黄葉夕陽文庫には、魯堂の批正入り、安永五年(一七七六)茶山自筆文稿が伝わっている。それはなにより、『黄葉夕陽村舎詩』巻頭に六如上人の書牘二通が冠せられ、初期の作には六如評とともに魯堂評が、山陽のそれに先立って頭書されている事実と照応する。

三

茶山が初めて上洛する一年前、明和二年(一七六五)九月、浪華の地に幅広い階層の雅人たちが相集い、当地のこれまでの詩会を統合した形の詩社が結成された。混沌社である。越後出身の片山北海(一七二三—九〇)を盟主とし、毎月十六日が定例で、二十六日にも北海門人の研修会が持たれた。当初それぞれ甲会、乙会と称したが、以後四半世紀にわたる時々の顔振れ二十余名は、儒、医、士、商を網羅した文雅サロンであった。頼春水の『在津紀事』『師友志』はそのこよなき回想記録である。春水は浪華の江戸堀北一丁目に青山社を構え子弟を教えたが、混沌社に参じて周旋につとめ、葛子琴ともっとも親しかった。茶山は二歳年長の春水を、安永二年(一七七三)二十六歳の折訪れて以来、春水を介して混沌社最盛期の詞宗たちとひろく交遊を結んだ。安永九年(一七八〇)初夏の雅交はとりわけ想い出深いもので、茶山と同年の小西伯熙《はくき》(一七四八—一八一九)がもてなす詩酒徴逐ぶりは、茶山の『北上日記』につぶさにうかがえる。

京を後に帰郷の途にあった茶山は、安永九年四月下旬より五月中旬までの十四日間を浪華に遊び、前後を旅宿竹屋に投じたほか、多くは春水宅に泊った。この地に別宅を築いた丹後日間《ひま》の浦《うら》の回船問屋小西伯熙は、混沌社友と連繫を密にして日ごと茶山の接待に努めた。四月二十九日は伯熙宅で葛子琴、篠崎三島(一七三七—一八一三)と詩の応酬後、深夜旅宿に戻った。翌三十日は長柄光明寺に誘われた。招待者は詩僧居敬《こきょう》(一七五一—一八〇六)である。茶山は子琴、三島、伯熙等と春水を誘って舟で蘆荻の間を溯り、寺に着くと、先着の片山北海、曾之唯《そうしい》(一七三八—九七)、細合張庵《ほそかいちょうあん》(一七六三—八〇)等が待ち受け、歓を尽くして夜更けに帰宿した。五月からは春水宅に身を寄せた。四日夜は伯熙と時鳥を聞き、五日には子琴、三島、春水、今井子原《しげん》、萱野《かやの》謙堂《けんどう》(一七五九—一八〇八)等と木津の麦婆(飯?)亭に赴き、之唯、張庵も合流して詩会。六日は田中鳴門(一七二二—八八)宅で春水、子琴、伯熙等と唱酬を重ねた。鳴門は鍋金物屋で、茶山より二十六歳年長の混沌社長老である。

伯煕連日の奔走は、五月七日、夕麗亭の宴でも著しかった。亭は「北郊の真言寺中に在り、佳境なり」と茶山自ら記しており、あるいは北野太融寺(大阪市北区)境内かとも思われる。この日の趣向は、白居易が詩に詠じた「新荷を杯と為す」の句をそのまま地で行ない、池中の荷《はす》の葉をとって碧筩杯《へきとうはい》を製し、伯煕の携えた酒肴に舌鼓を打ったことである。この碧筩杯は、魏の鄭愨《ていかく》が避暑中、大蓮の葉と柄とを簪で刺し通し、酒三升を盛り、象の鼻のように茎を曲げてその孔から酒を吸った、という文雅な故事を伴う。当日の分韻で、茶山は「為」字を得て七律を賦し、また子琴は「杯」字を得たことが、これは『葛子琴詩抄』所収七律で判る。

伯煕の接待は、茶山西帰の送別宴で最高潮に達した。八日より十一日までの間も、晴雨を論ぜず、茶山は鳴門、三島、子琴、春水や伯煕等を交え、あるいはかれらの私宅、あるいは酒楼での詩会に明け暮れた。翌十二日はいよいよ浪華を発つ日である。この日、茶山は古林立庵《ふるばやしりつあん》(荊南、一七三六―九九)と尾藤二洲《びとうじしゅう》(一七四七―一八一三)を訪れ、他の所用二、三も片付けて宿に帰ると、すでに日没であった。そこへ伯煕が持ち船の楼船を艤装し、茶山の餞宴を張った。これには春水、子琴をはじめ、同じく京から故郷鴨方に帰る西山拙斎も合流し、ともに留別の歓を尽くしたが、夜半の別れには伯煕自ら立って舞い、この初夏の浪華の尽きぬ名残を土産に、茶山と拙斎とは海路西下した。壮気充実した茶山と上方文人集団との交歓の一齣である。この一年有半後、天明元年(一七八一)暮には広島藩儒に召された頼春水も、十六年間寄寓した想い出多いこの浪華の地を去ることになる。

四

生涯仕えず、処士をもって一生を終えた、敬愛してやまぬ先輩西山拙斎は寛政十年(一七九八)十一月五日、六十四歳で世を去った。茶山知命の翌年であった。その一周忌に当たる翌十一年祥月には故人の書室至楽居に泊り、嘱された行状を撰んだ。この行状に基づき、拙斎の墓碑銘は幕府儒員の柴野栗山《りつざん》(一七三六—一八〇七)に撰をゆだね、題額は頼春水が、そして碑銘は末弟の頼杏坪《きょうへい》(一七五六—一八三四)がそれぞれ揮毫した。鴨方鴨神社西側の丘に建つ豊碑「西山処士之碑」の栗山撰文は、碑主歿後八年の文化三年(一八〇六)二月に成った。また茶山撰の『拙斎西山先生詩鈔』は、じつに作者歿後三十年、撰者の歿した翌文政十一年(一八二八)に出版された。茶山をめぐる西国の交遊圏は、この大先達西山拙斎を基軸に、頼春水兄弟一族をはじめ遠近の詞宗たちとの肌理細かい雅交のうちに形成された。

　明和八年(一七七一)春、拙斎は茶山の郷貫を訪れ、ともに三原城西に探梅行を試みた。安永二年(一七七三)八月には師の魯堂に随って拙斎ともども洛西に遊び、茶山は浪華江戸堀に頼春水の青山社を訪ね、拙斎は帰郷後、欽塾を開いた。春水はこの年出坂八年目に当たり、両者はこの時が初対面で、ともに而立以前の青春多感な出会いであった。安永五年四月下旬、茶山は東行する春水を見送るため、拙斎と岡山に赴き姫井《ひめい》桃源《とうげん》(一七五〇—一八一八)宅を訪れたが、途次、宮内の吉備津宮祠官藤井氏に宿った。巨大な吉備津造りの本殿屋根替えは七年前に竣工したばかりで、当主藤井但馬守高久は国学者藤井高尚(一七六四—一八四〇)の父に当たる。後年、文政二年(一八一九)茶山は高尚の『浅瀬のしるべ』に序を認めている。一同は連れ立って有木山の藤原成親の墓に詣でた。桃源はこの八月には拙斎と神辺を訪れ、翌々安永七年春夏の頃も、鴨方の拙斎、神辺の茶山と親しい人たちは互いに往来を重ね、交遊密なるものがあった。また両者ともに郷里と京師とを幾たびか往還し、頼家の人びとをはじめ親知との交情も、終始渝《かわ》るところがなかった。

　天明三年(一七八三)七月、茶山は日謙道光(一七四六—一八二九)と安那郡中条村(神辺)の黄龍山遍照寺に登った。道光は浪華に生まれ、京の日蓮宗本圀寺《ほんこくじ》で得度、深草の元政《げんせい》上人を慕い瑞光寺にも入ったが、京坂の文人とひろく交わり、天明六年四十一歳の十月には出雲平田の法恩寺十二世に晋《すす》んだ。翌年、寺の側らに庵を結び、隣の松樹に因んで聴松庵《ていしょうあん》と名付けた。道光は京坂、西国と雲州とをしばしば往来しているが、茶山より二歳年長で、その喜寿に相当する文政五年(一八二二)に『聴松庵詩鈔』の上梓が企てられた。文政九年の版本には文政六年茶山の序が冠せられ、中で茶山との面識を、福山の修験僧青龍院牛海《ぎゅうかい》(一七四八―一八三五)の紹介の旨記している。茶山・恥庵兄弟と道光との交遊もまた生涯を通じ、まさに方外の友と呼ぶに相応しい。茶山自身、この詩鈔の稿本に彼我「莫逆」の交わりと識している旨の記録がある。

五

茶山は生涯に二度、江戸に下っている。すでに西山拙斎は世を去り、その大祥忌も過ぎた享和元年(一八〇一)、茶山は福山藩の儒官に召された。五十四歳の秋であった。それから四年を経た享和四年(文化元年、一八〇四)五十七歳の正月、茶山は藩主阿部正精《まさきよ》より江戸出府を命じられた。一月下旬神辺を発ち、まる一ヶ月後、改元されたばかりの文化元年二月下旬、神田小川町の藩邸に入った。旅疲れも出て臥っている茶山を、折から江戸滞在中の頼杏坪が見舞った。また福山藩医の伊《い》沢蘭軒《ざわらんけん》(一七七七―一八二九)が訪ねて来たが、同藩の医官と患者という関係での初対面であった。蘭軒、時に二十八歳であったが、茶山は病癒えるやすぐに墨田川の舟遊を楽しむなど、終生忘年の交わりを結んでいる。在江中に茶山は、柴野栗山から駿河台の栗山堂対岳楼に招待を受けた。栗山は茶山より年齢は一回り上で、今年六十九歳であったが、やはり初対面は江戸においてであった。老博士に茶山は西山拙斎の墓碑銘撰述を依頼すべく、自ら丹誠精撰の拙斎行状を示したのである。

五月、茶山は常陸に遊び、水戸の立原翠軒《たちはらすいけん》(一七四四―一八二三)を訪ね、また朱舜水の墓に詣でた。この行の什は「常遊雑詩十九首」(本書八八頁)のほか、紀行文「常遊記一巻」と山陽撰行状に記されているが、和文の茶山自筆草稿『ひたちのミちの記』(黄葉夕陽文庫蔵)を繙くと、今回の常陸行の主目的が常陸太田瑞龍山の舜水展墓にあったことが判る。江戸に戻った茶山は、七月再び柴野栗山に招かれた。栗山邸での宴集の有様は、谷文晁《ぶんちょう》(一七六三―一八四〇)が具さに写し、真を伝えている(黄葉夕陽文庫蔵)。また、十年前の寛政六年(一七九四)、洛南巨椋池で六如上人や大原呑響《どんきょう》(?―一八一〇)、伴蒿蹊《こうけい》(一七三三―一八〇六)等と中秋の観月をともにした松前藩家老蠣崎波響《かきざきはきょう》(一七六四―一八二六)と再会し、旧交を温めた。後年波響は、巨椋池での懐しい舟遊のさまを、茶山の為に描いている(黄葉夕陽文庫蔵)。江戸で迎えた今年の中秋には、伊沢蘭軒とお茶の水で既望の月を賞した。十月、藩公に従って帰郷に旅立つまでの三秋を、茶山は江戸の文人たちとの交歓に多忙であった。茶山の詩名はあまねく人々の知るところで、幕府儒員古賀精里《せいり》(一七五〇―一八一七)の復原楼、御書物奉行成島衡山《こうざん》(一七四八―一八一五)の水月楼などにも招待された。また神田お玉ヶ池江湖社の市河寛斎(一七四九―一八二〇)とは、しばしば相見えた。

茶山の再出府はその十年後の文化十一年(一八一四)六十七歳の時、やはり藩主阿部正精公の命によるもので、五月出立、六月五日に江戸入りした。伊沢蘭軒とはもっとも交情細やかであった。七月には塙保《はなわほ》己一《き(の)いち》(一七四六―一八二一)を表六番町に訪れたら、折から和学講談所では曝書中であった。『福山志料』三十五巻の編者として、感懐のほどがしのばれる。晩秋、勝田鹿谷《ろくこく》(一七七七―一八四九)主催、日本橋百川楼での書画会に赴く途上の茶山と、すでに酔後退出する亀田鵬斎《ぼうさい》(一七五二―一八二六)とが路上で奇遇、一見かれこそ茶山に相違ないと直感した鵬斎は、思い切ってその名で呼び止めると、果して的中、自らも名乗ってともに連れ立ち宴席に引き返した(本書一一二頁)。この奇談は一時の話柄として喧伝し、文墨の士邂逅の好例として、のちのちまで引き合いにされ、谷文晁によって図にも描かれている。また、大窪詩仏(一七六七―

一八三七)の神田お玉ヶ池詩聖堂にも招かれた。茶山の目に、鵬斎や詩仏の書がどのように映じたであろうか。翌文化十二年も、茶山は大田南畝《なんぽ》(一七四九—一八二三)、狩谷棭斎《えきさい》(一七七五—一八三五)等と蘭軒宅で会した。また旧知の市河寛斎を訪ね、柏木如亭《じょてい》(一七六三—一八一九)その他の東都詩家と会っている。帰郷近くなって、三年前致仕しいまは隠居の白河楽翁松平定信(一七五八—一八二九)から、築地下屋敷浴恩園春風館に招かれた。「董烈写」と署された浴恩園図並びに詩歌巻が黄葉夕陽文庫に伝わっている。

六

西国筋より千年王城の地京師に遊学した茶山にとって、那波魯堂門下の誰彼はまず懐しい学友だった。佐々木良斎(?—一七八四)、中山子幹(一七四五—九〇)の名は山陽撰の行状、杏坪撰の墓誌銘にも受け継がれている。行状はそれについで、「浪華中井竹山、葛蠹庵《とあん》、篠安道等」と、混沌社友との交遊を指摘する。竹山(一七三〇—一八〇四)は大坂学問所懐徳堂四代学主で混沌社にも出入りした。葛蠹庵は子琴、篠安道は篠崎三島である。茶山にとって京坂上方の雅友は、西国郷貫近隣の心友や門弟ともども、終生忘れ得ぬ知己であった。天明四年(一七八四)五月七日、子琴が四十六歳で歿した時、三十七歳だった茶山は、その五年前の安永九年(一七八〇)春、子琴と洛北の白川に遊び、酔余つつじの枝を手折った愉しい想い出を七古の弔詩(本書四四頁)に詠み込んで、ねんごろに自注を施した。二度の江戸出府は、また当然ながら東都の、そして在東都の文人連との雅交締結の機縁となった。いずれもさきに一瞥した通りである。それとは別に、山陽道の宿場町神辺に居を占める茶山のもとには、その詩名と高風とを慕って、東西往来の途次面謁を求める人士の来訪が少なくなかった。

寛政八、九年(一七九六、九七)は母の喪に服し、詩作を絶っていた茶山であるが、八年九月には豊前中津藩儒の倉成龍渚《くらなしりょうしょ》(一七四八—一八一三)が東行のみぎり、広島に頼春水を、ついで神辺に茶山を訪うた。同じく十一月末、松平定信の命で上方から西国を巡遊中の白河の儒者広瀬蒙斎(一七六八—一八二九)が、九州よりの帰途やはり頼一家を訪れ、つづいて茶山を訪れている。蒙斎の紀行『有方録』は、その間の消息を興趣深く伝える。茶山が再度の江戸下向より帰郷した翌文化二年(一八〇五)四月には、仙台の蘭学者大槻平泉(一七七三—一八五〇)と従兄弟違いの同族大槻磐里(一七八五—一八三七)が、これも長崎遊学の帰りに訪れた。来訪者名簿いわゆる『菅家往問録』の筆頭記帳者である。茶山は塾生十数名と竹田村に蛍狩りに誘った。文化四年(一八〇七)暮には讃岐出身の篆刻家広瀬林谷(細川、一七八二—一八四二)が立ち寄った。文化六年(一八〇九)五月、讃岐の後藤漆谷《しっこく》(一七四九—一八三二)が来訪。また十一月には地理学者伊能忠敬(一七四五—一八一八)が測量のため神辺を訪れた。茶山は忠敬より示された久保木竹窓の『補訂鄭註孝経』に跋を認めている。

翌文化七年(一八一〇)四月には、肥前多久《たく》の草場佩川《はいせん》(一七八七—一八六七)が江戸からの帰途来訪した。佩川は前年江戸に出て古賀精里に就いたが、往路にも神辺の茶山を訪れているらしいことが、『菅家往問録』に書き留めた七絶から推測される。佩川は茶山を五柳先生陶淵明に見立て、このたびの再訪時には目の当たり柳が青々と枝垂れている、と詠み込んだ。文化八年三月、朝鮮通信使応接に西下した古賀精里を神辺で出迎えた茶山は、一行に加わっていた佩川ともども廉塾に案内している。文政元年(一八一八)一月末、頼山陽が門弟美濃の後藤松陰(一七九七—一八六四)を伴って西遊の途次訪れ、茶山が三月初旬吉野行に出立するまでの一ヶ月間逗留した。このたびの茶山の滞洛中も、柏木如亭や中島棕隠《そういん》(一七七九—一八五五)、また画家中林竹洞《ちくとう》(一七七八—一八五三)や浦上玉堂(一七四五—一八二〇)・春琴(一七七九—一八四六)父子等が席を同じうしている。

文政六年春、病臥中の茶山は豊後竹田の田能村竹田《ちくでん》(一七七七—一八三五)に訪われ、ほとんど三十歳の年齢差にもかかわらず、かねて風流才子竹田の名声を聞き知っていた病茶山を喜ばせた。清談の機を得た歓びを、茶山は七律に賦している。同じ年の七月、美濃の梁川星巌《せいがん》(一七八九―一八五八)がうら若い再従妹《またいとこ》妻の紅蘭(一八〇四―七九)と西遊中、来訪した。茶山は星巌夫妻を後漢の梁伯鸞《りようはくらん》夫婦に擬え、星巌が韻を次ぎ、さらに茶山がまたその韻に次して、同韻字を踏むこと三度、七絶の応酬を重ねた。のちに茶山は、星巌の『西遊詩巻』に跋を寄せている。文政十年八十歳の四月には、京の中島棕隠が、そして五月には豊後日田の広瀬旭荘《きよくそう》(一八〇七―六三)が訪ねて来た。咸宜園《かんぎえん》の長兄淡窓《たんそう》(一七八二―一八五六)と茶山とは文通二十年に及んだが、末弟旭荘はまだ二十歳を出たばかりであった。旭荘は吉備三国を回ったのち、再び病いに臥す老詩宗の枕辺に戻り、侍養につとめた。旭荘若年の随想録『塗説』巻下に見える、茶山に関する短章二編は、この時の見聞であろう。

○菅茶山先生、疾病《やまいへい》なり。余側らに坐す。先生薬を呼びたまふ。竈下に火無し。家人徐々に之を吹けり。余其の遅きに堪へず、まさに起ちて之に趣かんとす。先生曰はく、止めよ。某既に命じたり。孥輩《どはい》敢へて之を遅らせるにあらず。若し再びせば、彼まさに惶愕《こうがく》し、措くところを失せんとす。然らば則ち更に遅れんと。其の家人を待つこと、寛厚此くの如し。余疾無き時と雖も、少しも忍ぶること能はず。爾後、宜しく古人「百忍」の字を書せる所以を想ふべし。

○茶山翁、薄暮まさに旋《ゆばり》せんとす。未だ燭を点ぜず。余遽《にわ》かに火を把りて至る。翁已に坐に復せり。余曰く、闇《くら》し。先生、蹶傷《けつしよう》の懼《おそ》れ無きを得んやと。翁曰はく、某幼きより未だ嘗て一歩もこれを忽《ゆるが》せにせずと。

それから三ヶ月後の八月十三日、茶山は命終を迎えた。八十歳。その満年齢は冒頭に算えた通りである。病いは膈《かく》噎《えつ》(胃の機能不全など消化器系障害の疾患、いわゆる胃癌か食道癌の類)と伝えられる。養子門田朴斎を義絶して月余、わずかな身内に見守られての臨終であった。本書、茶山詩最終作品(一四五頁)をご覧頂きたい。同二十日、網付谷の菅波家墓域に葬られた。文恭《ぶんきょう》と諡し、寛裕院広誉文恭居士と称する。鞘堂内、儒墓らしく饅頭型茶山墳墓の前には、一具の墓碑が建てられ、正面より四周して頼杏坪撰書の墓誌銘、碑表頭部には「茶山/先生/菅君/之碑」と日野資《すけ》愛《なる》(南洞公)の隷書が刻されている。もとより山陽の口添えによる揮毫であった。

七

茶山の身後、その行状と墓誌銘の撰述が頼氏叔甥のコンビで成ったことは、茶山のもっとも望む人選だったに違いない。さきに山陽は廉塾滞留中、『黄葉夕陽村舎詩』前編の編集に丹精した。その脱奔上洛以降はなおのこと私情を抑えて誠懇のまことを致し、頻繁に書問、候問を重ねて、終生弟子たるの礼節と至情を捧げた。歿前一年半、天保二年(一八三一)三月に成った『黄葉夕陽村舎詩』遺稿の序には、「菅茶山翁は余が父執たり」と起筆されている。亡父春水の遺稿の序を茶山に請嘱した山陽が、このたびは恩師の遺稿の巻頭に、自ら真情を披瀝し、一世の詩宗茶山の集との深い関わりを叙している。文政十二年(一八二九)茶山大祥の忌をひかえて撰ばれた行状には、「享保正徳の諸大家輩出してより、大抵は嘉万七子に本づき、唐賢を摸擬するも、大にして未だ化あらず。葛蠹庵一たび之を変じ、六如師二たび之を変ず。而して江湖社の諸子、更に相標榜し、海内喁然《ぎょうぜん》として復た旧習を非とす」と、師茶山を近世詩史上に定位し、「襄《のぼる》の父及び叔父、浪華に在りしより先生と交はり、帰りて国に仕ふるに及ぶも、相距つること甚だしくは遠からず。交はり兄弟の如し。襄、先生に於けるや既に父執たり。嘗て援引を辱うす。其の塾生を督すること周歳、已にして京師に入るも、郵筒往来、嘗て断絶せず」と、壮年過激の贖罪を謝辞に昇華させた。

昌平黌儒官の友野《ともの》霞舟《かしゆう》(一七九一―一八四九)はその編に成る裒然たる近世漢詩総集『熙朝詩《きちようし》薈《わい》』で、巻八十八、九の二巻を茶山に充て、六如、石川丈山についで、所収詩人四千百六十七名中第三位の二百五十四首を『黄葉夕陽村舎詩』より採った。霞舟は頼山陽や六如の茶山評についで、自ら『錦天山房詩話』での評語、「六如師より宋詩を唱へ、茶山継いで起こり、詩風一変す。其の詩もまた伯仲の間に在り」を載せている。また美濃の人で頼山陽門の村瀬太乙(一八〇三―八一)は『菅茶山翁詩鈔』を上梓し、初学の参考に資した。嘉永六年(一八五三)の自序で編者は茶山の詩を詩形より品評し、「菅茶山翁の詩は初学者入り易し。因りて其の雅醇なる者を抄して百七十余首を得たり。蓋し初学者をして俗調に堕せざらしめんと欲するなり。…茶翁元来白詩を学べり。故に古体は取るべき者少なし。五律七絶に至りては、往々人を動かす。七律は則ち俗調多し。況んや七古においてをや」と述べている。『黄葉夕陽村舎詩』前編より十九首、ずっと増えて後編より百五首、遺稿より五十四首、計百七十八首、詩体では七絶が断然多い。いま、この詩鈔と本書所収の二百首とに共通する四十五首について見ても、うち七絶が三十三首に達する。初心者向きの撰集という編集目的をさし引いても、これは時好が絶句に傾き、年代ごとの年鑑的絶句集がつぎつぎと編まれた事実と一致しよう。そして茶山の真面目も、やはり七絶にあるように見える。茶山は宋洪邁編、清王士禛(漁洋)選の『唐人万首絶句選』を高く評価していた。

ところが、中国人の眼に本邦人の漢詩がどのように映るかを論《あげつら》う際、よく引き合いに出される清儒兪樾《ゆえつ》(曲園《きよくえん》、一八二一―一九〇六)編『東瀛詩《とうえいし》選《せん》』には、茶山の略伝につづいて、「礼卿の詩は各体皆工みなり。而して憂時感事の忱《まこと》は、往往にして行間に流露す」との寸評が載る。選ばれた百二十首の中では七律が最も多く、七絶はこれに次ぐ。すなわち七律四十五首、七絶二十六首、七古十五首、五律・五絶各十一首、五古十首、ほかに五七言詩二首という順になり、さきに本邦人の手で編まれた『菅茶山翁詩鈔』との差異が甚だしい。本書の二百首と共通する六十五首について見ても、今度は逆に七律が二十六首も占めている。海彼の詞伯より見れば、茶山は詩体それぞれに巧みにその詩風を担わせている、と受け取られた。山陽はむしろ茶山の五言古詩に共鳴しているが、詩人像の把握にも、また和臭の偏りは免れないのであろうか。詩家茶山の真骨頂を探る一つの手懸かりと言えそうである。

参考文献

〔影　印〕
葦陽文化研究会『黄葉夕陽村舎詩　付、年譜・索引』　児島書店　昭和五十六年
〔翻　刻〕
富士川英郎・松下忠・佐野正巳編『詩集 日本漢詩』九　汲古書院　昭和六十年
〔注 釈 書〕
広島県編集発行『広島県史　近世資料編Ⅵ』　昭和五十一年
重政黄山・島谷真三『茶山詩三百首』　茶山会　昭和三十三年
島谷真三・北川勇『茶山詩五百首』　児島書店　昭和五十年
富士川英郎『菅茶山』(日本詩人選30)　筑摩書房　昭和五十六年
吉田澄夫『古典拾葉　近世詩抄・黄葉夕陽村舎詩』　武蔵野書院　昭和六十一年(初出、『学苑』158　昭和二十九年)。
黒川洋一『菅茶山　六如』(『江戸詩人選集』四)　岩波書店　平成二年
〔研究書・図録〕
和田英松『芸備の学者』　明治書院　昭和四年

広島県教育会編集発行『芸備教育　菅茶山号』(通巻三四五号)　昭和八年八月
神田喜一郎『日本における中国文学Ⅰ　日本塡詞史話(上)』　二玄社　昭和四十年(『神田喜一郎全集』Ⅵ　昭和六十年、同朋舎出版)。
富士川英郎『江戸後期の詩人たち　鶺鴒庵詩話』　麦書房　昭和四十一年
富士川英郎『菅茶山と頼山陽』(東洋文庫195)　平凡社　昭和四十六年
浜本鶴賓『福山藩の文人誌』　児島書店　昭和六十三年
富士川英郎『菅茶山』上・下　福武書店　平成二年
広島県立歴史博物館編集発行『菅茶山とその世界――黄葉夕陽文庫を中心に――』展示図録第14冊　平成七年

〔研究論文〕

西田直二郎「茶山片影」『史林』5―2　大正九年四月
石岡久夫「茶山最後の大和遊歴と詩」『国学院雑誌』37―11・12　昭和六年十一・十二月
外狩素心庵「菅茶山の書と詩及び其人」『アトリヱ』14―7　昭和十二年七月
浜本鶴賓「菅茶山と西山拙斎との交情」『備後史談』15―1・2・3　昭和十四年一・二・三月
※その他、『備後史談』には関係論文多数がある。
今関天彭「菅茶山」『雅友』30・31　昭和三十一年九・十二月
黒川洋一「菅茶山の『開元の琴』について」『懐徳』58　平成元年十二月
福島理子「菅茶山書簡、詩画軸」『懐徳』64　平成八年一月

頼山陽とその作品

頼　惟　勤

略　伝

著者について、最も早く作られた伝、江木鰐水(戩)「山陽先生行状」を抜粋して掲げる。

先生姓は頼、諱《いみな》は襄《のぼる》、字は子《し》成《せい》。久太郎と称し、山陽外史と号す。父春水先生は藝州竹原の人。大阪に寓し、飯岡氏を娶り、安永九年庚子を以て先生を江戸港に生む。先生、多病を以て仕籍を免れ、文化八年(三十二歳)、京師に遊び、遂に止る焉。天保三年九月廿三日歿、長楽寺に葬る。享年五十三。著す所、日本外史二十二巻、日本政記十六巻、通議三巻、春秋遼豕録三巻、先友録一巻、書後三巻、題跋二巻、日本楽府一巻、詩鈔八巻、遺稿文十巻、詩七巻、拾遺一巻、文録二巻(三宅樅臺〔観〕『山陽詩鈔集解』の節録を少訂)。

詩　集

詩は次の三種の著作に収められて伝わった。

(1)山陽詩鈔　八巻　天保四年刊

⑵山陽遺稿詩　七巻　天保十二年刊
⑶日本楽府　一巻　文政十三年刊

⑴は寛政五年(一七九三)十四歳から文政八年(一八二五)四十六歳までの詩。編年。すべて菅茶山の批正を経た自撰の詩集。その中核は文政元・二年(三十九歳・四十歳)の九州遊歴の詩「西遊稿」二巻であり、この時期に山陽の詩風が確立した。
⑵は文政九年、四十七歳から歿年(天保三年〔一八三二〕五十三歳)までの詩。編年。門人の手による編纂である。
⑶は文政十一年、四十九歳の時に成り、著者生前刊行の唯一の著。楽府体により日本の歴史の要所要所を拾って詠じたもの。

詩　風

山陽の詩は大体において近体詩より古詩、詠物より詠史というのが定論であるが、詩風の振幅は大きく、例えば七言古詩「筑後河を下り菊池正観公の戦ふ処を過り感じて作あり」(八五)は明の前七子の一人、李空同(夢陽)ばりの雄渾悲壮、人の血肉を踊らせるものがあり、観点を変えれば粗豪の評を受ける所である。

一方、七言絶句「春日田園」「秋日田園」は日常平穏の生活風景を詠ずること、あたかも宋の范石湖(成大)の「田園雑興」を彷彿させるものがあり、これまた別の視点からすれば、英気差《やや》撓む(端的に言えば卑俗)の毀りを甘受すべき所かも知れない。

また『日本楽府』の諸篇は後記の如く、自らは明の李西涯(東陽)の擬古楽府に示唆されたと言うが、西涯の諸作が史断に過ぎぬと酷評されるのに比べ、むしろ詩中の人物の心情にほだされた史賛に近いと言うべき作であろう。但し冷徹な史料との齟齬は免れ難いため、しばしば無学との譏りを受けるけれども、これは再考・三考すべき問題と考える。

また歌行体の「前兵児の謡」(七九)は日本の俗謡の漢訳であるが、口で誦する歌として、一種特有の語調を与えることに成功している。そして「後兵児の謡」(八〇)という軟派風な詩と対にして、硬派の気風を際立たせた。ついでながら、日本の歌謡の漢訳には、詩集には入らない謡言体のものとして、幸若舞の敦盛(「人生五十年」云々)・鎌倉末の落首(「渡部の水いかばかり早ければ」云々)なども挙げられよう(いずれも韻語に漢訳して外史〔それぞれ巻十三と巻五〕に入れる)。この類は観点を移動させれば、純粋でない(いわゆる和臭ある)漢詩ということにもなるであろう。

山陽自身の記すところによれば、「小埜泉蔵の、詩律を論ずるの書に答ふ」(遺稿文巻一)において「詩の心を驚かし魂を動かすは、総《すべ》て唫誦《ぎんしよう》の際に在り。必ずしも其の義を細繹《さいえき》するを待たずして、涕《なんだ》すでに墜《お》つ」といい、吟誦という点に詩の本領があると言う。

また「杜集の後に書す」(書後・巻下)においては「余《われ》、従つて詩文を学ぶ者に語《つ》ぐるに一字の訣《けつ》あり。曰く「真」。また四字の訣あり。曰く「唯《ダ》真故《ニ》新」」といい、模擬・虚構を排する立場を主張した(伊藤左千夫の「写生的真」の主張と暗合する、とは斎藤茂吉氏の説である〔「短歌初学門「真実」」『斎藤茂吉全集』第十巻、二二〇頁〕)。

そして「論詩絶句」の中で自らの立脚地を述べていう「姿を評して群り観る宋元の膚。味を論じて争ひ収む中晩の腴《ゆ》。断粉零香、時の嗜《このみ》に合す。君に問ふ、何を苦しんでか韓蘇を学ぶ」と。すなわち、ここでは韓退之(愈)・蘇東坡(軾)を学ぶと表明するが、また別に、陸放翁(游)の影響を考える説も有力である。言うまでもなく、これら先人の詩を踏み台として、終局的には杜甫を目指すことは、後世の殆どすべての漢詩人の目標といっても過言ではなく、山陽もまたその一人である。

背　景

漢詩であるから、その背景となる明・清時代の詩文の大勢を一瞥しなければならない。以下は解説者の甚だ図式的な理解の仕方で、世の嗤笑を買う虞れなしとしないが、一応のところ、次の如く考える。A系・B系は中国における流派、a系・b系はそれに対応する本邦の流れとする。A(a)・B(b)に確たる分類上の規準があるわけではない。出発点において盛唐派か否かでA(a)・B(b)としただけで、それに反対するとか、色合いが違うとかで文学は波動して進むと見た図である。

山陽とほぼ同時代の詩人に限定すれば、

○市河寛斎、その門の大窪詩仏・菊池五山
○山本北山、その門の梁川星巌
○釈六如　菅茶山、その門の頼山陽
○亀井南溟門下、広瀬淡窓

といったところが挙げられ、日本漢詩界の最も華やかな時期を形成する。

山陽自身は「随園詩話の後に書す」(書後・巻下)にいう。

予弱冠のころ、随園詩話を得て之を読む。其の喜ぶべきを見ず。壮なるに及び上国に来る。則ち家々争つて之を誦す……蓋し彼（随園）死に至るまで沈帰愚（徳潜）と名を争ふ。沈に別裁ありて風雅を主持す。故に此話（随園詩話）を作つて之に敵するのみ……沈は甚だ奇なしと雖も、自ら是れ大雅、後学に範とするに足る。袁は乃ち軽薄浮蕩を以て、儳に鼓して之を奪ひ、其毒延いて海外（日本）に及ぶ。甚しい哉（また『頼山陽書翰集』上、一七二頁二行目も参照）。

このように、少なくとも主観的には、当時流行の随園を敵に廻す看があるのは、やはり新時代の担い手としての意地が働いているのであろう。

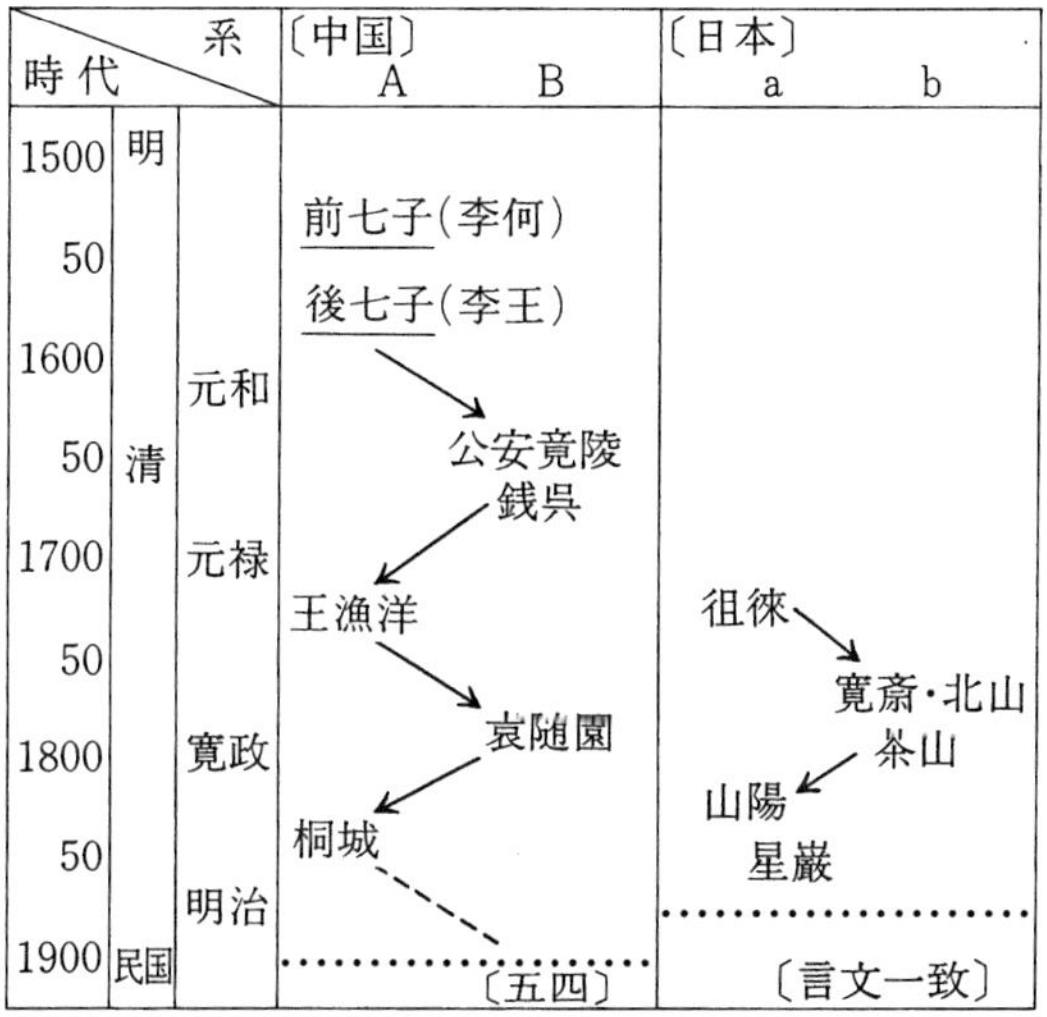

評価

江戸末の詩話（例えば友人の菊池五山の『五山堂詩話』）は暫く別とし、清の兪曲園（樾）の『東瀛詩選』（光緒九年〔一八八三〕刊）巻二十一「頼襄」（「子成、天才警抜、而して詩学尤も深し」）は国外における比較的早い評定である。

その後、桐城の人、呉北江（闓生）『晩清四十家詩鈔』（民国十三年〔一九二四〕序）巻二「日本楽府二首」（「〔蒙古来・罵龍王〕二詩、高古を絶し、日本人の口吻に似ず」）がある（入谷仙介氏教示、同氏の『頼山陽 梁川星巌』三三六頁も参照）。

また桂湖邨（五十郎）の論評は市島春城（謙吉）の『随筆頼山陽』（大正十四年三月刊）一九〇頁以下に収載される。同

書一八八頁の春城の前書にいわく、

山陽の伝や逸事を録した書は、明治以後多く出て居るが、山陽の詩を評したものは一つも無い。山陽の研究家も、此方面には余り触れて居らぬ。……一日、郷友桂湖邨氏に相談に及んだ所、……十日も経たぬ内に、稿本を寄せられた。それを見ると、原稿紙三十枚ほどに書かれた漢文で、山陽の各時代の詩が精細に評され、其の長所も短所も厳正に論ぜられ、前輩に比し、将《は》た同時の人に比しての優劣も究められ、傍ら春水、杏坪の詩評にも及び、如何にも詳悉《しょうしつ》のもので、自分は、其の望外に出《い》でたので驚喜した。

溯って明治の中期に次の論争があった。

○山路弥吉〔愛山〕「頼襄を論ず」(『国民之友』一七八号、明治二十六年一月十三日、「藻塩草」三十九頁以下)、『頼山陽及其時代』に収録。

○森田思軒(文蔵)「山陽論に就て」(『国民之友』一九三号―一三二号。明治二十六年六月十三日―二十七年七月十三日)、『頼山陽及其時代』に収録。

○徳富蘇峰(猪一郎)「熱海だより」(『国民新聞』、年月日未調査)、『頼山陽及其時代』に収録。

○「思軒＝対＝愛山」(年月日未調査)、『頼山陽及其時代』に収録(全体は山陽論であるが、三者とも、その詩を国民詩として評価している)。

評価と共に文献資料の指摘は、木崎好尚(愛吉)『頼山陽詩集』の序言(昭和五年四月)および『頼山陽全書』の『詩集』の序言(昭和七年一月)が詳しい。

またこの解説の粉本として、頼成一〔椺匡〕の岩波文庫『頼山陽詩抄』(伊藤吉三〔鸝谿〕と共訳)の解題がある。

批判

内村鑑三『後世への最大遺物』の冒頭に山陽の少年の時の詩(一)が引かれていることは事新しく言うほどではないが、明治における流行の様子は井上巽軒(哲次郎)の『日本朱子学派之哲学』(明治三十九年初版。いま大正七年、訂正増補六版により引用)の「頼山陽の精神及び影響」でも知られる。いわく、

彼れの詩に就いて注意すべきことは、当時詩人は随分多かつたのであるけれども、其中でも山陽の詩と云ふものは青年学生の吟唱して伝ふる処となつたのである。それが当時の青年学生の血を沸す様な力があつたからである。若し専門的技巧から言つたならば寧ろ彼れの叔父たる頼杏坪の方が優つて居る。併ながら山陽の詩は其傑作に至つてはなか〳〵豪邁なる処がある。何となく気魄精神が其処に籠つて居る。それで青年学生に愛吟せられた傑作が非常に多い様な次第である。さうして其中に亦勤王の精神なんと云ふものも含まれて居つて、此等の詩に依つて勤王の精神を青年学生の間に伝へたこと亦尠少でないと見なければならぬ。

正に山陽の詩のこの特徴が、他面において「俗」「粗」「和臭」など様々な悪評を生んだ(積極的な評価は枚挙に暇がないのでいま省く)。いま木崎好尚『全伝』(『頼山陽全書』所収)巻下から若干例を拾ってみる。( )内は同書の該当頁数、〔 〕内は解説者の注記である。

佐久間象山(七〇九頁)〔これは文に対してであるが、より端的には象山の詩に「昔日詞場に一軍を張る……高く小児と古文を談ず」というのがある〕。

橋本景岳(左内)(八一〇頁)〔「子成は一読書人たるに過ぎず」〕。

正岡子規(八四九頁)(「三十棒」における森田思軒への反論)。

長井金風(八七三頁)(「僕は東坡は嫌ひ、放翁は嫌ひ、随って山陽は嫌ひ」)。

正宗白鳥(八八四頁)(「その詩は極めて平凡」)。

以上の諸家にほぼ共通して、少壮時の強い影響とそれへの反撥、特に吟誦することへの嫌悪が感じ取れる。若干例を追加するならば、森田思軒『頼山陽及其時代』の三十四頁(雲耶山耶の詩の評判)、『全伝』下、八五六頁(子規の回想)、同八八八頁(中里介山『大菩薩峠』めいろの巻)、竹山道雄『昭和の精神史』新潮叢書、一一一頁(前兵児謡。但し竹山氏が厭わしく思っているという例示ではない)など挙げることができる。

吟詠と並んで、山陽詩に対する反撥は、その昂揚した感情の表出、延いては乱臣賊子への痛斥が、冷静な人生の達人達の肌合いと乖離することから来ていると思われる。早く菅茶山の評語にもそれは現れているし、幕末の蘭学者系の評価も根底にはそのことがあろう。明治以後は、江戸の聞人の流れを汲む通人、或いは文壇主流の文士から疎まれた。これに関聯して、詩とは限らないが、入谷仙介氏の『頼山陽　梁川星巌』(『江戸詩人選集』八、平成二年)の解説(三三六頁)に紹介されている幸田露伴・夏目漱石の評価も同列のものであろう。森鷗外が務めて公平に記した晩年の史伝ものにもその影は色濃く現れている。三田村鳶魚は言うまでもない。

戦後の評価

戦後においては次の文章を紹介しておく。竹谷長二郎氏の『頼山陽書画題跋評釈』(昭和五十八年、明治書院刊)の三六〇頁以下の「あとがき」にいう。

かつて私は山陽が嫌いであった。今、戦時中時の流れに反対だったと言うことは自慢になるのでいやであるけれども、当時もてはやされた山陽の皇国史観に同じることができなかったのである。それに彼の覇気の目立つ書、激しい調子の詩にも初めからなじめなかったが、何よりもその人間が好きでなかった。それが今、彼の文章を顕彰すべく、老年の心力を傾けてその評釈を書くというのだから、大変な変わり様であるといわなければならない。しかし私自身には少しの矛盾もないのである。

私が山陽に心引かれるようになったのは、戦後田能村竹田の研究を始めてからである。豪放の山陽と謹直な竹田とはおよそ正反対のタイプであるのに、この二人が互いに許す深い友情に結ばれたのはなぜであろう。一見不可解なこの謎は、二人の文を読んでいるうちに自然に解けた。二人は世と人とに対する関心、学問と芸術とに対する情熱をもつ点で全く同じであることを知った。彼らはともに世を憂え人を愛し、学を好み芸に遊ぶ士で、根本において全く一致していたから、気質の相違は問題でなかったのである。私は竹田を研究しているうちに、いつのまにか竹田の心で山陽を見るようになった。そしてそれまで悪い所ばかり咎め立てていた、彼の思想にも、学芸にも、またその人間にも善い点がたくさん認められてきて、ついに山陽を偉大な文人として敬慕するに至り、その「書後」「題跋」は私の愛読書となったのである。

また渡部昇一氏の『日本史の真髄』第一巻(平成二年、ＰＨＰ研究所刊)の一頁以下の「まえがき」にはいう。

頼山陽は戦前・戦中にも人気があり、しかも戦後にも幸いに忘れられなかった文人・詩人であり、また史家である。しかし何といっても維新前後から昭和にかけて『日本外史《にほんがいし》』の著者としての人気にくらべるならば、今日は一般には忘れられているに近い人物になっていると言ってよいであろう。戦前の中学生で頼山陽の名前を知らない者は皆無と言えたが、今の中学生で知っている者は稀である。

戦前の中学生でも頼山陽と言えば『日本外史』の著者として有名であった。明治の頃はこれはすべての書生・学生の読む本ということになっていて、そのためだけの語彙解釈《グロッサリー》まで出版されたほどである。これは幕末から明治初年にかけて尊皇思想を普及させるのに最も影響するところがあった本であるから当然とも言えよう。

右の「戦後にも幸いに忘れられなかった」とは、いま詩に重点のある専著だけに限ると、例えば中村真一郎氏の『頼山陽とその時代』(昭和四十六年)、富士川英郎氏の『菅茶山と頼山陽』(昭和四十六年)、野口武彦氏の『頼山陽』(『日本の旅人』十一、昭和四十九年)、入谷仙介氏の『頼山陽　梁川星巌』(平成二年)などが挙げられる。

これは畢竟、入谷氏の指摘を借りるならば、「新しい日本語の創造、新しい人間性の追求、そこに根底を据えた彼の詩が、多くの人人から歓迎され、国民詩人として愛されたのは、あまりにも当然のことであって、そのゆえに「俗」だなどというのは、高級ぶった批評家のさかしらにすぎないであろう」(上掲書三四二頁)ということである。

法帖

山陽の詩は、本人の書跡を板刻した帖本を通しても流布した。就中、『新居帖』の弘化四年(一八四七)刊刻の第一編(四冊)は、新居の詩・詠古の詩・西遊の詩より成り、一時に流伝した。また『湊川帖』(初帖・嘉永二年(一八四九)、続帖・嘉永三年)の内容はすべて詠史の詩で、これも評判が高かった(『全伝』下、七〇二、七一五、七二一頁)。今ならば作家自らの朗吟のコンパクト・ディスクでも付けて出版されるところであろうが、幕末のこと故、その作品の作者に直に近づく方法としては、その人自身の手跡を見るより他はなかったと言える。当時は木刻の名手が多く、手跡の風趣をよく伝える上出来の法帖に仕立て上がった。これが流行の理由でもある。その後、明治までに百種を越える法帖が刊刻され、その内容は山陽自身の詩であることが多いので、その詩の普及に寄与した。

〔諸詩集・関係書略目〕

いま頼成一編「頼山陽関係書目録」(『国学院雑誌』三七–一〇、昭和六年十月)に拠りながら山陽の詩集に関する文献名を増改して記す。『全伝』下に言及されているときはその頁数を付記する。

◎山陽詩鈔　八巻

山陽詩鈔(四冊)〔大〕　天保四年三月、五玉堂

原木版本の影印本がある。汲古書院『詩集 日本漢詩』第十巻(昭和六十一年十月)。精細な書誌つき。○『全伝』下、二六三頁〔開版の準備について〕。

山陽詩鈔(四冊)〔中〕　明治十二年十月、慶雲館

原本を小型化したもの。○原本のままのものとして、未見ながら、大正九年十二月の複刻があるという(『全伝』下、八八〇頁)。

〔注釈〕

山陽詩註（八冊）　日柳燕石　明治二年、耕読荘

嘉永六年（一八五三）夏の編。『全伝』下、七二二頁にいう。「〔夏〕。日柳燕石、『山陽詩註』〔初編〕を編し、『詩鈔』の作に就き注釈を加へ、小引を付す、富岡鉄斎増校の外、慶応三年冬、その子三舟〔政恕〕、及び倉橋賁の再校、更に片山精堂の重校を経て、明治二年に至り、京都書肆、竹苞楼〔佐々木——銭屋惣四郎〕の手に開版されてゐる」。○数ある『詩鈔』の注のうち、中国風の詩注の体裁と内容とを具えた注。注者の学力を見ることができる。

山陽詩鈔集解（四冊）　三宅樅臺（観、左平）　明治十四年七月、合書房

明治二年十一月、小原鉄心（寛）の序を冠する。○『全伝』下、七八五頁。○前書と並び、見ごたえのある注であるが、原本巻五以下の部分を欠く。

頭書註釈山陽詩鈔（四冊）〔小〕　谷壮太郎　明治十四年（未見）

『全伝』下、八二四頁「明治十四年十一月、東京・谷壮太郎編、「頭書註釈〔片仮名付〕山陽詩鈔」〔銅版袖珍〕出づ」。

評註山陽詩鈔（四冊）〔中〕　後藤松陰　明治十六年二月、三書房

『全伝』下、八三一頁。○原本の上欄の評語を増損したに過ぎぬもの。

山陽詩鈔（一冊）〔小〕　天野保之助　明治二十六年（未詳）

山陽詩鈔註釈（一冊）〔洋〕　蜂谷柳荘　大正二年十一月六版、杉本梁江堂

明治四十三年（庚戌）五月序。原文の他に書下し文・語釈、時に通釈を付け、やや近現代風の注釈本の形をとる。○『全伝』下、八六七頁。

山陽詩鈔註釈（一冊）〔洋〕　奥山正幹　大正三年十月、山陽詩鈔出版会

『全伝』下、八六八頁。菊版、本文一三一三頁の巨冊。燕石注を敷衍しているところが多い。

山陽詩鈔新釈(一冊)〔洋〕　中村徳助等　大正十四年九月十版、田中宋栄堂

奥付によると「**国漢文叢書**」の一。近藤春雄『日本漢文学大辞典』によると、もと大正二年の刊(七一三頁中段)。

山陽詩鈔註解(一冊)〔洋〕　村上寛　昭和三年(未詳)

山陽詩鈔新釈(一冊)〔洋〕　伊藤靄谿(吉三)　昭和十七年九月、山陽詩註刊行会

覆刻版がある。原本の字体・表記・判型を現代化して、昭和六十年一月に刊。

〔詩鈔注概評〕

日柳注の作られた頃(嘉永六年癸丑夏の自序)は漢詩文学の水準は高く、従ってこの簡にして要を得た的確な注は、現代では高尚すぎて注の注が必要と思われる。また三宅注は十六年後の明治二年の日付の序を冠する。やはり水準は高いが、日柳注に比べれば懇切饒舌の傾向がある。精査したわけではないが、多分、日柳注とは別個に作られていると思われる。ともかくも、日柳・三宅両注は彼此参見すべき価値がある。奥山注は日柳注を敷衍して詳細を極めるが冗漫の嫌いがあり、只今では伊藤注が最も適当である。

◎山陽先生遺稿　文十巻　詩七巻　補遺一巻

「西遊後さしてもなき詩多し。丙戌・丁亥・戊子・己丑・庚寅五六歳の詩、多傑作矣」(天保三年壬辰八月二十六日、後藤松陰宛山陽書簡)。丙戌は文政九年、『遺稿詩』の始まり。

山陽先生遺稿（八冊、六冊）〔大〕　天保十二年、五玉堂
　八冊本（文五冊・詩三冊）と六冊本（文四冊・詩二冊）とがある。○原木版本の影印本がある。汲古書院『詩集　日本漢詩』
　第十巻（昭和六十一年十月）。精細な書誌つき。
山陽遺稿（四冊）〔中〕（活版）　明治十一年十月、牧田熊次郎翻刻
　文三冊・詩一冊。○『全伝』下、八一三頁はこれか。
山陽遺稿（五冊）〔小〕（銅版）　明治十二年五月、三玉堂
　文三冊・詩二冊。○『全伝』下、八一三頁。
評点山陽遺稿（六冊）〔半〕　近藤南洲（元粋）　明治十二年七月、柳原喜兵衛等
　『全伝』下、八一六頁。亀山節宇の跋を抜粋して引く。○『遺稿』（文四冊・詩二冊）すべてに対して、評点を施す。これに
　より『遺稿』の体裁が『詩鈔』のそれに近づいた。
山陽遺稿（五冊）〔中〕　明治十三年七月、西田森三翻刻
　文三冊・詩二冊。○『全伝』下、八一七頁。
山陽遺稿（一冊）〔洋〕　明治二十九年十二月、立友館
　始め石川嘉助発行、版を重ねる。明治三十四年五月、小谷卯三郎発行。
山陽遺稿詩（一冊）〔小洋本〕（千代田文庫本）　明治四十四年十二月、求光閣

〔注釈〕
山陽遺稿詩註釈（一冊）　伊藤靄谿　昭和十三年十月、大阪宝文館
　自序にいう。「山陽詩鈔の註解は、嘉永六年日柳燕石が山陽詩註初編を編んで以来、明治二年三宅樅臺の山陽詩鈔集解、

大正三年奥山正幹の山陽詩鈔註釈、其他二三出版せられてゐるが、山陽遺稿の註解に至つては、詩文共に未だ世に発表せられたるを聞かぬ。……既に詩鈔の註解あり、遺稿詩の註釈亦あつて然るべき筈である」。○覆刻版がある。原本の字体・表記・判型を現代化して、昭和六十年一月に刊。

〔遺稿詩注概評〕

『詩鈔』の注が多いのに対して、『遺稿詩』の注は伊藤注以外には全体に渉るものはない。複数の人の視点からの注がないのは『遺稿詩』の不運であるが、伊藤注が克明にできていることは救いである。単発的には根津注(後記)と、福山淑人『暢寄帖解』(明治十二年三月)との中に少しばかりの詩が収められている。しかし質量ともに、わざわざ見るほどのものではない。なお頼桜厓所獲の光吉澆華(元次郎)手択の『遺稿詩』一冊に、光吉氏の筆と思われる旁記が随所(詠史詩が多い)に見える。同氏の『日本外史詳註』『日本政記詳註』(両書とも最近、光吉氏遺族より内閣文庫に寄贈された)の余業かとも思われるが、懐徳堂―近藤南洲(元粋)―光吉澆華と連なる学問上の系譜から推して当然ながら、木崎氏とは傾向の違う視点を持つ。光吉氏の詩注が未完成に終わったことは甚だ惜しまれる(光吉氏手択の『詩鈔』二冊についても同様のことが言える)。

◎日本楽府　一巻

短いものなので、一巻の書巻として伝存している場合がある。部分的ながら、書巻の写真版が次の諸図録に掲げられている。

(1)亀岡本〔東京・三越『山陽頼先生百年祭記念　遺芳帖』PL 101および恩賜京都博物館『山陽先生遺墨集』PL 78〕

⑵住友本〔恩賜京都博物館『山陽先生遺墨集』PL79〕
⑶橋本本〔大阪・三越『山陽頼先生百年祭記念　聚芳帖』PL42および木崎好尚『頼山陽先生真蹟百選』PL53〕
⑴⑵⑶の順に定稿化したと言われる。

本書成立の遠因は大坂の混沌社の『野史詠』にあると推定される(父、春水の「在津紀事」上、二〇条、および「書詠史詩後」〔春水遺稿巻十一〕参照)。山陽の自跋によれば、「文政六年癸未の冬、「煨芋行」(唐の粛宗と李泌)・「焼肉行」(宋の太祖と趙普)を作ったことが動機になった。その後、文政十一年戊子の冬に、明の李西涯(東陽)の擬古楽府を見て興味を唆られ、国乗(日本の歴史)に就いて好題目を掇って六十六闋《けつ》を得た。古今の治乱の機窾《きかん》・名教《めいきょう》の是非に於いて、小を以て大に喩えることができる筈である」と言う(住友本自跋の要旨)。

李西涯の擬古楽府は、篠崎小竹は『列朝詩集』で見ているが、現在では四庫全書の縮印本によって『懐麓堂集』所収の作が簡単に見られる。

日本楽府の解題は木崎好尚によるものに次の三種があり、それぞれに有益である。

⑴『詩集』(昭和七年三月)所収「日本楽府解題」
⑵『全伝』下(昭和七年七月)二七九頁以下
⑶『頼山陽の人と思想』(昭和十八年四月)二五四頁以下

他に福山天蔭(寿久)の『詠史　日本楽府物語』(昭和十三年六月)巻首の解題が詳しい。のち、少改して『頼山陽の日本史詩』(昭和二十年二月)巻首に収める(これは後掲の渡部昇一氏の著述の末尾にも転載)。

日本楽府(一冊)〔大〕　文政十三年冬、贛斎蔵板

木崎好尚編『頼山陽詩集』(昭和五年九月)第七巻、および『詩集』(昭和七年三月)後尾部分に木版本を校訂した上で活字化

して収める。

原木版本の影印本がある。汲古書院『詩集 日本漢詩』第十巻(昭和六十一年十月)。精細な書誌つき。

明治三年九月、丁字屋栄助〔大〕。後藤松陰の後叙を削る。○明治四十三年二月、松山堂〔小〕〔活字〕。後叙あり。

増補 日本楽府(一冊)〔大〕　明治十年七月、頼氏蔵版

「増補」とは銭泳の題辞を加えたことをいう。後叙(後藤松陰)を削る(未見ながら、後叙を付けた本もあるという)。縮小した中型本が明治十七年五月に出た。末尾に「柴田雕」とある。後叙を付ける。

〔注釈〕

詠史詩集 日本楽府詳解(一冊)〔洋小〕　坂井松梁(末雄)　明治四十三年十二月、青山堂

改版・改称した小型本『頼山陽詠史の評釈』が昭和十一年一月に人文書院から出た。

新訳 日本楽府(一冊)〔洋小〕　大町桂月　明治四十四年二月、至誠堂

『新訳漢文叢書』の第四編。○『全伝』下、八六五頁(「訓読」とするのは誤記)。

詳解全訳 日本楽府(至誠堂漢文叢書本)　大町桂月・公田連太郎　昭和二年(未詳)

『全伝』下、八八七頁。○同じものの改装と思われる洋中本が、奥付に「普及版」(『詳解全訳漢文叢書』第三巻)と記して『日本政記』と合併して昭和四年九月に出版された。

日本楽府五百史談(一冊)〔洋大〕　田中百山(親之)　大正五年四月、若林書店

「史談」四百強より成る(この数は書名の「五百」より著者田中氏の雅号分だけ少ない)。○『全伝』下、八七一頁(八七二頁は衍文)。○「史談」の名に背かない内容。但し所説の所拠を考証することは、余程の博学を以てしなければ不可能である。著者の識語の如く、「大日本資料及び日本古文書四千冊に就き判断」しなければならないからである(「　」内は原文

のまま)。

頼山陽愛国詩史 日本楽府評釈(一冊)〔洋大〕　谷口廻瀾(為次)　昭和十二年四月、モナス

詠史 日本楽府物語(一冊)〔洋中〕　福山天蔭(寿久)　昭和十三年六月、東白堂書房
良心的な注釈書。○改版・訂正・改称した『頼山陽の日本史詩』が昭和二十年二月に宝雲舎から出た。○次掲書に丁寧な紹介がある。

日本史の真髄——頼山陽の『日本楽府』を読む(三冊)〔洋中〕　渡部昇一、ＰＨＰ研究所
〔古代・貴族社会編〕　平成二年六月
〔中世・武家篇〕　平成四年八月
〔戦国・織豊時代篇〕　平成六年四月
もと『歴史街道』に昭和六十三年五月より平成六年二月まで連載されたもの。講釈の形式に新機軸を出したこと、著者が西欧文化に詳しいことなどにより、出色の注になっている。

〔楽府注概評〕
従来は、やや高踏的な田中注は別格として、多くの注本がある割には、福山注以外に見るべき注がなかった。しかし最近になり、これに渡部注(いわゆる注本の体裁ではないが)が加わったことは特筆すべきことである。

◎詩集総合

頼山陽詩集(一冊)〔洋大〕　木崎好尚　昭和五年九月、淳風書院

山陽の全詩を編年、『日本楽府』を後付したもの。

頼山陽全書・詩集(一冊)　木崎好尚　昭和七年三月、頼山陽先生遺蹟顕彰会

前掲書を発展させたもの。○昭和五十八年八月の国書刊行会の覆刊本がある。

◎詩集抜粋

頼山陽詩抄(一冊)〔洋小〕　頼成一・伊藤吉三訳註　昭和十九年九月、岩波文庫

詩体別に分類した選集。本大系本の粉本。

頼山陽　梁川星巌(一冊)〔洋中〕　入谷仙介注　平成二年四月、岩波書店　『江戸詩人選集』第八巻。○戦後の代表的な詩注。

◎拾遺・その他

山陽先生逸詩続(一冊)　漁古堂　楳厓手抄

『世界』第一〇三号―第一一〇号に連載。○漁古堂、高島九峯、萩藩士。其父酔茗は山陽門人。また楳厓『蘭蕙集』一(一〇一葉裏)に言う。「山陽先生逸詩ヲ纂集シテ『京華週報』ニ載セシ漁古堂トイフハ長州人高島張輔トイフ人ナル由、仙台ノ滝川君山(亀太郎)翁申サレタリ」(大正十年冬、九十幾歳ニテ存命)。○「逸詩続」の序言に言う。「生曾て山陽先生詩の、詩鈔及遺稿に漏れたるもの数百首を、『京華週報』に登載せしが、今茲滝川君山氏、仙台より山陽先生詩稿と題せる写本一冊を寄せて曰く、前年兄の輯録せし先生の逸詩は、文政九年に止まりしが、頃日此冊を獲たるに文政九年より同十一年までの草稿なり、請ふ寓目せよと、生喜禁ずる能はず、直ちに之を閲するに、九年の作は曩に録したるものと同じ

きも、十年に於て九十余首、十一年に於て五十余首の逸詩を得たり、仍て復た逐次採録し併て私考を付し、以て同好の士に問はんとす」。○『京華週報』は未見。

山陽詩解(三巻三冊)〔小〕　根津全孝　明治十一年序

抄訳。至極簡短なもの。

他に、『全伝』下、八三四頁に「明治十七年、伊藤洋次郎の『詩文詳解山陽詠史選』出づ」とあるが、未詳。三巻三冊であるという。

新日本古典文学大系 66　菅茶山 頼山陽 詩集

1996 年 7 月19日　第 1 刷発行
2008 年 6 月25日　第 2 刷発行
2016 年 6 月10日　オンデマンド版発行

校注者　水田《みずた》紀久《のりひさ》　頼《らい》　惟勤《つとむ》　直井《なおい》文子《ふみこ》

発行者　岡 本　厚

発行所　株式会社 岩波書店
〒 101-8002　東京都千代田区一ツ橋 2-5-5
電話案内　03-5210-4000
http://www.iwanami.co.jp/

印刷／製本・法令印刷

ISBN 978-4-00-730437-8　　Printed in Japan